José Saramago

DAS MEMORIAL

Roman

Aus dem Portugiesischen
von Andreas Klotsch

Rowohlt

Die Originalausgabe erschien 1982 unter dem Titel
«Memorial do Convento» bei Editorial Caminho, Lissabon
Schutzumschlag- und Einbandgestaltung Klaus Detjen
unter Verwendung einer Vedute
von Giovanni Battista Piranesi
«Parte di ampio magnifico Porto»
(Teil eines großen und prächtigen Hafens)
Aus «Opere Varie»

1. – 12. Tausend August bis November 1986
13. – 27. Tausend Oktober 1998

Satz aus der Walbaum (Linotron 202)
von Utesch Satztechnik GmbH, Hamburg
Druck und Bindung: Clausen & Bosse, Leck
Printed in Germany
ISBN 3 498 06180 1

DAS
MEMORIAL

Zum Galgen ging ein Mann, und ein anderer, der ihm begegnete, sprach ihn an: Wie, Herr, so gehen Euer Gnaden hin? Und der Verurteilte antwortete: Ich gehe nicht, diese führen mich.

Pater Manuel Velho

Ich weiß, daß ich ins Unerklärbare gerate, wenn ich behaupte, die Realität – dieser so fließende Begriff –, die möglichst genaue Kenntnis von den Wesen sei unser Ansatzpunkt und unser Zugang zu den Dingen, die die Realität übersteigen.

Marguerite Yourcenar

Dom João, fünfter seines Namens in der königlichen Stammtafel, wird sich diese Nacht in das Zimmer seiner Gemahlin Dona Maria Ana Josefa begeben, die vor mehr als zwei Jahren aus Österreich kam, der portugiesischen Krone Infanten zu schenken, jedoch bis heute nicht schwanger wurde. Schon wähnt man bei Hofe, im Palast und außerhalb der Königin Gebärmutter für womöglich taub, ein Gewisper zwischen Ohren und anklagenden Mündern, sehr geheim unter Vertrauten. Außer Frage, die Schuld liegt nicht beim König, zum einen, weil Unfruchtbarkeit dem Manne nicht eigen, hingegen ein Leiden der Frauen ist, darum sie oft verstoßen werden, zum anderen, falls gegenständlicher Beweis überhaupt vonnöten, dem Reich bescherte der königliche Same schon viele Bastarde, doch noch zeigen sich die Dinge erst am Anfang ihres Laufs. Im übrigen erheischt nicht der König sich vom Himmel inbrünstig ein Kind, sondern die Königin, und auch hier zweierlei Gründe. Erstens, ein König, schon gar von Portugal, bittet nicht um das, was zu geben allein in seiner Macht steht, und zweitens, von Natur aus ist die Frau das empfangende Gefäß, hat natürlicherweise sie die Erflehende zu sein, in angesetzten Novenen so sehr wie in üblichen Fürbitten. Doch bisher half weder des Königs Beharrlichkeit, der, außer im Falle kanonischer Beschränkung oder physiologischer Verhinderung, wöchentlich zweimal seiner majestätischen und ehelichen Pflicht kräftig Genüge tut, noch halfen Geduld und Demut der Königin, die sich, nachdem der Gemahl sie und die Lagerstatt verlassen, in Gebeten und opfervoll in absoluter Reglosigkeit übt, damit beider eingebrachte Zeugungssäfte nicht Verstörung erfahren, zumal die ihren mangels Anreizung und Zeit und auch aus sittsamst christlicher Zurückhaltung spärlich gerieten, verschwenderisch aber die Seiner Majestät, wie man es von einem noch nicht zweiundzwanzigjährigen jungen Mann erwartet. Gleichwohl, bis auf den Tag hat nicht dies und nicht jenes Dona Maria Anas Leib zum Schwellen gebracht. Doch Gott ist groß.

Fast gottgroß ist der Dom Sankt Peter zu Rom, an dem der König gerade baut, eine Konstruktion ohne Baugrund und Fundamente, auf einer Tischplatte von soliderer Stärke, als es die Last erfordert, eine Basilika in Kleinformat, deren Einzelteile altbewährt mittels Zapfen zusammengesteckt werden. Die vier Kammerherren vom Dienst entnehmen die Stücke mit ehrerbietiger Hand einer nach Weihrauch duftenden Truhe, und jedes Teil ist, damit das Antlitz der Statue sich nicht an der Säulenkante schabe, für sich in karminroten Samt gehüllt, der beim Schein der dickleibigen Kerzen flammend aufleuchtet. Recht weit gediehen ist der Bau. Schon stecken alle Mauern, stehen die Säulen senkrecht unter dem mit lateinischen Lettern versehenen Fries, darauf Name und Titel Pauls V. Borghese prangen, die der König aber längst nicht mehr zur Kenntnis nimmt, außer mit Wohlgefallen die Ordnungszahl hinter jenem Papst, weil es die seines eigenen Namens ist. Bescheidenheit stünde einem König ja schlecht an. In den entsprechenden Löchern im Sims steckt er die Figuren der Propheten und Heiligen fest, bei jeder einzelnen macht der Kammerdiener eine Verbeugung, streift die edlen Samtfalten zur Seite, bietet auf dem Handteller eine Statuette, einen Propheten bäuchlings, einen kopfstehenden Heiligen, doch niemand achtet der unabsichtlichen Respektlosigkeit, schon da der König die den heiligen Dingen gebührende Ordnung und Feierlichkeit herstellt, indem er die Wächterfiguren aufrecht an ihren Platz setzt. Diese sehen von der Höhe des Simses nicht den Petersplatz, sondern Portugals Monarchen und die ihm behilflichen Kammerherren. Sie sehen den Fußboden der Empore, sehen die zur königlichen Kapelle sich öffnenden Gitterfenster, und morgen früh, während der ersten Messe, falls sie bis dahin noch nicht in ihre Samthüllen und in die Truhe zurückgekehrt sind, werden sie den König fromm am heiligen Meßamt teilnehmen sehen, mit Gefolge, dem die hiesigen Edelleute dann schon nicht mehr angehören, da die Woche endet und andere sie in ihrem Dienst ablösen. Unter dieser Etage, auf der wir uns befinden, ist eine weitere, auch sie mit Gitterfenstern, diese aber ohne Zierwerk, es mag eine Kapelle sein oder eine Ermitei, von da aus die Königin der Messe getrennt beiwohnt; nicht einmal die Heiligkeit dieses Ortes vermochte ihr zur Schwangerschaft zu verhelfen. Nun gilt es nur noch, Michelangelos Kuppel aufzusetzen, dieses Stein vortäuschende Ungetüm, das seiner Übergröße wegen in einer separaten Truhe aufbewahrt wird, und da sie dem Bau die Krönung gibt, verlangt dies gemäßen Einsatz, alle sind dem König zur Hand; mit so lautem Knarren, daß es durch die Kapelle hallt, pressen sich die Zapfen in die Löcher, und das Werk ist vollendet. Schallte es durch Säle und über weitläufige Korridore bis zur Kammer oder dem Gemach der harrenden Königin, sie wüßte nun, daß ihr Gemahl bald naht.

Möge sie warten. Vorerst rüstet der König zur Nacht. Die Kammerherren haben ihn entkleidet, legten ihm das für den Gang entsprechende stilvolle Gewand an, dabei die einzelnen Stücke von Hand zu Hand gereicht wurden, so ehrerbietig wie Reliquien jungfräulicher Heiliger, und das geschieht im Beisein weiterer Bediensteter und Pagen, dieser öffnet eine Schublade, der zieht die Gardine zurück, jener gibt dem Licht helleren Schein, jener andere blendet es etwas ab, ihrer zwei stehen steif und starr, zwei tun es ihnen gleich, von anderen weiß man nicht, was sie tun noch weshalb sie zugegen sind. Endlich, dank aller tüchtigem Bemühen, ist der König nun vorbereitet, ein Edelmann legt die letzte Falte zurecht, ein anderer zupft den gestickten Kragen grade, nun dauert es keine Minute mehr, und Dom João V. wird sich zum Gemach der Königin begeben. Der Krug harrt der Quelle.

Doch jetzt tritt Dom Nuno da Cunha herein, seines Zeichens Bischof und Inquisitor, begleitet von einem greisen Franziskaner. Zwischen Eintreten und Vorbringung des Anliegens komplizierte Verbeugungen, Annäherungsfloskeln, Pausen und Rückzüge, es sind die Formeln, mittels derer man sich in den engeren Kreis des Herrschers vorwagt, und dies alles gelte hiermit, in Anbetracht der Eile des Bischofs und der Bänglichkeit des Mönchs, als geschehen und erklärt. Dom João V. und der Inquisitor treten zur Seite, der Inquisitor bemerkt: Dies da ist Bruder António de São José, ich erzählte ihm, wie traurig Majestät ist, daß unsere Herrin und Königin Euch keine Kinder schenkt, und ich bat ihn, Eure Majestät dem

Herrgott zu empfehlen, damit er Euch Nachkommenschaft gewährt, worauf Bruder António mir versicherte, Eure Majestät würde Kinder haben, sofern sie nur wollte; ich fragte, was er mit so dunklen Worten meine, wisse doch jedermann, daß Eure Majestät sich sehnlich Kinder wünsche, hierauf erklärte er, frei von der Leber weg, daß der Herrgott Euch Nachkommenschaft gewähren würde, sofern Ihr gelobtet, im Städtchen Mafra ein Kloster zu bauen. Dom Nuno unterbrach sich und winkte den Franziskaner heran.

Stimmt es, was Eminenz mir soeben sagt, daß ich, wenn ich verspreche, in Mafra ein Kloster zu bauen, Kinder haben werde? fragte der König den Mönch. Und dieser erwiderte: Wahr ist's, Herr, doch nur wenn es ein Franziskanerkloster wird. Woher wißt Ihr das? fragte der König. Und Bruder António sagte: Wissen kann ich es nicht, ich bin lediglich der Mund, dessen sich die Wahrheit zum Sprechen bedient, da gilt nur glauben, mögt Ihr das Kloster bauen, Majestät, und Ihr werdet bald Nachkommen haben, baut Ihr nicht, so mag Gott darüber befinden. Mit einem Handzeichen bedeutete der König dem Franziskaner, sich zurückzuziehen, dann fragte er Dom Nuno da Cunha: Ist dieser Pater von verläßlicher Tugend? Der Bischof erwiderte: Keiner seines Ordens, der ihn darin überträfe. Dom João, der fünfte dieses Namens, somit wohlversichert über den Wert der Zusage, erhob hierauf die Stimme, und laut verkündete er, damit alle Anwesenden es klar vernähmen und tags darauf die Stadt es erführe und das Reich: Bei meinem königlichen Ehrenwort, ein Franziskanerkloster will ich im Städtchen Mafra bauen lassen, falls die Königin mir, ab heut gerechnet, binnen Jahresfrist ein Kind schenkt. Alle sprachen: Wolle Gott Eure Majestät erhören. Und niemand hier wußte recht, wer da auf die Probe gestellt werden sollte, ob der Herrgott selbst oder Bruder Antónios Tugend oder die Potenz des Königs oder letztlich die Fruchtbarkeit der hierin noch säumigen Königin.

Dona Maria Ana unterhält sich mit ihrer portugiesischen obersten Hofdame, der Marquesa de Unhão. Schon besprach man die Andachtsübungen des verflossenen Tages, den Besuch im Kloster der barfüßigen Karmeliterinnen von Conceição dos Cardais, auch war die Rede von der Novene zu Ehren des Heiligen Franz Xaver, die morgen in São Roque beginnt, es ist ein Schwatz zwischen Königin und Marquesa, stoßgebetartig und weinerlich zugleich, wenn sie die Namen der Heiligen aussprechen, zerquält, sooft Martyrium oder Selbstkasteiung eines Priesters oder einer Nonne Erwähnung finden, mag das eine wie das andere auch nicht hinausgehen über Fasten oder stillverborgene Züchtigung des Büßerhemds. Doch schon hat der König sein Erscheinen angekündigt, und er kommt entfachten Gemüts, in Schwung versetzt durch die mystische Verpaarung fleischlicher Obliegenheit mit dem Versprechen, das er Gott dank Vermittlung des dienstbaren Bruders António de São José gegeben hat. Mit dem König treten zwei Kammerherren herein, die ihm die überflüssigen Kleidungsstücke abnehmen, gleiches tut die Marquesa an der Königin, von Frau zu Frau, ihr beigesellt eine weitere Dame, Gräfin, und eine Kammerfrau von nicht minderem Rang, die aus Österreich kam, das Zimmer ist ein Auflauf, die Majestäten erweisen einander Ehrenbezeigungen, ein Zeremoniell ohne Ende, letztlich treten die Kammerherren ab, durch die eine Tür, und die Kammerdamen durch eine andere, sie werden in den Vorzimmern harren, bis der Akt vollzogen und beendet ist, damit der König in Begleitung auf sein Zimmer zurückkehre, das zu Zeiten seines Vaters die Königin bewohnte, seine Mutter, und die Damen erscheinen, um Dona Maria Ana unter dem Federbett gut zurechtzulegen, das diese ebenfalls aus Österreich mitgebracht hat und ohne welches sie, ob Winter oder Sommer, nicht schlafen kann. Und dieses Federbettes halber, das sogar in der Februarkälte stickig warm hält, verbringt Dom João V. die Nacht nicht zur Gänze bei der Königin, anfangs tat er es, weil der Reiz des Neuen überwog, doch ist es gar zu lästig, sich in eigenem und fremdem Schweiß gebadet zu fühlen, mit einer bis über den Kopf zugedeckten Königin, in Gerüchen und Sekreten dünstend. Dona Maria Ana, die nicht aus einem warmen Land kam, verträgt das hiesige Klima schlecht. Sie hüllt sich in das riesig plustrige Federbett, und so verharrt sie, kauert sie darunter wie ein Maulwurf, der beim Graben auf einen Stein stieß und noch unschlüssig ist, nach welcher Seite er seinen Tunnel vortreiben soll.

Königin und König tragen lange Nachtgewänder, die über die Diele schleifen, das des Königs mit einem Häkelsaum, der Königin ihres reichlich eine halbe Handbreit länger, damit man keinesfalls der Fußspitzen ansichtig würde, weder des großen Zehs noch gar der anderen, solches wäre von allem, was man an Schamlosigkeit kennt, vielleicht das Ärgste. Dom João V. geleitet Dona Maria Ana zur Bettstatt, an der Hand führt er sie, wie ein Kavalier die Balldame, und ehe sie die flachen Stufen hinansteigen, ein jeder auf seiner Seite, knien sie nieder, sprechen sie die behuflichen Schutzgebete, damit sie nicht ohne Beichte mitten im fleischlichen Akt stürben und auch damit dieser neuerliche Versuch Früchte trage, hierin hat Dom João V. zwiefach Grund zur Hoffnung, er baut auf Gott und auf die eigene Kraft, weshalb er doppelt zuversichtlich ebendiesen Gott um Nachwuchs bittet. Was Dona Maria Ana betrifft, so darf man annehmen, daß sie um die gleichen Gnaden bittet, sofern sie nicht eigene Anliegen hat, die sich selbst entschuldigen und Geheimnis des Beichtvaters bleiben mögen.

Schon haben sie sich hingebreitet. Dies ist die Bettstatt, die aus Holland kam, als die Königin aus Österreich kam, auf Bestellung des Königs gefertigt die Bettstatt, zu einem Preis von fünfundsiebzigtausend Cruzados, da Portugal nicht so vorzügliche Kunsttischler hat, und gäbe es sie, so würden sie gewiß geringeren Lohn empfangen. Oberflächlich erkennt man nicht, ob das wundervolle Möbel aus Holz ist, weil kostbar drapiert, mit Blütenstickerei und Goldbordüren, abgesehen vom Betthimmel, der selbst dem Papst Genüge wäre. Als das Bett hier aufgestellt und geziert wurde, fehlten in ihm die Wanzen, so neu war es, doch dann, mit dem Gebrauch, der Wärme der Leiber, dem Verkehr im Inneren des Palastes, oder aus der Stadt herbei, kam dieses Viehzeug, weiß einer, woher, und weil das Lager so kostbar im Material und so reich an Zierat ist, kann man der Meute nicht mit brennender Lunte auf den Leib rücken, ist keine Rettung mehr, außer dem heiligen Alexius würden jahrjährlich fünfzig Réis gestiftet, vielleicht daß er die Königin und uns zusamt von der Plage und dem Gejucke befreit. An den Abenden, da Majestät zugegen ist, beginnen die Wanzen ihre Tortur erst später, wegen des lästigen Matratzengerüttels, diese Tiere bevorzugen die Ruhe und schlummernde Menschen. Im Bett des Königs harren weitere Biester ihres Anteils an Blut, das sie nicht schlechter und nicht rechter finden als sonstwelches in der Stadt, ob blaues oder gemeines.

Dona Maria Ana reicht dem König ein schweißiges, kaltes Händchen, das, wie sehr auch unter dem Federbett aufgewärmt, im Eiseshauch des Zimmers sogleich klamm wird. Der König hat seine Pflicht schon getan, und ganz auf die gute Gewißheit und auf die schöpferische Kraft bauend, mit denen er zu Werke war, küßt er in der Königin die künftige Mutter, sofern Bruder António de São José nicht zuviel versprochen hatte. Dona Maria Ana ist es, die am Klingelband zieht, auf der einen Seite treten die Kammerherren des Königs herein, auf der anderen die Damen, in der stickigen Luft wallen Gerüche, deren einer leicht auszumachen, denn ohne ihn wären Wunder wie das hiesigenfalls erwartete nicht möglich, jene andere und vielgelobte unkörperliche Schwängerung war ja einzig und ohne Wiederkehr, damit man erführe, daß Gott, wenn er nur will, der Männer nicht bedarf, wiewohl er das Weib nicht entbehren kann.

Obzwar eindringlich beruhigt von ihrem Beichtvater, peinigen Dona Maria Ana unter diesen Gegebenheiten große Seelenskrupel. Nachdem sich der König und die Kammerherren zurückgezogen und die ihr dienenden und ihren Schlaf schirmenden Damen selber auch zur Ruhe gegangen, wägt die Königin bang, daß es ihre Pflicht wäre, sich zu den Schlußgebeten zu erheben, doch sie hat auf ärztlichen Rat hin brütig zu verharren, sie begnügt sich mit nicht endendem Murmeln, immer langsamer gleiten die Rosenkranzperlen durch ihre Finger, bis sie mitten in einem Gegrüßet seist du, Maria, voll der Gnade, einschlummert, wenigstens mit ihrer Gnade war alles so einfach, gebenedeit sei die Frucht deines Leibes, und an die ersehnte eigene Frucht denkt sie, zumindest ein Kind, Herr, zumindest eines. Diesen unwillentlichen Stolz hat sie noch nie gebeichtet, weil er fern ist und eben unwillentlich, so sehr, daß sie, vor den Richterstuhl gerufen, lauteren Herzens schwören würde, sie habe sich stets an die Jungfrau und deren schwangeren Leib gewandt. Es sind Mäander des wahren Unbewußten, wie jene anderen Träume, die Dona Maria Ana fortgesetzt bedrängen, erklär einer das, wenn der König sie in ihrem Gemach aufsucht, sieht sie sich über den Palastvorplatz schreiten hin zu den Schlachthäusern, sie rafft vorn ihr Kleid, schlittert in wäßrigem, klebrigem Schlamm, der nach dem riecht, wonach die Männer riechen, wenn sie sich entladen, während der Infant Dom Francisco, ihr Schwager, dessen Zimmer sie jetzt bewohnt und von dem noch spukhaft etwas zurückblieb, sie umtanzt, auf Stelzen, gleichsam ein Schwarzstorch. Auch dieses Wahnbild hat sie dem Beichtvater vorenthalten, was könnte denn er Bindendes hierüber sagen, da der Fall im Handbuch der vollkommenen Beichte ja nicht vermerkt ist. Möge Dona Maria Ana, unsichtbar unter dem Federgebirge, friedvoll schlummern, indessen die Wanzen hervorzukriechen beginnen, aus den Spalten, aus den Falten, oder in desto eiligerer Anreise hoch vom Betthimmel niederfallen.

Auch Dom João V. wird in dieser Nacht einen Traum haben. Er wird erleben, wie sein Phallus zu einem Baum des Jesse aufwächst, stattlich verzweigt und dicht bewohnt von Christi Ahnen, und sogar vom Heiland, der alle Kronen erbte, dann zerfließt der Baum, an seiner Stelle erhebt sich, versehen mit hohen Säulen, Glockentürmen, Kuppeln und Wehrgemäuer, machtvoll ein Franziskanerkloster, erkennbar am Habit des Paters António de São José, der die Portale der Kirche weit aufstößt. Solch Temperament ist Königen nicht sonderlich eigen, Portugal aber ward von den seinen stets gut bedient.

Gut auch bedient von Wundern. Noch ist es verfrüht, von jenem einen zu reden, das sich vorbereitet, im übrigen nicht so sehr Wunder ist als schlicht ein Geschenk Gottes, ein gnadenvoller, mildtätiger Blick herab auf einen wenig fruchtbaren Bauch, das wird die Geburt des Infanten zu seiner Zeit sein, jetzt indes soll die Rede sein von wahren und beglaubigten Wundern, die, weil sie vom selbigen feurig lodernden Franziskanerbusch herrühren, dem Gelöbnis des Königs gute Lohnung in Aussicht stellen.

Da ist der berühmte Todesfall Bruder Miguels von der Verkündigung, eines gewählten Provinzials des Tertiarienordens vom heiligen Franz, dessen Wahl, nebenbei nicht ganz ohne Absicht bemerkt, dank dem harten Krieg zustande kam, den die Pfarrei von Santa Maria Madalena gegen seinen Orden und ihn führte, aus finsteren Eifersüchten und so heftig, daß beim Tode Bruder Miguels noch Prozesse anhängig waren und man nicht zu sagen weiß, wann endlich das letzte Urteil gefällt worden wäre, falls überhaupt, bei so viel Spruch und Berufung, so viel Schluß und Rekurs, bis denn, wie es also geschah, der Tod den Prozeß schloß. Sicher ist, daß Bruder Miguel nicht an gebrochenem Herzen starb, sondern einer tückischen Krankheit erlag, vielleicht Typhus oder einer typhusähnlichen Influenz, wenn nicht einem namenlosen

Fieber, üblicher Abgang in einer Stadt, wo die Trinkbrunnen spärlich und sich die Fuhrknechte nicht scheuen, ihre Fäßchen an der Pferdetränke aufzufüllen, und so also sterben unverdientermaßen Provinziale. Allerdings war Bruder Miguel von der Verkündigung ein sehr mitleidiger Mensch, der selbst nach dem Tod Böses mit Gutem vergalt, und hatte er zu Lebzeiten Mildtätigkeit geübt, so erwirkte er nach seinem Hinscheiden Wunder. Als erstes und entgegen der Befürchtung der Ärzte, daß sein Leib rasch in Verwesung übergehen würde und darum eilige Bestattung angeraten sei, trat dieses nicht ein, vielmehr erfüllte der in der Kirche Unserer Jungfrau vom Heiland aufgebahrte Leichnam nach Ablauf von vollen drei Tagen das Gotteshaus mit allerlieblichstem Duft, auch nahm der Kadaver nicht Leichenstarre an, die Gliedmaßen blieben geschmeidig, ließen sich bewegen, als wäre noch Leben in ihnen.

Das zweite und dritte Begebnis allerersten Ranges waren dann schon echte Wunder, so bezeichnende und rühmliche, daß die Menschen aus der ganzen Stadt herbeiliefen, um mit eigenen Augen gewinnlichst daran teilzuhaben, denn glaubhaft wird berichtet, daß in besagter Kirche Blinde wieder sehend wurden und Amputierte ihre eingebüßten Gliedmaßen wiedergewannen, und so groß war das Gedränge, daß die Leute auf der Vortreppe mit Fäusten und Messern um Einlaß kämpften, dabei einige ihr Leben verloren, das ihnen nicht einmal ein Wunder zurückzugeben vermocht hätte, es sei denn, der Leichnam wäre am Ort verblieben und nicht, des gewaltigen Auflaufs wegen, nach diesen drei Tagen heimlich fortgeschafft und im verborgenen bestattet worden. Der Hoffnung auf Heilung beraubt, solange nicht ein weiterer

Glückseliger hinschied und man es erführe, ohrfeigten sich verzweifelt und festen Glaubens die Stummen samt den Einarmigen, sofern letztere eine Hand frei hatten, alles schrie und rief alle nur möglichen Heiligen an, bis die Patres heraustraten und an die Menge den Segen austeilten, und mit dieser Erklecklichkeit, daß Besseres nicht zu haben, gingen die Leute nach und nach auseinander.

Doch ist dies, gestehen wir es ohne Scham, ein Land voll von Dieben, Auge sieht, Krallhand stiehlt, und so groß, wiewohl nicht immer belohnt, der Glaube auch sein mag, desto dreister und ruchloser wird in Gotteshäusern eingebrochen, so erst im vergangenen Jahr zu Guimarães geschehen, auch da in einer Kirche des heiligen Franz, der zu Lebzeiten größte Reichtümer zurückwies, in der Ewigkeit nun erst recht auf alles verzichtet, was man ihm entwendet, allerdings kann der Orden da auf den wachsamen heiligen Antonius bauen, der mag's nicht leiden, daß ihm, wo auch immer, die Altäre und Kapellen geplündert werden, wie man dies in Guimarães erlebte und in Lissabon noch erleben wird.

In jener Stadt also begaben sich die Diebe auf Raubzug, kletterten hinauf zu einem Fenster, wo der Heilige sie denn auch sogleich empfing und dermaßen erschreckte, daß der zuoberst auf der Leiter Stehende haltlos in die Tiefe stürzte, freilich ohne sich einen Knochen zu brechen, doch blieb er steif und starr liegen, ganz gelähmt, die Spießgesellen wollten ihn forttragen, denn auch unter Dieben fehlt es nicht an generösen, uneigennützigen Herzen, doch gelang es ihnen nicht, ein übrigens nicht einmaliger Fall, solches widerfuhr auch schon Inês, der Schwester der heiligen Clara, zu Zeiten, als der heilige Franz noch auf der Erde wandelte, vor genau fünfhundert Jahren, anno 1211, dies aber war kein Einbruch, oder Raub vielleicht doch, denn dem Herrn wollte man sie stehlen. Da nun blieb der Spitzbube liegen, wie wenn Gottes Hand ihn gegen die Erde preßte oder der Teufel aus der Tiefe her ihn fest in der Klaue hielt, dort blieb er, bis die Anwohner ihn am Morgen fanden und ihn, nun ohne Mühe und mit seinem natürlichen Gewicht, vor den Altar des besagten Heiligen trugen, damit er ihn wieder unversehrt mache. Und sie erlebten ein einzigartiges Wunder, denn dem Bildnis des heiligen Antonius brach reichlich Schweiß hervor, und so lange, daß Richter und Schreiber sich dessen versichern konnten, um das Wunder aktlich zu bezeugen, nämlich daß aus dem Holz Schweiß perlte und auch daß der Dieb wieder genas, als man ihm mit einem von der Weihflüssigkeit getränkten Handtuch über das Gesicht strich. Und der Mann war wieder wohlauf, war gerettet und reuig.

Allein, nicht alle Vergehen gelangen zur Aufklärung. In Lissabon beispielsweise ereignete sich ein Wunder von nicht geringerem Widerhall, doch konnte der in Frage stehende Übeltäter bis auf den heutigen Tag nicht ermittelt werden, wiewohl es erlaubt sei, einige vielleicht entschuldbare Verdachtsmomente ins Auge zu fassen, und wer dahintersteckte, an dessen guter Absicht erkennbar, wie es sich hernach bewies. Es geschah, daß Spitzbuben, oder ein einzelner Dieb, ins Kloster des heiligen Franz in Xabregas einstiegen, durch das Oberlicht einer Kapelle, die sich neben der des heiligen Antonius befand, und der oder die Eindringlinge begaben sich vor zum Hauptaltar, und mit drei Öllampen, die sie von dort entwendeten, verschwanden sie auf gleichem Wege, in weniger Zeit, als ein Credo dauert. Lampen ausgehängt, sie durch das

Dunkel geschleppt, ganz vorsichtig, nur nicht stolpern, und dennoch gestolpert, mit ziemlichem Poltern, aber ohne daß jemand herbeieilte, um nach dem Grund zu forschen, dies schon hätte man als Wunder deuten können oder Komplizenschaft irgendeines irregeleiteten Heiligen, wenn nicht im selben Moment die Glocke und die Knarre mit üblich lautem Lärmen die schlafenden Brüder zur Mitternachtsmesse gerufen hätten. So konnte der Dieb unbemerkt entwischen, selbst schlimmeres Poltern hätte ihn nicht verraten, woraus man ersieht, daß der Eindringling die Gepflogenheiten des Hauses gut kannte.

Nacheinander traten die Mönche in die Kirche und fanden sie unbeleuchtet. Der verantwortliche Bruder schickte sich schon in die Bestrafung drein, die ihn gleich treffen würde, für ein ihm rätselhaftes Versäumnis, doch dann merkten sie und gaben sich tastend und schnuppernd Gewißheit, daß das Öl nicht fehlte, sondern auf dem Fußboden verschüttet war, wohl aber die Lampen, die silbernen Lampen. Der Frevel war ganz frisch, wenn man es so nennen kann, denn die Ketten, daran die nun gestohlenen Lampen gehangen hatten, schwangen noch sanft hin und her, verrieten mit Messingzunge, grad eben, grad eben ist's geschehen.

Gleich rannten die Mönche hinaus in die angrenzenden Gassen, trüppchenweise, Gnade dem Dieb, falls sie ihn schnappten, doch nicht einmal Spuren fanden sie von ihm, oder von der Bande, sofern eine Bande, was uns nicht verwundern soll, war es ja schon nach Mitternacht und der Mond im letzten Viertel. Eilig suchten die Brüder die nächste Umgebung ab, keuchend, mit schweren Schritten, am Ende kehrten sie ins Kloster zurück, mit leeren Händen. Andere Mönche unterdessen, im Gedanken, daß der Dieb sich, äußerst raffiniert, in der Kirche versteckt haben könnte, durchsuchten diese gründlich, vom Chor bis zur Sakristei, und während die ganze Kongregation eifrig stöberte, Sandalen und Kutten durcheinanderflogen, Truhendeckel aufgeklappt, Schränke gerückt, Paramente geschüttelt wurden, entdeckte ein alter Mönch von anerkannt tugendhaftem Wandel und ein Muster an Gläubigkeit, daß die Diebe den Altar des heiligen Antonius nicht angetastet hatten, obwohl auf ihm zuhauf schwere, reichverzierte Gefäße aus reinem Silber standen. Der fromme Mann war verwundert, auch wir hätten uns gewundert, wenn wir zugegen gewesen wären, denn augenscheinlich war der Dieb durch jenes Oberlicht eingestiegen und auf seinem Weg zum Hauptaltar an der Kapelle des heiligen Antonius, da mittendrin, vorbei. Mehr als recht hatte drum der in seinem Eifer entflammte Bruder, daß er sich dem heiligen Antonius zuwandte und ihm Vorhaltungen machte wie einem pflichtsäumigen Diener: Und Ihr, Heiliger, bewacht lediglich das Silber, das Euch betrifft, und seht ruhig zu, wie das andere gestohlen wird, zum Lohn soll Euch von dem Euren nichts bleiben. Und unter diesen sehr heftigen Worten drang er in die Kapelle und begann alles einzusammeln, nicht nur das Silberzeug, auch die Tuche und allen Zierat sowohl der Kapelle als des Heiligen selbst, der es hinnehmen mußte, daß man ihm die aufsteckbare Aureole entwendete, und das Kruzifix, und fast auch das Jesuskind vom Arm, hätten nicht andere Brüder, die herbeigeeilt waren, die Maßregelung als gar zu streng empfunden und gemeint, er solle es zum Trost des Ärmsten bei dieser Strafe belassen. Der Mönch überlegte ein klein wenig und entgegnete: Möge der Heilige als Bürge herhalten, bis er die Lampen wieder herbeischafft. Und da es schon zwei Stunden nach Mitternacht war, man sich lange bei der Suche und zuletzt über der dargelegten Vorhaltung vertan hatte, zogen sich die Brüder zum Schlafen zurück, einige mit dem bangen Gedanken, daß der heilige Antonius ob der Unterstellung vielleicht auf Vergeltung sänne.

Tags darauf, gegen elf Uhr, klopfte an die Pforte des Klosters ein Student, von dem gleich hier vermerkt sei, daß er schon seit längerem das Habit des Hauses zu nehmen wünschte und darum die Mönche eifrig aufsuchte; dieser Sache geschieht Erwähnung erstens, weil sie wahr ist und die Wahrheit stets zu etwas dienlich, und zweitens jenen zur Hilfe, die sich der Enträtselung von Kreuzeshandlungen, oder gegebenenfalls von Kreuzworträtseln, widmen, jedenfalls klopfte der Student an die Klosterpforte und begehrte den Prälaten zu sprechen. Man führte ihn vor den Geistlichen, dem er zum Gruß die Hand küßte oder den Strick der Kutte, wenn nicht den Saum, dies wurde nicht eingehend ermittelt, und er erklärte, in der Stadt habe er gehört, die Lampen befänden sich im Kloster von Cotovia, bei den Patres der Gesellschaft Jesu, drüben im Bairro Alto von São Roque. Der Prälat hegte Zweifel, schon wegen des äußerlichen Ungenügens dieses Boten, der kaum mehr gewesen wäre als ein Schurke, hätte er nicht so drängend Mönch zu sein begehrt, wiewohl sich nicht selten der eine im anderen findet, und zum anderen, weil es undenkbar scheinen wollte, daß an Cotovia zurückgegeben wurde, was in Xabregas entwendet worden war, beide Orte entgegengesetzt und weit voneinander, in gerader Linie fast eine Légua, die Orden wenig verwandt, im übrigen die einen in Schwarz, die anderen in Kastanienbraun, und das wäre noch das Geringste, eine Frucht erkennt man nicht an der Schale, man muß hineinbeißen. Gleichwohl gebot es die Vorsicht, dieser Meldung nachzugehen, und also begab sich ein ehrwürdiger Pater in Begleitung des genannten Studenten von Xabregas nach Cotovia, beide zu Fuß, sie betraten die Stadt durch das Tor des Heiligen Kreuzes, und falls es für die vollständige Aufhellung des Falles wichtig ist, ihren genauen Weg bis zum Ziel zu erfahren, so sei gesagt, daß sie an der Kirche der heiligen Stephanie vorbeikamen, dann an der Kirche des heiligen Michael, hinter der Kirche des heiligen Petrus passierten sie das Pförtchen des Grafen Idnhares, dann nach rechts durch das Meerestor zum Alten Pranger, lauter Namen und Plätze, von denen nur noch die Erinnerung geblieben ist, sie mieden die Neue Händlergasse, weil der Pater eine ehrwürdige Person war, diese Straße aber ein Ort wucherischen Schachers, bis auf den heutigen Tag, und nachdem sie eine Flanke des Rossio-Platzes genommen, stießen sie auf das Pförtchen von São Roque, gelangten endlich nach Cotovia, klopften dort an, traten ein und ließen sich vor den Rektor führen, zu dem der Pater sagte: Dieser Student in meiner Begleitung kam nach Xabregas und erklärte, unsere Lampen, die uns in der vergangenen Nacht gestohlen wurden, befänden sich hier. Ja, so ist es, wie man mir meldete, klopfte es vor etwa zwei Stunden laut an unsere Pforte, der Pförtner von drinnen fragte nach dem Begehr, und eine drängende Stimme wünschte Einlaß zwecks Rückerstattung einer Sache, der Pförtner meldete mir den ungewöhnlichen Fall, ich hieß ihn die Tür aufschließen, und da fanden wir die besagten Lampen, ziemlich verbeult und die Verzierungen beschädigt, hier sind sie, und falls etwas fehlt, dann fehlte es bereits zum Zeitpunkt, als sie abgelegt wurden. Und haben Sie den Betreffenden gesehen, dessen Stimme Sie hörten? Nein, haben wir nicht, einige Patres traten noch hinaus auf die Straße, sahen aber niemanden.

Die Lampen kehrten nach Xabregas zurück, und nun mache sich jeder seinen Reim darauf. Es könnte der Student gewesen sein, letztlich doch ein Gauner und Schuft, der dies alles ausheckte, um sich die Klosterpforte aufzutun und das Franziskanerhabit anzuziehen, wie es denn in der Tat geschah, darum also stahl er und erstattete er das Diebesgut zurück, sehr hoffend, daß ihm der guten Absicht halber am Tage des Jüngsten Gerichts die häßliche Sünde verziehen würde. Es könnte der heilige Antonius gewesen sein, der bis heute so viele und so vielverschiedene Wunder vollbrachte, möglicherweise auch dieses, nachdem der Pater in seinem heiligen Zorn, allerdings wohl wissend, mit wem er umging, ihm auf dramatische Weise das Silber abgenommen hatte, so gut wie die Schiffer und Seeleute des Tejo dies wissen, wenn sie den nicht dienstgefälligen, ihre Wünsche nicht erhörenden heiligen Kopf voran in die Fluten des Flusses tauchen. Allein nicht der Peinigung wegen wird er das Wunder erwirkt haben, da ein echter Heiliger gleichermaßen gut durch die Lungen unser aller Luft einatmet, wie er durch Kiemen das Wasser zu filtern vermag, das den Fischen Lebenselixier ist, gewiß war es die Schande, seine schlichten Füße so entblößt zu sehen, oder aber der Kummer, sich ohne Silber zu wissen und beinahe ohne Jesuskind, solches macht Sankt Antonius, besonders wenn es verlorene Gegenstände aufzufinden gilt, zum wunderkräftigsten Heiligen. Letzthin kam der Student frei von diesem Verdacht, zumal ihn sonst ein anderer, nicht weniger harter Vorwurf getroffen hätte.

Angesichts derlei Fälle, und überdies die Franziskaner im Besitz ihnen so gewogener Kräfte, die den natürlichen Lauf der Dinge zu verändern, zu verkehren oder zu beschleunigen imstande sind, wird selbst die widersetzliche Gebärmutter der Königin dem fulminanten Eingriff des Wunders gehorchen. Dies um so mehr, als der Franziskanerorden seit dem Jahre 1624 in Mafra ein Kloster einzurichten wünscht, dazumal noch ein spanischer Philipp König von Portugal, der sich aber um das hiesige Mönchswesen wenig sorgte und während der sechzehn Jahre seiner Herrschaft die Einwilligung versagte. Die Bemühungen gingen dennoch weiter, dem Ansinnen paarte sich die hohe Geltung der noblen Stiftungsempfänger von Mafra, offenbar aber erschlafften die Kräfte, erstumpfte die Hartnäckigkeit der auf ein Kloster bedachten Provinz Arrábida, denn selbst noch gestern, will heißen, kaum mehr als sechs Jahre her, also im Jahre 1705, beschied Portugals höchster Gnaden- und Gerichtshof die ein weiteres Mal eingereichte Petition abschlägig; etwas verwegen, wenn nicht dreist respektlos gegenüber den materiellen und seelsorgerischen Belangen der Kirche, hieß es, die beabsichtigte Gründung sei nicht opportun, das Königreich sehe sich sehr belastet von der Vielzahl der Bettelklöster als auch durch eine Reihe weiterer Unzuträglichkeiten, die einem die menschliche Fürsorge auferlege. Welche Unzuträglichkeiten die menschliche Fürsorge einem auferlegt, das mögen die Gnadenrichter wissen, nun aber haben sie ihre Zunge zu schlucken und ihre unguten Gedanken zu verdauen, denn schon hat Bruder António de São José entschieden, wenn Kloster, dann Nachkommenschaft. Das Versprechen ist gegeben, die Königin wird gebären, der Franziskanerorden wird nach viel Martyrium nun die Siegespalme ernten. Hundert Jahre harren müssen ist nicht viel Peinigung jenem, der ewig zu leben gedenkt.

Wir sahen, wie der Student in letzter Instanz vom Verdacht des Lampendiebstahls freikam. Ungesagt bleibe, daß durch ausgeplaudertes Beichtgeheimnis die Franziskaner noch vor dem König von der Schwangerschaft der Königin erfuhren. Ungesagt bleibe, daß sich Dona Maria Ana, weil sie eine sehr fromme Senhora war, bereit fand, so lange zu schweigen, bis der auserwählte und tugendsame Bruder António mit seinem Lockvogel von Versprechen erschiene. Ungesagt bleibe, daß der König die Monate zählen wird, vom Abend seines Gelöbnisses bis just zur Geburt des Infanten, und daß er sie vollzählig finden wird. Möge nicht mehr gesagt werden, als gesagt ist.

Mögen also die Franziskaner freikommen von diesem Verdacht, sofern sie sich in anderem, gleicherweise zweifelhaftem Verdacht befanden.

Im Jahreslauf geschieht es, daß einer stirbt, weil er sein ganzes Leben lang viel gegessen hat, deswegen die wiederholten Schlaganfälle, der erste, zweite, dritte, bisweilen bringt schon ein einziger den Mann ins Grab, und falls er glimpflich mit dem Leben davonkam, ist er einseitig gelähmt, mit schiefem Maul und ohne Stimme, wenn es selbige Seite ist, auch hilft kein Heilmittel, etwa halbdutzendweis verordnete Aderlässe. Doch gibt es eher jene, die hinsterben, weil sie ihr ganzes Leben lang wenig gespeist haben, oder die dieses überstanden mit traurigem Tagesgericht aus Reis und Sardine, zuzüglich Salat, der den Leuten den Spottnamen gab, während Fleisch nur zu Königs Geburtstag auf den Tisch kam. Mache Gott den Fluß reich an Fischen, gelobt sei dieserhalben die Dreifaltigkeit. Und daß der Salat und andere Gartenfrüchte mehr mit Eselstrupps von außerhalb kommen, in großen Tragekörben, feilgeboten von Bauern und Bäuerinnen, die sich hierin nicht unterscheiden. Und daß es an Reis nicht weniger als stets das mindeste sei. Doch diese Stadt, mehr als jede andere, ist ein Maul, dessen eine Seite allzuviel kaut und wenig die andere, Lissabon kennt kein Mittelmaß zwischen rosigem Doppelkinn und Faltenhals, zwischen hochroter Nase und abgezehrtem Zinken, zwischen Prallbacke und schlaffem Hintern, zwischen Fettwanst und Schrumpelbauch. Aber die Fastenzeit, sie gehört allen, wie die aufgehende Sonne.

Es tollte der Fasching in diesen Straßen, wem es gegeben war, der schlang Huhn und Hammel, Windbeutel und Krapfen, an den Ecken vollführte Bauchtänze, wer solch erlaubten Jux nicht versäumen mochte, der Schabernack pappte Papierschwänze auf fliehende Rücken, spritzte mit Klistierspritzen Wasser in Gesichter, traf Unaufmerksame mit Zwiebelzöpfen, man soff Wein bis zum Rülpsen und Erbrechen, Geklirr von Töpfen, Flötengedudel, und wenn nicht noch mehr Menschen durch Querstraßen, Gassen und über Plätze drängten, mit gerecktem Wanst, so deshalb, weil die Stadt voller Schmutz ist, voll von Exkrementen, Kehricht, räudigen Hunden, streunenden Katzen, und übersät von Morasttümpeln, selbst wenn kein Regen fiel. Nun aber ist die Zeit gekommen, für all die Ausschweifungen zu büßen, die Seele zu peinigen, damit der Körper Reue vortäusche, er rebellisch, er in Aufruhr, dieser karge und säuische Leib im Schweinekoben Lissabon.

Die Büßerprozession ist im Aufbruch. Wir kasteiten das Fleisch durch Fasten, geißeln wir es nun. Magere Speise reinigt die Körpersäfte, ein bißchen Leiden wäscht dir die Schründe der Seele aus. Die Büßer, Männer allesamt, schreiten an der Spitze der Prozession, gleich hinter den Mönchsbrüdern, die Banner mit Bildnissen der Jungfrau und des Gekreuzigten hissen. Ihnen folgt unter prächtigem Baldachin der Bischof, dann auf Traggestellen die Heiligenbildnisse, dann die endlose Heerschar der Priester und unterschiedlichen Bruderschaften, alle auf Rettung ihrer Seele bedacht, einige überzeugt, daß sie diese gar nicht verloren haben, andere in bangem Zweifel, ob nicht dies der Ort des Gerichts, vielleicht hält manch einer die Welt insgeheim seit ihrer Erschaffung für verrückt. Der Prozessionszug schreitet durch ein Spalier von Zuschauern, und wo er passiert, werfen sich Männer und Frauen auf die Erde, die einen zerkratzen sich das Gesicht, andere raufen sich die Haare, alle versetzen sich Ohrfeigen, der Bischof mit knappen Bewegungen schlägt nach dieser und nach jener Seite das Kreuz, indessen ein Meßdiener das Weihrauchgefäß schwingt. Lissabon stinkt, es stinkt nach Fäulnis, der Weihrauch riecht nach Kadaver, das Böse rührt von den Leibern her, duftumhüllt hingegen die Seele.

In den Fenstern zeigen sich nur Frauengestalten, das ist Sitte. Die Büßer haben sich Ketten um die Fesseln gewickelt oder schleppen auf den Schultern massige Eisenstangen, die Arme darübergeschlungen, gleichsam gekreuzigt, oder sie peitschen sich den Rücken mit Zuchtgeißeln aus Schnürriemen, an deren Enden Kugeln aus erhärtetem Wachs mit eingeschmolzenen Glasscherben baumeln. Die sich so züchtigen, sind noch das Beste vom Fest, denn sie tragen echtes Blut zur Schau, das ihnen über den Rücken rinnt, und sie schreien gellend, vor Schmerz und sichtlich auch vor Lust, was uns unbegreiflich schiene, wüßten wir nicht, daß manchen Mannes Geliebte am Fenster steht und er an der Prozession weniger zu seinem Seelenheil teilnimmt als genossener oder in Erwartung stehender leiblicher Wonnen halber.

An die hohe Mütze oder eigens an die Peitsche haben sie kleine farbige Bänder geheftet, jeder sein besonderes, und wenn die am Fenster bang, mitfühlend oder gar lustvoll – erst viel später sadistisch genannt – auf ihren leidenden Geliebten harrende Auserwählte diesen nicht an der Physiognomie oder an der Statur zu erkennen vermag, so wird sie ihn im Gewühl von Büßern, Bannern, hinflutender entsetzter und jammernder Masse, im Durcheinander gemurmelter Litaneien, irr wankender Baldachine und im jähen Gehüpfe der Heiligenbildnisse doch wenigstens an Hand des rosa oder grünen oder gelben, lila, wenn nicht kräftig roten oder azurblauen Bändchens herausfinden. Jener dort ist ihr Mann und Diener, ihr zuliebe seine grausig heftige Selbstzüchtigung, und da er nicht reden kann, brüllt er wie ein blindwütiger Stier. Will es der Mehrzahl der Frauen in der Straße und auch ihr da oben jedoch scheinen, daß dem Arm des Büßers die rechte Härte und Schärfe fehlt oder die Schläge nicht gut sichtbare Schnitte und Risse hinterlassen, dann erhebt das Weibervolk groß Geschrei, besessen und frenetisch, es schallen die Anfeuerungsrufe, die Frauen wollen die Peitschenschnüre klatschen hören, Blut soll fließen, wie beim göttlichen Erlöser, während es unter ihren weiten Röcken pulst, die Schenkel vibrieren im Rhythmus sich steigernder Erregung. Der Büßer befindet sich vor dem Fenster der Geliebten, unten auf der Straße, sie schaut beherrschend auf ihn herab, vielleicht im Beisein der Mutter oder Cousine, der Amme oder duldsamen Großmutter oder gar sauertöpfischen Tante, doch sie alle wissen zu gut, was hier vorgeht, aus frischem Erleben oder ferner Erinnerung, mit alldem hier hat Gott nichts gemein, es ist barer Koitus, und gewiß kulminiert die Lust oben zeitgleich mit der Lust da unten, der auf der Erde kniende Mann versetzt sich heftig, frenetisch wild Schläge, stöhnt vor Schmerz, das Weib starrt mit geweiteten Augen auf den Niedergestürzten, öffnet den Mund, sein Blut aufzusaugen, samt allem. Die Prozession verhielt genügend lange im Marsch, der Akt fand sein Ende, der Bischof schlug das Kreuz und teilte den Segen aus, die

Frau spürte jene bewußte wohlige Ermattung in den Gliedern, der Mann schreitet weiter, ab hier, so denkt er erleichtert, muß er sich nicht mehr heftig geißeln, das tun andere zu anderer Weiber Verzücken.

Mit solchen Züchtigungen des Fleisches und dessen kärglicher Speisung vermeint einer, das Unbefriedigte bis zur österlichen Freisprechung zurückzudämmen und daß die natürlichen Begehrnisse warten möchten, bis die Schatten vom Antlitz der heiligen Mutter Kirche wieder weichen, nun Christi Passion und Tod schon nahe sind. Aber vielleicht peitscht das phosphoreszierende Schillern des Fisches das Blut auf, vielleicht zeigt die Sitte, eine Frau nur während der Fastenzeit ungeleitet die Messe besuchen zu lassen, im Gegensatz zur übrigen Zeit des Jahres, währenddessen sie zu Hause gefangengehalten wird, außer sie zählt zum unteren Weibsvolk, mit der Tür zur Straße oder auf der Straße zu Hause, indes jene andere, von noblem Geblüt, so streng gehalten wird, daß ihr, sagt man, nur die Kirche offensteht, und das nur dreimal in ihrem Leben, zu Taufe, Trauung und Tod, und ansonsten die Kapelle des Hauses dient, vielleicht also zeigt besagte Sitte, wie unerträglich die Fastenzeit ist, in Gänze vorweggenommener Tod, eine beherzigenswerte Mahnung, drum, während die Männer achthaben, oder so tun, daß die Frauen nichts als ihre vorgeblichen Andachtsgänge erledigen, ist die Frau dieses eine Mal im Jahr frei. Geht sie aber, weil die öffentliche Moral dies gebietet, in Begleitung, dann mit einem Frauenzimmer gleicher Gelüste und gleichem Bedürfnis nach deren Befriedigung, also traf sich die Frau auf halbem Wege zwischen zwei Gotteshäusern mit einem Mann, irgendeinem, und ebenso die zum Aufpassen bestellte, aber komplizische Dienerin, und wenn sie sich vor dem nächsten Altar wiederfinden, wissen beide, daß die Fastenzeit ein Windei ist und die Welt zum Glück von Beginn her ein Narrenhaus. Durch Lissabons Gassen mit dem Gewimmel von Frauengestalten, die alle gleich aussehen in ihren Vermummungen, den Kopf vom Gewand umhüllt, das Gesicht nur einen Spalt breit frei, um mit den Augen oder den Lippen Zeichen zu geben, ein erlernter gemeiniglicher Code, verborgene Gefühle und verbotene Wollüste auszudrücken, durch diese Gassen, mit einer Kirche an jeder Kreuzung und einem Kloster in jedem Viertel, streicht ein verwirrender Frühlingswind, und wenn nicht Wind, so sind es Seufzer, die sich dem Beichtgestühl entringen oder abseitigen Winkeln, die anderart Geständnis günstig sind, das des ehebrecherischen Fleisches, schwingend zwischen Ergötzen und Hölle, beides genüßlich in diesen Tagen der Kasteiung, der entkleideten Altäre, des rituellen Trauerns, der allgegenwärtigen Sünde.

Unterdessen, sofern es Tag ist, werden die ahnungslosen Ehemänner ihren Nachmittagsschlaf halten oder so tun, und ist es Abend und die Straßen und Plätze füllen sich mit einer nach Zwiebel und Lavendel riechenden düsteren Menge und das Gemurmel der Gebete dringt aus den weit geöffneten Kirchenportalen, dann sind die Männer noch weniger besorgt, dann dauert die Abwesenheit minder lange, schon geht die Tür, hallen die Schritte auf der Treppe, hört man Hausherrin und Dienerin in vertrautem Plausch, was Wunder, oder die schwarze Sklavin, falls die Herrin sie mitnahm, und durch die Spalte tanzt der Schein des Handleuchters oder der Küchenlampe, der Ehemann tut, als wache er gerade auf, die Ehefrau tut, als habe sie ihn versehentlich geweckt;

falls er fragt: Und, wie war's? wissen wir bereits, was sie erwidern wird, zum Umfallen müde fühle sie sich, die Füße schmerzten entsetzlich, sie habe ganz taube Knie, aber die Seele getröstet, und sie nennt die magische Zahl, sieben Kirchen habe sie aufgesucht, so leidenschaftsvoll spricht sie es aus, wie nur große Frömmigkeit es vermag, oder das Gegenteil dessen.

Solcherlei Entspannung ist Königinnen verwehrt, zumal schwangeren, die obendrein ihres legitimen Herrn entbehren müssen, da er sich ihnen für die Dauer von neun Monaten nicht mehr nähern wird, eine auch im Volke übliche Regel, die aber Verletzung erfährt. Zusätzlicher Grund vermehrter Zurückhaltung ist für Dona Maria Ana, außer der ihr in Österreich anerzogenen Frömmigkeit, der Umstand, daß sie an der List der Franziskaner teilhat, und sie zeigt oder gibt zu verstehen, daß die in ihrem Bauch sprießende Kreatur so sehr Kind des Königs von Portugal ist wie von Gott selbst, im Tausch gegen ein Kloster.

Dona Maria Ana hat sich zeitig hingelegt, zuvor hat sie gebetet, in chorhaftem Gemurmel mit den ihr dienenden Damen, und dann, mit dem Federbett schon zugedeckt, betet sie ein weiteres Mal, betet endlos, die Damen beginnen einzunicken, widerstehen weise, wenn nicht jungfrauenhaft, endlich aber ziehen sie sich zurück, nur das Licht des Lampenträgers bleibt, wachend, wie auch jene Dame, die diese Nacht in ihrer Nähe verbringen wird, auf niedriger Liege, bald schläft sie ein, möge sie träumen, so es ihr beliebt, welche Bedeutung werden Träume haben, die sich unter königlichen Lidern abspulen? Uns allerdings interessiert Dona Maria Anas letzter und vager Gedanke an der Grenze zum Schlaf: Gründonnerstag wird sie sich in die Kirche der Muttergottes begeben, die Nonnen werden das dort verwahrte heilige Schweißtuch, ehe sie es den Gläubigen zur Schau stellen, vor ihr ausbreiten, und auf ihm wird man ganz deutlich die Spuren von Christi Leib erkennen, dies ist das einzige und wahre heilige Schweißtuch, das die Christenheit besitzt, Senhoras und Senhores, so wie alle anderen wahr und einzig sind, oder es nicht wären, wenn sie alle zur gleichen Zeit an ihren so verschiedenen Orten der Welt gezeigt würden, aber dieses hier, da in Portugal befindlich, ist das wahrste von allen und das allereinzigste. Solange Dona Maria Ana noch halbwach ist, sieht sie sich über das hochheilige Leinen gebeugt, man erfährt nicht mehr, ob sie es demutsvoll küssen wollte, denn unversehens ist sie eingeschlafen, findet sie sich in einer Kutsche wieder, in schon finsterer Nacht auf der Rückfahrt zum Schloß, begleitet von ihren Arkebusieren, jählings ein Reiter zu Pferd, der von der Jagd heimkehrt, mit vier Dienern auf Mauleseln, und in Netzen am Sattelbogen hängen erlegtes Pelzwild und Federwild, der Mann prescht auf die Kutsche zu, Flinte in der Hand, die Hufe des Pferdes schlagen Funken, die Nüstern blasen Rauch, und als er wie ein Blitz die Bewacherkette durchbricht und, das Pferd mühsam bändigend, am Wagenschlag auftaucht, erhellen die Fackeln sein Gesicht, es ist der Infant Dom Francisco, aus welchem Winkel des Traumes kam er, warum erscheint er ihr so oft? Sein Pferd scheut, und es kann nicht anders sein, weil Kutsche und Arkebusiere jetzt über das Kopfsteinpflaster poltern, doch die Träume nacheinander vergleichend, merkt die Königin, daß der Infant mit jedemmal näher kommt, was mag er wollen, und was mag denn sie wollen?

Die Fastenzeit ist Traum den einen und Nachtwache den anderen. Ostern kam, erweckte alle Menschen, aber führte die Frauen in den Schatten ihrer Gemächer zurück, lastendes Los des Rockes. Im Hause gibt es der Kuckucksgatten einige mehr, aber hinlänglich verbiesterte wider außerhalb der Saison aufkeimende Begehrlichkeiten. Und nun wir gemach beim Vogelvieh angelangt sind, ist es auch an der Zeit, daß wir unser Ohr den Kanarienvögeln leihen, die in den Gotteshäusern, in bänderverzierten und blumenbekränzten Käfigen toll vor Liebe zwitschern, indessen der Priester von der Kanzel predigt und von Dingen spricht, die vermeintlich die allerheiligsten. Donnerstag ist's und Himmelfahrt, die Gewölbe hinan hallt der Vögel Gesang, himmelan werden die Gebete steigen, oder aber nicht, wenn die Vögel ihnen nicht helfen, wird keine Hoffnung sein, außer vielleicht wir schweigen allesamt.

Dieser da, der mit auffälliger Erscheinung, Schütteln des Degens und abgerissener Kleidung, überdies noch barfuß, das Aussehen eines Soldaten hat, es ist Baltasar Mateus, der Sieben-Sonnen. Er wurde aus der Armee entlassen, weil für sie nicht mehr tauglich, nachdem man ihm die linke Hand amputiert, die eine Kugel ihm vor Jerez de los Caballeros zerschmettert hatte, bei dem großen Einfall der elftausend Mann, den wir im Oktober vergangenen Jahres unternahmen und der mit dem Verlust von zweihundert der Unseren endete und der heillosen Flucht der Überlebenden vor der aus Badajoz ausgerittenen und sie jagenden spanischen Kavallerie. Nach Olivença zogen wir uns zurück, mit etwas Plünderung in Barcarrota und wenig Freude an der Beute, denn es hatte die Mühe nicht gelohnt, zehn Wegstunden hinzumarschieren und Gleiches zurückzurennen, dabei auf dem Feld so viele Tote blieben als auch die halbe Hand des Baltasar Sieben-Sonnen. Zum großen Glück, oder dank dem Medaillon, das er auf der Brust trägt, wurde die Wunde nicht brandig, noch platzten ihm die abgebundenen Adern, und so genügte es, da der Feldscher geschickt operierte, nur eben die Hand am Wurzelknochen abzutrennen, diesmal brauchte die Säge nicht erst angesetzt zu werden. Mit heilenden Kräutern umbetteten sie den Stumpf, und ein so gesundes Fleisch hatte Sieben-Sonnen, daß er binnen zwei Monaten voll genas.

Da er vom Sold wenig hatte sparen können, bettelte er in Évora um Almosen, damit er das nötige Geld zusammenbekäme, um Schmied und Sattler zu bezahlen, wenn er den Eisenhaken haben wollte, der ihm die verlorene Hand ersetzen sollte. So verbrachte er den Winter, indem er die Hälfte des Erbettelten sparte, sich für den Weg die Hälfte der anderen Hälfte aufhob und den Rest für Essen und Wein ausgab. Es war schon Frühling, als der Sattler ihm, nachdem er in kleinen Raten gezahlt, bei der letzten Geldleistung den Haken gab, außerdem den Stachel, den Baltasar Sieben-Sonnen, rein aus der Laune, zwei unterschiedliche linke Hände zu besitzen, mitbestellt hatte. Es waren gediegene Arbeiten in Leder, bestens verbunden mit den Eisenteilen, diese solid geschmiedet und gehärtet, und die Riemen von zweierlei Länge, um den Ellbogen und auch um die Schulter herum, zu besserem Halt. Sieben-Sonnen begann seine Reise, ehe, wie man wußte, die Armee der Beira die Kasernen verließ und die Provinz Alentejo überflutete, nicht zu deren Gunsten, weil der Hunger, in allen Landstrichen zu Hause, hier besonders groß war. Die Soldaten streunten barfuß und zerlumpt umher, raubten die Bauern aus, weigerten sich, in den Krieg zu ziehen, und gleichermaßen liefen sie zum Feind über, wie sie in ihre Heimat flüchteten, dabei sie die Wege verließen, Hungers wegen Überfälle begingen, einzeln angetroffene Frauen vergewaltigten, auf diese Weise, nun ja, ihren Lohn bei denen eintrieben, die ihnen nichts schuldeten, sondern ebenso große Not litten. Sieben-Sonnen, der Krüppel, marschierte auf der Landstraße nach Lissabon, als Gläubiger einer linken Hand, davon ein Teil in Spanien und der andere in Portugal geblieben war, eines Krieges halber, in dem es zu entscheiden galt, wer auf Spaniens Thron zu sitzen käme, ob ein österreichischer Karl oder ein französischer Philipp, von den Portugiesen keiner, ganz gleich, ob vollständig oder einarmig, ob in Gänze heil oder verstümmelt, abgeschnittene Glieder auf dem Felde zu lassen oder gar das Leben, dies war ausschließlich Schicksal dessen, der sich Soldat nennt und zum Sitzen nur die Erde hat oder wenig mehr. Sieben-Sonnen verließ Évora, er passierte Montemor, als Weggefährten und Hilfe hat er nicht Mönch noch Teufel, sondern, hinlänglich Waffe, seine Ersatzhand.

Gemächlich kam er daher. Niemand erwartet ihn in Lissabon, und falls in Mafra, von da er vor Jahren aufbrach, Soldat in Seiner Majestät Infanterie zu werden, falls Vater und Mutter dort an ihn denken, werden sie ihn am Leben wähnen, denn sie haben nicht Nachricht, daß er tot ist, oder sie wähnen ihn tot, weil sie nicht Nachricht haben, daß er lebt. Nun, mit der Zeit erfährt man alles. Jetzt scheint die Sonne, es hat nicht geregnet, blumenbedeckt die Fluren, die Vögel singen. Baltasar Sieben-Sonnen trägt seine Eisen im Ranzen, denn es gibt Augenblikke, ja Stunden, da spürt er die Hand, als wäre sie noch am Arm, er möchte sich nicht des Glücksgefühls berauben, daß er sich vollständig und unversehrt wähnt, wie Karl und Philipp auf ihren Thronen sich heil und ganz fühlen mögen, es wird schon für beide ein Hinlängliches abfallen bei Kriegsschluß. Sieben-Sonnen langt zu seiner Zufriedenheit, sofern er nicht hinschaut, dieses Jucken an der Kuppe des Zeigefingers und daß er sich vorstellt, er kratze die bewußte Stelle mit dem Daumen. Falls er in dieser Nacht träumt und sich im Schlaf selber betrachtet, wird er erkennen, daß nichts ihm fehlt, er wird das müde Haupt mit beiden Handflächen abstützen können.

Auch aus einem weiteren triftigen Grund verwahrt Baltasar die Eisen im Ranzen. Schnell erkannte er, daß die Leute, wenn er die Prothese trägt, sonderlich den Stachel, ihn abweisen möchten, mit dem Almosen knausern, wiewohl genötigt, doch irgendeine Münze zu geben, des Degens wegen, den er am Gürtel trägt, obwohl eigentlich alle Degen tragen, sogar die Schwarzen, diese jedoch nicht mit der erhabenen Gebärde dessen, der sich seiner zu bedienen weiß, auf der Stelle, wenn nötig. Und ist die Schar der Reisenden so gering, daß er Mißtrauen erregt, dieser Kerl, der einem mitten auf der Straße den Weg verstellt und Hilfe erbittet für einen Soldaten, dem sie die Hand und nur durch ein Wunder nicht auch das Leben abgeschnitten haben, da muß der Daherziehende fürchten, daß die Bitte in Überfall ausarten könnte, und allemal fällt eine Gabe in die verbliebene Hand, Baltasars Glück, daß er die rechte Hand noch hat.

Hinter Pegões, beim Eintritt in den großen Pinienwald, wo das sandige Land anhebt, schnürt sich Baltasar den Stachel an den Stumpf, unter Zuhilfenahme der Zähne, der Stachel wird im Falle der Not den Degen ersetzen, der zu gewissen Zeiten nicht getragen werden durfte, da sehr leicht eine tödliche Waffe. Sieben-Sonnen genießt sozusagen ein Privileg, er ist mit Stachel und Degen doppelt bewaffnet, er schreitet den Weg fort, im Halbdunkel der Bäume. Weiter vorn wird er einen Mann töten, von den zweien einen, die ihn auszurauben versuchen, selbst als er ihnen zuruft, daß er kein Geld hat, da wir aber aus einem Krieg kommen, in dem wir so viele Menschen sterben sahen, ist dies kein berichtenswerter Fall, erwähnt sei nur, daß Sieben-Sonnen den Stachel dann durch den Haken ersetzte, um den Toten leichter von der Straße zu schleifen, somit der gute Nutzen beider Eisen bewiesen ist. Der entwischte Straßenräuber folgte ihm noch eine halbe Wegstunde zwischen den Pinien, ihn von weitem beschimpfend und verfluchend, aber wie einer, der nicht recht überzeugt ist, daß er damit trifft und verletzt.

Bei Einbruch der Dunkelheit erreichte Sieben-Sonnen Aldegalega. Er aß etliche gebratene Sardinen, trank ein Maß Wein, und da sein Geld für eine feste Unterkunft nicht langte, nur gerade noch für die Überfahrt am nächsten Morgen, legte er sich in einen offenen Schuppen, unter einen der Wagen dort, und da schlief er, eingerollt in den Militärmantel, jedoch den linken Arm draußen und den Stachel angeschnallt. Die Nacht friedvoll ruhig. Er träumte vom Angriff auf Jerez de los Caballeros, den die Portugiesen diesmal gewinnen würden, weil Baltasar Sieben-Sonnen ihnen voranmarschierte, in der rechten Hand die abgeschnittene Linke hochhielt, ein Wunder, dawider die Spanier nicht Schild und nicht Beschwörung hatten. Als er aufwachte, war am östlichen Himmel noch kein Lichtstreif, er verspürte Marter in der linken Hand, verständlich, mit so einem spießenden Eisenstachel. Er löste die Riemen, und da Einbildung so viel vermag, zumal es Nacht war und dichtes Dunkel unter den Karren, bedeutete es für Baltasar, seine Hände nicht zu sehen, keineswegs, daß sie nicht zugegen wären. Beide. Er stieß mit dem linken Arm den Ranzen zurecht, hüllte sich in den Mantel und schlief weiter. Zum mindesten hatte er sich vom Krieg befreit, mit einem Happen weniger, aber lebend.

Beim ersten Morgenschimmer erhob er sich. Der Himmel sehr klar, durchsichtig bis hin zu den fernsten, mattesten Sternen. Schöner Tag dies, um in Lissabon Einzug zu halten, gutes Wetter, um dort zu verweilen oder die Reise fortzusetzen, je nachdem. Seine Hand fuhr in den Ranzen, zog die abgetragenen Stiefel hervor, die er während der ganzen Wanderung durch den Alentejo nicht angehabt hatte, sie wären sonst auf der Strecke geblieben. Und der Rechten neue Geschicklichkeiten abverlangend, mit schwacher Beihilfe, die der Stumpf, erst am Beginn seiner Lehrzeit, zu geben vermochte, konnte er den Füßen das Schuhwerk so anpassen, daß es keine Blasen und Abschürfungen gäbe, denn von Kindesbeinen an, als er noch auf dem Lande lebte, war er barfuß gelaufen, erst recht während der Soldatenzeit, als es nicht einmal für Essen, geschweige für Stiefel reichte. Kein schlimmeres Leben als das eines Soldaten.

Als er die Landestelle erreichte, war die Sonne schon aufgegangen. Ebbe hatte eingesetzt, der Bootsführer rief, er werde gleich ablegen: die richtige Strömung, wer nach Lissabon möchte. Und Baltasar Sieben-Sonnen lief über die Planke, die Eisen in seinem Ranzen klimperten, und als ein Witzling bemerkte, der Einarmige trüge sein Geschirr im Sack, vielleicht um es zu schonen, schaute dieser ihn scheel an, griff mit der Rechten in den Ranzen und zog den Stachel hervor, an dem, falls der Teufel es nicht nur vorgaukelte, jetzt gut erkennbar verkrustetes Blut klebte. Der Witzling wandte die Augen ab, empfahl sich dem heiligen Christophorus, der vor bösen Begegnungen und Reiseunfällen bewahrt, und von hier bis Lissabon tat er den Schnabel nicht mehr auf. Eine Frau, die von ungefähr neben Sieben-Sonnen zu sitzen kam, mit ihrem Ehemann, knüpfte das Frühstücksbündel auf, und mochte sie der Nachbarschaft anbieten, um zu gefallen, die darauf aber nicht einging, so drang sie desto mehr in den Soldaten, bis dieser annahm. Baltasar aß nicht gern vor den Leuten, mit einer rechten Hand, die so allein eher linkisch wirkte, denn mal entglitt ihr das Brot, mal die Beigabe, doch die Frau bestrich ihm eine breite Schnitte, und so konnte er, im Wechsel die Finger und die Spitze des kleinen Messers benutzend, das er aus der Tasche gezogen hatte, in Ruhe und hinlänglich gesittet essen. Die Frau hätte dem Alter nach seine Mutter sein können, der Mann sein Vater, es war dies kein Techtelmechtel auf den Wassern des Tejo und hinter dem Rücken eines ahnungslosen oder einverständigen Trottels. Nur eben schwesterliches Gefühl, Mitleid mit einem, der aus dem Krieg heimkehrt, für immer Krüppel.

Der Bootsführer hatte ein kleines Dreiecksegel gehißt, der Wind half den Gezeiten und beide dem Boot. Die Ruderer, nach erholsamem Nachtschlaf und aufmunterndem Schnaps, ruderten sicher und ohne Hast. Als sie hinter der Landspitze hervorkamen, erfaßten Flußströmung und Ebbe das Gefährt mit voller Kraft, es dünkte eine Reise ins Paradies, mit dem Sonnengleißen auf der Wasserfläche und den zwei Delphinfamilien, die, mal die eine und dann die andere, vor dem Boot kreuzten, mit dunkel glänzenden Rücken, so hochgewölbten, als wähnten sie den Himmel nahe und begehrten ihn zu erreichen. Am anderen Ufer, über dem Wasser, noch fern, ergoß sich Lissabon außerhalb seiner Mauern hin. Man sah die Festung auf dem Berg, sah die Kirchtürme das Gewirr der Flachhäuser überragen, sah die gedrängte Menge der Giebel. Und der Bootsführer hob an zu erzählen: Passierte doch neulich ein Ding, wer will hören? Alle wollten, zum guten Zeitvertreib, denn die Reise ist nicht kurz. Also das war so, begann der Bootsführer, es kam da eine englische Flotte, die jetzt drüben ankert, vor Santos, und brachte Truppen, die nach Katalonien sollten, in den Krieg, mit den anderen, die hier schon warteten, doch mit ihnen kam auch ein Schiff, das Verbrecherpärchen geladen hatte, zur Verbannung auf die Insel Barbados bestimmt, außerdem ein halbes Hundert Hurenweiber, auch sie nach dort unterwegs, um neue Geschlechter zu gründen, davon es in diesen Ländern so viel ehrenwerte wie unehrenwerte gibt, doch der Kapitän des Schiffes, Teufelsbraten, er meinte, daß die Hurenweiber es in Lissabon ebensogut und besser könnten, und erleichterte sich von der Ladung, ließ die Weiber an Land setzen, was hatten die für eine Figur, etliche sah ich selber, nicht übel, die Engländerei. Der Bootsführer lachte schon im voraus vergnüglich, als erginge er sich in eigenen Plänen von Fleischverschiffung und überschlüge den Gewinst solcher Anlandung, und lauthals lachten auch die Ruderknechte aus dem Algarve. Baltasar räkelte sich in der Sonne wie ein Kater, die Frau mit dem Frühstücksbeutel tat, als hörte sie nicht hin, der Ehemann schwankend, ob er sich an der Geschichte ergötzen oder aber Ernst wahren sollte, gerade weil solche Geschichten nicht ernst zu nehmen sind, das hatte er allenfalls früher vermocht, fernab, in der Gegend von Pancas, wo es, von der Geburt bis zum Sterben, stets das gleiche Furchenziehen ist, im eigentlichen und auch übertragenen Sinne. Und von einem Gedanken zum anderen wechselnd, in unerkennbarer Verbindung, fragte er den Soldaten: Und Sie, wie alt sind Sie? Und Baltasar antwortete: Sechsundzwanzig.

Da war Lissabon, bot sich gleichsam auf flacher Hand dar, nun mit aufragenden Mauern und Häusern. Das

Boot hielt auf das Flußufer zu, der Bootsführer manövrierte, um am Kai anzulegen, nachdem er das Segel eingeholt, und die Ruderknechte hoben auf der Landungsseite in jäher einziger Bewegung die Blätter, während sie auf der anderen Seite mit kurzen Stößen nachhalfen, noch ein Druck auf das Steuerruder, eine Leine flog über die Köpfe, es war, als verbände einer beide Flußufer miteinander. Da Ebbe herrschte, war die Kaimauer hoch, Baltasar half der Frühstücksspenderin und ihrem Mann, der Witzling indes, der keinen Piep mehr gesagt hatte, trat stolz auf, hob das eine Bein, ein Satz, und er stand oben auf festem Boden.

Das war ein Durcheinander von Booten und Barkassen, die Fische anlandeten, die Aufseher schrien und peinigten mit Gebrüll und mit manchem Hieb die schwarzen Lastträger, die gebeugt schritten, durchnäßt vom Wasser, das aus den großen Körben rann, Arme und Gesicht schuppenbedeckt. Es schien, als hätte ganz Lissabon sich hier auf dem Markt eingefunden. Baltasar lief das Wasser im Munde zusammen, gleichsam schoß sein während vier Jahren Militärfeldzug angestauter Hunger jetzt über Dämme der Ergebenheit und Selbstbemeisterung hinweg. Der Magen krampfte sich ihm zusammen, unbewußt hielt er nach der Frühstücksspenderin Ausschau, wo mochte sie jetzt schon sein, und auch ihr braver Ehemann, der begaffte sicherlich die vorbeikommenden Weiber, suchte zu erraten, ob Engländerinnen und Hurenweiber, es muß der Mann sich seinen Vorrat an Träumen schaffen.

Mit spärlichem Geld in der Tasche, etlichen Kupfermünzen, die weniger laut klangen als die Eisen im Ranzen, war Sieben-Sonnen in einer Stadt an Land gegangen, die er kaum kannte, es galt zu entscheiden, was die nächsten Schritte sein sollten, ob nach Mafra ziehen, wo er mit nur einer Hand untauglich wäre für die Platthacke, weil es deren zwei bedurfte, ob im Königsschloß vorstellig werden, wo es für das verlorene Blut vielleicht ein Entgelt gäbe. In Évora hatte einer ihm solches nahegelegt, doch müsse man viel und sehr lange betteln, mit großem Einsatz von seiten der Helfer und Beschützer, und selbst so würden vieler Stimme und Leben zu Ende gehen, bevor sie Geld sähen. Für den Notfall seien da die Bruderschaften mit einem Almosen, und an den Pforten der Klöster versorgten sie einen mit Suppe und einem Kanten Brot. Ein Mann, dem die linke Hand fehlt, hat wenig Grund zu klagen, sofern ihm die Rechte verblieben ist, mit der er die Vorübergehenden anbetteln kann. Es sei denn, er fordert mit dem spitzen Stachel.

Sieben-Sonnen schritt über den Fischmarkt. Die Verkäuferinnen riefen laut ihre Waren aus, sie reizten uns, schüttelten die mit goldenen Armreifen überladenen Gelenke, Schwüre tuend, schlugen sie sich an die Brust, darüber Halsketten, Kruzifixe, Anhänger, Schnüre hingen, alles echt brasilianisches Gold, ebenso die großen schweren Ohrgehänge und Ringe, reiches Geschmeide, einer Frau gemäß. Inmitten der schmutzigen Menge wirkten sie wundersam reinlich, als könnte ihnen selbst der Geruch des Fisches, den sie mit rudernden Händen umwühlten, nichts anhaben. An der Tür einer Schenke, neben dem Haus der Diamanten, erstand Baltasar drei gebratene Sardinen, auf unerläßlicher Brotschnitte, die er pustend und mit langen Zähnen verspeiste, indessen er den Weg zum Schloßplatz einschlug. Er trat in das unmittelbar am Platz befindliche Schlachthaus, um sich mit gierigem Blick an den großen Batzen Fleisch zu ergötzen, an den ausgeweideten Ochsen und Schweinen, an den ganzen Hälften, die dort an Haken hingen. Sich selber versprach er ein Fleischfestmahl, sobald er das nötige Geld hätte, er ahnte nicht, daß er hier Arbeit aufnehmen würde, schon an einem der nächsten Tage, und daß er die Stelle einem Beschützer verdankte, und auch dem Haken, den er im Ranzen trug und der sich so prächtig dazu eignete, geschlachtetes Vieh hinter sich herzuzerren, Därme zu entleeren, Speckseiten fortzuschaffen. Abgesehen von den Blutlachen ist der Ort sauber, die Wände mit weißen Fliesen verkleidet, und falls der Mann an der Waage nicht betrügt, geht hier niemand als Betrogener heim, denn das Fleisch, so geschmeidig und so gesund, ist etwas herzhaft Wahres.

Dort drüben steht das Schloß des Königs, das Schloß ist da, der König nicht, er jagt in Azeitão, mit dem Infanten Dom Francisco und seinen anderen Brüdern, samt den Hausdienern und den ehrwürdigen Jesuitenpatres João Seco und Luís Gonzaga, letztere gewiß nicht nur Essens und Betens wegen mit dabei, vielleicht möchte der König seine Kenntnisse in Mathematik und in Latein auffrischen, die er, als Prinz einst, von ihnen vermittelt bekam. Auch hat Seine Majestät eine neue Flinte, gebaut von João de Lara, dem Büchsenmacher im königlichen Zeughaus, ein feines edles Stück mit Intarsien aus Silber und Gold, das, falls es unterwegs verlorengeht, seinen Herrn flugs wiederfindet, denn da prangt, über die Länge des Laufs hin, in schöner Antiquaschrift, wie jene am Frontgiebel von Sankt Peter zu Rom, folgender erklärender Wortlaut: ICH DIENE DEM KÖNIG UNSEREM HERRN AVE GOTT BESCHÜTZE DOM JOÃO V., alles in Großbuchstaben, wie eben hier zu lesen, da sage nun einer, Schießgewehre wüßten nur durch die Mündung zu reden und ihre Sprache wäre Pulver und Blei. Solches gilt für die gemeinen, wie es das des Baltasar Mateus war, des Sieben-Sonnen, der jetzt waffenlos mitten auf dem Schloßplatz steht und hier vorbeiziehen sieht die Leute, die Sänften und die Priester, die Büttel und die Händler, vorbeiziehen sieht die Warenbündel und Kisten, da sehnt er sich mit einemmal nach dem Krieg, und wüßte er nicht, daß sie ihn dort nicht haben wollen, er kehrte unverzüglich in den Alentejo zurück, selbst wenn ihn dort der Tod erwartete.

Baltasar nahm die breite Straße hin zum Rossio, nachdem er in die Kirche Unserer Lieben Frau vom Ölbaum eingetreten, dort eine Messe gehört und mit einem vereinzelten Weibsbild, das Gefallen an ihm fand, Zeichen gewechselt, ein im übrigen geläufiges Vergnügen, denn Frauen auf der einen Seite, Männer auf der anderen, sind da Winke, Wedeln mit dem Tüchlein, Mienenspiel und Augenzwinkern reine Harmlosigkeit, bei weitem nicht so sündig wie Briefchen überbringen, Treffs vereinbaren, handfeste Beziehungen knüpfen, da Baltasar von fern her kam, müde des Wegs, ohne Geld für Götterspeisen und Seidenbänder, trieb er die Liebelei nicht weiter voran, er verließ die Kirche, nahm die breite Straße zum Rossio hin. Dies war ein Tag der Weiber, wie sich an dem Dutzend bestätigte, das aus einer Gasse tauchte, umringt von schwarzen Bütteln, vorwärts getrieben, zugegen mit Amtsstab in der Hand auch ein Stadtrichter, und die Weiber fast alle blond, mit hellen Augen, blauen, grünen, grauen. Wer sind diese, fragte Sieben-Sonnen, und ehe ein Mann nahebei es ihm sagte, erriet er, daß es wohl

Engländerinnen waren, die man zum Schiff führte, von dem sie der verschlagene Kapitän an Land gesetzt hatte, und daß sie nun unweigerlich zu den Barbados müßten, anstatt hier im schönen Portugal zu bleiben, das ausländischen Huren so gewogen ist, in einem Babels Sprachenverwirrung höhnenden Gewerbe, denn dessen Wirkungsstätten kann man stumm betreten und schweigend wieder verlassen, sobald das Geld geredet hat. Doch der Bootsführer hatte von einem halben Hundert gesprochen, und hier ging ein spärliches Dutzend. Was ist denn mit den übrigen?, und der Mann antwortete: Viele sind bereits geschnappt, aber alle kriegen sie nicht, haben sich bestens versteckt, zur Stunde wissen sie vielleicht schon, ob ein Unterschied ist zwischen Engländer und Portugiese. Baltasar ging weiter, versprach dem heiligen Benedikt, ihm ein Herz aus Wachs zu stiften, falls der ihm, wenigstens einmal im Leben, eine Engländerin bescherte, eine blonde, mit grünen Augen, und die groß und schlank wäre. Wenn die Leute zum Festtag dieses Heiligen bei ihm in der Kirche anklopfen und darum bitten, daß ihnen das Brot nicht fehlen möge, wenn Frauen, die sich wackere Ehemänner wünschen, zum Freitag Meßgebete an ihn bestellen, ist es da unverzeihlich, daß ein Soldat sich vom heiligen Benedikt eine Engländerin erbittet, und sei es für ein einziges Mal, damit er nicht in Unwissenheit stürbe.

Baltasar Sieben-Sonnen streifte durch die Stadtviertel und über die Plätze, den ganzen Nachmittag. An der Pforte des Klosters zum heiligen Franziskus von der Stadt faßte er eine Suppe – auch ließ er sich sagen, welche Bruderschaften wohl am spendefreudigsten waren, und merkte sich deren drei, zu später Vergewisserung: die

Unserer Lieben Frau vom Ölbaum, von den Zuckerbäkkern unterhalten, und die er schon beehrt hatte, die des heiligen Eligius, von den Silberschmiedemeistern, und die vom Verlorenen Kind, darin er einigen Vergleich zu sich selber fand, auch wenn ihm nur dunkel in Erinnerung war, jemals Kind gewesen zu sein, aber verloren ohne Zweifel, ob sie mich je wiederfinden?

Der Abend kam, und Sieben-Sonnen hielt Ausschau nach einem Fleckchen für die Nacht. Schon hatte er sich mit einem ausgemusterten älteren und erfahreneren Soldaten angefreundet, João Elvas hieß er und bestritt sein Leben mit Zuhälterei, hier nun, da das Wetter lind war, gerade dabei, seinen Schlafwinkel, in einem verlassenen Schuppen, aufzusuchen, längs der Mauern des Klosters von der Hoffnung, nach dem Olivenhain hin. Baltasar schloß sich ihm als Gelegenheitsgast an, immerhin ein neuer Freund, ein Gesprächspartner, jedoch mit Hin und Her, sich entschuldigend, daß er den gesunden rechten Arm von der Last des Ranzens befreien müsse, dabei steckte er dem Stumpf die Hakenprothese auf, schon da er João Elvas und die übrige Bande nicht mit dem Stachel verschrecken wollte, der tödlichen Waffe, wie wir ja wissen. Niemand tat ihm Böses, wiewohl ihrer sechs unter dem Dach, und auch er tat niemandem Böses.

Bis der Schlaf kam, erzählte man sich Fälle von Verbrechen. Nicht eigene, jeder weiß seins und Gott weiß von allen, sondern großer Leute Verbrechen, die meist ungestraft bleiben, selbst wenn die Urheber bekannt sind, so wenig wie sich umgekehrt die Justiz der Nachforschungen befleißigt, wenn ein Fall im Dunkel liegt. Kleine Spitzbuben, Raufbolde oder aber Totschläger für einen und einen halben Real, sofern nicht Gefahr bestand, daß letztere ihre Zunge lösten und den Aufträger ausplauderten, die verkamen im Limoeiro-Gefängnis, bei allerdings gesicherter Suppe, so wie ihnen Scheiße und Pinkel sicher waren, in denen sie lebten. Unlängst aber waren da etwa ihrer hundertfünfzig mit weniger schweren Strafen freigelassen worden, von den im Limoeiro-Gefängnis befindlichen insgesamt mehr als fünfhundert, dies im Zusammenhang mit den für Indien bestimmten vielen Aushebungen, die sich am Ende als nichtig erwiesen, denn so groß war die Ansammlung und so groß der Hunger, daß eine Seuche ausbrach, die uns alle getötet hätte, darum man sie laufen ließ, und einer von ihnen bin ich. Ein anderer sagte: Dies ist ein Land mit vielen Verbrechen, hier wird mehr gestorben als im Krieg, das sagt euch einer, der herumgekommen ist, und du, Sieben-Sonnen, was sagst du? Baltasar antwortete: Ich habe erlebt, wie man im Krieg stirbt, ich weiß nicht, wie dies in Lissabon ist, kann also nicht vergleichen, soll João Elvas reden, der weiß von Kriegsschauplätzen so viel wie von Menschenplätzen. João Elvas aber zuckte lediglich mit den Achseln, sagte nichts.

Das Gespräch kehrte zum Ausgang zurück, einer erzählte den Fall von jenem Vergolder, der eine Witwe, die er heiraten wollte, erdolchte, weil sie ihn nicht heiraten wollte, und sie also, weil sie den Wunsch des Mannes nicht krönte, mit dem Tod büßte, und er ging und trat ins Kloster der Dreifaltigkeit ein, und da war auch jene Unglückliche, die ihren Mann tadelte, weil er auf Abwegen ging, und er sie mit dem Degen glatt durchbohrte, und einem Pfaffen passierte es, daß er wegen Liebeshändel drei prächtige Messerstiche abbekam, dies alles in der Fastenzeit, es ist erwiesenermaßen die Saison des siedenden Blutes und der bösen Launen. Doch auch der Monat August ist nicht gut, wie erst im vergangenen Jahr, als man da eine Frau in vierzehn oder fünfzehn Teile zerhackt auffand, die genaue Zahl der Stücke blieb ungeklärt, jedenfalls aber merkte man, daß besonders grausam ihren fleischigen Stellen zugesetzt worden war, wie Hinterbacken und Waden, die waren herausgeschnitten, abgetrennt worden von den Knochen, die Batzen sodann ausgestreut in Cotovia, zur Hälfte auf dem Anwesen des Grafen Tarouca, die anderen unten in Cardais, offen auffindbar, nicht verscharrt und nicht ins Meer geworfen, augenscheinlich mit Absicht, damit alle das Grausen packte.

Da meldete sich João Elvas und erklärte: Es war ein großes Gemetzel und muß am lebendigen Leibe der Unglücklichen geschehen sein, denn so streng geht man mit einer Leiche nicht um, aber warum dies?, wie zu ersehen, Verstümmelung der sensiblen und weniger sterblichen Teile, nur jemand von tausendfach verderbtem und verlorenem Herzen kann eines solchen Verbrechens fähig sein, du, Sieben-Sonnen, hast im Krieg dergleichen nie gesehen, sag ich, auch wenn ich nicht weiß, was du im Krieg gesehen hast. Und der diesen Fall aufgetischt hatte, knüpfte hier an und fuhr fort: Dann tauchten die fehlenden Teile auf, am folgenden Tag fand man in Junqueira den Kopf und eine Hand, und einen Fuß in Boavista, und an Hand, Fuß und Kopf erkannte man, daß es sich um eine feine, edle Person handelte, ihr Gesicht verriet, daß sie achtzehn, höchstens zwanzig Jahre alt gewesen war, und in dem Sack, der ihren Kopf barg, waren auch die Eingeweide und weitere innere Organe, und die Brüste, diese wie aufgeschnittene Apfelsinen, und dazwischen ein drei oder vier Monate altes Kleinkind, mit einer Seidenschnur erdrosselt, in Lissabon hat man ja schon viel erlebt, aber so etwas noch nie.

Wieder meldete sich João Elvas und fügte hinzu, was er über die Sache sonst noch wußte: Der König ließ durch Maueranschläge bekanntgeben, daß derjenige, der die Schuldigen verriete, tausend Cruzados Belohnung erhielte, aber nun ist schon fast ein Jahr vergangen, und man hat die Täter nicht gefaßt, kein Wunder, haben doch alle rasch erkannt, daß es sich offenbar um hochgestellte Personen handelt, daß nicht Schuster oder Schneider die Mörder waren, denn diese schneiden nur in die Taschen, diese Frau aber war kunstgerecht zerstückelt, kein einziger Ansatz zwischen all den Körperteilen verfehlt, fast Knochen von Knochen getrennt, daß die zur Beschau erschienenen Chirurgen versicherten, dies sei das Werk eines in Anatomie äußerst beschlagenen Mannes, sie verschwiegen allenfalls, daß sie selber es nicht so meisterlich verstünden. Auf der anderen Seite der Klostermauer erklangen die Litaneien der Nonnen, die ahnen kaum, wovor sie sich bewahren, ein Kind gebären und dafür so hart büßen. Hierauf fragte Baltasar: Und hat man weiter nichts erfahren und wer die Frau war? Weder über sie noch über die Mörder gelang es, Näheres zu erfahren, ihren Kopf stellten sie am Tor der Misericórdia zur Besichtigung aus, vielleicht daß jemand sie erkannte, aber es war so gut wie vergebens. Und einer von denen, die bisher geschwiegen hatten, mit mehr weißen als schwarzen Barthaaren, sagte: Die sind gewiß nicht vom Hofe gewesen, dort wäre das Fehlen der Frau aufgefallen, es hätte Gemurmel gegeben, es wird ein Vater gewesen sein, der seine Tochter der Schande wegen ermorden und sie sich in Stücke geteilt bringen ließ, auf einem Maultier oder in einer Kutsche, um die Teile in der Stadt verstreut auszulegen, und vielleicht hat er an seinem Wohnort ein Schwein begraben und so getan, als wäre es seine arme Tochter, diese vorgeblich an den Blattern gestorben oder an verdorbenen Körpersäften, damit das Leichentuch nicht zurückgeschlagen würde, es gibt ja Leute, die sind zu allem fähig, mit ganzem Vorbedacht.

Die Männer schwiegen, erregt, von den Nonnen hörte man jetzt keinen Seufzer, und Sieben-Sonnen erklärte: Der Krieg kennt mehr Erbarmen. Der Krieg ist nur mehr ein Kind, erwog João Elvas. Und da nach diesem Spruch nichts mehr zu sagen blieb, ergaben alle sich dem Schlaf.

Dona Maria Ana wird heute dem Autodafé fernbleiben. Sie ist in Trauer, ihres Bruders wegen, des Kaisers von Österreich, den binnen Tagen die Blattern hinwegrafften, die echten, an ihnen starb er, erst dreiunddreißig Jahre alt, jedoch nicht darum hütet sie die Gemächer, sehr schlecht erginge es den Staaten, wenn eine Königin ob solcher Kleinigkeiten schwach würde, sie ist, im Gegenteil, für große und schlimme Schicksalsschläge erzogen. Obwohl im fünften Monat schwanger, hat sie noch natürliche Gelüste, die gleichwohl nicht ausreichen würden, ihre hingebungsvollen Sinne – Auge, Ohr und Nase – abzulenken von der die Seelen so erhebenden feierlichen Zeremonie, diesem so glaubensvollen Akt, der gemessenen Prozession, der trägen Urteilsverlesung, den niedergeschlagen wirkenden Verurteilten, den Jammerstimmen, dem Geruch berstenden Fleisches, wenn erst die Flammen auflodern und das bißchen Fett, das ihnen der Kerker ließ, in die Glut tropft. Dona Maria Ana wird dem Autodafé fernbleiben, weil sie, obzwar schwanger, dreimal zur Ader gelassen wurde, was sie sehr geschwächt hat, die Unpäßlichkeiten vermehrte, an denen sie seit Monaten leidet. Die Aderlässe hatte man hinausgeschoben, so wie man ihr auch die Nachricht vom Ableben des Bruders mit Verzug überbrachte, denn die Ärzte wünschten, daß die erst kurz bestehende Schwangerschaft sich erst verfestigte. Denn, wahrhaftig, es herrschten nicht gute Lüfte im Schloß, wie sich jüngst bewies, da den König eine so harte Blähung heimsuchte, daß er zu beichten begehrte, und der Wunsch unverzüglich Erfüllung fand, weil das der Seele Linderung tut, doch es mögen Einbildungen gewesen sein, denn als sie ihn purgierten, löste alles sich in Wohlgefallen auf, war er doch nur hartleibig gewesen. Trist wirkt der Palast, über das Gewöhnliche hinaus, denn der König ordnete seinem ganzen Haus Trauer an und befahl allen Würden- und Amtsträgern, Trauer anzulegen, wie er, acht Tage strenger Trauer, gefolgt von sechs weiteren Monaten, drei Monate langer Umhang und drei Monate kurzer Umhang, zum Zeichen großen Mitfühlens am Tode des Kaisers und Schwagers.

Heut nun aber ist ein Tag allgemeiner Freude, vielleicht nicht das rechte Wort, das Ergötzen kommt von viel tiefer her, vielleicht aus der Seele, wenn man diese Stadt erlebt, wie da die Menschen aus den Häusern strömen, durch Straßen und über Plätze sich ergießen, von den Hügeln steigen, sich auf dem Rossio scharen, um die Aburteilung von Juden und Neuchristen, von Ketzern und Hexern zu erleben, abgesehen von wenigen leicht einzuordnenden Fällen wie Sodomie, Molinismus, Frauenentführung und Vergewaltigung und sonstigen Kleinigkeiten, die nicht mit Verbannung oder Scheiterhaufen geahndet werden. Heute sind es hundertvier Personen, mehrheitlich aus Brasilien, dem an Diamanten und Lastern reichen Land, einundfünfzig Männer diesmal und dreiundfünfzig Frauen. Zwei der Weiber werden dem weltlichen Arm überantwortet, in Fleisch und Blut, weil rückfällig geworden, will heißen Rückfall in Ketzerei, aus

Überzeugung und Bösheit, will heißen uneinsichtig, wider alle Beweise, starrköpfig, will heißen, sie beharren in irrigen Überzeugungen, die sie für Wahrheit halten, nur eben Zeit und Ort nicht gemäß. Und da es fast zwei Jahre her ist, daß in Lissabon letztmalig Leute verbrannt wurden, wimmelt es auf dem Rossio von Menschen, doppelt festlich gestimmten, weil Sonntag und weil Autodafé, nie wird man recht erfahren, was die Lissabonner mehr mögen, ob dies oder die Stierkämpfe, selbst wenn nur letztere Brauch wären. In den Fenstern, zum Platz hin, drängen sich die Damen, prächtig gekleidet und frisiert nach Art der «Alemoa», der Königin aus deutschem Hause, mit ihrem hellen Rot auf Gesicht und Hals, mit dem Mund Grimassen schneidend, damit er klein und gepreßt wirkt, unterschiedliches Mienenspiel und alles der Straße zugewandt, dabei die Damen sich fragen, ob die kleinen Zeichen im Gesicht, die Schönheitspflästerchen, richtig sitzen, am Mundwinkel der Küsser, auf dem Hautfleck der Verbergende und unterhalb des Auges der Betörer, während ihr bestätigter Freier oder seufzender Verehrer unten umherstreicht, Tüchlein in der Hand und den Umhang schwingend. Und da es so heiß ist, werden sich die Zuschauer erfrischen, mit der bekannten Limonade, oder aus dem üblichen Wasserkrug, oder an einer Melonenscheibe, damit es nicht geschehe, daß, weil die anderen sterben, diese verdursten müssen. Und begehrt der Magen herzhaftere Füllung, dann fehlt es nicht an Lupinenkörnern und Zirbelnüssen, an Käsekuchen und an Datteln. Der König, mit den Infanten, Infantinnen, seinen Brüdern und Schwestern, wird bei der Inquisition speisen, nach Beendigung des Autodafés, und da von seiner Unpäßlichkeit genesen, wird er die Tafel des Großinquisitors beehren, die glanzvoll beladen ist: Terrinen voll Hühnerbrühe, Rebhuhn, Kalbsbrust, Pfannkuchen, Hammelpasteten mit Zucker und Zimt, gekochtes Rind auf kastilische Art samt allen Zutaten und Safran, desgleichen Mandelsüßspeise, zu guter Letzt Backsüßigkeiten und Früchte der Saison. Doch der König zeigt sich gar mäßig, rührt den Wein nicht an, und da das gute Beispiel noch immer die beste Lehre ist, befleißigen alle sich seiner, des Beispiels, nicht des Weins.

Ein anderes Beispiel, mehr zu Frommen der Seele, sofern der Körper schon randvoll ist, wird heute hier gegeben. Die Prozession ist schon auf dem Wege, vornan die Dominikaner, mit der Fahne des heiligen Dominikus, alsdann die Inquisitoren, mit Schulterschluß marschierend, endlich dann die Abgeurteilten, hundertvier, wie gesagt, sie tragen Kerzen in der Hand, nebenher die Begleiter, und allüberall ist es Gebet und Gemurmel, an den unterschiedlichen Kappen und Gewändern kann man erkennen, wer sterben wird und wer nicht, doch ist da auch ein anderes untrügliches Zeichen, den für den Scheiterhaufen bestimmten Frauen wird das Kruzifix mit der Rückseite entgegengehalten, während denen, die lebend davonkommen, die leidende und gütige Seite gezeigt wird, das sind so Symbolgesten, die jedermann sagen, was den Betreffenden erwartet, sofern einer sein Augenmerk nicht vorzüglich auf die Bekleidung der Personen lenkt, denn diese, o ja, ist ins Bild gesetztes Urteil, der gelbe Spitzhut mit rotem Sankt-Andreas-Kreuz jenen, die den Tod nicht verdient haben, der andere mit den nach unten gewandten Flammen, «Verkehrtes Feuer» genannt, für jene, die ihre Sünden eingestanden haben und ihr Leben somit retteten, und dann das graue lange

Gewand, von düsterer Farbe, mit dem Bildnis des Verurteilten, den Teufel und Flammen umringen, was, in Sprache übersetzt, besagen will, daß jene zwei Frauen alsbald brennen werden. Es predigte Bruder João von den Märtyrern, der Provinzial der Franziskaner, und sicherlich gebührt diese Ehre niemandem mehr als ihm, wenn wir uns entsinnen, daß es ein Franziskanerbruder war, dessen Tugend Gott dadurch krönte, daß er die Königin schwängerte, drum also die Predigt zur Seelenrettung so sehr von Nutzen ist, wie es der Dynastie die gesicherte Nachfolge sein wird und dem Franziskanerorden das ihm versprochene Kloster.

Die aufgebrachte Menge empfängt die Verurteilten mit wilden Schmährufen, die über die Fensterbrüstungen sich neigenden Weiber kreischen, die Mönche brabbeln, die Prozession ist eine Riesenschlange, die in gerader Länge nicht auf den Rossio paßt, sich darum hin und her windet, als wollte sie überallhin gelangen oder aber der ganzen Stadt dieses erbauliche Schauspiel vorführen, der dort marschiert, das ist Simeão de Oliveira e Sousa, ohne Beruf noch geistliches Amt, doch vor dem Heiligen Offizium erklärte er, Bücherzensor der Inquisition zu sein, und obwohl Laie, las er Messen, nahm er Beichten ab und predigte er, gleichzeitig bekannte er, Jude und Ketzer zu sein, selten erlebte man ein solches Durcheinander, und damit dieses noch größer sei, nannte er sich sowohl Pater Teodoro Pereira de Sousa als auch Bruder Manuel von der Unbefleckten Empfängnis oder Bruder Manuel von der Gnade, oder auch Belchior Carneiro, oder Manuel Lencastre, weiß einer, was für Namen sonst noch, und alle echt, denn es müsse der Mensch das Recht haben, sich seinen Namen selber zu wählen und ihn hundertmal am Tag zu wechseln, ein Name ist ein Nichts, und der da, das ist Domingos Afonso Lagareiro, geboren und wohnhaft gewesen in Portel, dieser gab vor, Visionen gehabt zu haben, damit er für heilig gehalten würde, und er führte Heilungen durch mit Segnungen, Sprüchen und Bekreuzigungen und betrieb dergleichen Aberglauben mehr, denk einer, als wäre er der erste gewesen, und der dort, das ist Pater António Teixeira de Sousa, von der Insel São Jorge, er, weil er Frauen begehrte, die kanonische Redensart zu sagen, daß er sie befummelte und beschlief, sicherlich begann es mit Worten im Beichtstuhl und endete beim Akt, versteckt in der Sakristei, nun wird er, körperlich, gewiß in Angola enden, wohin man ihn lebenslänglich verbannt hat, und dies hier bin ich, Sebastiana Maria de Jesus, ein Viertel Neuchristin, ich habe Visionen und Offenbarungen, doch vor dem Tribunal nannten sie es Täuschung, ich höre Stimmen des Himmels, sie aber erklärten es Teufelswerk, ich weiß, daß ich eine Heilige sein kann, wie es die Heiligen sind, oder eine noch bessere, denn ich sehe keinen Unterschied zwischen mir und ihnen, sie aber nannten dies unduldbaren Hochmut und frevlerischen Stolz, Schmähung Gottes, hier gehe ich Gotteslästerin, Ketzerin, dreistes Weib, mit einem Knebel im Mund, damit die Leute nicht meine Dreistigkeiten, Ketzereien und Gotteslästerungen hören, verurteilt zu öffentlicher Auspeitschung und zu acht Jahren Verbannung ins Reich Angola, und als ich die Urteile vernommen, meines und die der anderen, die mit mir in dieser Prozession marschieren, hörte ich nicht von meiner Tochter reden, ihr Name ist Blimunda, wo mag sie sein, wo bist du, Blimunda?, wenn nicht ebenfalls gefangengesetzt, wirst du hier sein, wirst Ausschau halten nach deiner Mutter, und ich werde dich sehen, falls du in dieser Menge stehst, nur um dich zu sehen, will ich jetzt die Augen heben, den Mund haben sie mir verschlossen, nicht die Augen, Augen, die dich nicht sehen, Herz das fühlt und fühlte, o mein Herz, springe mir in der Brust, falls Blimunda hier ist, unter diesen Leuten, die mich anspukken, mich mit Melonenschalen und mit Dreck beschmeißen, ach, wie sie sich täuschen, nur ich weiß, daß sie allesamt Heilige sein könnten, so sie nur wollten, und ich kann es ihnen nicht zurufen, endlich, jetzt gibt mir die Brust ein Zeichen, seufzt tief mein Herz, ich werde Blimunda sehen, werde sie sehen, da ist sie, da, Blimunda, Blimunda, Blimunda, meine Tochter, schon hat sie mich erspäht, und sie darf nicht sprechen, muß tun, als kenne sie mich nicht oder schmähe mich, mich, die Hexenmutter, das Buckelweib, und sei dies nur zu einem Viertel, schon hat sie mich erblickt, und neben ihr steht Pater Bartolomeu Lourenço, sprich nicht, Blimunda, schau nur, schau mit diesen deinen Augen, die alles zu sehen vermögen, und jener Mann da, wer mag es sein?, so groß, der da dicht neben Blimunda steht und nicht weiß, ach, nicht weiß, nicht weiß, wer ist er?, woher kommt er?, was wird aus ihnen allen werden?, du meine Kraft, der Kleidung nach ein Soldat, dem Gesicht nach ein Bestrafter, dem Armstumpf nach ein Krüppel, leb wohl, Blimunda, ich werde dich nie wiedersehen. Und Blimunda sagte zum Pater: Dort geht meine Mutter, und dann, sich an den großen Mann wendend, der neben ihr stand, fragte sie: Wie ist Ihr Name?, und der Mann sagte, ganz ungezwungen, dieser Frau das Recht billigend, ihn nach seinem Namen zu fragen: Baltasar Mateus, man nennt mich auch Sieben-Sonnen.

Schon ist Sebastiana Maria de Jesus vorbeigeschritten, sind alle andern vorbeigeschritten, die Prozession hat ihren Rundmarsch beendet, ausgepeitscht sind jene, die man zu dieser Strafe verurteilt hatte, verbrannt die zwei Frauen, eine zuvor mit dem Würgeisen erdrosselt, weil sie bekundet hatte, im christlichen Glauben sterben zu wollen, die andere bei lebendigem Leibe gebraten, weil sie bis in den Tod starr auf ihrer Überzeugung beharrte, vor den Scheiterhaufen hob ein Tanzfest an, hüpften Männer und Frauen, der König zog sich zurück, er sah, speiste und ging, mit ihm die Infanten, er fuhr zurück zum Schloß in seiner von sechs Rössern gezogenen Kutsche, von seiner Wache beschützt, der Abend senkt sich schnell herab, doch die Hitze benimmt einem noch den Atem, erdrosselte Sonne, über den Rossio fallen die langen Schatten des Klosters vom Karmel, die toten Frauen wurden über die Glut gelegt, damit diese sie ganz verzehre, und wenn es dann dunkel ist, werden die Aschen verstreut, und nicht einmal mehr das Jüngste Gericht wird sie wieder zusammenbringen, und die Leute werden in ihre Behausungen heimkehren, aufgerichtet im Glauben, an den Schuhsohlen Rußflaum, haftendes Fetzchen verkohlten Fleisches, auch Blut, das vielleicht noch klebrig, sofern es nicht in der Glut verdampfte. Der Sonntag ist der Tag des Herrn, eine abgedroschene Wahrheit, ihm gehören alle Tage, und uns verzehren die Tage, sofern uns nicht im Namen des selbigen Herrn vorher die Flammen verzehren, mit verdoppelter Heftigkeit, die darin besteht, daß sie mich verbrennen, wenn ich kraft meiner Vernunft und meines Willens dem genannten Herrn Gebein und Fleisch verweigere und den Geist, der mir den Körper aufrecht erhält, ich, Sohn meiner selbst, engstes

Band von mir zu mir, Aufguß der Welt über das verborgene Antlitz, gleich dem vorgezeigten und darum nicht gekannten. Indes, es muß gestorben werden.

Eisig mögen Blimundas Worte jenem erschienen sein, der in ihrer Nähe stand: Dort geht meine Mutter. Kein Seufzer, keine Träne, nicht einmal eine Miene des Bedauerns, solches fehlt nicht da mitten im Volk, wie groß auch sein Haß, wie groß Schimpf und Spott, und diese da, die ihre Tochter ist und geliebt, wie am Blick der Mutter zu erkennen, sie brachte weiter nichts hervor als: Dort geht meine Mutter, und dann wandte sie sich einem Manne zu, den sie noch nie gesehen hatte, fragte ihn: Wie ist Ihr Name?, als zählte dies mehr, mehr denn die qualvollen Geißelungen nach der Peinigung im Gefängnis und sonstiger Marter und mehr als die sichere Gewißheit, daß Sebastiana Maria de Jesus, nicht einmal ihr Name rettete sie, nach Angola verbannt würde und dort bleiben wird, wer weiß, ob seelisch und körperlich getröstet von Pater António Teixeira de Sousa, der von hier viel praktische Erfahrung mitnimmt, und desto besser, damit die Welt nicht so unglücklich sei, auch wenn ihr die Verdammung gewiß ist. Nun aber, in ihrem Hause, weinen Blimundas Augen wie zwei Quellrinnsale, allenfalls bei der Einschiffung wird sie die Mutter noch einmal sehen können, jedoch nur von weitem, leichter vermag ein englischer Kapitän Hurenweiber an Land zu setzen, als eine Tochter ihrer abgeurteilten Mutter einen Kuß zu geben, Wange an Wange zu legen, die straffe Haut, die schlaffe Haut, so nah, so fern, wo sind wir, wer sind wir, und Pater Bartolomeu Lourenço sagt: Ein Nichts sind wir vor den Fügungen des Herrgotts, er weiß, wer wir sind, tröste dich damit, Blimunda, überlassen wir Gott das Feld Gottes, behalten wir uns in den von ihm gesetzten Grenzen, lieben wir das Diesseits und bestellen wir unser Feld, des Menschen Feld, das Gott, wenn es bereitet ist, gewißlich aufsuchen will, und dann, jawohl, ist die Welt erschaffen. Baltasar Mateus, der Sieben-Sonnen, verharrt in Schweigen, starrt Blimunda an, weiter nichts, und wann immer sie ihn anblickt, spürt er einen Druck in der Magengrube, solche Augen hat man noch nie gesehen, leuchtend von Grau, oder Grün, oder Blau, und es wechselt mit dem Licht von draußen oder den Gedanken innen, zuweilen ist es ein Nachtschwarz oder ein blankes Schillern wie Steinkohlesplitter. Er kam in diese Hütte nicht, weil man ihn etwa herbefohlen, Blimunda hatte ihn nach dem Namen gefragt und er hatte geantwortet, eines besseren Grundes bedurfte es nicht. Als das Autodafé geendet und die Reste fortgefegt waren, kehrte Blimunda heim, der Pater mit ihr, und als Blimunda zu Hause anlangte, ließ sie die Tür auf, damit Baltasar einträte. Er trat ein, setzte sich, der Pater schloß die Tür und zündete eine Öllampe an, beim letzten Lichtstreif, einem roten Schein von West, der auf diesen Hügel noch einfällt, wenn es in der Unterstadt schon dunkelt, auf den Burgmauern hört man Soldaten rufen, bei anderer Gelegenheit hätte dies Sieben-Sonnen an den Krieg erinnert, doch jetzt gelten seine Sinne nur Blimundas Augen, oder ihrem Körper, sie ist groß und rank, wie die Engländerin, von der er am Tage seiner Landung in Lissabon wachend träumte.

Blimunda erhob sich vom Hocker, zündete das Herdfeuer an, stellte auf den Dreifuß einen Topf mit Suppe, und als diese kochte, teilte sie davon in zwei breite Terrinen aus, setzte diese den beiden Männern vor, alles wortlos stumm, seit Stunden, seit sie gefragt: Wie ist Ihr Name?, hatte sie den Mund nicht mehr aufgetan, und obwohl der Pater als erster die Terrine leer hatte, wartete sie, bis Baltasar zu Ende kam, um sich seines Löffels zu bedienen, es war gleichsam stumme Antwort auf eine weitere Frage: Du nimmst für deinen Mund den Löffel, dessen sich der Mund dieses Mannes bediente, er machte sich zu eigen, was dein war, und nun wird wieder dein, was sein war, und dies so oft, daß der Sinn für mein und dein verlorengeht. Und da Blimunda, ehe gefragt, schon ja gesagt hatte: Somit erkläre ich euch für verheiratet. Pater Bartolomeu Lourenço wartete, bis Blimunda den Rest Suppe aus dem Kochtopf gelöffelt hatte, dann erteilte er ihr den Segen, bedachte damit die Person, das Essen und den Löffel, den Schoß, die Herdflamme, das Öllicht, die Schlafmatte auf dem Fußboden, die abgeschnittene Faust Baltasars. Dann ging er davon.

Eine Stunde lang saßen die zwei da, ohne zu sprechen. Einmal nur erhob sich Baltasar, um etwas Holz auf die erlöschende Glut zu legen, und einmal säuberte Blimunda den Docht, weil das Licht nachließ, und als es dann ganz hell war, konnte Sieben-Sonnen sagen: Warum wolltest du meinen Namen wissen. Und Blimunda antwortete: Weil meine Mutter es wissen wollte und sie auch wollte, daß ich es wüßte. Woher weißt du das, du konntest doch nicht mit ihr sprechen. Ich weiß, daß ich weiß, nur nicht wie, frag nicht nach dem, worauf ich keine Antwort habe, tu, wie du es getan, du sahst und fragtest nicht. Und jetzt? Wenn du keine bessere Herberge hast, dann bleib hier. Ich muß nach Mafra, ich habe dort Familie. Ehefrau? Die Eltern und eine Schwester. Bleib, solange du bleibst, zum Gehen ist allemal noch Zeit. Warum willst du, daß ich bleibe? Weil es nötig ist. Das überzeugt mich nicht. Geh, falls du es möchtest, ich kann dich nicht halten. Mir fehlen die Kräfte, du hast mich behext. Mitnichten, kein Wort hab ich gesagt, hab dich nicht angerührt. Du hast in mich hineingeschaut. Ich schwöre, nie werde ich in dein Inneres schauen. Du schwörst und hast es doch schon getan. Du weißt nicht, wovon du redest, ich habe nicht in dich geschaut. Wenn ich bleibe, wo schlafe ich da? Bei mir.

Sie legten sich hin. Blimunda war Jungfrau. Wie alt bist du? fragte Baltasar, und Blimunda antwortete: Neunzehn Jahre. Doch da war sie schon um vieles älter. Etwas Blut troff auf die Matte. Blimunda benäßte damit die Kuppen von Mittel- und Zeigefinger, bekreuzigte sich und malte Baltasar ein Kreuz auf die Brust, dort, wo das Herz sitzt. Sie waren beide nackt. Nahebei in der Gasse hörten sie Schmährufe, Degenklirren, Laufschritte. Dann Stille. Mehr Blut floß nicht.

Als Baltasar am Morgen aufwachte, sah er Blimunda an seiner Seite liegen und Brot kauen, bei gesenkten Lidern. Sie öffnete die Augen erst, und grau waren sie zu dieser Stunde, als sie zu Ende gekaut hatte, und sie sagte: Nie werde ich in dein Inneres schauen.

Dieses Brot zum Munde führen ist eine leichte Geste, bestens geeignet, wenn der Hunger es verlangt, Nahrung des Körpers, Gewinn dem Bauersmann, gewiß ein noch größerer Gewinn für etliche, die es verstanden, zwischen die Sense und die Zähne ihre geschäftigen Hände zu bringen und Hamstertaschen, das ist die Regel. In Portugal ist nicht genugsam Getreide wider den beständigen Brothunger der Portugiesen, als wüßten sie nichts anderes zu speisen, darum schicken die unter uns lebenden Ausländer, bekümmert ob unserer Bedürftigkeiten, die gewaltiger aufsprießen als aus einem Samenkern die Kürbisse, schicken sie aus ihren und aus fremden Ländern Flotten von hundert Schiffen, beladen mit Brotgetreide, wie diese hier, die soeben in den Tejo einfuhren, die Torre de Belém grüßten und dem Kommandanten die Frachtpapiere vorwiesen, dieses Mal sind es mehr als dreißigtausend Moios, die aus Irland kommen, eine Riesenmenge, Hunger wandelte sich in Überfluß, bis zum neuerlichen Hunger, jetzt sind die Vorratshäuser voll und auch schon die privaten Magazine, es werden für hohen Mietpreis Lagermöglichkeiten gesucht und die Tore der Stadt mit Anschlägen versehen, die zur Bereitstellung von Speicherraum aufrufen, weshalb sich jene, die das Getreide geschickt haben, diesmal die Haare raufen werden, weil das Überangebot ihnen die Preise drückt, und desto mehr, als vom baldigen Einlaufen einer Flotte aus Holland die Rede ist, ebenfalls Getreide, doch wird man erfahren, daß diese von einem französischen Geschwader überfallen wurde, nahe schon dem Hafen, und also sinkt der Preis, der sinken sollte, nun doch nicht, notfalls wird man einen oder zwei Speicher in Brand stekken und dann verkünden, daß schon wieder Mangel herrsche, und dabei dachten wir, es gäbe in Hülle und Fülle. Es sind dies Geheimnisse des Geschäfts, die jene von draußen lehren und die Hiesigen erlernen, obzwar letztere in der Regel dumm, von den Kaufleuten reden wir, daß niemals sie selbst die Waren aus anderen Ländern zu uns schicken, lieber kaufen sie die hier von den Ausländern ab, die sich gütlich tun an unserer Einfalt und mit ihr sich die Geldschatullen füllen, indem sie zu Preisen kaufen, von denen wir keine Ahnung haben, und zu anderen verkaufen, die wir allerdings gut kennen, denn wir bezahlen im Hader, veräußern Stückchen für Stückchen das Leben.

Da aber das Lachen der Träne so nahe ist, die Erleichterung der Angst so nahe, der Trost so nahe dem Schrekken, sich derweise das Leben der Menschen und der Nationen abspielt, erzählt João Elvas Baltasar Sieben-Sonnen den stolzen Waffengang der Lissabonner Marine, von Belém bis Xabregas, im Verlaufe zweier Tage und zweier Nächte. Während gleichzeitig zu Land die Infanterie und die Kavallerie Plätze bezogen, weil das Gerücht ging, eine französische Armada sei im Anzug, wolle uns erobern, eine Annahme, in deren Folge jedweder Fidalgo oder auch jeder beliebige Plebejer hier ein zweiter Duarte Pacheco Pereira geworden wäre und Lissabon ein zweites Diu, allein es verwandelte sich die Angreiferarmada in eine Flotte mit Klippfisch, der uns sehr gefehlt hatte, wie man am Appetit alsbald erkannte. Mit welkem Lachen nahmen die Minister die Nachricht auf, mit saurem Lächeln legten die Soldaten die Waffen und die Reitzügel aus der Hand, aber laut und schallend lachte das niedere Volk, so unverhofft der nicht geringen Belästigungen enthoben. Nun, schlimmer als die Schande, des Franzosen gewärtig zu sein und Klippfisch daherkommen zu sehen, wäre es gewesen, man hätte auf Klippfisch gewartet und es wäre der Franzose gekommen.

Sieben-Sonnen stimmt dem bei, doch er versetzt sich in die Lage der Soldaten, die da dem Kampf entgegenfieberten, er weiß, wie einem dann das Herz pocht, was wird mir widerfahren, vielleicht bin ich allernächst schon nicht mehr am Leben, Erregung packt den Mann in Todesgefahr, und dann heißt es mir nichts, dir nichts: An der Ribeira Nova entladen sie stapelweise Klippfisch. Wenn die Franzosen diesen Irrtum erfahren, werden sie noch schallender lachen als wir. Einmal mehr denkt Baltasar wehmütig an den Krieg zurück, doch dann fällt ihm Blimunda ein, und es drängt ihn festzustellen, welche Farbe ihre Augen haben, er steht auf Kriegsfuß mit seinem Gedächtnis, das ihm eine wie die andere Farbe möglich erscheinen läßt, ja nicht einmal seinen eigenen Augen gelingt es zu entscheiden, welche Farbe sie da sehen, wenn er Blimunda vor sich hat. So verflog die aufkommende Wehmut, und er entgegnet João Elvas: Es müßte Möglichkeit geben, verläßlich zu erfahren, wer da kommt, und was er bringt oder will, die Möwen, die sich auf die Rahen setzen, wissen es, wir aber, die es am ehesten betrifft, wir wissen es nicht. Und der altgediente Soldat sagte: Die Möwen haben Flügel, auch die Engel, aber die Möwen reden nicht, und Engel hab ich nie einen gesehen.

Pater Bartolomeu Lourenço kam über den Schloßplatz daher, aus dem Palast, dort vorstellig geworden auf Bitten von Sieben-Sonnen, der sehr begierig war zu erfahren, ob, ja oder nein, Aussicht auf eine Kriegsversehrtenpension bestünde, ob eine linke Hand das wert wäre, und als João Elvas, der von Baltasars Leben nicht alles wußte, den Pater kommen sah, sprach er in Fortführung seiner Rede: Der da kommt, das ist Pater Bartolomeu Lourenço, auch «der Flieger» genannt, doch dem Flieger sind die Flügel nicht lang genug gewachsen, und so können wir die einlaufenden Flotten nicht auskundschaften, nicht in Erfahrung bringen, was ihre Absichten oder Angelegenheiten sind. Sieben-Sonnen blieb die Erwiderung schuldig, weil der Pater auf Distanz stehenblieb und ihn zu sich winkte. João Elvas sah baff, wie sein Freund zwischen Schloß und Gotteshaus dahinrannte, und schon überlegte er, welcherweise einem streunenden Soldaten dies nutzen könnte. Damit es inzwischen irgendwie voranging, streckte er die Hand um eine milde Gabe aus, zunächst einem Edelmann entgegen, der gutwillig gab, und dann, in seiner Zerstreutheit, einem Bettelmönch, der ein Bildnis vor sich hertrug und es zu frommem Kuß anbot, womit João Elvas wieder aus den Händen gab, was er gerade eingenommen. Daß mich der Blitz verschone, Fluchen mag Sünde sein, doch es erleichtert ungemein.

Zu Sieben-Sonnen sprach Pater Bartolomeu: Ich habe mit den Richtern vom Appellationsgericht über die Sache gesprochen, sie sagten, sie wollen sich deinen Fall überlegen, ob es einen Sinn hat, daß du eine Bittschrift einreichst, später geben sie mir Bescheid. Wann wird dies sein, Pater? fragte Baltasar, einfältige Neugierde dessen, der gerade erst bei Hofe eingetroffen und dessen Gepflogenheiten nicht kennt. Das vermag ich dir nicht zu sagen, aber sollte es sich hinziehen, könnte ich vielleicht Seiner Majestät ein Wort sagen, deren Wertschätzung und Schutz ich genieße. Sie dürfen den König sprechen? rief Baltasar verblüfft und setzte hinzu: Sie dürfen den König sprechen und haben Blimundas von der Inquisition abgeurteilte Mutter gekannt, was ist dieser Pater für ein Pater? Die letzten Worte wird Sieben-Sonnen nicht laut gesagt, sondern nur beunruhigt gedacht haben. Bartolomeu Lourenço erwiderte nichts, schaute ihn nur fest an, so standen sie da, der Pater etwas kleiner und etwas jünger aussehend, aber nein, sie haben das gleiche Alter, sechsundzwanzig Jahre, und wie wir es von Baltasar bereits wissen, sind es zwei unterschiedliche Leben, das des Sieben-Sonnen ist Arbeit und Krieg, das eine ist am Ende, jenes andere wird von vorn beginnen müssen, das des Bartolomeu Lourenço, der, in Brasilien geboren, als junger Mensch nach Portugal kam, so lernbegierig und von so trefflichem Gedächtnis, daß er, der Fünfzehnjährige, viel versprach und vom Versprochenen viel wahr machte, auswendig hersagen, in Gänze, konnte er Vergil, Horaz, Ovid, Quintus Curtius, Sueton, Maecenas und Seneca, vorwärts und rückwärts, an beliebiger Stelle einsetzend, und er wußte alle Fabeln zu erklären, die je geschrieben worden, und was die Griechen und die Römer mit ihnen eigentlich meinten, auch kannte er die Verfasser aller Bücher und Verse, alte wie neuere, bis zum Jahre zwölfhundert, und kam jemand ihm mit einem Gedicht, dann antwortete er darauf mit einem Dutzend eigener Verse aus dem Stegreif, auch versicherte er, die Philosophie samt und sonders und in ihren kniffligsten Punkten rechtfertigen und verteidigen zu können, desgleichen den Anteil des Aristoteles darzulegen, so umfangreich der auch sein mochte, mit all seinen Widersprüchen, Schlüssen und halben Schlüssen, vermochte auch auf alle Zweifel bezüglich der Heiligen Schrift, sowohl des Alten als auch des Neuen Testaments, Erwiderung zu geben, sagte aus dem Gedächtnis fortlaufend oder nach Belieben alle Evangelien der vier Evangelisten her, rückwärts wie vorwärts, ebenso die Paulusbriefe und die Briefe des heiligen Hieronymus, und die Jahre von Prophet zu Prophet und wie alt ein jeglicher von ihnen geworden, Gleiches von allen Königen der Heiligen Schrift und Gleiches nach unten und nach oben, nach links und nach rechts, von den Psalmen, dem Hohenlied Salomos, dem Exodus und allen Büchern der Könige, und daß die zwei Bücher Esra nicht kanonisch seien, so wie es, unter uns gesagt und ohne sonderliches Mißtrauen, letztlich nicht sehr kanonisch anmutet, daß dieses prächtige Genie, mit seinen Gaben und seinem Gedächtnis, in einem Land geworden und gewachsen ist, von dem wir lediglich Gold und Diamanten begehren, Tabak und Zucker, und die Reichtümer des Urwaldes und was man in diesem Land außerhalb unserer Welt sonst noch finden mag, morgen und in den kommenden Jahrhunderten, außer acht die Bekehrung der Tapuias, denn einzig dieser Tat wegen gewannen wir die Ewigkeit.

Gerade eben, Pater, sagt mir mein Freund João Elvas, jener da, daß Sie «der Flieger» genannt werden, warum dieser Beiname? fragte Baltasar. Bartolomeu Lourenço begann den Rückzug, der Soldat folgte ihm, stets im Abstand von zwei Schritten, sie gingen längs des Arsenals am Schiffsufer hin und längs des Palastes vom Königshof und weiter fort, wo der Platz sich nach dem Fluß hin auftat, bei den Remolares, setzte der Pater sich auf einen Stein, lud Sieben-Sonnen mit einer Geste ein, es sich neben ihm gemütlich zu machen, und endlich antwortete er ihm, als sei er eben erst gefragt worden: Weil ich geflogen bin. Baltasar sagte zweifelnd: Verzeihen Sie mir meinen Einwand, nur die Vögel fliegen, und die Engel, und die Menschen in ihren Träumen, aber Träume sind Schäume. Du hast nicht in Lissabon gelebt, ich bin dir nie begegnet. Ich war im Krieg, vier Jahre, und mein Zuhause ist Mafra. Nun, vor zwei Jahren bin ich geflogen, der erste Ballon, den ich mir baute, verbrannte, der zweite stieg in einem Saal des Schlosses bis zur Decke, ein anderer endlich entwich durch ein Fenster in der Casa da Índia und wurde von niemandem mehr gesehen. Aber sind Sie selber geflogen oder nur die Ballone? Die Ballone, aber es war, als wäre ich selber geflogen. Ein fliegender Ballon ist kein fliegender Mensch. Erst tapst der Mensch, dann geht er, dann läuft er, eines Tages wird er fliegen, antwortete Bartolomeu Lourenço, doch dann sank er auf die Knie, weil der Leib unseres Herrn vorübergetragen wurde, zu einem Kranken von Rang, der Priester unter dem von sechs Männern getragenen Baldachin, voran Trompeten, hinterdrein die Vertreter der Bruderschaft, in hochroten ärmellosen Überwürfen und Kerzen in den Händen, desgleichen die erforderlichen Gerätschaften zur Verabreichung des heiligen Sakraments an eine Seele, die voll Ungeduld zu fliegen begehrte, nur noch begehrte, daß man sie von der körperlichen Last befreite und sie in den Wind stellte, der vom weiten Meer her weht, oder aus der Tiefe des Universums, oder vom fernsten Fleck im Jenseits. Auch Sieben-Sonnen tat den Kniefall, berührte mit seinem Eisenhaken die Erde, bekreuzigte sich.

Pater Bartolomeu Lourenço setzte sich nicht mehr, bedächtig trat er ans Flußufer, Baltasar ihm hinterdrein, von einer längsliegenden Barke entluden die Schauerleute in großen Körben Stroh, buckelten es, über die Bohle balancierend, an Land, während an anderer Stelle zwei Negersklavinnen die Fäkalieneimer ihrer Herrschaften ins Wasser schütteten, den Urin und den Kot vom Tage oder von der Woche. Der Pater, umhüllt vom natürlichen Geruch des Strohs und vom natürlichen Geruch der Exkremente, sprach: Ich war das Gelächter des Hofes und der Dichter, einer von ihnen, Tomás Pinto Brandão, nannte meine Erfindung ein Windei von knapper Dauer, hielte nicht der König seine Hand darüber, ich weiß nicht, was aus mir würde, der König glaubt an meine Erfindung und erlaubt mir, daß ich auf dem Landsitz des Herzogs von Aveiro, in São Sebastião da Pedreira, meine Experimente durchführe, endlich gönnen mir die Verleumder etwas Atem, schon wünschten sie mir, daß ich mir die Beine bräche, wenn ich mich vom Schloß aufzuschwingen gedächte, dabei ist sicher, daß ich solches nie in Aussicht gestellt habe und daß meine Kunst mehr mit der Gerichtsbarkeit der Heiligen Inquisition als mit Geometrie zu tun hat. Pater Lourenço, von solchen Dingen versteh ich nichts, ich stamme vom Lande, Soldat bin ich nicht mehr, und ich glaube nicht, daß jemand, dem keine Flügel gewachsen sind, fliegen kann, wer solches behauptet, versteht davon so viel wie vom Ölkeltern. Diesen Haken da an deinem Arm, den hast nicht du erfunden, es mußte einer ihn dringlich benötigen und außerdem eine

Idee haben, das eine nicht ohne das andere, und es galt, Leder und Eisen zusammenzufügen, und auch diese Schiffe da auf dem Fluß, vorzeiten hatten sie keine Segel, und zu anderer Zeit war die Erfindung der Riemen und zu einer anderen die des Steuers, und wie der Mensch, ein Erdenwesen, notgedrungen Seefahrer wurde, so wird er notgedrungen Flieger werden. Wer einer Barke Segel aufsetzt, ist und bleibt auf dem Wasser, fliegen jedoch hieße von der Erde abheben, in die Lüfte, die Luft aber hat keine Balken. Wir werden es den Vögeln gleichtun, die am Himmel wie auf der Erde in ihrem Element sind. So haben Sie, weil Sie fliegen wollten, die Bekanntschaft von Blimundas Mutter gesucht, weil diese in den feinen Künsten bewandert war? Ich hörte, sie hätte Visionen, sähe Menschen mit Schwingen aus Leinwand fliegen, freilich geben viele vor, Visionen zu haben, doch was man mir von ihr erzählte, schien so einleuchtend, daß ich sie eines Tages insgeheim aufsuchte, und bald gewann ich ihre Freundschaft. Und erfuhren Sie das Gewünschte? Nein, ich begriff lediglich, daß ihr Wissen, falls sie solches ernstlich besaß, von anderer Natur war und ich ohne fremde Hilfe gegen mein eigenes Nichtwissen angehen mußte, gebe Gott, daß ich mich nicht täusche. Ich möchte meinen, recht haben jene, die da sagen, die Kunst zu fliegen ist näher der Inquisition als der Geometrie, ich an Ihrer Stelle wäre doppelt vorsichtig, weil solche Übertreibungen mit Kerker, Verbannung oder Scheiterhaufen gelohnt werden, doch hiervon weiß ein Pater mehr als ein Soldat. Ich bin auf der Hut, auch genieße ich guten Schutz. Der Tag wird schon kommen.

Sie kehrten um, zurück zu den Remolares. Sieben-Sonnen hätte gern gesprochen, zögerte aber, der Pater merkte es, sagte: Möchtest wohl was sagen. Wissen möchte ich, Pater Bartolomeu Lourenço, warum Blimunda jeden Morgen, bevor sie die Augen aufschlägt, Brot kaut. Du hast bei ihr geschlafen? Ich wohne da. Bedenke, daß ihr in der Sünde des Konkubinats lebt, besser, ihr würdet heiraten. Sie möchte nicht, und ich weiß nicht, ob ich möchte, wenn ich demnächst vielleicht in meine Heimat zurückkehre und sie lieber in Lissabon bleibt, weshalb da erst heiraten?, doch zu meiner Frage, warum Blimunda Brot ißt, bevor sie am Morgen die Augen aufschlägt? Ja. Falls du es eines Tages erfährst, dann sei es durch sie, nicht durch mich. Aber Sie wissen den Grund. Weiß ich. Und sagen's mir nicht. Es ist ein großes Geheimnis, mehr sage ich nicht, fliegen ist im Vergleich dazu eine harmlose Sache.

Während sie so hingingen, im Gespräch, gelangten sie zu den Ställen einer Reittiervermietung, am Tor des Corpo Santo. Der Pater mietete ein Maultier, stieg in den Saumsattel, ich will nach São Sebastião da Pedreira zu meiner Maschine, kommst du mit?, das Tier trägt uns beide. Ich komme mit, aber zu Fuß, wie es der Infanterie ansteht. Bist ein natürlicher Mensch, nicht Maultierhufe, nicht Flügel des Riesenvogels. Riesenvogel, heißt so Ihre Maschine? fragte Baltasar. Der Pater erwiderte: Die Spötter nannten sie so.

Man stieg nach São Roque hinan und dann, den hohen Lehmwändeberg entlang, hinab über die Praça da Alegria bis Valverde. Sieben-Sonnen hielt gut Schritt mit dem Maultier, nur auf ebener Strecke fiel er etwas zurück, schloß aber am nächsten Hang, abwärts wie aufwärts, wieder auf. Obwohl seit April kein Tropfen Regen gefallen war, nun schon vier Monate her, waren oberhalb von Valverde alle Feldstücke gut bewässert, dank den vielen unversiegbaren Quellen, deren Naß abgeleitet wurde zur Kultivierung der hier vor den Toren der Stadt zahlreichen Gemüsegärten. Anschließend an das Kloster der heiligen Martha, und bevor man zu dem der heiligen Prinzeß Joana gelangte, dehnten sich Olivenhaine hin, doch selbst hier Gemüsestreifen, und wo kein Quell an die Oberfläche drang, halfen Ziehbrunnen, die ihre langen Hälse in die Höhe reckten, und im Kreis laufende Esel, mit verbundenen Augen, bewegten Schöpfwerke, meinten geraden Weg zu gehen, nicht ahnend, wie ihre Herren auch, daß einer, wenn er untrüglich gradeaus schreitet, am Ende doch wieder zum selben Fleck gelangt, denn die Erde ist ein Göpelwerk, und es sind die über sie hinschreitenden Menschen, die sie treiben und in Bewegung halten. Auch wenn Sebastiana Maria de Jesus nicht mehr hier ist, nicht mehr helfen kann mit ihren Offenbarungen, erkennt man leicht, daß, wenn die Menschen fehlten, die Erde aufhörte, sich zu drehen.

Als sie am Tor des Landsitzes anlangten, auf dem sich der Herzog nicht befindet und keiner seiner Diener, da dessen Güter denen der Krone einverleibt sind und jetzt Prozeßverhandlungen laufen zwecks Rückerstattung an das Haus Aveiro, die Mühlen der Justiz aber langsam mahlen, der Herzog dann aber zurückkehren wird, aus Spanien, wo er lebt und gleichfalls Herzog ist, allerdings von Banhos, als sie also, wie gesagt, anlangten, saß der Pater ab, zog einen Schlüssel aus der Tasche und sperrte auf, als wäre er hier zu Hause. Er führte das Maultier hinein und in einen Schatten, hängte ihm vors Maul einen Beutel mit Spreu und Pferdebohnen, und da also stand das Tier, befreit von der Last, schlug mit dem

Schwanz nach den lästigen Bremsen und Fliegen, die in heller Erregung waren ob der ihnen aus der Stadt zugekommenen Speisung.

Alle Türen und Fenster waren verschlossen, das Anwesen verlassen, nicht gepflegt. Auf einer Seite des geräumigen Hofes ein Speicher oder Stall oder Weinlager, da aber leer, war nicht zu erkennen, wozu der Raum gedient hatte, zum Speicher fehlten die Behältnisse, wo hatte der Tierunterstand die Mauerringe?, und Weinlager ohne Fässer gibt es nicht. Diese Tür hatte ein Vorhängeschloß, in das ein Schlüssel mit einem Bart ähnlich arabischem Schriftgeschnörkel paßte. Der Pater schob den Riegel zurück, drückte die Tür auf, und da sah man nun doch, daß der große Raum nicht leer stand, da waren Segelleinen, Stäbe, Drahtrollen, Eisenbleche, Bündel von Weidenruten, alles säuberlich nach Art ausgelegt, gut geordnet, und in der Mitte, auf freier Fläche, da war ein Etwas, gleichsam eine riesige Muschel, gänzlich mit Drähten bespannt, wie ein Korb, der, mitten in der Herstellung, das Grundgeflecht zeigt.

Baltasar, dem Pater auf den Fersen, schaute sich neugierig um, begriff nicht, was er da sah, vielleicht war er auf einen Ballon gefaßt gewesen oder auf riesige Sperlingsflügel oder auf einen Sack Federn, seine Zweifel verständlich: Dies also ist es? Und Pater Bartolomeu Lourenço entgegnete: Dies soll es werden. Und er klappte eine Truhe auf, holte eine Papierrolle hervor, breitete sie aus, darauf war ein Vogel abgebildet, der Riesenvogel, wie Baltasar zu erkennen vermeinte, und da augenscheinlich Vogel, glaubte er denn also, daß alle diese Materialien, zusammengefügt und an den rechten Fleck gesetzt, zu fliegen imstande wären. Mehr für sich als für

Sieben-Sonnen, der aus der Zeichnung nur Vogelähnlichkeit ersah und was ihm genügte, erklärte der Pater, zunächst beherrscht, dann in Begeisterung geratend: Was du hier siehst, das sind die Segel, sie dienen dazu, den Wind zu schneiden, und sie werden nach Erfordernis bewegt, und dies ist das Ruder, mit dem das Schiff gesteuert wird, nicht aufs Geratewohl, sondern von Hand und Kunst des Piloten, und dies der Körper des Luftschiffes, Bug und Heck in Form einer Meeresmuschel, wo Blasebälge zum Einsatz gelangen, wenn es an Wind fehlt, wie ja oft auf See, und dies sind die Flügel, wie anders ließe sich das Luftschiff sonst im Gleichgewicht halten?, und von diesen Hohlkugeln erzähle ich dir nicht, das ist mein Geheimnis, es langt, wenn ich dir sage, daß ohne ihren Inhalt das Schiff nicht fliegen wird, doch hierüber bin ich mir selber noch nicht ganz im klaren, und an dieses Drähtedach hängen wir Bernsteinkugeln, Bernstein spricht vorzüglich auf die Wärme der Sonnenstrahlen an, ein Effekt so recht für meinen Zweck, und dies ist der Kompaß, ohne ihn gelangt man nirgends hin, und dies die Rollen, zum Hissen oder zum Einholen der Segel, wie auf Seeschiffen. Er schwieg einige Augenblicke, dann fügte er hinzu: Und wenn alles montiert und aufeinander abgestimmt ist, werde ich fliegen. Schon die Zeichnung überzeugte Baltasar, er brauchte durchaus keine Erklärungen, weil wir in einen Vogel nicht hineinschauen und also nicht wissen, was ihn zum Fliegen bringt, dennoch fliegt er, weil der Vogel eben Vogelform hat, nichts einfacher als das. Wann? fragte er. Noch kann ich es nicht sagen, antwortete der Pater, mir fehlt ein Helfer, allein schaffe ich es nicht, auch sind da Arbeiten, zu denen meine Kraft nicht ausreicht. Wieder schwieg er, und dann:

Willst nicht du mir helfen? Baltasar tat einen Schritt zurück, baß erstaunt. Ich habe von nichts eine Ahnung, kenne nur die Landarbeit, außer daß sie mir noch das Töten beibrachten, und dann in diesem meinem Zustand, ohne die Hand. Mit der Rechten und diesem Haken da bringst du alles zuwege, manche Dinge bewältigt ein Haken besser als eine heile Hand, ein Haken spürt keinen Schmerz, wenn es einen Draht oder ein Eisen fest zu packen gilt, er schneidet sich nicht, holt sich keine Verbrennung, und ich sage dir, Gott ist einhändig und hat dennoch das Universum erschaffen.

Baltasar wich erschrocken zurück, bekreuzigte sich hastig, wie um dem Teufel nicht Zeit zu geben, sein Werk zu vollenden. Was reden Sie da, Pater Bartolomeu Lourenço, wo steht geschrieben, daß Gott einhändig ist? Niemand hat es geschrieben, nirgends steht es zu lesen, ich bin es, der sagt: Gott fehlt die linke Hand, denn zu seiner Rechten, rechter Hand, nehmen die Auserwählten Platz, nirgends ist die Rede von Gottes linker Hand, nicht in der Heiligen Schrift und nicht bei den Kirchengelehrten, zur Linken Gottes setzt sich niemand, da ist die Leere, das Nichts, die Abwesenheit, also ist Gott ein Einhänder. Der Pater holte tief Luft und schloß: Jawohl, ihm fehlt die linke Hand.

Sieben-Sonnen hatte aufmerksam zugehört. Er musterte die Zeichnung und die auf dem Boden verstreuten Materialien und die noch gestaltlose Muschel, er lächelte, hob ein bißchen die Arme und sprach: Wenn Gott einhändig ist und das Universum erschuf, dann kann dieser Mann ja wohl auch ohne die eine Hand das Segel und den Draht spannen, die da fliegen sollen.

Doch alles braucht seine Zeit. Unterdessen, weil Pater Bartolomeu Lourenço das Geld zum Kauf der Magneten fehlt, die seiner Vorstellung nach den Riesenvogel flugfähig machen werden, diese zudem aus dem Ausland kommen sollen, arbeitet Sieben-Sonnen im Schlachthaus am Schloßplatz, auf Vermittlung selbigen Paters, er schleppt auf dem Buckel unterschiedlichste Fleischstücke, Viertel eines Ochsen, Ferkel dutzendweis, Hammel paarweis, die vom einen Haken zum anderen wechseln, und unterwegs zeichnen sie ihm Blutstreifen auf das Sackleinen, das ihm Rücken und Kopf bedeckt, ein schmutziges Handwerk, aber doch belohnt mit mancher Zugabe, einer Schweinshaxe, einem Fetzen Gekröse, und so Gott es will und die gute Laune des Schlachthausbetreibers, erwischt er etwas von der Hüfte, vom Schwanzstück oder der Schenkelinnenseite, eingewickelt in ein krauses Kohlblatt, damit Blimunda und Baltasar sich ein bißchen besser nähren als übliche Leute, wer teilt, der verteilt, auch wenn Baltasar selber nicht von den Zerlegern ist, zu etwas dienlich ist diese Kunst allemal.

Für Dona Maria Ana rückt die Zeit nun heran. Der Bauch vermag nicht weiter zu wachsen, sosehr sich die Haut auch dehnt und strafft, er ist eine riesige Auswölbung, eine Indienkaravelle, eine Brasilienflotte, ab und an erkundigt sich der König, wie es um die Überfahrt des

Infanten steht, ob er in Ferne schon gesichtet wird, ob gute Winde ihn herbeitragen oder er Überfälle erleidet, wie unsere Geschwader, denn neulich erst kaperten die Franzosen, auf der Höhe der Inseln, sechs unserer Handelsschiffe und ein Kriegsschiff, all dessen und noch vieler Dinge mehr konnten wir gewärtig sein, von den Schiffsführern, die wir haben, und den Geleitzügen, die wir aufstellen, und nun scheint es, daß die besagten Franzosen den Rest unserer Schiffe vor Pernambuco und vor Baía abpassen, wenn sie nicht schon auf der Lauer nach jener Flotte sind, die inzwischen von Rio de Janeiro ausgelaufen sein muß. Viele Entdeckungen machten wir, als es zu entdecken galt, und nun werfen die anderen uns die Capa über, wie einem lammfrommen Stier, ohne Kunst und Finten, gar nur so nebenbei. Auch an Dona Maria Anas Ohr dringen diese schlimmen Nachrichten, Dinge allemal von vor einem Monat, zwei Monaten, als der Infant in ihrem Bauch nur mehr Gallert war, ein Kaulquapp, ein dickköpfiges Etwas, es ist schon wundersam, wie ein Mann und eine Frau sich da formen, drin in ihrem Ei, gleichgültig gegenüber der Welt draußen, und dennoch werden sie sich an dieser Welt stoßen, als König oder Soldat, als Pater oder Totschläger, als Engländerin in Barbados oder auf dem Rossio gerichtet, ein Etwas immer, denn alles kann es nicht sein, und ein Nichts erst recht nicht. Denn wohl können wir allem entfliehen, aber nicht uns selbst.

Dennoch steht es nicht gar so kläglich um Portugals Schiffahrt. Vor Tagen lief aus Macau der Segler ein, seit langem erwartet, weil vor zwanzig Monaten von hier in See gestochen, wahrlich lang her, Sieben-Sonnen damals noch im Krieg, und der Segler machte glückliche Fahrt trotz langer Route, denn Macau liegt viel weiter fort als Goa, der Ort so vieler Glückseligkeiten, China, es übertrifft alle anderen in äußerst preiswerten Gaben und Reichtümern, ist überdies von so mildem gutem Klima, so wohltuend gesundem, daß man dort Beschwerden und Krankheiten nicht kennt, darum es dort keine Ärzte und Chirurgen gibt, ein Mensch stirbt dort nur an Altersschwäche, von der Natur aufgegeben, was uns nicht immer sicher ist. In China lud das Schiff alles, was reich und kostbar, es nahm Route über Brasilien, um zu handeln, lud da Zucker und Tabake und in Fülle Gold, für all dies ankerten sie zweieinhalb Monate in Rio und Baía, und in sechsundfünfzig Tagen schifften sie von dort hierher, und es war ein Wunder im Spiel, denn auf der so gefährlichen und weiten Reise erkrankte oder verstarb nicht ein einziger, es scheint, daß dies die tagtägliche Messe bewirkte, die sie hier zum Behufe guter Fahrt in der Kirche Unserer Lieben Frau vom Erbarmen der Wundmale lasen, noch kam das Schiff von der Route ab, trotz Unwissen des Steuermanns, sofern das glaubhaft, womit zur Genüge gesagt ist, daß die Chinageschäfte sich in der Tat lohnen. Doch damit nicht alles eitel Wohlgefallen wäre, kam die Nachricht, daß zwischen denen von Pernambuco und denen von Recife heißer Krieg entbrannt sei, tagtäglich finden dort Gefechte statt, manche sehr blutig, und fast hätten sie den Busch angezündet und also allen Zucker und Tabak niedergebrannt, für den König ein äußerst beträchtlicher Schaden.

Man bringt Dona Maria Ana vielleicht diese oder jene Nachricht, doch der Schwangeren, in ihrer Benommenheit, ist es einerlei, ob man sie ihr sagt oder vorenthält, selbst von ihrer ersten Ruhmestat, daß sie sich befruchten ließ, ist ihr nur noch eine schwache Erinnerung verblieben, gleichsam dünne Brise von dem, was einst stolzer Wind war, als sie selber sich, in erster Zeit, eine jener Figuren vom Bug der Schiffe dünkte, deren Blick zwar nicht weit hinausreicht, weshalb da das Fernrohr ist und der Marswächter, dafür aber desto tiefer lotet. Eine Schwangere, ob Königin oder Gemeine, kennt im Leben einen Augenblick, da fühlt sie sich mit allem Wissen begabt, wiewohl dies unübersetzbar in Worte, doch dann, mit dem übermäßigen Anschwellen des Bauches und anderen Nöten ihres Leibes, hat sie erst wieder zum Tage des Gebärens Gedanken, nicht allesamt fröhliche, oft durch Weissagung verschreckte, doch in diesem besonderen Falle wird der Franziskanerorden ihr tatkräftig zur Seite stehen, da er das ihm zugesagte Kloster nicht einbüßen will. Alle Kongregationen der Provinz Arrábida sind eifrig am Werke, sie lesen Messen, veranstalten Novenen, befördern Gebete, auf allgemeine oder persönliche Veranlassung, ausdrücklich oder unausdrücklich, damit der Infant heil auf die Welt komme und zu guter Stunde, damit er keinen sichtbaren oder verdeckten Schaden mitbringe, damit es ein Knabe werde, wofür man einen minderen Makel notfalls in Kauf nähme, sofern man diesen nicht als eine besondere göttliche Auszeichnung deutete. Hauptsächlich aber, weil ein männlicher Sproß den König desto zufriedener stimmen würde.

Dom João V. wird sich mit einem Mädchen begnügen müssen. Man kann nicht alles nach Begehr haben, oft bittet man um dieses und bekommt jenes, das eben ist das Mysterium der Gebete, wir schicken sie in die Lüfte, ganz in unserer Absicht, sie aber wählen sich ihren eigenen Weg, manchmal säumen sie, lassen andere, später entsandte, vorbeiziehen, nicht selten geschieht es, daß sich da welche verpaaren, ein Gebetsmischmasch entsteht, eine Vermengung, die nicht Vater und nicht Mutter mehr ist, und vielleicht streiten sie, bleiben auf der Straße stehen, in Widerreden, und also geschieht es, daß man um einen Knaben bat und ein Mädchen bekommt, und weiß Gott gesund und robust, mit kräftigen Lungen, wie hier am Geplärr zu hören. Doch das Königreich ist ruhmvoll glücklich, nicht nur weil der Krone ein Erbe geboren wurde und der Festbeleuchtung wegen, die für drei Tage angeordnet wurde, sondern weil man stets auch mit Nebenwirkungen der Gebete rechnen muß, mit ihrer Einwirkung auf die Kräfte der Natur, etwa einer großen Trockenheit gewärtig, wie diese, die schon acht Monate dauerte und erkennbar keinen anderen Grund haben konnte, nämlich als die Gebete aufhörten, fing es an zu regnen, endlich, und nun heißt es bereits, mit der Geburt der Infantin verbänden sich glückliche Aussichten, denn jetzt regnet es so anhaltend, daß nur Gott den Regen gesandt haben kann, sich zur Erleichterung darüber, daß wir ihn nun nicht weiter belästigen. Jetzt bestellen die Bauern ihre Äcker, ziehen auch im Regen auf die Felder, die Scholle gebiert sich aus der feuchten Erde wie Kinder sich aus dem Mutterleib, und da sie nicht wie diese plärren kann, seufzt sie, sobald sie sich von der Pflugschar aufgerissen fühlt, legt sich zur Seite, glänzend, bietet sich dem Wasser dar, das weiterhin fällt, jetzt viel bedächtiger, fast unfühlbarer Sonnenstaub, damit der Acker seine Form nicht verliere, gekrauste Erde zur liebevollen Einbettung der Saat. Dies ist eine sehr einfache Geburt, nicht aber möglich ohne das, was den anderen Vorbedingung war, nicht ohne Kraft und Samen. Alle Männer sind

Könige, und Königinnen sind alle Frauen und Prinzenkinder aller Werk.

Doch übersehe man nicht die Unterschiede, und deren sind es viele. Die Prinzessin wurde getauft, am Tage Unserer Lieben Frau von O, einem ausgemacht widersprüchlichen Tag, denn der Königin selber ist die Rundheit bereits genommen, auch erkennt man alsbald, daß nicht alle Königskinder einander gleich sind, wie sich sehr klar erweist am Pomp und feierlichen Akt, mit dem man Namen und Sakrament verleiht, diesem Prinzen oder jener Prinzessin, hier nun der ganze Palast samt Königskapelle mit Tüchern und Goldgewebe ausgeschlagen, und der Hof zuhauf dermaßen in Festschmuck, daß man die Gesichter und Gestalten unter so viel Aufputz und Zierwerk kaum erkennt. Er schreitet die Begleitung aus dem Gemach der Königin hin zur Kapelle, nimmt den Weg durch den Saal der Deutschen, ihr folgt der Herzog von Cadaval, sein ärmelloser Überwurf schleift über den Fußboden, unter dem Baldachin schreitet der Herzog, und an den Stäben kleben, eine besondere Ehre, Personen höchsten Standes und Staatsräte, und in den Armen des Herzogs, da zieht, o ja, da zieht die Prinzessin mit, gewickelt in Linnen, umwunden von Bändern, schleifenbeschmückt, und hinter dem Baldachin die ernannte Amme, es ist die Gräfin von Santa Cruz, ältere Linie, und alle Damen des Palastes, die hübschen und die nicht sonderlich hübschen, und endlich ein halbes Dutzend Marqueses und der Sohn des Herzogs, sie tragen Insignien: Handtuch, Salzstreuer, Ölgefäß, und den Rest, es war für jeden etwas da.

Sieben Bischöfe tauften sie, gleichsam sieben Gold- und Silberstücke auf den Stufen des Hauptaltars, und getauft wurde sie auf den Namen Maria Xavier Francisca Leonor Bárbara, und gleich vorweg der Titel Dona, obwohl noch so winzig, ein sabbernder Säugling und schon eine Dona, was erst wird sie sein, wenn sie heranwächst?, und sie trägt für den Anfang ein Kreuz aus Brillanten, Geschenk vom Patenonkel, dem Infanten Dom Francisco, Kostenpunkt fünftausend Cruzados, und selbiger Dom Francisco schickte der Königin, seiner Gevatterin, als Präsent eine Schmuckfeder fürs Haar, ich bin für Galanterie, und Ohrgehänge aus Diamanten, diese, o ja, von allerhöchstem Wert, an die fünfundzwanzigtausend Cruzados, ein Meisterwerk, aber ein französisches.

Für diesen Tag legte der König seine majestätische Erhabenheit ab und nahm an der Zeremonie nicht hinter Fenstergittern teil, sondern öffentlich, und nicht auf seiner Empore, sondern auf der seiner Königin, zum Zeichen der großen Verehrung für sie, so daß denn die glückliche Mutter neben dem glücklichen Vater, allerdings auf niedrigerem Sessel, und am Abend war Festbeleuchtung. Sieben-Sonnen stieg mit Blimunda vom Burgberg herab, um die Lichter und Ausschmückungen zu sehen, das Schloß voller Behänge, die Bögen von dazu beauftragten Handwerkern errichtet. Baltasar ist müder als sonst, vielleicht weil er so viel Fleisch zu den Banketten geschleppt hat, mit denen die Geburt gefeiert wurde und die Taufe gefeiert werden wird. Vom vielen Zerren, Hochstemmen und Reißen schmerzt die linke Hand. Der Haken ruht im Ranzen, der ihm über der Schulter hängt. Blimunda hält seine Rechte.

In irgendeinem dieser letzten Monate starb Bruder António de São José eines frommen Todes. Schon kann er den König nicht mehr an das Versprechen erinnern, außer er erschiene ihm im Traum, aber gemach, dem Armen leihe nicht, dem Reichen schulde nicht, dem Mönch versprich nicht, und Dom João V. ist ein König, der Wort hält. Wir werden das Kloster bekommen.

Auf dem Strohsack schläft Baltasar zur Rechten, seit der ersten Nacht, weil auf dieser Seite sein heiler Arm ist, und wenn er sich Blimunda zukehrt, kann er sie an sich drücken, kann ihr mit den Fingern vom Nacken zur Hüfte hinunterfahren, und noch tiefer, falls dem einen und auch dem anderen die Sinne erwachten, in der Wärme des Schlafs und in der Vorstellung des Traums, oder sie schon hellwach waren, als man sich hinlegte, denn dieses Paar, in wilder Ehe nach eigenem Begehr, ohne kirchliches Sakrament, es schert sich wenig um Regeln und Rücksichten, und wenn ihm danach ist, wird auch ihr danach sein, und möchte etwa sie, dann wird auch er wollen. Vielleicht wirkt hier ein anderes und geheimeres Sakrament, das mit dem jungfräulichen Blut gezeichnete Kruzifix, als nämlich, im gelben Licht der Öllampe, beide auf dem Rücken lagen, ausruhten und, in erster Zuwiderhandlung, nackt wie ihre Mütter sie geboren, Blimunda vom Strohsack her zwischen ihren Schenkeln das sehr lebendige Blut aufnahm und beide dieserweise Kommunion empfingen, gewißlich Ketzerei, dies zu sagen, oder schlimmer noch: es getan zu haben. Monate waren seither vergangen, schon ist das Jahr ein anderes, der Regen prasselt auf das Dach, heftige Winde streifen über Fluß und Hafenzufahrt, und obwohl der Morgen so nahe, dünkt es einen tiefe Nacht. Ein anderer würde sich täuschen, aber nicht Baltasar, er wacht stets zur selben Zeit auf, weit vor der Sonne, Gewohnheit des unruhigen Soldaten, der dann verfolgt, wie das Dunkel langsam von den Dingen und den Menschen weicht, ein Gefühl großer Erleichterung überkommt ihn, die Brust weitet sich, und es ist der Seufzer des Tages, der erste und schummrig graue Strich der Fensterspalten, bis irgendein leichtes Geräusch Blimunda weckt und ein anderes Geräusch anhebt und fortdauert, kein Zweifel: Blimunda kaut ihr Brot, und als sie es gegessen hat, schlägt sie die Augen auf, dreht sich Baltasar zu, legt ihr Haupt an seine Schulter und ihre linke Hand an die Stelle der abwesenden Hand, Arm auf Arm, Puls auf Puls, es ist das Leben, so heftig es nur kann, den Tod besiegend. Heute aber wird es anders sein. Ein um das andere Mal begehrte Baltasar von Blimunda zu wissen, warum sie jeden Morgen aß, bevor sie die Augen aufschlug, er fragte Pater Bartolomeu Lourenço, was dies für ein Geheimnis, sie nannte es eine Angewohnheit aus ihren Kindertagen, er hatte geantwortet, es sei dies ein großes Geheimnis, ein so gewaltiges, daß Fliegen sich im Vergleich dazu klein ausnähme. Heute wird er es erfahren.

Als Blimunda aufwacht, streckt sie die Hand nach dem Beutel aus, der, am Kopfende des Lagers hängend, das Brot verwahrt, doch da ist nichts. Sie tastet über den Fußboden, über den Strohsack, fährt mit den Händen unter die Decke, da sagt Baltasar: Such nicht weiter, du wirst nichts finden. Sie drückt die Fäuste auf die Augen, fleht: Gib mir das Brot, Baltasar, gib mir das Brot, um Himmels willen. Erst sage mir, was dies für Geheimnisse sind. Ich kann nicht, rief sie, und in jäher Bewegung wollte sie vom Strohsack fortrollen, Sieben-Sonnen aber hatte den gesunden Arm über sie gelegt, umschloß ihre Hüfte, sie wehrte sich wild, er grätschte mit dem rechten Bein über sie hinweg, und nun er die Hand frei hatte, wollte er ihr die Fäuste von den Augen fortziehen, aber wieder schrie sie, außer sich: Tu es nicht. So gräßlich schrie sie, daß Baltasar losließ, erschrocken, fast bereute er seine Derbheit. Ich will dir ja nichts Böses, ich wollte nur wissen, was dies für Geheimnisse sind. Gib mir das Brot, und ich sage dir alles. Schwöre. Wozu Schwüre?, als taugte nicht ein Ja und ein Nein. Da hast du es, iß. Baltasar zog den Beutel aus seinem Ranzen, der ihm als Kopfkissen diente.

Blimunda, jetzt den Arm über dem Gesicht, aß ihr Brot, langsam kauend. Als sie geendet hatte, seufzte sie tief, schlug endlich die Augen auf. Das morgendliche Grau im Raum blaute nach jener Seite hin, so würde Baltasar denken, wenn er gelernt hätte, derlei Dinge zu denken, aber eher als nach solchen Feinheiten, die den Vorsälen bei Hofe oder den Nonnensprechzimmern eigneten, war ihm danach, die Wärme seines Blutes zu spüren, nun Blimunda sich ihm zuwandte, die Augen jetzt dunkel, und jäh ein grünes Licht darüberhuschte, zum Teufel die Geheimnisse, jetzt lieber einmal mehr erfahren, was er bereits kannte, Blimundas Körper, für ein andermal die Geheimnisse, denn diese Frau hat es ihm versprochen und wird es darum halten, sie aber sprach: Du erinnerst dich noch an unsere erste Nacht?, damals sagtest du, ich hätte in dich hineingeschaut. Ich erinnere mich. Du ahntest nicht, was du sagtest, noch begriffst du, was ich meinte, als ich dir versicherte, ich wolle nie in dein Inneres schauen. Baltasar hatte nicht Zeit zu antworten, noch grübelte er über den Sinn der Worte, und schon klangen andere im Raum, unglaubliche: Ich besitze die Gabe, in die Menschen hineinzuschauen.

Sieben-Sonnen auf dem Strohsack richtete sich halb auf, zweifelnd und auch beunruhigt. Nimmst mich auf den Arm, kein Mensch kann in einen anderen hineinschauen. Aber ich. Glaub ich nicht. Erst wolltest du es unbedingt wissen, gabst keine Ruhe, nun weißt du es und willst es mir nicht glauben, besser so, aber künftig laß mir mein Brot. Ich glaube dir nur, wenn du mir sagst, was augenblicklich in meinem Innern ist. Ich sehe und erkenne nur bei leerem, nüchternem Magen, außerdem hab ich versprochen, nie in dein Inneres zu schauen. Ich wiederhole: du nimmst mich auf den Arm. Und ich wiederhole: es ist wahr, was ich sage. Wie erlange ich Gewißheit? Morgen beim Aufwachen esse ich nicht, wir gehen aus dem Haus, und ich sage dir dann, was ich sehe, dich aber werde ich dabei nie anschauen, noch darfst du dich vor mich hinstellen, einverstanden? Einverstanden, antwortete Baltasar, aber sage mir, was ist dies für ein Geheimnis, wie hast du diese Fähigkeit erlangt, oder hältst du mich zum Narren? Morgen wirst du sehen, daß ich die Wahrheit sage. Und du fürchtest nicht die Inquisition?, andere haben für weit harmlosere Dinge gebüßt. Meins ist nicht ketzerisch noch Zauberei, diese Gabe meiner Augen ist etwas ganz Natürliches. Aber deine Mutter wurde ausgepeitscht und verbannt, weil sie Visionen und Offenbarungen hatte, du hast es von ihr gelernt. Meins ist von anderer Art, ich sehe nur, was in dieser Welt ist und nicht außerhalb, nicht in Himmel oder Hölle, ich sage keine Gebete, lese nicht aus der Hand, ich sehe, und sonst nichts. Aber du hast dich mit deinem Blut bekreuzigt und hast mir damit ein Kreuz auf die Brust gemalt, wenn das nicht Zauberei ist. Jungfrauenblut ist Taufwasser, ich erfuhr es, als du mich durchbrachst, und als ich es fließen fühlte, erriet ich die Gesten. Worin besteht denn nun deine besondere Gabe? Ich sehe, was in den Leibern der Menschen ist, zuweilen auch, was die Erde verbirgt, ich sehe, was unter der Haut ist oder auch unter der Kleidung, aber nur bei nüchternem, leerem Magen, die Fähigkeit fehlt mir, wenn der Mond wechselt, nachher hab ich sie wieder, besser, ich hätte sie überhaupt nicht. Warum? Was die Haut verdeckt, ist nicht zum Ansehen geeignet. Auch die Seele nicht?, hast du je die Seele gesehen? Nie hab ich sie gesehen. Vielleicht ist sie gar nicht drin im Körper. Weiß ich nicht. Vielleicht weil sie halt unsichtbar ist. Schon möglich, aber jetzt laß mich los, nimm das Bein von mir, ich möchte aufstehen.

Den ganzen Tag war Baltasar im Zweifel, ob dieses Gespräch stattgefunden oder er es lediglich geträumt hatte oder schlicht er selber nur ein Traum Blimundas war. Er starrte auf die großen Tiere, die da an Haken hingen, bevor sie in Stücke zerlegt wurden, er strengte seine Augen an, sah aber nur abgehäutetes dunkles oder bleiches Fleisch, und wenn die Stücke und Portionen auf den Bänken lagen oder in die Waagschalen geworfen wurden, begriff er, daß Blimundas Gabe eher eine Strafe denn ein Gewinn war, das Innere dieser Tiere, wahrlich, konnte dem Auge kein Genuß sein, ebensowenig auch das der Leute, die zum Fleisch kommen, als auch jener, die es verkaufen oder schneiden oder aber schleppen, was Baltasars Aufgabe ist. Im übrigen erlebte er im Krieg, was er jetzt hier sieht, daß es nämlich, um zu erfahren, was innen drin ist, allemal eines Messers oder einer Kanonenkugel bedarf, eines Beiles oder einer Säbelschneide, eines Dolches oder einer Flintenkugel, da reißt die zarte Haut auf, eine noch schmerzhaftere Entjungferung, es treten zutage die Knochen und die Eingeweide, und mit diesem Blut lohnt es nicht, uns zu segnen, denn es ist nicht des Lebens, es ist des Todes. Verworrene Gedanken dies, die folgendes sagen würden, wenn sie sich, selbstredend frei von Wucherungen, ordnen ließen: Woran denkst du, Sieben-Sonnen? An nichts, würde er antworten, in der Meinung, die Wahrheit zu sagen: und doch hatte er gedacht und all dies und noch mehr bedacht, hatte er sich der eigenen Knochen erinnert, die sich da weiß zwischen dem zerfetzten Fleisch abhoben, als sie ihn aus der Frontlinie zurückschafften, und dann die zu Boden fallende Hand, die der Feldscher mit dem Fuß beiseite schob, der nächste, bitte, und der nächste, der Ärmste, ihm erginge es weitaus schlimmer, falls er mit dem Leben davonkam, ohne die beiden Beine. Da will nun einer Geheimnisse wissen, wozu?, sollte es ihm doch genügen, daß er am Morgen aufwacht und neben sich schlafend oder wachend die Frau spürt, die mit der Zeit kam, der nämlichen, von der sie morgen wieder entführt werden wird, auf ein anderes Lager, auf einen anderen über den Fußboden gebreiteten Strohsack wie diesen oder in ein mit Rüschen und Fransen aus Gold geziertes Bett, daran es nicht fehlt in Geben und Nehmen, Tauschen und Bringen, da ist es Irrsinn oder aber Versuchung des Teufels, sie zu fragen: Warum ißt du Brot bei geschlossenen Augen?, wenn du es nicht ißt, bist du blind?, iß es nicht, Blimunda, damit du nicht gar so viel siehst, denn zu sehen wie du ist allergrößte Traurigkeit, oder eine Pein, die wir noch nicht ertragen können. Und du, Baltasar, woran denkst denn du? An nichts, ich denke an nichts, noch weiß ich, ob ich an etwas gedacht habe. He, Sieben-Sonnen, schaff diese Speckseite da hinüber.

Er schlief nicht, und sie schlief nicht. Der Morgen kam, und sie blieben liegen, lediglich daß Baltasar sich kurz erhob, etwas von den kalten Grieben aß und einen Becher Wein trank, sich wieder hinstreckte, Blimunda reglos, die Augen geschlossen, ihr Nüchternsein noch verlängernd, damit die Lanzetten ihrer Augen sich weiter schärften, feinste Stilette würden, wenn sie später in die Sonne hinausträten, denn dies ist der Tag, zu sehen, nicht zu hören, wie es leidlich jene tun, die Augen haben und in anderer Weise dennoch Blinde sind. Es verging der Vormittag, es kam die Stunde der Hauptmahlzeit, also des Mittags, nun endlich erhebt sich Blimunda, mit gesenkten Lidern, Baltasar stärkt sich zum zweitenmal, sie, um sehen zu können, ißt nicht, er würde selbst so nichts sehen, und dann gehen sie aus dem Haus, der Tag ist so friedvoll, daß er diesen Ereignissen denkbar wenig angemessen scheint. Blimunda schreitet voraus, Baltasar hinterdrein, damit sie ihn nicht sieht, er aber, wenn sie sich äußert, erfährt, was sie sieht.

Und dies sagt sie zu ihm: Die Frau, die da auf der Türschwelle sitzt, hat im Bauch einen Knaben, doch dem Kind hat sich die Nabelschnur zweimal um den Hals gewickelt, möglich, daß es überlebt, möglich, daß es stirbt, ich finde es nicht heraus, und dieser Boden, über den wir gehen, er hat obenauf roten Lehm, darunter weißen Sand, dann schwarzen Sand, dann Kies, dann Granit in der Tiefe, und in diesem ist eine geräumige Höhlung, gefüllt mit Wasser und drin das Skelett eines Fisches von größeren Maßen als meine, und der Magen des Alten, der da geht, ist so leer wie meiner, aber im Gegensatz zu mir ist sein Augenlicht schlecht, und der junge Mann dort, der mich anschaute, hat ein von der Lustseuche zerfressenes wie eine Brunnenröhre nässendes Glied, mit Lappen umwickelt, trotzdem wirft er mit Blicken um sich, lächelt er aus Manneseitelkeit, wolle Gott, daß dir solche Eitelkeiten fehlen, Baltasar, und du dich mir stets sauber näherst, und dort geht ein Mönch, der füttert in seinen Därmen einen Bandwurm und muß darum für zwei oder für drei essen, für zwei oder für drei äße er auch ohne Bandwurm, und nun schau jene Männer und Frauen, die vor der Nische des heiligen Crispinus knien, was du siehst, sind Bekreuzigungen, was du hörst, sind Schläge gegen die Brust und Ohrfeigen, die sie zur Buße einander und sich selber verabreichen, ich aber sehe Säcke voller Exkremente und Würmer, und dort eine Geschwulst, die dem Mann da den Schlund zudrücken wird, er ahnt es nicht, weiß es erst morgen, dann zu spät, wie schon heute, denn der Fall ist hoffnungslos. Und wie soll ich glauben, daß dies alles wahr ist, da du mir lauter Dinge sagst, die mein Auge nicht sieht, fragte Baltasar, und Blimunda erwiderte: Bohr mit deinem Stachel ein Loch an dieser Stelle da, du wirst eine Silbermünze finden, und Baltasar grub und stieß auf die Münze. Hast dich getäuscht, Blimunda, es ist eine Goldmünze. Um so besser für dich, ich freilich hätte mich nicht darauf einlassen sollen, immer verwechsle ich Silber und Gold, aber daß es eine Münze, und zwar von Wert war, hatte ich erkannt, was willst du mehr, hast die Wahrheit und den Gewinn, und käme die Königin hier vorbei, würde ich dir sagen, daß sie zum zweitenmal schwanger geht, doch ist noch nicht erkennbar, ob Knabe oder Mädchen, schon meine Mutter sagte: ist die Gebärmutter eines Weibs einmal geschwollen, steht ihr mehr und immer wieder danach, und jetzt sage ich dir, daß der Mond seinen Wechsel antritt, ich spüre ein Brennen in den Augen und sehe gelbe Schatten darüberziehen, wie krabbelnde Läuse, gelbe Läuse sind es, sie beißen mir in die Augen, Baltasar, bei deiner Seel, führ mich heim, gib mir zu essen und leg dich zu mir, hier, so vor mir, darf ich dich nicht sehen, auch will ich ja nicht in dein Inneres schauen, nur anschauen will ich dich, dein dunkles bärtiges Gesicht, die müden Augen, deinen Mund, der, selbst wenn du neben mir liegst, so traurig ist, führ mich heim, ich werde hinter dir gehen, aber mit gesenktem Blick, denn geschworen habe ich, daß ich nie in dein Inneres schauen will, und so wird es sein, Strafe soll mich treffen, falls ich es jemals tue.

Heben nun wir unsere Blicke, denn es ist an der Zeit, daß wir den Infanten Dom Francisco sehen, wie er da, vom Fenster seines am Tejo gelegenen Palastes her, mit der Flinte die auf die Schiffsrahen gekletterten Seeleute abschießt, rein um sich seine Zielsicherheit zu beweisen. Und wenn er trifft und die Männer auf das Deck stürzen, blutend alle, manch einer tot, mindestens aber mit gebrochenem Arm, falls die Kugel nicht voll traf, dann jedesmal klatscht der Infant jauchzend in die Hände, unterdessen die Lakaien ihm die Flinten neu laden, sehr wohl könnte es sein, daß dieser Diener ein Bruder jenes Seemanns ist, doch auf solche Entfernung bleibt selbst die Stimme des Blutes ungehört, ein weiterer Schuß, ein weiterer Schrei und Sturz, der Bootsmann wagt nicht, die Seeleute herunterzubefehlen, um Hoheit nicht zu irritieren und auch weil, trotz der Abschüsse, das Manöver gemacht werden muß. Zu sagen, daß er es nicht wagt, ist freilich Einfalt von uns, die wir aus der Ferne zuschauen, dem Manne sind im übrigen simple menschliche Erwägungen ganz gewiß fern. Da ist dieser Hurensohn und schießt auf meine Leute, die auf See hinausfahren, das entdeckte Indien auszukundschaften oder das gefundene Brasilien. Statt dessen befiehlt er den Leuten abzuentern und das Deck zu scheuern, über diese Angelegenheit haben wir weiter nichts zu vermelden, es würde nur alles in ärgerliche Wiederholung münden, schließlich, wenn dem Seemann schon vorbestimmt ist, außerhalb der Reede einen Schuß abzubekommen, von einem französischen Korsaren, dann besser doch gleich hier, ob tot oder verwundet, man ist allemal zu Haus, und da wir schon vom französischen Korsaren reden, unsere Augen streifen weiter in die Ferne, bis nach Rio de Janeiro, dort ist eine Armada dieser Feinde eingelaufen, und sie brauchten keinen Schuß abzufeuern, die Portugiesen hielten gerade Mittagsschlaf, sowohl die Beherrscher des Meeres als auch die Herrscher zu Land, und als die Franzosen ganz nach Belieben Anker geworfen hatten, gingen sie an Land, sie nun aber, als wären sie hier ganz daheim, der Beweis war, daß der Gouverneur strikte Anordnung gab, niemand dürfe aus seinem Haus irgend etwas entfernen, es mochte seine guten Gründe haben, mindestens die, welche die Angst einflößt, also plünderten die Franzosen gründlichst, und was sie nicht auf ihre Schiffe schafften, boten sie da auf dem Markt zum Verkauf, und manch einer kaufte, was sie ihm eine Stunde zuvor gestohlen hatten, Beschämenderes kann es nicht geben. Sie zündeten das Steueramt an und zogen in den Busch, dem Hinweis von Juden folgend, um das dort von gewissen ranghohen Leuten vergrabene Gold zu heben, dabei waren die Franzosen nur zwei- oder dreitausend, die Unseren aber zehntausend, der Gouverneur zweifelsohne steckte mit ihnen unter einer Decke, hat es doch unter den Portugiesen schon immer Verräter gegeben, obschon nicht alles ist, wie es scheint, als Beispiel die Soldaten der Regimenter aus der Beira, von denen wir sagten, sie liefen zum Feind über, o nein, sie desertierten nicht, eher gingen sie dorthin, wo man ihnen Essen geben würde, andere setzten sich nach Hause ab, wenn das Verrat ist, solches geschieht immer wieder, wer Soldaten haben will, um sie dem Tod auszuliefern, der möge sie wenigstens ernähren und kleiden, solange sie am Leben sind, möge sie nicht barfuß umherlaufen lassen, ohne Marschübung und Disziplin, eher gelüstig, den eigenen Hauptmann aufs Korn zu nehmen, als einen gegnerischen Spanier zu verstümmeln, und wenn wir jetzt einmal herzlich lachen möchten über das, was unsere Augen sehen, denn von allem hat es auf der Welt, betrachten wir den Fall der dreißig französischen Schiffe, von denen das Gerücht geht, sie befänden sich schon auf Sichtweite vor Peniche, obwohl manch einer sie im nahen Algarve erspäht haben will, zweifelshalber die Wachtürme am Tejo sogleich mit Truppen belegt wurden, und die gesamte Marine sperrte die Augen gut auf, bis nach Santa Apolónia, als bestünde Gefahr, daß die Schiffe den Fluß herabkämen, von Santarém oder Tancos her, die Franzosen sind ja zu allem fähig, und da wir so arm an Schiffen sind, bettelten wir etliche hier befindliche englische und holländische Segler an, auf Reede eine Abwehrkette zu bilden, was sie denn auch taten, in Erwartung des Feindes, der offenbar die Räume der Phantasie befährt, wie schon erzählt war da vormals die berühmte Klippfischinvasion, diesmal, erfuhr man nun, waren es in Porto gekaufte Weine, und die französischen Schiffe sind am Ende englische, die ihren Handel treiben, ihren Weg ziehen und sich auf unsere Kosten eins lachen, gutes Fressen für ausländische Spottfreunde, und in der Tat bringen wir prächtige Witze zustande, wie jenen einen, bei so vollem Tageslicht, daß dazu nicht erst Blimundas Augen nötig gewesen wären, also da war der Fall jenes Pfaffen, der in Häuser von Frauen zu gehen pflegte, dort Gutes zu tun und es sich noch besser angedeihen zu lassen, seine Magengelüste zu befriedigen als auch die des Fleisches, und immer pünktlich hielt er seine Messe, wenn es ihm an der Zeit schien, machte er sich von dannen und nahm an Gütern mit, was ihm grad zur Hand, und so reichlich, daß eines Tages die Beleidigte, der er weitaus mehr entzogen als ihr insgesamt gegeben, Haftbefehl erwirkte, und es begaben sich die Beamten und Häscher, auf Anordnung des Richters dieses Stadtviertels, zu einem Haus, wo es der Kleriker gerade mit anderen unschuldigen Frauen trieb, sie traten ein, jedoch ihrer Pflicht so wenig treu, daß sie ihn, der in einem der Betten lag, nicht aufspürten, darauf wähnten sie ihn in einem anderen Haus, wandten sich hin, was dem Pater Aussicht bot, das Weite zu suchen, er sprang davon, splitternackt und die Treppe hinunter, schaffte sich Bahn mit Fäusten und Fußtritten, die schwarzen Büttel sanken stöhnend zurück, aber dann, so gut es ging, hetzten sie in Meute dem Boxer und Zuchthengst von Pater hinterdrein, der schon durch die Rua dos Espingardeiros rannte, dies um acht Uhr in der Früh, der Tag nahm einen guten Anfang, Gelächter in Türen und Fenstern, der Kleriker einem Hasen gleich, die Schwarzen ihm auf den Fersen, er mit steifer Rute, prächtiges Stück, Gott segne ihn, ein so gut gerüsteter Mann sollte nicht am Altar werken, sondern im Bett, den Frauen zu Diensten, und dieses Schauspiel versetzte die hier wohnenden Senhoras, die

Ärmsten, in große Gemütsbewegung, so jählings überrascht zu werden, wie denn auch die betenden Damen in der Kirche Conceição Velha überrascht sein mochten und freigesprochen, als sie den Pater fauchend eintreten sahen, vom Aussehen eines unschuldigen Adams, aber doch sehr schuldbeladen, Glockenschwengel und Glöckchen schwingend, bei eins aufgetaucht, bei zwei verschwunden, bei drei nie gesehen, der Eifer der Patres half mit bei dieser Zauberfinte, sie nahmen sich seiner an, ermöglichten ihm die Flucht über die Dächer, nunmehr bekleidet, doch selbst dieser Fall ruft nicht Verwunderung hervor, da doch die Franziskaner von Xabregas Weiber in Körben hochhieven, in die Zellen, und sich mit ihnen vergnügen, während dieser Pater hier sich eigenen Fußes ins Haus jener Frauen begab, die sein Sakrament begehrten, und damit wir nicht vom Gewohnten abweichen, bleibt alles zwischen Sünde und Buße, denn nicht erst mit der Prozession zur Fastenzeit gewinnen die aufstachelnden Übungen die Straße, gar schlimme Gedanken mögen die in Lissabons Unterkunft wohnenden Senhoras und die frommen Damen von der Conceição Velha zu beichten haben, weil sie einen so stattlichen Pater mit den Augen genossen, und die Büttel ihm hinterdrein, faß ihn, pack ihn, ach, wer vermöchte ihn für eine Sache einzufangen, die ich mir weiß, zehn Vaterunser, zehn Salve und zehn Réis Almosen unserem heiligen Antonius, und eine geschlagene Stunde daliegen, bäuchlings und die Arme zum Kreuz gestreckt, wie es die Niederwerfung gebeut, rücklings und himmelwärts, in der Stellung himmlischen Vergnügens, aber die Gedanken hebend, nicht die Röcke, denn das bleibt für die kommende Sünde.

Ein jeglicher nutzt die Augen, die ihm gegeben, um zu

sehen, was er kann oder man ihm erlaubt, oder es ist nur ein kleiner Ausschnitt vom Gewünschten, wenn nicht reiner Zufall mithilft, wie bei Baltasar, der, weil er im Schlachthaus arbeitet, mit den übrigen Fleischschleppern und Tranchierern zum Platz eilte, sich den Einzug des Kardinals Dom Nuno da Cunha zu besehen. Dieser wird den Hut aus der Hand des Königs empfangen, ihn begleitet der Gesandte des Papstes in einer Sänfte, die gänzlich mit karminrotem Samt und goldenen Borten ausgekleidet ist, vergoldet auch die Paneele, und reich verziert, mit den Kardinalsinsignien auf der einen und auf der anderen Seite, er bringt auch eine Kutsche als Ehrengeleit mit, in der niemand drinsitzt, nur die Ehre, außerdem einen Zweisitzer für den Stallmeister und den persönlichen Sekretär, und auch den Kaplan, der die Schleppe trägt, wenn es die Schleppe zu tragen gilt, und es kommen zwei kastilische Kutschen, die Kapläne und Pagen ausspucken, und der Sänfte voraus zwölf Lakaien, die mitsamt allen Kutschern und Sänftenmännern eine Menge Leute abgeben, alle einem einzigen Kardinal dienend, und fast hätten wir den einen Bediensteten vergessen, der den silbernen Stab voranträgt, er hat sich gerade noch rechtzeitig in Erinnerung gebracht, ein glückliches Volk dies, das sich mit solchen Festen beschenkt und auf die Straße eilt, den gesamten Adel vorbeiziehen zu sehen, der begab sich erst einmal zum Hause des Kardinals, diesen abzuholen, geleitete ihn dann zum Schloß, dorthin Baltasar der Zugang schon verwehrt ist, auch seine Augen nicht dringen können, doch da wir um Blimundas Gabe wissen, stellen wir uns vor, sie wäre zugegen, wir werden den Kardinal zwischen dem Spalier der Wachen hinaufsteigen sehen, und während er in das letzte Gemach mit dem Baldachin strebt, kommt ihm der König entgegen, ihn zu empfangen, er besprengt diesen mit Weihwasser, und im nächstfolgenden Gemach kniet der König nieder auf ein Samtkissen und der Kardinal auf ein anderes, weiter hinten, vor einem reichgeschmückten Altar, wo dann ein Kaplan des Schlosses die Messe zelebriert, mit allen Zeremonien, und als diese beendet ist, zieht der Gesandte des Papstes die Ernennungsurkunde hervor und überreicht sie dem König, der sie nimmt und sie ihm zurückgibt, damit er sie vorliest, so dem Protokoll Genüge getan wird, nicht etwa, weil Majestät der Latinisteneitelkeit bar wäre, nachdem dies erfolgt ist, empfängt der König aus den Händen des Gesandten den Kardinalshut und stülpt ihn dem Kardinal auf den Kopf, der vor christlicher Demut wie erdrückt ist, denn freilich ist es eine gar zu große Last für einen armen Menschen, mit Gott so intim zu sein, doch das Kratzfußgetue ist noch nicht zu Ende, der Kardinal begab sich zum Umkleiden, jetzt erscheint er ganz in Rot, seiner Würde gemäß, er tritt herein, um mit dem König zu sprechen, der unter dem Baldachin harrt, zweimal lupft er das Barett und setzt es wieder auf, Gleiches tut zweimal auch der König mit seinem Hut, und beim drittenmal tritt er vier Schritte vor, jenen zu empfangen, endlich bedecken sich beide, und im Sitzen, der eine höher als der andere, wechselt man etliche wenige Worte, schon sind sie gesagt, Zeit zur Verabschiedung, Hut ab, Hut auf, doch von hier begibt sich der Kardinal erst noch in das Gemach der Königin, dort wiederholen sich die Ehrenbezeigungen, Punkt für Punkt, bis der Kardinal endlich zur Kapelle schreitet, wo das Te deum laudamus gesungen wird, gelobt sei Gott, der diese Erfindungen dulden muß.

Als Baltasar heimkommt, erzählt er Blimunda, was er gesehen hat, und da Illuminierung angekündigt ist, begeben sie sich nach dem Abendbrot zum Rossio, doch diesmal sind es wenige Fackeln, oder der Wind hat sie gelöscht, einzig wichtig ist, daß der Kardinal seinen Hut hat, er wird ihn beim Schlafen am Kopfende des Bettes hängen haben, und sollte er mitten in der Nacht aufstehen, um ihn von Zeugen unbehelligt zu betrachten, sei's diesem Kirchenfürsten verziehen, sind wir doch allesamt Menschen, gegen Stolz nicht gefeit, und ist's ein Kardinalshut, der eigens und absichtsvoll aus Rom kam, wenn nicht um listigerweise großer Leute Bescheidenheit auf die Probe zu stellen, so letztendlich ihre Demut volle Glaubwürdigkeit verdient, und wahrhaftig, demutsvoll sind sie, sofern sie den armen Leuten die Füße waschen, wie es der Kardinal tat und tun wird, der König und die Königin es taten und tun werden, jetzt hat Baltasar zerrissene Sohlen und schmutzige Füße, erste Voraussetzung, daß der Kardinal oder der König sich eines Tages vor ihm niederbeugt, mit Leinentuch, Silberschüssel und Rosenwasser, sofern Baltasar auch die andere Bedingung erfüllt, daß er nämlich noch ärmer ist, als es ihm bisher je gelang, und die dritte Bedingung, daß sie ihn erwählen, da er tugendsam ist, ein Dauerkunde der Tugend. Von der Pension, um die er bat, ist da noch kein Zeichen, wenig haben die Verwendungen Pater Bartolomeu Lourenços, seines Beschützers, gefruchtet, aus dem Schlachthaus wird man ihn bald unter irgendeinem Vorwand entlassen, doch da sind die Suppen an den Pforten, die Almosen der Bruderschaften, schwer ist's, in Lissabon Hungers zu sterben, und dieses Volk hat sich an karges Leben gewöhnt. Unterdessen wurde Infant Dom Pedro geboren, den, da Zweitgeborener, nur vier Bischöfe tauften, mit dem Gewinn indes, daß der Kardinal an dieser Taufe, im Gegensatz zu der Taufe der Schwester, beteiligt war, auch kam die Nachricht, bei der Belagerung von Campo Maior seien viele gegnerische Soldaten getötet worden und wenige der unseren, falls es morgen nicht heißt, es seien viele der unseren und wenige der ihren gewesen, oder so viele hier wie dort, was die Rechnungen am Jüngsten Tage dereinst ergeben, wenn dann die Toten aller Seiten gezählt werden. Baltasar bietet Blimunda Erlebnisse aus seinem Krieg, und sie hält den Haken seines linken Armes, als drückte sie seine echte Hand, dies ist es, was er fühlt, die Erinnerung seiner Haut spürt die Haut Blimundas.

Der König begab sich nach Mafra, um dort den Fleck zu wählen, auf dem das Kloster gebaut werden soll. Es wird oben auf jenem Berg stehen, den sie den Wachhügel nennen, von da aus sieht man das Meer, und zu dem künftigen Obsthain und Gemüsegarten wird reiches, wunderbar liebliches Quellwasser fließen, denn die Franziskaner hier werden den Zisterziensern von Alcobaça, die Meister im Kultivieren sind, in nichts nachstehen, dem heiligen Franz von Assisi wäre ein Stückchen Ödland Genüge gewesen, der aber war ein Heiliger und ist tot. Laßt uns beten.

Ein weiteres Eisen birgt jetzt Sieben-Sonnens Ranzen, den Schlüssel zum Landsitz des Herzogs von Aveiro, denn Pater Bartolomeu Lourenço hat die besagten Magneten erhalten, aber noch nicht die Substanzen, aus denen er ein Geheimnis macht, endlich könnte er den Bau der Flugmaschine vorantreiben, könnte er dingliche Gestalt geben dem Vertrag, der Baltasar zu des Fliegers rechter Hand machte, schon da die Linke nicht erforderlich ist, so wenig, daß Gott selber ihrer entbehrt, gemäß Pater Bartolomeu Lourenço, der diese besondere Materie studierte und wohl weiß, was er da sagt. Und weil die Costa do Castelo weit fort ist von São Sebastião da Pedreira, zu weit fort, um Tag für Tag hin- und herzuwandern, entschied Blimunda, das Haus aufzugeben, dort zu sein, wo Sieben-Sonnen sich befände. Kein großer Verlust ein Dach und drei unsichere Wände, äußerst solid indes die vierte Mauer, da die der Zitadelle, schon so viele Jahrhunderte fest gegründet, falls nicht jemand hier vorbeikommt und sagt: Da schau, ein leerstehendes Haus. Und richtet dieser sich nicht drin ein, dauert es kein Jahr, und die Wände brechen zusammen, und das Dach, da bleiben nur noch etliche Stücke gestampften Lehms übrig, oder auch diese zerfallen zu Staub, an jener Stelle, wo Sebastiana Maria de Jesus lebte und wo Blimundas Augen erstmalig sich dem Schauspiel der Welt zuwandten, denn nüchternen Magens war sie geboren.

Da der Habe so wenig, reichte ein Gang, alles hinüberzutragen, auf Blimundas Kopf der Wickel und auf Baltasars Rücken das große Bündel, mehr nicht. Sie ruhten hier und da auf dem Wege, in Schweigen, nichts war zu sagen, ist ja selbst ein schlichtes Wort überflüssig, wenn das Leben sich ändert, desto mehr, wenn wir uns in ihm verändern. Und was die Leichtheit des Bündels betraf, es müßte immer so sein, es müßten Frau und Mann grad eben ihr Eigen mitführen, und ein jeglicher den anderen, damit Umkehr nicht nötig wäre, denn es ist nur immer vertane Zeit, und basta.

In einer Ecke des Schuppens breiteten sie Strohsack und Matte aus, an deren Fußende stellten sie den Hokker, und an das Kopfende rückten sie die Truhe, gleichsam Begrenzungen eines neuen Geländes, ein auf dem Boden gezogener Strich und aufgespannte Tücher, letztere an einem Draht hängend, damit es wahrhaftig eine Wohnung sei, wir uns hier zu Hause fühlen, sooft wir allein sind. Wenn Pater Bartolomeu Lourenço kommt, kann Blimunda, falls nicht die Wäsche oder die Kocherei sie zur Zisterne führt oder der Backofen sie festhält oder sie lieber Baltasar zur Hand ist, ihm Hammer oder Kneifzange reicht, das Drahtende oder das Rutenbündel, kann Blimunda in ihrem Hausfrauenwinkel hocken, worauf bisweilen selbst die größten Abenteuerinnen Lust verspüren, mag das Abenteuer auch nicht so groß sein wie dieses, das sich einem neuerdings hier verspricht. Die aufgespannten Tücher dienen auch beim Akt der Beichte, dann hockt der Beichtvater auf dieser Seite und die Beichtenden, einer jeweils, auf der anderen Seite, genau da, wo die zwei fortgesetzt die Sünde der Unzucht begehen, außer daß sie in wilder Ehe leben, falls der Begriff nicht schlimmer ist als der Umstand, doch spricht Pater Bartolomeu Lourenço sie leicht frei, vor Augen die eigene und noch größere Sünde, nämlich das hoffärtige Ansinnen, eines Tages in die Lüfte zu steigen, dorthin bis heute nur Christus, die Jungfrau und einige auserwählte Heilige entschwebt sind, diese verstreuten Teile auffahren zu lassen, die Baltasar mühsam zusammenfügt, indessen Blimunda von der anderen Seite des Tuches, genügend laut, damit Sieben-Sonnen es hört, die Worte spricht: Ich habe keine Sünden zu beichten.

Für den auferlegten Besuch der Messe gäbe es nahebei Gotteshäuser, nächstgelegen die Kirche der Bafüßigen Augustiner, doch wenn Pater Bartolomeu Lourenço, wie es des öfteren geschieht, Amtspflichten versieht oder wenn Obliegenheiten und Dienste ihn bei Hof festhalten, ihn, der ohnehin nicht jeden Tag kommen müßte, länger beanspruchen als gewöhnlich, der Pater also nicht herbeieilt, das Feuer der christlichen Seele zu schüren, das Blimunda und Baltasar ganz gewiß innewohnt, er mit seinen Eisen und sie mit ihrem Herdfeuer und ihrem Wasser und beide mit der Glut, die sie auf das Bettlager wirft, dann vergessen sie nicht selten Gottesopfer, und dieses Vergessen belastet sie nicht, was den Zweifel erlaubt, ob beider gewähnte Seele christlich ist. Sie halten sich im Schuppen auf oder genießen die Sonne im Freien, sie sind umgeben von dem großen verlassenen Anwesen, auf dem die Obstbäume in ihre natürliche Wildheit zurückkehren, Gestrüpp die Wege bedeckt, und im Küchengarten wuchern wilde Hirse und Stechapfel, doch schon hat Baltasar mit der Hippe das Gröbste entfernt, und Blimunda mit der Platthacke hat die Wurzeln abgeschlagen und sie in die Sonne zum Trocknen gelegt, ein Weilchen noch, und diese Erde wird einiges abwerfen von dem, was sie dem Aufwand schuldet. Doch haben sie auch Mußezeit, und wenn das Ungeziefer besonders quält, legt Baltasar den Kopf in Blimundas Schoß, und sie fängt ihm die Tiere, es soll uns nicht entsetzen, daß Verliebte davon befallen sind, und auch Konstrukteure von Luftschiffen, sofern dieser Ausdruck dazumal schon gebräuchlich. Blimunda hingegen hat niemanden, der sie flöht. Baltasar tut, was er kann, doch hat er gerade genügend Hände und Finger, das Insekt zu packen, so fehlen ihm Finger und die Hand, Blimundas schweres, dichtes Strähnenhaar zu halten, das von der Farbe dunklen Honigs ist, denn kaum schiebt er die Strähnen beiseite, fallen sie zurück und verdecken die Beute. Das Leben gilt für alle.

Nicht immer läuft die Arbeit. Unwahr ist, daß die linke Hand entbehrlich ist. Gott mag ohne sie auskommen, weil er Gott ist, der Mensch benötigt beide, eine Hand wäscht die andere und beide das Gesicht, oft schon mußte Blimunda ihm den auf seinem Handrücken festklebenden Schmutz wegwaschen, anders wäre er nicht zu beseitigen gewesen, es sind die schlimmen Folgen des Krieges, obschon klein diese, viele andere Soldaten verloren zwei Arme oder zwei Beine oder ihre Geschlechtsteile, und sie haben keine helfende Blimunda, oder eben darum nicht. Bestens eignet sich der Haken, um ein Blech festzuhalten oder eine Weidenrute zu drehen, trefflich der Stachel, wenn es Löcher ins Segeltuch zu stechen gilt, doch die Dinge gehorchen schlecht, wenn sie des Streichelns durch die menschliche Haut entbehren, sie meinen, die Menschen, an die sie sich gewöhnt hatten, seien verschwunden, die Welt gerät durcheinander. Also greift Blimunda helfend ein, und wenn sie zufaßt, hört die Rebellion auf. Gut, daß du gekommen bist, sagt Baltasar, oder die Dinge spüren es, wer weiß.

Manchmal steht Blimunda früher auf, und bevor sie das allmorgentliche Brot ißt, schleicht sie zum Riesenvogel, an der Wand entlang, damit ihr Blick nicht auf Baltasar fällt, sie zieht die Plane zurück, überprüft das getane Werk, sucht nach Fehlern im Geflecht und die Luftblase im Innern des Eisens, und ist die Besichtigung abgeschlossen, kaut sie dann ihr Brot, ganz allmählich wird sie so blind, wie die anderen Menschen es sind, die nur sehen, was sich ihrem Blick offen darbietet. Als sie dies erstmalig getan, versicherte Baltasar später dem Pater: Dieses Eisen taugt nicht, es hat einen Riß innen drin. Woher weißt du das? Blimunda hat ihn gesehen. Hierauf wandte der Pater sich ihr zu, lächelte, schaute den einen an und dann den anderen, sagte: Du bist der Sieben-Sonnen, weil du im Hellen siehst, und du, du bist Sieben-Monde, weil du im Dunklen siehst. Und so war Blimunda, die bisher wie ihre Mutter nur den Namenszusatz Jesus getragen hatte, fortan Sieben-Monde, und regelgerecht getauft, weil von einem Pater, und nicht mit irgendeinem Spitznamen. Diese Nacht schliefen die Sonnen und die Monde Arm in Arm vereint, indessen am Himmel die Sterne langsam ihre Bahn zogen, Mond, wo bist du, Sonne, wohin gehst du.

Wenn es sich ergibt, probt Pater Bartolomeu Lourenço hier die Predigten, die er aufgesetzt hat, tut es des vortrefflichen Echos wegen, das die Wände hervorrufen, ein so maßvoll gutes, daß die Worte rund klingen, ohne übertrieben hallende, das Verständnis erschwerende Resonanz: So mögen die Verwünschungen der Propheten in den Wüsten oder auf den offenen Plätzen geklungen haben, an Orten ohne Wände oder aber bei weitentfernten Mauern, sie darum ohne Wissen um akustische Gesetze, die Anmut rührt vom sprechenden Organ her, nicht von den Ohren dessen, der die Worte hört, und nicht von den Wänden, die sie zurückwerfen. Gleichwohl ist diese Religion von gehätschelter Rhetorik, mit fleischigen Engeln und jähzornigen Heiligen, wallender Tunika, drallen Armen, erahnten Hüften, abrundenden Brüsten, Augenblitzen, es leidet der Genießende so sehr, wie der Leidende genießt, drum nicht alle Wege nach Rom führen, aber zum Leib. Der Pater strengt sich an in seiner Redekunst, schon da hier Lauscher sind, jedoch, sei es die einschüchternde Wirkung des Riesenvogels oder die Kühle dieser selbstsinnigen Zuhörer, oder aber weil das kirchliche Ambiente fehlt, die Worte schwingen nicht auf, hallen nicht, sie geraten durcheinander, ungerechtfertigt scheint Pater Bartolomeu Lourenços großer Ruhm als Kanzelredner, schon gar daß er mit Pater António Vieira verglichen wird, den Gott habe, wie die Heilige Inquisition ihn hatte. Hier probte Pater Bartolomeu Lourenço die Predigt, die er dann in Salvaterra de Magos hielt, im Beisein des Königs und des Hofes, hier probt er jetzt, was er auf dem Vermählungsfest von São José predigen wird, dazu ihn die Dominikaner beauftragten, letztlich hat ihm sein Ruf, ein Flieger und aus dem Rahmen fallender Mensch zu sein, doch nicht sehr geschadet, denn sogar die Söhne des heiligen Dominikus umwerben ihn, vom König ganz zu schweigen, der ist halt jung, liebt noch die Spielereien, darum hält er die schützende Hand über den Pater, darum vergnügt er sich mit den Nonnen in den Klöstern und schwängert sie, eine nach der andern oder mehrere zugleich, so daß man, wenn seine Geschichte endet, mit Dutzenden solcherweise gezeugter Nachkommen rechnen muß, arme Königin, was würde aus ihr, wäre da nicht ihr Beichtvater Anton Stieff, der Jesuit, der ihr Resignation anrät, und wären da nicht die Träume, in denen ihr der Infant Dom Francisco mit Seeleuten erscheint, die als Jagdbeute tot über den Sattelbögen der Maultiere hängen, und was würde aus Pater Bartolomeu Lourenço, träten hier herein die Dominikaner, die ihm die Predigt auftrugen, und stießen auf diesen Riesenvogel, diesen Einarmigen, diese Zauberin, diesen Prediger, der an Worten feilt und vielleicht Gedanken verbirgt, die Blimunda nicht erspähen würde, auch wenn sie ein ganzes Jahr lang leeren, nüchternen Magen behielte.

Pater Bartolomeu Lourenço hat seine Predigt beendet, ihre seelsorgerische Wirkung begehrt er nicht zu erfahren, er fragt lediglich geistesabwesend: Hat es euch gefallen? Und sie antworten: Na und ob, es hat uns gefallen. Doch das sagen sie nur grad mit dem Mund, das Herz gibt nicht zu erkennen, ob es die Worte verstand, und hat das Herz nicht verstanden, dann ist das, was der Mund sagt, nicht Lüge, wohl aber Entrücktsein. Baltasar begann wieder seine Eisen zu hämmern, Blimunda fegte die nicht dienlichen Weidenrutenabfälle auf den Hof hinaus, dem Eifer nach zu urteilen dringliche Arbeiten, doch der Pater sagte unvermittelt, wie einer, den Besorgnis übermannt: So werde ich niemals fliegen. Er sagte es mit müder Stimme und machte eine so mutlose Geste, daß Baltasar jäh fühlte, wie unnütz alles war, was er hier tat, er legte den Hammer aus der Hand, gleichwohl bemüht, den Eindruck, daß er die Flinte ins Korn warf, schnell zu verwischen, er sagte: Wir müssen hier eine Schmiede einrichten, müssen die Metalle härten, sonst verbiegt schon das Gewicht des Riesenvogels sie. Hierauf der Pater: Verbiegen oder nicht, wichtig ist einzig, ob der Vogel fliegt, so jedenfalls kann er nicht fliegen, ihm fehlt der Äther. Was ist denn das? fragte Blimunda. Es ist das, woran die Sterne hängen. Und wie holt man ihn her? fragte Baltasar. Durch die Kunst der Alchimie, in der ich nicht geübt bin, allerdings werdet ihr darüber nie ein Wort verlauten, unter keinen Umständen. Wie machen wir es denn dann? In Kürze reise ich nach Holland, das ist ein Land mit vielen Gelehrten, dort lerne ich die Kunst, den Äther aus dem Weltenraum auf die Erde zu holen und ihn in die Hohlkugeln zu bannen, denn ohne ihn wird die Maschine nie fliegen. Was hat der Äther für eine Eigenschaft? fragte Blimunda. Es ist Teil der allgemeinen Eigenschaft, welche die Wesen und Körper zur Sonne hinanzieht, sogar die leblosen Dinge, sofern man sie von der Erdenschwere befreit. Sagen Sie es in Worten, die ich verstehe, Pater. Damit die Maschine sich in die Lüfte hebt, muß die Sonne den Bernstein anziehen, der an die Drähte des Dachs geknüpft ist, der seinerseits zieht den Äther an, den wir in die Hohlkugeln gefüllt haben, der seinerseits zieht die Magneten an, die weiter unten angebracht sind und ihrerseits die Eisenlamellen anziehen, aus denen das Spantenwerk des Schiffes ist, und dann steigen wir in die Lüfte, mit dem Wind oder mit dem Hauch aus den Blasebälgen, falls uns der Wind fehlt, aber wie gesagt, wenn der Äther fehlt, fehlt uns alles. Blimunda entgegnete: Wenn die Sonne den Bernstein anzieht, der Bernstein den Äther, der Äther den Magneten und der Magnet das Eisen, dann wird die Maschine zur Sonne hinaufgezogen, unaufhörlich. Sie machte eine Pause und fragte dann, als spräche sie zu sich selbst: Was mag die Sonne in ihrem Innern sein? Der Pater sagte: Wir werden nicht auf der Sonne stranden, da helfen die Segel obenauf, die wir nach Belieben öffnen und schließen, wir also in der gewünschten Höhe anhalten können. Auch er legte eine Pause ein, dann schloß er: Und was die innere Beschaffenheit der Sonne betrifft, wenn nur erst die Maschine von der Erde abhebt, der Rest ergibt sich dann schon, sofern wir nur wollen und Gott nicht unerträglich dawider tut.

Es ist indes eine Zeit der Widersätzlichkeiten. Eben gerade werden die Nonnen von Santa Monika das Kloster in ungestümer Erregung verlassen, sie begehren auf gegen die Order des Königs, derzufolge sie in den Klöstern nur ihre Eltern, Kinder, Geschwister und die Verwandten bis zum zweiten Grade empfangen dürfen, womit Majestät dem Skandal einen Riegel vorschiebt, daß nämlich Pfaffen, Adlige und auch Nichtadlige die Gemahlinnen des Herrn aufsuchen und sie binnen einem Ave-Maria schwängern, daß Dom João V. es selber tut, steht ihm gut an, nicht aber einem beliebigen João oder einem João Niemand. Es eilte der Provinzial aus dem Kloster der Gnade herbei, wollte sie beschwichtigen und sie dem königlichen Willen gefügig machen, drohte mit Exkommunizierung, sie aber, in gewaltigem Ausbruch, lehnten sich auf, dreihundert Frauen in gut katholischem Zorn darüber, daß man sie so von der Welt abschneiden wollte, ein erstes Mal hatten sie es getan, ein zweites Mal tun sie es jetzt, nun wird man erleben, daß schwache Frauenhände Tore aufbrechen können, schon strömen die Nonnen hinaus, führen gewaltsam die Mutter Priorin mit, sie kommen mit gehißtem Kruzifix in Prozession die Straße daher, bis ihnen die Brüdergemeinschaft des Klosters der

Gnade entgegenzieht und sie bei den fünf Wundmalen Christi bittet, den Aufruhr zu beenden, und hier ist ein heiliges Kolloquium im Gange zwischen Mönchen und Nonnen, jede Seite ficht mit ihren Argumenten, weshalb der Strafrichter zum König lief und wissen wollte, ob er den Orden verbieten sollte oder nicht, und zwischen Gehen und Kommen und Erörterung des Falles verstrich der Vormittag, denn die Meuternden, damit sie einen langen Tag hätten, waren zeitig aufgestanden, und solange der Richter nicht zurück war, Richter hin, Richter her, machten die Nonnen es sich da bequem, die älteren bescheiden auf dem blanken Erdboden, hingegen in eifervoller Erregtheit die jüngste Ernte, sie genossen die wohlige Sonne dieser Jahreszeit, die einem das Herz freudig bewegt, sie gafften nach Passanten, den neugierig stehengebliebenen, solch ein Festessen haben wir nicht alle Tage, und sie unterhielten sich beliebig mit diesem und jenem, verstärkten die Bande mit den vom Verbot betroffenen Besuchern, die, kaum daß sie Kunde erhalten, herbeigeeilt waren, und die Zeit verstrich in gegenseitigem Finden, in Schmachten, in Zeitabsprechen samt Parolen oder Tüchleinschwenken, es kam der Mittag, und weil der Körper endlich Stärkung begehrte, aßen sie auf der Stelle die Kuchenstücke, die sie in den Beuteln mitgebracht hatten, wer in den Krieg zieht, packt Pasteten ein, am Ende kam aus dem Schloß die Gegenorder, alles kehrte zur vormaligen Moral zurück, worauf die Nonnen von Santa Monika siegreich den Rückzug antraten, unter Jubelgesängen, überdies tröstlich mit der Absolution des Provinzials versehen, der diese per Boten schickte, nicht persönlich brachte, denn leicht hätte ihn eine verirrte Kugel treffen können, denn Nonnen in Aufruhr, das ist die schlimmste aller Schlachten. Sie stecken, oft gewaltsam, die Frauen hinter Klostermauern, und da bleibst du, so erleichtert man sich Erbschaftsaufteilungen, das Majorat begünstigend und andere Brüdergeschwister, gefesselt ist man, und nun wollen sie einem gar verwehren, mit den Fingern den Gitterstab zu umfassen, die heimliche Begegnung, die zarte Berührung, die süße Liebkosung, und mag diese oft die Hölle bringen, gelobt sei sie. Denn, schließlich, wenn die Sonne den Bernstein anzieht und die Welt das Fleisch anzieht, so möchte man davon einen Nutzen haben, und sei es nur von den Resten jener, die geboren wurden, um alles zu vereinnahmen.

Eine andere, gewärtigte Widrigkeit ist das Autodafé, nicht für die Kirche, die hat Gewinn davon, bezieht daraus fromme Kräftigung und andere Vorteile, ebensowenig Widrigkeit für den König, denn diesmal wurden brasilianische Zuckersieder abgeurteilt, deren Landgüter er einzieht, vielmehr für den, den sie auspeitschen oder verbannen oder auf dem Scheiterhaufen verbrennen, dieses Mal wurde leibhaftig eine einzige Frau hinüberbefördert, nicht viel Mühe, ihr Bild in der Kirche des heiligen Dominikus zu malen, neben anderen gerösteten, gebratenen, verstreuten und fortgefegten, es dünkt unglaublich, wie wenig die Hinrichtung so vieler den etlichen anderen zur Züchtigung gereicht, vielleicht leiden die Männer gern, oder sie bewahren sich ihre Geistesüberzeugung statt den Körper. Gott ahnte nicht, worauf er sich einließ, als er Adam und Eva schuf. Was zum Beispiel von dieser Klosterschwester sagen, die sich am Ende als Jüdin entpuppte und zu Gefängnis und lebenslänglichem Habit verurteilt wurde, und auch diese Schwarze aus Angola, ein neuerlicher Fall, die aus Rio de Janeiro kam, des Judentums angeklagt, und dieser Händler aus dem Algarve, der da behauptete: Ein jeder rettet sich nach dem Gesetz, das er befolgt, alle Gesetze sind einander gleich, Christus so viel wert wie Mohammed, das Evangelium so viel wie die Kabbala, das Süße gleich dem Bitteren, die Sünde der Tugend gleich, und dieser Maultiertreiber von Caparica, Manuel Mateus geheißen, jedoch nicht verwandt mit Sieben-Sonnen, und der den Spitznamen Hederich führt, wer weiß, von welcher Abkunft er ist, sie verurteilen ihn zur Buße, weil als großer Hexer entlarvt, zusammen mit drei jungen Mädchen, die, so hieß es, seiner Bande angehörten, was soll man von diesen allen sagen, und von weiteren hundertdreißig, die bei dem Autodafé vorgeführt wurden, viele werden nach Angola verbannt, werden Blimundas Mutter dort Gesellschaft leisten, die vielleicht schon nicht mehr am Leben ist.

Sieben-Sonnen und Sieben-Monde, wem man einen so schönen Namen gegeben, der möge auch so genannt werden, sie blieben in São Sebastião da Pedreira, kamen nicht zum Rossio, um sich das Autodafé anzuschauen, doch fehlte nicht das übliche Volk bei diesem Fest, und von einigen Anwesenden, so sehr wie von behördlichen Eintragungen, die Brände und Erdbeben überdauern, blieb die Erinnerung, was und wen sie hier erlebten. Verbrannte und Büßende, die Negerin aus Angola, den Mulatten von Caparica, die jüdische Nonne, jene Priester auch, die Messen lasen, Beichten abnahmen und predigten, ohne die Weihen zu haben, den Landrat von Arraiolos, mit Neuchristen väterlicher- und mütterlicherseits, insgesamt hundertsiebenunddreißig Personen, denn die Heilige Inquisition, sofern sie nur kann, wirft ihre Netze über die Welt aus und holt sie gefüllt ein, sich sonderlich in der guten Lektion Christi übend, der zu Petrus sagte, daß er ihn sich als Menschenfischer wünsche.

Gar traurig sind Baltasar und Blimunda, daß sich ein Netz nicht bis zu den Sternen hinaufwerfen läßt, sie könnten von da den Äther holen, der diese festhält, wie Pater Bartolomeu Lourenço versichert, der in den nächsten Tagen auf die Reise gehen wird und nicht weiß, wann er zurückkehrt. Der Riesenvogel, der einer im Bau begriffenen Burg glich, ist jetzt eine Turmruine, ein im halben Aufflug abgeschnittenes Babel, Schnüre, Leinen, Drähte, verschlungene Eisen, es blieb nicht einmal der Trost, daß man die Truhe aufmachen und in den Plan Einsicht nehmen könnte, denn schon hat der Pater diesen im Gepäck, morgen wird er abreisen, er fährt übers Meer und ohne andere Gefahren als die natürlichen einer Reise, denn endlich wurde der Friede mit Frankreich ausgerufen, bei feierlichem Umzug von Richtern, Stadtrichtern und Vögten, alle fein herausgeputzt, und hinterdrein die Trompeter mit ihrem schmetternden Blech, sodann die Insignienträger des Palastes mit den Silberstäben über der Schulter und zum Schluß sieben Wappenherolde, in reichen Übergewändern, und der letzte von ihnen trug in der Hand ein Papier, die Friedensverkündigung, diese zunächst verlesen auf dem Schloßplatz, unter den Fenstern, in denen sich die Majestäten und die Druchlauchten zeigten, vor den Augen des Volkes, das wie ein Meer den Platz füllte, bei aufmarschierter Palastwache, und nachdem die Verkündigung hier verlesen, wurde sie auf dem Platz der Kathedrale wiederholt, und auf dem Rossio, und auf dem Platz vor dem Hospital, endlich nun ist dieser Friede mit Frankreich geschlossen, nun mögen die anderen und die übrigen Länder folgen.

Aber mir gibt keiner die eingebüßte Hand zurück, sagt Baltasar. Gräme dich nicht, du und ich, wir haben drei Hände, sagt Blimunda.

Pater Bartolomeu Lourenço gab dem Soldaten und der Seherin seinen Segen, sie küßten ihm die Hand, doch im letzten Augenblick umarmten sich die drei, die Freundschaft war stärker als die Ehrfurcht, der Pater sagte: Leb wohl, Blimunda, leb wohl, Baltasar, gebt acht aufeinander und hütet mir den Riesenvogel, irgendwann kehre ich mit dem zurück, was ich dort holen will, es wird nicht Gold und nicht Diamant sein, aber die von Gott geatmete Luft, du, Baltasar, achte mir gut auf den Schlüssel, den ich dir gab, und da ihr nach Mafra geht, vergiß nicht, gelegentlich herzukommen und nach der Maschine zu schauen, kannst ohne Zögern hier ein und aus gehen, dieses Anwesen hat der König mir anvertraut, er weiß, was sich hier befindet. Und als dies gesagt war, bestieg er das Saumtier und ritt davon.

Da fährt Pater Bartolomeu Lourenço, schon draußen auf See, und was tun nun wir, ohne nahe Hoffnung vom Himmel, laß uns zum Stierkampf gehen, das ist ein prächtiger Zeitvertreib. In Mafra gab es nie Stierkämpfe, sagt Baltasar, und da unser Geld nicht für alle vier Tage der Vorstellung reicht, weil in diesem Jahr die Zuschauerplätze auf dem Schloßplatz teuer versteigert wurden, ziehen wir am letzten los, zum Festausklang. Tribünen rings um den Platz, sogar auf der Flußseite, die Rahspitzen der dort ankernden Schiffe sind kaum noch zu sehen, Sieben-Sonnen und Blimunda hatten gute Plätze, nicht weil sie sich zeitiger eingefunden als andere, sondern weil ein Eisenhaken am Armstumpf den Weg so leicht auftut wie jene Feldschlange, die aus Indien kam und sich auf dem Turm von São Gião befindet, sobald einer den Haken an den Rippen spürt, weicht er zurück, als zielte ihm die Geschützmündung ins Gesicht. Der Platz ist gänzlich umsäumt von Masten, diese in der Höhe mit Bändern geschmückt und bis zur Erde mit hauchdünnem Gewebe verkleidet, das in der Brise flattert, die Tür zum Pferch wurde mit hölzernem Portikus umbaut, der, blank gestrichen, weißen Marmor vortäuscht, während die Säulen sich als Stein aus Arrábida geben, Friese und Gesimse vergoldet. Den Hauptmast halten vier riesige Figuren, bemalt in unterschiedlichen Farben, ohne am Gold zu knausern, und die Standarte, aus Blech, zeigt auf der einen wie auf der anderen Seite den ruhmvollen heiligen Antonius auf Silberfeldern, und das Zierwerk ist ebenfalls aus Gold, dazu, der Fahnenstange obenauf gesetzt, ein vielfarbiger Federschweif, und alles so vortrefflich, daß es natürlich und echt wirkt. Auf den Bänken und Stehplätzen wimmelt es von Zuschauern, gesondert und bequem plaziert die Personen von Rang, und die Majestäten und die Durchlauchten schauen aus den Fenstern des Palastes, noch eilen die Wasserschlepper über den Platz und besprühen ihn, achtzig Männer stehen da in Maurenkleidung, das Wappen des Senats von Lissabon auf die ärmellosen Überwürfe gestickt, das Volk wird nun ungeduldig, will die Stiere hervorpreschen sehen, schon haben sich die Tänzer zurückgezogen, nun verschwinden auch die Wasserschlepper, der Platz ist ein Schmuckstück, frisch riecht die besprengte Erde, als wäre die Welt gerade erst erschaffen worden, warten wir nur auf den Schlag, bald ist es hier Blut und Urin, und Fladen von den Stieren, und Pferdeäpfel, und sollte einer sich in die Hosen machen, mögen diese es verborgen halten, damit er keine schlechte Figur abgibt, vor Lissabons Volk und Dom João V.

Es kam der erste Stier, kam der zweite, der dritte, es marschierten die achtzehn Stierfechter herein, die der Senat für viel Geld aus Kastilien hatte kommen lassen, und die Reiter ritten auf den Platz, legten ihre Lanzen an, und andere, zu Fuß, pflanzten den Stieren papierbekränzte Kurzspeere auf, und da, dieser Reiter, der Stier überlistete ihn, er verlor seinen Umhang, nun jagt er auf den Stier zu, versetzt ihm einen Schwertstreich, so rächt man die befleckte Ehre. Und sie lassen den vierten Stier herein, den fünften, sechsten, schon sind es zehn, oder zwölf, oder fünfzehn, oder zwanzig, ein Meer aus Blut der ganze Platz, die Damen lachen, mit zarten Aufschreien, sie klatschen in die Hände, die Fenster gleichen Blumengebinden, und es sterben einer nach dem anderen die Stiere, sie werden hinausgekarrt auf einem niedrigen Gefährt, von sechs Pferden gezogen, wie nur Angehörige des Königshauses oder Personen von Stand, derweise sich wenn nicht ihre königliche Würde, zumindest ihre Gewichtigkeit beweist, und erst die Pferde, prächtig, strahlend herausgeputzt, Kopfschmuck aus besticktem karminrotem Samt, die Umhänge mit Fransen aus unechtem Silber, ebenso Zaumzeug und Brustgehänge, und da der Stier, pfeilebespickt, von Lanzen durchbohrt, er wird abgeschleppt, das Gedärm schleift über den Boden, die Männer, irr vor Begeisterung, befummeln die irr begeisterten Weiber, die sich an den Männern wetzen, offen, sogar Blimunda, und warum nicht? Sie schmiegt sich eng an Baltasar, ihr schießt das Blut zu Kopf, wie sie es da sprudeln sieht, diese offenen Quellen an den Flanken der Tiere, da quillt der lebendige Tod, schwindelerregend, doch am meisten bannt die Augen und prägt sich dem Hirn dieser herabgesackte Kopf eines Stiers ein, sein aufgerissenes Maul, die hängende dicke Zunge, die schon nicht mehr kraftvoll derb das Gras der Fluren reißen wird, es sei denn das der Nebelauen in der jenseitigen Welt der Stiere, die, wir wissen es nicht, Hölle ist oder Paradies.

Paradies gewiß, falls es Gerechtigkeit gibt, mitnichten Hölle, da die Tiere schon die hiesigen Höllen durchlitten haben, die des Feuermantels, das sind dicke Überwürfe, in Schichten, bestückt mit sinnig angeordneten Raketen, von zwei Seiten wird da Feuer angelegt, der Umhang beginnt zu brennen, die Raketen explodieren, krepieren noch und noch, das birst und irrlichtert weitum, es ist, als würde der Stier lebendig gebraten, er rennt auf dem Platz umher, blindwütig und verrückt, springt und brüllt, während Dom João V. und sein Volk diesem jämmerlichen Sterben Beifall spenden, dem der Stier wehrlos ausgeliefert ist, dem er diesmal nicht tötend begegnen kann. Es riecht nach verschmortem Fleisch, was den Nasen indes nicht Beleidigung, da sie an das Grillfleisch der Autodafés gewöhnt sind, zudem endet der Stier auf dem Speiseteller, allemal ein bekömmliches Ende, vom Juden hingegen bleiben nur die materiellen Güter, die er im Diesseits zurückließ.

Nun werden bemalte Tonfiguren hereingetragen, die größer sind als ein üblicher Mensch, Lockfiguren mit erhobenen Armen, mitten auf dem Platz abgestellt, was wird denn dies für eine Nummer? fragt, wer solches noch nie gesehen, vielleicht sollen sich die Augen von der Schlächterei ein bißchen erholen, nun, weil Gestalten aus Ton, endet es schlimmstenfalls mit einem Haufen

Scherben, den es dann aufzukehren gälte, das Fest ist verdorben, meinen die Skeptiker und die Berserker, lieber noch so ein Feuermantel, uns allen und dem König zur hellen Freude, ist ja nicht oft Gelegenheit, daß wir gemeinschaftlich lachen, in diesem Augenblick schießen aus dem Pferch zwei Stiere hervor, verstört, der Platz leer, nur diese Dickwänste ohne Beine und mit erhobenen Armen, scheckigbunt wie die Teufel, an ihnen werden wir uns für alle erlittene Schmach rächen, die Stiere stürzen darauf zu, die Töpfe bersten mit dumpfem Knall, aus dem Innern springen zu Dutzenden entsetzte Hasen hervor, sie rennen kreuz und quer, gejagt und zu Tode geknüppelt von den Stierfechtern und weiteren Männern, die auf den Platz gesprungen sind, ein Auge auf das fliehende, ein anderes auf das gehetzt daherrennende Tier, das Volk lacht, entlädt sich in schallendem Gelächter, ist außer Rand und Band, plötzlich gewinnt der Lärm eine andere Tönung, aus zwei Lehmpuppen, die jetzt zerplatzen, entweichen mit klatschendem Flügelschlag schwarmweis Tauben, vom Aufschlag verwirrt, vom grellen Licht geblendet, einige, wie gelähmt, können nicht Höhe gewinnen, gehen auf den hohen Tribünen nieder, werden erhascht von gierigen Händen, weniger weil gebratene Täubchen ein gesunder Leckerbissen sind, sondern des Vierzeilers wegen, den der Vogel auf einem um den Hals gebundenen Zettel trägt, Vierzeiler wie diese: In bösen Kerker war ich gebannt, aus ihm ich glücklich entwich, noch glücklicher aber wähn ich mich gefangen in deiner Hand. Hab nicht den Himmel gewählt, das Glück im Flachen liegt, denn desto höher einer fliegt, er desto tiefer fällt. Sterben soll mir nichts bedeuten, und ich sterb in Frieden, hat der Herrgott mich beschieden unters Messer wackeren Leuten. Fliehend stürzt ich, muß verzagen, ach, und groß ist mein Entsetzen, denn hier, wo sie Stiere hetzen, wollen sie auch Tauben jagen. Jedoch nicht alle werden geschnappt, einige, im Rundflug, entwischen dem Strudel aus Händen und Kreischen, sie steigen, steigen, ordnen ihren Flügelschlag, nehmen in den Höhen das Licht der Sonne auf, und wie sie sich über die Dächer entfernen, dünken sie Vögel aus Gold.

Am folgenden Morgen, vor Tau und Tag, verließen Baltasar und Blimunda Lissabon, brachen sie, ohne weitere Last als ein Bündel Kleidung und etwas Wegzehr im Ranzen, auf nach Mafra.

Der verlorene Sohn ist heimgekehrt, er brachte eine Frau mit, und wenn er nicht mit leeren Händen kam, so weil die eine Hand auf dem Schlachtfeld geblieben und die andere Blimundas Hand festhält. Ob er reicher oder ärmer kam, danach steht die Frage nicht, denn jedermann weiß, was er hat, weiß aber nicht, wie sehr dies von Wert. Als Baltasar die Tür aufstieß und vor der Mutter erschien, Marta Maria ihr Name, umarmte diese den Sohn, umarmte ihn mit Manneskraft, weil von Herzen. Baltasar hatte den Haken dran, und eine Pein war's in der Seele, ein Jammer, über der Schulter der Frau ein krummes Eisen zu sehen, statt der umfangenden, sich anschmiegenden Hohlhand, die, je mehr erforderlich, ein desto besserer Schutz wäre. Der Vater war nicht im Hause, war bei der Arbeit auf dem Feld, Baltasars einzige Schwester ist verheiratet und hat zwei Kinder, Álvaro Pedreiro – Álvaro, der Maurer – heißt ihr Mann, sie machten ihm den Beruf mit zum Namen, ein nicht seltener Fall, warum und in welchen Zeiten mochte man einige, und sei es mit Spitznamen, Sieben-Sonnen benannt haben. Blimunda stand noch im Vorraum, wartete, daß die Reihe an sie käme, doch die Alte, kleiner als der Sohn, sah sie nicht, außerdem war es im Haus recht finster. Baltasar trat zur Seite, um den Blick auf Blimunda freizugeben, das meinte er, doch Marta Maria sah zuerst, was sie noch nie gesehen, vielleicht hatte sie das kalte Elend auf der Schulter mehr erahnt, die eiserne Ersatzhand, dann aber gewahrte sie die Gestalt in der Tür, armes Weib, geteilt zwischen dem Schmerz, den ihr dieser Arm eingab, und dieser anderen sie beunruhigenden Erscheinung, überdies Frau, und da wich Blimunda zurück, damit alles zu seiner Zeit drankäme, von draußen hörte sie die unter Tränen vorgebrachten Fragen: Mein Sohn, wie ist das geschehen? Wer hat dir das angetan? Es dunkelte, endlich dann trat Baltasar aus der Tür, sagte zu Blimunda: Tritt ein. Drin im Haus wurde ein Öllicht angezündet, Marta Maria schluchzte noch, leise. Mutter, dies ist meine Frau, sie heißt Blimunda de Jesus.

So müßte es sein, einen Menschen nur kurz mit seinem Namen vorstellen und dann den Rest von dessen Leben abwarten, um letztlich zu wissen, wer er ist, falls wir es je erfahren, denn Sein ist nicht Gewesensein, Gewesensein ist nicht Seinwerden, doch es wird anders gehandhabt: Wer waren Ihre Eltern? Wo sind Sie geboren? Wie alt sind Sie? Da meint man nun mehr zu wissen, oder gar alles. Beim letzten Schimmer des Tages fand sich Baltasars Vater ein, João Francisco, Sohn des Manuel und der Jacinta, hier in Mafra geboren, stets hier gelebt, dieses Haus bewohnt, im Schatten der Sankt-Andreas-Kirche und des Palastes der Vizegrafen, und, damit über ihn noch ein bißchen mehr zur Kenntnis gelange, ein Mensch, im Wuchs so groß wie der Sohn, jetzt vom Alter etwas gebeugt und auch vom Gewicht des Holzbündels, das er ins Haus brachte. Baltasar nahm ihm die Last ab, der Alte blickte ihn an und sagte: He, Mann, dann gewahrte er die Verstümmelung, erwähnte sie aber nicht, sagte nur: Verwinden muß, wer im Krieg war, dann schaute er auf Blimunda, begriff, daß dies die Frau seines Sohnes war, reichte ihr die Hand zum Kuß hin, und bald kümmerten sich Schwiegertochter und Schwiegermutter um das Abendessen, während Baltasar erklärte, wie das in jener Schlacht zugegangen, die Hand abgeschnitten, dann Jahre der Abwesenheit, fast zwei Jahre in Lissabon gelebt, ohne Nachricht zu geben, die erste und einzige kam vor etlichen Wochen, ein Brief, noch von Pater Bartolomeu Lourenço aufgesetzt auf Bitten Baltasars, worin er meldete, daß er noch am Leben sei und zurückkehren werde, ach, wie hartherzig die Kinder, sind am Leben, aber schweigen, als wären sie tot. Es blieb noch zu sagen, wann er Blimunda geheiratet, ob in der Soldatenzeit, ob danach, und wie es mit dem Hausstand bestellt sei, Habe und Unterhalt, doch die Alten fragten nicht, dachten nicht daran, oder wollten es lieber nicht wissen, schon da ihnen die junge Frau von seltsamem Aussehen schien, das Strohblond, ein nicht treffendes Wort, denn die Farbe ihres Haars war die des Honigs, und die Augen hell, grün, grau, oder aber blau bei Lichteinfall von vorn, und jäh ganz dunkel, erdbraun, aschfarben, schwarz, sooft ein Schatten darüber lag oder drüberhuschte, darum sie zunächst stumm blieben, dann war es die Zeit, daß alle sprächen: Meinen Vater kenne ich nicht, sicherlich war er schon tot, als ich geboren wurde, meine Mutter haben sie für acht Jahre nach Angola verbannt, vor zwei Jahren, wer weiß, ob sie noch am Leben ist, ich bin ohne Nachricht von ihr. Ich will mich mit Blimunda hier in Mafra niederlassen, vielleicht finde ich ein Haus. Brauchst nicht erst zu suchen, dieses reicht für vier, hier haben schon etliche Leute mehr gewohnt, und warum hat man deine Mutter verbannt? Sie wurde bei der Inquisition angezeigt, Blimunda ist nicht Jüdin und nicht Neuchristin, ihre Mutter verdankt Inquisition, Gefängnis und Verbannung den Visionen, die sie zu haben vorgab, und Offenbarungen, auch hörte sie Stimmen. Jedwedes Weib hat Visionen und Offenbarungen, vernimmt Stimmen, wir hören sie den ganzen Tag, da bedarf es keiner Zauberei. Meine Mutter war keine Magierin, noch bin ich es. Auch du hast Visionen. Nur solche, wie alle Frauen sie haben, Mutter. Du sollst meine Tochter sein. Ja, Mutter. Schwöre, daß du nicht Jüdin bist und nicht Neuchristin. Ich schwöre es, Vater. Dann also sei willkommen im Hause der Sieben-Sonnen. Sie heißt bereits Sieben-Monde. Wer gab ihr den Namen? Der Pater, der uns getraut hat. Ein Pater von solchen Einfällen ist in der Regel kein Sakristeigewächs. Hierauf lachten alle, mehr wissend die einen, weniger die anderen. Blimunda schaute auf Baltasar, und jeder las im Blick des anderen den nämlichen Gedanken, der Riesenvogel in Teilen auf dem Erdboden verstreut, Pater Bartolomeu Lourenço auf dem Saumtier zum Tor des Anwesens hinausreitend, unterwegs nach Holland. Im Raum blieb die Lüge, Blimunda sei nicht Ableger von Neuchristen, sofern Lüge, wissen wir doch, daß diesen zwei solche Dinge recht einerlei sind, zur Rettung größerer Wahrheiten lügt man bisweilen.

Der Vater sagte: Den Acker auf dem Wachhügel hab ich verkauft, und nicht schlecht, für dreizehntausendfünfhundert Réis, aber er wird uns fehlen. Warum hast du ihn dann verkauft? Der König wollte ihn, meinen und andere. Wozu braucht der König sie? Er will da ein Mönchskloster bauen lassen, hast du darüber in Lissabon nichts gehört? Nein, Vater, hab ich nicht. Der Vikar hier sagte, der König habe dies versprochen, für den Fall, daß ihm ein Nachkomme geboren würde, das wird ein gutes Geldverdienen für deinen Schwager, man wird dort Maurer benötigen. Sie hatten Bohnen und Kohl gegessen, die Frauen abseits und stehend, João Francisco Sieben-Sonnen holte aus dem Pökelfaß ein Stück Speckfleisch, schnitt es in vier Streifen, legte diese auf Brotscheiben, die er ringsum zuteilte. Er spannte auf Blimunda, diese nahm ihre Portion, aß gemächlich. Also nicht Jüdin, schloß der Schwiegervater. Auch Marta Maria hatte geschaut, bang, dann warf sie ihrem Mann einen strengen Blick zu, als zeihe sie ihn der Tücke. Blimunda verdrückte den letzten Bissen, lächelte dabei. João Francisco ahnte nicht, daß sie auch als Jüdin das Speckstück gegessen hätte, gilt es doch, eine andere Wahrheit zu retten.

Baltasar sagte: Ich muß mir Arbeit finden, und auch Blimunda wird arbeiten, wir wollen nicht von Armensuppen leben. Bei Blimunda eilt es nicht, ich möchte sie noch etwas im Haus haben, will meine neue Tochter kennenlernen. Einverstanden, Mutter, ich aber muß mir eine Arbeit suchen. Was gedenkst du mit nur einer Hand zu verrichten? Ich habe den Haken, Vater, der tut gut Dienst, wenn man dran gewöhnt ist. Tja, aber graben kannst du nicht, nicht mähen, nicht Holz hacken. Aber das Vieh versorgen. Das kannst du. Auch Gespannführer sein, zum Halten des Stricks langt der Haken, und die Hand besorgt den Rest. Mein Sohn, wie freue ich mich, dich wieder daheim zu wissen. Ich hätte längst kommen sollen, Vater.

In dieser Nacht träumte es Baltasar, er pflügte mit einem Ochsengespann den gesamten Wachhügel, und ihm hinterdrein schritte Blimunda und spießte Vogelfedern in die Erde, dann begännen diese zu flattern, als wollten sie sich in die Lüfte erheben, die Erde fähig, sich mit aufzuschwingen, es käme Pater Bartolomeu Lourenço mit der Planzeichnung in der Hand, wiese auf den Fehler, beginnen wir von vorn, und wieder gälte es, die Erde zu pflügen, Blimunda säße da und spräche zu ihm: Komm, leg dich zu mir, ich habe mein Brot schon gegessen. Noch war's tiefe Nacht, Baltasar wachte auf, zog die Schlafende an sich heran, diese geheimnisvolle wärmende Frische, sie murmelte seinen Namen, er sagte den ihren, sie lagerten in der Küche, auf zwei übereinandergelegten Decken, und lautlos, damit die im Vorraum schlafenden Eltern nicht aufwachten, gaben sie sich einander hin.

Tags darauf erschienen, ihre Ankunft zu feiern und das neue Familienmitglied kennenzulernen, Baltasars Schwester Inês Antónia und deren Ehemann, mit richtigem Namen Álvaro Diogo. Mit ihnen die Söhne, einer vier Jahre, der andere zwei, nur der ältere wird durchkommen, der andere erliegt noch vor Ablauf dreier Monate den Blattern. Gott jedoch, oder wer immer im Himmel die Lebensdauer der Menschen bestimmt, er hat, das Gleichgewicht zwischen arm und reich betreffend, arge Gewissensbisse, und falls nötig, holt er sich sogar aus den Königsfamilien Gegenlast in die Waagschale, der Beweis dafür ist, daß er, um den Tod dieses Kindes wettzumachen, den Infanten Dom Pedro sterben läßt, als der das gleiche Alter erreicht, und weil, so will es Gott, jeder Sterbegrund dienlich ist, so stirbt der Erbe von Portugals Krone, weil man ihm die Säugebrust entzog, solches könnte nur zarten Infanten widerfahren, Inês Antónias Sohn, als er starb, aß bereits Brot und was es sonst gab. Ist die Zählung somit wieder ausgeglichen, schert Gott sich schon nicht mehr um die Bestattung, darum galt es, in Mafra lediglich ein Engelchen zu begraben, ein Fall von vielen, kaum zur Kenntnis genommen, in Lissabon freilich konnte dies so nicht sein, da war's wahrer Pomp, der Infant wurde aus seinem Zimmer getragen, in dem Särglein, das die Staatsräte trugen, begleitet vom gesamten Adel, auch vom König samt dessen Brüdern, und wenn der König mitging, so gewiß aus väterlichem Schmerz, hauptsächlich aber, weil es der erstgeborene Sohn und Thronerbe war, solche Pflichten auferlegt das Protokoll, sie stiegen bis in den Kapellenhof hinab, alle den Hut auf dem Kopf, und als der Sarg auf die Bahre gelegt wurde, damit sie ihn fortbrächten, nahm König und Vater die Kopfbedeckung ab, und nachdem er den Hut gelüftet und ihn wieder aufgesetzt hatte, kehrte er ins Schloß zurück, das sind so die Unmenschlichkeiten des Protokolls. Es zog der Infant vaterlos und mutterlos hinaus nach São Vicente vor den Toren, mit seinem strahlenden Gefolge, vornan der Kardinal, dann zu Pferd die Stabträger, die Beamten des Hauses und Titulare, gefolgt von den Geistlichen und den Ministranten der Kapelle, ausgenommen die Domherren, die vorausgeeilt waren, den Leichnam in São Vicente zu empfangen, alle mit brennenden Fackeln in den Händen, und dann die Wache in zwei Reihen, geführt von ihren Offizieren, und nun, jawohl, kommt der Sarg, bedeckt mit prächtigstem rotem Leinentuch, das auch die Staatskarosse überdeckt, und hinter dem Sarg schreitet der Herzog von Cadaval, ältere Linie, da Majordomus der Königin, die, falls sie ein Mutterherz hat, ihren Sohn beweinen wird, und auch der Marquês das Minas, da der Königin oberster Steigbügelhalter, schreitet mit, an den Tränen läßt sich die Liebe zu ihr ablesen, nicht an den Titeln, die ihr dienen, und die besagten Tücher, desgleichen Sielenzeug und Decken der Maultiere, bleiben bei den Mönchen von São Vicente, nach alter Sitte, und für die Dienstleistung der Maultiere, die besagten Mönchen gehören, wurden zwölftausend Réis gezahlt, ein übliches Mietgeld wie nur irgendeins, wundern wir uns nicht, Maultiere sind's, nicht Männer, und werden dennoch gemietet, und dies alles zusammen macht den Pomp, Umstand und die Feierlichkeit, und in den Straßen, die der Zug nimmt, stehen die Soldaten Spalier, auch die Mönche aller Orden, ausnahmslos, abgesehen von den Bettelmönchen als auch den Besitzern jenes Hauses, das dieses an Brustentzug verstorbene Kind aufnehmen wird, ein Privileg, das die Mönche sehr verdienen, so sehr wie das Kloster, das zu Mafra gebaut werden wird, wo vor noch nicht einem Jahr ein kleiner Junge begraben wurde, dessen Name ungenannt blieb und den ein vollständiges Gefolge begleitete, will heißen Eltern, Großeltern, Tante und Onkel, weitere Verwandte, wenn der Infant Dom Pedro in den Himmel gelangt und von diesen Unterschieden erfährt, wird er sehr bekümmert sein.

Letztendlich, da die Königin von so guter Veranlagung zur Mutterschaft, hat der König ihr bereits einen neuen Infanten gemacht, dieser nun aber wird König sein, das gäbe Stoff für ein weiteres Memorial und der Erschütterungen mehr, und sollte jemand zu wissen begehren, wann Gott diese königliche Geburt ausbalancieren wird mit einer Geburt aus dem Volke, nun, er wird balancieren, jedoch nicht vermittels dieser wenig gekannten Männer und dieser zu erratenden Frauen, denn Inês Antónia wird nicht weitere Kinder begraben wollen, und Blimunda hat sich im Verdacht, daß sie mit geheimen Kräften Kinder abwehrt. Bleiben wir bei diesen größeren und erwachseneren, bei dem Bericht, den Sieben-Sonnen von seiner Militärlaufbahn wiederholt geben mußte, namentlich bei dem kurzen Kapitel verweilend, wie er an der Hand verwundet wurde und sie ihm diese abschnitten, er zeigt die Eisenprothesen, am Ende die üblichen und nicht eingebildeten Selbstbemitleidungen: Solche Unglücke passieren immer den Armen. Es stimmt indes nicht ganz, da sterben oder werden verstümmelt auch Gefreite und Hauptleute, der Herrgott belohnt so sehr das Wenig, wie er das Viel beschneidet, als eine Stunde vergangen ist, haben alle sich an das Neue gewöhnt, nur die beiden Jungen wenden die Augen nicht ab, starren gebannt, und sie erschaudern, wenn der Onkel sich aus Spaß des Hakens bedient und sie vom Boden hochhebt, es ist so eine Art, die größere Aufmerksamkeit für solche Übungen zeigt der Jüngste, er nutzt und nutzt es, solange ihm noch Zeit gegeben, nur noch drei Monate hat er zum Spielen.

In diesen ersten Tagen hilft Baltasar dem Vater bei den Feldarbeiten, ein anderer Acker ist's, Pachtland, er muß alles neu erlernen, freilich beherrscht er noch die alten Griffe, aber wie sie jetzt ausführen? Und zum Beweis, daß die Träume haltlos sind, wenn er im Traum den Wachhügel pflügte, so braucht er sich in Wirklichkeit nur den Pflug zu besehen, um zu begreifen, was eine linke Hand wert ist. Uneingeschränkt taugt er nur zum Gespannführer, aber ohne Karren und Zugtiere? Einstweilen wird er die seines Vaters treiben, mal ich, mal du, morgen wirst du haben, was dir zusteht. Und falls ich zeitig sterbe, ersparst du dir vielleicht das bis dahin für Gespann und

Karren auf die Kante gelegte Geld. Vater, versündige dich nicht. Baltasar begibt sich hin zur Arbeitsstelle des Schwagers, eine neue Mauer wird hochgezogen auf dem Landsitz der Vizegrafen, in Vila Nova da Cerveira, dies ist keine Verwechslung der Örtlichkeiten, die Vizegrafschaft ist von dort, der Palast aber steht hier. Der Mauer dort kann Baltasar keinen Stein hinzufügen, besser, er hätte ein Bein verloren, einem Manne ist ein Holzbein ebenso gute Stütze wie ein echtes Bein, erstmalig kommt ihm dieser Gedanke, dann aber stellt er sich vor, wie beschämend es aussähe, wenn er bei Blimunda läge, auf ihr läge, o nein, lieber nicht, besser ohne die Hand, zum großen Glück erwischte es die linke. Álvaro Diogo steigt vom Baugerüst, und im Schutze einer Hecke sein Mittagessen nehmend, das Inês Antónia gebracht hat, sagt er, daß es für die Maurer nicht an Arbeit fehlen wird, wenn erst der Klosterbau beginnt, da braucht er nicht auswärts, in der weiteren Umgebung, Anstellung zu suchen, Wochen und Wochen von Mafra fort, sosehr das Umherstreunen dem Manne eigen sein mag, zu Hause, wenn er das Weib ehrt und die Kinder liebt, da schmeckt es nach Brot, das man auf Stunden entbehren kann, aber nicht tagtäglich.

Baltasar Sieben-Sonnen trieb sich hier in der Gegend herum, war oben auf dem Wachhügel, von da aus der Marktflecken Mafra in Gänze überschaubar ist, in seinem Loch, unten im Tal. Hier oben spielte er als Kind, so alt wie jetzt der erstgeborene Neffe, spielte auch später noch, nicht mehr lange, zeitig muß einer seine Armkraft dem Acker leihen. Das Meer ist fern und wirkt nahe, es schillert, ist ein Degen, den die Sonne zückte und langsam in die Scheide zurücksteckt, während sie gegen den Horizont sinkt und endlich untertaucht. Solche Vergleiche sind Erfindungen dessen, der von Kriegern schreibt, nicht Baltasar erfand sie, doch aus irgendeinem Grund fällt ihm der Degen ein, den er im Hause der Eltern verwahrt, nie mehr hat er ihn aus der Scheide geholt, er wird Rost angesetzt haben, demnächst will er ihn mit dem Stein abziehen und einfetten, man weiß ja nie, was morgen kommt.

Acker war es, nun aufgelassen. Die Feldbegrenzungen, die Hecken, Rohrgeflechte, Raine, sind noch zu erkennen, aber trennen nicht mehr Besitze. Dies alles gehört nun einem einzigen, dem König, der noch nicht bezahlte, jedoch zahlen wird, auf ihn ist Verlaß, gerechterweise gesagt, João Francisco Sieben-Sonnen wartet auf seinen Geldanteil, schade daß ihm nicht alles gehörte, er würde reich werden. Bisher beziffern sich die Verkaufsurkunden auf einen Wert von dreihundertachtundfünfzigtausendfünfhundert Réis, und mit Zeit und Zugewinn wird die Summe über die fünfzehn Millionen Réis hinaussteigen, eine Zahl, die einfacher Leute schwachem Hirn kaum noch faßlich, weshalb wir es übersetzen und sagen: fünfzehn Contos und annähernd hundert Mil-réis, wahrlich ein Vermögen. Ob der Handel gut ist oder schlecht, das hängt von mancherlei ab, das Geld hat nicht immer den gleichen Wert, im Gegensatz zu den Menschen, die von beständigem Wert sind, nämlich alles und nichts. Und das Kloster wird eine große Sache? hatte Baltasar den Schwager gefragt, und dieser: Erst war von dreizehn Mönchen die Rede, dann von vierzig, nun reden die Franziskaner der Herberge und der Heiliggeistkapelle von achtzig. Hier in Mafra wird die irdische Gewalt verlieren, schloß Baltasar. Schon hatte Inês Antónia sich zurückgezogen, so konnte Álvaro Diogo nach Männerart offen reden: Da kommen nun die Mönche her, noch dazu Franziskaner, und vögeln unsere Weiber nach ihrer guten Gewohnheit, sollte ich je einen Schamlosen erwischen, ich schlag ihm die Knochen kaputt. Und mit dem Hammer haute der Maurer den Stein in Stücke, auf dem Inês Antónia gesessen hatte. Die Sonne war schon untergegangen, Mafra im Tal gleichsam ein schwarzes Brunnenloch. Baltasar beginnt den Abstieg, er sieht die Steinmarken, die nach dieser Seite hin die Grundstücke begrenzten, schneeweißer Stein, kaum erst von Kühle befallen, Stein, der wenig weiß von großer Hitze, Stein, noch verschreckt vom Tageslicht. Diese Steine werden dem Kloster unterstes Grundgemäuer sein, irgendwer ließ sie auf Geheiß des Königs behauen. Portugiesischer Stein in Maße gebracht von portugiesischen Händen, noch ist es nicht die Zeit, daß die Mailänder Garvos die hier zusammenströmenden Maurer und Steinmetzen unter ihr Kommando nehmen. Als Baltasar ins Haus tritt, hört er Gemurmel in der Küche, die Stimme der Mutter, die Stimme Blimundas, mal die eine, mal die andere, sie kennen einander kaum und haben sich doch so viel zu erzählen, es ist der große, nicht endende Austausch unter Frauen, nichtig mutet er den Männern an, sie ahnen nicht, daß ebendieses Reden die Welt in ihrer Kreisbahn hält, würden nicht die Frauen untereinander reden, die Männer hätten den Sinn für ein Zuhause und den Planeten längst verloren. Deinen Segen, Mutter. Gott segne dich, mein Sohn. Blimunda sagte nichts, und Baltasar sprach sie nicht an, Blicke wechselten sie, weiter nichts, einander anschauen war beider Zuhause.

Viele Arten gibt's, Mann und Frau zusammenzuführen, doch da dies kein Nachschlagewerk und Vademekum für Heiratswillige ist, seien deren lediglich zwei genannt, die erste: er und sie stehen nahe beieinander, ich kenne dich nicht, weiß nichts von dir, bei einem Autodafé, hinter der Absperrung, versteht sich, sie sehen die Büßer vorbeiziehen, plötzlich wendet sich die Frau an den Mann, fragt: Wie ist Ihr Name? Das war nicht göttliche Eingebung noch aus eigenem Antrieb gefragt, es war gedanklich erteilter Befehl der Mutter, die da in der Prozession mitschritt, weil sie Visionen und Offenbarungen hatte, und falls sie diese, nach Behauptung der Inquisition, nur vorgetäuscht, diesmal waren sie beileibe echt, sehr wohl sah sie und tat sich ihr auf, daß dieser Einarmige der Mann ihrer Tochter sein würde, und so brachte sie die zwei zusammen. Die andere Art: beide sind voneinander weit entfernt, ich kenne dich nicht, weiß nichts von dir, ein jeglicher an seinem Hof, er in Lissabon, sie in Wien, neunzehn Jahre er, sie fünfundzwanzig, und es verheirateten uns etliche bevollmächtigte Gesandte, die Brautleute sahen sich zunächst auf geschönten Bildnissen, er von gutem Eindruck und dunkelhäutig, sie drall und weißösterreichisch, belanglos blieb es, ob der eine dem anderen gefiel, sie waren geboren, um in dieser Weise zu heiraten, und nicht anders, er aber wird sich gründlichst schadlos halten, sie nicht, die Ärmste, sie ist eine ehrbare Frau, kann ihre Blicke nicht einem anderen Mann zuwenden, was indes in ihren Träumen geschieht, zählt nicht.

In Joãos Krieg verlor Baltasar die Hand, im Krieg der Inquisition verlor Blimunda ihre Mutter, João gewann keineswegs, nach Friedensschluß war alles wie vorher, auch die Inquisition gewann nicht, denn auf jede getötete Hexe erstehen zehn neue, nicht mitgezählt die Hexer, deren es auch nicht wenige sind. Jedermann führt sein

Rechnungsbuch, drin Beweggrund und Tagesablauf auf der einen Seite die Toten vermerkt, auf der anderen die Lebenden, auch gibt es unterschiedliche Modalitäten, das Auferlegte zu zahlen und zu kassieren, mit dem Geld des Blutes und mit dem Blut des Geldes, manche aber ziehen das Gebet vor, so die Königin, die fromme Gebärerin, die eigens auf die Welt kam, sechs Kinder zu gebären, doch die Gebete zählen nach Millionen, jetzt begibt sie sich ins Novizenhaus der Gesellschaft Jesu, jetzt in die Parochialkirche des heiligen Paul, jetzt macht sie die Novene beim heiligen Franz Xaver, jetzt besucht sie das Bildnis Unserer Lieben Frau von den Nöten, jetzt begibt sie sich zum Kloster des heiligen Benedikt in Loios, jetzt zur Parochialkirche der Fleischwerdung, und geht zum Kloster der Empfängnis in Marvila, und geht zum Kloster des heiligen Benedikt von der Gesundheit, und sie besucht das Bildnis Unserer Lieben Frau vom Licht, und jetzt die Kirche des Corpus Sanctus, und jetzt die Kirche Unserer Lieben Frau von der Gnade, und die Kirche des heiligen Rochus, und die Kirche der Allerheiligsten Dreifaltigkeit, und das königliche Kloster zur Muttergottes, und sie besucht das Bildnis Unserer Lieben Frau von der Erinnerung, und jetzt die Kirche des heiligen Petrus von Alcântara, und die Kirche Unserer Lieben Frau von Loreto und das Kloster des Guten Begebnisses, und schickt sie sich an, das Schloß zu verlassen, zu demutsvollem Gang, dann wirbelt die Trommel und gellt die Querpfeife, nicht von ihr selber gespielt, das ist klar, welch eine Idee, eine trommelnde und Querpfeife blasende Königin, die Hellebardenträger nehmen Aufstellung zum Spalier, und sind die Straßen schmutzig, wie sie es immer sind, sämtlichen Anweisungen und Dekreten auf Sauberhaltung zuwider, dann eilen der Königin Dienstburschen voraus, lange Bretter geschultert, sie entsteigt der Kutsche, die Burschen legen die Bretter auf der Erde aus, das ist ein Kreiselspiel, die Königin schreitet über die Bretter, die Burschen rennen mit den Brettern von hinten nach vorn, Majestät immer auf sauberem Steg, die Burschen immer im Kot, es gleicht unsere Herrin und Königin Jesus Christus unserem Herrn, als er über die Wasser schritt, und so gelangt sie auf wundersame Weise zum Kloster der Dreifaltigkeit, und zum Kloster der Bernhardinerinnen, und zu dem des Allerheiligsten Herzens, und zu dem des heiligen Albert, und zur Kirche Unserer Lieben Frau von den Gnaden, die solche erwirken möge, und zur Kirche der heiligen Katharina, und zum Kloster der Paulisten, und zu dem der Guten Stunde, das den barfüßigen Augustinern gehört, und zu dem Unserer Lieben Frau vom Berge Karmel, und zur Kirche Unserer Lieben Frau der Märtyrer, die wir alle sind, und zum Kloster der heiligen Prinzeß Johanna, und zum Kloster des Erlösers, und zum Kloster der heiligen Monikas, die solche waren, und zum königlichen Kloster der Sühne, und zum Kloster der Ordenspfründnerinnen, wohin sie indes nicht zu gehen wagt, das wissen wir, es ist das Kloster von Odivelas, jedermann errät den Grund, sie ist eine traurige, betrogene Königin, die, nur weil sie immerzu betet, nicht herbe Enttäuschung leidet, alle Tage und deren sämtliche Stunden im Gebet, mit Grund oder in der Gewißheit, ihn zu haben: der leichtsinnige Gemahl, die eigene Familie in der Ferne, dieses Land, das nicht ihres ist, die Kinder nur zur Hälfte ihr eigen, oder gar weniger, wie Infant Dom Pedro beim Himmel schwört, das portugiesische Imperium, die drohende Pest, der geendigte Krieg, ein drohender neuer, die Schwäger und Schwägerinnen von Infanten, Dom Francisco desgleichen und, bei Jesus Maria Joseph, die Ängste des Fleisches, der erahnte Genuß, bei mattem Kitzel zwischen den Schenkeln, die aufwendige Erlösung, die lüstern ihrer harrende Hölle, der Schauder, Königin zu sein, der Schmerz, Frau zu sein, die doppelte Bekümmernis, daß dieses Leben verstreicht und der Tod naht.

Dona Maria Ana wird jetzt andere und dringlichere Gründe haben zu beten. Der König schleicht gequält umher, leidet an plötzlich auftretenden Blähungen, ein altes Leiden, wie wir wissen, nun aber schlimmer geworden, seine Ohnmachten währen länger als ein landläufiger Sinnesschwund, welch hohe Lektion an Demut: einen so großen König der Bewußtheit bar zu erleben, was nützt es ihm da, Herr über Indien, Afrika und Brasilien zu sein, ein Nichts sind wir auf dieser Welt, und all unser Besitz bleibt hier zurück. Aus Gewohnheit und Vorbedacht verabreichen sie ihm eilends die Letzte Ölung, Majestät darf nicht ohne Sakramente sterben wie irgendein gemeiner Soldat auf dem Schlachtfeld, dahin die Kapläne nicht gelangen, nicht gelangen wollen, jedenfalls gibt es bisweilen Schwierigkeiten, etwa daß er in Setúbal vom Fenster aus den Stierkämpfen zuschaut und unverhofft in tiefe Ohnmacht fällt, es springt der Arzt herbei, greift zur Armbeuge, fühlt ihm den Puls, es kommt der Beichtvater mit den Ölen, aber welche Sünden mag Dom João V. seit der letzten Beichte, das war erst gestern, begangen haben, wieviel böse Gedanken kann ein Mensch in vierundzwanzig Stunden haben, wie viele Untaten begehen, und dann diese unzumutbare Situation, daß auf dem Platz Stiere sterben, während man vom König, mit verdrehtem

Auge da, nicht weiß, stirbt er, stirbt er nicht, und wenn er stirbt, wird es nicht von einer Stoßwunde in den Unterleib sein, kein aufgerissener Bauch, denn hin und wieder gelingt es den Tieren, sich am Feind zu rächen, wie es soeben Dom Henrique de Alemeida passierte, der flog samt Pferd durch die Luft, und schon tragen sie ihn mit zwei gebrochenen Rippen fort. Endlich aber schlug der König die Augen auf, für diesmal entwischt, doch er ist schwach auf den Beinen, die Hände zittern, das Gesicht bleich, nicht entfernt mehr der galante Mann, der Nonnen mit einer einzigen Handbewegung umlegt, und wer Nonnen sagt, meint jene, die es nicht sind, erst im vergangenen Jahr gebar eine Französin einen Sproß seiner Zeugung, sähen ihn seine eingeschlossenen und seine freien Geliebten jetzt, nicht wiedererkennen würden sie in diesem welken, erloschenen Männchen den emsigen königlichen Beschäler. Dom João V. wählt Azeitão, vielleicht läßt sich dort mit Heilmitteln und in guter Luft die Melancholie beheben, so nennen die Ärzte sein Leiden, vielleicht sind Seiner Majestät die Körpersäfte verdorben, daher gemeinhin das Darmgrimmen, die Blähungen, die Galleverstopfungen, alles Folgeerscheinungen der Galle, jawohl, dies die Krankheit des Königs, keineswegs leidet er an den Schamteilen, trotz ausschweifenden Liebeslebens und wiederholter Gefahr gallischer Erkrankung, wobei ihm dann Schwarzwurzelsaft verabreicht wird, das überlegene Mittel bei offenen Wunden in der Mundhöhle und am Zahnfleisch ebenso wie an den Hoden und der darüberliegenden Region.

Dona Maria Ana blieb in Lissabon, um zu beten, dann begab sie sich nach Belém, dort weiterzubeten. Sie sei vergrämt, erzählt man, weil Dom João V. ihr nicht die

Regentschaft übertragen will, wahrlich nicht gut, daß der Mann seinem Eheweib so wenig Vertrauen entgegenbringt, das sind augenblickliche Weigerungen, später wird die Königin Regentin sein, unterdessen der König sich in den beschaulichen Gefilden von Azeitão kuriert, dabei die Franziskaner von Arrábida ihm an die Seite befohlen sind, und das Rollen der Wellen ist unverändert das gleiche, unverändert die Farbe des Meeres, und die Gezeiten sind das unverändert gleiche Zauberwerk, und die Waldflur duftet wie eh und je, so bleibt denn der Infant Dom Francisco allein in Lissabon, hält hof, und schon beginnt er auf Ränke zu sinnen, faßt er das Ableben des Bruders ins Auge und überdenkt er das eigene Leben. Falls für diese Melancholie, die Seiner Majestät so heftig zusetzt, keine Heilung und Gott es so will, daß sein irdisches Leben vorzeitig endet, damit das ewige desto zeitiger beginnt, so könnte ich, als nächstfolgender Bruder, also nächste Familie, Schwager Ihrer Majestät und sehr ergebener Diener Ihrer Schönheit und Tugend, könnte ich, mit Verlaub, den Thron besteigen und, auf diesem Wege, in Ihr Bett, mich mit Ihnen in guter kanonischer Form verehelichen, meine Fähigkeiten als Mann, das versichere ich, sind nicht geringer als die meines Bruders. Aber, aber, welch ungehörige Rede zwischen Schwägern, noch ist der König am Leben, er wird kraft meiner Gebete, sofern Gott mich erhört, nicht sterben, zum größten Ruhm des Königreichs, und um so weniger, als an der Zahl von sechs Kindern, die ich, wie geschrieben steht, von ihm haben werde, noch ihrer drei fehlen. Allerdings träumt Majestät fast jede Nacht von mir, ich weiß es sehr wohl. Wahr ist's, ich träume, das sind frauliche Schwächen, die ich in meinem Herzen verwahre und nicht einmal meinem Beichtvater gestehe, gewiß aber sind Träume einem aus dem Gesicht ablesbar, und so errät man sie mir. Also, wenn mein Bruder stirbt, heiraten wir. Sofern dies im Interesse des Königreiches ist und es Gott nicht beleidigt noch meiner Ehre Abbruch tut, werden wir heiraten. Gebe Gott, daß er stirbt, mich drängt es, König zu werden und mit Ihnen zu schlafen, Majestät, satt hab ich es, Infant zu sein. Satt hab ich es, Königin zu sein und weiter nichts sein zu können, gleichwie, ich werde beten, damit mein Mann Rettung erfährt, denn wird ein anderer, der dann kommt, nicht schlimmer sein? Majestät meinen also, ich gäbe einen schlechteren Ehemann ab als mein Bruder? Schlecht sind alle Männer, sie unterscheiden sich nur in der Art. Und mit dieser weisen zweifelnden Sentenz endete das Zwiegespräch im Schloß, das erste von vielen, mit denen Dom Francisco der Königin lästig sein wird, in Belém, wo sie sich jetzt aufhält, in Belas, dorthin sie später reisen wird, in Lissabon, wenn sie schließlich Regentin ist, in Gemächern und auf Landsitzen, sich in Rede ergehend, so daß die Träume der Dona Maria Ana nicht mehr sein werden, was sie einst waren, gemeinhin so köstlich, den Geist so belebend, den Leib stachelnd, nun erscheint der Infant in ihren Träumen lediglich, um zu sagen, daß er König sein will, König sehr zu ihrem Nutzen, da lohnt es nicht erst, zu träumen, jawohl, so wahr ich Königin bin. Schwer erkrankte der König, es starb Dona Maria Anas Traum, der König genas hernach, die Träume der Königin aber würden nicht auferstehen.

Außer vom Gespräch der Frauen wird die Welt von den Träumen in ihrer Umlaufbahn gehalten. Doch ebenso sind es die Träume, die der Welt einen Kranz aus Monden flechten, darum der Himmel der Glanz ist, der sich im Kopf der Menschen befindet, sofern nicht der Kopf der Menschen der eigentliche einzige Himmel. Es kehrte Pater Bartolomeu Lourenço aus Holland zurück, ob er das alchimistische Geheimnis um den Äther mitbrachte oder nicht, werden wir später erfahren, vielleicht aber hat dieses Geheimnis nichts gemeinsam mit den Alchimien vergangener Zeiten, vielleicht bedarf es eines einzigen Worts, um die Hohlkugeln der Flugmaschine zu füllen, jedenfalls hat Gott nur geredet und all das Viel mit diesem Wenig geschaffen. So hatte man es den Pater im Seminar zu Belém in Bahia gelehrt, so hatten sie es ihm mit anderen Argumenten in Fortgeschrittenenkursen an der Kanonischen Fakultät zu Coimbra bestätigt, bevor er seine ersten Ballone in die Lüfte aufsteigen ließ, und jetzt, aus Holland zurückgekehrt, wird er abermals nach Coimbra gehen, ein Mann mag ein großer Flieger sein, doch steht es ihm sehr gut an, Bakkalaureus zu werden, Lizentiat oder Doktor, dann nämlich, selbst wenn er nicht fliegt, wird man ihn schätzen.

Bartolomeu Lourenço begab sich zum Landsitz, nach São Sebastião da Pedreira, drei volle Jahre waren seit seiner Abreise vergangen, der Schuppen wirkte verwahrlost, auf der Erde verstreut die Gerätschaften, die man nicht erst forträumen mußte, niemand würde erahnen, was hier insgeheim im Gange gewesen war. Drin im Gebäude schwirrten die Spatzen umher, durch ein Loch im Dach hereingeschlüpft, zwei zerbrochene Ziegel, winzige Vögel dies, die nie höher fliegen als die höchste Esche auf diesem Anwesen, der Sperling ist ein Vogel der Erde und des Humus, des Mistes und der Getreidesaat, an einem toten Tier merkt man am ehesten, daß es in der Tat nicht hoch fliegen konnte, schwach sind seine Flügel, schmächtig seine Knochen, dagegen dieser mein Riesenvogel so weit fliegen wird, wie das Auge reichen mag, in Anbetracht dieser äußerst soliden muschelförmigen Hülle, die mich tragen wird, mit der Zeit haben die Eisenteile Rost angesetzt, schlechtes Zeichen, als wäre Baltasar, sosehr ich es ihm nahelegte, nicht hier gewesen, doch er war hier, erkennbar an diesen Spuren von nackten Füßen, Blimunda hat er nicht mitgebracht, oder ist Blimunda gestorben?, und er hat auf dem Strohsack geschlafen, die Decke ist beiseite geschoben, man könnte meinen, er wäre eben erst aufgestanden, auf diesen Strohsack lege ich mich, diese Decke ziehe ich über mich, ich, Pater Bartolomeu Lourenço, aus Holland zurück, wo ich erfahren wollte, ob sie in Europa mit Flügeln schon zu fliegen wissen, ob sie in der Erforschung dieser Wissenschaft weiter sind als ich hier in meinem Seefahrerland, und in Zwolle, Ede und Nijkerk habe ich bei einigen alten Gelehrten und Alchimisten studiert, bei solchen, die in Retorten Sonnen erzeugen können, dann aber einen seltsamen Tod sterben, sie trocknen dermaßen ein, daß sie am Ende einem Bündel knackigen Strohs gleichen und wie Stroh brennen, und ebendies wünschen alle sich in der Todesstunde, nichts als Asche hinterlasse ich, durch Selbstentzündung geraten sie in Brand, meiner aber harrte hier die Flugmaschine, die noch nicht fliegt, dies die Hohlkugeln, die es mit dem Himmelsäther zu füllen gilt, die Menschen glauben zu wissen, wovon sie reden, sie schauen zum Himmel auf und sagen: Himmelsäther. Ich aber weiß, was das ist, so einfach, wie Gott es sagte: Es werde Licht, und es ward Licht, eine Redensart, denn inzwischen ist es dunkel geworden, ich zünde diese Öllampe an, die Blimunda hierließ, ich lösche diese winzige Sonne, ich entscheide, ob ich sie anzünde oder lösche, die Öllampe meine ich, nicht Blimunda, kein Mensch in diesem seinem einzigen irdischen Leben kann alles haben, was er begehrt, außer träumend, gute Nacht.

Wochen später, nach allen Genehmigungen und geforderten Einschreibungen, begab sich Pater Bartolomeu Lourenço nach Coimbra, der berühmten Stadt von so altertümlichen Gelehrten, daß sie, wären da auch Alchimisten gewesen, Zwolle in nichts nachgestanden hätte, und nun reitet der Flieger auf einem gemieteten sanftmütigen Maultier hin, wie es einem Priester ansteht, dessen Reitkünste und auch geldliche Mittel eher bescheiden sind. Am Ziel angelangt, wird das Tier mit einem anderen Reiter zurückkehren, vielleicht einem frischgebackenen Doktor, obschon dieser Würde eine Sänfte für Langreisen zuträglicher wäre, und man sich gleichsam von Meereswellen geschaukelt fühlte, würde das voranschreitende Maultier nur nicht so ausschweifend Winde ablassen. Bis zum Marktflecken Mafra, wohin er sich zunächst begibt, hat seine Reise keine Geschichte, außer die der Menschen, die in diesen Ortschaften wohnen, freilich aber können wir nicht auf dem Wege anhalten und fragen: Wer bist du, was tust du, wo drückt dich der Schuh, und wenn Pater Bartolomeu Lourenço gelegentlich anhielt, so war es Halten und Weiterziehen, nur mehr den erbetenen Segen gegeben, wie vielen von diesen wird die eigene Geschichte verbogen, einzig damit sie in die hier erzählte hineingeraten, schon daß sie auf den Pater treffen, ist bezeichnend, denn hin nach Coimbra wäre dies nicht der rechte Weg, gälte es nicht, zunächst Mafra aufzusuchen, weil dort Baltasar Sieben-Sonnen und Blimunda Sieben-Monde wohnen. Auch stimmt es nicht, daß der morgige Tag allein Gott gehört, daß die Menschen Tag und Tag abwarten müssen, damit sie erfahren, was er ihnen beschert, daß einem der Tod gewiß ist, nicht aber die Stunde, es sind dies Redensarten dessen, der die uns aus der Zukunft zukommenden Zeichen nicht zu lesen versteht, wie just daß ein Geistlicher auf der Straße nach Lissabon erscheint, den Segen austeilt, weil um den Segen gebeten, und den Weg nach Mafra hin fortsetzt, will heißen, daß der Gesegnete ebenfalls nach Mafra streben wird, dort beim Bau des königlichen Klosters zu arbeiten, und dort wird er sterben, weil er von einer Mauer stürzt, oder von der Pest fortgerafft, oder erstochen, oder zerquetscht von der Statue des heiligen Bruno.

Es ist noch zu zeitig für diese Unglücksfälle. Als Pater Bartolomeu Lourenço, nach der letzten Wegbiegung, den Abstieg ins Tal begann, gewahrte er da eine Unmenge Männer, Unmenge ist wohl übertrieben, aber doch etliche hundert, und zunächst begriff er nicht, was hier vorging, denn alles rannte nach einer Seite hin, eine Trompete schmetterte, vielleicht ein Fest, vielleicht Krieg, nun krachten Böller, flog Erde und Gestein durch die Lüfte, zwanzig Explosionen, und wieder die Trompete, nun ein anderes Signal, und die Männer machten sich über das zerrissene Erdreich her, mit Schubkarren und mit Schaufeln, luden oben auf der Kuppe, entleerten es hangabwärts nach Mafra hin, während andere Männer, mit geschulterter Platthacke, in die schon tiefen Fundamentgruben stiegen, in ihnen verschwanden, andere wiederum Körbe dahinein warfen, diese mit Erde gefüllt nach oben zogen, abseits hinstellten und andere Männer diese in Schubkarren kippten, zur Schütte rollten, kein Unterschied zwischen hundert Menschen und hundert Ameisen, dies wird von hier nach dort geschleppt, für mehr reicht die Kraft nicht, es kommt ein anderer Mensch und schleppt die Last zur nächsten Ameise, bis alles, wie eben üblich, in eine Grube mündet, für die Ameise Ort des Lebens, den Menschen Ort des Todes, kein erkennbarer Unterschied.

Pater Bartolomeu Lourenço gab dem Maultier die Fersen, dem erfahrenen Tier, das sich auch nicht durch Kanonendonner verschrecken ließ, dies rührt daher, daß es nicht von reiner Rasse ist, sich schon sehr abgewandelt hat, die Vermischung machte es recht unerschütterlich, die beste Art, in dieser Welt zu bestehen, für Tier und Mensch. Auf dem schlammigen Weg, ein Zeichen, daß die Wasseradern in dem von Bewegung erfaßten Erdreich irreliefen, an Stellen zutage kamen, wo sie nicht nutzbar, oder sich in immer schmächtigere Rinnsale teilten, bis in einzelne Atome und bis der Hügel wieder trokken war, auf diesem Weg, das Maultier sanft treibend, stieg Pater Bartolomeu Lourenço zum Marktflecken hinab, dort erkundigte er sich beim Vikar nach dem Haus der Sieben-Sonnen. Dieser Pfarrer hatte einen guten Grundstückshandel getätigt, ihm gehörten einige der Felder auf dem Wachhügel, und, entweder weil sie so viel wert waren oder ihr Eigentümer so viel wert war, sie wurden hoch taxiert, auf hundertvierzig Mil-réis, kein Vergleich dazu die dreizehneinhalb Mil-réis, die João Francisco gezahlt wurden. Der Vikar preist sich glücklich, mit der Aussicht auf ein so großes Kloster, achtzig zugesicherte Mönche, vor der Tür seines Hauses, da wird die Zahl der Taufen, Eheschließungen und Leichenbegängnisse im Marktflecken beträchtlich steigen, dabei jedes Sakrament materiell und geistlich sein Teil abwirft, somit die Schatulle stärkt und auch die Hoffnung auf Errettung, ursächliche Folge der unterschiedlichen Zeremonien und Hilfeleistungen. Nun, Pater Bartolomeu Lourenço, es ist mir eine große Ehre, Sie in meinem Hause zu begrüßen, die Sieben-Sonnen wohnen hier in der Nachbarschaft, sie hatten auf dem Wachhügel ein Grundstück neben den meinen, kleiner als meine, gesagt sei's, jetzt bearbeitet der Alte mit Familie ein Pachtgrundstück, vor vier Jahren kehrte sein Sohn heim, Baltasar, einarmig zurück aus dem Krieg, er brachte eine Frau mit, mir scheint, sie sind nicht vor der heiligen Kirche getraut, und sie hat einen in nichts christlichen Namen. Blimunda, sagte Pater Bartolomeu Lourenço. Sie kennen sie? Ich habe die beiden getraut. Ah, also doch getraut. Ich habe sie getraut, in Lissabon. Und nachdem der Flieger aufatmend zur Kenntnis genommen, daß man ihn hier als solchen nicht kannte, die Ergießungen des Vikars lediglich den besonderen Empfehlungen aus dem Königsschloß galten, begab er sich fort, die Sieben-Sonnen zu suchen, zufrieden darüber, vor dem Angesicht Gottes gelogen zu haben, in der Gewißheit, daß Gott sich nicht drum scherte, ein Mensch muß ganz allein wissen, wann eine Lüge ihm von vornherein verziehen ist.

Blimunda war es, die ihm die Tür auftat. Schon fiel die Dunkelheit herein, doch erkannte sie in der absitzenden Gestalt den Pater, vier Jahre ist keine allzulange Zeit, sie küßte ihm die Hand, wären da nicht neugierige Nachbarn, hätte die Begrüßung anders ausgesehen, denn diese zwei, diese drei, wenn Baltasar zugegen ist, sie fühlen sich von Herzensgründen bewegt, und in den vielen vergangenen Nächten mag es mindestens einmal geschehen sein, daß alle den gleichen Traum hatten, daß sie die Flugmaschine Flügel schlagen sahen, dabei die Sonne in gleißendem Licht zerbarst, der Bernstein den Äther anzog, der Äther den Magneten, der Magnet das Eisen, alle Dinge ziehen sich gegenseitig an, man muß nur wissen, sie in die rechte Reihenfolge zu setzen, dann sprengen sie die Ordnung. Dies ist meine Schwiegermutter, Herr Pater Bartolomeu. Marta Maria war herangetreten, unruhig, weil sie keine Worte hörte, dabei sie gewiß war, daß Blimunda die Tür öffnen gegangen war, ohne daß jemand geklopft hätte, nun stand da ein junger Priester, der nach Baltasar fragte, so laufen Besuche zu dieser Stunde eigentlich nicht ab, doch es gibt Ausnahmen, wie man zu allen Zeiten immer sagt, hier kommt aus Lissabon ein Pater nach Mafra, um einen einarmigen Soldaten zu sprechen und ein Weib, das übelsterweise Hellseherin ist und das Verborgene sieht, wie Marta Maria insgeheim schon weiß, denn als sie klagte, im Bauch eine Geschwulst zu haben, stritt Blimunda dies ab, und doch stimmte es, beide wußten es. Iß dein Brot, Blimunda, iß dein Brot.

Pater Bartolomeu Lourenço saß am Herdfeuer, denn

kühl war der Abend, als Baltasar und sein Vater eintrafen. Diese sahen das Maultier noch gesattelt unter dem Ölbaum stehen. Wer mag gekommen sein? fragte João Francisco, Baltasar antwortete nicht, ahnte aber, daß es der Pater sei, Maultiere, die Kirchenmenschen tragen, strahlen irgendwie evangelische Sanftmut aus, die man sich vielleicht einredet, im Gegensatz zum Ungestüm jener Reittiere, die weltlichen Personen dienen, und da dies nach Priester aussah und als käme der von fern, man zudem keinen Papstlegaten erwartete noch eine Botschaft vom Nuntius, mußte es Bartolomeu Lourenço sein, wie es sich denn auch gleich bewies. Wen es wundert, daß Baltasar Sieben-Sonnen trotz abendlicher Verfinsterung so viel erkannte, sei geantwortet, daß der Glanz der Heiligen nicht Wahnspiegelung eines wirren Mystikerhirns ist und auch nicht bare in Öl gemalte Glaubenspropaganda, vielmehr, da Baltasar so oft mit Blimunda schlief und sie fast Nacht für Nacht fleischlich ein Geben und Nehmen betrieben, ging allmählich auch in Baltasar ein inneres Licht von verdoppelter Sehkraft auf, zwar nicht von so tiefer Durchdringung, aber doch hinreichend zu allgemeineren Beobachtungen, wie eben hier. João Francisco sattelte das Maultier ab, trat just herein, als der Pater Baltasar und Blimunda beschied, er werde beim Vikar zu Abend speisen, von diesem eingelassen, und in dessen Haus nächtigen, weil es im Hause der Sieben-Sonnen an Schlafgelegenheiten mangele und auch weil Mafra sich gar wundern würde, daß ein Geistlicher auf großer Reise sich nur mehr dies als Herberge wählte, das wenig mehr Schutz bot als der Stall zu Bethlehem, anstatt er sich im Parochialsitz oder im Palast des Vizegrafen verwöhnen ließe, wo man einem künftigen Doktor in Kirchenrecht

Unterkunft nicht verwehren würde. Und Marta Maria sagte: Hätten wir gewußt, daß Hochwürden uns beehren, wir hätten zumindest den Hahn geschlachtet, was wir sonst noch haben, taugt nicht zum Anbieten. Was immer Sie haben, ich würde es mit Appetit essen, aber besser für alle, wenn ich nicht hierbleibe und nicht hier esse, den Hahn, Senhora Marta Maria, lassen Sie den Hahn weiter fröhlich krähen, denn so gut er aus dem Kochtopf schmecken mag, weit mehr erfreut uns der Gesang aus seiner Kehle, auch können wir seinen Hennen damit keinen besseren Dienst erweisen. Bei diesem Schluß lachte João Francisco auf, Marta Maria konnte es nicht, sie spürte einen stechenden Schmerz im Bauch, Blimunda und Baltasar lächelten nur, wußten sie doch, daß die Reden des Paters immer einen unerwarteten Ausgang hatten, wie eben hier. Bringt mir morgen früh, eine Stunde vor Sonnenaufgang, das Maultier zum Pfarrhaus, fertig gesattelt, und ihr kommt beide, wir haben noch zu reden, ehe ich dann nach Coimbra reite, und nun Senhor João Francisco und Senhora Marta Maria, hier lasse ich Ihnen meinen Segen, falls er zu etwas nütze ist im Angesicht Gottes, denn arger Dünkel ist's, daß wir meinen, wir entschieden über die Güte der Segnungen, also, eine Stunde vor Sonnenaufgang, vergeßt nicht. Dies gesagt, ging der Priester, Baltasar begleitete ihn mit einem Öllicht, das wenig Licht spendete, gleichsam als spräche es zur Nacht: Ich bin ein Licht. Und auf dem kurzen Wege redete der eine nicht und nicht der andere, Baltasar kehrte im Dunkeln zurück, die Füße sehen, wo sie hintreten, als er in die Küche kam, fragte Blimunda: Nun, hat der Pater gesagt, was er möchte? Nichts hat er gesagt, morgen werden wir schon erfahren. Und João Francisco, der sich erinnerte, lachte auf: Lustig das mit dem Hahn. Marta Maria indes ahnte Geheimnis, eben jetzt. Laßt uns essen. Es setzten sich die zwei Männer an den Tisch, die Frauen abseits, ganz nach Familiensitte.

Ein jeder schlief, wie es ihm gegeben war, mit den eigenen geheimen Träumen, denn Träume sind wie die Menschen, einander vielleicht ähnlich, aber niemals gleich, wenig genau wäre es zu sagen: Ich sah einen Menschen, so wenig genau wie: Ich träumte von fließendem Wasser, denn da erfahren wir nicht, was für ein Mensch es war noch was für Wasser da floß, das im Traum fließende Wasser ist einzig des Träumenden, wir wissen nicht, was sein Fließen bedeutet, solange wir den Träumenden nicht kennen, und so schweifen wir vom Träumenden zum Geträumten, vom Geträumten zum Träumenden, fragend. Die Menschen dereinst werden uns bemitleiden, daß unser Wissen so gering und so mangelhaft ist, sprach Pater Bartolomeu Lourenço zu Pater Francisco Gonçalves, bevor er sich in sein Schlafgemach begab, und Pater Francisco Gonçalves, wie es ihm zustand, erwiderte: Alles Wissen ruht in Gott. O ja, antwortete der Flieger, Gottes Wissen aber gleicht dem Fluß, dessen Wasser zum Meer hinfließen, Gott ist die Quelle, die Menschen sind der Ozean, nicht nötig, ein so riesiges Universum zu erschaffen, hätte er es nicht eigens so erdacht. Uns indes will es unmöglich scheinen, daß jemand, nachdem er solches gesagt oder gehört, sich seelenruhig schlafen legen kann.

Früher Morgen, Baltasar und Blimunda kamen, brachten das Maultier am Halfter, doch den Pater brauchten sie nicht erst zu rufen, er trat aus der Tür, sobald er die Hufe auf die Steine schlagen hörte. Der Abschied war schon getätigt, zurück blieb ein Vikar mit reichlich Stoff zum Überlegen, ob Gott Quelle war und die Menschen Ozean und welches Maß an Allgemeinwissen er ab heute haben muß, denn das in der Vergangenheit Gelernte hat er fast alles vergessen, außer, dank fortdauernder Übung, das Latein der Messe und der Sakramente, und den Pfad hinan zwischen den Schenkeln seiner Haushälterin, die in der vergangenen Nacht, wegen des Besuchers, den Verschlag unter der Treppe belegte. Baltasar hielt das Maultier, Blimunda stand etliche Schritte abseits, mit gesenktem Blick, das Kopftuch tief über die Augen gezogen. Guten Morgen, grüßten beide. Guten Morgen, sagte der Pater, dann fragte er: Blimunda hat noch nicht gegessen? Und sie, aus dem tiefsten Schatten ihrer Kleidung hervor, antwortete: Nein, noch nicht. Immerhin aber hatten Baltasar und Pater Bartolomeu doch einige Worte gewechselt: Sag Blimunda, sie soll nicht essen. Und er hatte es ihr, auf dem Nachtlager, ins Ohr geflüstert, damit die Alten es nicht hörten, denn es war genugsam Geheimnis.

Durch die dunklen Gassen stiegen sie hinauf, bis auf die Kuppe des Wachhügels, dies war nicht der Weg zum Ort des Friedens, da hätte der Pater die Straße nach Norden nehmen müssen, es war, als drängte es sie fort von den bewohnten Stätten, wiewohl in all diesen Baracken Männer schlafen mögen, oder sie erwachen bereits, schlecht gezimmerte Behausungen dies, in der Mehrzahl beherbergen sie Erdarbeiter, Leute von viel Kraft und wenig Zartgefühl, wir sollten in etlichen Monaten wiederkommen, besser erst in Jahren, dann werden wir eine große Stadt aus Brettern vorfinden, größer als Mafra, wer lebt, erlebt's, dies und anderes mehr, vorderhand jedenfalls dürften die grobgezimmerten Unterkünfte genügen, damit die müden Männer von Spitzhacke und Schaufel drin ihre Knochen ausruhen, bald blasen die Hörner, denn auch hier ist die Truppe, schon stirbt sie nicht mehr anderweitig im Krieg, sondern bewacht diese rüpligen Kohorten oder packt dort mit an, wo es der Uniform nicht Abbruch tut, im Grunde unterscheiden sich Wachende und Bewachte kaum, zerlumpt die einen, abgerissen die anderen. Der Himmel ist grau bis perlfarben zum Meer hin, aber auf der anderen Seite, über den Berggipfeln, kräftigt sich ein wäßriges Rosa zu leuchtendem Blutrot, bald zieht der Tag herauf, golden und dann blau, denn es ist jetzt schöne Jahreszeit. Blimunda aber sieht davon nichts, sie hält den Blick gesenkt, hat in der Tasche das Stückchen Brot, das sie noch nicht essen darf. Was mögen sie von mir wollen?

Der Pater will, nicht Baltasar, letzterer weiß so wenig wie Blimunda, was geschehen soll. Unten erkennt man vag die Fundamentgruben, schattengerahmtes Schwarz, dort wird sich die Basilika erheben. Das Gelände beginnt sich mit Männern zu füllen, sie zünden Feuer an, essen irgend etwas Angewärmtes zum Tagesbeginn, Reste von gestern, bald werden sie warme Brühe aus dem Kochgeschirr trinken, das grobe Brot eintunken, nur Blimunda muß warten, bis die Reihe an ihr ist. Pater Bartolomeu Lourenço spricht: Auf der Welt habe ich dich, Blimunda, und dich, Baltasar, in Brasilien sind meine Eltern, in Portugal meine Geschwister, ich habe also Eltern und Geschwister, doch für dies hier taugen Geschwister und Eltern nicht, Freunde braucht man, hört drum, in Holland konnte ich in Erfahrung bringen, was der Äther ist, er ist nicht das, was man gemeinhin meint und lehrt, und mit

Alchimie wird man seiner nicht habhaft, um ihn von dort zu holen, wo er sich befindet, hoch am Himmel, müßten wir fliegen, jedoch wir fliegen noch nicht, aber der Äther, hört mir gut zu, der Äther, bevor er sich in die Lüfte hebt, dorthin, wo die Sterne aufgehängt werden und wo Gottes Atem weht, der Äther lebt in den Männern und Frauen. Ist also die Seele, folgerte Baltasar. Nicht die Seele, das dachte ich zunächst auch, ich meinte, der Äther, das wären die vom Tod aus dem Leib befreiten Seelen, ehe diese dann, zu Ende der Zeiten und des Unviersums, gerichtet würden, doch der Äther besteht nicht aus den Seelen der Toten, sondern aus den Willenskräften der Lebenden.

Weiter unten stiegen die Männer in die Fundamentgruben, in denen es noch fast dunkel war. Der Pater sagte: In uns existieren Willenskraft und Seele, die Seele entweicht mit dem Tode, entschwebt dorthin, wo die Seelen des Jüngsten Gerichts harren, niemand weiß wo, die Willenskraft aber trennt sich vom Menschen schon zu dessen Lebzeit, oder der Tod trennt sie von ihm, und die ist der Äther, also die Willenskraft der Menschen hält die Sterne fest, und diese Willenskräfte der Menschen atmet Gott. Und was soll denn ich tun? fragte Blimunda, erriet jedoch die Antwort. Du sollst die Willenskraft in den Menschen erspähen. Hab ich nie gesehen, sowenig wie die Seele. Du siehst die Seele nicht, weil die Seele unsichtbar ist, und die Willenskraft sahst du nicht, weil du sie nicht suchtest. Wie ist die Willenskraft beschaffen? Sie ist eine geschlossene Wolke. Was ist eine geschlossene Wolke? Du wirst sie schon erkennen, sobald du sie siehst, versuch es mit Baltasar, deshalb sind wir hergekommen. Das kann ich nicht, ich habe geschworen, nie in sein Inneres zu schauen. Dann probier es bei mir.

Blimunda hob den Kopf, blickte den Pater an, sah, was sie sonst immer sah, innen gleichen sich die Menschen noch mehr als außen, sofern sie leidend sind, sie schaute abermals, sagte: Ich sehe nichts. Der Pater lächelte. Vielleicht habe ich schon keine Willenskraft mehr, streng dich an. Ich sehe, ich sehe eine geschlossene Wolke über dem Mageneingang. Der Pater bekreuzigte sich, rief: Ich danke dir, Herrgott, nun werde ich fliegen. Er zog aus dem Quersack ein Glasfläschchen, in dessen Innerem, auf dem Grunde, ein Plättchen aus gelbem Bernstein befestigt war. Dieser Bernstein, auch Elektron genannt, zieht den Äther an, du wirst das Fläschchen stets bei dir tragen, wo immer Menschen sich scharen, bei Prozessionen, bei Autodafés, hier beim Bau des Klosters, und siehst du aus irgendeinem die Wolke entweichen, was ohne weiteres geschieht, hältst du das offene Fläschchen hin, und die Willenskraft fährt da hinein. Und wenn es voll ist? Eine Willenskraft drin, und es ist voll, doch dies ist das unenträtselbare Geheimnis, wo ein Wille hineinpaßt, haben deren Millionen Platz, eins gleich unendlich. Und wir, was tun wir unterdessen? fragte Baltasar. Ich selber gehe nach Coimbra, von dort erhaltet ihr zu gegebener Zeit Nachricht, daraufhin geht ihr beide nach Lissabon, du wirst die Maschine bauen, und du sammelst Willenskräfte, alle drei dann treffen wir uns wieder, wenn der Tag zum Fliegen gekommen ist, ich umarme dich, Blimunda, schau mich nicht von so nah her an, ich umarme dich, Baltasar, lebt wohl, bis zum Wiedersehen. Er schwang sich auf das Maultier und ritt taleinwärts. Die Sonne hatte sich über die Gipfel geschwungen. Iß das Brot, sprach Baltasar. Blimunda erwiderte: Noch nicht, erst will ich die Willenskräfte jener Männer da sehen.

Sie kamen aus der Messe und sitzen unter dem Vordach des Backofens. Ein sanfter Regen fällt, mit Sonne zwischendurch. Vorzeitiger Herbst, darum sagt Inês Antónia zu ihrem Sohn: Komm da heraus, du machst dich naß. Der Junge stellt sich taub, das ist schon so in diesem Alter, solange sie nicht größere Ungezogenheiten an den Tag legen, und Inês Antónia, nachdem sie es einmal gesagt hat, beharrt nicht, erst vor drei Monaten ist der jüngere gestorben, warum jetzt diesen hier quälen, laß ihn doch spielen, mit welcher Wonne er barfüßig durch die Pfützen im Garten watet, bewahre ihn die Jungfrau Maria vor den Blattern, die seinen Bruder hinweggerafft haben. Álvaro Diogo sagt: Mir ist zugesichert, daß ich beim Bau des königlichen Klosters mitmachen kann. Hierüber sprachen sie, nur die Mutter denkt an ihren toten Sohn, so gehen die Gedanken auseinander, und desto besser, mögen sie sich nur nicht zu schwer beladen, sie würden sonst unerträglich, wie dieser Schmerz, der Marta Maria peinigt, ein äußerst hartnäckiger Schmerz, der ihr den Bauch durchbohrt, wie Schwerter das Herz der Muttergottes, denn wenn im Bauch die Kinder gezeugt werden, so ist das Herz der Backofen des Lebens, und wie ließe sich das Leben anders nähren denn durch Arbeit, weshalb Álvaro Diogo also zufrieden ist, ein solches Kloster, das ist Arbeit auf Jahre und Jahre, wer da die Maurerkunst versteht, dem ist das Brot gesichert, dreihundert Réis Tageslohn, fünfhundert im Winter. Und du, Baltasar, willst nach Lissabon zurück?, schlecht tust du, hier wird's an Arbeit nicht mangeln. Die mögen bestimmt keine Krüppel, bei so viel Auswahl. Du mit diesem Haken schaffst fast alles, was die anderen schaffen. Würde ich, vielleicht sagst du es auch nur, um mich zu trösten, aber wir müssen nach Lissabon zurück, stimmt's, Blimunda? Und Blimunda, die in Schweigen verharrte, nickte. Der alte João Francisco, etwas in sich gekehrt, flicht einen Lederstrick, er hört die anderen reden, verfolgt das Gespräch aber kaum, er weiß bereits, daß der Sohn in einer der nächsten Wochen fortgehen wird, und zürnt ihm, war er doch schon vor Jahren fort im Krieg. Recht geschähe es ihm, wenn er dann auch ohne die andere Hand zurückkehrte, rein aus Liebe gelangt einer dahin, solches zu denken. Blimunda erhob sich, schritt durch den Garten, hinaus aufs Feld unter die Ölbäume, die sich den Hang hinauf reihten, bis zum Feldrain, beim Gehen drückten die klobigen Holzschuhe sich in die regennasse Bracherde, ging sie barfuß und träte auf kantige Steine, sie würde es nicht spüren, wie auch könnte ihr dieses bißchen weh tun, da sie selber voll von Schauder ist, daß sie gewagt, was sie an diesem Morgen gewagt hat, nüchternen Magens vor den Kommunionstisch zu treten, in aller Früh auf dem Lager hatte sie getan, als äße sie, wie gewöhnlich und dem Muß gehorchend, ihr Brot, doch sie aß es nicht, ging dann mit gesenkten Augen, im Hause Demut und Zerknirschung vortäuschend, hinaus und in die Kirche, wohnte der Messe bei, gab sich so, als drückte Gottes Gegenwart sie auf die Knie, sie lauschte der Predigt, ohne den Kopf zu heben, niedergeschmettert anscheinend vor all den Höllendrohungen, die von der Kanzel fielen, und schließlich ging sie, die heilige Partikel zu empfangen, und sie sah. All die Jahre, seit sie sich ihrer besonderen Gabe bewußt war, hatte sie die Kommunion stets in Sünde empfangen, mit Nahrung im Magen, diesmal nun entschied sie, ohne Baltasar etwas zu sagen, daß sie nüchtern hinginge, nicht um Gott zu empfangen, sondern um ihn zu erspähen, falls er da war.

Sie setzte sich auf die bucklige Wurzel eines Ölbaums, von dort aus sah man, vermengt mit dem Horizont, das Meer, sicherlich ging ein Gewitterregen nieder auf den Wassern, es füllten sich Blimundas Augen mit Tränen, ein großer Schluchzer ließ ihre Schultern erbeben, und da berührte Baltasar ihr Haupt, sie hatte ihn nicht herantreten hören. Was hast du in der Hostie gesehen? Sie hatte ihn keineswegs täuschen können, wie denn auch, da sie doch beieinander schlafen und einander Nacht für Nacht suchen und finden, vielmehr, es wird nicht jede Nacht sein, doch sie leben seit sechs Jahren wie Mann und Frau. Eine geschlossene Wolke habe ich gesehen, erwiderte sie. Baltasar setzte sich auf die Erde, die Pflugschar war nicht bis hierher gelangt, verdorrtes Gras hier, nun naß vom Regen, aber diese Leute aus dem Volk sind nicht zimperlich, die setzen oder legen sich wohin auch immer, am besten noch der Mann sein Haupt einem Weib in den Schoß, dies wohl war die letzte Geste, als die Wasser der Sintflut die Welt schon ertränkten. Und Blimunda sagt: Ich erwartete, Christus gekreuzigt zu sehen oder glorreich auferstanden, und ich sah eine geschlossene Wolke. Vergiß, was du da gesehen hast. Ich kann nicht, wie könnte ich denn, wenn die Hostie das birgt, was im Menschen ist, was wäre dann die Religion?, uns fehlt Pater Bartolomeu Lourenço, vielleicht könnte er uns dieses Geheimnis erklären. Oder auch nicht, vielleicht läßt sich nicht alles erklären. Kaum waren diese Worte gesagt, begann der Regen heftiger zu fallen, Zeichen der Bejahung, Zeichen der Verneinung, der Himmel jetzt eine geballte Wolke, Frau und Mann unter einem Baum, kein Kind in den Armen, es ist also nicht gewiß, daß sich die Situationen wiederholen, und die Orte sind andere, die Zeiten ebenfalls, ein anderer auch der Baum, doch der Regen, sagen wir, ist derselbe Trost für die Haut und die Erde, ein Leben in Übermaßen tötet, doch hieran gewöhnten wir uns, seit Anbeginn der Welt, und ist der Wind gutartig, so mahlt er das Getreide, kommt er aber in Böen, dann zerreißt er der Mühle die Segel. Zwischen dem Leben und dem Tod, sagt Blimunda, ist eine geschlossene Wolke.

Bei Ankunft in Coimbra hatte Pater Bartolomeu Lourenço sofort geschrieben, kurz und knapp, er sei wohlbehalten angelangt, dann aber folgte ein zweiter Brief, der ihnen auftrug, sich, jawohl, baldmöglichst nach Lissabon zu begeben, er wolle sich vom Studium freinehmen und sie dort besuchen, schon da kirchliche Pflichten ihn an den Hof riefen, dort würden sie sich in der einen großen Sache, die sie befaßt hielt, beraten. Na, wie steht's mit den Willenskräften? fragt er harmlos, als meinte er sie persönlich und nicht fremde Willenskräfte oder jene, die diese verloren. Er sagte es, ohne Erwiderung zu gewärtigen, es ist wie im Kriege, es schreit der Hauptmann oder läßt die Trompete für sich rufen: Vorwärts!, und er erwartet nicht, daß die Soldaten sich befragen und antworten: Wir gehen, wir gehen nicht, wir wollen nicht gehen, sondern: Vorwärts marsch, marsch, oder ich stell euch vors Kriegsgericht. Wir reisen in einer Woche, entschied Baltasar, doch dann gingen noch zwei Monate hin, denn unterdessen hieß es in Mafra und verkündete es der Vikar von der Kanzel, es käme der König hierher, zur feierlichen Grundsteinlegung des Klosters, mit seinen königlichen Händen wolle er den ersten Stein setzen. Zunächst hieß es, am soundsovielten Oktober, doch es reichte die Zeit nicht aus, die Baugrube auf die geforderte Tiefe zu bringen, obwohl da sechshundert Männer zu Werke waren und trotz der vielen Pulverexplosionen, die täglich und stündlich die Luft erschütterten, dann sollte es im November sein, Monatsmitte, dann auch das nicht, also dann schon Winter, der König müßte bis zu den Strumpfbändern im Schlamm waten. Möge Majestät bald kommen, damit die glorreichen Tage der Stadt Mafra endlich beginnen, damit ihre Bewohner die Hände zum Himmel heben, sie, die mit vergänglichen Augen sehen und erleben werden, wie weit die Größe eines Königs reicht, eines erhabenen Königs, dem zu Dank wir diese Vorkammern des Paradieses genießen dürfen, solange wir noch nicht in die himmlischen Wohnungen einziehen und hoffentlich spät, man ist doch lieber lebend als tot. Wir schauen uns das Fest an, dann brechen wir auf, entschied Baltasar.

Schon ist Álvaro Diogo unter Vertrag genommen, vorerst behaut er den Stein, der aus Pêro Pinheiro gebracht wird, auf Karren in riesigen Blöcken, gezogen von jeweils zehn oder zwanzig Ochsengespannen, während andere Arbeiter mit Schmiedehämmern die übrigen dicken Brocken zerkleinern, für das Fundament, dieses fast sechs Meter tief, Meter sagen wir heute, damals maß man in Spannen, und in Spannen werden die Männer gemessen, die großen wie die kleinen, Baltasar Sieben-Sonnen zum Beispiel ist größer als Dom João V., und er ist nicht König, und Álvaro Diogo, von nicht schwacher Figur, werkt am groben Material, hämmert den Stein, behaut die Oberfläche, doch er wird mehr als nur dies tun, er wird, nachdem er mithalf, sie übereinanderzuschichten, künftig Steinmetz und Ziseleur sein, obwohl eine Wand gerade hochziehen an sich schon eine Meisterleistung ist, mit dem Senkblei, nicht dieses Handwerk mit Latten und Nägeln, wie es die Zimmerleute handhaben, die just eben dieses Gotteshaus aus Holz zusammenklopfen, drin der Akt der Segnung und Einweihung zelebriert werden wird, wenn der König kommt. Besagtes Gotteshaus besteht aus hohen und starken Masten, die dem Grundriß folgend aufgestellt wurden, will heißen von dem gleichen Umfang, den die Basilika nach ihrer Fertigstellung haben wird, als Dach ausgespannte Schiffssegel, der Grundriß in Kreuzesform, wie eben eine Kirche, die etwas auf sich hält, aus Holz zwar und provisorisch, aber voll Würde jenes einst in Stein hier aufragende Gotteshaus ankündigend. Und die Einwohner der Stadt Mafra, neugierig geworden ob der Vorbereitungen, stehen den Bauleuten und den Arbeitern im Weg, schandbar winzig kommen sie sich vor neben diesem gewaltigen Werk, das auf dem Wachhügel ersteht, wiewohl es erst in den Anfängen ist. Manch anderer hat bessere Gründe, sich hier einzufinden, so Baltasar und Blimunda, die den Neffen mitnahmen, damit er den Vater sieht, und weil Essenszeit ist, begleitet Inês Antónia sie, im Topf bringt sie das gekochte Kraut mit Speckstück, nun ist's eine vollständige Familie, fehlen nur die Alten, wäre es nicht, wie wir wissen, das Ergebnis eines frommen Gelöbnisses, nachdem dem König ein Kind geboren, mutete uns dies alles wie ein

Pilgerausflug an, Erfüllung allgemeiner Gelübde, jedweder seines. Aber meinen Jungen, den bringt mir niemand zurück, sann Inês Antónia, und fast ist sie diesem anderen, der da zwischen den Steinen spielt, böse gesinnt.

Vor einigen Tagen trug sich in Mafra ein Wunder zu, vom Meer her fauchte ein gewaltiger Windsturm und riß die Holzkirche ein. Masten, Bretter, Tragbalken, Sparrenholz, ein Gewirr von Tüchern, alles ging zu Boden, es war gleichsam Adamastors gewaltiges Blasen, sofern Adamastor blies, als sie ihm das Kap seiner und unserer Mühen umschifften, und möge niemand sich darüber erregen, daß dieser Vorgang ein Wunder genannt wurde, Zerstörung war's, welch andere Benennung hätte es verdient? Doch der König, nach Mafra gekommen und über den Vorfall in Kenntnis gesetzt, begann eigenhändig Goldstücke zu verteilen, so einfach, wie es hier gesagt wird, und weil die Handwerker binnen zwei Tagen alles wieder hochgezogen hatten, vervielfachten sich die Münzen, was besser war, als hätten sich die Brote vervielfacht. Der König ist ein vorausschauender Monarch, wohin er sich auch begibt, er führt Schatullen voll Gold mit, in Voraussehung solcher und anderer Unwetter.

Endlich kam der Tag der Segnung, Dom João V. hatte im Palast des Vizegrafen genächtigt, dabei ihm der Oberwachtmeister von Mafra mit einer Kompanie Hilfstruppen die Türen hütete. Baltasar hatte die Gelegenheit nicht verpassen wollen und ein Gespräch mit den Soldaten angefangen, ein wenig lohnendes, niemand kannte ihn, noch verstand man sein Begehr, zu komisch, erscheint da einer und redet in Friedenszeit von Kriegen, Mann, verstell mir nicht die Tür, bald kommt hier der König heraus, da stieg Baltasar auf den Wachhügel, Blimunda mit ihm, und sie hatten Glück, bekamen Einlaß in die Kirche, dessen konnten sich nicht alle rühmen, und drin war's basses Staunen, die Decke gänzlich mit Planen überspannt und mit hochroten und gelben Taftgeweben geziert, in ansehnlichen Farbgebungen, und die Seitenwände behängt mit prächtigem Rasch, alle Türen und Fenster des künftigen Gotteshauses markiert, alles haargenau entsprechend, die einen wie die anderen mit Vorhängen aus karminrotem Damast versehen, mit Tressen und Fransen aus Gold. Wenn der König kommt, wird er zunächst die drei breiten Frontportale sehen, darüber ein Gemälde mit dem heiligen Petrus und dem heiligen Johannes, wie sie jenen Bettler heilen, der sie vor dem Tempel in Jerusalem um ein Almosen bat, angedeutete Hoffnung, daß sich hier eben solche Wunder ereignen möchten, doch gelänge wohl keines so klangvoll wie das schon erzählte mit den Goldmünzen, und über diesem Bild ein weiteres, den heiligen Antonius darstellend, denn diesem ist die Basilika geweiht, auf besonderen Wunsch des Königs, wenn es nicht schon gesagt wurde, immerhin berichtete Ereignisse von sechs Jahren, da vergaß man vielleicht, dies oder jenes zu erwähnen. Drin also, wie andeutungsweise schon gesagt, herrscht in der Tat große Pracht, nicht wie ein Verschlag, der morgen wieder abgerissen werden soll. Auf der Evangelienseite, will heißen linker Hand dessen, der zum Altar blickt, welcher nur deshalb nicht Hauptaltar ist, weil der einzige, nicht übel diese Erklärungen, denn wer sind wir?, doch nicht Ignoranten, hiesige Einzelheiten geben wir, weil nach gut Glauben und Wissen immer wieder Zeiten von Unglauben und andersgeartetem Wissen folgen, und wer weiß, wer uns dann liest, auf der Evangelienseite also, um sechs Stufen erhöht, ist da ein mit kostbarem weißem Leinen beschlagener Betstuhl, überspannt von einem Baldachin, und gegenüber, auf der Epistelseite, ein weiterer Betstuhl, doch er nur um drei Stufen erhöht statt der sechs, zu denen sich der andere aufschwingt, dies hier wiederholt, damit der Unterschied wohl verstanden werde, und ihn überspannt kein Baldachin, er mag zu weniger wichtigem Gebrauch sein. Und hier sind die Paramente, in die sich Dom Tomás de Almeida, der Patriarch, kleiden wird, viel Silberarbeit zum Dienst am Herrn, alles streicht den höchsten Rang des Monarchen heraus, der hier Einzug hält. An nichts fehlt es der Kirche, zur Linken des Kreuzganges wurde eine Tribüne für die Musizierenden aufgebaut, mit karminfarbenem Damast ausgeschlagen, dazu eine Orgel, die bei den entsprechenden Passagen mit einstimmen wird, und dort auch werden, in gesonderter Bank, die Domherren des Patiarchats Platz nehmen, und auf der rechten Seite ist die Tribüne, wohin Dom João V. seine Schritte lenkt, von da aus wird er der Zeremonie beiwohnen, die Adelsherren und andere verdienstvolle Persönlichkeiten weiter unten sitzend, in den Bänken. Der Fußboden wurde mit Binsen und Schwertlilien bestreut, und in der Höhe spannen sich grüne Tücher, das besondere Gefallen der Portugiesen für Grün und Hochrot, wie man erkennen kann, ist uralt, und käme eine Republik, würden diese die Farben der Fahne.

Am ersten Tage wurde das Kruzifix geweiht, ein großer Balken von fünf Meter Länge, passend zu einem Riesen, zu Adamastor oder einem andern, oder der natürlichen Größe Gottes gemäß, und vor ihm beugten alle Anwesenden das Knie, und noch am meisten der König, der viele fromme Tränen vergoß, und als die Anbetung des zu ebener Erde liegenden Kreuzes beendet war, hoben vier Priester es auf, jeder stemmte es an einem der Enden, und sie pflanzten es auf einen eigens hierfür bearbeiteten Stein, dieser aber nicht von Álvaro Diogo behauen, er war mit einem Loch versehen, dahinein sie den Schaft steckten, denn mag das Kreuz auch göttliches Zeichen sein, es muß eingeklemmt werden, damit es steht, im Gegensatz zu den Menschen, die sich sogar ohne Beine aufrecht halten, sofern sie nur wollen. Die Orgel spielte munter drauflos, die Musiker bliesen, die Sänger ließen ihre Stimmen vernehmen, und das Volk draußen, das nicht mehr hineinpaßte oder zu schmutzig war, um Einlaß zu erhalten, das Volk, aus Mafra und Umgebung herbeigeströmt, es mußte vorliebnehmen mit den Echos der Wechselgesänge und Psalmodien, und darüber verstrich der erste Tag.

Herrje, der folgende Tag, nach dem neuerlichen Schrecken, daß sich die Meereswindbö wiederholen könnte, denn der Sturm schüttelte den ganzen Plunder, blies aber vorbei und davon, herrje, der folgende Tag, nehmen wir den Ausruf wieder auf, dieser 17. November im Jahre des Heils 1717, es vervielfachten sich der Pomp und die Zeremonien auf dem Gelände, schon um sieben in der Früh, bei schneidender Kälte, waren die Geistlichen aller Pfarreien der Umgebung versammelt, mit ihrem Klerus und der Schar der Gläubigen, eine Redensart, die sehr vermutlich bei dieser Gelegenheit aufkam, zum Gebrauch den Jahrhunderten und den Gazetten. Der König fand sich um halb neun ein, die Morgenschokolade schon eingenommen, die ihm der Vizegraf eigenhändig kredenzt hatte, und da formierte sich die Prozession, an der Spitze vierundsechzig Franziskanerpriester, dann die

Geistlichkeit aus der Umgebung, das Kruzifix des Patriarchen, sechs Männer in lilafarbenen ärmellosen Überwürfen, die Musiker, die Kapläne in Chorhemden, eine große Menge unterschiedlicher Kleriker, dann ein leerer Raum, um darauf einzustimmen, was hierauf folgen würde, und das waren die Domherren in Pluvialen aus weißem Leinen, oder besticktem, einem jeden voraus seine noblen Bediensteten, und hinterdrein, die Schleppe haltend, die Schleppenträger, und dann der Patriarch mit kostbaren Paramenten und mit äußerst kostpieliger Mitra, diese geziert von Edelsteinen aus Brasilien, dann der König mit seinem Gefolge, den hiesigen Richtern und Verordneten, den Amtspersonen der Gemarkung, desgleichen eine große Anzahl Leute, mehr als dreitausend, sofern sich nicht verzählte, wer sie gezählt, und dies alles eines einzigen Steines wegen, hier geschart eine riesige Gewalt, es brachten Hörner und Pauken die oberen und die unteren Luftschichten zum Erzittern, und die Abteilungen der Kavallerie und der Infanterie, außerdem die deutsche Garde, und abermals das Volk, viel, viel Volk, noch nie hatte die Stadt Mafra solche Zusammenrottung erlebt, und freilich paßten nicht alle in die Kirche hinein, es haben Zutritt nur die Großen, von den Kleinen war nur drin, wer durchgeschlüpft, sich hineingestohlen, zuvor hatten die Soldaten Wachappell abgehalten, dies war schon am Morgen gewesen, der starke Wind hatte plötzlich nachgelassen, es wehte nur mehr eine leichte Meeresbrise, fächelte die Fahnen und die Gewänder der Frauen, ein frischer Luftzug, jahreszeitgemäß, doch die Herzen loderten in lauterem Glauben, es frohlockten die Seelen, und falls mancher Leute Willenskräfte, weil erschöpft, den Körpern entweichen wollten, so kam Blimunda daher, und sie gingen nicht verloren, noch schwangen sie sich zu den Sternen auf.

Der erste Stein wurde gesegnet, sodann der zweite und auch die Urne aus Jaspis, alle drei galt es, ins Fundament einzumauern, dann wurden sie in Prozession getragen, auf einem Gestell, in der Urne die Geldmünzen der Zeit, in Gold, Silber und Kupfer, etliche Medaillen aus Gold, Silber und Kupfer sowie das Pergament mit prangendem Weihespruch, die Prozession schritt eine ganze Runde, um sich dem Volk zu zeigen, das bei deren Vorübermarsch noch und noch niederkniete, mal vor dem Kreuz, dann vor dem Patriarchen, dem König, den Mönchen, den Domherren, schon stand es nicht mehr auf, sehr zu Recht dürfen wir schreiben: viel Volk kniete. Endlich schritten der König, der Patriarch und einige Meßgehilfen zu der Stelle, wo dem ersten Stein und den Steinen ihr Platz gewiesen war, sie stiegen hinab auf geräumiger Holztreppe, die dreißig Stufen zählte, vielleicht in Besinnung auf die dreißig Silberlinge, und breit war sie mehr als zwei Meter. Der Patriarch trug den Grundstein, unterstützt von den Domherren, und andere Domherren trugen den zweiten Stein und die Jaspisurne, ihnen folgten der König und der General des Heiligen Ordens vom Sankt Bernhard, als Großalmosenier, und in dieser Eigenschaft trug er das Geld.

So stieg der König dreißig Stufen in die Erde, gleichsam eine Verabschiedung von dieser Welt, und es wäre ein Abstieg in die Höllen, genösse er nicht so vorzüglichen Schutz durch Segnungen, Medaillons und Gebete, und falls diese hohen Wände, die das Loch bilden, zum Einsturz kämen, aber, aber Majestät, nur keine Bange, beachten Sie, wie gut wir die Wände versteift haben mit vorzüglichem Holz aus Brasilien, zum besseren Halt, hier ist eine Bank, darüber ein Tuch aus karminrotem Samt gebreitet, diese Farbe bevorzugen wir bei stilvollen Zeremonien, namentlich bei Staatsakten, mit dem Hingang der Zeiten werden wir sie auf den Türvorhängen im Theater wiederfinden, und auf der Bank ist ein silberner Eimer voll geweihten Wassers, daneben zwei Wedel aus grünem Heidekraut, die Enden mit einer Schnur aus Seide und Silber geziert, und ich, der Baumeister, nehme Kalk auf ein Aufziehbrett, und Eure Majestät, mit dieser silbernen Maurerkelle, breiten den Kalk hin, doch zuvor haben Sie das Heidekraut ins Weihwasser getaucht und dieses darüber gesprengt, und nun, helfen Sie mir hier, nun können wir den Stein legen, und möchten Ihrer Majestät Hände den Stein bitte als letzter berühren, schon geschehen, noch eine Berührung bitte, damit alle es sehen, jetzt kann Majestät wieder heraufsteigen, Vorsicht, nicht fallen, den Rest des Klosters, den bauen dann wir, und nun dürfen die anderen Steine gelegt werden, einer immer dran an den anderen, und möchten die Fidalgos deren noch zwölf bringen, das ist eine Glückszahl, seit den Aposteln, und Aufziehbretter in silbernen Körben, und also findet der Grundstein bessere Bettung, und der Vizegraf von hierorts will es den Maurergehilfen gleichtun, er hebt das Aufziehbrett in Kopfhöhe, was desto demutsvoller wirkt, als es ihm zeitlich nicht gegeben war, Christus das Kreuz tragen zu helfen, er kippt den Kalk ab, Materie, die ihn eines Tages verzehren wird, das stelle man sich bildhaft vor, dieser Kalk freilich ist nicht mehr lebendig, mein Herr, er ist gelöscht, ist erloschen und matt. Wie die Willenskräfte, wird Blimunda sagen.

Tags drauf, nachdem der König an den Hof zurückgekehrt, wurde die Kirche eingerissen, ohne Hilfe des Windes, nur eben daß es Wasser regnete, soviel Gott hergab. Bretter und Balken wurden zur Seite gelegt, für weniger königliche Erfordernisse, zum Einrüsten beispielsweise oder für Pritschen oder Schlafkojen oder Eßtische oder Gehunterlagen, und die Tücher, Tafte, Damaste und Schiffssegel, alles kehrte zu seinem natürlichen Gebrauch zurück, das Silberzeug in den Tresor, die Adelsherren zu ihrer Vornehmtuerei, die Orgel zu anderweitigem Musizieren, desgleichen die Sänger, die Soldaten zu ähnlich strahlenden Paraden, nur die Franziskaner blieben, wachen Auges, und über dem gehöhlten Stein, fünf Meter an gekreuztem Holz, das Kruzifix. In die Fundamentgruben voller Wasser stiegen abermals die Männer, denn nicht überall war die geforderte Tiefe erreicht, der König hatte nicht alles zu sehen bekommen, und als er die Kutsche nahm, die ihn davontragen würde, hatte er, statt anderer Worte, nur gesagt: Nun erledigt dies hier, vor mehr als sechs Jahren habe ich das Versprechen getan, ich will die Franziskaner nicht allzeit als Fessel am Bein, unser Kloster also, Geldes wegen soll es keinen Verzug erleiden, mag es kosten, was es eben kostet. Doch in Lissabon wird der Rechnungsführer zum König sagen: Majestät möge wissen, daß uns die Grundsteinlegung für das Kloster in Mafra runde zweihunderttausend Cruzados gekostet hat. Worauf der König erwiderte: Schreibe er es auf die Rechnung. So spricht der König, weil wir noch bei Baubeginn sind, kommen wird der Tag, da wir wissen wollen: Was mag dies nun letztlich gekostet haben?, und niemand wird Aufschluß geben können über die verbrauchten Gelder, nicht Rechnungen, nicht Quittungen, nicht amtliche Aufstellungen über Einfuhren, geschweige daß einer die Zahl der Toten und Opfer wußte, denn die kamen einen billig.

Als sich, eine Woche später, das Wetter besserte, wanderten Baltasar Sieben-Sonnen und Blimunda Sieben-Monde nach Lissabon, im Leben hat ein jeder sein Tun, diese bleiben hier, um Mauern hochzuziehen, wir dort werden Weidenruten, Drähte und Eisen in eins fügen, werden auch Willenskräfte einsammeln, damit wir uns dank all dem in die Lüfte erheben, denn die Menschen sind flügellos geborene Engel, das ist noch das schönste, ohne Flügel geboren zu werden und diese zum Sprießen zu bringen, wir brachten das Hirn zum Wachsen, und weil uns das gelang, wird uns auch dieses gelingen, leb wohl, Mutter, leb wohl, Vater. Leb wohl, sagten sie, weiter nichts, denn es wissen die einen nicht Sätze zu bauen und die anderen nicht, sie zu verstehen, doch mit dem Hingang der Zeiten findet sich da immer einer, der sich ausdenkt, daß diese Dinge gesagt worden sein könnten, oder er erspinnt sie, und am Ende sind die ersponnenen Geschichten wahrer als die wahren Fälle, die sie erzählen, obwohl es schwer sein möchte, andere Worte an die Stelle zu setzen, wenn Marta Maria etwa sagt: Lebt wohl, ich werde euch nicht wiedersehen. Und dies, jawohl, wird die reinste Wahrheit sein, noch ragen die Mauern der Basilika keinen Meter aus der Erde, und schon ist Marta Maria begraben. Da wird sich João Francisco, plötzlich aufs Doppelte gealtert, unter das Backofenvordach setzen, mit leerem Blick, wie eben jetzt, als er den Sohn entschwinden sieht und die Tochter Blimunda, Schwiegertochter ist kein schönes Wort, doch noch hat er Marta Maria zur Seite, sie aber, wahr ist's, schon abwesend, ein Bein bereits auf dem jenseitigen Ufer, die Hände über den Bauch gelegt, wo Leben sich zeugte und jetzt der Tod. Durch den Spalt ihres Leibes entschlüpften ihr die Kinder, einige starben hier draußen, zwei blieben am Leben, dieses nun wird nicht geboren, es ist ihr Tod. Nun sind sie nicht mehr zu sehen, laß uns hineingehen, sagt João Francisco.

Dezember, kurz sind die Tage, und da der Himmel verhangen ist, der Abend früher einkehrt, werden Baltasar und Blimunda eine Nacht unterwegs verbringen, bei Morelana in einem Strohschober, aus Mafra kämen sie und wollten nach Lissabon, der Pächter hielt sie für ehrliche Leute und lieh ihnen eine Decke wider die Kälte, so weit kann Vertrauen gehen. Von diesen zwei wissen wir bereits, daß ihre Seelen, ihre Körper und ihre Willen zueinander strebten, und liegen sie Seite an Seite, dann erleben Wille und Seele den Genuß der Körper, klammern sich vielleicht noch fester an sie, um an der Lust teilzuhaben, schwer zu sagen, was da jeder Seite zufällt, ob die Seele gewinnt oder verliert, wenn Blimunda das Kleid rafft und Baltasar den Hosenschlitz aufknöpft, ob der Wille gewinnt oder verliert, wenn die beiden seufzen und stöhnen, ob der Körper siegte oder unterlag, wenn dann Baltasar in Blimunda ruht und sie ihn ruhen läßt, beide ruhend. Dies ist der schönste Duft der Welt: der des aufgeschüttelten Strohs, der Körper unter der Decke, der an der Futterkrippe käuenden Ochsen, der Geruch nach Kälte, der durch die Löcher des Schobers dringt, vielleicht der Geruch nach Mond, jedermann weiß, daß die Nacht bei Mondschein anders riecht, da würde sogar ein Blinder, der Nacht und Tag nicht unterscheiden kann, sagen: Der Mond scheint. Als hätte die heilige Lucia dieses Wunder erwirkt, in Wahrheit gilt es nur zu schnüffeln. Ja, meine Herren, ein prächtiger Mond, diese Nacht.

Früh am Morgen, noch ehe die Sonne aufgegangen, erhoben sie sich. Blimunda hatte das Brot schon gegessen, sie faltete die Decke zusammen, war lediglich ein Weib, das uralte Griffe tat, die Arme ausbreitete und wieder schloß, mit dem Kinn das Gefaltete hielt, mit den Händen herabstrich bis in Hüfthöhe, da ein letztes Mal umlegte, so betrachtet, hätte ihr niemand geheime Seherkräfte zugetraut, sie selber hätte sich, wäre sie diese Nacht außerhalb ihres Körpers gewesen, unter Baltasar liegen sehen, und, wahrlich, von Blimunda kann man behaupten, sie sieht ihre eigenen Augen sehen. Wenn der Pächter später kommt, wird er die Decke zusammengelegt vorfinden, als Zeichen des Dankes, und falls er ein witziger Mensch ist, wird er seine Ochsen fragen: Sagt, ist diese Nacht hier Messe gewesen? Und die werden ihm ihre leidlich gerüsteten Häupter zuwenden, keineswegs überrascht, die Menschen haben ja immer etwas zu sagen, und bisweilen treffen sie sogar, wie diesmal hier, denn die Liebe der zwei, die hier nächtigten, unterscheidet sich in nichts von der heiligen Messe, und wäre es so, dann verlöre die Messe.

Da ziehen Blimunda und Baltasar schon ihren Weg, hin nach Lissabon, ziehen an Hügeln entlang, auf denen Windmühlen stehen, der Himmel ist verhangen, die aufgehende Sonne verkroch sich sogleich wieder, der Wind bläst von Süden, viel Regen droht, und Baltasar sagt: Falls es anfängt, haben wir keine Unterstellmöglichkeit. Dann schaut er zu den Wolken auf, der Himmel ist eine einzige düstere Platte, schieferfarben. Angenommen, die Willenskräfte sind geschlossene Wolken, wer weiß, ob sie da nicht in diesen Wolken hängenblieben, die so schwarz und so dick sind, daß selbst die Sonne nicht durchkommt.

Und Blimunda antwortet: Könntest du doch die geschlossene Wolke sehen, die in dir ist. Oder die in dir. Oder die in mir, sähest du sie, dann würde dir klar, daß eine Himmelswolke, verglichen mit der Wolke drin im Menschen, ein Nichts ist. Aber du hast meine Wolke nie gesehen, und auch deine nicht. Niemand vermag seine eigene Willenskraft zu erspähen, und dir hab ich geschworen, daß ich nie in dein Inneres schauen will, aber du, Baltasar, da hat sich meine Mutter nicht getäuscht, wenn du mir die Hand gibst, wenn du dich an mich schmiegst, wenn du mich drückst, brauche ich nicht erst in dich hineinzuschauen. Sollte ich eher sterben als du, dann, bitte, schau in mich hinein. Sobald du stirbst, entweicht die Willenskraft dem Körper. Wer weiß.

Es regnete nicht, während der ganzen Reise nicht. Da war nur die große dunkle Zimmerdecke, die sich gen Süd streckte und über Lissabon hintrieb, gleichauf mit den Hügeln am Horizont, so daß man meinte, nur die Hand ausstrecken zu brauchen, um die ersten Regenspritzer zu greifen, mitunter ist einem die Natur eine gute Begleiterin, da geht der Mann, da geht die Frau, sagen die Wolken eine zur anderen. Wollen sehen, ob sie nach Hause gelangen, dann könnten wir es regnen lassen. Baltasar und Blimunda betraten den Landsitz, traten in den Schuppen, und endlich begann es zu regnen, oben waren einige Dachziegel geborsten, das Naß rann in dünnen Fäden herein, diskret, murmelte nur: Hier bin ich, ihr seid wohlbehalten angekommen. Und als Baltasar an die fliegende Muschel trat und sie berührte, ächzten die Eisenteile und die Drähte, schwer zu sagen, was denn sie ausdrücken wollten.

Es verrosten die Drähte und die Eisenteile, Schimmel breitet sich über das Leinengewebe, die vertrockneten Weidenruten lösen sich, eine halbfertige Arbeit muß nicht erst alt werden, um zu verrotten. Baltasar schritt zweimal um die Flugmaschine herum, kein erfreulicher Anblick dies alles, mit dem Haken des linken Armes zerrte er heftig am Metallskelett, Eisen gegen Eisen, um dessen Festigkeit zu prüfen, und die war gering. Besser, wir nähmen alles auseinander, begännen ganz von vorn. Auseinandernehmen, o ja, erwiderte Blimunda, aber bevor Pater Bartolomeu Lourenço nicht da ist, hat es keinen Sinn, auch nur einen Handschlag zu tun. Wir hätten noch eine Weile in Mafra bleiben können. Wenn er sagte, wir sollten kommen, heißt das, er selber wird auch bald hiersein, vielleicht ist er schon dagewesen, während wir dort auf das Fest warteten. Er war nicht hier, ich sehe kein Zeichen. Wollte Gott, es fände sich eines. Ja, wollte Gott.

In weniger als einer Woche war die Maschine nicht mehr Maschine oder dünkte zu tausenderlei Zwecken dienlich, denn nicht viele Materialien braucht der Mensch, eher entscheidet die Zusammensetzung, wie man etwas fügt, ordnet, in eins bringt, siehe Platthacke und siehe Hobel, ein Quantum Eisen mit einem Quantum Holz, und was jene tut, das vermag dieser nicht. Blimunda sagte: Solange Pater Bartolomeu Lourenço auf sich warten läßt, richten wir die Schmiede ein. Und wie den Blasebalg machen? Geh zu einem Schmied, schau dir an, wie das gemacht ist, und gelingt es dir nicht beim erstenmal, dann beim zweiten, schaffst du es beim zweitenmal nicht, dann beim dritten, niemand erwartet, daß wir etwas anderes tun als eben dies. Wozu soviel Mühe, vom Geld, das uns der Pater gab, ließe sich ein Blasebalg kaufen. Es könnte aber einer fragen, wozu Baltasar Sieben-Sonnen, der nicht Schlosser und nicht Hufschmied ist, einen Blasebalg braucht, besser, du baust ihn selber, und wenn du dich hundertmal bezwingen mußt.

Baltasar ging nicht allein. Mochte es für diese Unternehmung auch nicht doppelter Sehfähigkeit bedürfen, so hatte Blimunda doch mehr Entschiedenheit in ihrem Blick und ein genaueres Auge, täuschte sich nicht so entsetzlich, wenn es Proportionen der unterschiedlichen Stücke am Apparat betraf. Sie tauchte den Finger in das rußige Öl der Lampe und zeichnete an die Wand die einzelnen Teile, den Balg, wie er sich zurechtgeschnitten ausnahm, den Schnabel, durch den die Luft hervorstieße, das untere und feste Rahmenteil aus Holz, das obere Teil beweglich, fehlte dem Blasebalg nur noch ein Schwengel. In einer Ecke des Raumes schichteten sie regelmäßige Steine auf, zu vier im rechten Winkel stehenden Mauern, bis in Hüfthöhe, und verfestigten diese mit Drähten, innen von Seite zu Seite gespannt, und außen um die ganze Konstruktion gewunden, die sie sodann mit Erde und Steinen füllten, wobei dem Herzog von Aveiro einige Mäuerchen seines Landgutes zu Bruch gingen, doch dieses Werk, wenn auch nicht wie das Kloster, Seiner Majestät Werk, hat nichtsdestoweniger königliche Zustimmung, sicherlich längst vergessene, denn nie scheint

Dom João V. sich daran erinnert und jemanden ausgeschickt zu haben, er möge feststellen, ob Pater Bartolomeu Lourenço noch Hoffnung hege, eines Tages zu fliegen, oder ob dies nur die Art sei, in der drei Menschen einen Traum leben, obschon sie nutzbringender beschäftigt werden könnten, der Pater, Gottes Wort predigend, Blimunda, verborgene Wasseradern suchend, Baltasar, um Almosen bittend und solcherweise den Spendern die Tore zum Paradies aufstoßend, denn fliegen, dies ist nun mal bewiesen, können nur die Engel und der Teufel, erstere wie allen bekannt und von etlichen fest versichert, letzterer durch Bezeugung eigens der Heiligen Schrift, denn da steht zu lesen, daß der Teufel Jesus hoch auf die Zinne des Tempels führte, und zwar durch die Lüfte, nicht über die Treppe, und also sprach er zu ihm: Wirf dich hinab. Er aber warf sich nicht hinab, er wollte nicht der erste fliegende Mensch sein. Eines Tages werden die Menschenkinder fliegen, sprach Pater Bartolomeu Lourenço, als er endlich kam und die Schmiede fertig vorfand, außerdem die Wasserwanne, zum Härten der Eisenteile, fehlt nur noch der Blasebalg, zur rechten Zeit aber wird auch der Wind blasen, denn der Geist hat hierorts schon geblasen.

Blimunda, wieviel Willenskräfte hast du inzwischen eingesammelt? fragte der Pater an diesem Abend, während sie aßen. Mindestens dreißig, sagte sie. Das ist wenig, sagte er und: Mehrheitlich von Männern oder von Frauen? Die meisten von Männern, es scheint, die Willenskräfte der Frauen klammern sich zäher an den Körper, warum wohl? Der Pater erwiderte hierauf nichts, aber Baltasar sagte: Wenn meine geschlossene Wolke über deiner geschlossenen Wolke ist, fehlt manchmal nur wenig, und beide würden sich vereinigen. Da ist deine Willenskraft wohl schwächer als die meine, entgegnete Blimunda. Nur gut, daß diese offenen Reden Pater Bartolomeu Lourenço nicht erzürnen, vielleicht hat auch er etliches an hinfällig gewordenen Willenskräften gesammelt, in Holland, wo er sich aufhielt, oder er hat sie hier, ohne daß es die Inquisition weiß, oder sie tut so, als wüßte sie es nicht, weil dieser Fehltritt nicht von weniger erläßlichen Sünden begleitet ist.

Reden wir jetzt im Ernst, sprach Pater Bartolomeu Lourenço, sooft möglich werde ich herkommen, doch die Arbeit kann nur fortschreiten, wenn ihr beide zufaßt, gut, daß ihr die Schmiede eingerichtet habt, ich will versuchen, einen Blasebalg aufzutreiben, sollst dich nicht auch noch damit belasten, Baltasar, aber schau ihn dir gründlich an, wir benötigen große Blasebälge, davon ich dir die Skizze gebe, für die Maschine, denn fehlt uns der Wind in der Atmosphäre, dann werden die Blasebälge arbeiten und wir fliegen, und dir, Blimunda, sei gesagt, wir brauchen mindestens tausend Willenskräfte, zweitausend Willenskräfte, die sich gern frei gewußt hätten, da die Seelen ihrer nicht würdig oder die Körper sie nicht verdienten, mit diesen dreißig, die du da hast, würde sich noch nicht einmal das Pferd Pegasus in die Lüfte erheben, trotz seiner Flügel, bedenkt, wie groß die Erde ist, die wir treten, und sie zieht die Körper hernieder, und so groß die Sonne selber ist, sie kann die Erde nicht zu sich hinanziehen, also bedarf es, damit wir in die Atmosphäre auffliegen, der gebündelten Energien von Sonne, Bernstein, Magneten und Willenskräften, doch die Willenskräfte sind von allem das Wichtigste, ohne sie läßt uns die Erde nicht auffliegen, und wenn du Willenskräfte einsammeln willst, Blimunda, dann geh zum Fronleichnamsumzug, in so großer Menge läßt sich gewiß einiges herausholen, denn Prozessionen, sollt ihr wissen, sind Gelegenheiten, bei denen die Seelen und die Körper in einem Maße Schwächung erleiden, daß sie ihre Willenskräfte kaum mehr festzuhalten vermögen, nicht so bei Stierwettkämpfen, ebensowenig bei den Autodafés, da regiert ein Zorn, der die geschlossenen Wolken, sprich Willenskräfte, noch fester schließt, sie noch schwärzer macht, es ist wie im Krieg, allgemeines Dunkel drin im Menschen.

Baltasar sagte: Und die Flugmaschine, wie soll ich die bauen? So wie seinerzeit begonnen, der gleiche Riesenvogel von meiner Planzeichnung, und dies sind die Teile, aus denen er besteht, hier hast du eine weitere Zeichnung, mit den Maßen der einzelnen Teile, du wirst von unten nach oben bauen, als bautest du ein Schiff, wirst die Weidenruten und das Eisen miteinander verflechten, stelle dir vor, du würdest Federn und Knochen verbinden, wie gesagt, ich komme, sooft ich kann, das Eisen kaufst du hier in der Stadt, die Weidenruten besorgst du dir in der Umgebung, und im Schlachthaus erwirbst du die Häute für die Blasebälge der Maschine, ich werde dir schon sagen, wie du sie gerben und zurechtschneiden sollst, Blimundas Zeichnungen sind gut für Schmiedeblasebälge, nicht für solche zum Fliegen, und hier hast du zusätzliches Geld, du wirst einen Esel kaufen, denn wie sonst wolltest du die benötigten Materialien transportieren, auch kaufst du große Tragekörbe, und immer sollst du Gras oder Stroh zur Hand haben, um notfalls den Inhalt der Körbe darunter zu verbergen, und merkt euch: unser ganzes Werk muß absolut geheim bleiben, weder

Verwandten noch Freunden dürft ihr davon erzählen, Freunde sind nur wir drei, und wenn da einer mit Fragen kommt, dann sagt, daß ihr diesen Landsitz im Auftrag des Königs hütet und daß einzig ich dem König verantwortlich bin, ich, Pater Bartolomeu Lourenço de Gusmão. Lourenço was? riefen Blimunda und Baltasar gleichzeitig. De Gusmão, so wurde ich außerdem benannt, nach dem Rufnamen eines Paters, der in Brasilien mein Erzieher war. Bartolomeu Lourenço, das reicht, sagte Blimunda, ich werde mich nicht daran gewöhnen, de Gusmão anzufügen. Brauchst du auch nicht, für dich und Baltasar werde ich immer der eine Bartolomeu Lourenço sein, aber der Hof und die Akademien sollen mich Bartolomeu Lourenço de Gusmão nennen müssen, denn wer, wie ich, Doktor in Kirchenrecht sein wird, bedarf eines Namens, der seiner Würde entspricht. Adam hieß nur Adam, sagte Baltasar. Und Gott hat überhaupt keinen Namen, entgegnete der Pater, aber Gott ist in Wirklichkeit nicht rufbar, und im Paradies war kein weiterer Mann, von dem Adam sich hätte unterscheiden müssen. Und Eva war nur Eva, sagte Blimunda. Eva ist auch weiterhin nur Eva, ich meine, es gibt auf der Welt lediglich ein einziges Weib, nur eben augenscheinlich vervielfacht, weshalb man sich andere Namen sparen könnte, und du bist Blimunda, sage mir, ob du den Zusatz de Jesus für deinen Namen brauchst. Ich bin Christin. Wer bezweifelt das? rief Pater Bartolomeu Lourenço, du verstehst mich sehr wohl, doch wenn sich einer Jesus gehörig nennt, im Glauben oder dem Namen nach, so ist das nichts als Plusterwind, nenn dich drum schlicht Blimunda, wann immer du gefragt wirst.

Der Pater, schon Bakkalaureus, schon Lizentiat, kehrte zu seinen Studien zurück, würde bald Doktor sein, Baltasar unterdessen schmiedet die Eisen und härtet sie im Wasser, während Blimunda die aus dem Schlachthaus geholten Felle schabt, beide gemeinsam die Ruten schneiden und den Amboß schlagen, sie dabei die Lamelle mit der Zange hält und er mit dem Hammer draufhaut, und sie müssen gut zusammenarbeiten, damit kein Schlag danebengeht, sie legt das glühende Eisen hin, er führt kraftvoll und zielsicher den Schlag, da ist kein Wort der Verständigung nötig. So verstrich der Winter, so das Frühjahr, gelegentlich kam der Pater nach Lissabon, in die Truhe verstaute er die Kugeln aus gelbem Bernstein, deren Herkunft er geheimhielt, nach den Willenskräften erkundigte er sich, besah sich die Maschine von allen Seiten, die da wuchs und Form gewann, schon größer war als die seinerzeit von Baltasar auseinandergenommene, dann auch gab er Ratschläge und Hinweise, kehrte nach Coimbra zurück, zu den Dekretalen und den Dekretalisten, nun nicht mehr Student, jetzt gab er selber Vorlesungen, Iuris ecclesiastici universi libri tres, Collectanea doctorum tam veteram quam recentiorum in ius pontificum universum, Repertorium iuri civilis et canonici, et ceetera, jedoch nicht, worin zu lesen stand: Fliegen wirst du.

Nun ist es Juni. In Lissabon geht das betroffen stimmende Gerücht um, dieses Jahr dürften bei der Fronleichnamsprozession die altvertrauten Riesenfiguren nicht mitgeführt werden, auch nicht die pfeifende Schlange und der feuerspeiende Drache, und gäbe es keine Stierspiele, ebensowenig Tanzvorführungen der Stadt und nicht Marimbas, nicht Schalmeien, und König David werde nicht vor dem Baldachin hertanzen. Da fragen sich die Leute, was denn dies für eine Prozession sein soll, ohne die Possenreißer von Arruda und ihre in den Straßen laut geschlagenen Tamburine, wenn die Frauen von Frielas die Chaconne nicht tanzen dürfen, wenn auch der Schwertertanz unterbleibt, wenn nicht Burgen mitfahren, nicht Flöte und Handtrommel erklingen, wenn die Satyrn und die Nymphen nicht ihre verdeckt anzüglichen Tollereien treiben, wenn nicht mehr der Tanz des Bischofsstabs getanzt wird, wenn nicht mehr auf den Männerschultern das Schiff des heiligen Petrus dahinschwimmt, was soll denn das noch für eine Prozession sein?, was ist denn da noch an Spaß dabei?, selbst wenn sie uns den Wagen der Gemüsegärtner ließen, wir werden die Schlange nicht mehr pfeifen hören, bester Vetter, mich überlief jedesmal ein Schauer, wenn sie im Vorbeiziehen pfiff, oje, ich kann es gar nicht erklären, wie mich das Zittern packte.

Das Volk begibt sich zum Schloßplatz, um den Gang der Festvorbereitungen zu verfolgen, prächtig, Senhores, diese Kolonnade aus einundsechzig Säulen und vierzehn Pfeilern, von nicht weniger als acht Meter Höhe und in ihrer Ausdehnung über sechshundert Meter hin, allein schon vier Frontispize und zahllos die Figuren, die Medaillons, die Pyramiden und der übrige Zierat. Das Volk ist beeindruckt von dieser neuartigen Ausstattung, die sich hierin noch nicht erschöpft, man sehe nur diese Straßen, sie in Gänze mit Tuchen überspannt, und die Masten, die diese Sonnendächer halten, geschmückt mit Seide und Gold, und die Medaillons, die von den erwähnten Bespannungen herabhängen, vergoldet, auf der einen Seite das Sakrament, von viel Glanz gerahmt, auf der anderen Seite das Wappen des Patriarchen, dies die einen, während andere das Wappen der Senatskammer tragen. Und die Fenster, da, schau diese Fenster da, recht hat, wer sagt: Es weiden sich die Augen am Anblick der Vorhänge und Drapierungen aus karminrotem Damast mit Goldfransen. Noch nie haben wir solches gesehen, schon gibt sich das Volk halbwegs zufrieden, man hat ihm ein Fest genommen, wird ihm ein anderes geben, schwer zu sagen, mit welchem man verliert, mit welchem man gewinnt, vielleicht sind sie einander gleich, einen Grund mag es ja haben, daß sich die Goldschmiede bereit erklärten, den ganzen Straßenzug zu illuminieren, und vielleicht eben darum sind auch die hundertneunundvierzig Säulen der Arkaden in der Rua Nova mit Seiden und Damast umspannt, vielleicht sind dies neue Verkaufsmanieren, heute so und morgen schlimmer. Das Volk promeniert, gelangt ans Ende der Straße, macht kehrt, doch streckt es keineswegs den Arm aus, um mit den Fingerkuppen all diesen Reichtum an Geweben zu betasten, es verdreht lediglich die Augen nach diesen und nach anderen kostbaren Geweben, mit denen die unter den Bögen befindlichen Verkaufsläden sich zieren, es scheint, wir leben im Königreich des Vertrauens, doch hat jeder Laden seinen schwarzen Sklaven auf der Schwelle und dieser in der einen Hand den Knüppel und in der anderen den kurzen Degen, falls einer sich erkühnt, faßt er Schläge auf den Buckel, und sollte er zu dreist werden, sind gleich die Häscher zur Stelle, sie tragen nicht mehr Visierhelm und nicht Schild, befiehlt der Stadtrichter aber: Halt, zum Limoeiro mit ihm!, dann muß der Betreffende sich fügen, und ihm geht die Prozession verloren, vielleicht darum sind Diebstähle zu Fronleichnam weniger zahlreich.

Auch Willenskräfte werden diesmal nicht gestohlen. Es ist Neumond, Blimunda sieht vorderhand nicht mehr als sonstwer, ob nüchtern oder mit Speise im Magen, und das stimmt sie friedvoll und freudig, mögen die Willenskräfte tun, was ihnen beliebt, im Körper bleiben oder entweichen, diese Ruhe sei mir gegönnt, plötzlich aber durchzuckte sie ein verwirrender Gedanke: Welch andere geschlossene Wolke würde ich im Leib des Herrn erspähen, in seinem fleischlichen Körper? Leise sagte sie es zu Baltasar, und er erwiderte, ebenfalls geheimtuerisch: Dies könnte es sein, vielleicht ist nur diese Wolke imstande, den Riesenvogel in die Lüfte zu heben. Und Blimunda fügte hinzu: Wer weiß, vielleicht ist alles, was wir sehen, nichts als Gottes geschlossene Wolke.

Das sind so Reden des Einarmigen und der Seherin, des einen, weil es ihm fehlt, und der anderen, weil ihres Sehens im Übermaß, man wird es ihnen verzeihen müssen, daß sie nicht von gleicher Elle sind, jedoch von transzendenten Dingen reden, während sie, es ist schon Nacht, durch die Straßen zwischen Rossio und Schloßplatz spazieren, mitten unter so vielen Menschen, die heute nicht schlafen wollen, sondern wie sie den rötlichen Sand treten und die von den Landleuten herbeigebrachten und über das Pflaster gestreuten Kräuter, so sauber jedenfalls zeigte sich diese an üblichen Tagen unüberbietbar schmutzige Stadt noch nie. Hinter den Fenstern haben die Damen ihre Frisuren hochgesteckt, riesiger glanzvoll falscher Putz dies, bald werden sie sich im Fenster zur Schau anbieten, keine möchte so recht die erste sein, dann freilich zieht sie sogleich die Augen der Passanten und Schaulustigen auf sich, dann aber ist der Drang jählings doch da, wiewohl sehr schnell verleidet, denn schon tut sich das Fenster am Haus gegenüber auf, es erscheint eine weitere Dame und, weil Nachbarin, Rivalin, es wenden sich die Blicke derer ab, die mich betrachteten, o unerträgliche Eifersucht, zumal die andere abscheulich häßlich ist, ich aber göttlich schön, sie hat einen großen Mund, meiner ist eine Knospe nur, und eh sie ihr Motto ausruft, rufe ich meines hinab. Bei diesem Turnier sind die in den unteren Stockwerken wohnenden Damen im Vorteil, sofort drehen die galanten Männer den Spruch in ihrem Schädel herum, versuchen sich in Metrik und Reim, unterdessen aber ging, hoch aus dem Hause her, ein anderer Spruch nieder, laut gerufen, damit er ja gehört würde, während der erste Dichter die gereimte Erwiderung nach oben ruft, und die Konkurrenten voll Wut den Bewerber schmähend kalt anstarrten, der schon den Dank der Dame erfährt, sie aber argwöhnen, daß Spruch und Gegenspruch vereinbart waren, die beiden sich bei anderer Gelegenheit verabredet haben. Dies argwöhnt man, dies behält man für sich, weil sündenträchtig.

Die Nacht ist heiß. Leute ziehen vorbei, musizierend und singend, die Halbwüchsigen jagen einander, reinste Pest, sie tun dies seit Anbeginn der Welt, unkurierbar, sie wickeln sich in die Kleider der Weiber, fassen Fußtritte und Ohrfeigen von den sie schirmenden Männern, antworten aus sicherem Abstand mit lasziven Gebärden und Fratzen, jagen weiter, einander verfolgend, sie ziehen, als Spiel, einen Stierkampf auf, mit einfachem Rüstzeug: zwei Hörner eines Rinds, vielleicht unpaarige, und ein abgeschnittener Haarbeutel, alles auf ein breites Brett genagelt, daran eine Halterung und die rückwärtige Seite gegen die Brust abgestützt, und wer so den Stier macht, greift edel beherzt an, schreit auf vor vermeintlichem

Schmerz, wenn er die Bandarilhas abbekommt, Stöcke, die in den Haarbeutel gespießt werden, verfehlt der Bandarilhero jedoch das Ziel und gerät der Zustoßende unter die Hörner, dann, vorbei edles Gebaren, ist's wieder wildes Gerenne durch die Gassen, dabei die Dichter gestört werden, die sich das Motto wiederholen lassen, hinaufrufen: Was sagten Sie? Und die Damen oben, mit Grimasse: Tausend Vöglein bringen mich. In solchem Durcheinander, Spiel und Hasten vergeht die Nacht, im Freien, in den Häusern gibt es wehmütige Romanzen und Schokoladentrunk, und wenn der Morgen kommt, sammeln sich die Uniformierten, um Absperrketten längs der Prozessionsstrecke zu bilden, neu eingekleidet, in Ehrung des Allerheiligsten Sakraments.

In Lissabon hat niemand geschlafen. Zu Ende der Dichterwettstreit, die Damen kehrten ins Haus zurück, ihre geblaßte oder verwischte Bemalung aufzufrischen, bald werden sie wieder im Fenster sitzen, abermals prachtvoll in Karmin und Bleiweiß. Die niederen Leute, Hellhäutige, Schwarze, Mulatten aller Schattierungen, diese, jene und die anderen, sie drängen sich entlang der zu frühem Morgen noch trüben Straßen, nur der Schloßplatz, der sich zum Fluß und zum Himmel auftut, hebt sich blau aus den Schatten, plötzlich dann flammende Röte nach der Seite des Palastes und der Patriarchenkirche hin, als die Sonne über dem Landstrich jenseits des Flusses hervorbricht und den Nebel mit leuchtendem Hauch zerreißt. Und da setzt sich die Prozession in Bewegung. An der Spitze des Zuges die Fahnen der im «Haus der Vierundzwanzig» vereinten Gewerbe, allen voran die Fahne der Zimmerleute, auf ihr der heilige Joseph dargestellt, der diesem Berufsstand angehörte, sodann die übrigen Insignien, große Paneele, ein jedes mit seinem Heiligen darauf, diese aus Brokat mit Goldbordüren und so gewaltig groß, daß vier Männer sie tragen müssen, sich dabei mit vier weiteren ablösen, mal die einen ausruhen, mal die anderen, glücklicherweise weht kein Wind, zum Marschschritt schwanken die Schnüre aus Gold und Seide und die von den blitzenden Stockenden hängenden Goldquasten. Hinterdrein das Bildnis des heiligen Georg, mit seinem ganzen Staat, die Trommler zu Fuß, die Trompeter zu Roß, trommelnd die einen, blasend die anderen, param-pam-pam, tätätätäh, Baltasar befindet sich nicht auf dem Schloßplatz, doch von fern hört er den Trompetenklang, ein Schauer überläuft ihn, als befände er sich auf dem Schlachtfeld, sähe den Feind in Sturmlinie antreten, sie greifen an, wir greifen an, und da spürt er, daß die Hand schmerzt, wann schmerzte sie das letzte Mal?, heute vielleicht, weil er nicht Haken und nicht Stachel angelegt hat, der Körper erinnert sich dieser und jener Dinge, hat Einbildungen, Blimunda, wenn du nicht wärst, wen hätte ich da zu meiner Rechten, um ihn mit diesem Arm zu umfassen, du bist es, ich drücke mit der gesunden Hand deine Schulter oder deine Hüfte, mögen die Leute auch gaffen, sie sind es eben nicht gewöhnt, Mann und Frau so eins zu sehen. Vorbeigezogen sind die Fahnen, es schwindet der Krach der Trompeten und der Trommeln, nun kommt der Fähnrich des heiligen Georg, der Oberherold, der Mann aus Eisen, in Eisen gekleidet und geschuht, mit Federbusch auf dem Helm und gesenktem Visier, Helfer des Heiligen in den Schlachten, um ihm die Fahne und die Lanze zu halten, um vorauszueilen und zu erspähen, ob der Drache hervorgekrochen ist oder noch schläft, eine Vorkehrung, die heute erläßlich ist, denn weder ist er hervorgekrochen, noch schläft er, seufzt aber und klagt, daß er zur Fronleichnamsprozession nie mehr Auszug halten darf, das sollte man Drachen nicht antun und Schlangen und Riesen, eine traurige Welt dies, die es duldet, daß man sie ihrer Schönheiten beraubt, nun, einiges wird man ja wohl doch beibehalten haben, es ist so überaus schön, daß die Erneuerer der Prozessionen nicht wagen, sie wegzulassen, etwa, ein Beispiel nur, daß diese Pferde in ihren Ställen bleiben müßten oder aber, elend und ausgehungert, auf die weite Flur getrieben würden, dort frei und nach Belieben zu grasen, und siehe, da kommen sechsundvierzig schwarze und graue Rösser mit prächtigen Satteldecken, Gott verdamm mich, wenn die Tiere nicht besser eingekleidet sind als die Menschen, die diese vorbeiziehen sehen, und das zu Fronleichnam, wo ein jeder das Beste aus seinem Hause auf dem Leib trägt, die rechte Hüllung, um vor den Herrn zu treten, der uns als Nackte erschuf, uns aber nur angezogen vor seinen Augen duldet, verstehe einer diesen Gott, oder die Religion, die sie für ihn einrichteten, wahr ist, daß wir nackt nicht immer schön sind, erkennbar ja am Gesicht, wenn es nicht geschminkt ist, denken wir uns zum Beispiel diesen heiligen Georg nackt, der silbernen Rüstung und des Federhelms bar, ein Hampelmann wäre er, ohne ein Härchen da, wo Männer behaart sind, ein Mann kann heilig sein und dennoch haben, was eines Mannes ist, es müßte ein Heiliger unbedingt die Kraft der Männer haben als auch die ihnen zuweilen innewohnende Schwäche, nun gut, wie dies dem heiligen Georg erklären, der da seinen Schimmel reitet, und wahrlich ein Roß, das im königlichen Marstall zu Hause und seinen Knecht hat, der es pflegt und ausführt, ein Reitpferd nur für den Heiligen, noch nie vom Teufel geritten, erst recht nicht von Menschen, ein beklagenswertes Tier, das sterben wird, ohne gelebt zu haben, wolle Gott, daß du, wenn du tot und abgehäutet bist, ein Trommelfell wirst und sonstwer paukend dein erzürntes uraltes Herz zum Schlagen bringe, doch alles in dieser Welt findet ins Gleichgewicht und findet seinen Lohn, wie sich schon am Tode des Kindes aus Mafra und des Infanten Dom Pedro bewies, und noch mehr bestätigt es sich heute, Page des heiligen Georg ist ein Schildknappe, und einen Rappen reitet er, bei gehißter Lanze und mit Federbuschhelm, wie viele Mütter längs der Strecke schauen sich, über die Schultern der Soldaten hinweg, die Prozession an, und in der Nacht wird jedwede träumen, daß ihr Sohn dieser Reiter ist, Page des heiligen Georg auf Erden und vielleicht im Himmel, schon darum lohnte es, ihn geboren zu haben, und wieder nähert sich der heilige Georg, diesmal auf einer großen Standarte, die von der Bruderschaft der Königlichen Kirche zum Königlichen Hospital getragen wird, und endlich, als Abschluß dieser ersten Glorie, marschieren Trommler und Trompeter, in Samt und weißem Federschmuck, nun eine Pause, ganz kurz, denn schon entströmen der königlichen Kapelle die Bruderschaften, Männer und Frauen zu Tausenden, nach Ordenszugehörigkeit und Geschlecht getrennt, hier kein Durcheinander von Evas und Adamen, sieh, dort geht António Maria, und Simão Nunes, und Manuel Caetano, und José Bernardo, und Ana de Conceição, und António da Beja, und ganz schlicht José dos Santos, und Brás Francisco, und Pedro Caim, und Maria Caldas, so unterschiedlich die Namen wie die Farben, rote, blaue, weiße, schwarze und karminrote Gewänder, graue ärmellose Umhänge, kastanienbraune Domherrenüberwürfe, und blaue und violette und weiße und rote und gelbe und karminrote und grüne und schwarze Tuche, desgleichen schwarz etliche der vorbeiziehenden Brüder, schlimm ist nur, daß diese Brüderlichkeit, auch wenn in Prozession vereint, nicht bis zu den Stufen unseres Heilands Jesus Christus hinlangt, aber Aussicht besteht, es braucht Gott sich eines Tages nur als Neger zu verkleiden und in den Kirchen zu verkünden: Ein Weißer ist nur halb einen Schwarzen wert, nun seht zu, wie ihr euch Einlaß ins Paradies sichert. Deshalb wird es dereinst geschehen, daß die Raine dieses von ungefähr am Meeresstrand angelegten Gartens voll von Leuten sein werden, die begierig ihre Leiber eindunkeln, eine Vorstellung, welche uns heute zum Lachen veranlassen würde, manche werden gar nicht erst an den Strand gehen, werden sich zu Hause mit unterschiedlichen Ölen einschmieren, und wenn sie auf die Straße treten, erkennt selbst der Nachbar sie nicht: Was sucht denn dieser Neger hier? Eben dies ist die große Schwierigkeit bei den gemischtfarbigen Bruderschaften, vorderhand sind es diese, die sich auf die Beine bringen ließen: die Bruderschaft Unserer Lieben Frau von der Doktrin, die von Jesus Maria, die vom Rosenkranz, die des heiligen Benedikt, der ein kleiner Dicker, obwohl spärlicher Verdrükker, die Unserer Lieben Frau von der Gnade, die des heiligen Crispinus, die der Muttergottes von São Sebastião da Pedreira, wo Baltasar und Blimunda wohnen, die der Via Sacra von Sankt Peter und Sankt Paul, eine weitere der Via Sacra, jedoch von Alecrim, die Unserer Lieben Frau von Ajuda, die von Jesus, die Unserer Lieben Frau von der Erinnerung, die Unserer Lieben Frau von der

Gesundheit, wo nähme Rosa Maria ohne sie ihre Kraft her?, und Severa nicht minder, dann kommt die Bruderschaft Unserer Lieben Frau vom Ölbaum, in dessen Schatten Baltasar eines Tages aß, die des heiligen Antonius der Franziskanerinnen von Santa Marta, die Unserer Lieben Frau von der Ruhe der Fläminnen zu Alcântara, die vom Rosenkranz, die vom heiligen Christus und heiligen Antonius, die Unserer Lieben Frau vom Gefängnis, die der heiligen Maria von Ägypten, gehörte Baltasar zur königlichen Garde, so wäre rechtens dies seine Bruderschaft, schade nur, daß es keine Bruderschaft der Einarmigen gibt, und nun die vom Erbarmen, und das sollte sie tunlichst sein, eine weitere von Unserer Lieben Frau vom Gefängnis, jedoch zum Karmeliterkloster gehörig, die erste war von den Tertiarierinnen von São Francisco, es scheint an Bezugsmöglichkeiten zu mangeln, denn schon wiederholt es sich, ein weiteres Mal der heilige Christus, allerdings von der Dreifaltigkeit, zuvor war es jener der Paulsbrüder, und nun die Bruderschaft der Guten Entscheidung, Baltasar wurde von seiten des Obersten Gnaden- und Gerichtshofes keine gute Entscheidung zuteil, die der heiligen Lucia, die Unserer Lieben Frau vom Guten Tod, sofern es einen solchen gibt, die vom Jesus der Vergessenen, an diesem bißchen erkennt man, wie verloren eine Religion ist, die da Leute links liegenläßt, sie mit einem schlechtgerüsteten Jesus bedient, denn wäre er der wahrhaftige, es hätte ein Ende mit dem Vergessen, und die der Seelen aus der Kirche vom Kindersegen, schick Sonne uns, nicht Regen, die Unserer Lieben Frau von der Stadt, die der Seelen Unserer Lieben Frau von Ajuda, die Unserer Lieben Frau vom Erbarmen, die des heiligen Joseph der Zimmerleute, die der Tätigen Hilfe, die vom Erbarmen, die der heiligen Katharina, die der Verlorenen Kinder, verloren die einen und vergessen die anderen, nicht gefunden noch je erinnert, denn selbst das Erinnern hülfe ihnen nichts, die Unserer Lieben Frau von den Öllampen, eine weitere von der heiligen Katharina, erstere der Buchhändler, diese nun der Pflasterer, die der heiligen Anna, die des heiligen Eligius, des kleinen reichen Heiligen der Goldschmiede, die des heiligen Michael und der Seelen, die des heiligen Martial, die Unserer Lieben Frau vom Rosenkranz, die der heiligen Justa, die der heiligen Rufina, die der Märtyrerseelen, die der Wundmale, die der Muttergottes vom heiligen Franziskus der Stadt, die Unserer Lieben Frau von den Ängsten und endlich nun auch die der Abhilfen, denn Abhilfe kommt immer spät, bisweilen zu spät, weshalb die Hoffnungen, sofern noch vorhanden, sich dem Allerheiligsten Sakrament zuwenden, das da kommt, bildlich dargeboten auf der Standarte, ihm vorausgetragen wird, da Vorläufer, der heilige Johannes der Täufer in Kindsgestalt, gekleidet in Felle, umgeben von vier blumenstreuenden Engeln, nicht denkbar, daß es eine zweite Erde gibt, auf deren Menschenstraßen sich so viele Engel tummeln, es braucht einer aber nur den Finger auszustrecken und schon merkt er, wie wenig echt und wahr sie sind, denn fliegen können sie wahrlich nicht, im übrigen ist Fliegen nicht hinlänglich Beweis, daß einer ein Engel, sollte Pater Bartolomeu de Gusmão, oder schlicht Lourenço, eines Tages fliegen, macht ihn nicht diese Unerheblichkeit schon zum Engel, da sind andere Qualitäten abgefordert, noch aber ist es zu früh für solche Feststellungen, noch sind nicht alle Willenskräfte eingesammelt, der Prozessionszug ist jetzt zur Hälfte vorbei, später Vormittag, die Hitze macht sich schon bemerkbar, es ist der 8. Juni 1719, wer kommt denn jetzt, es kommen die geistlichen Orden daher, doch die Leute sind unaufmerksam, Mönche ziehen vorüber, und man achtet ihrer nicht, auch die Bruderschaften wurden nicht alle zur Kenntnis genommen, Blimunda schaute zum Himmel auf, Baltasar zu Blimunda hin, sie in Zweifel, ob wirklich Mondwechsel, ob nicht über dem Karmeliterkloster die schmale Sichel des zunehmenden Monds erscheinen würde, der scharfgeschliffene Krummsäbel, der ihren Augen alle Körper auftäte, unterdessen marschierte der erste Orden vorbei, wer war es?, hab nicht gesehen, hab nicht achtgegeben, Mönche jedenfalls, Tertiarier des heiligen Franz von Jesus, Kapuziner, Mönche des heiligen João de Deus, Franziskaner, Karmeliterinnen, Dominikaner, Zisterzienser, Jesuiten von São Roque und von Santo Antão, so viele Namen, so viele Farben, da ist einem im Kopf ganz wirr, man kann sich nichts merken, an der Zeit, den mitgebrachten oder unterwegs gekauften Mundvorrat zu verspeisen, und während man ißt, spricht man von dem, was vorüber ist: vergoldete Kreuze, Puffärmel, weiße Leinen, lange Fräcke, Strümpfe, Schnallenschuhe, Hauben, weite Röcke, gemusterte Umhänge, Spitzenkragen, Westen, nur die Feldlilien wissen nicht zu spinnen und zu weben, sind darum nackt, wenn Gott wollte, daß auch wir nackt gingen, hätte er uns zu Lilienmenschen gemacht, die Frauen sind's glücklicherweise schon, allerdings bekleidete Lilien, Blimunda angezogen oder ausgezogen, hoi, was sind dies für Gedanken, Baltasar, sündhafte Gedanken, denn nun kommt das Kreuz der Patriarchenkirche und nach ihm die Kongregation der Missionen, dann die Priester der Hauskapelle und die unzählbare Menge an Parochialgeistlichkeit, meine Güte, ihrer so viele darum besorgt, uns die Seelen zu retten, die es erst aufzufinden gilt, glaube du nicht, Baltasar, daß du, weil Soldat, wiewohl ein versehrter, mit zur Bruderschaft dieser Vorbeiziehenden gehörtest, einhundertvierundachtzig Figuren vom Ritterorden des heiligen Jakob vom Schwert, ihrer hundertfünfzig vom Orden von Aviz und ebenso viele vom Christusorden, diese Mönche erwählen sich ihre Brüder selber, im übrigen wünscht Gott auf seinen Altären keine mit Makeln behafteten Tiere, schlimmstenfalls niederen Bluts, darum bleibe Baltasar, wo er ist, begaffe er die Prozession, die Pagen, die Sänger, die Kämmerer, die zwei Leutnants der königlichen Garde, eins, zwei, mit strahlender Uniform, wir würden heute sagen in Gala, und dem Patriarchenkreuz nebenher hochrote Gerten, Kapläne mit erhobenen Ruten, an deren Enden in Menge Nägel spießen, ach, der Blumen Schicksal, sie eines fernen Tages den Gewehrläufen aufgehißt, und hier die Chorknaben, die Basilika Heilige Maria die Große, die Schirm ist, und auch Patriarchenbasilika, beide mit wechselnden Segmenten, weiß und rot, in zwei- oder dreihundert Jahren nämlich wird man allmählich auch zu den Regenschirmen Basilika sagen, Meiner Basilika ist ein Spannstäbchen zerbrochen, Ich habe meine Basilika im Autobus vergessen, Ich habe meiner Basilika einen neuen Griff machen lassen, Wann mag meine Basilika in Mafra fertig sein? denkt der König, der da hinten kommt und sich an einer Stange des Baldachins festhält, doch davor kam das Domkapitel, zunächst die Diakone in weißen Meßgewändern, dann die Presbyter in Gewändern von gleicher Farbe, dann die Würden mit Achseltuch, Pluviale und Formalium, was weiß das Volk schon von diesen Begriffen, von der Mitra kennt es das Wort und die Gestalt, egal ob Hühnerstietz oder auf dem Kopf der Domherren, ein jeglicher hier von drei Mitgliedern seines Hauses begleitet, einer mit brennender Fackel, ein anderer den Hut tragend, beide höfisch gekleidet, und der Schleppenträger hält die Schleppe und trägt weites Oberkleid und Kettenhemd, und jetzt, jawohl, jetzt beginnt der Zug des Patriarchen, es kommen zunächst sechs Adlige aus seiner Familie, mit brennenden Fackeln, und ein Helfer, hiermit ausgezeichnet, darf ihm den Bischofsstab tragen, dann ein Kaplan mit dem Weihrauchfaß, hinter den Meßknaben, die ebenfalls Räucherfäßchen aus getriebenem Silber schwenken, und zwei Zeremonienmeister und zwölf Schildknappen mit Fackeln. O ihr sündigenden Menschen, Männer wie Frauen, die ihr in fortgesetzter Verderbnis dieses euer vergängliches Leben lebt, die ihr hurt, sauft, freßt, uneingedenk der Sakramente und des Zehnten, dic ihr schamlos und ohne Furcht die Hölle im Munde führt, o Männer, die ihr womöglich den Weibern in der Kirche an den Steiß faßt, o Weiber, die ihr nur dank einem letzten Rest Scham den Mannsbildern im Gottesdienst nicht ans Geschlecht faßt, seht, was hier vorüberzieht, der achtstängige Baldachin, und darunter ich, der Patriarch, mit der heiligen Monstranz in der Hand, kniet nieder, kniet nieder, ihr Sünder, auf der Stelle müßte man euch kastrieren, damit ihr nicht mehr hurt, auf der Stelle müßte man euch die Kiefer zubinden, damit ihr eure Seelen nicht mehr mit Fressen und Saufen beschmutzt, jetzt sofort müßte man euch die Taschen ausstülpen und leeren, denn im Paradies werden euch nicht Escudos abverlangt, auch in der Hölle nicht, im Purgatorium zahlt man mit Gebeten, hier auf Erden, hier werden die Escudos gebraucht, für Gold zu einer weiteren Monstranz, um mit Silber zu bedenken alle diese Leute, die zwei Domherren, die meine Pluvialschöße halten und die Mitren tragen, die zwei Subdiakone, die den Saum meines Gewandes heben, die Schleppenträger, die mir hinterdrein die Schleppe schleppen, diesen meinen Bruder und Grafen, der mir den Pluvialfortsatz trägt, die zwei Schildknappen mit den Wedeln, die Träger mit den Silberstäben, den ersten Subdiakon mit dem Schleier der bortenbesetzten Mitra, die einer mit der bloßen Hand nicht berühren darf, ein Tropf dieser Christus, daß er sich keine Mitra auf den Kopf gestülpt, er wäre unzweifelhaft Gottes Sohn gewesen, war aber schlicht ein Tölpel, denn, das weiß man von jeher, keine Religion wäre zu siegen imstande ohne Mitra, Tiara oder steifen Hut, mit dem Gerät auf dem Haupt hätte er als Oberpriester gegolten, Landpfleger wäre er gewesen, an Pontius Pilatus' Statt, da bin ich aber gut weggekommen, so also ist die Welt gut bestellt, wäre sie nicht, wie sie ist, ehrte man mich nicht als Patriarchen, drum zahlt, was ihr schuldet, gebt dem Cäsaren, was Gottes ist, und Gott, was des Cäsaren, wir hier werden schon Rechnung halten und die Kröten aufteilen, mir ein Talerchen, dir ein Talerchen, wahrlich, ich sage euch und werde euch sagen. Und ich, euer König, von Portugal und Algarve samt Rest, der ich demutsvoll eine dieser vergoldeten Stangen halte, seht an, wie ein Souverän sich bemüht, im Zeitlichen wie im Geistlichen, Vaterland und Volk zusammenzuhalten, gut und gern hätte ich ersatzweise einen Diener schicken können, Herzog oder Marquês, doch ich bin in Person hier, persönlich auch die Infanten, meine Brüder, eure Herren, so also beugt das Knie, kniet nieder, denn hier kommt die Monstranz und komme ich, Christus in ihr geborgen und in mir die Gnade, daß ich König bin auf Erden, wer von uns beiden wird gewinnen?, doch wohl der aus Fleisch ist, um zu fühlen, ich, König und Zuchtgeber, sehr wohl wißt ihr, daß die Nonnen dem Herrn Gemahlin sind, eine heilige Wahrheit dies, also sie mich, den Herrn, auf ihren Lagern empfangen, und weil ich der Herr bin, genießen sie, mit wohligem Stöhnen, in der Hand den Rosenkranz, mystisches Fleisch, vermischt, vermengt, und die Heiligen in der Gebetskapelle spitzen die Ohren, spannen auf das heiße Gemurmel unter dem Betthimmel, Betthimmel, der über dem Himmel sich spannt, denn dies unten ist der Himmel und kein besserer sonstwo, und dem Gekreuzigten hängt der Kopf auf die Schulter, dem Ärmsten, vielleicht in Schmerzenspein, oder er äugt begierig, wie Paula sich entkleidet, möglicherweise in Eifersucht darüber, daß ihm diese Gemahlin geraubt wird, diese nach Weihrauch duftende Klosterblume, gepriesenes Fleisch, letztendlich geh ich, sie aber bleibt ihm, geschwängert, das Kind ist von mir, eine Feststellung, die keiner Wiederholung bedarf, mit hinterdrein marschiert der Chor, er singt Motetten und geistliche Hymnen, und da kommt mir eine Idee, niemand tauglicher zu Ideen als eben Könige, denn wie sonst würden sie regieren, also: daß uns die Nonnen von Odivelas das Benedictus sängen, in Paulas Zelle, während wir beieinanderliegen, davor, unterdessen und danach, amen.

Von den Schiffen donnerten Schüsse und Salven, Salut schoß auch das Bollwerk vom Schloßplatz, nur zwei Schritte entfernt, und indessen sich die Echos von hier und von da mitteilten, stimmten die Geschütze auf den Forts und Türmen mit ein, und die auf dem Platz angetretenen Hofregimenter, von Peniche und von Setúbal, präsentierten die Waffen. Da zieht der Fronleichnam durch die Stadt Lissabon, Opferlamm und Herr der Streitkräfte, ein unauflöslicher Widerspruch, Sonne aus Gold, Kristall und Häupter abschlagende Monstranz, aufgefressene Gottheit und bis zum Auswurf verdaute, wen wird es erschrecken, wenn er dich in schönstem Einvernehmen sieht mit den Bewohnern dieser Stadt, den gemeuchelten Hammeln, Soldaten ohne eigene Waffen, weiße Gebeine in der Wüste, sich selbst verzehrende Fresser, und darum auch kriechen die Weiber und die Mannsbilder im Straßendreck, sie ohrfeigen sich und ihre Nachbarn, schlagen sich wild auf Brust und Unterleib, haschen nach vorbeischwebenden Säumen, nach den Brokaten und Spitzen, nach dem Samt und den Schleifen, den Bändern, den Stickereien und den Geschmeiden, Pater noster qui non es in coelis.

Der Abend kommt. Am Himmel ein feines Licht, dem Auge kaum sichtbar, das erste Anzeichen von Mond. Morgen wird Blimunda wieder sehen, heute ist Tag der Blindheit.

Schon war Pater Bartolomeu Lourenço aus Coimbra zurück, schon ist er Doktor in Kanonischem Recht, bestätigt mit Gusmão als Namenszusatz und Unterschrift, und wir, wer sind wir, daß wir es wagen, ihn der Sünde der Hoffart zu zeihen?, wohler täte es unserer Seele, ihm den Mangel an Bescheidenheit nachzusehen, der Gründe halber, die er gab, so könnten uns unsere eigenen Sünden vergeben werden, dies und anderes mehr, denn das schlimmste ist es noch nicht, wenn einer seinen Namen ändert, wohl aber sein Gesicht oder sein Wort. In Wort und Gesicht scheint er der alte und ist es für Baltasar und Blimunda auch vom Namen her, und wenn der König ihn adelte und zum Kaplan seines Hauses ernannte und zum Mitglied seiner Akademie berief, so lassen sich diese Gesichter und Worte aufsetzen und ablegen, und sie bleiben samt angenommenem Namen vor dem Tor draußen, betreten den Landsitz des Herzogs von Aveiro nicht, wohl aber errät man, was die drei Titelpersonen täten, wenn sie der Maschine ansichtig würden: der Adelsmann würde sie eine mechanische Plackerei nennen, der Kaplan sie als offenkundiges Teufelswerk verdammen, und der Akademiker würde sich von ihr abkehren, weil dies ein Ding der Zukunft, und Aufmerksamkeit erst verdiente, wenn es ein Ding der Vergangenheit wäre. Nun aber, dieser Tag ist heute.

Der Pater wohnt mit Veranda zum Schloßplatz hin, im Hause einer Witwe, deren Mann, viele Jahre her, beamteter Stabträger war, ehe ihn bei einem Streit ein Stockdegen ins Jenseits beförderte, dies noch zur Regierungszeit von Dom Pedro II., füglich eine alte Geschichte und hier nur erwähnt, weil die Frau da wohnt, wo der Pater wohnt, und es überdies schlechten Eindruck machte, wenn von ihr nicht einmal dies gesagt würde, da schon der Name ungenannt bleibt, der ja, wie erklärt, ein Nichts ist. Der Pater wohnt in Nachbarschaft des Palastes, desto besser, da er dort ein und aus geht, nicht so sehr fester Pflichten wegen, sondern in der Eigenschaft eines Hofkaplans, mehr ehrenhalber denn bezahlt, und weil der König ihn recht sehr mag und auch noch nicht alle Hoffnung aufgegeben hat, obschon elf Jahre verstrichen sind, er darum gutgewillt fragt: Werde ich die Maschine je fliegen sehen? Worauf Pater Bartolomeu Lourenço ehrlicherweise nur erwidern kann: Majestät sei versichert, eines Tages fliegt die Maschine. Aber werde ich es noch erleben? Majestät brauchten da nicht erst biblisches Alter zu erreichen, Sie werden die Maschine fliegen sehen und sogar selber fliegen. Die Antwort scheint fast unverfroren, doch der König merkt es nicht oder übt Nachsicht, oder ihn lenkt der Gedanke ab, daß er dem Musikunterricht seiner Tochter beiwohnen wird, der Infantin Dona Maria Bárbara, dies wird es gewesen sein, er bedeutet dem Pater mit einer Geste, sich dem Gefolge anzuschließen, solcher Gunst kann sich nicht jeder rühmen.

Das Mädchen sitzt am Cembalo, so jung noch, nicht neun Jahre alt, und schon lasten große Verantwortungen auf dem runden Kopf, sie muß die kleinen Finger auf die richtigen Tasten setzen lernen, muß wissen, sofern sie es weiß, daß in Mafra ein Kloster im Bau ist, zu Recht heißt es: kleine Ursachen – große Wirkungen, weil in Lissabon ein Kind geboren wurde, reißt man in Mafra einen Riesenberg Steine auf und wurde aus London Domenico Scarlatti unter Vertrag geholt. Der Lektion wohnen die Majestäten bei, mit kleinem Hofstaat, gegen dreißig Personen, allerhöchstens, mitgezählt seine und ihre Kammerherren der Woche, dazu Zofen, mehrere Hofdamen, Pater Bartolomeu de Gusmão, im Hintergrund, und weitere Geistliche. Il Maestro korrigiert den Fingersatz, fa-la-do, fa-do-la, Hoheit ist sehr bei der Sache, beißt sich auf die kleine Lippe, darin ganz ein übliches Kind, ob im Schloß geboren oder sonstwo, die Mutter verrät Ungeduld, Vater tut königlich und streng, die Frauen, da zarten Herzens, lassen sich halt von der Musik gefangennehmen und von dem Kinde, so schlecht es auch spielen mag, na und?, erwartete Dona Maria Ana etwa Wunder?, noch ist die Kleine ja am Anfang, il signor Scarlatti ist erst vor wenigen Monaten angekommen, und warum machen diese Ausländer ihre Namen so unaussprechlich, während man doch schnell dahinterkommt, daß der hier eigentlich Scharlach heißt, und gut steht er ihm, diesem Manne von edler Gestalt, langem Gesicht, breitem und festem Mund, tiefliegenden Augen, die Italiener haben so etwas Gewisses, und erst recht dieser, der vor fünfunddreißig Jahren in Neapel geboren wurde. Es ist die Lebenskraft, Schwester.

Die Unterrichtsstunde ist zu Ende, die Gesellschaft ging auseinander, König nach hier, Königin nach dort, Infantin sonstwohin, alle beachteten Vortritte und Gebote, unter vielfachen Verbeugungen, endlich hatte sich der Schwarm der Infantenbewacher und bebänderten Hosen zurückgezogen, im Musiksalon lediglich noch Domenico Scarlatti und Pater Bartolomeu de Gusmão. Der Italiener fingerte auf dem Cembalo zunächst ziellos hin, dann wie auf Suche nach einem Thema oder als wollte er Echos bessern, plötzlich aber gleichsam im Banne seiner Musik, die Hände wogten über die Tasten, als wären sie eine leichte Barke in der Flußströmung, bald hier und bald da vom Ufergezweig festgehalten, dann wieder eilig schnell, dann ruhend in den geweiteten Wassern eines tiefen Sees, in Neapels lichtstrahlender Bucht, in Venedigs geheimen und klingenden Kanälen, im blitzenden und neuen Licht vom Tejo her, dort geht bereits der König, die Königin zog sich in ihre Gemächer zurück, die Infantin beugt sich über den Stickrahmen, von klein auf gilt es zu lernen, und die Musik ist ein weltlicher Rosenkranz aus Tönen, Mutter unser, die du bist auf Erden. Senhor Scarlatti, spricht der Pater, als die Improvisation beendet ist und alle Echos am rechten Platz sind, Senhor Scarlatti, ich rühme mich nicht, in dieser Kunst mitreden zu können, bin aber überzeugt, daß selbst ein Indianer meiner Heimat, der hierüber noch weniger weiß als ich, von diesen himmlischen Harmonien verzückt wäre. Oder auch nicht, wandte der Musiker ein, bekanntlich will das Gehör erzogen sein, wenn es die musikalischen Klänge schätzen will, so wie die Augen es lernen müssen, die einzelnen Buchstaben in ihrer Lautung zusammenhängend zu lesen, und die Ohren, das Gesagte zu verstehen. Wohlbedachte Worte dies, die mein oberflächliches Reden zurechtrücken, die Menschen haben gemeinhin den Fehler, daß sie statt der Wahrheit eher das sagen, was der andere vermeintlich gern hört. Damit der Mensch sich an die Wahrheit hält, muß er zunächst die Fehler kennen.

Und sie begehen? Darauf kann ich nicht einfach mit Ja oder mit Nein antworten, ich denke aber, Fehler sind nötig.

Pater Bartolomeu de Gusmão stützte sich mit den Ellenbogen auf das Cembalo, schaute Scarlatti lange an, und derweil sie in Schweigen verharren, sagen wir uns, daß diese flüssige Unterhaltung zwischen einem portugiesischen Pater und einem italienischen Musiker wahrscheinlich nicht bare Erfindung ist, sondern als Transposition von Reden und Komplimenten gelten darf, die sie ohne Zweifel miteinander tauschten während dieser Jahre, im Schloß und außerhalb, wie in Fortführung hier gezeigt. Und sollte es überraschen, daß dieser Scarlatti binnen weniger Monate so gut Portugiesisch sprechen lernte, sei erstens nicht vergessen, daß er ein Musiker ist, und zweitens, daß er mit dieser Sprache seit sieben Jahren Umgang hat, denn in Rom war er in Diensten unseres Botschafters, und während seiner weiten Reisen und seiner Aufenthalte an Königshöfen und bischöflichen Residenzen vergaß er das Erlernte nicht. Allerdings, die Gelehrtheit des Dialogs betreffend, in Sache und treffendem Wort, da half jemand nach.

Sie haben recht, sagte der Pater, der Mensch ist nicht frei, wenn er meint, die Wahrheit zu sagen, der Irrtum liegt ihm wie eine Fessel an. Sowenig er frei ist, sich auf den Irrtum versteifen zu können, denn er ist zugleich an die Wahrheit gefesselt, entgegnete der Musiker. Hierauf der Pater: Erinnern Sie sich, als Pilatus Jesus fragte, was denn die Wahrheit sei, so erwartete er keine Antwort, auch blieb der Erlöser sie ihm schuldig. Vielleicht wußten beide, daß diese Frage keine Antwort hat. So besehen, wäre Pilatus Jesus gleich. Letzten Endes ja. Sollte die

Musik eine so vortreffliche Meisterin der Argumentation sein, möchte ich lieber Musiker sein, nicht Prediger. Besten Dank für das Kompliment, doch ich, Herr Pater Bartolomeu de Gusmão, ich wünschte mir, meine Musik vermöchte eines Tages Satz, Gegensatz und Schlußfolgerung zu geben, wie es Predigt und Rede tun. Besieht einer sich das Was und Wie genauer, dann allerdings, Senhor Scarlatti, erkennt er, daß da zumeist Qualm gegen Nebel gesetzt wird und die Schlußfolgerung ein Nichts ist. Der Musiker schwieg hierauf, und der Pater fuhr fort: Das fühlt jeder ehrliche Prediger, wenn er von der Kanzel steigt. Der Italiener zuckte die Achseln, sagte: Nach Musik und nach Predigt folgt die Stille, was soll der Predigt das Lob und der Musik der Applaus?, vielleicht ist das Schweigen das einzig Wirkliche.

Scarlatti und Bartolomeu de Gusmão schritten hinaus auf den Schloßplatz, trennten sich dort, der Musiker streifte durch die Stadt, Melodien zu finden, bis es Zeit wäre zu den Proben in der königlichen Kapelle, der Pater begab sich nach Hause, zu seiner Veranda, mit Blick auf den Tejo, das andere Ufer und die Niederungen von Barreiro, die Hügel von Almada und Pragal, und weit draußen, schon nicht mehr sichtbar, die Cabeça Seca do Bugio, welch heller Tag dies, als der Herrgott die Welt erschuf, sagte er nicht lediglich Fiat, nicht ein einziges Wort nur, in dem Falle sich die Welt in Gänze gleichgeblieben wäre, sondern er begab sich ans Werk und schuf, erschuf das Meer und schiffte darauf, erschuf die Erde, um landen zu können, und an manchen Orten verweilte er, an anderen zog er blicklos vorbei, hier ruhte er, und weil kein Menschenwesen zugegen war, das ihn hätte beobachten können, nahm er sein Bad, und da die Möwen sich dessen noch erinnern, sammeln sie sich scharenweise am Ufer, in Erwartung, daß Gott zurückkehre und in den Wassern des Tejo wieder bade, während andere Möwen, einmal wenigstens, danken wollen, daß sie als solche geboren wurden. Auch möchten sie wissen, ob Gott sehr gealtert ist. Es kam die Witwe des Stabträgers, dem Pater zu melden, daß die Mahlzeit serviert sei, draußen schritt ein Trupp Hellebardiere vorbei, gab einer Kutsche Geleit. Fern ihren Schwestern rastete eine Möwe auf dem First, der von Land wehende Wind hielt sie aufrecht, der Pater murmelte: Gesegnet seist du, Vogel. Und in seinem Herzen fühlte er sich von gleichem Fleisch und gleichem Blut, er schüttelte sich, ihm war, als wüchsen ihm Federn auf dem Rücken, ein Schauer überflog ihn, die Möwe entschwand, und er sah sich in einer Wüste verloren. In diesem Falle wäre Pilatus Jesus gleich, durchfuhr es ihn, er tauchte in die Wirklichkeit zurück, von Scham erfüllt, denn er kam sich nackt vor, abgebalgt, seine Haut im Mutterleib geblieben, und da sprach er laut: Gott ist eins.

Diesen ganzen Tag über blieb Pater Bartolomeu Lourenço in seinem Zimmer eingeschlossen, stöhnend, seufzend, aus Abend wurde Nacht, die Witwe des Stabträgers klopfte an die Tür, das Abendessen sei aufgetragen, doch der Pater speiste nicht, es schien, er rüstete zu großem Fasten, wollte sich Augen und Verstand schärfen, wiewohl er nicht wußte, was es da noch zu erkennen und zu verstehen gäbe, nachdem er den Möwen des Tejo das Einssein Gottes verkündet hatte, höchste Verwegenheit, daß indes Gott eins sei in Essenz, streiten selbst die Ketzer nicht ab, doch den Pater Bartolomeu Lourenço hatte man gelehrt, daß Gott, obzwar eins in Essenz, in Person dreifaltig sei, heut gaben selbige Möwen ihm aber Zweifel ein.

Hierüber wurde es tiefe Nacht, die Stadt schläft, und falls sie nicht schläft, harrte sie stumm, nur in Abständen rufen die Wachen Habt acht, damit nicht die französischen Korsaren hier landen, und Domenico Scarlatti, nachdem er Türen und Fenster geschlossen, setzt sich ans Cembalo, was ist dies für eine zarte Musik, die sich durch Ritzen und Kamine in Lissabons Nacht hinausschwingt, es hören sie die Soldaten der portugiesischen Garde und der deutschen Garde, und es verstehen die einen und die anderen sie, es hören sie träumend die im Freien auf Deck schlafenden Matrosen, und als sie aufwachen, erkennen sie die Melodie, es hören sie die Streuner in ihrem Schlupf am Flußufer unter den an Land gezogenen Booten, es hören die Mönche und die Nonnen von tausend Klöstern, und sie sagen: Das sind die Engel des Herrn, ein sehr fruchtbares Land dies für Wunder, es hören die vermummt lauernden Mörder sie, und die Niedergestochenen, die zu beichten nicht mehr begehren und von Sünde freigesprochen sterben, es hörte sie ein Gefangener der Heiligen Inquisition, in seinem tiefen Verlies, und ein Bewacher von nahebei legte ihm die Hände um den Hals und erdrosselte ihn, dieser Meuchelmord erspart ihm einen schlimmeren Tod, es hören sie, gar fern von hier, Baltasar und Blimunda auf ihrem Lager, und sie fragen: Was ist dies für Musik?, es hörte sie eher denn alle Bartolomeu Lourenço, weil in Nachbarschaft wohnend, er erhob sich aus dem Bett, zündete die Öllampe an, öffnete das Fenster, um besser zu hören. Mit den Klängen kamen die Riesenschnaken herein, ließen sich an der Decke nieder, zitternd zunächst auf ihren langen Beinen, dann reglos, als könnte das winzige Licht sie nicht locken, vielleicht hypnotisiert vom Kratzen der Feder, denn Pater

Bartolomeu Lourenço hatte sich hingesetzt, schrieb: Et ego in illo, und ich bin in ihm, als der Tag kam, schrieb er noch immer, es war die Predigt zum Corpus Christi, und vom Körper des Paters hatten sich in dieser Nacht die Schnaken nicht genährt.

Tage später, als Bartolomeu de Gusmão in der königlichen Kapelle weilte, sprach der Italiener ihn an. Nachdem sie erste beiläufige Worte gewechselt, traten sie durch eine Tür unter den Emporen des Königs und der Königin hinaus auf den Gang, der zum Palast führte, sie wandelten da auf und ab, mit gelegentlichem Blick auf die Wandbehänge aus Rasch, darauf die Historie Alexanders des Großen dargeboten, die Siege des Glaubens und des Sakraments, nach Rubens, die Geschichte des Tobias, nach Rafael, die Eroberung von Tunis, wenn diese Gewebe je Feuer fangen, bleibt kein Seidenfädchen übrig. In einem Ton, daran leicht zu erkennen, daß dies nicht ihr eigentliches Thema war, sprach Domenico Scarlatti zum Pater: Der König hat auf seiner Empore eine Kopie des Petersdoms von Rom, den er gestern in meinem Beisein zusammensteckte, für mich eine große Ehre. Mir wurde solche Auszeichnung noch nie zuteil, doch dies sage ich nicht irgendwie aus Neid, eher preise ich es, daß er in einem ihrer Kinder die italienische Nation ehrt. Man sagt mir, der König ist dem Bauen sehr zugetan, vielleicht darum baut er so gern eigenhändig das architektonische Hauptwerk der Mutter Kirche auf, wenn auch in verkleinertem Maßstab. Ganz anders sind da die Dimensionen der in Mafra geplanten Basilika, ein gigantisches Werk, darüber man noch in Jahrhunderten staunen wird. Wie verschieden doch die Werke von Menschenhänden, meine sind aus Tönen. Sie sprechen von den Händen? Von den Werken spreche ich, kaum geboren, sterben sie. Sie sprechen von den Werken? Von den Händen spreche ich, was wäre, wenn die Erinnerung fehlte und das Papier, auf die ich sie niederschreibe. Sie sprechen von den Händen? Ich spreche von den Werken.

Es scheint nur ein neckisches Spiel der Worte, ein Scherzen mit ihren Sinngehalten, das dieser Zeit eigen, ohne daß es äußerst auf das Verständnis ankäme, oder dies wird absichtlich verdunkelt. Wie wenn ein Prediger das Bildnis des heiligen Antonius anschreit, im Gotteshaus brüllt: Neger, Dieb, Betrunkener. Und nachdem er also die Zuhörer schockiert hat, hellt er den Beweggrund und Kunstkniff auf, die Bezichtigung war Täuschung, nun erklärt er, was er meinte: Neger, weil der Teufel ihm die Haut einfärbte, da er ihm nicht die Seele schwärzen konnte, Dieb, weil er der Maria aus den Armen ihren göttlichen Sohn entwendete, Betrunkener, weil trunken von der göttlichen Gnade, jedoch, o Prediger, hab acht, sooft du die Begriffe verdrehst, ungewollt gibst du Stimme der in dir schlafenden ketzerischen Versuchung, die sich in ihrem Dämmer unruhig hin und her wendet, und weiter rufst du: Fluch dem Vater, Fluch dem Sohn, Fluch dem Heiligen Geist und fährst fort: Dies schreien die Teufel in der Hölle. So glaubst du, der Aburteilung zu entgehen, doch jener, der alles sieht, nicht der blinde Tobias, sondern jener, der Finsternisse und Blindheit nicht kennt, er weiß, daß du zwei tiefe Wahrheiten sprachst, und er wird von den zweien eine wählen, die seine, doch weder du noch ich, wir wissen nicht, welche Gottes Wahrheit ist, viel weniger, ob er der wahre Gott ist.

Wortspiele, scheint es, die Werke, die Hände, der Klang, der Flug. Mir, Pater Bartolomeu de Gusmão, erzählte man, durch Ihrer Hände Werk habe sich ein Apparat in die Lüfte erhoben, sei geflogen. Die Leute erzählten Ihnen die Wahrheit dessen, was sie damals sahen, doch dann wurden sie blind für die Wahrheit, die sich hinter der ersten Wahrheit verbarg. Ich wünschte, ich verstünde besser, was Sie da sagen. Zwölf Jahre ist es her, seither hat sich die Wahrheit sehr gewandelt. Ich wiederhole, ich wünschte, besser zu verstehen. Was ist ein Geheimnis? Hierauf antworte ich, soweit ich mir vorstelle, ist nur die Musik ein Ding der Lüfte. Na, dann kommen Sie morgen mit zur Besichtigung eines Geheimnisses. Es stehen die zwei vor dem letzten Bildnis der Tobiasgeschichte, darauf die bittere Fischgalle dem Blinden das Augenlicht zurückgibt. Bitternis ist das Augenlicht der Sehenden, Senhor Scarlatti. Dereinst wird, Senhor Pater Bartolomeu de Gusmão, wird auch dies in Musik gesetzt werden.

Tags darauf, jeder auf einem Maultier, ritten sie nach São Sebastião da Pedreira. Der Innenhof zwischen Wohnresidenz auf der einen und Speicher samt Geräteschuppen auf der anderen Seite war frisch gekehrt. In einer Rinne floß Wasser, man hörte ein Schöpfwerk gehen. Die Gartenbeete nahebei waren bepflanzt und gepflegt, die Obstbäume ausgeästet und beschnitten, augenscheinlich erinnerte nichts mehr an die Gestrüppwildnis von vor zehn Jahren, als Baltasar und Blimunda zum erstenmal herkamen. Weiter hinten das Anwesen nach wie vor verwahrlost, zwangsläufig, sind doch zum Bearbeiten des Bodens nur drei Hände vorhanden, und sind diese ein gut Teil Zeit mit einem Werk befaßt, das nicht von dieser Erde ist. Aus dem Geräteschuppen, bei geöffneten Toren, hallt Arbeitslärm. Pater Bartolomeu Lourenço bat den

Italiener, draußen zu warten, und trat hinein. Baltasar, allein, hackte mit einer Krummhaue an einem langen Kantholz. Der Pater sagte: Guten Tag, Baltasar, heut bring ich einen Besucher, damit er sich die Maschine anschaut. Wer ist es? Jemand vom Hofe. Der König ganz bestimmt nicht. Eines Tages wird auch er kommen, neulich erst nahm er mich beiseite, fragte nur, wann er die Maschine fliegen sehen werde, nein, heute ist es jemand anders. Er wird erfahren, was wir bisher so geheimgehalten haben, und dies ist gegen unsere Abmachung, haben wir deshalb so viele Jahre geschwiegen? Ich bin der Erfinder des Riesenvogels, ich entscheide, was gut und richtig ist. Aber wir, wir bauen ihn, wenn Sie wollen, können wir ja gehen. Baltasar, ich kann es dir nicht erklären, doch ich spüre, die Person, die ich mitbringe, ist sehr verläßlich, für sie könnte ich die Hand ins Feuer legen oder meine Seele verpfänden. Eine Frau? Ein Mann, ein Italiener, seit einigen Monaten bei Hofe, er ist Musiker, Cembalolehrer der Infantin, Musikmeister in der königlichen Kapelle, er heißt Domenico Scarlatti. Scharlach. Es schickt sich nicht, ihn so zu nennen, aber was tut's?, darfst dennoch Scharlach zu ihm sagen, schließlich nennen alle ihn so, manche glauben, er heiße wirklich so. Der Pater wandte sich der Tür zu, blieb aber stehen und fragte: Wo ist Blimunda? Sie hält sich im Gemüsegarten auf, antwortete Baltasar.

Der Italiener hatte sich in den erfrischenden Schatten einer großen Platane gesetzt. Er schien nicht neugierig auf das, was ihn hier umgab, gelassen schweifte das Auge über die verschlossenen Fenster der Wohngebäude, das mit Gräsern bewachsene Gesims, ruhte auf der Dachrinne, über die hinweg Schwalben strichen, Insekten jagend.

Pater Bartolomeu Lourenço trat zu ihm, in der Hand ein Tuch, das er aus der Tasche gezogen hatte, und schalkhaft sprach er: Nur mit verbundenen Augen gelangt man zum Geheimnis. Hierauf der Musiker im gleichen Ton: Und kehrt oft blind zurück. Nicht hier, Senhor Scarlatti, Vorsicht, Stufe, dieser erhöhte Stein, und jetzt, bevor ich Ihnen die Binde abnehme, sage ich Ihnen, hier wohnen zwei Leute, ein Mann namens Baltasar Sieben-Sonnen und eine Frau, Blimunda, die ich, weil sie mit Sieben-Sonnen zusammen lebt, Sieben-Monde getauft habe, sie bauen an dem Apparat, den ich Ihnen zeigen werde, ich sage, wie ich es wünsche, und sie führen es aus, und nun dürfen Sie das Tuch abnehmen, Senhor Scarlatti. Bedächtig, so gelassen ruhig, wie er zuvor den Schwalben zugeschaut hatte, streifte der Italiener die Binde ab.

Vor ihm ein gigantischer Vogel, mit ausgebreiteten Schwingen, fächerförmigem Schwanz, langem Hals, der Kopf noch ungefüge, darum man nicht wußte, ob es ein Falke oder eine Möwe würde. Dies ist das Geheimnis? fragte er. Jawohl, und bisher kannten es ihrer drei, nunmehr vier, hier ist Baltasar Sieben-Sonnen, und Blimunda wird auch bald hiersein, sie ist im Gemüsegarten. Der Italiener machte eine leichte Verbeugung zu Baltasar hin, dieser antwortete mit einem tieferen, ungeschickt wirkenden Bückling, der Mechaniker war er, überdies verschmiert, vom Schmieden schwarz, an ihm glänzte, von der vielen, fortwährenden Beanspruchung her, einzig der Haken. Domenico Scarlatti trat an die Maschine heran, die an den Außenenden auf Pfähle gestützt war, er legte die Hand auf einen der Flügel, als wäre es eine Tastatur, und seltsam, der ganze Vogel erzitterte, trotz seiner

Schwere, seiner hölzernen Spanten, seiner Eisenlamellen, der geflochtenen Ruten, falls es Kräfte gab, die dies in die Lüfte höben, wäre der Mensch wohl zu allem fähig. Diese Flügel sind starr. So ist es. Kein Vogel vermag ohne Flügelschlag zu fliegen. Hierauf würde Baltasar antworten, daß es ausreicht, Vogelgestalt zu haben, um fliegen zu können, ich aber antworte, daß das Geheimnis des Flugs nicht in den Flügeln liegt. Und darf man dieses Geheimnis erfahren? Ich kann lediglich preisgeben, was hier offen zu sehen ist. Schon dies reicht, um Ihnen Dank zu sagen, aber wenn dieser Vogel fliegen soll, wie gelangt er ins Freie?, er paßt ja nicht durch das Tor.

Baltasar und Pater Bartolomeu Lourenço schauten sich betroffen an, blickten dann hinaus. Da stand Blimunda, mit einem Korb voll Kirschen, sie antwortete: Zeit zum Bauen, Zeit zum Einreißen, dem Dach haben Hände einst Ziegel aufgesetzt, andere Hände werden sie abreißen, auch die Mauern, falls nötig. Dies ist Blimunda, sagte der Pater. Sieben-Monde, fügte der Musiker hinzu. Sie hatte Kirschgehänge über den Ohren, hatte diese für Baltasar angelegt, schritt auf ihn zu, lächelnd, und bot ihm den Korb dar. Venus und Vulkan, durchfuhr es den Musiker, verzeihen wir ihm solch klassischen Vergleich, was weiß er schon, wie Blimundas von grobem Leinen verdeckter Leib wirklich ist, und Baltasar ist, dem Anschein entgegen, nicht lediglich schwarzer Feuerbrand, überdies er nicht wie Vulkan hinkt, allerdings ist er einarmig, wie Gott auch. Geschweige, daß für Venus, wenn sie Blimundas Augen hätte, alle Hähne der Welt singen würden und sie ohne Mühe in die Herzen der Liebenden schaute, in manchen Dingen ist der einfache Sterbliche den Göttern doch überlegen. Und freilich sticht auch Baltasar den Vulkan aus, denn der Gott verlor seine Göttin, dieser Mensch aber wird das Weib nicht verlieren.

Es setzten sich alle um die Zwischenmahlzeit, alle langten in den Korb, ein jeder draufzu, und schicklich nur insofern, als er nicht nach den Fingern der anderen grapschte. Jetzt die knorrige, wie der Stamm eines Ölbaumes so schründige Hand Baltasars, nun die weiche ekklesiastische Hand Pater Bartolomeu Lourenços, dann die griffsichere Hand Scarlattis, endlich Blimundas diskrete geschundene Hand, mit den schmutzigen Fingernägeln dessen, der aus dem Garten kam und, ehe er Kirschen gepflückt, Unkraut gejätet hatte. Alle werfen die Kerne auf den Erdboden, wäre der König hier, er stünde ihnen nicht nach, an kleinen Dingen beweist sich, daß in Wahrheit Mensch gleich Mensch ist. Groß und fleischig, diese Kirschen, manche schon angepickt von den Vögeln, einen Kirschgarten mag auch der Himmel haben, damit sich, zu gegebener Zeit, der Riesenvogel dort nähren kann, noch fehlt der Kopf, doch falls Möwe oder Falke, dürfen die Engel und die Heiligen gewiß sein, daß die Kirschen unversehrt bleiben, denn bekanntlich schmähen diese Vögel pflanzliche Nahrung.

Pater Bartolomeu Lourenço sagt: Das letzte Fluggeheimnis werde ich nicht preisgeben, aber wie ich es in der Bitt- und Denkschrift schon sagte, bewegt sich die Maschine samt und sonders vermöge einer Anziehungskraft, die dem Fallstreben schwerer Körper entgegengesetzt ist, sobald ich diesen Kirschkern loslasse, fällt er zu Boden, nun, die Schwierigkeit besteht darin, ihn zum Steigen zu bringen. Ist es Ihnen gelungen? O ja, das Geheimnis hab ich gefunden, sammeln und zusammentragen gilt es nun, das wird die Arbeit von uns dreien sein. Einer irdischen Dreifaltigkeit aus Vater, Sohn und Heiligem Geist. Baltasar und ich sind beide fünfunddreißig, also gleichaltrig, könnten darum nicht Vater und Sohn sein, wären der Natur nach eher Brüder, Zwillinge, allein er wurde in Mafra geboren, ich in Brasilien, und äußerlich ähneln wir uns in nichts. Und was den Geist betrifft? Da wäre mir wohl Blimunda am nächsten, im Falle einer unirdischen Dreifaltigkeit. Auch ich bin fünfunddreißig, aber in Neapel geboren, auch wir könnten nicht Zwillinge der Dreifaltigkeit sein, und wie alt ist Blimunda? Ich bin achtundzwanzig und habe weder Bruder noch Schwester. Während Blimunda dies sagte, hob sie da im Halbschatten des Schuppens den Blick, fast weiß waren ihre Augäpfel, und Domenico Scarlatti hörte in seinem Innern die tiefste Saite einer Harfe anschlagen. Baltasar hob den fast leeren Korb am Haken in die Höhe und sagte entschieden: Zu Ende die Mahlzeit, nun an die Arbeit.

Pater Bartolomeu Lourenço lehnte eine Leiter an den Riesenvogel, für den Fall, daß Senhor Scarlatti das Innere seiner Flugmaschine sehen möchte. Beide stiegen hinauf, der Pater mit der Skizze in der Hand, und drin, sozusagen über das Schiffsdeck schreitend, erklärte er Anordnung und Zweck der verschiedenen Teile, der Drähte mit dem Bernstein, der Hohlkugeln, der Eisenlamellen, er wiederholte, daß dies alles vermöge Anziehung arbeitete, doch sprach er weder von der Sonne noch vom Inhalt der Hohlkugeln, der Musiker aber fragte: Und was zieht denn den Bernstein an? Vielleicht bewirkt Gott dies, in dem ja alle Kraft wohnt, antwortete der Pater. Und der Bernstein, was zieht denn er an? Das, was sich in den Kugeln befindet. Ist dies das Geheimnis? Ja, das Geheimnis. Ist es mineralischer, pflanzlicher oder tierischer Natur? Nicht mineralisch, nicht pflanzlich, nicht tierisch. Alles ist entweder mineralisch oder pflanzlich oder tierisch. Nicht alles, die Musik zum Beispiel. Pater Bartolomeu de Gusmão will mir gewiß nicht sagen, diese Kugeln enthielten Musik. Nein, aber wer weiß, vielleicht vermag auch Musik die Maschine in die Höhe zu heben, hierüber muß ich nachdenken, denn wenig fehlt und ich selber schwinge mich in die Lüfte, sooft ich Sie das Cembalo spielen höre. Sie belieben zu scherzen. Weniger als Sie meinen, Senhor Scarlatti.

Am Abend machte sich der Italiener auf den Rückweg. Pater Bartolomeu Lourenço würde die Nacht hier verbringen, den Besuch diesmal nutzte er zur Erprobung seiner Predigt, denn bis zum Fronleichnamsfest waren es nur noch wenige Tage. Den Gast verabschiedete er mit den Worten: Senhor Scarlatti, wenn Sie den Hof leid sind, erinnern Sie sich dieses Ortes. Werde ich gewiß tun, und falls ich Baltasar und Blimunda damit bei der Arbeit nicht störe, bringe ich ein Cembalo mit und spiele ihnen und dem Riesenvogel vor, vielleicht kann sich meine Musik mit dem geheimnisvollen Element der Kugeln in eins verbinden. Baltasar meldete sich unversehens, sagte: Herr Scharlach, Sie sind stets gern gesehen, sofern der Herr Pater Bartolomeu Lourenço es gestattet, aber... Aber? An Stelle meiner linken Hand habe ich diesen Haken oder statt dessen einen Stachel und über dem Herzen ein Kreuz aus Blut. Blut von mir, fügte Blimunda hinzu. Falls Sie mich akzeptieren, will ich allen ein Bruder sein, sagte Scarlatti. Baltasar begleitete ihn hinaus, half ihm auf das Maultier. Herr Scharlach, falls ich Ihnen beim Herbringen des Cembalos behilflich sein kann, ein Wort von Ihnen genügt.

Es wurde Nacht, Pater Bartolomeu Lourenço speiste mit Sieben-Sonnen und Sieben-Monde Pökelsardine und einen Eiauflauf, dazu Wasser aus dem Krug und grobes, hartes Brot. Zwei Öllichter gaben dem Schuppen spärliche Helle. In den Ecken schien sich das Dunkel zu ballen, es drängte vor und wich zurück im Flackern der kleinen, schwachen Lichter. Der Schatten des Riesenvogels bewegte sich über die weiße Wand. Der Abend sehr warm. Draußen, über dem First des gegenüber befindlichen Wohngebäudes, am hohl wirkenden Himmel, prangten Sterne. Der Pater trat auf den Hof, atmete tief, versenkte sich in den Anblick der glänzenden Straße, die das Himmelsgewölbe querte, hinwärts nach Santiago, vielleicht hatten Pilgeraugen einst den Himmel so gebannt angestarrt, daß ihr Licht darauf haftenblieb. Gott ist eins in Essenz und Person, schrie Bartolomeu Lourenço auf. Blimunda und Baltasar starrten zur Tür heraus, nicht daß des Paters Rufe sie gewundert hätten, doch so außer sich hatte er den Himmel noch nie angeschrien. Nach einer Pause, in der nur das Zirpen der Grillen zu hören war, abermals die Stimme: Gott ist eins in Essenz und dreifaltig in Person. Beim ersten Schrei war nichts geschehen, auch jetzt geschah nichts. Bartolomeu Lourenço trat zurück in den Schuppen und sprach, an die beiden gewandt: Ich habe zwei gegenteilige Behauptungen von mir gegeben, sagt, welche scheint euch die rechte. Ich weiß nicht, sagte Baltasar. Ich auch nicht, sagte Blimunda. Der Pater wiederholte: Gott ist eins in Essenz und Person, Gott ist eins in Essenz und dreifaltig in Person, welches ist das Wahre und welches falsch? Wissen wir nicht, sagte Blimunda, wir verstehen den Sinn der Worte nicht. Aber du glaubst an die Allerheiligste Dreifaltigkeit, an den Vater, den Sohn und den Heiligen Geist?, ich rede von dem, was die heilige Kirche lehrt, nicht von dem, was der Italiener sagt. Ja, ich glaube. Dann also ist Gott für dich in Person dreifaltig. So wird's sein. Und wenn ich jetzt behaupte, daß Gott eine einzige Person ist, daß er allein die Welt erschuf und die Menschen, glaubst du dies? Wenn Sie sagen, daß es so ist, glaube ich's. Ich sage dir nur, du sollst glauben, woran, das vermag ich selber nicht zu sagen, doch diese meine Worte behalte für dich, und du, Baltasar, was ist deine Meinung? Seit ich an dieser Maschine baue, denke ich über solche Dinge nicht mehr nach, vielleicht ist Gott ein, vielleicht drei, oder gar vier, man merkt keinen Unterschied, vielleicht ist Gott der allein Überlebende eines Heers von hunderttausend Soldaten, ist darum zugleich Soldat, Hauptmann und General, auch einarmig, wie es mir erklärt wurde, und das letztere glaub ich in der Tat. Pilatus fragte Jesus, was denn nun die Wahrheit sei, Jesus aber antwortete nicht. Vielleicht war es noch viel zu früh, dies zu wissen, sagte Blimunda, dann begab sie sich mit Baltasar zu dem Stein neben dem Tor, auf dem sie gelegentlich saßen und einander das Ungeziefer suchten, diesmal schnallte sie die Riemen auf, die den Haken hielten, dann legte sie sich den Stumpf in den Schoß, um ihm etwas von jenem großen untilgbaren Schmerz zu nehmen.

Et ego in illo, sagte Pater Bartolomeu Lourenço drin im Schuppen, so das Thema der Predigt, diesmal jedoch war er nicht auf die Wirkung seiner Stimme aus, keine die Zuhörerschaft zum Erbeben bringenden Tremolos, keine wiederholten Anrufungen, nicht bedeutungsvolle

Pause. Er sprach die niedergeschriebenen Worte, andere drängten sich ihm unversehens auf, stellten jene in Abrede oder zogen sie in Zweifel oder legten ihnen einen anderen Sinn bei. Et ego in illo, jawohl, und ich bin in ihm, ich Gott, in ihm Mensch, in mir, der ich Mensch bin, du bist, der du Gott bist, Gott paßt in den Menschen, aber wie kann Gott im Menschen Raum haben, wenn Gott so groß ist und der Mensch ein so winziges Teil seiner Schöpfung?, die Antwort ist, daß Gott sich im Menschen behält vermittels Sakrament, klar dies, äußerst klar, aber damit er im Menschen sei kraft Sakrament, muß der Mensch ihn annehmen, und so ist Gott im Menschen nicht dann, wenn er selber es möchte, sondern wenn der Mensch ihn anzunehmen wünscht, so besehen der Schöpfer gewisserweise zu einem Geschöpf des Menschen wurde, ah, dann allerdings war das wider Adam begangene Unrecht groß, denn in ihm wohnte Gott noch nicht, weil es damals das Sakrament nicht gab, und Adam darf Gott sehr wohl zürnen, daß der ihm, einer einzigen Sünde wegen, den Baum des Lebens für immer verbot und ihn für immer aus dem Paradies verstieß, dahingegen die Abkömmlinge desselben Adam, behaftet mit vielen, noch schrecklicheren Sünden, Gott in sich tragen und vom Baum des Lebens essen, ohne Zweifel noch Hindernis, Adam wurde bestraft, weil er Gott ähneln wollte, die Menschen jetzt tragen Gott in sich und werden nicht bestraft, oder sie mögen ihn nicht empfangen und werden erst recht nicht bestraft, drum Gott haben und nicht haben wollen ein und dieselbe Absurdität ist, die gleiche Unmöglichkeit, und dennoch Et ego in illo, Gott ist in mir, oder in mir ist Gott nicht, wie finde ich aus diesem Geschlinge von ja und nein, von nein und ja, aus dem Ja, das ein Nein ist, gegensätzliches Zueinanderwollen, einander anziehende Gegensätzlichkeiten?, wie gelange ich heil über des Messers Schneide hinweg?, also, wenn ich jetzt zusammenfasse: bevor Christus Mensch wurde, war Gott außerhalb des Menschen, konnte nicht in ihm sein, dann, durch das Sakrament, gelangte er in ihn hinein, so ist der Mensch beinahe Gott oder wird am Ende Gott höchstselbst sein, o ja, wenn Gott in mir ist, so bin ich Gott, und ich bin Gott nicht dreifaltig oder vierfaltig, sondern in einer einzigen Person, eins wie Gott, Gott wir, er ich, ich er. Durus est hic sermo, et quis potest eum audire.

Die Nacht brachte Kühle. Blimunda war eingeschlafen, den Kopf gegen Baltasars Schulter gelehnt. Später trug er sie hinein, sie legten sich hin. Der Pater ging in den Hof hinaus, die ganze Nacht blieb er draußen, dort stand er, schaute er zum Himmel auf, murmelte er in Versuchung.

Monate später schrieb ein Pater der Heiligen Inquisition in seinem Zensurgutachten zur Predigt, daß der Verfasser derselben eher Beifall verdiente, er ein Geringes an Befürchtungen auslöste, es sei da mehr Bewunderung denn Zweifel angebracht. Eine Spur von ungutem Gefühl mag dieser Bruder Manuel Guilherme aber gehabt haben, sosehr er die Bewunderung billigte und den Beifall guthieß, hatte er doch wohl einen Dufthauch Ketzerei in der Nase, denn so ganz konnte er die Bedenken und Zweifel nicht abstellen, die ihm die Predigt bei Lektüre und frommem Flöhen eingab. Und ein anderer Gutachter, der ehrwürdige Pater Dom António Caetano de Sousa, als die Reihe an ihm ist, zu lesen und zu zensieren, er bestätigt, daß dieses eingesehene Papier nichts dem heiligen Glauben und den guten Sitten Abträgliches enthält, es weckt weder Zweifel noch Befürchtungen, die den ersten Gutachter offenbar in Sorge versetzten, und er hebt, als abschließenden Spruch, gebührlich das Wohlwollen hervor, mit dem der Hof Doktor Bartolomeu Lourenço de Gusmão in so reichem Maße auszeichnet, so also der Palast mögliche Schwarzstellen in der Doktrin, die sich bei eingehenderem Suchen vielleicht finden ließen, von sich aus weiß streicht. Allerdings, das letzte Urteil obliegt Bruder Bonaventura de São Gião, dem Zensor des Hofes, der sich in Staunen und Lob ergeht und dann zu dem Schluß gelangt, Schweigen wäre seinen Stimmen am zuträglichsten, denn, so sagt er, aufgehoben würden diese mehr Aufmerksamkeit erregen und stumm größere Würde strahlen. Da müssen denn wir, die wir von der Wahrheit mehr kennen, uns fragen, welch andere Donnerstimmen oder noch schrecklicheres Schweigen wären die Antwort auf jene Worte, die im Hof des Landsitzes der Aveiros zu den Sternen hinaufschwangen, unterdessen Baltasar und Blimunda, beide erschöpft, Nachtschlaf hielten und der Riesenvogel im Schuppen alle seine Eisen schärfte, um zu verstehen, was ihr Schöpfer da draußen sagte.

Drei oder gar vier verschiedene Leben hat Pater Bartolomeu Lourenço, aber nur eines, wenn er schläft, und träumt er dann wirr durcheinander, vermag er es, im wachen Zustand, nicht zu entwirren, war er im Traum der Pater, der an den Altar trat, die Messe kanonisch zu lesen?, war er das so sehr geschätzte Akademiemitglied, daß der König im Hohl der Tür, hinter dem Vorhang, seiner Predigt inkognito lauscht?, war er der Erfinder der Flugmaschine und verschiedener Möglichkeiten, ohne Einsatz von Menschen die wasserziehenden Schiffe leer zu pumpen?, oder war er dieser andere, zusammengesetzte, von Schrecken und Zweifeln gepeinigte Mensch, der Prediger ist in der Kirche, Gelehrter in der Akademie, Höfling am Hofe, Visionär und Bruder von plebejischen Mechanikermenschen in São Sebastião da Pedreira und der sehnsuchtsvoll bang in den Traum hindrängt, zu jener heikel zerbrechlichen Einheit, die, sobald er die Augen auftut, zersplittert, da bedarf es nicht einmal Blimundas Nüchternis. Er betreibt nicht mehr die wohlbekannte Lektüre der Kirchendoktoren, der Kanonisten, der scholastischen Varianten über Essenz und Person, als wäre die Seele die Worte leid, doch da der Mensch das einzige sprechbegabte Tier ist und des Schreibens kundig, sofern man es ihm beibrachte, wiewohl er noch viele Jahre braucht, damit er zum Menschen aufsteige, prüft Pater Bartolomeu Lourenço eingehend das Alte Testament, studiert er es, namentlich die fünf ersten Bücher, den Pentateuch, von den Juden Thora genannt, und auch den Koran. In einem beliebigen Menschen von uns würde Blimunda die Organe sichten, auch die Willenskräfte, doch Gedanken kann sie nicht lesen, noch würde sie diese verstehen, zu erleben, wie ein Mensch, dies nur eben in Gedanken möglich, so gegensätzliche und einander feindliche Wahrheiten denken kann und dabei nicht den Verstand verliert, solches sähe sie hier, denn solches denkt er.

Die Musik, das ist eine andere Sache. Domenico Scarlatti brachte in den Schuppen ein Cembalo, nicht er schleppte es an, sondern zwei Lastträger, mit Tragestange, Seil, Gefluche und viel Stirnschweiß, in der Rua Nova dos Mercadores gekauft und von da bis São Sebastião da Pedreira geschleppt, wo es gehört würde, Baltasar begleitete sie, wies ihnen den Weg, andere Hilfe begehrten sie nicht, zu solchem Transport gehört Wissen und Können, es gilt, das Gewicht richtig zu verteilen und die Kräfte abzustimmen wie für die Pyramide beim Bica-Tanz, es gilt, die Nachgiebigkeit der Stricke und die Elastizität der Stange zu beachten, um dem den Gang rhythmisch anzugleichen, nun ja, Berufsgeheimnisse, so viel wert wie andere auch, und möglichst sehr geheimgehalten. Die Schlepper hieß man das Cembalo draußen vor dem Portal absetzen, damit sie ja nicht die Flugmaschine zu Gesicht bekämen. Baltasar und Blimunda wuchteten es in den Schuppen, wuchteten weniger des Gewichts wegen, sondern weil ihnen Wissen und Können fehlte, auch jammerten die schwingenden Saiten schmerzbekümmert, daß ihnen dies alles bezweifelbar und äußerst zerbrechlich schien. Noch an diesem Nachmittag kam Domenico Scarlatti, er setzte sich ans Cembalo, um es zu stimmen, Baltasar indessen flocht Weidenruten, und Blimunda nähte Segeltuch, lautlose Arbeiten, die den Musiker nicht störten. Und als Scarlatti das Stimmen abgeschlossen hatte, nicht ohne zuvor die beim Transport verschobenen Docken wieder richtig eingesetzt und die Federkiele einen um den anderen geprüft zu haben, begann er zu spielen, ließ zunächst die Finger über die Tasten gleiten, befreite gleichsam die Noten aus ihren Gefängnissen, dann sammelte er die Töne in kleinen Pulks, suchend und findend, wiederholend und entlangirrend, zwischen Satz und Satzteil, endlich in neue Rede bindend, was zuvor splittrig und voll Widerspruch schien. Von Musik verstanden Baltasar und Blimunda wenig, sie kannten nur Priesterlitanei, opernhaft aufwallendes selten gehörtes Tedeum, volkstümliche Weisen vom Lande und aus der Stadt, ein jeder seins, nichts aber vergleichlich diesen Klängen, die der Italiener aus dem Cembalo holte, wie Kinderspiel und wie Zornesgrollen, als vergnügten Engel sich und zürnte Gott.

Nach einer Stunde erhob sich Scarlatti vom Cembalo, er breitete ein Segeltuch darüber, sprach zu Baltasar und Blimunda, die ihre Arbeit unterbrochen hatten: Sollte der Riesenvogel von Pater Bartolomeu de Gusmão eines Tages wirklich aufsteigen, möchte ich mitfliegen und im Himmel spielen. Blimunda erwiderte: Wenn die Maschine fliegt, wird der ganze Himmel voll Musik sein. Und

Baltasar, der sich des Kriegs entsann: Falls nicht der ganze Himmel eine Hölle ist. Sie können nicht lesen und schreiben, diese zwei, und sagen Dinge, die unmöglich waren zu jener Zeit und an jenem Ort, falls alles seine Erklärung hat, suchen wir die hierzu gehörige, und finden wir sie jetzt nicht, so sei es ein andermal. Viele Male kam Scarlatti zum Landsitz des Herzogs von Aveiro, und nicht immer spielte er, manchmal jedoch bat er, daß sie die lauten Arbeiten nicht unterbrächen, die Schmiedeesse weiter fauchte, der Hammer den Amboß schlüge, das Wasser im Kochtopf summte, vor Lärm im Schuppen war dann das Cembalo kaum zu hören, und dennoch spann der Tonmeister seine Musik heiter gelassen, als umgäbe ihn das große Schweigen der Himmelshöhen, wo er dereinst zu spielen wünschte.

Suche ein jeder sich auf seine Weise sein Wohlgefallen, was immer dies sei, schlicht eine Landschaft mit einem Stückchen Himmel darüber, eine Stunde des Tages oder der Nacht, zwei Bäume, oder drei, sofern von Rembrandt gemalt, ein Murmeln, ohne daß wir wüßten, ob damit der Weg geschlossen oder endlich aufgetan wird, und wohin, vielleicht zu einer anderen Landschaft oder Stunde, einem anderen Baum oder einem anderen Murmeln, siehe diesen Pater, der einen Gott aus seinem Innern reißt und sich einen anderen einpflanzt, ohne recht zu wissen, welchen Vorteil ihm der Tausch bringt, siehe diesen Musiker, der eine solche und keine andere Musik zu komponieren wüßte, der in hundert Jahren tot sein wird, dann nicht mehr die erste Sinfonie der Menschheit hören wird, die man irrtümlich die Neunte nennt, siehe diesen einarmigen Soldaten, den die Ironie der Zufälle zum Flügelhersteller machte, ohne daß er es je über den

Infanteristen hinausgebracht hätte, manchmal weiß der Mensch, was ihn erwartet, dieser weiß es weniger als jeder andere, siehe diese Frau mit ihrer Augen Übermaß, sie geboren, um Willenskräfte aufzuspüren, und doch gedieh es nicht über Taschenspielerei und Hausiererkram hinaus, ihre Hinweise auf Tumor, strangulierten Fötus, Silbermünze, nun freilich wird man von ihr die größeren Werke erleben, zu denen sie erkoren ist, sobald Pater Bartolomeu Lourenço auf dem Landsitz in São Sebastião de Pedreira erscheint und sagt: Blimunda, Lissabon wird von einer schlimmen Seuche heimgesucht, in allen Häusern sterben Leute, mir kam da der Gedanke, daß es die beste Gelegenheit ist, die Willenskräfte der Sterbenden einzusammeln, falls sie noch in deren Besitz sind, ich muß dir aber sagen, daß dir große Gefahr droht, wenn du also nicht möchtest, so laß es bleiben, ich würde dich nicht zwingen, selbst wenn ich dazu ermächtigt wäre. Was ist es für eine Seuche? Ein Schiff, heißt es, hat sie aus Brasilien eingeschleppt, zuerst tauchte sie in Ericeira auf. Mein Zuhause liegt nahebei, sagte Baltasar. Hierauf der Pater: Es gibt keine Kunde, daß in Mafra Leute gestorben wären, doch was die Seuche betrifft, den Anzeichen nach ist es das schwarze Erbrechen oder das Gelbfieber, der Name tut wenig zur Sache, aber die Leute sterben wie die Fliegen, entscheide du, Blimunda. Blimunda erhob sich von dem Hocker, sie klappte den Deckel der Truhe auf und holte ein Glasfläschchen hervor, wieviel Willenskräfte mochten drin sein, gegen hundert?, das wäre, da ihrer so viele benötigt wurden, beinahe ein Nichts, dennoch war es eine lange, beschwerliche Jagd gewesen, viel Fasten, bisweilen verloren in einem Labyrinth, wo ist denn die Willenskraft?, ich sehe sie nicht, ich sehe nur

Innereien und Knochen, das sterbende Geflecht der Nerven, das Meer aus Blut, die breiige Speise im Magen, die Exkremente endlich. Wirst du hingehen? fragte der Pater. Ja, ich gehe, antwortete sie. Aber nicht allein, sagte Baltasar.

Tags darauf, in aller Früh, regnerisch war's, verließen Blimunda und Baltasar den Landsitz, sie nüchternen Magens, er trug im Ranzen die Nahrung für beide, wenn Blimunda dann, erschöpft oder nach zufriedenstellender Ernte, essen dürfte oder müßte. Viele Stunden lang an diesem Tag wird Baltasar Blimundas Antlitz nicht sehen, sie voraus und es ihm stets sagend, falls sie sich umdrehen muß, es ist schon ein gar merkwürdiges Spiel, sie will nicht sehen, er nicht gesehen werden, einfach scheint's, doch nur sie wissen, was es sie kostet, einander nicht anzuschauen. Darum, gegen Tages Ende hin, wenn Blimunda gegessen hat und ihre Augen zum gemeinen Menschsein zurückfanden, wird Baltasar fühlen, wie sein eigener tauber Körper aufwacht, der weniger vom Weg müde ist als davon, daß er ihren Augen stets ausweichen mußte.

Blimunda hat die Sterbenden aufgesucht. Wo sie hinkommt, empfängt man sie mit Preis und Dank, fragt nicht erst, ob sie Anverwandte oder Freundin des Hauses ist, hier in der Straße wohnhaft oder in einem anderen Viertel, und da diese Welt so sehr gedrillt ist auf Werke der Barmherzigkeit, werden die Leute diese zuweilen gar nicht erst gewahr, es füllte sich das Zimmer des Kranken, voll ist das Treppenhaus, ein beständiges Auf und Ab, ein Gerenne: der Pater, der die Letzte Ölung gab oder geben wird, der Arzt, sofern man es der Mühe für wert befand, ihn zu rufen, und ihn auch bezahlen konnte, der zur Ader lassende Bader, der, das Messer abwischend, von Haus zu Haus eilt, und keiner achtet drauf, daß da eine Diebin kommt und geht, mit ihrem in Tücher eingeschlagenen Fläschchen, drin am Boden der gelbe Bernstein haftet, dran die gestohlenen Willenskräfte klebenbleiben wie Vögel an der Leimrute. Zwischen São Sebastião und dem Tejoufer trat Blimunda in zweiunddreißig Häuser, sammelte vierundzwanzig geschlossene Wolken ein, bei sechs der Kranken fehlten sie, vielleicht langher schon verloren, während sich die restlichen zwei so fest an den Körper krallten, daß wahrscheinlich nur der Tod sie von da lösen konnte. In weiteren fünf Häusern, die sie besuchte, war schon nicht Willenskraft und nicht Seele mehr, nur ein toter Leib, etliche Tränen oder viel Gejammer.

Überall wurde mit Rosmarin geräuchert, um die Seuche abzuwehren, auf den Straßen, in den Hauseingängen, hauptsächlich in den Krankenstuben, die Luft war blau vor Qualm und duftete, als wär's nicht mehr die in gesunden Tagen stinkende Stadt. Großer Nachfrage erfreuten sich die Zungen des heiligen Paul, das sind Steine vom Aussehen einer Vogelzunge, die man am Strand zwischen São Paulo und Santos findet, es mag der Heiligkeit dieser Orte wegen sein oder der Heiligung, die ihre Namen diesen geben, jedenfalls weiß alle Welt, daß diese Steine als auch andere, runde, von der Größe der Kichererbse, eigens die bösartigen Fieber mit überwältigender Kraft abwehren, weil sie aus feinstem Staub sind und die übermäßige Hitze lindern, den Blasengrieß kleiner machen und bisweilen den Schweiß treiben. Ebendieser Staub, Steinabrieb, er schützt vor Gift, ganz gleich welcher Art und wie es verabreicht wurde, am wirksamsten noch vor Bissen von Gifttieren, flugs die Zunge des heiligen Paul oder die Kichererbse auf die Wunde gelegt, und schon ist das Gift herausgesaugt. In diesem Falle nennt man die Steine Vipernaugen.

Bei so vielen Heil- und Rettungsmitteln ist es ein Rätsel, wieso dennoch Menschen sterben, da muß Lissabon vor Gottes Auge irgendeine unverzeihliche Sünde begangen haben, denn es raffte die Seuche binnen drei Monaten viertausend Menschen hin, will heißen mehr als vierzig pro Tag zu begrabende Leichen. Da waren die Strände von Steinen leergefegt und stumm die Zungen der Sterbenden, letztere nicht im Vermögen zu erklären, daß besagte Arznei sie nicht heilen würde. Und hätten sie es vermocht, so wäre dies nur eben der Beweis für ihre Unbußfertigkeit gewesen, denn es bestand kein Grund, baß zu zweifeln, daß zu Staub zerriebene und der Herzstärkung oder der Brühe beigemischte Steine böses Fieber kurieren könnten, war doch weitum bekannt, was der Mutter Teresa von der Verkündigung widerfuhr, diese war gerade dabei, Konfekt herzustellen, als ihr der Zukker ausging, sie schickte zur Nonne eines anderen Klosters um Zucker, doch diese ließ ausrichten, der ihre sei minderer Qualität, Zusendung lohne nicht, Mutter Teresa sich somit in äußerster Bekümmernis sah, und was mach ich jetzt aus meinem Leben?, da mach ich halt Karamel, das ist weniger fein, wohlverstanden, nicht aus ihrem eigenen Leben machte sie Karamel, sondern aus dem Zucker, doch als der Fäden ziehen sollte, klumpte er dermaßen und färbte sich so gelb, daß er eher Baumharz schien denn genießbare Süßigkeit, ach, da war der Kummer noch größer, kein weiterer Zucker beschaffbar, die Nonne wandte sich an den Herrn, rief ihn zu seiner Verantwortung, die Methode fruchtet üblicherweise, erinnern wir uns des heiligen Antonius und der silbernen Lampen: Du, Herr, weißt, daß ich anderen Zucker nicht habe noch mir irgendwo welchen beschaffen könnte, nicht mein Werk ist's, sondern deins, du bestimmst, was dir dienen soll, du verleihst die Kraft, nicht ich. An dieser Stelle überlegte sie, daß Einschüchterung vielleicht noch nicht reichte, sie schnitt ein Stückchen vom Strick des Herrn ab, legte es mit in den Topf, gesagt, getan, der so klumpige gelbe Zucker nahm Weiße an und ging auf, es gerieten ihr Bonbons von einer Güte, wie in der Klöstergeschichte noch nie gehabt, denk einer. Und wenn heute solche Konfektwunder nicht mehr stattfinden, dann weil der Strick des Herrn sich aufbrauchte, er, in kleinste Stückchen geteilt, an so viele Nonnenorden und Konfektherstellerinnen ging, wie es nur gab, das sind Zeiten, die nie wiederkommen.

Blimunda und Baltasar, ermüdet nach langem Marsch treppauf und treppab, kehrten zum Landsitz zurück, sieben erloschene Sonnen, sieben bleiche Monde, sie in unerträglichem Ekel, als kehrte sie aus einer Schlacht heim und hätte dort tausend von Artillerie zerfetzte Leiber gesehen, er indes, wenn er eine Vorstellung haben will, was Blimunda gesehen hat, er braucht lediglich seine Erinnerungen an den Krieg und an das Schlachthaus zu verbinden. Sie legten sich schlafen, in dieser Nacht begehrten ihre Körper einander nicht, weniger aus Müdigkeit, die, das wissen wir, den Sinnen gar oft eine gute Ratgeberin ist, sondern wegen eines gleichsam überscharfen Bewußtseins der inneren Organe, als hätten diese sich ihnen aus dem Hautsack hervorgestülpt, vielleicht ist es schwierig, dies zu erklären, jedenfalls mit der Haut begegnen sich die Körper, erkennen einander, nehmen einander an, und es finden gewisse tiefe Vortriebe, gewisse Intimkontakte zwischen Schleimhaut und Haut statt, so merkt man diesen Unterschied fast nicht, es ist, als hätte man eine viel frühere Haut gesucht und gefunden. Die zwei schlafen, unter einer alten Decke, noch nicht einmal entkleidet, es verwundert, daß ein so großes Unternehmen zwei Vagabunden übertragen wurde, schlimmer jetzt, da ihre jugendliche Frische schon erloschen ist, sie gleichen Steinen aus dem Fundament, schmutzig von der Erde, der sie verstärkenden Halt geben, und gleich diesen erdrückt von der Last, die über sie kommen wird. Der Mond ging spät auf, sie schliefen schon, sahen ihn nicht, doch der Schein fiel durch die Fenster herein, streifte langsam durch den ganzen Schuppen, über den Flugapparat hinweg und, im Vorübergleiten, erhellte das Glasfläschchen, drin erkennbar die geschlossenen Wolken, vielleicht weil niemand spähte, vielleicht weil dieses Licht Unsichtbares sichtbar machen konnte.

Pater Bartolomeu Lourenço zeigte sich zufrieden mit der Ernte, es war der erste Tag gewesen, sie auf gut Glück losgeschickt, mitten hinein in eine von Epidemie und Trauer gepeinigte Stadt, hier sind vierundzwanzig Willenskräfte, die zu Buche schlagen. Einen Monat später barg die Flasche, so rechneten sie, ein gutes Tausend an Willenskräften, hinlängliche Hebekraft für eine der Hohlkugeln, schätzte der Pater, somit Blimunda die zweite Flasche ausgehändigt wurde. Schon war in der Stadt viel die Rede von dieser Frau und diesem Mann, die Lissabon von einem Ende zum anderen durchmaßen, ohne Angst vor Ansteckung, sie voraus, er ihr hinterdrein, schweigend durch die Straßen wandelnd, stumm bei ihrem kurzen Verweilen in Häusern und Wohnungen, sie die Augen gesenkt, sooft sie an ihm vorbei mußte, und wenn dieser tagtägliche Fall nicht größere Verwunderung und größeren Verdacht erregte, so weil es inzwischen hieß, sie wandelten in Buße, ein von Pater Bartolomeu Lourenço erfundener strategischer Behelf, als erstes Gemurr aufkam. Mit ein bißchen zusätzlicher Phantasie hätte er aus dem geheimnisvollen Paar zwei Gesandte des Himmels machen können, die den Sterbenden den Hinübergang erleichterten, Kräftigung gaben der durch fortwährende Anwendung vielleicht schon schwach gewordenen Letzten Ölung. Ein Nichts langt hin, den guten Ruf zu zerstören, fast ein Nichts langt hin, ihn zu erwirken und wiederzubewirken, sofern einer nur den Weg zum Ohr jener Leute findet, die einem aus Gutgläubigkeit oder Eigennutz zum unschuldigen oder komplizenhaften Echo werden.

Als die Seuche erlosch, die Todesfälle abnahmen und man fortan aus anderen Gründen starb, bargen die Fläschchen, gut gerechnet, schon zweitausend Willenskräfte. Da nun erkrankte Blimunda. Sie hatte keine Schmerzen, man spürte kein Fieber an ihr, doch wirkte sie abgezehrt und so bleich, daß ihre Haut durchsichtig schien. Sie lag auf dem Strohsack, die Augen immerfort geschlossen, bei Tag und bei Nacht, aber nicht, als ob sie schliefe oder ruhte, sondern die Lider verkrampft und mit dem Antlitz einer Sterbenden. Baltasar wich nicht von ihrer Seite, außer zur Essensbereitung oder zur Verrichtung leiblicher Notdürfte, was an Ort und Stelle ja wohl schlecht anging. Pater Bartolomeu Lourenço, mit finsterer Miene, setzte sich auf den Schemel, hockte Stunden und Stunden da. Manchmal schien er zu beten, doch niemand verstand, was er brabbelte noch an wen es gerichtet war. Er nahm ihnen nicht mehr die Beichte ab, zweimal schon hatte Baltasar, aus einem Gefühl der Verpflichtung, auf Sünden angespielt, die, je mehr sie sich häuften, desto eher wieder vergessen wurden, worauf der Pater antwortete: Gott sieht den Menschen in die Herzen, er braucht niemanden, der in seinem Namen freispricht, und sind die Sünden so groß, daß es nicht ohne Strafe abgeht, kommt diese, wenn Gott es nur will, auf kürzestem Wege, oder sie erfahren Sühnung am rechten Ort, zu Ende der Zeiten, sofern die bösen Taten unterdessen nicht durch gute wettgemacht wurden, wie es denn auch geschehen könnte, daß alles mit Generalvergebung oder aber mit einer universellen Bestrafung endet, wobei nur noch offensteht, wer Gott vergeben oder ihn bestrafen wird. Der Pater sah Blimunda verhärmt und weltentrückt daliegen, er kaute an seinen Nägeln, bereute es, daß er sie so beharrlich oft so nah an den Tod geschickt hatte, daß, wie hier zu erkennen, ihr eigenes Leben unter der Versuchung gelitten haben mochte, auf die andere Seite zu gelangen, ohne irgendwelche Schmerzen, nur mehr wie wenn man den Griff vom Rande der Welt löst und sich in die Tiefe absinken läßt.

Der Pater, wenn er allabendlich in die Stadt zurückkehrte, die finsteren Straßen und die Hohlwege hinab nach Santa Marta und Valverde, er wünschte sich, halb im Wahn, daß Banditen ihn überfielen, vielleicht Baltasar selber, mit rostigem Schwert und mordendem Haken, um Blimunda zu rächen, und alles hätte ein Ende. Doch Sieben-Sonnen, um diese Zeit, lag schon hingestreckt, den gesunden Arm um Sieben-Monde geschlungen, und er flüsterte: Blimunda. Der Name querte eine weite düstere Wüste voller Schatten, brauchte lange, bis er an sein Ziel gelangte, und ebensolange zurück, die Schatten mühsam verdrängend, ihre Lippen bewegten sich gequält: Baltasar. Draußen rauschten die Bäume, hin und wieder der Schrei eines nächtlichen Vogels, sei gepriesen, Nacht, die du mit selbiger Decke aus Gleichmut das Schöne und das Häßliche zudeckst und schützt, uralte Nacht, immergleiche, komm. Blimundas Atemrhythmus hatte sich verändert, ein Zeichen, daß sie eingeschlafen war, und Baltasar, erschöpft vor innerer Unruhe, konnte ebenfalls in Schlaf tauchen, um dort Blimundas Lachen wiederzufinden. Was würde aus uns, wenn wir nicht träumten.

Viele Male während der Krankheit, falls dies Erkrankung war und nicht die lange Rückkehr der Willenskraft aus unzugänglichen Fluchtgefilden im Körper, viele Male fand sich Domenico Scarlatti ein, zunächst lediglich um Blimunda zu besuchen, nach ihrem Befinden zu fragen, das sich so lange nicht bessern wollte, dann blieb er, um mit Sieben-Sonnen zu plaudern, eines Tages endlich zog er das Segeltuch vom Cembalo, setzte sich, fing an zu spielen, spielte zarte sanfte Musik, die sich kaum zu lösen wagte von den leicht angerissenen Saiten, feine Vibrationen eines geflügelten Insekts, das auf der Stelle fliegt, jäh die Höhe wechselt, hinauf und hinab, unabhängig dies von den Bewegungen der Finger über die Tasten, dabei es scheint, daß sie einander verfolgen, nicht aus ihnen gebiert sich die Musik, wie könnte es denn auch sein, hat ja die Klaviatur eine erste und eine letzte Taste, die Musik aber nicht Anfang und Ende, sie kommt aus diesem Jenseits zu meiner Linken und schweift hin nach jenem anderen zu meiner Rechten, wenigstens hat die Musik zwei

Hände, ist nicht wie gewisse Gottheiten. Vielleicht war dies die Medizin, deren Blimunda harrte, oder sie barg diese in sich, ein jeder von uns erwartet bewußterweise lediglich das, was er kennt oder wovon er Vorstellung hat, etwas, woraus er, wie man uns sagte, jedenfalls Nutzen zieht, einen Aderlaß, sofern einer nicht gar zu schwach, eine Zunge des heiligen Paul, wenn die Seuche die Strände davon nicht leergefegt, einige Beeren der Judenkirsche, einige Gordóuiopastillen, eine Wurzel der Kollerdistel, das Elixier des Franzosen, falls dies alles nicht lediglich harmloser Mischmasch, der nur insoweit Gutes tut, als er nichts Böses tut. Blimunda hätte nicht erwartet, daß sich ihr beim Hören der Musik die Brust so aufschließen würde, ein Seufzer, wie der eines Menschen, der stirbt oder der geboren wird, Baltasar beugte sich über sie, in Angst, daß die endlich Zurückkehrende hier auf der Stelle stürbe. In dieser Nacht blieb Domenico Scarlatti bei ihnen, er spielte Stunden und Stunden, bis zum Morgengrauen, Blimunda hatte die Augen schon geöffnet, die Tränen rannen ihr, wäre ein Arzt zugegen gewesen, er hätte behauptet, sie purgiere die Säfte des beleidigten Augennervs, vielleicht hätte er recht gehabt, vielleicht sind die Tränen nur eben dies, Absonderung einer Beleidigung.

Eine ganze Woche lang, Tag für Tag, kam der Musiker in Wind und Regen auf schlammigen Wegen nach São Sebastião da Pedreira, um zwei Stunden zu spielen oder drei Stunden, bis Blimunda Kraft hätte aufzustehen, sie setzte sich vor das Cembalo, noch blaß, von Musik umwallt, als versänke sie, unseren Worten nach, in tiefem Meer, sie selber war nie zur See gefahren, ihr Untergang wäre ein anderer. Dann kehrte die Gesundheit rasch zurück, falls sie ihr je gefehlt hatte. Der Musiker blieb fort, weil er feinfühlig war oder letztlich seine Verpflichtungen als Musikmeister der königlichen Kapelle ihn banden, die vielleicht vernachlässigten Pflichten, und ebenso die Übungsstunden, die er der Infantin zu erteilen hatte, diese gewiß nicht verärgert über seine Abwesenheiten, Baltasar und Blimunda fiel das Fehlen des Paters Bartolomeu Lourenço nun merklich auf, Unruhe erfaßte sie. Eines Morgens, das Wetter hatte sich gebessert, stiegen sie in die Stadt hinunter, jetzt nebeneinanderher und plaudernd, dabei Blimunda Baltasar anschauen konnte und nur ihn sah, desto besser, zu beider Erleichterung. Die Menschen, denen sie begegneten, waren verschlossene Truhen, waren eisenbeschlagene Kisten, ob sie äußerlich lächelten oder böse Miene machten, einerlei, dem Seher langt es vollauf, das Gegenüber vor Augen zu haben, und er weiß Bescheid. Darum auch wirkte Lissabon so friedlich ruhig, trotz der Ausrufer in der Straße, des Krachs zwischen Nachbarn, des Glockengebimmels, der vor den Heiligennischen herausgeschrienen Gebete, weiter fort eine Trompete, ein Trommelwirbel, Böllerschüsse einlaufender oder absegelnder Schiffe auf dem Tejo, und hier die Litanei und das Glöckchen der Bettelmönche. Wer seine Willenskraft hat, der bewahre und gebrauche sie, wer nicht, der dulde, Blimunda will von Märchen nichts mehr wissen, sie hat ihre Rechnung vorliegen, auf dem Landsitz, und nur sie weiß, was es sie gekostet hat.

Pater Bartolomeu Lourenço war nicht daheim, vielleicht sei er im Schloß, sagte die Witwe des Stabträgers, oder in der Akademie, falls sie eine Nachricht zu hinterlassen gedächten, aber Baltasar sagte, sie würden später wiederkommen oder draußen auf dem Platz warten.

Endlich, gegen Mittag, tauchte der Pater auf, mager geworden von anderer Krankheit, anderen Visionen und, gegen seine Gewohnheit, mit zerknittertem Anzug, als hätte er angekleidet geschlafen. Als er sie vor dem Portal des Hauses gewahrte, auf einer Steinbank sitzend, schlug er die Hände vors Gesicht, doch dann begab er sich zu ihnen, in einer Weise, als wäre er soeben schlimmer Gefahr entronnen, nicht der in seinen ersten Worten anklingenden: Ich hab nur immer gewartet, daß Baltasar kommt und mich umbringt. Wir könnten da meinen, er fürchtete um sein eigenes Leben, doch das trifft nicht zu. Besser hätte man an mir nicht rechten können, Blimunda, falls du gestorben wärst. Der Herr Scharlach wußte, daß es mir wieder besser ging. Ich wollte ihn nicht aufsuchen, und als er es von sich aus tat, kam ich mit Vorwänden, um ihn nicht zu empfangen, ich harrte meines Schicksals. Das Schicksal ist unausweichbar, sagt Baltasar, daß Blimunda nicht starb, war mein und unser gutes Geschick, aber nun, was sollen wir jetzt unternehmen?, die Krankheit ist vorbei, die Willenskräfte sind eingesammelt, die Maschine fertig, keine Eisen mehr zu hämmern, nicht mehr Segel zu nähen und zu teeren, keine Ruten mehr zu flechten, aus dem gelben Bernstein, den wir haben, ließen sich so viele Kugeln herstellen, wie Deckendrähte sich kreuzen, fertig ist der Kopf des Vogels, und ist nicht Möwe, aber dieser ähnlich, und nun unsere Arbeit getan ist, was wird aus ihr und aus uns, Pater Bartolomeu Lourenço? Der Pater wurde noch blasser, er schaute um sich, als fürchtete er Lauscher, dann antwortete er: Ich habe den König zu unterrichten, daß die Maschine fertig ist, noch aber müssen wir sie erproben, man soll mich nicht wieder auslachen, wie damals vor fünfzehn Jahren, kehrt zum Landsitz zurück, ich komme in Kürze hin.

Die zwei schickten sich an zu gehen, nach wenigen Schritten blieb Blimunda stehen und sagte: Sie sind krank, Pater Bartolomeu Lourenço, ihr Gesicht ist bleich, die Augen eingefallen, die Nachricht hat sie nicht zufrieden gestimmt. O doch, o doch, Blimunda, aber Schicksalsnachrichten sind immer nur halbe Nachrichten, es zählt, was morgen sein wird, das Heut zählt nicht. Ihren Segen, Pater. Ich kann nicht, ich weiß nicht, im Namen welchen Gottes ich ihn geben sollte, erteilt euch lieber gegenseitig den Segen, das langt, wären doch alle Segnungen wie diese.

Sie sagen, das Königreich werde schlecht regiert, in ihm fehle die Gerechtigkeit, sie merken nicht, daß diese so ist, wie sie zu sein hat, mit Binde vor den Augen, mit Waage und Schwert, was möchten wir außerdem?, die Weber der Binde sein, die Eicher der Waage und die Schwertschmiede?, immerzu die Schadstellen stopfend, die Gewichtsverluste ausgleichend, die Schneiden schärfend, und endlich den Beklagten fragen, ob ihn der Richtspruch versöhnlich stimmt, mag er den Prozeß gewonnen oder verloren haben. Von den Gerichten der Heiligen Inquisition ist hier nicht die Rede, diese hat die Augen sehr wohl offen, hat statt der Waage einen Ölzweig und statt der stumpfen, schartigen Klinge ein geschärftes Schwert. Manche halten das Zweiglein für ein Zeichen angebotenen Friedens, sehr offenkundig aber ist es das erste Reisigstück zum künftigen Scheiterhaufen, geköpft seist du oder verbrannt, darum, wenn schon gegen das Gesetz verstoßen sein muß, dann lieber die Ehefrau erdolcht, rein aus Verdacht, daß sie dich betrog, als daß du die treuen, gläubigen Toten nicht ehrst, Hauptsache, einer hat Beschützer, die den Mord entschuldigen, sowie tausend Cruzados für die Waagschale, denn zu nichts anderem hält Justitia die Waage in der Hand. Bestraft seien Neger und gemeines Volk, damit der Wert des statuierten Exempels nicht verlorengehe, doch ehre man die guten und begüterten Leute, fordere ihnen nicht ab, ihre Schulden zu begleichen, der Rache zu entsagen, den Haß abzulegen, und, kommt es, da nicht immer vermeidbar, zum Prozeß, dann fleißig Rechtsverdrehung, Schwindel, Berufung, formale Vorschriften und Umschweife angewandt, damit spät siegt, wer rechtens rasch hätte siegen müssen, damit spät verliert, wer rasch hätte verlieren müssen. Unterdessen wird den Zitzen die gute Milch abgemolken, will heißen das Geld, die reiche Sahne, die beste Fettmasse, die Speise des Vogts und Rechtsberaters, des Advokaten und Vernehmers, des Zeugen und Richters, und wenn hier einer ungenannt blieb, so weil Pater António Vieira ihn aufzuführen vergaß und sich jetzt nicht mehr erinnert.

Dies sind die sichtbaren Gerichte. Von den unsichtbaren ließe sich zum mindesten sagen, daß sie blind und unheilträchtig sind, wie letzthin bewiesen mit dem Untergang der Barke, auf der die Infanten Dom Francisco und Dom Miguel, beide Brüder des Königs, von der Jagd jenseits des Tejo heimkehrten, eine jähe Bö drückte ihnen das Segel nieder, sie kenterten, Dom Miguel jedenfalls ertrank, und Dom Francisco kam mit dem Leben davon, dabei das Gegenteil ehrliches Recht gewesen wäre, nur zu bekannt sind die Untaten des letzteren, er stellt der Königin nach, giert nach dem Königsthron, schießt auf Seeleute, solches vom anderen nicht zu vermelden ist, außer minder Schlimmes. Freilich dürfen wir nicht leichtfertig urteilen, vielleicht hat sich Dom Francisco zur Reue bekehrt, vielleicht büßte Dom Miguel dafür, daß er den Bootsmann hörnte oder ihm die Tochter verführte, voll von solchen Taten ist die Geschichte der Königshäuser.

Was man letztlich erfuhr, war, daß der König, aber nicht er in Person, sondern die Krone, den Streitfall verlor, den er seit 1640 gegen den Herzog von Aveiro führte. Mehr als achtzig Jahre die zwei Häuser vor den Gerichten, das der Aveiros und das des Königs, und es ging nicht um einen Pappenstiel, nicht um Wasserzuteilung oder Feldmarken, sondern um zweihunderttausend Cruzados an Rente, denk einer, das Dreifache dessen, was der König an Steuer auf die nach Brasilien in die Bergwerke verschickten Neger einnimmt. Letzten Endes siegt auf dieser Welt doch das Recht, und weil dies so ist, muß der König dem Herzog von Aveiro nun alle Güter zurückerstatten, was uns wenig schert, inbegriffen den Landsitz in São Sebastião da Pedreira, Schlüssel, Brunnen, Obstgarten und Wohngebäude, was Pater Bartolomeu Lourenço nicht viel ausmacht, das Schlimme ist nur eben der Schuppen. Da aber nicht alle Übel auf einmal kommen, kam das Urteil zu günstiger Stunde, der Flugapparat fertig gebaut und starbereit, schon kann man dem König Rechenschaft geben, der so viele Jahre wartete, voll königlicher Geduld, immer freundlich, immer wohlgesinnt, doch nun ist der Pater in der wohlbekannten Lage des Schöpfers, der sich von seinem Kind nicht trennen kann, des Träumers, dem der Traum abhanden gekommen. Wenn die Maschine fliegt, was tu ich dann? Freilich fehlt es ihm nicht an Erfinderideen: Kohle aus Schlamm und Holz herstellen, ein neues Mahlwerk für Zuckerrohr, doch der Riesenvogel ist die oberste Erfindung, nie wird es Flügel geben, die diese überbieten, außer, kräftiger als alle, jene, die niemals einer Flugprobe unterzogen werden.

In São Sebastião da Pedreira fragen sich Baltasar und

Blimunda, welchen Weg sie ihrem Leben nun eröffnen sollen, bald werden die Bediensteten des Herzogs von Aveiro hier auftauchen, um den Landsitz zu übernehmen. Am besten, wir gingen nach Mafra zurück. Aber der Pater sagt, in den nächsten Tagen spricht er mit dem König, und dann muß die Maschine erprobt werden, und falls, wie man erwarten kann, alles gut läuft, fällt für alle Ruhm und guter Nutzen ab, die ganze Welt wird erfahren, was die Portugiesen da Großes zustande gebracht haben, und der Ruhm bringt den Reichtum. Was mein war, gehört uns dreien, ohne deine Augen, Blimunda, gäbe es keinen Riesenvogel, auch nicht ohne deine rechte Hand und deine Geduld, Baltasar. Doch der Pater scheint in Sorge, als glaube er nicht, was er da sagt, oder es habe so wenig Wert, daß es ihm andere Bekümmernisse nicht lindert, darum fragt Blimunda, flüsternd, es ist Nacht, das Schmiedefeuer ist gelöscht, der Apparat, obwohl noch anwesend, dünkt nicht mehr am Ort, fragt Blimunda: Pater Bartolomeu Lourenço, wovor haben Sie Angst?, und der Pater, so unmittelbar angesprochen, erbebt, steht plötzlich auf, eilt zur Tür, späht hinaus, kehrt zurück, spricht dann leise: vor der Inquisition. Baltasar wechselte mit Blimunda einen Blick, und er bemerkte: Meines Wissens ist es nicht Sünde und nicht Ketzerei, daß einer fliegen will, vor fünfzehn Jahren stieg im Palast ein Ballon auf, und es hatte keine bösen Folgen. Ein Ballon ist ein Nichts, erwiderte der Pater, nun fliegt da eine Maschine, vielleicht findet die Heilige Inquisition, daß in diesem Flug Teufelskunst steckt, und falls sie wissen will, welche Teile die Maschine zum Fliegen bringen, kann ich doch nicht antworten, daß menschliche Willenskräfte in den Hohlkugeln stecken, für die Inquisition gibt es nicht Willenskräfte, sondern nur Seelen, sie werden behaupten, wir halten christliche Seelen gefangen, verhindern ihren Aufstieg ins Paradies, ihr wißt sehr wohl, wenn die Inquisition es will, sind alle guten Gründe schlecht und gut alle schlechten Gründe, und fehlen die einen wie die anderen, sind da die Torturen mit Wasser und Feuer und die Folterbank und die Streckfolter, um sie nach Belieben aus dem Nichts zu gebären. Aber wir haben doch den König auf unserer Seite, die Inquisition wird nichts unternehmen, was dem Willen und dem Geschmack Seiner Majestät zuwider ist. Im Zweifelsfall tut der König, was die Inquisition ihn tun heißt.

Wieder meldete sich Blimunda und fragte: Wovor haben Sie größere Angst, Pater Bartolomeu Lourenço, vor dem, was geschehen könnte, oder vor dem, was gerade geschieht? Was meinst du damit? Vielleicht nähert sich die Inquisition schon, wie sie es bei meiner Mutter tat, ich kenne die Anzeichen gut, es ist, als hüllte eine Aura die von der Inquisition ins Auge gefaßten Verdächtigen ein, noch wissen diese nicht, was man ihnen anhängen wird, und scheinen doch schon gerichtet. Ich weiß, wessen sie mich beschuldigen werden, wenn mir die Stunde schlägt, behaupten werden sie, ich hätte mich zum Judentum bekehrt, und es ist wahr, sie werden behaupten, ich gäbe mich der Zauberei hin, und auch das ist wahr?, denn Zauberei ist dieser Riesenvogel und sind andere Künste mehr, über die ich fortgesetzt nachsinne, und mit dieser Feststellung bin ich in euren Händen und verloren, falls ihr mich anzeigt. Baltasar sagte: Soll mir die andere Hand abfallen, wenn ich das tue. Blimunda sagte: Falls ich das tue, sollen meine Augen immer offenbleiben und möge ich immerzu sehen, was ich in nüchternem Zustand sehe.

Baltasar und Blimunda in der Einsiedelei des Landsitzes erleben, wie die Tage verstreichen. August vorbei, September bereits zur Hälfte, schon weben die Spinnen ihre eigenen Segel über den Riesenvogel hin, vergrößern ihm die Flügel, das Cembalo des Senhor Scharlach ist jetzt stumm, kein traurigerer Ort in der Welt als São Sebastião da Pedreira. Mit der Jahreszeit kam die Kühle, viele Stunden hält sich die Sonne verborgen, wie denn da die Maschine erproben bei wolkenverhangenem Himmel?, und wenn Pater Bartolomeu Lourenço am Ende gar vergißt, daß die Maschine sich nur bei Sonne von der Erde hebt, und er mit dem König zur Unzeit hier auftaucht, wird es die schlimmste aller Schanden, färbt sich mein Gesicht vor Scham schwarz. Es kam nicht der König, es kam nicht der Pater, der Himmel klarte auf, die Sonne strahlte, und wieder harrten Blimunda und Baltasar in bangem Warten. Endlich aber traf der Pater ein. Draußen vor dem Portal kräftiges Hufetrappeln des Maulesels, ungewöhnlicher Fall, reitet er sonst doch ein friedvolles Tier, es gibt Neuigkeit, vielleicht kommt endlich der König, um dem großen Aufflug des Riesenvogels beizuwohnen, einfach so, ohne Ankündigung, ohne daß im voraus Bedienstete seines Hauses erscheinen, sich der Sauberkeit des Orts zu versichern, für die Bequemlichkeit zu sorgen, Pavillons zu errichten, hier ist etwas anderes im Anzug. Etwas anderes war es. Pater Bartolomeu Lourenço stürzte in den Schuppen herein, bleich, aschig fahl im Gesicht, gleichsam ein auferstandener faulender Leichnam. Wir müssen fliehen, die Inquisition ist mir auf den Fersen, sie wollen mich fangen, wo sind die Fläschchen? Blimunda klappte die Truhe auf, zog einige Kleidungsstücke hervor, sagte: Hier sind sie, Baltasar rief:

Was sollen wir tun? Der Pater zitterte wie Espenlaub, konnte sich kaum auf den Beinen halten. Blimunda stützte ihn, was sollen wir tun? Fliehen, rief der Pater, fliehen mit dem Apparat. Dann, wie jäh entsetzt, murmelte er fast unhörbar, auf den Riesenvogel zeigend: Fliehen, mit ihm. Wohin denn? Ich weiß nicht, nur fort, fort. Baltasar und Blimunda schauten sich an. So mußte es ja kommen, sagte er. Fort also, sagte sie.

Zwei Uhr nachmittags, viel ist noch zu tun, nicht eine Minute gilt es zu verlieren, die Dachziegel abheben, die Latten und Sparren wegsägen, sofern sie sich nicht abreißen lassen, doch zuvor sind die Bernsteinkugeln an den Drahtkreuzen zu befestigen, sind die Decksegel auszuspannen, damit die Sonne nicht zu zeitig auf die Maschine fällt, es sind die zweitausend Willenskräfte in die Hohlkugeln einzubringen, tausend auf dieser Seite, tausend auf der anderen, damit gleichmäßiger Zug herrscht und die Maschine in der Luft nicht Purzelbaum schlägt, was nur aus unvorhergesehenen Gründen angängig sein darf. Noch so viel Arbeit, und so wenig Zeit. Baltasar, schon oben auf dem Dach, hebt die Ziegel ab, wirft sie in die Tiefe, das ist ein Splittern und Krachen rings um den Schuppen, Pater Bartolomeu Lourenço hat sich wieder gefaßt, mit seinen schwachen Kräften reißt er, von innen her, die dünneren Latten ab, während die Sparren ihm mehr abfordern, als er geben kann, diese müssen warten, Blimunda unterdessen, so gelassen ruhig, als wäre sie ihr Lebtag immerzu geflogen, sie prüft den Zustand der Segel, ob der Teer gleichmäßig aufgetragen ist, hier und dort verstärkt sie Säume.

Und nun walte du, Schutzengel, nie so dringlich benötigter, seit sie dich für diesen Platz bestimmten, hier hast du die drei, die sich alsbald in Lüfte erheben, dorthin noch nie ein Mensch je gelangte, und sie brauchen Schutz, sie von sich aus haben das mögliche getan, sie brachten die Materialien und die Willenskräfte zusammen, fügten das Handfeste und das Ungreifliche, gaben ihren ganzen Wagemut dazu, nun sind sie bereit, nur noch das Ziegeldach abreißen, die Segel raffen, der Sonne Eintritt geben, dann leb wohl, da ziehen wir, und falls du, Schutzengel, nicht ein bißchen hilfst, bist du weder Engel noch sonstwas, der anrufbaren Heiligen freilich sind nicht wenige, doch keiner ist wie du ein Arithmetiker, du weißt die dreizehn Wörter, kannst sie der Reihe nach fehlerfrei hersagen, und da dieses Werk alles nur Erdenkliche an Geometrie und Mathematik voraussetzt, so beginne du schon mit dem ersten Wort, es ist das Haus Jerusalem, drin Jesus für uns alle starb, wie es heißt, und nun die zwei Wörter, das sind die zwei Gesetzestafeln des Moses, drauf Jesus die Füße setzte, wie es heißt, und nun die drei Wörter, das sind die drei Personen der Allerheiligsten Dreifaltigkeit, wie es heißt, und nun die vier Wörter, das sind die vier Evangelisten Johannes, Lukas, Markus und Matthäus, wie es heißt, und nun die fünf Wörter, das sind die fünf Wundmale Christi, wie es heißt, und nun die sechs Wörter, das sind die sechs geweihten Kerzen, die bei der Geburt des Jesuskindes zugegen waren, wie es heißt, und nun die sieben Wörter, das sind die sieben Sakramente, wie es heißt, und nun die acht Wörter, das sind die acht Glückseligkeiten, wie es heißt, und nun die neun Wörter, das sind die neun Monate, die Unsere Liebe Frau ihren gelobten Sohn im unbefleckten Leib trug, wie es heißt, und nun die zehn Wörter, das sind die Zehn Gebote, die Gottesgesetze, wie es heißt, und nun die elf Wörter, das sind die elftausend Jungfrauen, wie es heißt, und jetzt die zwölf Wörter, das sind die zwölf Apostel, wie es heißt, und nun die dreizehn Wörter, das sind die dreizehn Strahlen des Mondes, und dies braucht niemand erst zu sagen, denn mindestens ist Sieben-Monde zugegen, diese Frau, die in der Hand ein Glasfläschchen hält, schirme sie, Schutzengel, denn sollte das Fläschchen in Scherben gehen, unterbleibt die Reise, kann der Pater nicht fliehen, der dem Gebaren nach übergeschnappt scheint, schirme auch den Mann oben auf dem Dach, ihm fehlt die linke Hand, deine Schuld war es, unachtsam zeigtest du dich in jener Schlacht, vielleicht warst du in deinem Fach noch nicht genügend beschlagen.

Vier Uhr nachmittags, der Schuppen besteht nur noch aus Mauerwänden, riesig wirkt er, mittendrin die Flugmaschine, der winzige Schmiedeherd, geschnitten von einem Schattenband, fern auf der anderen Seite in der Ecke die Matratze, auf der während sechs Jahren Baltasar und Blimunda schliefen, die Truhe ist schon nicht mehr am Platz, ist im Riesenvogel verstaut, was fehlt uns noch?, die Ranzen, etwas Wegzehr und das Cembalo und der Schemel, was soll mit ihnen geschehen?, lassen wir hier, es ist Eigennutz, der verstanden und entschuldigt sein will, groß ist die Bekümmernis, keiner der drei aber bedenkt, daß ein zurückgelassenes Cembalo den Argwohn der ekklesiastischen wie auch der weltlichen Gerichtsbarkeit wecken wird, denn wieso und wozu an diesem Ort ein so wenig hinpassendes Instrument, und wenn ein Taifun Ziegel und Balkenwerk herunterriß, warum hat er nicht auch das Cembalo zerstört, das so zart ist, daß sich ihm sogar auf den Schultern der Träger die Docken verschoben. Der Herr Scharlach wird nicht Gelegenheit haben, oben am Himmel zu spielen, sagt Blimunda.

Nun sind sie startbereit. Pater Bartolomeu Lourenço schaut zum Himmelsraum auf, wolkenlos ist er, einer Monstranz gleicht die Sonne. Baltasar packt das Tau, mit dem die Segel gerefft werden, auch Blimunda greift zu, daß doch ihre Augen die Zukunft erkennten. Anempfehlen wir uns dem Herrgott, den es geben mag, murmelt der Pater, und tonlos befiehlt er: Zieh, Baltasar. Der aber tat es nicht sogleich, ihm zitterte die Hand, denn es ist, als sagte einer: Fiat, es sei, gesagt und getan, will heißen gezogen, und wir wechseln den Ort, aber wohin? Blimunda trat zu Baltasar, legte ihre zwei Hände auf seine Hand, und mit einem einzigen Ruck, als müßte es so sein, rissen sie an dem Tau. Das Segel strich in Gänze zur Seite, voll prallte die Sonne auf die Bernsteinkugeln, und nun, was wird aus uns? Die Maschine erbebte, wankte, als suchte sie ein plötzlich verlorenes Gleichgewicht, es knarrte überall, das waren die eisernen Lamellen und das Weidengeflecht, und jählings, als saugte ein leuchtender Strudel den Vogel an, drehte sich dieser abhebend zweimal um die eigene Achse, gewann, kaum aus dem Gemäuer hervor, Balance, hob resolut seinen Möwenkopf, und pfeilgeschwind warf er sich himmelauf. Von dem unvermittelten Gewirbel waren Baltasar und Blimunda auf den Holzplanken der Maschine hingefallen, Pater Bartolomeu Lourenço selber klammerte sich an eine der Segelhalterungen, und so konnte er sehen, wie unglaublich geschwind die Erde zurücksank, schon war der Landsitz kaum noch zu erkennen, verlor sich zwischen Hügeln, und das dort, was ist denn das?, Lissabon, na klar, und der Fluß, o das Meer, dieses Meer, über das ich, Bartolomeu Lourenço de Gusmão, zweimal aus Brasilien herüberschiffte und über das ich nach Holland fuhr, zu welch anderen Kontinenten der Erde und der Lüfte führst nun du mich, Maschine?, der Wind pfeift mir in die Ohren, nie stieg ein Vogel in solche Höhen, sähe mich der König, sähe mich jener Tomás Pinto Brandão, der meiner in Versen spottete, sähe mich die Heilige Inquisition, so erkennten sie alle, daß ich ein bevorzugter Sohn des Herrgotts bin, ich, der ich mich kraft meines Geistes zum Himmel aufschwinge, dank auch Blimundas Augen, ob es im Himmel Augen wie die ihren gibt?, dank Baltasars rechter Hand bring ich dir, mein Gott, einen Menschen, dem ebenfalls die Linke fehlt, Blimunda, Baltasar, kommt und schaut, erhebt euch von da, habt keine Angst.

Sie hatten keine Angst, sie waren lediglich erschrocken über ihren eigenen Mut. Der Pater lachte, gab Schreie von sich, hatte die sichere Halterung schon losgelassen, eilte über das Deck des Apparates, von einem Ende zum anderen, wollte die Erde in all ihren Himmelsrichtungen sehen, die von so hoch her nun so groß anmutete, Baltasar und Blimunda rappelten sich auf, klammerten sich nervös an die Vertäuung, dann an die Brüstung, geblendet vom Licht und gepeitscht vom Wind, frei ohne Angst. Ah, wir haben es geschafft, rief Baltasar, er umarmte Blimunda und brach in Weinen aus, einem verlorenen Kind glich er, der Soldat, der im Krieg gewesen war, der mit seinem Stachel in Pegões einen Menschen getötet hatte, nun schluchzt er vor Glück, Blimunda umarmend, die ihm das verschmierte Gesicht küßt, endlich, endlich. Der Pater kam und umarmte die zwei, jäh verwirrt durch eine Analogie, so der Ausdruck des Italieners. Er selber Gott, Baltasar sein Sohn, Blimunda der Heilige Geist, und alle drei am Himmel. Gott ist eins, schrie er, aber der Wind fegte die Worte von seinen Lippen. Da sagte Blimunda: Wenn wir das Segel nicht ausspannen, steigen wir unaufhörlich, wer weiß, wo wir dann landen, vielleicht auf der Sonne.

Nie fragen wir, ob dem Irrsinn Vernunft innewohnt, doch gilt die Redensart, daß wir alle ein bißchen verrückt sind. Solcherweise halten wir uns im Diesseits fest, bedenke einer, sie nehmen das Verrücktsein zum Vorwand, in der Welt der Besonnenen Gleichheit zu fordern, verrückt nur ein bißchen, bewahre sich einer das mindeste an Vernunft, etwa um sein Leben zu retten, wie Pater Bartolomeu Lourenço es tut. Wenn wir das Segel plötzlich ausspannen, fallen wir wie ein Stein zur Erde, also wird er das Tau bedienen, ihm die rechte Länge geben, damit sich das Segel behutsam auftut, jetzt hängt alles vom Gefühl ab, langsam öffnet sich das Segel, es wirft einen Schatten über die Bernsteinkugeln, die Maschine verringert ihre Geschwindigkeit, wer hätte gedacht, daß es so einfach ist, Steuermann in den Lüften zu sein?, schon können wir uns auf die Entdeckung neuer Indien begeben. Die Maschine steigt nicht mehr, steht reglos am Himmel, mit ausgebreiteten Flügeln, den Schnabel nach Nord, falls sie sich bewegt, spürt man es nicht. Der Pater spannt das Segel weiter aus, die Bernsteinkugeln nun schon zu drei Vierteln im Schatten, langsam sinkt die Maschine, es ist, als befänden wir uns in einem Boot auf stiller See, ein Schlag mit dem Ruderblatt, ein Druck auf das Seitenruder, Dinge, die ein Mensch zu erfinden imstande. Langsam kommt die Erde näher, Lissabon tritt schon besser hervor, das schiefe Rechteck des Schloßplatzes, das Labyrinth der Straßen und Gassen, der Fries der

Veranden, wo der Pater wohnte und wo jetzt die Leute der Heiligen Inquisition eindringen, seiner habhaft zu werden, spät haben sie aufgemerkt, doch so peinlich genau sie des Himmels Interessen wahrnehmen, sie denken nicht daran, in die Höhe zu schauen, zumal die Maschine so hoch oben lediglich ein kleiner Punkt im Blauen ist, und wie auch sollten sie die Augen heben, da sie angewurzelt vor seiner Bibel stehen, die hinter dem Pentateuch entzweigerissen ist, und vor einem in unenträtselbare Stücke zerfetzten Koran, und schon treten sie hinaus, bewegen sich zum Rossio hin, zum Estaus-Palast, dort die Flucht des Paters zu vermelden, den sie in den Kerker holen sollten, sie ahnen nicht, daß ihn die große Himmelskuppel schützt, dort hinauf sie niemals je gelangen werden, sehr wahr ist's, der Herrgott erkürt sich seine Lieblinge, das sind die Irren, die Krüppel, die Übermäßigen, nicht aber die Leute der Inquisition. Der Riesenvogel sinkt weiter, mit ein bißchen Anstrengung erkennt man den Landsitz des Herzogs von Aveiro, nur feilich sind diese Aeronauten Anfänger, ihnen fehlt es an Übung, mit raschem Blick die Geländeumrisse zu erkennen, die Wasserläufe, die Bergseen, die sternengleich über die Landschaft verstreuten Siedlungen, die dunklen Wälder, doch da sind die vier Wände des Schuppens, ist ihr Startplatz. Pater Bartolomeu Lourenço fällt ein, daß seine Truhe ein Fernglas birgt, flugs holt er es hervor, legt es an, oh, wie wundervoll ist es, zu leben und zu erfinden, da, ganz klar erkennbar, der Strohsack in der Ecke, der Schmiedeherd, aber das Cembalo ist verschwunden, was ist dem Cembalo widerfahren?, wir wissen es und wollen es nicht für uns behalten: Domenico Scarlatti strebte zum Landsitz, da sah er, dem Ziel schon nahe, plötzlich die

Maschine in die Lüfte abheben, mit großem Fauchen der Flügel, was erst, wenn die Flügel schlügen?, als er eintrat, hatte er das Trümmerwerk der Flüchtenden vor Augen, den auf dem Hof verstreuten Ziegelbruch, die abgesägten oder abgerissenen Dachlatten und Sparren, nichts traus riger als ein aufgelassener Ort, da schießt das Flugzeug seine Bahn, hinauf in die Lüfte, zurück bleibt nur schmerzvolle Wehmut, sie drängt Domenico Scarlatti zum Cembalo, er setzt sich ans Instrument, spielt ein bißchen, fast nichts, läßt die Finger sanft über die Tasten gleiten, als streichelte er ein Antlitz, nachdem die Worte gesagt sind, oder überflüssig, im übrigen weiß er, wie gefährlich es wäre, das Cembalo hier stehenzulassen, er zerrt es ins Freie, über den unebenen Boden, ruckartig, die Saiten jaulen, jetzt allerdings werden sich die Docken lösen, für ewig, Scarlatti zerrt das Cembalo bis an den Brunnen, ein Glück, daß dieser tief ist, er wuchtet das Instrument auf den Rand hinauf, und da stürzt es in die Tiefe, der Resonanzkörper schlägt zweimal gegen die Wand, alle Saiten schreien auf, dann klatscht es ins Wasser, keiner kennt sein Schicksal, ein so wohlklingendes Cembalo, und es sinkt in die Tiefe, gurgelnd wie ein Ertrinkender, bis es auf der lehmigen Sohle aufsetzt. Von oben ist der Musiker schon nicht mehr zu sehen, die Hohlwege geht er, mal vom Pfad abirrend, mal in die Höhe spähend, nun ist der Riesenvogel wieder zu erkennen, der Musiker winkt mit dem Hut, ein einziges Mal, lieber geheim tun, als wisse einer von nichts, darum auch gewahrten sie ihn vom Luftschiff aus nicht, wer weiß, ob sie sich je wiedersehen.

Der Wind weht von Süd, eine feine Brise, die Blimundas Locken nur sanft fächelt, mit diesem Luftzug werden sie nirgendshin gelangen, gleichsam als gedächten sie den Ozean schwimmend zu überqueren, deshalb fragt Baltasar: Soll ich den Blasebalg betätigen?, jede Münze hat zwei Seiten, zunächst verkündigte der Pater: Gott ist eins, und jetzt fragt Baltasar: Soll ich den Blasebalg betätigen? Auf das Erhabene das Platte, wenn Gott nicht bläst, muß der Mensch blasen. Doch Pater Bartolomeu Lourenço scheint wie gelähmt, er sagt nichts, rührt sich nicht, ist in den Anblick des großen Erdenkreises versunken, eine Seite Fluß und Meer, die andere Berg und Ebene, falls das dort nicht Schaum ist, dann ist es vielleicht das weiße Segel eines Schiffes, und wenn das nicht Nebelfetzen, dann vielleicht Rauch aus einer Esse, und doch könnte man meinen, die Welt sei zu Ende, und zu Ende die Menschen auf ihr, die Stille schmerzt, der Wind ist gänzlich abgeflaut, bewegt kein Härchen mehr an Blimunda. Betätige den Blasebalg, Baltasar, sagt der Pater.

Es ist wie bei den Tritthebeln der Orgel, obenauf eine Art Schuh, um mit dem Fuß hineinzufahren, und in Brusthöhe an den Spanten der Maschine eine Stange, um die Arme aufzustützen, keine zusätzliche Erfindung von Pater Bartolomeu Lourenço, es galt lediglich, von der in der Patriarchenkathedrale befindlichen Orgel abzuschauen, der Unterschied ist, daß hier nicht Musik ertönt, sondern Luft zu den Flügeln und zum Schwanz faucht. Endlich regt sich der Riesenvogel, aber bewegt sich so träge, daß schon der Anblick ermüdet, noch ist er keinen Steinwurf weit geflogen, und Baltasar fühlt sich am Ende der Kräfte, so kommen wir auch nicht vom Fleck. Mit verkniffener Miene verfolgte der Pater die Anstrengungen des Sieben-Sonnen, ihm wird klar, daß seine große Erfindung einen Schwachpunkt hat, im Himmelsraum kann man nicht tun wie auf dem Wasser, einfach die Riemen betätigen, wenn der Wind fehlt. Halt ein, laß ab vom Blasebalg. Baltasar, erschöpft, hockt sich auf den Plankenboden.

Der Schrecken, der Jubel, alles zu seiner Zeit, sie sind vorbei, nun ist es Niedergeschlagenheit, das Auf und Nieder beherrschen sie, einem Manne gleich, der aufstehen und sich setzen kann, jedoch nicht gehen. Die Sonne sinkt nach See hin, schon strecken sich die Schatten über die Erde. Pater Bartolomeu Lourenço spürt eine rätselvolle innere Unruhe, entdeckt dann aber unverhofft, daß die Rauchwolken eines fernen Feuers sich nach Norden wenden, will heißen, in Erdnähe weht ungemindert ein Lufthauch. Er betätigt das Segel, spannt es ein bißchen weiter aus, überschattet eine weitere Kette Bernsteinperlen, plötzlich sinkt die Maschine, aber nicht tief genug, um in den Wind zu geraten. Eine weitere Kette in Schatten versetzt, der Fall diesmal so heftig, daß der Magen aus dem Mundloch springen möchte, und nun, o ja, erfaßt der Wind die Maschine mit unsichtbarer kräftiger Hand, treibt sie fort, so geschwind, daß Lissabon rasch zurückfällt, am Horizont in mattem Nebel verfließt, es ist, als hätten sie endlich den Hafen und dessen Fesseln verlassen und stießen hinaus, die verborgenen Wege zu finden, es krampft sich ihnen das Herz zusammen, wer weiß, was für Gefahren ihrer harren, was für Adamastore und Sankt-Elms-Feuer sich aus dem Meer erheben, das dort fern zu erkennen ist, vielleicht Wasserhosen, die dort Lüfte ansaugen und das Meer salzig machen. Blimunda fragte: Wohin fliegen wir? Der Pater antwortete: Dorthin, wo der Arm der Inquisition nicht hinreicht, falls es einen solchen Ort gibt.

Dieses Volk, das sich so viel vom Himmel erwartet, es

schaut selten in die Höhe, wo, sagt man, der Himmel ist. Menschen begeben sich zur Feldarbeit, die Leute auf dem Dorfe treten in dic Häuser und wieder heraus, gehen in den Garten, zum Brunnen, ducken sich hinter eine Kiefer, einzig eine Frau, die auf einem Stoppelfeld liegt, unter einem Mann, sie meint am Himmel etwas vorbeiziehen zu sehen, hält es aber für ein Blendwerk ihrer Lust. Nur die Vögel umfliegen die Maschine neugierig bänglich und fragen: Was ist denn das?, was ist denn das?, vielleicht der Vögelmessias, dagegen ist der Adler nur ein beliebiger heiliger Johannes der Täufer. Nach mir kommt jener, der stärker sein wird als ich, die Geschichte der Luftfahrt endet nicht hier. Eine Weile flogen sie gleichauf mit einem Hühnergeier, der alle Vögel verschreckt und in die Flucht getrieben hatte, nur sie zwei vereint, der Hühnergeier flügelschlagend und dann reglos schwebend, ihm sieht man an, daß er fliegt, der Riesenvogel aber, ohne die Schwingen zu betätigen, doch wir wissen, hier werken die Sonne, der Bernstein, die geschlossenen Wolken, die Magneten und Eisenlamellen, unseren Augen würden wir nicht glauben wollen, zumal wir die Entschuldigung der Frau nicht haben, die im Stoppelfeld lag, nun nicht mehr liegt, vorbei die Lust, von hier aus erkennt man noch nicht einmal mehr den Fleck.

Der Wind hat nach Südost gedreht, er bläst heftig, die Erde unten zieht vorbei, gleichsam bewegte Oberfläche eines Flusses, der in seiner Strömung Felder, Wälder, Dörfer, Farben von Grün und Gelb, Ocker und Kastanienbraun führt, weiße Mauern, Windmühlensegel, und auch Rinnsale von Wasser über dem Wasser, welchen Kräften könnte es gelingen, diese Wasser voneinander zu scheiden, den großen Fluß, der alles mit sich führt, von den Rinnsalen, die sich in ihm Weg bahnen, Wasser im Wasser, und man ahnt es nicht.

Die drei Flieger, im Bug der Maschine, begeben sich zur Brücke, Pater Bartolomeu Lourenço fühlt die Unruhe wiederkehren und wachsen, schon ist es Panik, endlich wird er Stimme haben, und diese Stimme ist ein Stöhnen, denn sobald die Sonne untergeht, wird die Maschine unweigerlich sinken, vielleicht fallen, vielleicht zerschellen, und alle sterben. Dort ist Mafra, da hinten, schreit Baltasar, als riefe der Wachposten aus dem Mastkorb: Land in Sicht! Ein äußerst treffender Vergleich, denn dies ist Baltasars Land, von ihm erkannt, obwohl er es noch nie aus der Höhe gesehen, vielleicht hat jeder von uns im Herzen eine eigene Landkarte, die mit dem Ort seiner Geburt übereinstimmt, mein Konkav in dein Konvex, dein Konkav in mein Konvex, es ist wie Mann und Frau, Frau und Mann, daheim ist daheim, also ruft Baltasar: Da ist mein Land. Er erkennt es, wie man einen Körper wiedererkennt. In raschem Flug streichen sie über das im Bau befindliche Kloster, diesmal werden sie gesehen, Leute fliehen Hals über Kopf, Leute werfen sich auf die Knie, flehen händeringend um Erbarmen, andere schleudern Steine, in Erregung Tausende Menschen, wer es nicht sah, bezweifelt es, wer es sah, beschwört es, ruft seinen Nachbarn zum Zeugen an, aber Beweise kann schon niemand mehr beibringen, die Maschine tauchte in die Sonne, wurde unsichtbar in der blendenden Scheibe, vielleicht alles nur eine Halluzination, schon siegen die Zweifler über die baffen Leichtgläubigen.

Nach wenigen Minuten erreicht der Apparat die Meeresküste, es ist, als zöge die Sonne ihn an und wollte ihn auf die andere Seite der Welt entführen. Pater Bartolomeu Lourenço erkennt, sie werden ins Wasser fallen, heftig zerrt er am Tau, das Segel streicht in Gänze zur Seite, schlagartig eingezogen, jäher Aufstieg, wieder entfernt sich die Erde, und die Sonne hebt sich beträchtlich über den Horizont. Zu spät aber. Im Osten erkennt man schon Schatten, die Nacht kommt, unentrinnbar. Ganz langsam treibt die Maschine nach Nordost, schräg hinab zur Erde, unterworfen der doppelten Anziehung, nämlich des Lichtes, das rasch schwächer wird, den Apparat aber noch in der Luft zu halten vermag, und des Abenddunkels, das die fernen Täler schon einhüllt. Nun spürt man nicht den natürlichen Wind, sondern den Luftwiderstand beim Niedergehen, dabei das Weidengeflecht bebt und grell pfeift. Die Sonne ruht über dem Meereshorizont wie eine Apfelsine auf dem Handteller, sie ist eine aus der Schmiedeglut gezogene erkühlende Metallscheibe, schon schmerzt ihr Strahlen die Augen nicht mehr, weiß war sie, dann kirschfarben, rot, dann blutrot, noch glänzt sie, matt, sie verabschiedet sich, lebt wohl, bis morgen, falls es ein Morgen gibt für die drei Luftschiffer, die wie ein tödlich verletzter Vogel fallen, der schlecht Balance wahrt mit den kurzen Flügeln und seinem Bernsteindiadem, ein Trudeln ist's, ein unendlich scheinender Fall, der sein Ende haben wird. Vor ihnen wächst eine dunkle Gestalt auf, vielleicht der Adamastor dieser Reise, buckelnde Berge, deren Kuppen das rote Licht streift. Pater Bartolomeu Lourenço schaut gleichmütig, er ist außerhalb dieser Welt, jenseits der eigenen Entmutigung, gefaßt auf das nahe Ende. Plötzlich löst sich Blimunda von Baltasar, an den sie sich festgekrallt hatte, als die Maschine immer schneller absackte, sie umschlingt mit den Armen eine der Hohlkugeln, drin sich die geschlossenen

Wolken befinden, die Willenskräfte, zweitausend an der Zahl, und doch nicht ausreichend genug, sie deckt sie mit ihrem Körper, als wollte sie diese in sich aufnehmen, mit ihnen eins werden. Durch den Apparat geht ein Ruck, er bäumt sich auf wie ein Pferd, das man an den Zügeln reißt, er hält für eine Sekunde inne, zögert, fällt dann weiter, jedoch langsamer, Blimunda schreit: Baltasar, Baltasar. Sie brauchte nicht dreimal zu rufen, schon hatte er die andere Hohlkugel in die Arme genommen, Sieben-Monde und Sieben-Sonnen hielten mit ihren geschlossenen Wolken die Maschine, die niederging, jetzt langsam, so langsam niederging, daß die Ruten nur leise ächzten, als sie den Boden berührte, zur Seite kippte, da hier die Stützen fehlten, man kann eben nicht alles haben. Mit schlappen Gliedern, vollkommen erschöpft, krochen die drei Reisenden hinaus, klammerten sich an die Brüstung, konnten sich nicht halten, purzelten, fanden sich auf der Erde liegend wieder, nicht verletzt, ohne einen Kratzer, wahrlich, die Wunder sind nicht zu Ende, und dieses war ein dickes Wunder, nicht nötig, den heiligen Christophorus erst anzurufen, er war längst zur Stelle, wachte über den Flug, sah dieses Gefährt steuerlos, hatte seine große Hand daruntergehalten und die Katastrophe verhindert, sein erstes Luftwunder, und als solches nicht übel.

Es schwindet die letzte Tageshelle, bald wird tiefes Dunkel herrschen, am Himmel blinken die ersten Sterne, so nah, und doch haben die Flüchtenden diese nicht erreicht, es war nur eben ein Flohsprung, in Lissabon stiegen wir auf, flogen über den Marktflecken Mafra und das im Bau befindliche Kloster, wären um ein Haar ins Meer gefallen, und nun? Wo sind wir? fragte Blimunda, und sie stöhnte vor Magenschmerzen, die Arme überanstrengt, wie gelähmt, Gleiches klagte Baltasar, indessen er sich aufraffte, sich aufzurichten versuchte, taumelnd wie die Ochsen, bevor sie, den Schädel vom Schlagbolzen durchbohrt, jäh zu Boden stürzen. Da hatte er, im Gegenteil, viel Glück, dem Tod so nahe, war er ins Leben zurückgekehrt, wohltut jedes Taumeln, wenn man dabei nur spürt, daß man wieder Boden unter die Füße bekommt. Keine Ahnung, wo wir hier sind, an diesem Fleck bin ich nie gewesen, offenbar ein Gebirge, vielleicht weiß Pater Bartolomeu Lourenço. Der Pater rappelte sich auf, ihn schmerzten nicht die Glieder und nicht der Magen, nur der Kopf, doch der so sehr, als hätte ein Stilett ihn von Schläfe zu Schläfe durchbohrt. Wir sind nach wie vor in ärgster Gefahr, als hätten wir den Landsitz gar nicht erst verlassen, denn mögen sie uns heute nicht geschnappt haben, so schnappen sie uns morgen. Aber dieser Fleck, wie heißt er? Jedweder Ort auf Erden ist Vorhof der Hölle, manchmal gelangt man tot dorthin, andere Male lebend, und da erst ereilt einen der Tod. Noch leben wir. Und sind morgen dennoch tot.

Blimunda trat an den Pater heran, sagte: Wir waren beim Abstieg in großer Gefahr, wir haben sie gemeistert und werden andere ebenso meistern, wohin sollen wir uns jetzt wenden? Ich habe keine Ahnung, wo wir sind. Wenn es Tag wird und wir dann besser sehen, steigen wir auf einen dieser Gipfel, richten uns da nach der Sonne und finden uns einen Weg. Baltasar fügte hinzu: Wir steigen mit der Maschine auf, die Bedienung kennen wir ja nun, und wenn es an Wind nicht fehlt, soll ein voller Tag uns genügen, so weit fortzugelangen, daß uns die Inquisition nicht mehr erreicht. Pater Bartolomeu Lourenço erwiderte nichts, er hielt sich den Kopf mit den Händen, dann machte er Gebärden, als spräche er zu einer unsichtbaren Person, seine Gestalt verschwamm immer mehr im Dunkel. Die Maschine war auf einem von niederem Gestrüpp bedeckten Fleck gelandet, doch dreißig Schritte entfernt, ringsum, ragte hohes Buschwerk auf, das sich gegen den Himmel abhob. Soweit erkennbar, in der Nähe keine Spur von Menschen. Die Nacht sehr kühl, was Wunder, da Ende September und der Tag nicht heiß gewesen war. Hinter der Maschine, windgeschützt, zündete Baltasar ein Feuerchen an, eher damit sie sich nicht so verlassen fühlten, als um sich daran zu wärmen, zumal ein großes Feuer sie leicht hätte verraten können. Er und Blimunda setzten sich hin, um vom Wegzehr aus dem Beutel zu essen, sie riefen den Pater, doch der antwortete nicht, kam nicht, dort stand sein Schemen, reglos aufrecht, vielleicht zu den Sternen schauend, vielleicht ins tiefe Tal, in die niederen Ebenen, wo nicht ein einziges Licht blinkte, als hätten die Menschen diese Welt verlassen, vielleicht besaßen sie hier Flugmaschinen, die jederzeit reisen konnten, auch nachts, und alle Menschen waren auf und davon, zurückgeblieben lediglich diese drei mit einem komischen Vogel, der, sobald man ihm die Sonne entzieht, gelähmt ist.

Nach dem Essen legten die zwei sich unter den Rumpf der Maschine, deckten sich zu mit Baltasars Umhang und einem Segeltuch aus der Truhe, Blimunda murmelte: Pater Bartolomeu Lourenço ist krank, erscheint verändert. Schon lang her verändert, aber was kann man da tun? Und wir, was sollen wir tun? Ich weiß nicht, hoffentlich faßt morgen er einen Entschluß. Sie hörten den Pater sich bewegen, durch das Gestrüpp tapsen, hörten ihn murmeln, das beruhigte sie, nichts schlimmer als dieses

Schweigen, und trotz Kälte und Unbequemlichkeit schliefen sie ein. Doch es war kein tiefer Schlaf. Beide träumten, sie reisten durch die Lüfte, Blimunda in einer von geflügelten Pferden gezogenen Kutsche, Baltasar auf einem Stier, der eine Feuerdecke trug, plötzlich fielen den Pferden die Schwingen ab, die Zündschnur brannte, die Raketen barsten, ein wahrer Alp, beide wachten auf, sie hatten nicht lange geschlafen, blendende Helle herrschte, als loderte die Welt, der Pater mit einem brennenden Zweig legte Feuer an die Maschine, schon prasselte das Rutenwerk, Baltasar sprang auf, fiel dem Pater in den Arm, zerrte ihn zurück, doch der Pater wehrte sich, Baltasar mußte Gewalt anwenden, er warf den Mann zu Boden, trampelte die Lunte aus. Blimunda schlug mit dem Segeltuch auf die sich im Gestrüpp ausbreitenden Flammen, hatte sie bald gelöscht. Der Pater, besiegt und niedergeschlagen, erhob sich, Baltasar warf Erde auf die Feuerstelle. In der Finsternis sah einer den anderen kaum noch. Blimunda fragte leise und mit gleichmütiger Stimme, als wüßte sie die Antwort bereits: Warum haben Sie die Maschine angezündet? Der Pater antwortete, im gleichen Tonfall, als hätte er die Frage erwartet: Wenn ich schon in einem Feuer verbrennen soll, dann lieber in diesem. Er wich zu den Büschen zurück, den Hang hinab forthuschend, mit einemmal war er verschwunden, irgendeiner dringlichen Notdurft des Körpers gehorchend, falls ein Mensch, der Feuer legen wollte an einen Traum, solches noch kennt. Die Zeit verstrich, der Pater kehrte nicht zurück. Baltasar ging ihn suchen, rief ihn beim Namen, er fand ihn nicht, bekam keine Antwort. Der Mond stieg herauf, hüllte alles in schattenreichen Zauber. Baltasar spürte, wie sich ihm die Haare auf dem Kopf und sonstwo am Körper sträubten, beim Gedanken an Werwölfe und mannigfaltigste Gespenster, vielleicht wandelten hier Büßerseelen, ganz bestimmt hatte der Teufel in Person den Pater geholt, und ehe er auch ihn zappelnd forttrüge, betete Baltasar ein Vaterunser zum heiligen Ägidius, dem Schutzheiligen und Eingreifer im Falle von Panik, Epilepsie, Irrsinn und nächtlichen Ängsten. Der Heilige mochte die Anrufung vernommen haben, der Teufel blieb fort, holte Baltasar nicht, doch ebensowenig legten sich die Befürchtungen, denn plötzlich murmelte die ganze Erde, so jedenfalls schien es, vielleicht eine Wirkung des Mondes, eine bessere Heilige ist mir Sieben-Monde, zu ihr kehrte er zurück, noch bebend vor Angst. Er ist verchwunden. Und Blimunda sagte: Fort ist er, wir werden ihn nie wiedersehen.

Sie schliefen schlecht in dieser Nacht. Pater Bartolomeu Lourenço kehrte nicht zurück. Am frühen Morgen, kurz vor Sonnenaufgang, sagte Blimunda: Wenn du das Segel nicht drüberzerrst, die Bernsteinkugeln nicht gehörig zudeckst, fliegt der Apparat von ganz allein auf und davon, braucht keinen Piloten mehr, vielleicht besser, ihn ziehen zu lassen, vielleicht spürt er Pater Bartolomeu Lourenço an irgendeinem Fleck der Erde oder des Himmels auf. Hierauf Baltasar sehr ungehalten: Oder in der Hölle, der Apparat bleibt hier. Und er ging und zog das geteerte Segel darüber, hüllte den Bernstein in Schatten, doch das war ihm noch nicht genug, es konnte ja geschehen, daß das Segel riß oder der Wind es zur Seite schlug. Mit dem Taschenmesser schnitt er Zweige von den hohen Büschen, legte sie über die Maschine, eine Stunde später, heller Tag, hätte von fern jedweder hier lediglich einen Haufen Grün mitten auf einer Buschlichtung gesehen, ein nicht seltener Fall, schlimm wird es erst, wenn dies alles vertrocknet. Baltasar holte die Essensüberbleibsel vom Vortag hervor, frühstückte ein bißchen, Blimunda hatte dies schon eher getan, sie immer die erste, bei geschlossenen Augen, wie wir uns erinnern, an diesem Morgen hatte sie gar auch den Kopf unter Baltasars Umhang gesteckt. Hier blieb nichts mehr zu tun. Und nun? fragte einer der beiden, und der andere antwortete: Hier bleibt uns nichts mehr zu tun. Also gehen wir. Gehen wir da hinab, wo Pater Bartolomeu Lourenço verschwunden ist, vielleicht finden wir seine Spur. Den ganzen Vormittag suchten sie auf dieser Seite des Gebirgszuges, indessen sie hinabstiegen, große runde Berge waren es, in Schweigen, wie mochten sie heißen?, und kein Zeichen, keine Fußspur, kein Fetzchen von den Dornen abgerissenen schwarzen Stoffs, als hätte sich der Pater in Luft aufgelöst, wo mag er in diesen Stunden wandeln? Was nun? fragte Blimunda. Jetzt gehen wir geradeaus, die Sonne ist da drüben, das Meer also rechter Hand, wenn wir zu einer Siedlung gelangen, werden wir schon erfahren, wo wir uns befinden und wie dieses Gebirge heißt, für den Fall, daß wir irgendwann wiederkehren wollen. Dies hier ist die Serra do Barregudo, beschied ihnen ein Hirte, nachdem sie eine Stunde marschiert waren, und der Berg dort, der ganz hohe, das ist der Monte Junto.

Zwei Tage benötigten sie, um nach Mafra zu gelangen, nach weitem Umweg, damit es schiene, sie kämen aus Lissabon. Durch die Straßen schritt eine Prozession, Gott Dank sagend für das Wunder, daß er über die im Bau befindliche Basilika seinen Heiligen Geist hatte fliegen heißen.

Wir leben in Zeiten, da jedwede Nonne, als wäre es die natürlichste Sache der Welt, im Kloster dem Jesuskind begegnet oder im Chor einem Harfe spielenden Engel, und ist sie in ihrer Zelle eingeschlossen, wo geheimnishalber die Erscheinungen leibhaftiger sind, da quälen Teufel sie, rütteln an ihrer Bettstatt, daß ihr die Glieder schlackern, die oberen in einer Weise, daß die Brüste zucken, und die unteren so sehr, daß die Bauchritze erbebt und ins Schwitzen gerät, Fenster der Hölle, oder aber Himmelspforte, diese, wenn sie genießt, jenes, wenn sie genossen, und all das wird einem geglaubt, Baltasar Mateus aber, der Sieben-Sonnen, er kann nicht sagen: Ich bin von Lissabon zum Monte Junto geflogen, sie würden ihn für verrückt halten, und dabei könnte er noch von Glück reden, daß sich die Heilige Inquisition solcher Lappalie wegen nicht beunruhigt, denn hieran fehlt es uns in der Tat nicht, an ausgemachten Irren auf dieser irren Erde. Von Pater Bartolomeu Lourenços Geld hatten Baltasar und Blimunda bisher gelebt, dem beigefügt noch die Kohlköpfe und Bohnen aus dem Gemüsegarten, ab und an ein bißchen Fleisch, gepökelte Sardine, wenn es frische nicht gab, weniger verbrauchten und verspeisten sie zum Erhalt ihres Körpers, denn um damit das Wachstum der Flugmaschine voranzubringen, sofern sie zu der Zeit ernstlich glaubten, daß diese jemals fliegen würde.

Sie flog, die Maschine, so man es glaubt, heut aber verlangt der Körper sein Essen, die Träume mit einemmal unerschwinglich, nicht einmal Ochsentreiber kann Sieben-Sonnen sein, die Tiere wurden verkauft, der Wagen ging entzwei, waltete der Herrgott nicht so sorglos, dem Armen wären die Güter auf ewig gesichert. Mit eigenem Ochsengespann und Wagen könnte Baltasar der Bauoberinspektion seine Dienste anbieten, und sie würden ihn trotz Einarmigkeit einstellen. So aber werden sie bezweifeln, daß er mit nur einer Hand die Zugtiere des Königs lenken kann oder die von Adligen oder sonstwelchen Privatleuten, die Gespanne leihweise zur Verfügung stellen, um sich den guten Dank der Krone zu sichern. Was könnte ich denn arbeiten, Bruder? fragte Baltasar seinen Schwager Álvaro Diogo gleich am Tage ihrer Ankunft, nun alle im Elternhaus lebend, man hatte schon zu Abend gespeist, vorher aber er und Blimunda aus Inês Antónias Mund die wundersame Geschichte hörten, wie der Heilige Geist über den Marktflecken geflogen war. Mit diesen Augen, die das Erdreich verschlinge, Schwester Blimunda, hab ich ihn gesehen und auch Álvaro Diogo, der auf Arbeit war, sag, daß es wahr ist, Mann. Und Álvaro Diogo, der die Glut im Ofen anfachte, bestätigte, daß da ein Ding über die Baustelle geflogen war. Der Heilige Geist, beharrte Inês Antónia, die Mönche versicherten es wem auch immer, und so sehr war es der Heilige Geist, daß sie eine Dankprozession veranstaltet haben. Mag schon sein, fügte sich der Ehemann. Und Baltasar, die lächelnde Blimunda anschauend: Es gibt Dinge am Himmel, die wir nicht erklären können. Blimunda pflichtete ihm bei: Kennten wir sie, bekämen die Dinge des Himmels andere Namen. Im Herdwinkel döste der alte

João Francisco, ohne Karren und Ochsengespann, ohne Land und ohne Marta Maria schien das Gespräch für ihn keinen Sinn mehr zu haben, doch sagte er, bevor er wieder einnickte: Auf der Welt ist nur Tod und Leben, alle warten auf mehr, aber warum verstummen die Alten, während sie doch reden müßten, weshalb die Jungen alles von Grund auf neu lernen müssen. Hier schläft noch ein weiterer und könnte drum nicht sprechen, wäre er aber wach, ließen sie ihn vielleicht nicht, denn er ist erst zwölf Jahre alt, möglich, daß Kindesmund die Wahrheit sagt, aber um diese von sich zu geben, muß einer erst erwachsen werden, dann aber fängt er an zu lügen, dieser eine Sohn ist ihnen geblieben, am Abend kommt er von der Arbeit heim, gänzlich erschöpft, Gerüst hinauf, Gerüst hinab, er schluckt sein Essen, und schon ist er eingeschlafen. Arbeit ist genug da, für jeden, der nur arbeiten will, sagt Álvaro Diogo, kannst als Handlanger gehen oder Schubkarre schieben, dein Haken reicht aus, den Holm zu packen. So sind nun mal die Tücken des Lebens, einer zieht in den Krieg, kehrt verstümmelt zurück, fliegt dann mittels geheimer, vertraulicher Künste durch die Lüfte, will er sich aber das karge tägliche Brot verdienen, sieht es arg aus, wiewohl er sich glücklich preisen kann, vor vielleicht tausend Jahren fertigten sie noch keine Haken, die einem die Hand ersetzten, was mag in tausend Jahren sein?

Früh am Morgen machten sich Baltasar und Álvaro Diogo auf, mit ihnen der Junge, es ist das Haus der Sieben-Sonnen, wie vordem schon erklärt, in unmittelbarer Nachbarschaft der Kirche des heiligen Andreas und des vizegräflichen Schlosses, man wohnt hier im ältesten Teil der Stadt, noch erkennbar Reste der zu ihrer Zeit von den

Mauren errichteten Burg, in aller Früh sind sie gegangen, unterwegs werden sich ihnen weitere Männer aus dem Ort anschließen, Baltasar kennt sie, alles strebt zum Bau, vielleicht sind die Felder verlassen, zur Bestellung reichen die Alten und die Frauen nicht aus, und da Mafra tief im Tal liegt, müssen die Männer Wege hinauf, die nicht mehr die alten sind, weil der vom Wachhügel gekippte Abraumschutt sie bedeckt. Schaut man von hier unten, versprechen die Mauern, sofern man sie sieht, keinen Turm von Babel, und gelangt man an den Fuß des Hügels, verbirgt sich der Bau in Gänze, sieben Jahre dauert das hier schon, bei dem Schrittmaß wird es erst am Jüngsten Tage fertig sein, und dann war es für die Katz. Ein riesiger Bauplatz, sagt Álvaro Diogo, wenn du erst davorstehst, wirst du es merken. Und Baltasar, der nicht viel übrig hat für Steinmetzen und Maurer, muß die Fiedel in den Sack stecken, nicht so sehr die hochgezogenen Mauern beeindrucken ihn, sondern das Gewimmel der Männer auf diesem Fleck, ein wahrer Ameisenhaufen, von überallher strömen Leute, wenn die alle hier arbeiten, beiß ich mir auf die Zunge, dann hab ich das Maul zu früh aufgetan. Der Junge schon abgebogen, zu seiner Arbeit, Tröge voll Kalk heranschaffen, und die zwei queren das Gelände, begeben sich nach links hin, zur Aufsicht, Álvaro Diogo wird sagen: Dies ist mein Schwager, geboren und wohnhaft in Mafra, hat viele Jahre in Lissabon gelebt, ist nun aber endgültig in sein Vaterhaus zurückgekehrt, und er möchte arbeiten. Nicht etwas, daß Empfehlungen sonderlich hülfen, aber immerhin, Álvaro Diogo ist von Beginn an dabei, gilt als fähiger und verläßlicher Arbeiter, ein kleines Wort stärkt allemal. Baltasar bleibt vor Staunen der Mund offen, er kommt aus einem Dorf und betritt eine Stadt, mag Lissabon sein, was es ist, und zu Recht die Hauptstadt eines Königreiches, dem das kleine, nahbei gelegene Algarve zugehört, samt anderen Teilen, großen und fernen, so Brasilien, Afrika und Indien, inbegriffen eine erkleckliche Zahl über die Welt verstreuter Einzelorte, mag Lissabon, wie gesagt, jenes Übermaß und Durcheinander sein, diese riesige Ansammlung von Schuppen und Gebäuden unterschiedlichster Größe, das muß man aus der Nähe gesehen haben, um es zu glauben, als Sieben-Sonnen vor drei Tagen diese Stätte überflog, war er im Gemüt so bewegt, daß er das Gewirr von Häusern und Gäßchen für Sinnestäuschung hielt und die in Angriff genommene Basilika für wenig größer als eine Hauskapelle. Wenn Gott, der von oben alles sieht, alles so schlecht sieht, möchte er doch besser hier unten auf Erden wandeln, auf seinen eigenen und göttlichen Füßen, so sparte er sich Mittler und Boten, die wenig verläßlich sind, voran die üblichen Augen, die alles Ferne klein sehen, was sich, nah betrachtet, als groß erweist, außer er bediente sich eines Fernrohrs wie das des Paters Bartolomeu Lourenço, was gäbe ich dafür, er schaute jetzt auf mich herab, vergewisserte sich, ob sie mich einstellen oder nicht.

Álvaro Diogo war schon fort an seine Arbeit, Stein auf Stein setzen, denn harrte er weiter hier, verlöre er ein Viertel seines Tageslohns, eine empfindliche Einbuße, nun muß Baltasar selber den Matrikelschreiber endgültig überzeugen, daß ein Eisenhaken eine Hand aus Fleisch und Knochen voll ersetzt, der Schreiber aber zweifelt, kann die Verantwortung nicht übernehmen, er geht hinein fragen, leider darf Baltasar seinen Beglaubigungsbrief als Erbauer von Luftschiffen nicht vorweisen, noch viel weniger erklären, daß er im Krieg war, falls das überhaupt nutzen könnte, seither sind vierzehn Jahre vergangen, wir leben glücklich in Frieden, und da kommt einer und redet von Krieg?, mit den Kriegen ist es vorbei, wie nie gewesen. Der Matrikelschreiber kehrte zurück, freundlich: Wie heißt du? Und er greift zum Federkiel, taucht ihn in die kastanienbraune Tinte, Álvaro Diogos Worte haben wohl doch gefruchtet, oder weil der Bewerber am Ort zu Hause ist, oder bei voller Manneskraft, neununddreißig Jahre, wiewohl schon einige graue Haare, oder schlicht weil der Heilige Geist hier vor drei Tagen vorbeischwirrte, Gott würde sich beleidigt fühlen, wenn kurz hierauf einem Bittenden Arbeit verwehrt würde. Dein Name? Baltasar Mateus, mit Spitznamen Sieben-Sonnen. Kannst am Montag anfangen, mit Wochenbeginn, gehst zu den Schubkarren. Baltasar dankte dem Matrikelschreiber geziemend und verließ die Oberinspektion, nicht traurig und nicht froh, ein Mann muß sein Brot wie immer und wo immer verdienen können, und wenn dieses Brot nicht auch die Seele nährt, so sei es nur mehr dem Körper Unterhalt, die Seele darbt.

Schon wußte Baltasar, daß dieser Fleck, auf dem er sich befand, Ilha da Madeira hieß, Holzinsel, treffender Name, denn abgesehen von den spärlichen Häusern aus Stein und Kalk war hier alles aus Brettern, aber stabil gebaut. Da gab es Schmiedewerkstätten, sehr wohl hätte Baltasar seine Erfahrung im Schmieden herausstreichen können, man denkt nicht an alles, und weitere Fertigkeiten, von denen er nichts wußte, später sollten noch die Spengler, Glaser, Anstreicher und dergleichen mehr hinzukommen. Viele Häuser hatten ein Obergeschoß, zu ebener Erde wurden die Lasttiere und Zugochsen untergestellt, oben wohnten die Personen von hohem und von ein bißchen Rang, die Meister, die Matrikelschreiber und sonstige Herren der Oberinspektion und die Offiziere, die das Aufgebot an Soldaten befehligten. Soeben wurden die Ochsen und die Maultiere aus ihren Ständen geführt, andere mochten zu früherer Stunde ausgetrieben worden sein, der Boden war von Harn und Kot aufgeweicht, und wie bei der Fronleichnamsprozession in Lissabon tollten die Halbwüchsigen zwischen den Männern und dem Vieh, rempelten einander, und einer, der einem anderen entwischen wollte, fiel hin und rollte unter ein Ochsengespann, wurde aber nicht getreten, der Schutzengel war zugegen, er kam glimpflich und heil davon, nur eben dreckbeschmiert und pestend. Baltasar lachte, wie die andern, die Arbeit hatte ihre Vergnügungen. Auch ihren Schutzengel. Gerade marschierten gegen zwanzig Infanteriesoldaten vorbei, bewaffnet wie für einen Kriegsgang, wird wohl eine Übung sein, oder sie marschieren nach Ericeira, dort landende französische Piraten abzuschlagen, so oft werden die es versuchen, bis sie eines Tages hier entlangkommen, Junot wird viele und viele Jahre, nachdem dieses Babel vollendet ist, in Mafra einziehen, im Kloster waren kaum mehr als zwanzig greise Mönche verblieben, die fast vom Schemel fielen, Junot schickte den Oberst Delagarde voraus, oder Hauptmann, bleibt sich gleich, dieser wollte in den Palast treten und fand das Portal verschlossen, hierauf man Bruder Félix de Santa Maria da Arrábida rief, den Klosteraufseher, doch der Ärmste hatte die Schlüssel nicht, das alles hatte die geflüchtete Königsfamilie, und da verpaßt der niederträchtige Delagarde, niederträchtig nannte ihn der Chronist, dem traurigen Bruder eine Backpfeife, der – o evangelische Sanftmut, o göttliche Lektion – jenem auf der Stelle auch die andere Wange hinhält, hätte Baltasar, als er in Jerez de los Caballeros die linke Hand verlor, seine rechte mit dargeboten, er könnte jetzt die Holme der Schubkarre nicht halten. Und da schon von Caballeros die Rede ist, kam hier jetzt auch Kavallerie, bewaffnet wie die Infanteristen, die, nun erkennbar, über das Gelände zog, um Wachen zu postieren, unter Bewachung arbeitet es sich noch am besten.

In diesen großen Holzbaracken schlafen die Männer, nicht weniger als zweihundert in jeder, und von hier aus, wo er gerade steht, kann Baltasar nicht alle Baracken zählen, er gelangte bis siebenundfünfzig und verlor sich, zumal er in all den Jahren seine Rechenkünste nicht vervollkommnet hat, am besten mit einem Eimer Kalkmilch und Pinsel da entlanggehen, Zeichen hier, Zeichen da, um sich nicht zu wiederholen und nicht zu irren, als schlüge einer Lazaruskreuze an die Türen, wegen der Lepra. Auf einer Matte oder in einer Bucht wie dieser hier würde Baltasar schlafen, hätte er nicht in Mafra sein Zuhause und eine Frau, die ihm beischläft, diese bedauernswerten vielen, die von weit her kommen, man sagt, ein Mann ist nicht aus Holz, desto schlimmer, denn um so größer ist die Pein, wenn sich ihm der Mast aufpflanzt, jedenfalls reichen Mafras Witwen nicht aus, die vermutete große Notdurft zu stillen. Baltasar ließ die Unterkünfte zurück und ging, sich das Militärlager zu besehen, da tat sein Herz einen Hüpfer, so viele Feldzelte, er sah sich in alte Zeiten versetzt, mag es unglaublich scheinen, es gibt Augenblicke, da sehnt sich ein ausgemusterter Soldat nach dem Krieg zurück, Baltasar widerfährt dies nicht zum erstenmal. Álvaro Diogo hatte schon erwähnt, daß in

Mafra viele Soldaten Dienst täten, die einen beim Ausschachten und beim Sprengen mit Pulver, die anderen als Bewacher der Arbeiter und Züchtiger von Unruhestiftern, nach Anzahl der Zelte waren die vielen ihrer Tausende. Sieben-Sonnen fühlt sich recht verwirrt, was ist denn dies für ein neues Mafra?, fünfzig Behausungen dort unten, fünfhundert hier oben, zu schweigen von anderen Unterschieden, so dieses Gewirr von Speisehäusern, Baracken fast von der Größe der Schlafhäuser, mit auf dem Fußboden verankerten langen Tischen und Bänken, und langen Theken, jetzt sieht man hier keine Leute, aber gegen Mittag werden die großen Kochkessel über das offene Feuer gehängt, und bläst dann die Trompete zum Essenfassen, wird's ein Gerenne, jeder möchte der erste sein, verdreckt kommen sie, gleich vom Arbeitsplatz, ein ohrenbetäubender Lärm, Freunde rufen Freunde, setz dich hierher, halt mir den Platz fei, Zimmermann setzt sich zu Zimmermann, Maurer zu Maurer, Ausschachter zu Ausschachter, der Pöbel von Hilfsarbeitern am Tischende, jeder bei seinesgleichen, nur gut, daß Baltasar daheim essen wird, denn mit wem sollte er Rede führen, da er vom Karrenschieben noch nichts versteht und von Flugzeugen er als einziger weiß.

Mag Álvaro Diogo zu seinen und der übrigen Arbeiter Gunsten sagen, was er will, das Werk steckt noch in den Anfängen. Baltasar hat einen Rundgang über das gesamte Gelände gemacht, aufmerksam wie einer, der sich das Haus genau betrachtet, in dem er wohnen wird, dort die Schubkarrenmänner, andere ersteigen die Gerüste oder schleppen den Kalk und den Sand oder wuchten paarweise, mit Hölzern und Stricken, Steinquader die flachen Schrägen hinauf, und die Baumeister walten mit dem

Stock in der Faust, und die Aufseher wachen, daß die Handwerker fleißige, saubere Arbeit leisten. Die Mauern haben an Höhe allenfalls das Dreifache von Baltasars Körpergröße, und nicht über den ganzen Umfang der Basilika hin, aber sie sind dick wie Festungsgemäuer, wenn auch weniger dick als die Reste von Mafras Burg, das waren damals ja andere Zeiten, noch ohne Artillerie, nur diese Breite erklärt und rechtfertigt das zögerliche Wachsen in die Höhe. Dort liegt umgestülpt eine Schubkarre, Baltasar probiert, ob er das Gefährt im Griff hätte, ein Kinderspiel, und wenn er sich mit dem Beitel auf der Innenseite des linken Holms einen Halbmond einkerbt, dann kann er es mit jedem unversehrten Händepaar aufnehmen.

Endlich steigt er den Weg wieder hinab, die Hügelflanke verbirgt den Bauplatz und die Holzinsel, rollten von oben nicht fortwährend Steine und lose Erdstücke, erahnte man dort nicht Basilika, nicht Kloster, nicht Königspalast, wäre es Mafra nur, bescheiden klein seit Jahrhunderten und bis zu uns hin, oder heute ein klein bißchen größer als zu Zeiten der Römer, die Gesetze einpflanzten, als zu Zeiten der Mauren, die hernach kamen, hier Gemüse- und Obstgärten anlegten, davon man kaum mehr einen Schatten erkennt, bis zu uns hin, die wir Christen wurden nach dem Willen des Herrschenden, denn falls Christus in Person auf Erden wandelte, bis hierher kam er nicht, in dem Falle nämlich wäre der Wachhügel ihm zum Kalvarium geworden, nun bauen sie hier ein Kloster, was, wahrscheinlich, das gleiche ist. Und da Baltasar angestrengter über diese Glaubensdinge nachsinnt, sofern es wirklich Baltasars Gedanken sind, doch was nützte es, ihn danach zu fragen?, erinnert er sich des Paters Bartolomeu Lourenço, und nicht das erste Mal in seinen Gesprächen mit Blimunda ist nur von ihm die Rede, er erinnert sich seiner, verspürt einen Stich ins Herz, er bereut es, daß er ihn am Berghang in jener schrecklichen Nacht so hart angefaßt hat, als hätte ich auf einen kranken Bruder eingeschlagen, ich weiß, er ist Priester, und ich bin nicht einmal mehr Soldat, doch wir waren gleichen Alters und wirkten an selbiger Sache. Baltasar schwört sich einmal mehr, daß er bei guter Gelegenheit die Serra do Barregudo und den Monte Junto aufsuchen wird, um nachzuschauen, ob die Maschine noch dort ist, es könnte der Pater ja insgeheim zurückgekehrt und allein fortgeflogen sein, in irgendein Land, das Erfindungen gewogen ist, etwa in die Niederlande, die außerordentliche Aufgeschlossenheit für aeronautische Phänomene zeigen, bewiesen durch einen gewissen Hans Pfaall, der, weil ihm einige beiläufige Vergehen nicht verziehen wurden, auf dem Mond weiterlebt, bis heute. Dieses künftige Begebnis kannte Baltasar ebensowenig wie andere noch größere, etwa daß bereits zwei Menschen den Mond besucht haben, wir alle haben sie dort oben gesehen, ohne daß sie Hans Pfaall begegnet wären, vielleicht weil sie nicht gründlich gesucht haben. Denn schwer ist's, Wege zu finden.

Diese hier findet man leichter. Von Sonnenaufgang bis Sonnenuntergang schiebt Baltasar und schieben mit ihm siebenhundert, tausend, tausendzweihundert Männer Karren voll Erde und Steine, im Falle Baltasars umfaßt der Haken den Holm, der rechte Arm konnte in beinahe fünfzehn Jahren seine Geschicklichkeit und seine Kraft verdreifachen, und dann ist es eine nicht endende Prozession des Corpus homini, befördern sie, einer hinter dem anderen, den Abraum zum Hang, kippen ihn hinunter, und nicht nur Gesträuch decken sie zu, sondern auch manchen Ackerstreifen, und auch einen Gemüsegarten aus maurischer Zeit, der Ärmste, da geht sein Dasein nun zu Ende, so viele Jahrhunderte lieferte er zarte Kohlköpfe und knackig frische Salate, Oregano, Petersilie und Minze, edelster Güte, nun aber leb wohl, schon wird nicht mehr Wasser durch diese Gräben fließen, wird der Gärtner nicht mehr den Erdpfropf beiseite ziehen, das lechzende Gartenbeet zu tränken, während das von nebenan sich labt nach mörderischem Durst. Und dreht die Erde sich so oft, viel öfter drehen sich die Menschen, die diese bewohnen, vielleicht ist jener, der dort oben gerade die Schubkarre auskippte, da kommen die Steine einzeln gerollt, und die Erde gleitend, voran die schwerere, vielleicht ist er der Gärtner aus dem Garten, doch er wird's nicht sein, ihm rinnen nicht Tränen aus den Augen.

Es verstreichen die Tage, die Wochen, und die Mauern wachsen kaum. Explosionen sprengen den von den Soldaten nun angegriffenen äußerst harten Fels, der, außer daß er Arbeitslohn einbringt, von gutem Nutzen sein könnte, wenn er sich, wie anderes Gestein, zum Auffüllen der Mauern eignete, dieser hier aber, obzwar er sich an den Berg klammert und nur mit äußerster Gewalt zu lösen ist, splittert und zerbröselt an der Luft, binnen kurzem wäre er Erde, kippte ihn nicht die Schubkarre in die Tiefe. Auch großrädrige Karren sind im Einsatz, von Maultieren gezogen, und freilich werden sie übermäßig beladen, weshalb die Tiere in diesen Regentagen im Schlamm versinken, da heraus sie nur die Peitsche befreit, die ihnen auf den Rücken niedersaust, und auf den Kopf, wenn Gott gerade wegschaut, nun ja, ist dies doch alles zu Diensten und zum Ruhme selbigen Gottes, man also nicht weiß, ob der den Blick nicht eigens abwendet. Die Männer mit den Schubkarren wuchten weniger schwere Last, versinken weniger tief, außerdem haben sie sich mit Brettern, die da anfallen, wenn die Gerüste erhöht werden, feste Stege angelegt, doch es langt nicht für alle, immer ist's ein Spähen und Um-die-Wette-Rennen, und greifen ihrer zwei gleichzeitig zu, wird's wildes Gestoße, kann man gefaßt sein auf Nasenstüber und Tritte gegen das Schienbein, wenn nicht Latten durch die Luft sausen, der Augenblick, daß die uniformierte Streife anrückt, und deren Anstalten reichen aus, die erhitzten Gemüter zu kühlen, notfalls zwei Hiebe mit flacher Klinge oder zweimal mit der Peitsche drübergehauen, wie bei den Maultieren.

Es regnet, aber so mäßig, daß die Arbeit nicht Unterbrechung leidet, ausgenommen die der Maurer, die Nässe verdirbt den Mörtel, staut sich auf den breiten Mauern, die Maurer stellen sich unter die Wetterdächer und warten, daß es aufhellt, dagegen die Steinmetzen, das sind feine Leute, den Marmor wohlgeschützt behauen, die Zierstücke und sonstigen Mauerteile, sicherlich zögen sie es vor zu ruhen, ihnen jedenfalls ist es gleich, ob die Mauern schnell oder langsam wachsen, sie halten sich an den Riß des Steins, sind bei der Kannelierung, beim Akanthus, Feston, Akroterion, bei der Girlande, und ist ihr Werk getan, schaffen die Transporter den Brocken mittels Holz und Tau unter das Wetterdach, zur vorrätigen Aufbewahrung, später auf gleiche Weise wieder fortgeholt, außer er wäre so schwer, daß es der Winde und der schiefen Ebene bedarf. Die Steinmetzen haben den Vorzug, daß sie geschützt arbeiten, ob Regen, ob Sonne, mit gesichertem Tageslohn, da unter dem Dach, weiß vom Marmorstaub, weiß wie Adelsperücken, poch-poch, poch-poch, mit Meißel und Schlegel, eine Arbeit zu zwei Händen. Der Regen heute war nicht so stark, daß die Aufseher alle Gewerke abgerufen hätten, noch nicht einmal die Karrenschieber, die weniger glücklich dran sind als die Ameisen, denn die, wenn der Himmel zu weinen anfängt, heben die Köpfe schnuppernd zu den Sternen auf, ziehen sich dann in ihre Löcher zurück, sie sind nicht Menschen, müssen nicht im Regen arbeiten. Nun aber kommt vom Meer, über die Felder her eine finstere Regenwand. Die Männer setzen ungeheißen die Karren ab, rennen zu den Unterständen oder suchen den Schutz der Mauern, sofern es überhaupt lohnt, denn nässer, als sie schon sind, können sie nicht werden. Die angeschirrten Maultiere stehen reglos im Platzregen, das schweißnasse Fell nun vom unablässig rinnenden Wasser durchweicht. Die Ochsen im Joch käuen gleichmütig, und prasselt der Regen heftiger, schütteln sie den Kopf, wer hier vermag zu sagen, was diese Tiere denken, welche Nerven ihnen zucken, und bis wohin?, und berühren ihre glänzenden Hörner einander, heißt dies vielleicht nur: Da bist du. Hört der Regen auf oder wird erträglicher, kehren die Männer zurück, alles nimmt seinen Fortlauf, beladen und auskippen, ziehen und stoßen, zerren und hochhieven, heute wird nicht gesprengt, das Pulver würde dieser Nässe wegen nicht zünden, desto besser für die Soldaten, sie lassen sich's wohl sein unter den Wetterdächern, mit den Wachposten, die sich ebenfalls untergestellt haben, Friede und Freude herrscht. Dann kam wieder der Regen, fiel er aus ganz finsterem Himmel, so schnell hört das nicht auf, den Männern wurde Abbruch der Arbeiten befohlen, nur die Steinmetzen hämmern weiter den Stein, poch-poch, poch-poch, die Wetterdächer sind breit, nicht einmal bei Wind können Spritzer den Marmor nässen und beflecken.

Baltasar wandte sich, den glatten Pfad hinab, heimwärts, ein Mann, der vor ihm lief, rutschte aus, fiel in den Dreck, alle lachten, vor Lachen fiel ein zweiter hin, solche Aufheiterung hat ihren Wert, in Mafra und Umgebung werden keine unterhaltenden Vorführungen geboten, nichts an Sängerinnen und Schaustellern, eine Oper hat nur Lissabon, und bis zum Kino, wenn es dann auch Riesenvögel mit Motor gibt, fehlen noch zweihundert Jahre, viel Mühe kostet's, die Freizeit zu verbringen, bis, sieh da, die Glückseligkeit endlich kommt. Schwager und Neffe werden schon zu Hause sein, desto besser für sie, nichts geht über ein wärmendes Herdfeuer, wenn einer durchfroren ist, die Hände über die hohe Flamme gehalten, die nackten Füße nahe an die Glut, und die Kälte weicht aus den Knochen, ganz langsam, als schmelze Rauhreif in der Sonne. Aber besser als dies, und das gibt es, ist allemal ein Weib mit unter der Bettdecke, und liebt man dieses gar, dann braucht es einem nur noch in den Weg zu treten, wie wir es Blimunda jetzt tun sehen, sie kam, mit ihm Kälte und Regen zu teilen, einen Rock von sich bringt sie mit, wirft ihn dem Mann über den Kopf, diesen Geruch nach Weib, der ihm Tränen in die Augen treibt. Bist du müde? fragte sie, ein Wenig schon kann die Welt erträglich machen, ein Rockschoß bedeckt die zwei Häupter, in schlechtem Vergleich ein Himmel, so traut könnte Gott mit unseren Engeln leben.

Mafra erreichten vereinzelte Nachrichten von einem Erdbeben, das Lissabon heimgesucht habe, keine größeren Schäden, nur eingestürzte Mauern und Schornsteine, und etliche Risse in altem Ziegelwerk, doch da jedes Übel auch sein Gutes hat, machten die Kerzenverkäufer ein glänzendes Geschäft, das war ein Gerenne mit Wachslichtern hin zu den Kirchen, sonderlich zu den Altären des heiligen Christophorus, dem sehr wirksamen Schutzheiligen im Falle von Pest, Seuchen, Blitzschlägen, Bränden und Sturmgewittern, Überschwemmungen, Reiseunglück und Erdbeben, er im Wettstreit mit der heiligen Barbara und dem heiligen Eustachius, die ebenfalls nicht kümmerlich sind in Schirmungen dieser Art. Doch die Heiligen gleichen den Mannsbildern, diesen hier, die das Kloster bauen, und wer diese meint, meint andere, auf anderen Bau- und Abbauplätzen, auch die Heiligen ermüden und ruhen gar gern aus, denn nur sie wissen, was es kostet, die Kräfte der Natur in der Gewalt zu halten, wären es Kräfte Gottes, reichte es hin, den Herrgott anzusprechen, einfach zu sagen: Hör mal, blas jetzt nicht, rüttel nicht, schür nicht das Feuer, überschwemme nicht, schick nicht Seuchen noch Diebe auf die Straße. Und nur wenn er ein böser Gott wäre, würde er die Bitten nicht erhören, da die Kräfte jedoch natürlichen Ursprungs sind und unachtsam die Heiligen, kaum wähnen wir uns glimpflich davongekommen und stoßen einen Seufzer der Erleichterung aus, überfällt uns ein so schlimmes Unwetter, wie es die Erinnerung nicht kennt, dieses hier kam ohne Regen und Hagel, was dem Sturmwind vielleicht die Kraft gebrochen hätte, der mit den vertäuten Schiffen sein Spiel treibt, als wären es Nußschalen, er rüttelt und zerrt, zerreißt die Trossen oder reißt ihnen die Anker aus dem Grund, treibt sie ab, widereinander, sie drücken sich gegenseitig die Flanken ein, sinken, samt den wer weiß wen um Hilfe anflehenden Seeleuten, oder er wirft sie auf den Strand, wo des Wassers Gewalt sie in Trümmer haut. Alle Landungskais flußaufwärts brechen zusammen, Wind und Wellen reißen die Steine aus ihrer Gründung, werfen sie wie Kanonenkugeln gegen Land, zertrümmern damit Fenster und Türen, was ist dies für ein Feind, der ohne Eisen und Feuer Wunden schlägt? In der Annahme, daß hier der Teufel wütet, liegt alles, was Weib ist, Ehefrau, Amme, Dienstmagd oder Sklavin, im Gebetssaal auf Knien, Maria allerheiligste Jungfrau, unsere Herrin, indessen die Männer, totenblaß und ohne Gelegenheit, einen Mauren oder Tapuia-Indianer abstechen zu können, die Rosenkranzperlen durch die Finger gleiten lassen, Vater unser, Ave Maria, euch rufen wir inständig an, weil uns Vater und Mutter fehlen. Die Wellen donnern so wuchtig gegen die Mole von Boavista, daß die Gischt, vom Wind hochgewirbelt und fortgetragen, wie ein Regenguß an die Mauern des Klosters der Bernhardinerinnen klatscht, und weiter fort, bis zum Kloster des heiligen Benedikt. Wäre die Welt ein Schiff und triebe auf See, diesmal ginge sie unter, einten Wasser und Wasser sich zu einer endlich universumhaften Sintflut, der diesmal weder Noah noch die Taube entkämen. Der Strand von Fundição bis Belém, fast drei halbe Wegstunden, ist eine einzige Trümmerlandschaft, zerschlagene Hölzer, und was von den Ladungen nicht in die Tiefe sank, das spülten die Wogen an, beklagliche Verluste für die Besitzer, großer Schaden für den König. Auf einigen Schiffen fällten sie die Masten, damit sie nicht kenterten, drei Kriegsschiffe wurden gegen den Strand gedrückt und hätten da ihr Ende gefunden, wäre ihnen nicht unverhofft besondere Hilfe zuteil geworden. Ungezählt viele Barken, Fischerboote und Barkassen zerschellten, hundertzwanzig größere Schiffe strandeten oder sanken, von den vielen Umgekommenen nicht erst zu reden, wer weiß, wie viele Leichen die Ebbe ins Meer spülte oder wie viele auf dem Grunde blieben, aber gezählte hundertsechzig Kadaver warfen die Wellen an Land, ein Rosenkranz an Opfern, den die Witwen und Waisen da zu beweinen hatten, ach, mein allerbester Vater, Frauen wenige ertrunken, da wird manch ein Mann sagen: Ach, meine Allerbeste, tot sind wir alle die besten. Da so viele Tote, begrub man sie, wo es sich gerade ergab, einige wurden nicht identifiziert, ihre Angehörigen fern, kamen nicht zur Zeit, gegen große Übel radikale Medizin, wäre das jüngste Erdbeben von schlimmerem Ausmaß und von zahlreichen Opfern gewesen, man wäre ebenso verfahren, hätte die Toten einfach verscharrt und sich der Lebenden angenommen, das sei für künftig vermeldet, falls solches Übel über uns kommt, davor Gott uns bewahre.

Mehr als zwei Monate sind vergangen, seit Baltasar und Blimunda nach Mafra fanden und nun schon hier leben. An einem kirchlichen Feiertag, als die Arbeit auf dem Bau ruhte, machte sich Baltasar zum Monte Junto auf, nach der Flugmaschine zu sehen. Sie harrte an selber Stelle, unverändert zur Seite gekippt, auf den einen Flügel gestützt, harrte unter dem nun schon vertrockneten Astlaub. Das geteerte obere Segel, in Gänze ausgespannt, hielt die Bernsteinkugeln im Schatten. Der Schräge wegen hatte sich auf dem Segel der Regen nicht gestaut, keine Gefahr, daß Nässe es verdarb. Ringsum, auf dem steinigen Boden, wucherte frisches Gestrüpp hoch auf, sogar Brombeere, ein zweifellos bemerklicher Fall, da dies weder die entsprechende Jahreszeit noch der geeignete Fleck, eher schien es, der Riesenvogel schützte sich auf eigene Weise, bei einem Apparat wie diesem darf man auf alles gefaßt sein. Im Handumdrehen tat Baltasar seins dazu, half er mit verbergen, wie schon beim erstenmal schnitt er frische Äste aus den Büschen, diesmal aber unter weniger Mühen, denn er hatte ein Rebmesser eingesteckt, und als die Arbeit getan war, machte er einen Gang um diese andere Basilika und sah, daß alles gut war. Dann kletterte er in die Maschine und kerbte mit dem Stachel, den er in letzter Zeit nicht hatte einsetzen müssen, in die Deckplanken eine Sonne und einen Mond, Pater Bartolomeu Lourenço als Botschaft, falls er irgendwann her zurückkommt, wird er dieses unverwechselbare Zeichen seiner Freunde finden. Baltasar machte sich auf den Rückweg, bei Sonnenaufgang hatte er Mafra verlassen, zu finsterer Nacht traf er dort wieder ein, insgesamt mehr als zehn Stunden marschiert, wer mit Lust eilt, ermüdet nicht, heißt es, Baltasar aber kam erschöpft, niemand hatte ihn gehen heißen, wer sich diesen Spruch ausgedacht, der mag die Nymphe eingeholt und sich mit ihr verlustiert haben, also wundert es nicht.

Mitte Dezember war's, Baltasar strebte nach Tages Arbeit üblich heim, und wie fast immer kam Blimunda ihm auf dem Weg entgegen, diesmal aber irgendwie aufgeregt und bebend, nur wer Blimunda nicht kennt, weiß nicht, daß sie über die Erde wandelt, als kennte sie diese schon von früheren Leben her, und als sie heran war, fragte er: Geht's meinem Vater schlechter? Nein, sagte sie, dann flüsternd: Der Herr Scharlach ist im Hause des Vizegrafen, was er da wohl sucht? Bist du sicher?, hast du ihn gesehen? Mit diesen meinen Augen. Vielleicht ist es jemand, der ihm ähnelt. Er selber ist's, wen ich einmal sah, den hab ich so gut wie oft gesehen. Sie traten ins Haus, aßen zu Abend, hernach legte man sich zur Ruhe, jedes Paar auf seinen Strohsack, der alte João Francisco mit dem Enkel, der, von unruhigem Schlaf, die ganze Nacht strampelt, doch das schert den Großvater nicht, wer nicht einschlafen kann, hat im anderen allemal einen Gefährten, und darum auch vernahm nur er, irgendwann spät, spät für einen, der sich zeitig hinlegt, eine zarte Musik, die durch die Spalten der Tür und des Ziegeldaches hereindrang, gar große Stille mochte diese Nacht in Mafra herrschen, daß ein einfaches Cembalo, gespielt im Palast des Vizegrafen, bei geschlossenen Türen und Fenstern, der Kälte wegen, und Kälte mochte es nicht sein, solches auferlegte einem die Schicklichkeit, daß ein einfaches Cembalo von einem gar auch zunehmend alterstauben Greis vernommen wurde. Wären Blimunda und Baltasar es gewesen, sie hätten gesagt: Da spielt der Senhor Scharlach, fürwahr, am Finger erkennt man den Riesen. So sagen wir, seit es dieses Sprichwort gibt, und hier kommt es uns gelegen. Anderentags, im Morgengrauen, sagte der Alte, während er die Wärme des Herdwinkels suchte: In dieser Nacht hab ich Musik gehört. Inês Antónia, Álvaro Diogo und auch der Enkel maßen dem keine Bedeutung bei, die Alten hören ja immer Dinge, aber Baltasar und Blimunda wurden traurig vor Neid, wenn es hier jemandem zustand, solche Musik zu vernehmen, dann ihnen, nur ihnen. Baltasar ging zur Arbeit, Blimunda schlich den ganzen Tag um den Palast herum.

Domenico Scarlatti hatte den König ersucht, die Klosterbaustelle besichtigen zu dürfen. Der Vizegraf empfing ihn in seinem Haus, nicht etwa aus großer Vorliebe für die Musik, sondern weil der Italiener Dirigent der königlichen Kapelle und Lehrer der Infantin Dona Maria Bárbara war und darum, sozusagen, eine körperliche Ausdünstung des Schlosses. Gästedank könnte einem unverhofft Nutzen bringen, das Heim eines Vizegrafen ist keine beliebige Herberge, es lohnt in jedem Falle, ein Auge dafür zu haben, wem man Gutes tut. Gestern abend spielte Domenico Scarlatti auf dem verstimmten Cembalo des Vizegrafen, es lauschte die Vizegräfin, mit Töchterchen Manuela Xavier auf dem Schoß, dem erst drei Jahre alten, aber von allen im großen Saal Anwesenden am aufmerksamsten, es bewegte die Fingerlein, ahmte Scarlatti nach, zum Mißbehagen der Mutter, die das Kind der Amme in die Arme gab. Es wird nicht viel Musik im Leben dieses Kindes sein, als Scarlatti zur Nacht spielt, schläft es, zehn Jahre später stirbt es, und wird man es in der Kirche des heiligen Andreas bestatten, wo es noch heute ruht, und falls in der Welt noch Raum und Weg sind zu Wunder und Verwunderung, vielleicht hallen da bis zu ihr, unter der Erde hin, jene Melodien, die das Wasser auf dem in den Brunnen von São Sebastião da Pedreira geworfenen Cembalo fingert, sofern es den Brunnen noch gibt, denn der Brunnen Bestimmung ist es, zu versiegen, und dann werden sie zugeschüttet.

Der Musiker trat aus dem Palast, wollte sich zur Besichtigung des Klosterbauplatzes begeben, er sah Blimunda, tat nicht dergleichen, und auch sie nicht, denn jedermann in Mafra wäre stutzig geworden, und flugs auch die hiesigen sehr argwöhnischen Richter, daß da Sieben-Sonnens Weib vertraulich mit dem Musiker schwätzt, der im Hause des Vizegrafen logiert, warum?, wirklich um die Bauarbeiten zu studieren?, ist er doch weder Maurer noch Architekt, und zum Organisten fehlt uns die Orgel, da steckt bestimmt etwas anderes dahinter. Ich bin gekommen, dir und auch Baltasar zu sagen, daß Pater Bartolomeu de Gusmão in Toledo verstorben ist, das ist in Spanien, wohin er geflohen war, verrückt geworden, heißt es, und da von dir und Baltasar jedes Lebenszeichen fehlte, beschloß ich, nach Mafra zu kommen, um nach eurem Verbleib zu forschen. Blimunda faltete die Hände, nicht um zu beten, sondern als wollte sie ihre Finger abdrosseln. Gestorben? Ja, dies ist die Nachricht, die nach Lissabon gelangte. An jenem Abend, als die Maschine im Gebirge niederging, verließ uns Pater Bartolomeu Lourenço fluchtartig und blieb verschwunden. Und die Maschine? Ist noch dort, was sollen wir mit ihr anfangen? Bewahrt und pflegt sie, vielleicht daß sie eines Tages wieder fliegt. Wann ist Pater Bartolomeu Lourenço gestorben? Am 19. November, heißt es, zufällig wütete an diesem Tag in Lissabon ein Sturm, wäre Pater Bartolomeu de Gusmão ein Heiliger, könnte dies als ein Zeichen des Himmels gelten. Ein Heiliger, was ist das, Herr Scharlach? Ein Heiliger, was ist das, Blimunda?

Tags darauf kehrte Domenico Scarlatti nach Lissabon zurück. An einer Wegbiegung, außerhalb des Ortes, paßten Blimunda und Baltasar ihn ab. Er hatte einen viertel Tag Ausfall in Kauf genommen, um dem Musiker Lebewohl zu sagen. Sie traten an die Kutsche, als bäten sie um ein Almosen. Scarlatti ließ halten und reichte ihnen die Hand. Lebt wohl. Lebt wohl. In der Ferne detonierten die Pulverladungen, man könnte meinen, ein Fest, der Italiener fährt traurig hin, kein Wunder, falls er vom Fest kommt, doch traurig auch die beiden, obwohl sie sich, denk einer, dem Fest zuwenden.

Auf seinem Thron im Sternenglanz, mit seinem Umhang aus Nacht und Einsamkeit, hat er zu Füßen das neue Meer und die toten Zeitläufte, einziger Kaiser er, wahrhaftig, der die Erdkugel in seiner Hand hält, das war Infant Dom Henrique, wie ein zu dieser Stunde noch nicht geborener Dichter ihn preisen wird, jedem das Seine an Gewogenheiten, aber handelt es sich um Globus, Imperium und Einkünfte aus diesem Imperium, da gibt Dom Henrique eine schwache Figur ab, verglichen mit diesem Dom João, bekannterweise der fünfte seines Namens in der königlichen Stammtafel, er hier sitzt, größerer Bequemlichkeit wegen, in einem Sessel mit Armstützen aus Pockholz, und nicht minder gelassen bedient er den Schatzmeister, der ins Rechnungsbuch die Güter und die Reichtümer einträgt, von Macau die Seiden, die Überzugstoffe, die Porzellane, die Lackarbeiten, den Tee, das Piment, das Kupfer, den grauen Bernstein, das Gold, die Rohdiamanten aus Goa, die Rubine, die Perlen, den Zimt, noch mehr Piment, die Baumwollstoffe, den Salpeter, die Teppiche aus Diu, die Intarsienmöbel, die bestickten Decken, das Elfenbein aus Melinde, die Neger aus Moçambique, das Gold, aus Angola nochmals Neger, doch diese von geringerer Güte, das Elfenbein von Afrikas Westküste aber ist das beste, aus São Tomé das Holz, das Maniokmehl, die Bananen, das Yams, die Hühner, die Hammel, die Zicklein, das Indigo, den Zucker, von den Kapverden etliche Neger, das Wachs, das Elfenbein, die Häute, wobei klar ist, daß nicht alles Elfenbein vom Elefanten stammt, von den Azoren und von Madeira die Tuche, das Getreide, die Liköre, die trocknen Weine, die Schnäpse, die kandierten Limonenschalen, die Früchte, und aus den Landstrichen, die einst Brasilien sein werden, den Zucker, den Tabak, den Kopal, das Indigo, das Holz, die Häute, die Baumwolle, den Kakao, die Diamanten, die Smaragde, das Silber, das Gold, allein vom letzteren kommt her ins Reich, Jahr für Jahr, Masse im Wert von zwölf bis fünfzehn Millionen Cruzados, Staub und Münzen, abgesehen vom Rest, und außerdem, was die See verschlingt oder die Piraten rauben, dies freilich ist nicht alles Reingewinn der Krone, die reich ist, o ja, aber so reich wiederum auch nicht, und trotzdem, alles in allem, von innen und außen fließen in die Schatullen des Königs über sechzehn Millionen Cruzados, schon die Maut beim Überqueren der Flüsse nach Minas Gerais bringt dreißigtausend Cruzados, ein saures Stück Arbeit hatte unser Herrgott mit dem Graben der Flußläufe, und dann kommt ein portugiesischer König und kassiert fetten Brückenzoll.

Dom João V. überlegt, was anfangen mit so gewaltigen Summen, mit einem so horrenden Reichtum, er überlegt heute und überlegte gestern, und immer gelangt er zum Schluß, daß voran im Betracht die Seele stehen muß, sie gilt es mit allen Mitteln zu bewahren, vor allem wenn auch die irdischen und die leiblichen Bequemlichkeiten ihr Trost zu geben vermögen. Gehe drum an den Mönch und an die Nonne das Gebührliche und auch das Übergebührliche, setzt mich doch der Mönch in seinem Gebet an oberste Stelle, und streichelt mir die Nonne die Lakenfalte glatt und andere Stellen, und auch Rom sei bedient, mit gutem Geld lohnten wir es ihm, daß es uns eine Heilige Inquisition gestattete, und noch größer sei die Gabe, falls es um weniger grausame Wohltätigkeiten bittet, im Tausch für Botschaften und Geschenke, und da man von diesem armen Land der Analphabeten, Bauern und derben Handwerker nicht höchste Künste und Fertigkeiten erwarten kann, bestellen wir diese in Europa, für mein Kloster in Mafra, bezahlen wir also mit dem Gold aus meinen Minen und mit meinen übrigen Gütern die Ausstattungen und Ornamente, welche, so wird es der geschichtsschreibende Mönch sagen, die Künste hierzulande bereichern und uns, die wir sie betrachten, die Ornamente und Ausstattungen, in Bewunderung versetzen werden. Von Portugal möge weiter nichts gefordert werden als Stein, Ziegel, Brennholz, Männer für die groben Arbeiten, wenig Wissenschaft. Wenn ein Deutscher der Architekt ist, Italiener die Meister der Zimmerleute, Maurer und Steinmetzen sind, wenn englische, französische, holländische und sonstige Kaufleute tagtäglich uns verkaufen und uns kaufen, so ist es nur Rechtens, daß aus Rom, aus Venedig, aus Mailand und aus Genua und aus Lüttich und aus Frankreich und aus Holland die Glocken und Glöckchen kommen, und die Kerzenhalter, die Öllampen, die Kandelaber, die Lüster, die bronzenen Kirchenleuchter und die Kelche, die vergoldeten Silbermonstranzen, die Heiligenschreine und die Heiligenstatuen, denen der König am meisten zugetan ist, und die Altarparamente, die Meßgewänder, die Kaseln, die Pluviale, die Gürtel, die Altarhimmel, die Baldachine, die Hemden der Pilgerinnen, die Spitzen, und dreitausend Bretter aus

Nußholz für die Sakristeitruhen und das Chorgestühl, da der heilige Carlo Borromeo dieses Holz zu besagtem Zweck als sehr geeignet befand, und aus den Ländern des Nordens ganze Schiffsladungen mit Holz für Baugerüste, Wetterdächer und Schlafhäuser, und Taue und Stricke für die Winden und Flaschenzüge, und aus Brasilien Bretter von Angelineholz, unzählige, für die Türen und die Fenster des Klosters, für den Fußboden der Zellen, die Schlafräume, das Refektorium und übrige Gelasse, inbegriffen für die Roste der Entflöhkabinen, weil ein äußerst widerstandsfähiges Holz, nicht wie diese sich spaltende portugiesische Pinie, die nur zum Aufwärmen der Kochtöpfe taugt und als Sitzfläche leichten, taschenlosen Leuten. Seit in Mafra, das ist nun acht Jahre her, der Grundstein für die Basilika gelegt wurde, dieser Gott sei Dank aus Pêro Pinheiro, hält sich ganz Europa uns in tröstlicher Erinnerung, dank dem Geld, das sie als Vorschuß erhielten, viel mehr noch dank den jedesmal fälligen Raten und endlich dann bei Auftragserfüllung, das sind die Gold- und Silberschmiede, die Glockengießer, die Bildhauer für Skulpturen und Ornamente, die Weber, die Spitzenklöpplerinnen und Stickerinnen, sind die Uhrmacher, die Holzschnitzer, die Maler, die Seiler, sind die Brettsäger und die Holzhändler, sind die Posamentierer, die Lederverarbeiter, sind die Tapezierer, die Glöckchenhersteller, sind die Reeder. Da die brave Melkkuh schon nicht unser sein kann, oder solange sie es nicht ist, möge sie nur ruhig bei den Portugiesen im Stall stehen, die werden wir bald soweit haben, daß sie, wenn sie sich Windbeutel und Eierkonfitüre zubereiten möchten, auf Kredit ein Seidel Milch bei uns kaufen. So Majestät noch mal wünscht, brauchen Sie es nur zu sagen, gibt Mutter Paula kund.

Die Ameisen gehen auf den Honig, auf den verschütteten Zucker, auf das vom Himmel gefallene Manna, sie sind, ja wieviel?, vielleicht zwanzigtausend, alle der einen Seite zugewandt, gewisse Meeresvögel, die sich zu Hunderten an den Stränden sammeln, um die Sonne anzubeten, dabei es ihnen gleich ist, ob der Wind gegen den Steiß bläst, wider den Strich, Hauptsache das reisende Himmelsauge im Blick, mit kurzen Wettläufen, voreinander, bis der Strand zu Ende ist oder die Sonne sich verkriecht, morgen kehren wir hierher zurück, wenn nicht wir, dann unsere Kinder. Zwanzigtausend, und fast durchweg Männer, die raren Weiber halten sich am Rande des Haufens, weniger weil der Sitte gemäß, die den Geschlechtern in der Messe getrennte Bänke zuweist, sondern weil sie in der Menge verschwänden, am Ende vielleicht zwar lebendig wieder zum Vorschein kämen, aber, wie wir es heute nennen würden, vergewaltigt, führe Gott deinen Herrn nicht in Versuchung, und wenn, dann komm hernach nicht und jammere, daß du geschwängert bist.

Gesagt wurde, daß dies eine Messe ist. Zwischen Bauwerk und Holzinsel eine geräumige Fläche, festgetreten vom Auf und Ab der Arbeiter, gefurcht von den kreuz und quer fahrenden Rädern, zum Glück jetzt alles trocken, das schafft des Frühlings Kraft, gegen Sommer hin, allernächst können die Männer knien, ohne sonderlich um die Hosenbeine fürchten zu müssen, sind sie ja überdies nicht das reinlichste Volk, waschen sich mit dem eigenen Schweiß. Unten auf der Sohle, etwas erhöht, ist eine Kapelle aus Holz errichtet, wenn die Anwesenden aber meinen, daß wir wundersam alle hineinpassen, so täuschen sie sich gewaltig, leichter vervielfachten sich die Fische und die Brote oder paßten zweitausend Willenskräfte in ein Glasfläschchen, dies beileibe kein Wunder, sondern die natürlichste Sache der Welt, so man nur will. Da ächzen die Spille, mit diesem Knarren, oder ähnlich, tut sich das Tor des Himmels und das der Hölle auf, aus Kristall die Pforte von Gottes Haus, aus Bronze die zum Haus des Teufels, auch an den Echos merkt man sogleich den Unterschied, das Aufjaulen hier rührt lediglich von den sich reibenden Hölzern her, langsam klappt die Fassadenwand der Kapelle hoch, hebt sich so weit, daß sie zum Wetterdach wird, indessen die Seitenwände zurückweichen, es ist, als öffneten unsichtbare Hände einen Heiligenschrein, beim erstenmal waren noch nicht so viele Menschen auf dem Bau, immerhin aber fünftausend, die ah riefen, stets wird es Neues geben, das die Menschen in basses Staunen versetzt, nachher gewöhnt man sich dran, endlich dann ist die Kapelle weit aufgetan, zeigt sie drin den die Messe zelebrierenden Priester und den Altar, es wird dies eine Messe wie jede andere sein, höchst seltsam, all diese Leute haben schon vergessen, daß eines Tages der Heilige Geist über Mafra geflogen ist, anders ist die Messe vor der Feldschlacht, werde ich, wenn später die Toten gezählt und begraben werden, einer der Ihren sein?, wollen wir drum das heilige Opfer gut nutzen, außer der Feind greift vorzeitig an, weil er seine Messe bereits hinter sich hat oder von anderer Religion ist, die ihm diese erläßt.

Aus seinem Holzverschlag predigte der Priester dem Meer von Menschen, wäre es das Meer von Fischen, hätte sich hier eine gar schöne Predigt wiederholen lassen, mit sehr einhelliger, sehr gesunder Doktrin, doch da nicht Fische, fiel sie wunschgemäß aus, und es vernahmen sie nur jene Gläubigen, die näher standen, doch so sicher nicht die Kutte den Mönch macht, tut es zweifellos der Glaube, hört der Kirchgänger sagen: Elle, weiß er, es hieß Hölle, wenn bist dumm, dann Jesum Christum, wenn iß nicht die Taube, dann christlicher Glaube, und hört er nichts mehr, kein Wort noch Echo, so ist die Predigt zu Ende, wir können abhauen. Es verblüfft über die Maßen, daß, wenn die Messe zu Ende ist, auf dem Platz keine Toten liegen, selbst die Sonne, als sie voll auf die Monstranz fiel und die Augen blendete, hat niemanden umgebracht, sehr verändert sind die Zeiten, lang ist es her, daß die Leute von Beth-Schemesch auf dem Felde Weizen schnitten und, als sie die Augen von der Arbeit hoben, die Bundeslade aus dem Philisterland kommen sahen, das damals hätte gereicht, glatt fünfzigtausend Mann, oder siebzig, umzuwerfen, hier schauten ihrer zwanzigtausend, du warst mit dabei?, hab dich nicht gesehen. Es ist eine Religion von viel Zeitverschleiß, bei solchen Scharen von Gläubigen woher die Muße und die entsprechenden Einrichtungen, um ihnen allen die Beichte abnehmen oder allen die Kommunion erteilen zu können? Diese hier hocken da herum, wie Gott es geben mag, gähnen gewaltig, streiten, befummeln ein Weib hinter dem Wall oder an noch diebischeren Orten, also denn bis morgen, der wieder Arbeitstag ist.

Baltasar überquert den Platz, da sind Männer beim harmlosen Scheibenwurfspiel, andere bei Münzspielen, die der König verbot, wie Wappen-oder-Zahl, falls der Stadtrichter bei seinem Rundgang hier vorbeikommt, geht es nicht ohne Karzer ab. Es warten auf Baltasar, an verabredeter Stelle, Blimunda und Inês Antónia, und dort sein werden, oder sind schon, auch Álvaro Diogo und

Sohn. Zusammen steigen sie ins Tal hinab, daheim erwartet sie der alte João Francisco, der die Beine kaum mehr bewegen kann, sich mit der stillen Messe begnügt, indessen der Vikar in der Kirche des heiligen Andreas Gottesdienst hält, daran das gesamte Haus des Vizegrafen teilnimmt, vielleicht darum die Predigt weniger zorndräuend ausfällt, mit dem Nachteil aber, daß einer sie in Gänze anhören muß und es gleich auffällt, wenn er, was gar natürlich ist, unaufmerksam wird, sofern er seine Jahre auf dem Buckel hat oder die Jahre ihn sehr erschöpft haben. Als das Mittagessen beendet ist, hält Álvaro Diogo seine Siesta, der Sohn läuft zu den Felswänden, mit Altersgefährten, die Frauen flicken und stopfen still geheim, denn es ist Ruhetag, Gott wünscht, daß alles Arbeiten unterbleibt, wenn aber dieser Riß nicht heute ausgebessert wird, ist er morgen schon größer, und falls es wahr ist, daß Gott nicht mit Stock und mit Stein straft, so nicht minder, daß Flicken einzig mit Nadel und Faden geschieht, auch wenn mein Geschick nicht groß ist, wahrlich, als Adam und Eva geschaffen wurden, wußte der eine so viel wie der andere, und als der Erzengel sie aus dem Paradies vertrieb, gab er ihnen, soweit bekannt, keine Liste mit, darauf vermerkt gewesen wäre, was Mannesarbeit und was Frauenarbeit, der Frau wurde lediglich aufgetragen: Unter Schmerzen sollst du gebären, doch wird selbst dies eines Tages vorbei sein. Baltasar läßt Stachel und Haken daheim, geht mit nacktem Stumpf aus, vielleicht spürt er dann jene bestärkenden Martern in der Hand wieder, sie werden jetzt seltener, auch das Kribbeln an der Innenseite des Daumens, worauf er die Stelle dann mit dem Nagel des Zeigefingers wollüstig kratzt, behaupte keiner, daß dies alles nur in seinem Kopf stattfindet, er würde entgegnen, daß man im Kopf keine Finger hat. Aber, Baltasar, du hast ja die Hand nicht mehr. Dessen kann niemand sicher sein, schon gar nicht streit ich mit Leuten, die es fertigbringen, sogar ihr eigenes Vorhandensein zu leugnen.

Man weiß, daß Baltasar einen trinken geht, aber betrinken wird er sich nicht. Er trinkt, seit er von Pater Bartolomeu Lourenços Tod erfuhr, leidiger Tod, tief erschütternd, gleichsam ein Erdbeben in seinem Innern, das ihm die Grundfesten zerriß, jedoch die Mauern an der Oberfläche lotrecht ließ. Er trinkt, weil er immerzu an den Riesenvogel denken muß, der dort in der Serra do Barregudo harrt, an einem Hang des Monte Junto, vielleicht haben Schmuggler oder Hirten ihn mittlerweile entdeckt, allein schon der Gedanke hieran peinigt ihn, als läge er auf der Folterbank. Beim Trinken dann kommt stets der Augenblick, daß er jäh Blimundas Hand auf der Schulter spürt, mehr ist nicht nötig, Blimunda zu Hause kann beruhigt sein, Baltasar greift zum gefüllten Krug Wein, will ihn leeren wie zuvor die anderen Krüge, da berührt die Hand seine Schulter, eine Stimme sagt: Baltasar. Und der Krug kehrt auf den Tisch zurück, unbehelligt, die Freunde wissen, heute wird er keinen Tropfen mehr trinken, stumm wird er dahocken, wird lediglich zuhören, während der Weindusel allmählich verfliegt, die Worte der anderen wieder Sinn bekommen, mag es auch nur die eine, immergleiche Geschichte sein: Ich heiße Francisco Marques, bin in Cheleiros geboren, hier in der Nähe von Mafra, etwa zwei Wegstunden fort, ich habe Frau und drei kleine Kinder, Tagelöhner war ich mein Lebtag, bis ich mich, ohne anderen Ausweg aus dem Elend, entschloß hierherzukommen, beim Klosterbau zu arbeiten, aus meiner Gegend war der Mönch, der dem König das Versprechen abnahm, dieses hörte ich damals erzählen, als ich noch ein junger Bursche war, wie dein Neffe jetzt, ich hab jedenfalls nicht sonderlich Grund zu klagen, Cheleiros ist nicht weit fort, da mache ich mich gelegentlich auf die Beine, auf die zwei laufenden und das in der Mitte, und also ist die Frau wieder schwanger. Das hier gesparte Geld gebe ich dort aus, da wir Ärmsten aber alles kaufen müssen, nicht der Handel mit Indien und Brasilien es uns einbringt noch Anstellungen oder Ämter bei Hofe, was ist da schon ein Tageslohn von zweihundert Réis, ich muß mein Essen hier im Speisehaus bezahlen, und den Krug Wein, den ich trinke, gut geht's den Besitzern eines Essenausschanks, als Habenichtse kamen viele von ihnen aus Lissabon hierher, ich aber bin ein armer Schlucker geblieben, nach wie vor bedürftig. Ich bin José Pequeno, ich habe nicht Vater und Mutter, auch keine Frau, ich weiß nicht einmal, ob José Pequeno mein wirklicher Name ist, oder ob ich jemals einen hatte, fest steht nur, daß ich in einem Dorf nahe Torres Vedras aufgefunden wurde, der Vikar taufte mich, auf den Namen José, Pequeno – Kleiner – nannten sie mich später, weil ich nicht recht wuchs, und mit diesem Buckel wollte mich keine Frau fürs Leben, aber alle verlangen mir mehr als sonstwem ab, falls sie mich draufsteigen lassen, etwas anderes gibt es für mich nicht, nur: Komm her und jetzt verschwind, wenn ich erst alt bin, tauge ich dann zu gar nichts mehr, nach Mafra bin ich gekommen, weil ich gern mit Ochsen umgehe, die Ochsen sind dieser Welt geliehen, wie ich, wir sind nicht dem Diesseits gehörig. Ich heiße Joaquim da Rocha, bin in der Gegend von Pombal geboren, dort habe ich die Familie, will sagen die Frau, vier Kinder hatte ich, aber alle starben vor dem zehnten Lebensjahr, zwei an den schwarzen Blattern, die anderen an Brustleiden und Blutarmut, ich hatte dort ein Stück Weideland in Pacht, aber es langte nicht zum Leben, da sagte ich zu meiner Frau: Ich geh nach Mafra, das ist garantierte Arbeit, auf viele Jahre, und dies dauert nun schon eine Weile, sechs Monate bin ich nicht mehr zu Hause gewesen, vielleicht lasse ich es ganz bleiben, an Weibern fehlt's nicht, meine ist vielleicht von schlechter Rasse, daß sie vier Kinder geboren hat und alle sterben ließ. Ich heiße Manuel Milho und bin aus der Gegend von Santarém, eines Tages kamen die Boten des Stadtrichters vorbei und ließen ausrufen, hier auf dem Bau in Mafra würden guter Lohn und gutes Essen geboten, ich kam her, und noch etliche mehr, zwei davon hat der Erdrutsch vom vorigen Jahr begraben, dieser Ort mißfällt mir, nicht weil zwei Landsleute von mir hier umgekommen sind, der Mensch kann sich seinen Sterbeort nicht auswählen, es sei denn, er wählt sich auch seinen Tod, mir fehlt hier mein heimatlicher Fluß, zwar hat das Meer an Wasser übergenug, man sieht's ja von hier, aber was fängt ein Mensch mit dieser Weite an?, beständig klatscht die Welle gegen die Steine, rollt über den Sand, der Fluß aber fließt zwischen den zwei Ufern, es ist wie eine Büßerprozession, er schleppt sich kriechend hin, und wir stehen da und schauen, stehen da wie die Eschen und die Pappeln, und will ein Mensch sehen, wie sein Gesicht ist, ob sehr gealtert, dann ist das Wasser ein vorbeiziehender und zugleich stehender Spiegel, und wir, die wir dastehen, wir ziehen vorbei, woher mir diese Dinge in den Kopf kommen, weiß ich nicht. Ich heiße João Anes, ich kam aus Porto und bin Küfer, auch beim Klosterbau werden Küfer gebraucht, denn wer sonst sollte die Bottiche, die Fässer und die Wassereimer herstellen und ausbessern, steht ein Maurer auf dem Gerüst und man bringt ihm den Trog mit dem Mörtel, dann sprengt er die Steine mit dem Reisigbesen naß, damit der schon liegende und der dann draufgelegte Stein gut binden, hierzu dient ein Eimer, und woraus trinken die Tiere?, aus den Wannen, und wer hat die Wannen hergestellt?, der Küfer, ich will mich ja nicht brüsten, aber mein Handwerk ist einmalig, sogar der Herrgott war Küfer, seht euch diesen großen Bottich von Meer an, wäre sein Werk unvollkommen, die Dauben schlecht gefügt, dann würde das Meer ausfließen, ins Land, es wäre eine zweite Sintflut, über mein Leben ist wenig zu sagen, meine Familie hab ich in Porto gelassen, dort werden sie sich behelfen, seit zwei Jahren habe ich mein Weib nicht mehr gesehen, manchmal träume ich, daß ich bei ihr liege, aber mit einem fremden Gesicht, am Tage drauf geht mir die Arbeit schlecht von der Hand, ich möchte mich im Traum heil und ganz sehen, nicht dieses Ungesicht ohne Mund, ohne Augen, ohne Nase, wessen Gesicht mag meine Frau in dem Fall sehen?, ich weiß es nicht, wäre es doch meines. Ich heiße Julião Mau-Tempo, bin im Alentejo geboren, nach Mafra arbeiten kam ich des großen Hungers wegen, der meine Provinz peinigt, unbegreiflich, daß dort überhaupt noch Menschen am Leben sind, wir haben gelernt, Gräser und Eicheln zu fressen, mir ist, als wäre dort alles schon tot, es schmerzt einen in der Seele, so großes Land zu sehen, das versteht nur, wer selber einmal dort war, alles wüste Öde, nur wenige Felder bestellt und besät, der Rest Krüppelgewächse und Einsamkeit, und es ist ein Land der Kriege, da kommen und gehen die Spanier, als wär's ihr Zuhause, im Augenblick herrscht Ruhe und Frieden, wer weiß wie lange?, die Könige und Adelsleute, wenn sie nicht uns jagen und töten, jagen und töten das Wild, wehe dem Ärmsten, der mit einem Kaninchen im Sack geschnappt wird, und hätte er dieses tot aufgefunden, krepiert an Krankheit oder Alter, das mindeste sind ein Dutzend Stockschläge über den Buckel, damit er lernt, daß Gott die Hasen zum Vergnügen der Herrschaften und für deren Kochtopf erschuf, wenn ihm doch mit den Prügeln zumindest auch die Beute bliebe, nach Mafra bin ich gekommen, weil der Vikar meines Sprengels in den Kirchen ausrufen ließ, daß, wer hierherkäme, ein Bediensteter des Königs würde, oder so gut wie, und daß die Bediensteten des Königs, so sagte er, nicht darben und gut gekleidet gehen, besser als im Paradies, denn so sicher es ist, daß Adam sein täglich Brot hatte, nach Lust und Laune essen konnte, mit der Kleidung war er doch schlechter dran, am Ende hat alles sich mir als Lüge erwiesen, vom Paradies rede ich nicht, ich bin nicht aus jener Zeit, aber von Mafra, und wenn ich nicht Hungers sterbe, so weil ich alles Verdiente dafür aufwende, in Lumpen laufe ich wie vordem, und was den Bediensteten des Königs betrifft, hoffe ich, das Gesicht meines Herrschers vor meinem Ableben noch zu sehen, bevor ich eingehe, weil ich so lange meiner Familie fern bin, denn ein Mann, der Kinder hat, nährt sich auch vom Anblick ihrer Gesichter, und man wünschte sich, daß unser Anblick sie gleichermaßen nährte. Schicksal ist es, daß unser Leben sich hierin erschöpft, daß wir einander anschauen, wer bist du?, wozu kamst du her?, wer ich bin und was ich tue, das hab ich mich oft gefragt und fand nicht Antwort, keines meiner Kinder hat blaue Augen, doch ich bin gewiß, daß sie alle von mir sind, blaue Augen tauchten gelegentlich auf in meiner Familie, schon die Mutter meiner Mutter hatte sie. Ich heiße Baltasar Mateus, allen als Sieben-Sonnen bekannt, José Pequeno weiß, warum sie ihn den Kleinen nennen, ich aber weiß nicht, wann und warum sie uns die sieben Sonnen ins Haus setzten, als wären wir siebenmal älter als die einzige Sonne, die uns erhellt, und also müßten wir die Könige der Welt sein, nun, dies sind unsinnige Reden dessen, der dem Sonnengestirn schon nahe war und jetzt ein bißchen zuviel getrunken hat, wenn ihr mich Quatsch reden hört, so rührt das von der vielen Sonne her, oder vom übermäßigen Wein, sicher ist, daß ich hier geboren wurde, vor gut vierzig Jahren, falls ich recht gezählt habe, meine Mutter ist schon tot, Marta Maria hieß sie, mein Vater kann kaum mehr gehen, als schlügen seine Füße Wurzeln, oder es ist das Herz, das Ruhe in der Erde sucht, wir hatten hier ein Ackerstück wie Joaquim da Rocha, aber es ist schon alles so zerwühlt, daß ich den Fleck nicht mehr finde, und wohl auch ich habe Erde davon in der Schubkarre bewegt, wer hätte meinem Großvater je gesagt, daß einer seiner Enkel einst Ackererde, Pflanzerde fortkippen würde?, nun setzen sie dem allem einen Turm mit Zinnen auf, das sind die Wendungen des Lebens, auch meines hatte deren nicht wenige, als junger Bursche grub und säte ich für die Bauern, unser Landstückchen war so klein, daß mein Vater es über das ganze Jahr hin allein bewältigte, nebenher auch noch einige Zipfel Pachtland, nun, Hunger, was man Hunger nennt, haben wir nie gelitten, Überfluß oder Sattheit aber ebensowenig gekannt, dann zog ich für den König in den Krieg, dort blieb meine linke Hand, erst später erfuhr ich, daß ich ohne sie dem Herrgott gleich zu sein begann, und da ich dem Krieg nicht mehr dienlich sein konnte, kehrte ich nach Mafra zurück, war aber etliche Jahre in Lissabon, dies ist es, mehr nicht. Und was hast du in Lissabon getan? fragte João Anes, er als einziger mit einem Handwerksberuf. Im Schlachthof am Schloß war ich, hab aber lediglich Fleisch geschleppt. Und wann warst du der Sonne nahe? begehrte Manuel Milho zu wissen, vielleicht weil er sich gern schauend an den vorbeifließenden Fluß stellte. Das war, als ich einmal auf einen sehr hohen Berg stieg, so hoch hinauf, daß ich nur den Arm auszustrecken brauchte, um die Sonne zu berühren, ich weiß nicht, ob ich die Hand im Krieg verlor oder die Sonne sie mir verbrannte. Und was war das für ein Gebirge?, in Mafra reichen die Berge nicht bis zur Sonne, auch nicht im Alentejo, den Alentejo kenn ich gut, sagte Julião Mau-Tempo. Vielleicht ein Gebirge, das an jenem Tag hoch war und jetzt flach ist. Wenn viele tausend Ladungen Pulver erforderlich sind, um einen Berg wie diesen abzusäbeln, dann benötigte man für ein solches Gebirge das Pulver der ganzen Welt, sagte Francisco Marques, der als erster gesprochen hatte, und Manuel Milho erwog: In die Nähe der Sonne wärst du nur gelangt, wenn du wie die Vögel fliegen könntest, über der Flußaue sieht man manchmal Hühnergeier, die steigen und steigen, kreisend, bis sie dem Auge entschwinden, so winzig geworden, daß sie nicht mehr zu sehen sind, und dann fliegen sie in die Sonne, wir wissen nicht den Weg dorthin noch die Einlaßtür, du jedenfalls bist ein Mensch, und ohne Flügel. Oder du bist ein Hexer, sagte José Pequeno, wie eine Frau in der Gegend, wo ich aufgefunden wurde, die schmierte sich mit Salben ein, schwang sich auf einen Besen und ritt in der Nacht von da nach dort, das erzählte man sich, ich selber habe es nie erlebt. Ich bin kein Hexer, wenn solche Gerüchte erst aufkommen, holt mich die Inquisition, auch habt ihr mich nicht sagen hören, ich sei geflogen. Hast aber behauptet, nah an der Sonne gewesen zu sein, und auch, daß du nach dem Verlust der Hand anfingst, Gott gleich zu sein, wenn solche Ketzerei der Heiligen Inquisition zu Ohren kommt, dann bist du unrettbar verloren. Alle würden wir uns retten, wenn wir uns Gott gleichmachten, sagte João Anes. Wenn wir uns Gott gleichmachten, könnten wir ihn zur Rechenschaft dafür ziehen, daß er uns diese Gleichheit von Anbeginn vorenthalten hat, sagte Manuel Milho, und Baltasar, sehr erleichtert, daß nicht mehr vom Fliegen die Rede war, erklärte jetzt: Gott fehlt die linke Hand, denn er setzt die Auserwählten zu seiner Rechten hin, und da die Gerichteten in die Hölle wandern, sitzt zur Linken des Herrgotts niemand, wenn da aber keiner ist, wozu bräuchte Gott die linke Hand, da sie ja zu nichts dienlich ist, will heißen, sie ist nicht vorhanden, die meine dient lediglich deshalb nicht, weil sie nicht vorhanden ist, das ist der einzige Unterschied. Vielleicht sitzt zur Linken Gottes ein anderer Gott, vielleicht sitzt Gott zur Rechten eines anderen Gottes, vielleicht ist Gott lediglich ein Auserwählter eines anderen Gottes, vielleicht sind wir allesamt dasitzende Götter, woher mir diese Ideen bloß kommen?, ich weiß es wirklich nicht, sagte Manuel Milho, und Baltasar entgegnete: Dann bin ich der letzte in der Reihe, mir zur Linken kann sich niemand niederlassen, mit mir endet die Welt. Woher diesen Dörflern, mit Ausnahme des spärlich belesenen João Anes allesamt Analphabeten, solche Dinge kommen, das wissen wir beim besten Willen nicht zu sagen.

Die Glocke von Sankt Andreas, unten im Tal, läutete zur Vesper. Über die Holzinsel hinweg, in den Gassen und auf den Plätzen, in den Schenken und den Schlafhäusern schwingt fortwährendes Gemurmel, wie das Rauschen des fernen Meeres. Vielleicht zwanzigtausend Männer im Gebet, vielleicht erzählen sie einander ihre Leben, wer weiß.

Lose Erde, Kies und Gesteinsbrocken, die das Pulver oder die Spitzhacke vom gründigen Fels lösten, eine spärliche Menge, dies transportieren mit Hände Kraft die Schubkarren, sie füllen das Tal auf mit dem, was von der Kuppe abgetragen wird oder aus den frisch ausgehobenen Fundamentgruben kommt. Für das schwere Geröll sind die eisenbeschlagenen großen Wagen da, diese von den Ochsen und den Maultieren pausenlos gezogen, außer beim Beladen und Entladen. Die Gerüste hinauf, über hölzerne Schrägen, schleppen Männer die Mauersteine, an einem Joch über Nacken und Schulter, gepriesen auf ewig jener, der, Schmerzen halber, die Wasserträgerwulst erdachte. Plackereien sind's, die sich desto einfacher benennen lassen, als sie von grobem Zuschnitt sind und schon Erwähnung fanden, wiederholte Erwähnung, damit wir nicht aus den Augen verlieren, was man, weil so allgemein bekannt und von geringer Kunst, mit geringster Aufmerksamkeit bedenkt, etwa unsere eigenen Finger beim Schreiben, so auf diese und jene Weise das Tuende hinter dem Getanen verborgen bleibt. Viel besser und viel mehr sähen wir, wenn wir von hoch oben schauten, zum Beispiel mit der Flugmaschine reglos schwebten über diesem Ort Mafra, über dem abgetragenen Hügel, dem vertrauten Tal, der im Verlaufe der Jahreszeiten von Regen und Sonne gedunkelten Holzinsel, wo schon etliches an Planken hinfault, über dem eingeschlagenen Pinienwald von Leiria und der Grenze von Torres Vedras und Lissabon, über den nach Hunderten zählenden Rauchsäulen, die bei Tag und bei Nacht aus den Ziegel- und Kalkbrennöfen zwischen Mafra und Cascais aufsteigen, über den Barken, die weitere Ziegel aus dem Algarve und der Gegend zwischen Douro und Minho herbeischiffen, den Tejo herein und durch einen künstlichen Kanal zum Entladen an die Mole von Santo António do Tojal, über den Fuhrwerken, die auf den Straßen von Monte Achique und Pinheiro de Loures allerlei Materialien zum Kloster Seiner Majestät transportieren, und über jenen, die in Pêro Pinheiro die Steine laden, kein besserer Ausblick als ebendieser, wir könnten uns keine Vorstellung machen von der gewaltigen Größe der Baustelle, hätte Pater Bartolomeu Lourenço nicht den Riesenvogel erfunden, uns halten die Willenskräfte in den Lüften, die Blimunda in die metallenen Hohlkugeln einbrachte, dort unten wandeln weitere Willenskräfte, gefesselt an die Erdkugel, dem Gesetz der Gravitation und der Not gehorchend, könnten wir die Fuhrwerke zählen, die sich auf diesen Wegen hin und her bewegen, näher oder ferner, wir kämen auf zweitausendfünfhundert, von hier aus mutet es an, als stünden sie still, dies der schweren Ladung wegen. Die Menschen aber, wenn wir sie sehen möchten, die müßten schon näher heran sein.

Viele Monate zog und stieß Baltasar die Schubkarre, bis er es eines Tages leid war, weiter Sklavenvieh zu sein, hin, her, hin, her, da er vor Augen der jeweiligen Aufsichtsleute stets guten Eindruck gemacht hatte, bekam er ein Ochsengespann, eines von den vielen, die der König gekauft hatte. Nützliche Beihilfe war ihm José Pequeno gewesen, an dessen Buckligkeit der Oberknecht sein Gefallen hatte, so sehr, daß er feststellte, der Treiber José reiche mit seinem Gesicht den Ochsen gerade bis an die Schnauze, und das stimmte beinahe, falls er aber gemeint hatte, jenen damit zu beleidigen, so täuschte er sich sehr, José Pequeno wurde sich erstmals bewußt, welche Wonne es ihm bereitete, mit seinen Menschenaugen gradaus in die großen Tieraugen zu schauen, die großen sanftmütigen, drin er seinen Kopf und seinen Rumpf gespiegelt sah, und, in das untere Lid tauchend, die Beine. Wenn ein Mensch gänzlich in ein Ochsenauge paßt, erkennt man endlich, daß die Welt wohlgebaut ist. Ein braver Helfer, dieser José Pequeno, er verwandte sich beim Oberknecht für Sieben-Sonnen, schon er selber ein Krüppel und Treiber war, könnten es auch deren zwei sein, die einander Gesellschaft leisteten, und käme er mit der Arbeit nicht klar, sei nichts riskiert, da kehrte er halt zur Schubkarre zurück, ein Tag würde ausreichen, den Mann auf seine Fähigkeiten zu prüfen. Von Ochsen wußte Baltasar hinreichend genug, und mochte es auch etliche Jahre her sein, zwei Fahrten reichten aus, bewiesen, daß der Haken kein Makel war und daß die Rechte von der Kunst, den Ochsenstachel zu führen, nichts verlernt hatte. An diesem Abend kam er freudig erregt heim, wie einst der Junge, nachdem er in einem Nest erstmals ein Ei gefunden, oder der junge Mann nach seinem ersten Beischlaf, oder der Soldat, als erstmalig für ihn die Trompete schmetterte, gegen Morgen träumte er von seinen Ochsen und von der linken Hand, nichts fehlte ihm, auf einem der Tiere gar ritt Blimunda, verstehe die geträumten Träume, wer da kann.

Erst kurz währte dieses sein neues Leben, als es hieß, aus Pêro Pinheiro solle ein riesiger Stein geholt werden, für die Empore über dem Portikus der Kirche, eine so gewaltige Steinplatte, daß man für den Transport zweihundert Ochsengespanne veranschlagte, zudem viele Männer als Hilfskräfte. In Pêro Pinheiro hatten sie den Karren gebaut, der den Brocken aufnehmen sollte, eine Art Indienschiff auf Rädern, dies sagten jene, die das Gefährt fertig gerüstet gesehen hatten und irgendwann einmal auch ein vergleichbares Schiff. Eine Übertreibung, gewiß, besser, man überzeugt sich eigenen Auges, mit all diesen Männern, die sich noch bei Nacht erheben und nach Pêro Pinheiro aufbrechen werden, sie und die vierhundert Ochsen, und mehr als zwanzig Wagen mit den Ausrüstungen für die Überführung, will heißen Stricke und Trossen, Keile, Hebel, Ersatzräder von den Maßen der übrigen, Achsen für den Fall, daß einige der alten brechen, Stützen unterschiedlicher Größe, Hämmer, Zangen, Bleche, auch Sensen, um den Tieren zu ihrer Zeit Gras zu mähen, und dann auch das Essen für die Männer, sofern nicht unterwegs eingekauft wird, eine solche Menge an Zeug und Gepäck, daß, wer da meinte, hinwärts auf dem Wagen mitfahren zu können, laufen muß, es ist allerdings nicht weit, drei Wegstunden hin, drei Wegstunden zurück, die Straße zwar schlecht, doch so oft haben die Ochsen und die Männer diese Strecke mit anderen Fuhren bewältigt, daß sie nur Fuß und Sohle aufzusetzen brauchen, um sich schon in vertrauter Fährte zu fühlen, wiewohl mühsam bergauf und gefährlich bergab. Von den Männern, die wir tags zuvor kennenlernten, begeben sich auf die Reise José Pequeno und Baltasar, jeder mit seinem Gespann, und unter den zu besonderm Krafteinsatz vorgesehenen Helfern geht auch jener eine aus Cheleiros, der dort Frau und Kinder hat, namens Francisco Marques, und ebenso Manuel Milho, der Ideen hat und nicht weiß, woher. Da gehen noch weitere Josés und Franciscos und Manuels, an Baltasaren gewiß weniger, und es werden Joãos dabeisein, Álvaros, Antónios und Joaquins, vielleicht Bartolomäusse, aber keinesfalls der eine bewußte, und Pedros und Vicentes und Bentos, Bernardos und Caetanos, alles, was es an Männernamen gibt, marschiert hier, auch alles, was Leben ist, hauptsächlich geschundenes, hauptsächlich armselig elendes, da wir schon nicht von ihren Leben erzählen können. Weil deren so viele, hier zumindest die Namen, das ist uns Pflicht, einzig damit sie unsterblich werden, sofern es an uns hängt, seien sie also vermerkt: Alcino, Brás, Cristóvão, Daniel, Egas, Firmino, Geraldo, Horácio, Isidro, Juvino, Luís, Marcolino, Nicanor, Onofre, Paulo, Quitério, Rufino, Sebastião, Tadeu, Ubaldo, Valério, Xavier, Zacarias, zu jedem Buchstaben einen Namen, damit alle vertreten sind. Gewiß treffen nicht alle diese Namen für diese Zeit und diesen Ort zu, weniger noch auf die Leute, doch solange es Arbeitende gibt, gibt es auch Arbeiten, und etliche von diesen werden künftig bei einigen von jenen anfallen, harren derjenigen, die besagten Namen und Beruf haben werden. Von denen, die im Musteralphabet verzeichnet sind und zugleich nach Pêro Pinheiro marschieren, ist Brás der einzige, dessen Leben leider unerzählt blieb, er blond und auf dem rechten Auge scheel, fehlte nicht viel, und es hieße, dies sei ein Land voller Krüppel, ein Buckliger, ein Einarmiger, ein Scheelauge, und daß wir zu düster malen, wir uns zu Helden doch lieber die schönen Schmucken erwählen sollten, die Schlanken und Geraden, die Vollständigen und Vollkommenen, so hatten wir es eigentlich beabsichtigt, aber Wahrheiten sind Wahrheiten, und möge man uns vielmehr danken, daß wir es ablehnten, diese Geschichte zum Tummelplatz von Hängelippen und Taubstummen, Lahmen und Spitzkiefern, von Krummbeinen und Epileptikern, von Flügelohren und Blödianen, von Albinos und Käslingen, von Räude und Eiterwunde, von Grind und Krätze zu machen, dann, jawohl, marschierte ein Zug von Lazarussen und Quasimodos aus der Stadt Mafra, vor Tau und Tag, ein Glück nur, daß bei Nacht alle Katzen grau sind und alle Menschen Schemen, und wäre Blimunda, ohne ihr Brot im Magen, zu deren Verabschiedung erschienen, welchen Willen würde sie dann wohl in jedem von ihnen gesehen haben?, den Willen und Wunsch, ein anderer zu sein.

Kaum war die Sonne aufgegangen, wurde es heiß, kein Wunder, es ist Juli. Drei Wegstunden, das bringt diese marschtüchtigen Männer nicht um, zumal die Mehrheit sich dem Schritt der Ochsen angleicht, und diese wissen keinen Grund, weshalb sie sich beeilen sollten, so frei von Last, nur dem Ziehpartner zugesellt, trotten sie hin, in Argwohn ob dieser Unbeschwer, fast beneiden sie ihre den Gerätewagen vorgespannten Brüder, es ist wie Fettmästung vor dem Abschlachten. Die Männer also schreiten bedächtig aus, stumm die einen, die anderen im Gespräch, ein jeder hingezogen zu seinen Freunden, einer aber hat Feuer im Hintern, kaum ist er aus Mafra hinaus, prescht er in kurzatmigem Trab davon, als gälte es, in Cheleiros den Vater vor dem Galgen zu retten, Francisco Marques war es, der nutzte die Gelegenheit, sich zwischen die Beine seines Weibes zu gabeln, da sie mittlerweile entbunden hatte, oder nicht dies ist sein Gedanke, vielleicht will er lediglich bei seinen Kindern weilen, mit der Frau ein paar Worte wechseln, sie lediglich hofieren, ohne an Vögelei zu denken, die emsig erledigt sein müßte, da die Freunde ihm auf dem Fuße folgen, er zumindest in Pêro Pinheiro mit ihnen gleichauf eintreffen sollte, schon ziehen sie an unserem Tor vorbei, hab's immerhin doch geschafft, mich mit dir hinzulegen, der Kleine schläft, er merkt nichts, die anderen haben wir fortgeschickt, geht und haltet Ausschau, ob es regnen will, und sie verstehen, daß der Vater bei der Mutter sein möchte, was würde aus uns, wenn der König das Kloster im Algarve bauen ließe, und sie fragte: Du gehst schon? Und er erwiderte: Es muß sein, aber auf dem Rückweg übernachten wir in der Nähe, dann bin ich die ganze Nacht bei dir.

Als Francisco Marques nach Pêro Pinheiro kam, mit heraushängender Zunge und wanken Beinen, war das Lager schon aufgezogen, nun ja, Baracken keine, auch keine Zelte, an Soldaten nur die übliche Wache, aber einem Viehmarkt glich dies, mehr als vierhundert Stück Rinder, und die Männer gingen zwischen den Ochsen umher, drängten sie nach der Seite ab, dabei einige der Tiere erschraken, ihre Köpfe gewaltig bewegten, aber ohne böse Absicht, dann machten sie sich gemächlich über das von den Wagen abgeladene Heu her, das lang erwartete, jetzt aßen die Männer der Schaufel und Hacke eilig, sie wurden da vorn gebraucht. Der Vormittag halb schon verstrichen, die Sonne brannte auf den harten, trockenen Boden nieder, der von Marmor übersät war, kleinen Stückchen, Splittern. Und zur einen wie zur anderen Seite der tiefen Steinbruchsenke harrten große Blöcke ihrer Abfuhr nach Mafra. Ihnen war die Reise gewiß, doch es würde nicht heute sein.

Mitten auf dem Weg drängte sich ein Haufen Männer,

die hinteren reckten die Hälse, spähten den anderen über die Schultern oder zwängten sich vor. Francisco Marques trat heran, tat, da verspätet, desto neugieriger: Was gibt's zu sehen? Von ungefähr war es der Blonde, der ihm antwortete: Der Stein. Und ein anderer, baff und kopfschüttelnd: Einen solchen Brocken hab ich mein Lebtag nicht gesehen. Nun kamen die Soldaten und trieben die Leute mit Rufen und Gestoße auseinander: Schau her, ausgewachsene Männer, und gaffen wie die Weiber. Und es kam ein Beamter von der Aufsicht, er für diesen Transport verantwortlich: Platz da, Bahn frei. Die Männer drängten zurück, rempelten einander, und da erschien er, recht hatte der blonde, scheeläugige Brás: Der Stein.

Es war eine riesige rechteckige Felsplatte, ein roher Block schründigen Marmors, auf Kiefernstämme gelegt, und hielten wir das Ohr näher dran, hörten wir sicherlich den Harzsaft stöhnen, wie eben jetzt das Entsetzenstöhnen aus dem Munde der Männer, als der Koloß sich in seinem wahren Ausmaß zeigte. Der Aufsichtsbeamte trat heran, legte ihm die Hand auf, als nähme er im Namen Seiner Majestät von ihm Besitz, doch falls diese Männer und diese Ochsen ihre Kräfte nicht genügend anstrengen, ist alle Königsgewalt nur Wind, Staub, ein bares Nichts. Aber sie werden ihre Kräfte anstrengen. Deswegen sind sie gekommen, darum haben sie ihre Äcker und Arbeiten aufgegeben, Arbeiten, die ebenfalls Kraftanstrengung waren, auf von der Kraft schlecht bewahrbaren Äckern, der Aufsichtsbeamte darf beruhigt sein, hier wird sich niemand verweigern.

Die Steinbrucharbeiter treten heran, sie werden die kleine Erhöhung, dort hinauf der Stein gezogen wurde, sauber begradigen und eine der Kanten längs der Kurzseite des Steins senkrecht abstechen. Hier heran fährt das Indienschiff, zunächst aber müssen die Männer aus Mafra eine breite Anfahrt graben, da hinein der Karren rollt, eine Grube mit mählichem Anstieg zur Straße, dann erst kann die Reise beginnen. Die Männer aus Mafra, mit Spitzhacken und Schaufeln bewehrt, treten vor, schon war vom Beamten auf dem Erdboden die Vertiefung vorgezeichnet worden, und Manuel Milho, der neben dem Mann aus Cheleiros stand, die eindrucksvolle Platte so nahe vor sich, sagte: Wahrlich, eine Mutter von Stein. Sagte nicht Vater von Stein, aber Mutter. Vielleicht weil die Platte aus der Tiefe kam, noch von Urlehm verschmiert, eine hünenhafte Mutter, auf die sich etliche Männer legen könnten, eher aber würde diese sie zerquetschen, wie viele?, rechne sich das aus, wer will, die Platte mißt in der Länge fünfunddreißig Spannen, in der Breite fünfzehn, in der Dicke vier, und zur Vervollständigung der Daten: nach Bearbeitung und Abschleifen drüben in Mafra wird sie, um ein geringes kleiner, zweiunddreißig, vierzehn und drei Spannen messen, gleiche Reihenfolge die Kanten, und wenn eines Tages Spanne und Fuß ihr Ende haben, man dann in Metern mißt, werden andere Männer andere Maße ermitteln: sieben Meter, drei Meter, vierundsechzig Zentimeter, man notiere dies, und weil auch die alten Gewichte den Weg der alten Längenmaße gingen, sagen wir statt zweitausendeinhundertundzwölf Arrobas: Der Stein der Empore des hernach Benedictione genannten Hauses wiegt einunddreißigtausendundeinundzwanzig Kilo, rund einunddreißig Tonnen, meine Damen und Herren Besucher, und nun begeben wir uns in den Saal nebenan, wir haben noch eine lange Strecke vor uns.

Unterdessen, den ganzen Tag, hoben die Männer Erde auf. Die Ochsentreiber legten mit Hand an, Baltasar griff zur Schubkarre, ohne Scham, es ist gut, die schweren Arbeiten nicht zu verlernen, niemand ist dagegen gefeit, sie je wieder ausführen zu müssen, denken wir uns nur, ab morgen wüßte man den Gebrauch des Hebels nicht mehr, müßte Schulter und Arm anlegen, bis Archimedes auferstünde und sagte: Gebt mir einen festen Punkt, und ich hebe die Erde aus den Angeln. Als die Sonne untertauchte, war die Furt aufgetan, hundert Schritt lang, bis zur gepflasterten Straße, die sie am Vormittag noch leichten Fußes gewandelt waren. Die Männer aßen zu Abend und suchten sich Schlafplätze rings auf dem Gelände, unter den Bäumen oder im Schutze der blendendweißen Steinblöcke, die zu funkeln begannen, als der Mond aufging. Die Nacht war warm. Wenn da etliche Feuer brannten, so nur, damit die Männer sich in Gesellschaft wähnten. Die Ochsen käuten, ihr Geifer gab dem Boden die Säfte wieder, triefte nieder auf die Erde, dahin alles zurückkehrt, selbst die unter so großen Mühen hochgeschichteten Steine, und die sie schichtenden Menschen, die sie hebenden Hebel, die sie sichernden Bremsklötze, die Herrschaften vermögen sich gewiß schwerlich eine Vorstellung zu machen, wieviel Arbeit und Aufwand in diesem Kloster stecken.

Noch vor Tag blies das Horn. Die Männer erhoben sich, rollten ihre Decken ein, die Treiber spannten die Ochsen zusammen, und aus dem Haus, in dem er genächtigt, stieg der Aufsichtsbeamte hinab in den Steinbruch, mit seinen Helfern, inbegriffen auch die Aufseher, damit sie erführen, welche Befehle zu erteilen waren und warum. Von den Wagen wurden die Stricke und Trossen abgeladen, die Ochsengespanne den Weg hinan aufgestellt, in zwei Zügen. Noch war es zu früh für das Erscheinen des Indienschiffes. Dieses war eine Plattform aus dicken Bohlen, darunter sechs massive Räder mit kernigen Achsen, die um ein geringes dicker waren als der zu befördernde Block. Mit Armkraft stieß man ihn herbei, unter viel Hauruck der Wuchtenden und derer, die diesen befahlen. Einer der Männer, unachtsam, geriet mit einem Fuß unter ein Rad, ein Aufschrei, vor unsäglichem Schmerz, schlechter Beginn der Reise. Baltasar mit seinen Ochsen stand in der Nähe, er sah das Blut spritzen, sah sich jäh in Jerez de los Caballeros, fünfzehn Jahre zurück, wie doch die Zeit vergeht. Die Zeit heilt Wunden, für diese Verletzung ist es noch zu früh, da zieht der Mann ab, ein nicht endendes Marterkreischen, sie schleppen ihn auf einer Trage nach Morelena, wo es eine Krankenstation gibt, vielleicht entkommt er mit einem Stück Bein weniger, verfluchter Mist. In Morelena damals nächtigte und schlief Baltasar mit Blimunda, so ist die Welt, eng beieinander große Lust und großer Schmerz, der Wohlgeruch der gesunden Säfte und der Faulgestank der brandigen Wunde, um Himmel und Hölle zu erfinden, reicht es aus, den menschlichen Körper zu kennen. Schon zeigt die Erde vom Blut keine Spur mehr, die Räder des Karrens sind drübergerollt, die Füße der Männer drübergetreten und die klobigen Hufe der Ochsen, den Rest trank und vermengte die Erde, nur auf einem zur Seite gestoßenen Kiesel bewahrt sich etwas Rot.

Die Plattform rollte ganz langsam hinunter, die Männer an den Tauen gaben vorsichtig nach, bis der Wagen gegen die von den Steinbrucharbeitern geglättete Wand stieß. Nun aber würden sich Wissen und Können beweisen. Mit großen Steinen wurden alle Räder des Wagens abgeblockt, damit er nicht von der Wand wich, wenn dann die Platte von den Stämmen gezogen wurde, sich bewegte, herabglitt auf die Plattform. Deren gesamte Fläche war mit einer Lehmschicht bedeckt, um den Druck des Steins gegen das Holz zu vermindern, nun endlich wurden die dicken Taue um die Platte gelegt, längs, auf jeder Seite eines, außerhalb der Stämme, ein drittes quer gewunden und die sechs Enden zum Vorderteil des Karrens geführt und da um ein mit Eisenbändern verstärktes kräftiges Langholz gebunden, von dem weitere zwei, noch dickere Trossen ausgingen, die zwei Zugstränge, um die herum, über die ganze Länge hin, weniger starke Seile gewunden waren, an denen jeweils ein Ochsenpaar zöge. Die Angelegenheit verlangt keineswegs weniger an Zeit als hier zu deren Erklärung erforderlich, im Gegenteil, schon war die Sonne aufgegangen, hatte sich über jene Berge erhoben, die wir dort drüben sehen, und noch immer sind sie dabei, die letzten Knoten zu verstärken, über den schon trocken gewordenen Lehm wurde Wasser gegossen, doch zunächst müssen die Ochsengespanne in guter Entfernung aufgestellt werden, alle Stricke genügend straff, damit nicht durch ungleichen Anruck Kraft vergeudet wird, mal zieh ich, mal ziehst du, zumal es letztlich äußerst eng ist für zweihundert Gespanne und es gradaus zu ziehen gilt, nach vorn und nach oben. Schwierige Sache, sagte José Pequeno, an der Spitze des linken Stranges. Sofern Baltasar eine Äußerung tat, blieb sie ungehört, da er zu weit weg abseits steht. Dort oben wird der Oberkommandierende sein Eeeeeeiii-o! rufen, langgezogener Schrei, der jäh endet, wie ein Böller, ohne Echo. Eeeeeeiii-o! Sollten die zwei

Stränge ungleich ziehen, geraten wir schief. Eeeeeeiii-o!, jetzt kam der Schrei, zweihundert Ochsen ruckten an, erst vorsichtig, dann anhaltender, kraftvoller Zug, mit baldigem Ende aber, denn da straucheln welche, andere zerren nach außen oder nach innen, es hängt vom Können der Treiber ab, die Stricke scheuern die Flanken, endlich aber, unter Geschrei, Gefluche und Anfeuerungen wurde es ein gemeinsames Ziehen, für wenige Sekunden, die Platte rutschte eine Handbreit vor, walzte unter sich die Stämme. Der erste Anruck klappte, der zweite mißlang, der dritte mußte die beiden korrigieren, jetzt ziehen nur diese, die anderen halten still, endlich begann sich die Platte zu bewegen, rollte zur Transportfläche, noch über die dicken Stämme, waagerecht, bis sie jäh abkippte, auf den Karren zu fiel, wuchtig, die schrundige Kante biß die Hölzer, da kam die Platte zum Stillstand, ob Lehm oder kein Lehm, es wäre sich gleich, hätte man nicht zusätzliche Vorkehrungen getroffen. Männer stiegen auf die Plattform, mit langen starken Hebebäumen, wuchteten den noch nicht festliegenden Stein etwas in die Höhe, andere legten eisenbeschlagene Schleifbacken unter, die über den Lehm gleiten könnten, nun wird's ein leichtes, Eeeeeeiii-o!, Eeeeeeiii-o!, Eeeeeeiii-o!, alle ziehen begeistert, Männer und Ochsen, schade nur, daß Dom João V. nicht am obren Ende der Auffahrt steht, kein Volk, das besser zieht als dieses. Die Längstrossen wurden schon gelöst, gezogen wird nur noch an der quer geschlungenen Trosse, das reicht aus, der Block wirkt leicht, gleitet ohne Mühe über die Plattform, erst als er sich in Gänze darüberlegt, hört man ein dumpfes Ächzen, knarrt das ganze Karrengerippe unter der Last. Wäre der Grund nicht bepflastert, Felsbrocken über Felsbrocken, sänken die Räder bis zu den Naben ein. Die großen Marmorklötze vor den Rädern wurden zur Seite gezogen, keine Gefahr mehr, daß sich der Wagen selbstständig macht. Nun kommen die Zimmerleute mit Holzhämmern, Bohrern und Beiteln, längs des Blocks treiben sie in die massive Plattform in Abständen viereckige Löcher, da hinein sie paßgerecht Keile schlagen werden, diese noch mit großen Nägeln befestigt, eine Arbeit, die ihre Zeit braucht, die anderen lungern herum, ruhen im Schatten, die Ochsen käuen und scheuchen die Bremsen, es ist sehr heiß. Das Horn rief zum Mittagessen, als die Zimmerleute ihre Arbeit beendet hatten, und der Aufsichtsbeamte kommt und befiehlt, den Block am Karren fest zu vertäuen, dies obliegt den Soldaten, vielleicht weil die Operation Disziplin und Verantwortung erfordert, vielleicht weil sie mit den Handgriffen der Artillerie vertraut sind, in weniger als einer halben Stunde ist der Stein so fest vertäut, Taue und noch Taue, als wären Block und Plattform ein einziger Körper, wo ich hingehe, gehst du hin. Da ist nichts dran zu bessern, einwandfreies Werk. Von fern gleicht der Wagen einem Panzertier, einer gedrungenen Schildkröte, auf kurzen Füßen, und da lehmig schmutzig, scheint sie soeben aus der tiefen Erde gekrochen, sie selber Erde, und die Erhöhung, an der sie noch lehnt, verlängernd. Die Männer und die Tiere sind schon über ihrem Mittagessen, dann ist Siesta, gäbe es in diesem Leben nicht so schöne Dinge wie Essen und Ausruhen, lohnte es nicht, Klöster zu bauen.

Man pflegt zu sagen, das Böse sei nicht von Dauer, doch scheint dies der Müdigkeit wegen, die es mit sich bringt, bisweilen dennoch der Fall, in einem allerdings gibt es keinen Zweifel: Das Gute währt nicht ewig. Da ist der Mensch in sanftester Benommenheit, hört die Grillen zirpen, das Essen war nicht überreichlich, doch ein geübter Magen weiß im Wenig Viel zu finden, zudem haben wir die Sonne, die ebenfalls nährt, dann unverhofft erschallt das Horn, wären wir im Tale Josaphat, ließen wir die Toten auferstehen, so aber müssen sich die Lebenden erheben. Die vielen unterschiedlichen Geräte werden eingesammelt und auf die Wagen verstaut, denn das Inventar fordert Rechenschaft für jedes Ding. Die Knoten werden geprüft, die Trossen an den Karren gekoppelt, und beim neuerlichen Eeeeeeiii-o ziehen die Ochsen an, erregt und uneins, sie stemmen die Hufe gegen den unebenen Steinboden, der Stachel sticht den Nacken, und der Karren, gleichsam aus dem heißen Erdinnern gezogen, rollt träge, die Räder zermalmen den verstreuten Marmorbruch. Erstmalig verläßt ein solcher Koloß von Stein diesen Ort. Der Aufsichtsbeamte und etliche erwählte Obergehilfen haben ihre Reittiere schon bestiegen, andere werden die Reise zu Fuß machen, wie es niederen Chargen ziemt, aber alle hälftig Wissen und hälftig Befehlsgewalt, Wissen weil Befehlsgewalt, Befehlsgewalt weil Wissen, nicht wie dieser Haufen von Männern und Ochsen, die lediglich Losgeschickte sind, die einen und die anderen, von Vorrang allemal jene, die mehr Kraft einbringen. Den Männern wird überdies noch ein Quentchen Geschicklichkeit abgefordert: nicht in die falsche Richtung zu ziehen, im rechten Augenblick den Bremsklotz hinter das Rad zu legen, den Tieren aufmunternde Worte zu sagen, deren Kräften die eigene Kraft zuzueinen und beide zu verdoppeln, ein Können also, das nicht zu verachten ist. Der Karren hat die Auffahrt halb schon bewältigt, fünfzig Schritte, falls so viel, er rollt weiter, hart über die aufragenden Steine, dies ist keine hochherrschaftliche Kutsche und keine Priestersänfte, kein gottbefohlen elastisches Gefährt, starre Achsen, klobige Räder, die Ochsen prangen nicht in gleißendem Schirrzeug, noch tragen die Männer sorgfältige Livree bei ihrem Tun, es ist ein wirrer Haufen, der nicht zu den Jubelumzügen hinstrebt noch an der Fronleichnamsprozession teilnehmen dürfte. Eine Sache ist es, den Stein für jene Empore zu befördern, von der herab in etlichen Jahren der Patriarch uns alle segnen wird, eine andere und bessere wäre es, wir selber wären der Segen und die Segnenden, gleichsam Brot säen und es auch essen.

Es wird eine gewaltige Reise werden. Von hier bis Mafra, obwohl der König das Pflaster ausbessern ließ, geht es mühevoll voran, immerzu bergauf, bergab, Täler entlang, steile Steigungen hinan und in Gründe tauchend, wer da auf die erforderliche Zahl von vierhundert Ochsen und sechshundert Männern kam, falls er sich verrechnete, dann nach unten, ein Zuviel ist es keinesfalls. Die Einwohner von Pêro Pinheiro eilten auf die Straße, begafften diesen Aufzug, seit Baubeginn hatte man noch nie so viele Gespanne beisammen gesehen, noch nie ein so lautes Rufen, und da empfinden manche gar Wehmut, als sie diesen schönen Stein fortziehen sehen, er hier in unserem Pêro Pinheiro ans Licht der Welt gebracht, hoffentlich geht er unterwegs nicht zu Bruch, sonst wäre die ganze Mühe vergeblich gewesen. Der Aufsichtsbeamte ist vorausgeritten, er gleicht einem Marschall, mit seinem Generalstab, seinen Feldadjutanten, seine Ordonnanzen, die werden das Gelände erkunden, die Kurve ausmessen, die Straßenneigung berechnen, den Rastplatz bestimmen. Dann kehren sie zum Karren zurück, wie weit ist er gekommen?, aus Pêro Pinheiro heraus?, in Pêro Pinheiro steckt er noch. An diesem ersten Tag, dem Nachmittag nur, schafften sie bare fünfhundert Schritte. Die Straße war eng, die Ochsengespanne, in Doppelreihe, rempelten einander, kein Raum, sich zu bewegen, die halbe Zugkraft ging verloren, weil sie ungleich anruckten, die Befehle waren schlecht zu verstehen. Und dann das unglaubliche Gewicht des Steins. Wenn der Wagen stoppte, weil mit einem Rad ins Schlagloch geraten, oder eine Steigung die abgemessene Anstrengung der Ochsen jäh zunichte machte und eine Pause eingelegt werden mußte, dann schien es, er ließe sich schon nicht mehr von der Stelle bewegen. Und fuhr er wieder, dann ächzten alle Hölzer, als wollten sie die Bänder und Eisenkrampen sprengen. Dabei war dies der leichteste Teil der Strecke.

Am Abend wurden die Ochsen ausgeschirrt, blieben aber an der Straße, wurden nicht ins Gehege zusammengetrieben. Der Mond ging reichlich spät auf, viele der Männer schliefen schon, das Haupt auf den Stiefeln, sofern sie welche besaßen. Einigen fiel das gespenstische Licht auf, sie starrten den Himmelskörper an, erkannten klar den Schemen von Mann, der am Sonntag ausgegangen war, Knüppelholz zu sammeln, weshalb der Herrgott ihn zur Strafe das Bündel ewiglich tragen ließ und ihn auf den Mond verbannt hatte, als sichtbares Zeichen göttlichen Rechtens, den Frevlern zur Abschreckung. Baltasar ging José Pequeno suchen, die zwei trafen Francisco Marques, und mit noch etlichen anderen setzte man sich um ein offenes Feuer, denn die Nacht war kühl. Später kam Manuel Milho hinzu, der eine Geschichte erzählte: Es war einmal eine Königin, die mit ihrem königlichen Gemahl im Schloß wohnte, samt den Kindern, und das waren ein Prinz und eine Prinzessin, so ähnlich, und dem König gefiel es sehr, König zu sein, die Königin aber war sich nicht schlüssig, ob sie gern war, was sie war, denn nie hatte man ihr beigebracht, etwas anderes zu sein als eben dies, darum konnte sie nicht wählen und sagen: Ich bin lieber Königin, mochte sie auch wie der König sein, der gern war, was er war, denn auch ihn hatte man weiter nichts gelehrt, aber die Königin war anders, wäre sie wie er, gäb es diese Geschichte nicht, und da geschah es, daß in dem Königreich ein Einsiedler lebte, der viele Abenteuer bestanden hatte und sich, nachdem er sie Jahre und Jahre bestanden, in jener Höhle eingerichtet hatte, er wohnte in einer Höhle im Berg, ich weiß nicht, ob ich es schon erwähnte, und er war nicht einer von diesen Eremiten, die beten und Buße tun, Einsiedler nannten sie ihn, weil er allein wohnte, essen tat er, was er grad in die Hand bekam, und gaben ihm die Leute von sich, schlug er es nicht aus, aber betteln nie, nun geschah es aber, daß die Königin mit ihrem Gefolge am Berg spazierenging, und sie sagte zur obersten Amme, daß sie den Eremiten sprechen wolle, um ihn was zu fragen, und die Amme erwiderte: Wissen Sie, Majestät, dieser Einsiedler ist nicht Mönch, sondern ein üblicher Mensch, nur daß er allein in einem Loch haust, so sagte die Amme, aber das wußten wir ja schon, darauf sagte die Königin: Meine Frage geht nicht auf die Religion aus, und dann schritten sie weiter, und als sie vor die Öffnung der Höhle gelangten, rief ein Page hinein, und der Einsiedler erschien, ein schon betagter Mann, aber kernig wie ein Baum an der Wegkreuzung, und er kam zum Vorschein und fragte: Wer ruft mich, und der Page sagte: Ihre Majestät die Königin, und basta, für heute Schluß, gute Nacht. Es protestierten die anderen, sie wollten die Geschichte von der Königin und dem Eremiten zu Ende hören, Manuel Milho aber blieb hart, morgen ist auch ein Tag, sie mußten sich fügen, jeder ergab sich seinem Schlaf, und bis der kam, erspann jeder sich seins, nach eigener Neigung. José Pequeno: daß der König es sich mit der Königin vielleicht nicht mehr getraute, aber da der Eremit ja ein alter Mann ist, wie soll das sein? Baltasar: daß die Königin Blimunda wäre und er der Einsiedler, ist es doch eine Geschichte zwischen Mann und Frau, obschon die Unterschiede groß sind. Francisco Marques: Ich weiß, wie diese Geschichte endet, wenn ich erst in Cheleiros bin, erklär ich es. Schon zieht der Mond dort drüben seine Bahn, ein Bündel Brombeerreisig wiegt ja nicht schwer, das Schlimme sind die Dornen, Christus scheint sich gründlich zu rächen für die Krone, die sie ihm aufsetzten.

Der folgende Tag brachte argen Kummer. Die Straße etwas breiter, die Gespanne konnten sich freier bewegen, rempelten einander nicht, aber der Karren so groß, so starr in den Achsen, unter so gewaltiger Last, er ließ sich in den Kurven schwer umlenken, man mußte ihn seitwärts schleifen, erst vorn, dann hinten, dabei Steine die Räder behinderten, blockierten und erst einmal mit dem Hammer zerschlagen werden mußten, doch die Männer klagten nicht, sofern nur Platz genug war, die Ochsenpaare abzuhängen und wieder vorzuspannen, um den Wagen von der Stelle und in die richtige Fährte zu bekommen. Die Steigungen, wenn keine Kurven, bewältigte die rohe Gewalt, alles zog, die Ochsen warfen ihre Köpfe vor, fast berührten ihre Schnauzen die Hinterteile des Vordergespanns, manchmal glitten sie auf den Fladen und den Urinpfützen aus, die in den von Hufen und Rädern gefurchten Spuren zu Rinnsalen zusammenflossen. Neben jedem Ochsenpaar schritt ein Treiber, man sah ihre Köpfe und Stachel von weitem, zwischen dem Schirrzeug der Tiere, über den goldbraunen Rücken, nur José Pequeno sah man nicht, kein Wunder, er mochte seinen Ochsen in die Ohren reden, Brüdern auf gleicher Höhe: Zieht, meine Öchslein, feste, zieht.

Doch die Anstrengung wurde reinste Erschöpfung, wenn es bergab ging. Immerzu entwischte der Karren, da galt es, die Bremsklötze vorzulegen, fast alle Gespanne abzuhaken, drei oder vier auf jeder Seite genügten dann, den Stein zu bewegen, doch nun mußten die Männer die am Hinterteil des Wagens befestigten Taue packen, Hunderte von Männern, Ameisen gleich, die Füße gegen die Erde gestemmt, die Körper nach hinten gebeugt, Muskeln gestrafft, es galt, den Karren zu halten, der sie ins Tal fortzureißen, sie am Strick aus der Kurve zu schleudern drohte. Die Ochsen, weiter oben oder weiter unten, käuten seelenruhig, ohne Augenmerk für den Trubel, das Gerenne der Befehle erteilenden Männer, die auf dem Maultier sitzenden Aufsichtsbeamten, deren Gesichter waren entflammt und in Schweiß, sie hingegen harrten ruhig gefaßt auf ihren Einsatz, so ruhig, daß noch nicht einmal der am Joch lehnende Stachel umfiel. Einer hatte die Idee, Ochsen vor das Hinterteil des Wagens zu spannen, doch man mußte davon ablassen, ein Ochse versteht nichts von Arithmetik, nichts von einem Kraftaufwand aus zwei Schritten vornan und drei Schritten in der Nachhut. Entweder der Ochse überwindet den Wagen und er zieht hinauf, was hinab müßte, oder er läßt sich widerstandslos hinunterschleifen und kommt in Fetzen dort an, wo ihm Erholung zustünde.

An diesem Tag, von Sonnenaufgang bis zum Abend, bewältigten sie etwa tausendfünfhundert Schritte, weniger als eine halbe Légua unserer Länge oder, vergleichsweise, zweihundertmal die Länge der Platte. So viele Stunden Anstrengung für das kleine bißchen Strecke, so viel Schweiß, so viel Angst, und dieses Monstrum von Stein entwich, wenn es anhalten sollte, stand wie festgewurzelt, wenn es sich bewegen sollte, verflucht seist du, und mehr noch jener, der dich aus der Erde reißen ließ und uns befahl, dich durch diese Gegend zu zerren. Die Männer legen sich auf den Boden, erschöpft, rücklings, starren in den Himmel, der sich langsam verfinstert, dabei es zunächst aussieht, als wollte der Tag beginnen und es gelänge ihm nicht, dann wird der Himmel durchsichtig, mit schwindendem Licht, plötzlich erscheint da, wo Kristall war, eine dunkle samtene Dichte, es ist die Nacht. Der Mond wird sich heute erst spät zeigen, im Abnehmen begriffen, da wird das ganze Lager schon in Schlaf liegen. Man ißt beim Schein der offenen Feuer, die Erde wetteifert mit dem Himmel, dort die Sterne, hier die Feuer, vielleicht scharten sich zu Beginn der Zeiten um die Sterne herum jene Männer, die dort oben Steine zum Bau des Himmelsgewölbes schleppten und zerrten, jene vielleicht mit gleichermaßen müden Gesichtern, gesprossenen Bärten, schmutzigen Schwielenpranken, Nägeln mit Trauerrändern, wie wir zu sagen pflegen, und mit in Menge vergossenem Schweiß. Baltasar bat da: Erzähl uns doch, Manuel Milho, was fragte die Königin, als der Einsiedler im Höhlenloch auftauchte? José Pequeno versuchte es zu erraten: Vielleicht schickte sie die Ammen und die Pagen fort. Ein pfiffiger Bursche, dieser José Pequeno, nun, überlassen wir ihn der Buße, die ihm der

Beichtvater auferlegen wird, sofern er ein gutes, ehrliches Beichtkind ist, was zu bezweifeln wäre, und wenden wir uns Manuel Milho zu, der da anhebt: Als der Eremit im Höhlenloch erschien, tat die Königin drei Schritte vor und fragte: Wenn eine Frau Königin ist und ein Mann König, was müssen sie tun, um sich als Frau und als Mann zu fühlen und nicht nur als Königin und König?, dies fragte sie, und der Eremit seinerseits antwortete mit einer Frage: Wenn ein Mann Einsiedler ist, was muß er tun, um sich als Mann zu fühlen und nicht nur als Einsiedler?, und die Königin dachte nach und sprach: Die Königin unterlasse es, Königin zu sein, der König König, der Einsiedler Einsiedler, o ja, doch nun stelle ich eine weitere Frage: Was sind das für eine Frau und ein Mann, die nicht Königin und nicht Eremit, sondern nur Frau und Mann sind?, was heißt Mann und Frau sein, wenn man nicht Einsiedler und Königin ist, wenn man nicht ist, was man ist?, und der Einsiedler antwortete: Keiner kann sein und nicht sein, Mann und Frau existieren nicht, es existiert nur das, was sie sein würden, und das Aufbegehren gegen das, was sie sind, und die Königin erklärte: Ich rebelliere gegen das, was ich bin, nun sage du mir, ob du gegen das rebellierst, was du bist, und er erwiderte: Einsiedler sein ist das Gegenteil von Existieren, denken jene, die unter Menschen leben, immerhin aber ist es mehr als nichts, hierauf sie: Wo ist dann die Lösung?, und er: Willst du Frau sein, dann laß ab davon, Königin zu sein, den Rest erfährst du später, und sie: Wenn du Mann sein willst, warum bleibst du weiter Einsiedler?, und er: Weil man sich vor dem Mannsein noch am meisten ängstigt, und sie: Weißt denn du, was Mann und Frau zu sein bedeutet?, und er: Niemand weiß es, und mit dieser Antwort trat die Königin den Rückzug an, hinter ihr her das murmelnde Gefolge, und morgen erzähl ich den Rest. Gut tat Manuel Milho, hier abzubrechen, denn zwei seiner Zuhörer, José Pequeno und Francisco Marques, schnarchten schon, in ihre Decken gehüllt. Langsam verloschen die Lagerfeuer. Baltasar musterte Manuel Milho durchdringend: Deine Geschichte hat weder Hand noch Fuß, ähnelt in nichts den üblichen Geschichten von der Prinzessin, die Enten hütet, von dem Mädchen mit einem Stern im Haar, vom Holzfäller, der im Wald eine Jungfrau fand, vom blauen Stier, vom Teufel von Alfusqueiro, von dem siebenköpfigen Lindwurm. Manuel Milho erwiderte: Wäre auf der Welt ein so großer Riese, daß er bis zum Himmel reichte, würdest du seine Füße Gebirge nennen und seinen Kopf Morgenstern, für einen, der behauptete, geflogen zu sein und Gott gleich zu sein, bist du aber ein großer Zweifler. Diese Vorhaltung stopfte Baltasar den Mund, er wünschte gerade noch gute Nacht, wandte den Rücken der Glut zu und war bald schon eingeschlafen. Manuel Milho lag noch lange wach, er überlegte, wie er dieser Geschichte, in die er da hineingeraten war, am besten einen Ausgang fände, ob der Einsiedler König würde, ob die Königin Einsiedlerin, denn so müssen die Geschichten halt enden.

Eine gewaltige Plackerei über den ganzen Tag hin, alle sagten: Morgen kann es nicht schlimmer werden. Doch sie wußten, daß es tausendmal schlimmer käme. Sie entsannen sich der Wegstrecke hinab ins Tal von Cheleiros, der engen Kurven, der angsteinflößenden Abfahrten, der fast senkrecht auf die Straßen niederfallenden Berghänge. Wie kommen wir da bloß durch? fragte sich jeder insgeheim. Der bisher heißeste Sommertag, die Erde schien ein Glutofen, die Sonne gleichsam ein die Flanke spießender Sporn. Die Wasserholer schritten in langer Schlange, mit geschulterten Gefäßen, holten das Naß von Brunnen in der Umgebung, in den Niederungen, manchmal von weit her, mußten hangauf Pfade laufen, ein Bein vor das andere, um die Fässer zu füllen, auf den Galeeren konnte es nicht schlimmer sein. Um die Mittagszeit gelangten sie auf eine Kuppe, von da aus man Cheleiros unten im Grund sehen konnte. Hierauf hatte Francisco Marques gewartet, ob sie da hinuntergelangten oder nicht, diese Nacht würde niemand ihn aus den Armen seiner Frau fortholen. Der Aufsichtsbeamte stieg mit seinen Helfern bis zum Bach hinab, der dort unten floß, unterwegs wies er auf die gefährlichsten Stellen, wo es den Karren abzublocken gälte, damit die Ruhepausen möglich wären und zur größeren Sicherung des Steins, und endlich hieß er die Ochsen ausspannen und sie zu einem geräumigeren Fleck führen, hinter die dritte Kurve, genügend weit fort, damit sie das Manöver nicht behinderten, und genügend nah, damit sie ohne Verzug am Platze wären, wenn das Manöver es erforderte. So würde die Plattform stückweise hinabrollen. Anders war es nicht möglich. Während die Gespanne fortgeführt wurden, standen die Männer verstreut oben auf der Bergkuppe, in der Sonnenglut, sie schauten ins friedvolle Tal, dort unten Gärten, kühle Schatten, die Häuser muteten unwirklich an, eine geradezu überwältigende Ruhe strahlten sie aus. Dies vielleicht mochten die Männer empfinden, oder sie sagten sich schlicht: Selbst wenn ich unten bin, wird es mir wie Trug vorkommen.

Wie es war, mögen andere sagen, die davon mehr wissen. Sechshundert Männer, verzweifelt an zwölf Trossen gekrallt, die hinten am Karren befestigt waren, sechshundert Männer, die da spürten, wie sich ihnen mit der Zeit und Anstrengung die Muskeln bald verkrampften, sechshundert Männer, die nun erstlich sechshundert Seinsängste waren, das gestern war ein Kinderspiel, und Manuel Milhos Geschichte eine Phantasie, was ist ein Mensch wirklich, wenn nur die Kraft zählt, die er hat, wenn da nicht mehr ist als die Angst, daß die Kraft nicht langt, das Monstrum zu halten, das dich erbarmungslos fortreißt, und alles dies eines Steines wegen, der so riesig nicht zu sein brauchte, drei oder zehn kleinere taugten für die Empore ebensogut, nur daß wir eben nicht so voll Stolz zu Majestät sagen könnten: Der Stein ist aus einem einzigen Block, und zu den Besuchern, bevor sie in den Saal nebenan gehen: Der Stein ist aus einem einzigen Block. Mit solchem und anderem dummem Stolz wird der allgemeinen Überheblichkeit Vorschub geleistet, in ihren nationalen und individuellen Ausprägungen, wie es denn etwa in den Nachschlagewerken und Geschichtsbüchern heißt: Das Kloster von Mafra verdankt seine Entstehung einem Gelübde Dom João V., der dieses zu erbauen versprach, falls ihm ein Nachkomme geboren würde. Hier nun gehen sechshundert Männer, die der Königin kein Kind gemacht haben, aber das Gelübde zu verwirklichen haben, selbst wenn sie, mit Verlaub ein unzeitgemäßer Ausdruck, dabei draufgehen sollten.

Führte die Straße stracks hinunter, wäre es alles nur ein abwechslungsvolles, vielleicht unterhaltsames Spiel, indem man diesen Ulk von Stein fahrenließe, Leine lokker, dann wieder gezügelt, wenn man ihn rollen ließe, solange man die Geschwindigkeit noch meistert, ihn zeitig genug bremsen könnte, damit er nicht zu Tal stürzte und auf der Strecke die Männer in Fetzen risse, weil sie sich nicht von ihm hätten lösen können. Ulke dieser und anderer Art. Aber da ist der Alp der Kurven. War die Strecke eben, wurden, wie geschildert, die Ochsen eingesetzt, etliche zerrten das Vorderteil des Karrens so weit zur Seite, bis dieser wieder die Richtung der kurzen oder langen Geraden hatte, dahinein die Kurve mündete. Das war lediglich Geduldsarbeit und, da oft wiederholt, Routine, ausspannen, anspannen, ausspannen, anspannen, die Ochsen ermüdete das eher, die Männer brüllten mehr nur herum. Jetzt würden diese hier aus Verzweiflung schreien, im Angesicht der teuflischen Paarung von Kurve und Gefälle, deren sie viele Male Herr werden müßten, aber schreien, in diesem Fall, wäre Vergeudung von Puste, davon sie nicht mehr viel haben. Studieren wir eher die Meisterung der Sache und heben uns die Schreie für dann auf, wenn es Schreie der Erleichterung sein können. Der Wagen rollt hinab bis zur Biegung, so weit auf der Innenseite wie nur möglich, und hier nun wird der Hemmschuh unter das Vorderrad ebendieser Seite geschoben, doch darf er nicht so grob sein, daß er allein den ganzen Wagen blockt, und auch nicht so schwach, daß er vom Gewicht zermalmt wird, wer da meint, der Fall biete nicht äußerste Schwierigkeiten, der eben hat diesen Stein nicht selber von Pêro Pinheiro nach Mafra geschafft, hat dem allem nur im Sitzen beigewohnt oder schaut lediglich von fern zu, von Ort und Zeit dieser Buchseite her. So gefährlich gefesselt, könnte der Karren vor teuflischem Eigensinn mit allen vier Rädern Wurzeln schlagen. Es ist das übliche. In äußerst seltenen Fällen ergibt sich eine gute Verbindung von Außenneigung der Kurve, minimaler Reibung am Untergrund und zuträglichem Gefälle, alles in begünstigendem Maße, damit die Plattform ohne Schwierigkeit dem am hinteren Ende vorzunehmenden Schub seitwärts gehorcht, oder, ein noch größeres Wunder, der Karren dreht sich von selbst um den eigenen, vorn befindlichen Stützpunkt. Die Regel ist eine andere, die Regel heißt neuerlicher riesiger Kraftaufwand, möglichst an geeignetster Stelle, im rechten Augenblick, ehe die Bewegung zu schwungvoll ist und also fatal, oder es tritt Gott sei Dank das kleinere Übel ein, daß ein aufwendiger Schub nach der entgegengesetzten Richtung erforderlich wird. Dann werden die Hebebäume an die vier Hinterräder angesetzt, versucht man den Karren vom Fleck zu rücken, und sei es nur eine halbe Spanne nach der Außenseite der Kurve hin, die Männer an den Tauen zerren in dieselbe Richtung, ein wahres Durcheinander, die Männer mit ihren Hebeln zwischen einem Geschlinge von gestrafften, wie Drahtsaiten so gespannten Seilen, dabei die zuweilen hangabwärts Ziehenden dann nicht selten ausrutschen und hinpurzeln, ohne daß indes Schlimmeres geschieht. Der Karren gab schließlich nach, bewegte sich zwei Handspannen von der Stelle, indessen das vordere Außenrad wechselnd geblockt und entblockt wurde, damit die Plattform sich nicht in ebendieser Sekunde selbständig machte, wenn sie, gleichsam in Schwebe, dem festen Griff entzogen war, ohne ausreichend viel Männer, die diese festhielten, denn für die meisten war bei all diesen konfusen Operationen kein Platz, um zufassen zu können. Da steht der Teufel als Augenzeuge auf diesem Wall, verdutzt und hadernd mit seiner Harmlosigkeit und Milde, denn so schlimme Peinigung, eine solche Krönung der Strafe hätte er sich für seine Hölle nie und nimmer ausdenken können.

Einer der Männer an den Bremsklötzen ist Francisco Marques. Er hat seine Geschicklichkeit schon bewiesen, die erste Kurve bös, die zweite schlimm, die dritte schlimmer als alle zusammen, die vierte nur, falls wir übergeschnappt sind, und für jede Kurve zwanzig Bewegungen, er spürt, daß er die Arbeit gut macht, vielleicht denkt er jetzt nicht an die Frau, ein jedes zu seiner Zeit, seine ganze Aufmerksamkeit gilt dem Rad, das sich gleich bewegen wird, gebremst werden muß, nicht vorschnell, sonst macht er den Krafteinsatz der Kameraden dahinten zunichte, und nicht so spät, daß der Wagen Schwung gewinnt und dem Klotz entwischt, wie es jetzt eben geschah. Vielleicht war Francisco Marques etwas unaufmerksam, oder er wischte sich mit dem Ärmel den Schweiß von der Stirn, oder schaute von da oben auf sein Cheleiros, dabei ihm endlich seine Frau einfiel, der Bremsklotz entglitt seiner Hand in ebendem Augenblick, als die Plattform zur Seite rutschte, man weiß nicht, wie geschehen, nur daß der Körper unter dem Wagen liegt, zerquetscht, das erste Rad ist über ihn gerollt, schon der Stein, mehr als zweitausend Arrobas, falls wir uns noch erinnern. Ein Unglück kommt selten allein, heißt es, und das stimmt in der Regel, jeder von uns kann es bestätigen, dieses Mal aber war jenem, der die Unglücke befiehlt, der Tod dieses einen Mannes genüge. Der Karren hätte sich auch den Hang hinabstürzen können, Hals über Kopf, doch er blieb stehen, eines der Räder in einem Schlagloch, Rettungen sind nicht immer da, wo sie sein müßten.

Sie zerrten Francisco Marques unter dem Karren hervor. Das Rad war ihm über den Unterleib gerollt, hatte ihm Gedärm und Knochen zu Brei gewalzt, hätte ihm beinahe die Beine vom Leib abgequetscht, gemeint ist sein linkes Bein und sein rechtes Bein, vom mittleren, dem unruhigen, dessentwegen Francisco Marques so viel Weghatz auf sich genommen, von diesem kein Zeichen, keine Spur, noch nicht einmal ein Fetzchen. Sie brachten eine Trage, legten den Körper darauf, in eine Decke gehüllt, die bald vom Blut durchtränkt war, zwei Männer griffen die Holme, weitere zwei gingen mit, als Ablösung, und diese vier, um der Witwe zu sagen: Hier bringen wir Ihren Mann. Sie werden es zu der Frau sagen, die jetzt in der Tür erscheint, den Haufen sieht, darunter ihr Mann ist, und zu den Kindern sagt: Euer Vater schläft diese Nacht zu Hause.

Als der Stein unten im Tal ankam, wurden die Ochsen wieder vorgespannt. Vielleicht bedauerte es der Verursacher des Unglücks, daß er zunächst so knausrig gewesen war, jedenfalls geriet die Plattform über einem Felsstück aus der Spur, quetschte zwei Tiere gegen den lotrechten Hang und brach ihnen die Beine. Man mußte sie töten, tat es mit Axthieben, und als sich die Kunde verbreitete, kamen die Einwohner von Cheleiros zur Armenspeisung, da auf der Stelle wurden die Ochsen abgehäutet und ausgeweidet, das Blut floß über die Straße, in Strömen, nichts vermochten die Soldaten samt ihren Schlägen mit flacher Klinge auszurichten, solange noch Fleisch an den Knochen haftete, kam der Karren nicht von der Stelle. Unterdessen wurde es Abend. Gleich da schlugen sie das Nachtlager auf, die einen wegaufwärts, andere verstreut am Bachufer. Der Aufsichtsbeamte mit etlichen seiner Untergebenen nahm Herberge unter festem Dach, die übrigen, nach ihrer Art, hüllten sich in die Decke, erschöpft vom großen Abstieg zum Mittelpunkt der Erde, verwundert darüber, daß sie noch am Leben waren, manch einer gegen den Schlaf ankämpfend, in Angst, daß dies der Tod wäre. Die nächsten Freunde des Francisco Marques gingen Totenwache halten, Baltasar, José Pequeno, Manuel Milho, etliche jedenfalls, auch Brás, Firmino, Isidro, Onofre, Sebastião, Tadeu, auch ein bisher noch ungenannter, Damião. Sie traten ein, sahen den Toten, wie kann einer nur so schrecklichen Todes sterben und ein so friedvoll entspanntes Gesicht machen?, eher meint man, er schliefe, ohne Alpträume, ohne Sorgen, dann murmelten sie ein Gebet, die Frau da, das ist die Witwe, ihren Namen kennen wir nicht, sie zu fragen würde diese Geschichte auch nicht weiterbringen, so wie die Nennung Damiãos, außer daß sein Name hier herausgestellt wurde, auch von keinerlei Nutzen ist. Morgen früh, noch vor Sonnenaufgang, wird der Stein seine Reise fortsetzen, in Cheleiros blieb ein Mann zurück, um begraben zu werden, auch bleibt das Fleisch zweier Ochsen zum Verspeisen.

Deren Fehlen fällt nicht auf. Der Karren fährt den Hang hinauf, so langsam, wie er gekommen ist, hätte Gott Erbarmen mit den Menschen, er hätte die Welt schön eben gemacht, platt wie einen Handteller, da gelangten die Steine eher an ihr Ziel. Dieser hier ist bereits den fünften Tag unterwegs, nun auf besserer Strecke, wenn der Hang erst bezwungen ist, aber mit stets unruhigem Geist, vom Körper gar nicht zu reden, den Männern schmerzten alle Muskeln, doch wozu klagen, dazu eben sind Muskeln da. Die Ochsen reden nicht, klagen nicht, verweigern sich lediglich, tun, als zögen sie, und ziehen nicht, da muß man sie ein bißchen ruhen lassen, ihnen eine Handvoll Stroh unter die Nase setzen, und bald ist es, als hätten sie seit gestern geruht, wogen die eckigen

Hinterteile den Weg hinaus, herzerhebend. Bis der nächste Abstieg, der nächste Aufstieg kommt. Dann scharen sich die Heere, werden die Kräfte verteilt, so viele hierher, so viele dorthin, hau ruck, eeeeeeiii-o, schreit die Stimme, tärärätä-tää schmettert das Horn, wahrlich ein Schlachtfeld dies, und es hat Tote und Verwundete, obschon nicht alle von gleicher Qualität, man aber nach guter Zählung doch sagen darf: Vier Stück auf der Strecke geblieben.

Am Nachmittag ging ein Gewitter nieder, freudig begrüßt, am späteren Abend ein weiterer Guß, doch niemand fluchte. Es ist gut und weise, sich um solche Gaben des Himmels nicht sonderlich zu scheren, um Regen oder Sonne, außer bei einem Zuviel, doch selbst so vermochte die Sintflut nicht alle Menschen zu ertränken, noch ist die Trockenheit jemals so verheerend, daß sich nicht doch irgendein Grashalm rettete, oder die Hoffnung, ihn zu finden. Eine Stunde lang regnete es, falls überhaupt so lange, dann verzogen sich die Wolken, denn selbst sie sind es bald leid, wenn man ihnen keine Aufmerksamkeit schenkt. Die Lagerfeuer wurden tüchtig angefacht, manch einer zog sich splitternackt aus, um die Kleidung zu trocknen, fehlte nicht viel, es eine Zusammenkunft von Heiden zu nennen, obschon wir wissen, daß es allerkatholischste Aktion ist, den Stein nach Garcia zu schaffen, den Brief nach Mafra, Kraft voran, der Glauben demjenigen, der ihn verdienen könnte, ein Umstand, über den wir endlos diskutieren würden, erzählte da nicht Manuel Milho seine Geschichte. Hier fehlt ein Zuhörer, aber nur mir, und dir, und auch dir fällt seine Abwesenheit auf, andere kennen Francisco Marques überhaupt nicht, etliche wenige sahen ihn tot, die meisten nicht einmal dies, es zogen beileibe nicht sechshundert Männer an dem Leichnam vorbei, in bewegender letzter Ehrung, das sind Dinge, die in den Heldensagen geschehen, wir hier kehren zu Milhos Geschichte zurück. Eines Tages spazierte die Königin aus dem Schloß, das sie mit ihrem Gemahl, dem König, bewohnte und mit ihren Kindern, den Infanten, und da Gerüchte umgingen, wonach die Unterredung in der Höhle nicht so abgelaufen war, wie zwischen Königinnen und Einsiedlern üblich, sondern wohl eher Getänzel und Pfauengespreiz, packte den König grimmige Eifersucht, er lief zur Höhle, glaubte seine Ehre befleckt, so sind nun mal die Könige, sie haben eine höhere Ehre als die anderen Menschen, erkennbar schon an der Krone, und als er dort anlangte, sah er weder den Einsiedler noch die Königin, das machte ihn noch rasender, schien ihm sicheres Zeichen, daß die zwei entflohen waren, er schickte die Armee aus, ins ganze Königreich, die Flüchtigen aufzuspüren, und während sie suchten, wollen wir jetzt schlafen, es ist an der Zeit. José Pequeno protestierte: Hat man je eine solche Geschichte gehört, so happenweise. Manuel Milho entgegnete: Jeder Tag ist ein Stückchen Geschichte, niemand kann sie auf einmal erzählen. Und Baltasar dachte im stillen: An diesem Manuel Milho hätte Pater Bartolomeu Lourenço seinen Gefallen gehabt.

Tags darauf, Sonntag war's, gab es Messe und Predigt. Der Geistliche, damit er besser vernommen würde, sprach hoch vom Karren her, so schwungvoll, als stünde er auf der Kanzel, und niemand wurde gewahr, daß er unbedacht allergrößte Entweihung beging, stand er doch mit den Sandalen auf diesem Altarstein, der als solcher anzusehen ist, weil ihm unschuldiges Blut zum Opfer gebracht worden, das Blut des Mannes aus Cheleiros, der Frau und Kinder hinterließ, ein Opfer auch jener Mann, der in Pêro Pinheiro wenn auch nicht das Leben, so doch den Fuß verlor, auch seien die Ochsen nicht vergessen, sie zumindest noch lange in Erinnerung, den Leuten von Cheleiros, die zum Schlachtfest eilten und heute, Sonntag, eine gebesserte Mahlzeit haben werden. Der Mönch predigte und sprach, wie da alle reden: Liebe Kinder, hoch vom Himmel schaut unsere Jungfrau Maria und schaut ihr göttlicher Sohn auf uns herab, hoch vom Himmel betrachtet uns auch unser heiliger Antonius, dem zuliebe wir diesen Stein nach Mafra bringen, wahrlich ein schwerer Stein, doch viel schwerer wiegen eure Sünden, ihr tragt sie im Herzen, als bekümmerte euch ihre Last nicht, sei euch drum diese Überführung als Buße zugedacht, insgleichen als liebevolles Angebot zu einer einzigartigen Kasteiung, ein seltsames Angebot, denn nicht nur, daß euch mit vertraglichem Gehalt gelohnt wird, ihr erhaltet auch Freisprechung vom Himmel, denn wahrlich, ich sage euch, diesen Stein nach Mafra bringen, das ist ein so heiliges Werk wie seinerzeit das der Kreuzzüge, als die Streiter zur Befreiung der heiligen Stätten auszogen, und wissen sollt ihr, alle, die dort starben, genießen heute ewiges Leben, und unter ihnen, Gottes Antlitz betrachtend, ist nun auch schon dieser euer Kamerad, der vorgestern starb, welch wundervoller Zufall, daß er an einem Freitag starb, zweifellos ohne gebeichtet zu haben, keine Zeit mehr, daß ein Beichtvater sich an seinem Lager einfand, er war schon tot, als ihr ihn aufhobt, und doch gerettet, weil Kreuzfahrer an diesem Kreuzzug, so sehr wie all jene, die in Mafras Krankenstuben gestorben sind oder von den Mauern stürzten, ausgenommen jene unrettbaren Verdammten, die eine schändliche Seuche fortraffte, so groß ist das himmlische Erbarmen, daß die Paradiestore sich sogar jenen auftun, die bei Messerstechereien starben, in diesen euren ewigen Händeln, nie sah man ein so frommes und so liederlich ungezügeltes Volk, doch das Werk wächst und gedeiht, gebe Gott uns Geduld und euch Kraft und dem König das nötige Geld, dieses Werk zu Ende zu führen, denn gar nötig ist dieses Kloster, zur Stärkung des Ordens und zu breitem Sieg des Glaubens, amen. Die Predigt war zu Ende, der Mönch stieg auf die Erde herab, und weil Sonntag und geheiligter Feiertag, gab es da nichts mehr zu tun, die einen beichteten, andere empfingen die Kommunion, nicht alle, so groß war der Lagerbestand an heiligen Partikeln nicht, außer es vervielfachten sich durch ein Wunder die Hostien, ein nie gekannter Fall. Abends gab es eine Prügelei zwischen fünf Kreuzzüglern dieses Kreuzzuges, in ihren Einzelheiten hier ausgesparte Episode, es blieb bei Fausthieben und blutenden Nasen. Hätte es Tote gegeben, sie wären stracks ins Paradies gelangt.

An diesem Abend erzählte Manuel Milho die Geschichte zu Ende. Ob des Königs Soldaten die Königin und den Einsiedler denn nun eingefangen hätten, begehrte Sieben-Sonnen zu wissen, Manuel Milho antwortete: Ist ihnen nicht gelungen, sie durchstöberten das Königreich von einem Ende zum anderen, Haus für Haus, und fanden sie nicht. Nach diesem Bescheid schwieg er. Was denn, das nun ist die Geschichte, die wir uns fast eine Woche lang angehört haben? fragte José Pequeno. Manuel Milho antwortete: Der Einsiedler hörte auf, Einsiedler zu sein, die Königin Königin, aber ungeklärt blieb, ob der Eremit ein Mann wurde und die Königin eine

Frau. Ich dächte, sie waren dazu nicht imstande, das hätte man erfahren, wenn solches eines Tages passiert, setzt es ein großes Zeichen, hier nichts dergleichen, und es ist so lange her, daß sie schon nicht mehr am Leben sein können, weder er noch sie, und mit dem Tod endet halt jede Geschichte. Baltasar schlug mit seinem Haken auf einen Kiesel. José Pequeno kratzte sich das bärtig rauhe Kinn, fragte: Wie wird ein Ochsentreiber ein Mann? Und Manuel Milho: Weiß ich nicht. Sieben-Sonnen warf den Kiesel in die Feuersglut und sagte: Vielleicht indem er fliegt.

Eine weitere Nacht schliefen sie unterwegs. Acht volle Tage benötigten sie für die Strecke von Pêro Pinheiro bis Mafra. Auf der Baustelle hielten sie Einzug, als kämen sie aus verlorener Schlacht, schmutzig, abgerissen, ohne Beute. Alles bestaunte den riesigen Stein. So riesig. Aber Baltasar, auf die Basilika schauend, murmelte: So klein.

Seit ihrer Landung am Monte Junto hatte Baltasar Sieben-Sonnen die Flugmaschine sechs- oder gar siebenmal aufgesucht, er hatte sich auf den Weg begeben, um nachzuschauen und mittlerweile aufgetretene Schäden möglichst zu beheben, denn der Apparat lag trotz Busch und Brombeergesträuch frei und ungeschützt. Als er merkte, daß die Eisenbleche Rost ansetzten, nahm er beim nächstenmal einen Napf Fett mit, rieb sie damit sorgfältig ein und wiederholte dies bei jedem neuen Besuch. Auch brachte er auf dem Rücken jedesmal ein Bündel Weidenruten, die er unterwegs auf etwas sumpfigem Gelände geschnitten hatte, und mit ihnen besserte er die Schäden und die Risse im Geflecht aus, die nicht immer natürlicher Verschleiß waren, so fand er im Gerippe des Riesenvogels einmal ein Nest mit sechs kleinen Füchsen. Er schlug sie tot, als wären es Kaninchen, haute ihnen mit dem Haken die Schädel ein, warf sie weit fort, hierhin, dorthin, wie es grad kam. Die Eltern würden die toten Kinder finden, würden das Blut riechen, würden bestimmt für immer verschwinden. Nachts hörte er ein Knurren. Sie hatten den Fremden gewittert. Als sie die Kadaver fanden, stimmten sie ein Geheul an, die Ärmsten, und da sie nicht zählen konnten oder nicht die Gewißheit hatten, daß alle Kleinen tot waren, wagten sie sich an das heran, was ihnen Höhle gewesen war und anderen Flugmaschine, wenn auch niedergegangene, vorsichtig kamen sie näher, in Angst vor dem Menschengeruch, dann witterten sie abermals das vergossene Blut von ihrem Blut, sie wichen zurück, mit starr aufgerichtetem Pelz, knurrend. Und verschwanden. Der Ausgang freilich hätte ein anderer sein können, wäre dies statt einer Fuchserzählung eine Wolfsgeschichte, erwog Sieben-Sonnen. Fortan trug er den Degen bei sich, dessen Klinge, obwohl arg angefressen vom Rost, noch scharf genug war, Wolf und Wölfin die Kehle zu durchschneiden.

Stets hat er die Reise allein gemacht, allein will er auch diesmal hin, heute aber, nach drei Jahren das erste Mal, sagt Blimunda zu ihm: Ich gehe mit. Er, überrascht, hält dagegen: Der Weg ist weit, es wird dich sehr ermüden. Ich will ihn kennenlernen, falls ich einmal ohne dich hin muß. Einleuchtender Grund, Baltasar aber hatte die Wolfsgefahr nicht vergessen. Was auch immer geschieht, nie sollst du allein hingehen, die Wege sind schlecht, der Ort ist abgelegen, falls du dich noch entsinnst, wilde Tiere könnten dich anfallen. Und Blimunda antwortete: Nie sage einer «Was auch immer geschieht», es können immer Dinge eintreten, mit denen keiner rechnete. O ja, du redest ja bald wie Manuel Milho. Wer ist dieser Manuel Milho? Ein ehemaliger Arbeitskamerad von mir, er entschied, nach Hause zurückzukehren, wollte lieber im Hochwasser des Tejo ertrinken als in Mafra von einem Stein zerquetscht werden, denn entgegen der Redensart ist Tod nicht gleich Tod, nur tot sein ist so oder so dasselbe, darum kehrte er in seine Heimat zurück, wo es wenige und kleine Steine gibt und das Wasser süß ist.

Baltasar wollte Blimunda einen so langen Fußmarsch nicht zumuten, er mietete einen Esel, und nachdem sie sich daheim verabschiedet hatten, zogen sie von dannen, ohne Antwort auf Inês Antónias und des Schwagers Frage: Wohin reist ihr?, dieser Reise wegen verlierst du zwei Tageslöhne, und falls was Schlimmes passiert, wissen wir nicht, wohin wir es melden sollen. Schlimmes, damit meinte Inês Antónia sicherlich den Fall, daß João Francisco stürbe, vor dessen Tür sich der Tod herumdrückte, immer mal im Begriff einzutreten, es aber unterließ, vielleicht schüchterte ihn das Schweigen des Alten ein, denn wie auch soll man zu einem Menschen sagen: Folge mir, wenn der nicht fragt und nicht antwortet, nur schaut, mit Augen, vor denen sich sogar der Tod ängstigt. Inês Antónia weiß nicht, und nicht Álvaro Diogo, auch nicht deren Sohn, denn in seinem Alter will man nur von sich selber wissen, sie alle wissen nicht, daß Baltasar dem Vater gesagt hat, wohin er sich begibt: Vater, ich gehe mit Blimunda in die Serra do Barregudo, zum Monte Junto, ich will sehen, wie es um die Maschine steht, mit der wir von Lissabon dorthin geflogen sind, du erinnerst dich?, hier hieß es damals, der Heilige Geist sei durch die Lüfte vorbeigeflogen, über den Bauplatz hinweg, doch es war nicht der Heilige Geist, wir waren es, mit Pater Bartolomeu Lourenço, erinnere dich, jener Priester, der in unserem Haus war, als Mutter noch lebte und sie den Hahn schlachten wollte, er es aber nicht zuließ, weil es viel besser sei, den Hahn singen zu hören, als ihn zu verspeisen, noch daß man solches den Hühnern antun dürfe. João Francisco merkte auf, und er, der sonst Stumme, sagte: Ja, an alles erinnere ich mich, kannst getrost gehen, noch bin ich nicht am Sterben, wenn es soweit ist, werde ich bei dir sein, wo auch immer. Und du glaubst mir, Vater, daß ich geflogen bin? Wenn das Alter kommt, beginnt einer Dinge zu sehen, die künftig sein werden, ein Grund hierfür ist, daß wir inzwischen zu glauben imstande sind, was wir früher in Zweifel zogen, und wenn wir auch bezweifeln, daß es jemals gewesen sein könnte, so halten wir es doch für künftig möglich. Ich bin geflogen, Vater. Mein Sohn, ich glaube dir.

Tock-tock-tock-tock, niedlicher kleiner Esel, diesmal würde der Vers nicht sagen, daß er, nicht der Vers, unter dem Saumsattel viele Schwielenstellen hat, zufrieden schreitet der Esel hin, die Last ist leicht und trägt sich leicht, reitet hier doch Blimunda, federleichte Schlankheit, vor sechzehn Jahren begegneten wir ihr zum erstenmal, doch diese Reife jetzt birgt bewundernswürdige Jugenden, nichts bewahrt einem die Jugend besser, als ein Geheimnis dies tut. Sie kamen zum sumpfigen Gelände, Baltasar schnitt das Bündel Ruten, Blimunda unterdessen pflückte Wasserlilien, flocht einen Kranz, den sie dem Esel um die Ohren legte, lustig sah er aus, noch nie hatte man ihm so Schönes angetan, es dünkt eine Episode aus Arkadien, der Hirte, hier einarmig, das Mädchen Hüterin von Willenskräften, eigentlich ist der Esel in solcher Geschichte fehl, nicht aber, als Mietesel, in dieser, denn der Hirte wünschte, daß die Schöne nicht ermüdete, und wer dies für eine übliche Entleihung hält, weiß nicht, wie gar oft Esel mißgelaunt gehen, unter zuviel Last, weshalb ihnen Hornhäute wachsen und Schwielen sie peinigen. Als die Ruten gebündelt und verschnürt waren, mehrte sich die Last, doch wer mit Lust trägt, der ermüdet nicht, schon gar nicht wenn Blimunda entschlossen absteigt, um zu laufen, und da schreiten ihrer drei, blütenbekränzt der eine, die anderen ihm Begleiter.

Es ist Frühlingszeit, die Auen von Tausendschönchen bedeckt, von Malven, und wenn die Reisenden zur Abkürzung querein laufen, schlagen die harten Blumenköpfe gegen Baltasars und Blimundas nackte Füße, sie hat Schuhe mit, er Stiefel, jedoch im Beutel verwahrt, für steinigen Weg, und von der Erde wallt herber Duft auf, es sind die Absonderungen der Tausendschönchen, Duft von frühestem Tag der Schöpfung, ehe Gott die Rose erfand. Ein angenehmes Wetter, um eine Flugmaschine aufzusuchen, am Himmel ziehen große weiße Wolken, wie schön wär's, der Riesenvogel erhöbe sich abermals in die Lüfte, umkreiste jene schwebenden Burgen, wagte, was die Vögel nicht wagen, tauchte rühmlich in sie ein, vor Angst und Kälte zitternd, und wieder heraus, in die Bläue und der Sonne entgegen, dabei die schöne Erde sehen und sagen: Erde, wie schön ist Blimunda. Aber der Weg hier ist für die Füße, und Blimunda weniger schön, auch entfielen dem Esel die Wasserlilien, vor Durst welk und gestorben, setzen wir uns hierher und speisen, das harte Brot der Welt, wir essen und ziehen dann gleich weiter, denn noch haben wir eine weite Strecke vor uns. Blimunda erinnert sich des Wegs wieder, dieses Berges da, jenes Waldes, der vier aneinandergereihten Steine, der sechs Hügel im Kreis, wie hießen doch die Orte?, Codeçal und Gradil, Cadriceira und Furadouro, Merceana und Pena Firme, lange liefen wir, bis wir ankamen, Monte Junto, der Riesenvogel.

So war dies in den alten Geschichten, man sprach ein geheimes Zauberwort, und vor einer Wundergrotte wuchs ein Eichenwald auf, undurchdringlich für jeden, der das zweite Zauberwort nicht kannte, welches durch den Wald einen Fluß setzte und auf den Fluß ein Boot mit seinen Rudern. Auch an diesem Fleck waren Worte gesprochen worden: Wenn ich schon in einem Feuer verbrennen soll, dann lieber in diesem. Das hatte der übergeschnappte Pater Bartolomeu Lourenço gesagt. Vielleicht sind diese Brombeersträucher der Eichenwald, dieser aufgeblühte Wald die Ruder, und Boot wird der bekümmerte Vogel sein, welches Wort gilt es zu sagen, damit dies hier einen Sinn bekommt? Der Esel vom Sattel befreit, Fußfesseln legten sie ihm an, damit er sich nicht zu weit entfernte, und nun friß, was du kannst und möchtest, sofern Auswahl in diesem Einerlei ist, unterdessen öffnete Baltasar den vom Brombeergesträuch überwucherten Pfad, hin zur geschützten Maschine. Diese Plackerei hat er jedesmal wieder, kaum kehrt er ihnen den Rücken zu, dringen die Schößlinge vor, das Geschling, sehr schwer, hier einen Durchschlupf freizuhalten, einen Tunnel, drin und außen herum, wie denn ohne ihn das Weidengeflecht erneuern?, wie die von der Witterung angegriffenen Flügel schützend abdecken? Der erhobene Kopf hat sich gesenkt, der Schwanz ist erschlafft, auch die Feineinstellung der Ruder, wahrlich, am Boden sind wir, die Maschine und wir beide, am Boden, aber gerüstet. Baltasar war lange zu Werke, zerkratzte sich die Hände an den Dornen, als dann der Zugang endlich frei war, rief er Blimunda, die mußte auf Knien kriechen, endlich kam sie dort an, sie waren in einen grünen Schatten gehüllt, einen durchscheinenden, vielleicht der jungen Zweige wegen, die das schwarze Segel überspannten, ohne es zu verbergen, zarte Blätter, die das Licht filterten, und über dieser Kuppel eine zweite Kuppel aus Schweigen, und über dem Schweigen eine Kuppel aus blauem Licht, wahrgenommen in Stücken, Fetzen, vertraulichen Mitteilungen. Über den auf den Boden sich abstützenden Flügel gelangte man hinauf und ins Innere der Maschine. Da waren die Sonne und der Mond, eingeritzt in eine Planke, kein weiteres Zeichen hatte sich zugesellt, als gäbe es weiter niemand auf der Welt. An einigen Stellen war der Fußboden durchgefault, nächstes Mal müßte Baltasar vom Bau etwas Bretterholz mitbringen, beim Einrüsten verschmähte Latten, nichts nutzte es, Eisenlamellen und Außengehäuse im Auge zu haben, wenn einem unter den Füßen die Planken verrotteten. Matt glänzten die Bernsteinkugeln unter dem schattigen Segel, gleichsam Augen, die sich nicht schließen konnten oder der Schlafensmüdigkeit trotzten, damit sie die Stunde der Abfahrt nicht versäumten. Doch sieht alles irgendwie verwahrlost aus, tote Blätter dunkeln im gestauten Wasser, das der ersten Hitze noch widersteht, wäre nicht Baltasars Beharrlichkeit, böte sich uns hier eine traurige Ruine, das Gebein eines verendeten Vogels.

Nur die Hohlkugeln, aus einer geheimnisvollen Legierung, schillern wie am ersten Tag, matt, aber doch leuchtend, klar ihre Segmente, scharf deren Ränder, man würde nicht glauben wollen, daß sie seit nun fast vier Jahren hier harren. Blimunda trat an eine der Kugeln, legte ihr die Hand auf, sie fühlte sich nicht warm und nicht kalt an, nur eben so, als hätte Blimunda ihre Hände ineinandergelegt, lebendig beide. Die Willenskräfte sind gewiß noch drin, die Kugeln scheinen heil, das Metall nicht angegriffen, die ärmsten, so lange schon eingeschlossen, worauf mögen sie warten? Baltasar, in der Tiefe am Arbeiten, hörte irgendeinen Fetzen von dieser Frage, oder erriet diese. Falls die Willenskräfte aus den Kugeln heraus sind, ist die Maschine zu nichts mehr nutze, hat's keinen Sinn, hierher zurückzukehren. Blimunda sagte: Morgen werde ich es wissen.

Sie arbeiteten bis Sonnenuntergang. Aus Buschzweigen fertigte Blimunda einen Besen, kehrte damit Blätter und Abfall zur Seite, dann half sie Baltasar die gebrochenen Ruten auswechseln und die Lamellen einfetten. Sie nähte, ihre Arbeit als Frau, zwei Risse im Segel, wie Baltasar es andere Male getan, seine Arbeit als Soldat, nun beseitigte er die Schadstellen vollends, indem er Teer darüber strich. Mittlerweile war es Abend. Baltasar ging und nahm dem Esel die lästige Fessel ab, pflockte ihn in der Nähe der Maschine an, falls ein Tier auftauchte, würde er sich bemerkbar machen. Schon vorher hatte Baltasar das Innere des Riesenvogels genau untersucht, durch eine Decköffnung war er hineingestiegen, die Luke dieses Schiffes der Lüfte, oder Luftschiffs, leicht zu bildender Name künftig, wenn dereinst erforderlich. Kein Zeichen von Leben, keine Schlange, selbst nicht eine einfache Eidechse, die sonstwo durch das Dunkel huscht, von Spinne kein Netz, denn wo sollten die Fliegen herkommen? Es war gleichsam das Innere eines Eies, umhülltes Schweigen. Da legten sie sich hin, auf ein Lager aus Blättern, die ausgezogenen Kleidungsstücke ihnen Matratze und Zudecke. Im tiefen Dunkel suchten sie einander, nackt, begierig drang er in sie, sie empfing ihn voll Verlangen, dann ihre Begierde und sein ungestümes Verlangen, die Körper endlich beieinander, in Bewegung, Stimme aus der Tiefe jenes Seins, das nicht Stimme hat, der sich lösende Schrei, anhaltend, unterbrochen, trockener Seufzer, unverhoffte Träne, und die Maschine zittert, bebt, vielleicht hat sie schon abgehoben von der Erde, zerriß sie den Vorhang aus Brombeere und sonstigem Geschlinge, schwebt in hoher Nacht, zwischen den Wolken, Blimunda, Baltasar, es lastet sein Körper auf dem ihren, und beide auf der Erde, hier sind sie, fort waren sie und sind wiedergekehrt.

Als das schwache erste Licht des Tages durch die Weidenruten schien, erhob sich Blimunda behutsam, den Blick von Baltasar abgewandt, so nackt wie sie geschlafen, und kroch durch die Luke hinaus. Die frische Morgenluft machte sie frösteln, vielleicht noch mehr fröstelte es sie beim Anblick dessen, was ihr fast ganz entrückt gewesen war, diese Außenwelt aus gestaffelter Durchsichtigkeit: jenseits der Hüllung dieser Maschine der Vorhang aus Brombeere und Geschlinge, jenseits die unwirkliche Gestalt des Esels, und durch ihn hindurch Büsche und Bäume, die zu wogen schienen, schließlich die sehr gedrungene Dichte des nächstgelegenen Berges, wäre er nicht, so sähen wir die Fische des fernen Meeres. Blimunda trat an eine der Hohlkugeln und schaute. Da drin kreiste ein Schatten, gleichsam ein von fern betrachteter Wirbelwind. In der anderen Kugel ein ebensolcher Schatten. Blimunda kroch durch die Luke zurück, ins Halbdunkel des Eies, suchte zwischen den Kleidungsstücken ihren Kanten Brot. Baltasar schlief noch, sein linker Arm zur Hälfte im Laub verborgen, er dem Augenschein nach ein ganzer Mensch. Blimunda schlief wieder ein. Heller Tag war es, als sie, bei Baltasars drängender Berührung aufwachte. Noch bevor sie die Augen aufschlug, sagte sie: Kannst kommen, ich habe das Brot schon gegessen, und da drang Baltasar in sie ein ohne Furcht, weil sie, wie versprochen, nicht in ihn dringen würde. Als sie aus der Maschine krochen und sich ankleideten, fragte Baltasar: Hast du dir die Willenskräfte angeschaut? Hab ich, sagte sie. Sind sie da? Ja. Manchmal denke ich, wir sollten die Kugeln öffnen und sie freigeben. Dann wird alles sein wie nie gewesen, als wären wir nie geboren, nicht du, nicht ich, nicht Pater Bartolomeu Lourenço. Sie gleichen nach wie vor geschlossenen Wolken. Sie sind geschlossene Wolken.

Am späten Vormittag war die Arbeit beendet. Die Maschine, mehr weil Mann und Frau denn weil zwei Personen zu Werke gewesen, wirkte wie neu, so gut gerüstet wie zu ihrem ersten Flug. Baltasar zerrte das wirre Brombeergesträuch vor den Durchschlupf. Recht besehen, ist dies wirklich ein Märchen. Vor der Grotte ist ein Eichenwald, sofern das, was wir sehen, eher ein Fluß ohne Boot noch Ruder ist. Nur aus der Höhe her fiele das seltsame schwarze Dach der Grotte auf, dies nur einem Riesenvogel, der drüberflöge, doch der einzige Riesenvogel dieser Welt ist hier verborgen, die gewöhnlichen Vögel, die Gott schuf oder erschaffen ließ, fliegen vorbei und wieder vorbei, schauen, und sie begreifen nicht. Auch der Esel weiß nicht, weswegen er kam. Ein Mietesel, wohin immer man ihn führt, er trottet brav, schleppt, was man ihm aufbukkelt, ihm sind alle Reisen gleich, aber wären in seinem Leben alle dieser einen gleich, denn den längsten Teil des Weges lief er unbeschwert und mit Wasserlilien bekränzt, dann bräche eines Tages der Eselsfrühling an.

Sie stiegen hinab, nahmen zur Vorsicht eine andere Strecke, über Lapaduços und Vale Benfeito, immer bergab, und je mehr unter Menschen, desto weniger würde man ihrer achten, sie zogen an Torres Vedras vorbei, dann nach Süden, durch die Flußaue des Pedrulhos, gäbe es nicht Traurigkeit und Elend und sprudelten allerorten Wasser über die Steine und sängen Vögel, so könnte das Leben schlicht dies sein: im Gras sitzen, ein Tausendschönchen in der Hand halten und ihm die Blütenblätter nicht auszupfen, weil man die Antworten bereits kennte oder diese so wenig von Belang wären, daß es nicht lohnte, eine Blume zu töten. Auch andere schlichte ländliche Vergnügen gibt es, etwa sich die Füße im Bach waschen, wie Baltasar und Blimunda es tun, dabei Blimunda ihr Kleid bis zur Kniekehle hinauf rafft, besser sie unterließe es, denn jede badende Nymphe hat ihren spähenden Faun, und dieser hier ist nahe und greift zu. Blimunda entflieht dem Wasser, lachend, er packt sie um die Hüfte, beide fallen, zuunterst, zuoberst, sie dünken einem nicht Gestalten dieses Jahrhunderts. Der Esel merkt auf, spitzt die langen Ohren, sieht aber nicht, was wir sehen, sieht nur sich bewegende Schatten, die Bäume aschfarben, jedermanns Welt ist das, was er sieht. Baltasar hebt Blimunda in die Höhe, setzt sie auf den Saumsattel, hü, Esel, tock-tock, tock-tock. Später Nachmittag ist es, kein Wind, eine Brise, kaum ein Hauch, die Haut spürt den Seufzer der Luft als eine andere Haut, kein Unterschied zwischen Baltasar und der Welt, und was für ein Unterschied sollte es zwischen der Welt und Blimunda sein? Mafra erreichen sie bei Nacht. Oben auf dem Wachhügel brennen Lagerfeuer. Wenn die Flammen aufzüngeln und sich verbreiten, erkennt man die unebenen Mauern der Basilika, die leeren Nischen, die Gerüste, die schwarzen Fensterlöcher, eher eine Ruine denn Neubau, so wirkt es immer, wenn die Arbeitenden nicht zugegen sind.

Ermüdende Tage, schlecht durchschlafene Nächte. In diesen Riesenbaracken hausen die Handwerker, über zwanzigtausend, in groben Verschlägen, die aber vielen ein besseres Bett sind als das zu Hause nicht vorhandene, wo man auf einem Strohsack zu ebener Erde nächtigt, angekleidet, die Decke als einzigen Schutz, hier können sich in kalten Nächten die Körper aneinander wärmen, schlimm ist es jedoch bei Hitze, mit dem Ungeziefer, den Flöhen und Wanzen, die einem das Blut aussaugen, und der Kopflaus und der Filzlaus, das quälende Jucken. Und der Brunftkitzel am Geschlecht, der Stau der Körpersäfte, die Samenentleerungen während des Träumens, der Mann in der Nachbarkoje schnaufend, was tun?, es fehlen die Weiber. Weiber freilich gibt's, doch sie reichen nicht für alle. Am besten dran sind jene, die als erste kamen, sich mit Witwen und Verlassenen zusammentaten, aber Mafra ist klein, schon war da kein herrenloses Weib mehr, nun haben die Männer Mühe, ihren Garten gegen Begehr und Überfall zu schützen, mag der auch wenig oder gar keinen Reiz haben. Es gab schon etliche Messerstechereien. Bei Todesfällen kommt der Kriminalrichter, kommen die Büttel, notfalls hilft die Truppe, der Mörder wandert ins Gefängnis, mit zwei Möglichkeiten als Folge, je nachdem: ist des Weibes Ehemann der Täter, dann hat der alsbald einen Nachfolger, der Ehemann der Witwe aber hat desto rascher seinen Nachfolger.

Und die anderen, was tun die anderen? Die streunen durch die vom verströmenden Wasser stets schlammigen Straßen, hin in bestimmte Gäßchen, deren Häuser ebenfalls aus Brettern sind, vielleicht vorausschauend erbaut von der Oberaufsicht, die nicht in Unkenntnis ist über die Bedürfnisse der Männer, vielleicht eingerichtet von einem wucherischen Bordellunternehmer, wer das Haus baute, verkaufte es, wer es kaufte, vermietete es, und der Mieter vermietete sich selber, glücklicher dran war da der Esel, der Baltasar und Blimunda begleitete, ihn bekränzten sie mit Wasserlilien, diesen Frauen aber, hinter ihren angelehnten Türen, bringt niemand Blumen, nur ein ungeduldiges Geschlecht, das im Dunkeln kam und wieder verschwand, dabei sich viele anstecken, sich die Fäule holen, die gallische Krankheit. Es stöhnen dann die bedauernswerten Männer so sehr wie die bedauernswerten Weiber, die diese anstecken, es rinnt der Eiter die Schenkel herab in ununterbrochenem Fluß, das ist keine Erkrankung, die von den Wundärzten auf den Krankenstuben geduldet wird, als Heilmittel, falls es ein solches gibt, hat man auf die Geschlechtsteile den Saft der Schwarzwurz zu träufeln, dieser schon erwähnten wundersamen Pflanze, die zu allem herhält und nichts kuriert. Junge Burschen kamen hierher und sind binnen drei oder vier Jahren vom Zeh bis zum Scheitel verfault. Es kamen gesunde Frauen und mußten, nachdem sie gestorben, eilends tief in die Erde verscharrt werden, weil sie sich in Dreck auflösten und die Luft verpesteten. Tags darauf hat das Haus eine neue Mieterin, der Strohsack ist derselbe, die Fetzen wurden noch nicht einmal gewaschen, ein Mann klopft an, tritt ein, es sind da keine Fragen zu stellen und keine Antworten zu geben, der Preis ist bekannt, er macht sich frei, sie hebt die Röcke, er stöhnt seine Lust hervor, sie braucht nichts vorzutäuschen, wir sind hier unter ernsten Leuten.

Die Patres im Hospital machen hierum einen großen Bogen, offenbar aus lauter Tugend, bekümmern wir uns nicht um diese, denn keine andere Kongregation wußte je besser, wie man Gewissensbiß und Tröstung wechselt und eins mit dem anderen aufhebt. Gesenkten Blicks gehen sie dahin, es prallen aneinander die Kullern des Rosenkranzes, den sie an der Hüfte tragen, und die des Prügels, die sie insgeheim den beichtenden Damen zum Beten anbieten, und sofern ein Büßerstrick aus Roßhaar ihre Taille umfängt oder, extravagant, ein stachelbewehrter Gürtel, können wir wetten, daß er ihre Flanke nicht peinigend fesseln wird, dies lese man sehr aufmerksam, damit es wohl verstanden werde. Wenn sie nicht zu anderen Werken und Pflichten eilen, stehen sie den Schmerzen im Hospital hilfreich zur Seite: die Suppe blasen und verabreichen, den Sterbenden Beistand leisten, denn es gibt Tage, da sterben zwei oder drei, ohne daß ihnen die für Krankenstuben zuständigen Schutzheiligen hülfen, will heißen die Heiligen Kosmas und Damian, Patrone der Ärzteschaft, der heilige Antonius, der so gut Knochen kleben und Trinkwasserkrüge flicken kann, der in Wundbehandlung sehr kundige heilige Franz, der Krükken zimmernde heilige Joseph, der dem Tod kräftig widerstehende heilige Sebastian, der heilige Franz Xaver, weil in orientalischer Medizin bewandert, Jesus Maria Joseph, die Heilige Familie, dies alles aber weit entfernt von den ranghohen Personen und den Offizieren, die haben ihr gesondertes Hospital, die Mönche wissen ja, woher sie das Kloster bekommen, und erdulden diese Ungleichheit in Behandlung und Letzter Ölung. Werfe auf sie den zweiten Stein, wer noch nie in ähnliche Sünden fiel, Christus selber bevorzugte Petrus und hätschelte Johannes, dabei waren der Apostel zwölf. Eines Tages wird sich beweisen, daß Judas aus Eifersucht verriet, weil er sich verlassen fühlte.

In einer dieser Stunden starb João Francisco Sieben-Sonnen. Er wartete, daß der Sohn von der Arbeit heimkäme, zunächst trat Álvaro Diogo herein, der es eilig hatte, zu essen und unter das Wetterdach der Maurer zurückzukehren, er bröckelte Brot in die Suppe, als Baltasar hereintrat. Guten Abend, deinen Segen, Vater. Dieser Abend glich den üblichen Abenden, fehlte nur der Jüngste der Familie, er immer letzter, vielleicht hält er sich schon in den Weibergäßchen auf, heimlich, wie er es wohl mit dem Bezahlen anstellt?, da er doch dem Vater seinen ganzen Lohn aushändigen muß, auf den Real genau, und es ist just Álvaro Diogo, der fragt: Ist Gabriel noch nicht da? Denk einer, so viele Jahre kennen wir den Burschen, erfahren aber erst jetzt seinen Namen, erst mußte er erwachsen werden, und Inês Antónia antwortet beschwichtigend: Er wird bald dasein. Ein üblicher Abend, die üblichen Worte, niemand merkt das Entsetzen, das in João Franciscos Gesicht getreten ist, der dicht am Herdfeuer sitzt, trotz der Hitze, auch Blimunda merkt nichts, sie abgelenkt von Baltasar, der eingetreten ist, dem Vater einen guten Abend wünscht und um den Segen bittet, ohne darauf zu achten, ob der ihn ihm gibt, wenn man über viele Jahre hin Sohn ist, schleichen sich Unaufmerksamkeiten ein, so war es. Deinen Segen, Vater. Und der Alte hebt langsam die Hand, langsam wie einer, der nur noch hierfür Kräfte hat, es ist seine letzte Geste, unabgeschlossen, nicht zu Ende geführt, die Hand fällt herab, neben die andere, auf die Falten der Decke, und als Baltasar sich dem Vater endlich zukehrt, um den Segen entgegenzunehmen, sieht er ihn an die Wand gelehnt, die Hände geöffnet, das Haupt auf die Brust gelegt, ist dir nicht gut?, eine überflüssige Frage, das gäbe jetzt ein Erschrecken, wenn João Francisco antwortete: Ich bin tot. Und dies wäre die größte aller gesagten Wahrheiten. Es wurden die naturgemäßen Tränen geweint, Álvaro Diogo kehrte nicht zur Arbeit zurück, und als Gabriel kam, mußte er gezwungenermaßen traurige Miene machen, er, der so vergnügt aus dem Paradies kam, hoffentlich brennt ihm nicht die Hölle zwischen den Beinen.

João Francisco Mateus hinterließ einen Garten und ein altes Haus. Er hatte ein Stück Acker oben auf dem Wachhügel besessen, hatte es über Jahre hin von den Steinen gereinigt, bis die Platthacke in weiche Erde graben konnte. Nicht der Mühe wert, da sind die Steine wieder, wozu also kommt ein Mensch auf diese Welt?

Sankt Peter zu Rom wurde in diesen letzten Jahren nicht oft aus den Truhen geholt. Weil, entgegen dem, was das unwissende Volk glaubt, die Könige ganz wie übliche Menschen sind, sie wachsen, reifen, es wandeln sich ihre Neigungen mit den Jahren, diese, um der Öffentlichkeit nicht zu mißfallen, mitunter verborgen gehalten, oder es werden, aus politischer Erfordernis, Neigungen vorgetäuscht. Außerdem ist es ein Stück Erfahrung der Nationen und auch Erfahrung des einzelnen, daß Wiederholung übersättigt. Der Petersdom birgt für Dom João V. schon keine Geheimnisse mehr. Er könnte das Modell mit verbundenen Augen aufbauen und abbauen, allein oder mit fremder Hilfe, ganz gleich, ob er mit der Nordseite oder der Südseite begänne, ob mit Kolonnade oder Apsis, Stück für Stück oder in schon zusammengesteckten Teilen, es war am Ende immer das nämliche, eine Konstruktion aus Holz, ein Lego, ein Meccano, ein Ort der Vortäuschung, wo niemals wirkliche Messen gelesen werden, wiewohl Gott überall ist.

Was dennoch zählt, ist, daß der Mensch sich in seinen Kindern fortsetzt, und mag es auch stimmen, daß er, altersgram oder in sonst ähnlicher Verfassung, es nicht immer schätzt, Handlungen von sich verlängert zu sehen, die Stein des Anstoßes waren oder zu auffällige Gesteinssplitter, er hat nichtsdestoweniger seine Freude daran, wenn er die Sprößlinge dahin bringt, einige seiner Gesten zu wiederholen, einige Schritte seines Lebens, Worte gar, und er so, dem Schein nach, neu begründet, was er einst war und tat. Die Kinder freilich heucheln. Anders gesagt, und hoffentlich klarer: Wohl spürte Dom João V. selber nicht mehr rechte Lust, die Basilika des heiligen Petrus zusammenzubauen, vermochte diese auf einem Umweg aber doch zu beleben und gleichzeitig seine väterliche und königliche Liebe unter Beweis zu stellen, nämlich indem er seine Kinder Dom José und Dona Maria Bárbara zum Mitmachen anrief. Von den zweien war schon die Rede und wird noch die Rede sein, von dem bedauernswerten Mädchen sei jetzt lediglich gesagt, daß die Blattern sie arg entstellt haben, doch ist den Prinzessinnen das Glück so sehr zur Seite, daß sie selbst pokkennarbig und häßlich nicht ohne Heirat ausgehen, ziemend der Krone ihres Herren Vater. Freilich, beim Zusammenstecken von Sankt Peter zu Rom strengen sich die Infanten nicht sonderlich an. Hatte Dom João V. Kammerherren zur Hand, die ihm Michelangelos Kuppel heben und aufsetzen halfen, dabei hier erinnert wird, wie prophetisch die große Architektur an jenem Abend klang, als der König sich ins Gemach der Königin begab, so benötigen die schwachen Kinder, sie siebzehn und er vierzehn Jahre, desto mehr Hilfe. Hier aber zählt das Spektakel, der halbe Hof ist versammelt, um dem Spiel der Infanten zuzuschauen, die Majestäten thronen unter dem Baldachin, die Mönche verstrahlen klösterliches Wohlgefühl, die Adelsleute fügen ihre Mienen zusammen, die gebührlichen Respekt gegenüber Prinzen und Prinzessin, Rührung über deren jugendliches Alter als auch fromme Achtung für den hier in Kopie gezeigten Ort spiegeln müssen, dies alles in einem einzigen Gesicht, und alles wohl abgewogen, drum es nicht verwundert, daß es aussieht, als litten sie an einer verborgenen und vielleicht gar unreinen Krankheit. Wenn Dona Maria Bárbara eine der das Gesims zierenden kleinen Statuen eigenhändig aufsteckt, applaudiert der Hof. Wenn Dom José eigenhändig das Kuppelkreuz setzt, fehlt wenig, daß alle Anwesenden auf die Knie fallen, denn dieser Infant ist der Thronerbe. Die Majestäten lächeln, dann ruft Dom João V. die Kinder, lobt ihre Geschicklichkeit und erteilt ihnen seinen Segen, den sie kniend empfangen. Die Welt ist von so großer Harmonie, wenigstens in diesem Saal, daß sie eine Spiegelung der himmlischen Vollkommenheit dünkt. Jede Geste hier ist edel, vielleicht göttlich ob ihrer Gemessenheit und Langsamkeit, und die gesprochenen Worte sind Teile eines Satzes, der es nicht eilig hat, an sein Ende zu gelangen, noch einen Grund zu enden. So sprechen und tun die Insassen der Himmelswohnungen, wenn sie auf die diamantenen Straßen hinaustreten, wenn der Vater der Welten sie in seinem güldenen Palast in Audienz empfängt, wenn sie in Hofschar geeint dem Spiel des Sohnes beiwohnen, der ein Holzkreuz aufbaut, abbaut, wieder aufbaut.

Dom João V. entschied, die Basilika solle nicht auseinandergenommen werden, und so blieb sie in Gänze stehen. Der Hof trat hinaus, die Königin zog sich zurück, es gingen die Infanten, die Mönche psalmodierend hinterdrein, nun mißt der König das Bauwerk ernsten Blicks, dabei sich die Adelsherren der laufenden Woche gleicher Ernstheit befleißigen, es ist allemal das beste. Nicht weniger als eine halbe Stunde verharrten König und Begleiter in dieser Betrachtung. Die Gedanken der Kammerherren wollen wir nicht erst ergründen, wer weiß, was durch diese Köpfe zuckt, das Gefühl eines Wadenkrampfes, der Gedanke an die Lieblingshündin, die morgen hecken soll, der Gedanke an die aus Goa eingetroffenen und dem Zollamt vorzuführenden Warenbündel, die jähe Lust auf Bonbons, die Erinnerung an die weiche kleine Hand der Nonne am Klostergitter, der Juckreiz unter der Perücke, alles mögliche, nur nichts so weihevoll Hohes wie des Königs Gedanke: Ich will an meinem Hof eine ebensolche Basilika. Hierauf waren wir nicht gefaßt.

Am folgenden Tage bestellte Dom João V. den Architekten von Mafra zu sich, einen gewissen João Frederico Ludovice, das ist ein Deutscher in portugiesischer Schreibung, und ohne Umschweife sprach er zu diesem: Es ist mein Wille, daß am Hofe eine Kirche wie die von Sankt Peter zu Rom gebaut werde. Und als dies gesagt war, musterte er den Künstler streng. Nun, einem König widerspricht man nie, und dieser Ludovice, der, als er noch in Italien lebte, Ludovisi hieß, also schon zweimal seinen Familiennamen Ludwig ablegte, er weiß, daß ein Leben, damit es gute Abfolge habe, verträglich sein muß, vor allem für den, der es zwischen den Stufen des Altars und den Stufen des Throns lebt. Doch es gibt Grenzen, dieser König weiß nicht, was er da verlangt, ein Tölpel ist er, ein Tropf, denn er meint, daß man einfach mit Wollen, und sei es auch königlicher Wille, einen Bramante gebären kann, einen Raffael, einen Sangallo, einen Peruzzi, einen Buonarroti, einen Fontana, einen della Porta, einen Maderno, wenn er meint, daß es ausreicht, mir, Ludwig, oder Ludovisi, oder Ludovice für portugiesische Ohren, zu sagen: Ich will Sankt Peter, und Sankt Peter ist einfach fertig, während ich nur Mafra zu fertigen weiß, ein

Künstler bin ich, wahrlich, und sehr eitel, wie alle, aber ich kenne meine Schuhgröße, und auch den Lauf dieses Landes, in dem ich seit achtundzwanzig Jahren lebe, viel Ruck, wenig Zuck, da muß ich ihm doch die gebührliche Antwort geben, jenes Nein, das mehr schmeichelt, als ein Ja schmeicheln könnte, das mir überdies Plackerei brächte, davor mich Gott bewahre. Ihr Wunsch, Majestät, ist so recht jenem großen König würdig, der Mafra zu bauen befahl, allein ein Menschenleben währt kurz, Majestät, Sankt Peter forderte zwischen Segnung des Grundsteins und Einweihung hundertzwanzig Jahre Arbeit ab und verschlang Reichtümer, Majestät haben meines Wissens nie in Rom geweilt, Sie schätzen es an dem hiesigen Modell ab, doch wir würden es vielleicht nicht einmal in zweihundertvierzig Jahren schaffen, da wäre Majestät tot, und tot Ihre Kinder, Enkel, Urenkel, Ururenkel und Urururenkel, mit Verlaub, welchen Sinn hat es, einen Tempel bauen zu wollen, der erst im Jahre zweitausend fertig wird, falls es die Welt dann noch gibt, doch es ist ganz Ihre Entscheidung, Majestät. Falls es die Welt dann noch gibt? Ja, Majestät, näher, als Sankt Peter in Lissabon zu wiederholen, scheint mir das Ende der Welt. Dann findet mein Wille also nicht Erfüllung? Majestät wird ewig leben in der Erinnerung Ihrer Untertanen, wird ewig leben in der himmlischen Glorie, doch die Erinnerung ist kein guter Baugrund, um darin Fundamente zu legen, eher fallen die Mauern, und die Himmel sind ein einziger Dom, dawider Sankt Peter zu Rom sich winzig wie ein Sandkorn ausnimmt. Wenn das so ist, warum bauen wir dann Kirchen und Klöster auf Erden? Weil wir nicht begreifen, daß die Erde an sich schon eine Kirche ist und ein Kloster, ein Ort des Glaubens und der Verantwortung, ein Ort der Klausur und der Freiheit. Ich verstehe schlecht, was ich da höre. Und ich verstehe nicht gut, was ich da sage, aber, um bei dem Fall zu bleiben, wenn Majestät am Ende Ihres Lebens zum mindesten eine Handspanne an Mauer errichtet sehen möchten, müssen Sie schon jetzt die erforderlichen Befehle geben, sonst gerät es nimmer über die Baugrube hinaus. So kurz wird mein Leben sein? Lang währt das Werk, kurz das Leben.

Sie hätten den Rest des Tages so weiterreden können, aber Dom João V., der Widerspruch eigentlich nicht duldet, er fiel in Melancholie, als er sich die Leichenbegängnisse seiner Nachfolger ausmalte, Sohn, Enkel, Urenkel, Ururenkel, Urururenkel, ein jeder gestorben, ohne die Vollendung des Werkes erlebt zu haben, da lohnt es wahrlich nicht, überhaupt anzufangen. João Frederico Ludovice verhehlt seine Zufriedenheit, schon der andere also begriffen hat, daß es kein Sankt Peter zu Lissabon geben wird, Arbeit genug bietet die Hauptkapelle der Kathedrale in Évora, desgleichen São Vicente de Fora, das sind Dinge in den Maßen Portugals, und auch seinem Beutel gemäß. Schweigen herrscht, der König spricht nicht, der Architekt sagt nichts, so lösen sich die großen Träume in ein Nichts auf, und nie hätten wir erfahren, daß Dom João V. eines Tages Roms Petersdom im Park Eduards VII. bauen lassen wollte, hätte Ludovice nicht ausgeplaudert, er seinem Sohn, und der ganz unter der Hand einer Freundin, einer Nonne, die er aufsuchte, und diese ihrem Beichtvater, dieser dem Ordensgeneral, dieser dem Patriarchen, der sich zum König begab, ihn zu fragen, worauf der erwiderte, wer die Sache je wieder anspräche, bekäme seinen Zorn zu spüren, und also schwiegen alle, und wenn das Projekt heute ans Licht kommt, so weil die Wahrheit zu Fuß durch die Geschichte wandert, man ihr nur genügend Zeit geben muß, eines Tages dann erscheint sie und sagt: Hier bin ich. Bleibt uns nichts übrig, als ihr zu glauben, nackt kommt sie daher, aus einem Brunnen, wie die Musik Domenico Scarlattis, der noch in Lissabon lebt.

Dann aber schlägt sich der König gegen die Stirn, sein Gesicht hellt sich auf, ihn hüllt der Schein der Erleuchtung ein, er spricht: Und wenn wir das Kloster von Mafra auf zweihundert Mönche erweitern, wer zweihundert sagt, sagt fünfhundert, sagt tausend, ich meine, das wäre ein nicht weniger großes Werk als die Basilika, die es nicht geben kann. Der Architekt überlegte. Tausend Mönche?, fünfhundert Mönche?, das ist viel Mönch, Majestät, am Ende kämen wir doch dahin, eine Kirche von der Größe des Petersdoms bauen zu müssen, nur damit alle Mönche hineinpaßten. Ja wie viele dann? Sagen wir dreihundert, aber selbst so wird die Basilika, die ich entwarf und die gerade gebaut wird, recht eng ausfallen, selbst wenn viele schwänzen, mit Verlaub. Also dreihundert, und keine weitere Diskussion, dies ist mein Wille. So geschehe es, möge Majestät die entsprechenden Befehle erteilen.

Sie wurden erteilt. Zunächst aber setzten sich, am Tage darauf, der König, der Ordensprovinzial der Franziskaner, der Schatzmeister und abermals der Architekt zusammen. Ludovice hatte seine Baupläne mitgebracht, breitete sie auf dem Tisch aus, erklärte die Skizzen. Hier die Kirche, nach Norden und Süden diese Emporen und diese Türme, das ist der Königspalast, nach hinten hin die Seitenflügel des Klosters, nun aber, um den Befehlen Eurer Majestät zu entsprechen, müssen wir nach hinten hinaus, weitere Bauten errichten, hier ist ein Buckel aus Felsgestein, es wird größte Mühe bereiten, ihn zu unterminieren und zu sprengen, schon genug hat es uns gekostet, die Hügelflanke abzutragen, um das Gelände zu begradigen. Als der Provinzial, ahnungslos hergekommen, jetzt erfuhr, daß der König das Kloster auf eine so große Zahl von Mönchen erweitern wollte, von achtzig auf dreihundert, denk einer, da sank der gute Mann dramatisch auf die Knie, küßte der Majestät die Hände noch und noch, erklärte endlich, mit würgender Stimme: Herr, seid gewiß, in ebendiesem Augenblick befiehlt Gott, in seinem Paradies neue und noch prunkvollere Gemächer einzurichten, jenem zur Belohnung, der ihn auf Erden so erhebt und ihn in lebendigen Steinen lobt, seid versichert, für jeden im Kloster von Mafra zusätzlich verbauten Ziegel wird ein Gebet zu Euren Gunsten gesprochen, nicht zum Seelenheil, denn Eure Seele ist unabmeßbar, dank den guten Werken, sondern als Blüten in das Kranzgebinde, das Euer Haupt zieren wird, wenn Ihr einst vor den obersten Richter tretet, wolle Gott, es sei erst in vielen Jahren, damit das Glück Eurer Untergebenen nicht Schmälerung erfahre und die Dankbarkeit der Kirche und des Ordens, dem ich diene und den ich vertrete, fortdauere. Dom João V. erhob sich von seinem Sessel, küßte dem Provinzial die Hand, ordnete die Gewalt der Erde bescheiden unter die des Himmels, und als er sich setzte, umspielte abermals der Glorienschein sein Haupt, wenn dieser König sich nicht vorsieht, endet er noch als Heiliger. Der Schatzmeister wischt sich Tränen der Rührung aus den demutsvollen Augen. Ludovice behält den rechten Zeigefinger über jener Stelle im Plan, die den schwer zu beseitigenden Felsbuckel markiert, der Provinzial hebt den Blick zur Decke, die hier gewissermaßen den Himmel der Seligen vertritt, und der König schaut nacheinander alle drei an, groß, fromm, erztreu natürlich, dies eben liest man aus dem großmütigen Antlitz, nicht alle Tage wird die Erweiterung eines Klosters von achtzig auf dreihundert Mönche befohlen. Das Gut wie das Bös in deinem Gesicht ich les, sagt das Volk, hier heut war es vom Guten das Beste.

João Frederico Ludovice zog sich unter vielen Bücklingen zurück, um die Planskizzen abzuändern, es zog sich der Provinzial in die Provinz zurück, um die gemäßen Beglückwünschungszeremonien anzuordnen und die gute Neuigkeit zu verkünden, es blieb der König, er ja zu Hause, und wartete auf den Schatzmeister, der die Rechnungsbücher holen gegangen war, und als der kommt und die riesigen Folianten auf den Tisch gelegt sind, fragt er ihn: Nun, wie stehen wir mit Soll und Haben? Der Schatzmeister faßt sich ans Kinn, es scheint, er wird sich in tiefe Überlegung versenken, dann klappt er eines der Bücher auf, als gälte es, einen entscheidenden Posten zu nennen, doch er streicht beide Gesten ab und sagt nur mehr: Haben haben wir immer weniger, Majestät, und an Soll immer mehr sollen müssen. Das sagtest du mir schon im vergangenen Monat. Und im vorvergangenen Monat, und im vergangenen Jahr, wenn das so weitergeht, sehen wir noch den Boden des Sackes, Majestät. Die Böden unserer Säcke sind weit fort von hier, der eine in Brasilien, der andere in Indien, falls es sich erschöpft, werden wir es mit solcher Verspätung erfahren, daß wir dann sagen können: Arm waren wir und haben es nicht gewußt. Verzeihung Majestät, ich möchte mir erlauben zu sagen, wir sind arm und wissen es. Aber, dem Herrgott sei Dank, an

Geld fehlt es nicht. Nein, das fehlt nicht, und meine buchhalterische Praxis sagt mir tagtäglich, daß am schlimmsten jener dran ist, dem es nicht an Geld fehlt, dies ist der Fall in Portugal, das ein Sack ohne Boden ist, zum Schlund hinein und zum offenen Arsch hinaus, mit Verlaub, Majestät. Hahaha lachte der König, das ist lustig gesagt, wahrlich, willst auf deine Art sagen, daß die Scheiße Geld ist? Nein, Majestät, sondern das Geld Scheiße, und ich bin in der richtigen Position, es zu wissen, in der Hocke, das ist die Haltung, in der jener sich stets befinden muß, der anderer Leute Geldrechnungen macht. Dieses Zwiegespräch ist nicht echt, ist erfunden, ist verleumderisch und auch äußerst unmoralisch, es respektiert nicht Thron und nicht Altar, es läßt einen König und einen Schatzmeister wie Maultiertreiber in der Schenke reden, fehlte nur, daß schmutziges Weibervolk sie umringte, es wäre dann der Gipfel der Schamlosigkeit, was hier zu lesen steht, ist lediglich die moderne Übertragung des üblichen Portugiesisch, zumal der König nun spricht: Von heute an ist dir die Tilgungsfrist auf das Doppelte verlängert, damit es dich nicht gar so viel Mühe kostet. Ich küsse Majestät die Hände, entgegnete der Schatzmeister.

Noch bevor João Frederico Ludovice die Planskizze des erweiterten Klosters abgeschlossen hatte, galoppierte ein Kurier des Königs nach Mafra, mit der gebieterischen Anweisung, daß mit dem Abtragen des Felsbuckels unverzüglich zu beginnen sei, man somit Zeitvorsprung gewänne. Der Kurier saß vor der Tür der Oberinspektion ab, ebenso die Eskorte, er klopfte sich den Staub von der Montur, eilte die Treppe hinauf, trat in den Empfangsraum, Doktor Leandro de Melo zu sprechen, dies war der

Name des Inspektors. Der bin ich, sprach jener Senhor. Ich überbringe Ihnen Briefe von Seiner Majestät, in großer Eile, hier sind sie, und geben mir Euer Gnaden eine Empfangsbestätigung, ich reite gleich an den Hof zurück, ich soll mich nicht aufhalten. Gesagt, getan, Kurier und Eskorte ritten davon, nun im Schritt, der Inspektor öffnete die an ihn gerichteten Schreiben, nachdem er ehrerbietig das Siegel geküßt hatte, er las sie, erbleichte dabei so sehr, daß der Unterinspektor meinte, da käme die Amtsenthebung, was seiner eigenen Karriere vielleicht dienlich sein würde, doch er täuschte sich, schon erhob sich Doktor Leandro de Melo, schon befahl er: Ans Werk, ans Werk. In Minutenschnelle versammelten sich der Schatzmeister, der Obermeister der Zimmerleute, der Obermeister der Ausschachter, der Obermeister der Steinmetzen, der Oberstallmeister, der Sprengingenieur, der Hauptmann der Truppe, all jene, die in Mafra Befehlsgewalt hatten, und als alle beisammen waren, ergriff der Oberinspektor das Wort: Meine Herren, Seine Majestät, so fromm und so weise, hat entschieden, daß die Anlage des Klosters erweitert wird, für dreihundert Insassen, und daß unverzüglich mit dem Abriß des gegen Osten befindlichen Felsbuckels begonnen wird, denn dorthin kommt der Zusatzbau, den annähernden Maßgaben in diesen Briefen entsprechend, und da Befehlen seiner Majestät Folge zu leisten ist, wollen wir gemeinsam überlegen, wie wir es am besten anpacken. Der Schatzmeister sagt, daß man, um Nachfolgekosten zu haben, nicht erst einen Berg schleifen muß, der Leiter der Zimmerleute sagt, daß sein Amt Holz, Span und Sägekleie sind, der Leiter der Maurer sagt, er sei hierhergerufen, Mauern hochzuziehen und Pflaster zu legen, der Leiter der Steinmetzen, daß er nur mit dem gebrochenen, nicht dem erst zu brechenden Stein umgehe, der Stallmeister sagt, die Ochsen und Maultiere gingen hin, falls sie dort gebraucht würden, und diese Antworten sind nicht, wie es scheint, von undisziplinierten, sondern von bedachten Leuten, was nützte es, wenn all dies Volk hineilte, sich den Felsbuckel zu besehen, wissen doch alle, um welchen es geht und was es kosten wird, ihn abzureißen. Der Oberaufseher fand die Erklärungen sehr gut, zog dann ab mit dem Bergingenieur, der die Verantwortung hatte, mit ihnen der Hauptmann der Truppe, weil das Sprengen vor allem Aufgabe der Soldaten war.

Auf einem Stück des Geländes, hinter den hochgezogenen Mauern, nach der Ostseite hin, hatte der Bruder Gärtner des Hospizes Obstbäume gepflanzt, und es gab da etliche Beete, mit Gemüse die einen, mit Blumen die anderen, wenn auch mehr erst ein Versprechen auf Obst und Gemüse, so war es doch jammerschade, daß dies alles verschwinden sollte. Die Arbeiter sahen den Oberaufseher mit dem Bergwerksspanier vorbeigehen, dann starrten sie das Gespenst von Felsbuckel an, denn schon hatte sich herumgesprochen, daß der Klosterbau nach jener Seite hin erweitert werde, unglaublich, wie rasch vertrauliche Befehle sich verbreiten, zumindest solange der Empfänger selber sie nicht publik macht. Fast glaubt man, Dom João V. habe, noch bevor er an den Doktor Leandro de Melo schrieb, Sieben-Sonnen oder José Pequeno Bescheid gegeben und gesagt: Nehmt es mir nicht krumm, mir kam da diese Idee, dreihundert Mönche einzumieten statt der vereinbarten achtzig, andererseits zum Vorteil für alle hier auf dem Bau, die Arbeit ist ihnen auf längere Zeit gesichert, und an Geld, so versicherte mir noch vor wenigen Tagen mein Schatzmeister, auf den man bauen kann, an Geld fehlt es nicht, wissen sollt ihr, daß wir die reichste Nation Europas sind, wir schulden niemandem etwas und bezahlen alle, und nun will ich euch nicht weiter behelligen, viele Grüße an meine lieben dreißigtausend Portugiesen, die dort für ihren Lebensunterhalt am Werk sind und gleichermaßen ihrem König den höchsten Genuß ermöglichen, nämlich zu erleben, wie sich in die Lüfte und in die Zeiten das größte und schönste religiöse Bauwerk der Geschichte hinanhebt, so daß man mir schon mit der Rede kam, im Vergleich dazu wirke der römische Petersdom wie eine Kapelle, leb wohl, bis irgendwann, und liebe Grüße an Blimunda, von der Flugmaschine Pater Lourenços habe ich nie mehr etwas gehört, hab ihm viel Schutz angedeihen lassen und hab viel Geld dafür ausgegeben, die Welt ist voll von undankbaren Menschen, dies hat sich nun endgültig bewiesen, leb wohl.

Doktor Leandro de Melo steht niedergeschmettert vor dem Felsbuckel, ein ungeheurer Brocken, der sich höher hinaushebt, als es die Mauern je tun werden, und da er von Amts wegen nur Richter von Torres Vedras ist, sucht er Zuflucht beim Bergingenieur, der, weil Andalusier und Aufschneider, große Töne spricht: Und wäre es die Sierra Morena, ich würde ihn mit meinen Armen ausreißen und ins Meer werfen. Das heißt übertragen: Laß die Sache nur mir, sehr bald wird sich hier ein Rossio-Platz auftun, der jenen anderen von Lissabon mit Neid erfüllen wird. Während all dieser Jahre, schon mehr als elf, haben sich in Mafras Schluchten die Echos der Pulverexplosionen gegenseitig überboten, in letzter Zeit aber krachte es weniger oft, nur wenn am schon besiegten Berg irgendein

Felssporn hartnäckig tat. Der Mensch weiß nie, wann der Krieg endet, er sagt: Da schau, zu Ende ist er. Aber nein, von neuem beginnt er, fällt einen nun anders an, der Hurensohn, gestern noch zierliche Florettfechtereien, heute krachen Kanonenkugeln, gestern fielen Mauern, heute fallen ganze Städte, gestern wurden Länder dem Erdboden gleichgemacht, heute werden Welten in Stücke gesprengt, starb gestern ein einziger, war's eine Tragödie, heutzutage ist's ein Pappenstiel, eine Million Menschen in Rauch aufzulösen, dies wird nicht der Fall von Mafra sein, wo wir nie so viele Menschen vereint sahen, wenngleich doch ihrer viele, wer hier aber daran gewöhnt war, am Tag fünfzig oder hundert Explosionen zu hören, für den war es jetzt das Ende der Welt, ein erschütterndes Gedonner, diese tausend Explosionen von Sonnenaufgang bis Sonnenuntergang, in Rosenkränzen von je zwanzig Detonationen, und heftig flogen Erdmassen und Steine durch die Luft, daß die Arbeiter Zuflucht hinter den Mauern oder unter den Gerüsten suchen mußten, aber selbst so gab es Verletzte, nicht zu reden von jenen fünf Minen, die vorzeitig krepierten und drei vollständige Männer in Stücke fetzten.

Sieben-Sonnen hat dem König noch nicht geantwortet, er verschiebt es immer wieder, er getraut sich nicht, jemanden mit einer Bitte anzugehen, der ihm ein Schreiben sandte, sollte er sich eines Tages doch überwinden, wird er antworten: Mein lieber König, habe Ihren Brief dankend erhalten und ihm alles entnommen, was Sie mir zu sagen wünschten, an Arbeit hat es hier genug, wir unterbrechen sie nur, wenn es so heftig regnet, daß selbst die Enten sagen würden, jetzt reicht's, oder wenn der Stein sich auf dem Antransport verzögert oder die Mauerziegel von schlechter Qualität sind und wir auf andere warten, jetzt herrscht hier in allem großes Durcheinander wegen der geplanten Erweiterung des Klosters, mein geliebter König kann sich gewiß nicht vorstellen, wie klotzig dieser Felsbuckel ist und wie viele Menschen er bindet, die Arbeit an Kirche und Palast mußte eingestellt werden, es wird Verzug geben, sogar die Steinmetzen und die Zimmerleute karren Steine, ich selber mal mit den Ochsen, mal an der Schubkarre, leid tat es mir um die Zitronen- und die Pfirsichbäume, die da ausgerissen wurden, die Stiefmütterchen wie weggepustet, welche Vergeudung von Kraft, Blumen auszusäen, nur um nachher so grausam an ihnen zu verfahren, letztlich aber, wie mein geliebter König sagt, schulden wir niemandem etwas, es ist allemal eine Genugtuung, wie meine Mutter zu sagen pflegte: deine Schulden zahl ohne Wahl, die Ärmste ist schon gestorben, sie wird das größte und schönste religiöse Denkmal der Geschichte, wie Sie es in Ihrem Brief nennen, nicht mehr sehen, wiewohl ich ehrlich gestehe, in den Geschichten, die ich kenne, ist nie von religiösen Denkmälern die Rede, nur von verzauberten Maurinnen und vergrabenen Schätzen, und da ich schon von Schätzen und Maurinnen rede, Blimunda geht es gut, besten Dank, sie ist zwar nicht mehr so hübsch wie einst, aber was gäben gar viele Mädchen dafür, wenn sie wie Blimunda sein könnten, José Pequeno bittet mich zu fragen, wann die Heirat des Infanten Dom José ist, er möchte ihm ein Geschenk senden, weil sie doch zufällig Namensvettern sind, und die dreißigtausend Portugiesen empfehlen sich sehr und danken, sie sind einigermaßen gesund, unlängst hatten wir hier eine so gewaltige Scheißerei, daß es drei Wegstunden im Umkreis von Mafra stank, von irgendeiner Speise, die uns auf die Därme schlug, es waren an Kornwürmern mehr als an Mehl, oder an Schmeißfliegen mehr als an Fleisch, aber lustig ging's zu, wie da die Menge Leute den Steiß in den Wind hielten, bei der frischen Brise von See sehr erleichternd, und nach den einen kamen schon die nächsten, mitunter so in Eile, daß sie sich auf der Stelle entleerten, ah, fast hätte ich's vergessen: auch ich habe von der Flugmaschine nichts mehr gehört, vielleicht hat Pater Bartolomeu Lourenço sie nach Spanien mitgenommen, vielleicht hat der dortige König sie jetzt in Gebrauch, der, wie ich sagen höre, Ihr Gevatter wird, bleiben Sie auf der Hut, nun will ich aber nicht weiter lästig fallen, meine Empfehlungen der Königin, leben Sie wohl, mein geliebter König, adieu.

Dieser Brief wurde nie geschrieben, doch viele Wege der Mitteilung kennen die Seelen, gar manche geheimnisvoll, und von den vielen Worten, die Sieben-Sonnen für sich behielt, verletzten einige das Herz des Königs, wie etwa jener verhängnisvolle Spruch, der sich, Baltasar zur Kenntnis, mit Feuer auf eine Wand schrieb, gezählt, gewogen, zerteilt. Dieser Baltasar ist nicht der uns bekannte Mateus, sondern jener andere, der König von Babylon war, bei einem Gelage die heiligen Gefäße aus Jerusalems Tempel schändete und zur Strafe den Tod erhielt von Kyros' Hand, dem eigens zur Ausführung dieses göttlichen Richtspruchs Geborenen. Anderer Art sind die Straftaten des Dom João V., denn wenn er Gefäße schändet, so sind es die der Gemahlinnen des Herrn, die indes haben ihr Gefallen daran, und Gott schert's nicht, fortan. Was Dom João V. in den Ohren klang, das war jene Passage, in der Baltasar von seiner Mutter spricht und es bedauert, daß diese das größte und schönste religiöse

Denkmal nicht mehr sehen kann, das Kloster zu Mafra. Jäh wird dem König bewußt, daß sein Leben kurz ist, daß alle Leben kurz sind, viele Menschen sind schon gestorben oder werden sterben, bevor der Bau von Mafra vollendet ist, er selber könnte schon morgen die Augen für immer schließen. Er entsinnt sich, daß er davon abkam, den Petersdom nachzubauen, weil Ludovice ihn überzeugte, wie kurz ein Leben währt, und daß, wie gesagt, Sankt Peter von der Segnung des Grundsteins bis zur Einweihung nicht weniger als hundertzwanzig Jahre an Arbeit und an Verschleiß von Reichtümern bedeutete. Nun, Mafra hat schon elf Jahre Arbeit verschlungen, von den Reichtümern nicht erst zu reden. Wer garantiert mir, daß ich zur Einweihung noch lebe?, schon vor etlichen Jahren hatten alle mich aufgegeben, bei jener Melancholie, die mich vor der Zeit fortraffen wollte, fest steht, daß Sieben-Sonnens Mutter, die Ärmste, den Beginn erlebte, nicht aber den Abschluß erleben wird, ein König ist gegen solche Gefahr ebenfalls nicht gefeit.

Dom João V. befindet sich in einem Saal des Turmes, nach der Flußseite hin. Er hat die Kammerherren hinausgeschickt, die Sekretäre, die Mönche, eine Komödiensangerin, niemanden will er sehen. Todesangst drückt sein Gesicht aus, größte Schande für einen so mächtigen Monarchen. Doch es ist nicht Angst, daß der Körper jäh zusammenbricht und die Seele sich davonschwingt, er fürchtet, daß seine Augen dereinst nicht mehr offen sind, nicht mehr leuchten, wenn sich, geheiligt, Türme und Kuppel von Mafra aufrecken, er fürchtet, daß seine Ohren dann nicht mehr empfänglich sind, nicht jubelnd klingen hören Glöckchen und singen die Chöre, er fürchtet, daß er mit seinen Händen die reichen

Paramente und die festlichen Tuche nicht mehr fühlen wird, daß seine Nase den Weihrauch aus den silbernen Fäßchen nicht mehr riecht, daß er nur der König ist, der zu tun befahl, nicht aber jener, der es vollendete. Dort fährt ein Schiff, wer weiß, ob es den Hafen erreicht. Am Himmel zieht eine Wolke, gewißlich sind wir nicht Zeuge, wie sie sich in Regen ausgießt. Unter diesen Wassern schwimmt der Fischschwarm dem Netz entgegen. Es ist alles ganz eitel, spricht Salomo, und Dom João V. wiederholt: Es ist alles eitel, eitel ist's zu begehren, eitel ist's zu besitzen.

Doch nicht Bescheidenheit überwindet den Wahn, weniger noch die Demut, vielmehr ihre maßlose Übertreibung. Von diesem quälerischen Sinnen ließ der König nicht ab, um etwa das Gewand der Buße und des Verzichts überzustreifen, sondern er befahl die Kammerherren, die Sekretäre und die Mönche zu sich zurück, die Sängerin würde später kommen, und diese alle fragte er, ob es, wie er zu wissen glaube, wirklich zutreffe, daß die Einweihung der Kirchen an einem Sonntag stattzufinden hätte, und sie bestätigten ihm dies, so verlange es der Brauch, und da befahl der König nachzuforschen, wann sein Geburtstag, der 22. Oktober, auf einen Sonntag fiele. Und als die Sekretäre, nach sorgsamer Befragung des Kalenders, geantwortet hatten, daß dies im übernächsten Jahr der Fall sein werde, im Jahre 1730, sagte er: Dann also findet die Einweihung der Basilika von Mafra an diesem Tage statt, das ist mein Wille, ist mein Beschluß und Befehl. Als die Kammerherren dies hörten, eilten sie auf ihren Herrn zu und küßten ihm die Hand, sagt an, was ist prächtiger, König der Welt zu sein oder König dieser Leute.

Geziemend ehrerbietig gossen João Frederico Ludovice und Doktor Leandro de Melo auf diese Wogen entflammter Begeisterung ein bißchen Wasser. Eilends aus Mafra herbeibeordert, wohin der erstere gefahren war und wo der zweite sich gerade aufhielt, konnten diese aus unmittelbarer Anschauung reden, und sie versicherten, der Stand der Arbeiten dort erlaube nicht so glückliche Voraussicht, zumal das Kloster im zweiten Bauabschnitt nur langsam wüchse, überdies die Kirche, naturgemäß ein heikles Bauen, ein sorgsames Fügen von Steinen, nicht mit oberflächlich leichter Hand ausgeführt werden dürfe, Majestät wissen das besser als sonst wer, da ja Sie die Glieder der Nation miteinander aussöhnen und in ein harmonisches Gleichgewicht bringen. Dom João V. runzelte die Braue, diese anödende Schmeichelei erleichterte ihn in nichts, er tat den Mund auf zu barscher Entgegnung, bestellte sich dann aber doch wieder die Sekretäre, fragte sie, wann sein Geburtstag abermals auf einen Sonntag fiele, da der von 1730 augenscheinlich zuwenig Zeit lasse. Die Herren ergaben sich eifrig ihren Rechnereien, und mit einigem Zweifel antworteten sie, solches begäbe sich zehn Jahre später, 1740.

Es waren etwa acht oder zehn Personen zugegen, der König, Ludovice, Leandro, Sekretäre und die in dieser Woche diensttuenden Adelsleute, alle nickten ernst gemessen mit den Köpfen, als hätte soeben Halley persönlich die periodische Wiederkehr der Gestirne erklärt, Dinge eben, die der Mensch zu entdecken in der Lage ist. Dom João V. aber, so las man in seinem Gesicht, hatte einen finsteren Gedanken, im Kopf überschlug er ganz schnell, unter Zuhilfenahme der Finger: Anno 1740 werde ich einundfünfzig Jahre alt sein. Und finster fügte er hinzu: Falls ich noch lebe. Einige schreckliche Minuten lang stieg dieser König wieder den Ölberg hinan, dort starb er in Angst vor dem Tod und in Entsetzen darüber, daß man ihn berauben würde, voller Neid stellte er sich vor, wie sein Sohn, dann König, mit der jungen Königin, die aus Spanien kommen soll, die Wonnen der Einweihung und Heiligung Mafras genösse, während er, Dom João V., in São Vicente de Fora verfaulte, nahe dem kleinen Infanten Dom Pedro, den in zartem Alter die brutale Entwöhnung von der Brust getötet hatte. Die Umstehenden musterten den König, Ludovice mit einem Anflug wissenschaftlicher Neugier, Leandro de Melo der Zeit zürnend, daß sie so streng Gesetz übte, selbst Majestäten nicht schonte, die Sekretäre in Zweifel, ob sie es mit den Schalttagen richtig gemacht hatten, die Kammerherren schluckten ihre zweifelvollen Bedenken, ob sie dann noch am Leben wären. Alles wartete. Und endlich sprach Dom João V.: Die Einweihung der Basilika von Mafra findet am 22. Oktober 1730 statt, ganz gleich, ob das zuviel oder zuwenig an Zeit ist, ob Sonne oder Regen, ob es schneit oder der Wind bläst, ob die Welt in Fluten versinkt oder zehnmal verhext ist.

Ohne die Aufwallungen im Ausdruck war dieser Befehl schon längst ausgegeben worden, hier scheint er nur eine feierliche Bekundung für die Geschichte zu sein, wie jene bekannte: Vater, ich befehle meinen Geist in deine Hände, da schau an, letztlich ist Gott doch nicht Einhänder, keinesfalls Senhor, da hatte sich Pater Bartolomeu Lourenço in hausgemachten Freveln ergangen, hatte Baltasar Sieben-Sonnen vom rechten Wege abgebracht, dabei hätte es ausgereicht, den Sohn zu befragen, der ja weiß, wieviel Hände der Vater hat, aber dem von Dom João V.

Gesagten wird man nun noch hinzufügen müssen, was wir erfahren haben, wieviel Hände die untertänigen Kinder haben und wozu diese, die Kinder und die Hände, dienen: Ich befehle, daß allen Richtern im Reich aufgetragen wird, so viel Arbeiter zusammenzubringen und nach Mafra zu schicken, wie sie in ihren Amtsbereichen auftreiben können, ob Zimmermann, Maurer oder Handlanger, notfalls sind sie gewaltsam von ihren Arbeiten abzuziehen, kein Grund dawider darf gelten, nicht Familie, Abhängigkeit oder schon geleisteter Dienst, denn nichts steht über dem Willen des Königs, nur der Wille Gottes, den aber kann niemand anrufen, es wäre müßig, denn eigens um ihm zu dienen, erfolgt diese Einberufung, ich habe gesprochen. Ludovice nickte, als bestätigte er sich das Regelgemäße einer chemischen Reaktion, die Sekretäre setzten in aller Eile Verlautbarungen auf, die Kammerherren wechselten Blicke und lächelten, wahrlich ein König von Schrot und Korn, Doktor Leandro de Melo fühlte sich frei von dieser neuerlichen Verpflichtung, in seinem Amtsbereich gab es schon keinen Mann mehr, der nicht beim Klosterbau beschäftigt war, unmittelbar oder mittelbar.

Die Befehle wurden ausgeschickt, es kamen die Männer. Etliche aus eigenem Antrieb, verleitet von dem Versprechen, guten Lohn zu erhalten, aus Abenteuerlust andere und erkalteter Gefühle wegen andere, der ganz große Rest aber unter Gewaltanwendung. Es wurde auf den Plätzen ausgerufen, weil die Zahl der Freiwilligen gering blieb, es streifte der Richter durch die Straßen, begleitet von den Häschern, er trat in die Häuser, stieß die Gartentürchen auf, suchte die Feldfluren ab, spürte nach versteckten Drückebergern, bei Tagesende hatte er zehn, zwanzig, dreißig Männer beisammen, und waren es mehr, dann banden die Häscher sie mit Stricken, das Seil um die Hüften und von Mann zu Mann, oder das Seil lose von Hals zu Hals, oder um die Knöchel, wie Galeerensträflinge oder Sklaven. Allerorts hieß es: Auf Befehl Seiner Majestät werdet ihr beim Klosterbau in Mafra dienen. Und war der Richter ein besonders eifriger, blieb es sich gleich, ob der Eingeforderte bei bester Manneskraft war, ob er sich den Greisenhintern am Schemel polierte oder noch ein halbes Kind war. Der Mann machte zunächst Anstalten, wollte sich durchschlängeln, kam mit Vorwänden, die Frau hochschwanger, die Mutter alt, die Hütte voller Kinder, die Hausmauer erst halb hochgezogen, das Bogengewölbe zu verstärken, der brache Acker zu bestellen, wenn er erst mit Gründen anfing, hatte es kein Ende, die Häscher packten zu, prügelten ihn, falls er sich weigerte, viele wurden blutend auf den Weg geschickt.

Die Frauen rannten durcheinander, weinten, die Kinder vermehrten das Geschrei, es war, als höben die Richter Soldaten für die Armee oder für Indien aus. Geschart auf dem Marktplatz von Celorico da Beira, Celorico de Tomar oder Celorico da Leiria, oder in Kleindorf oder Großdorf, in einem Kaff, dessen Namen nur seine Bewohner kannten, oder sonstwo im tiefen Landesinnern oder am Meeressaum, rings um die Schandpfähle, auf dem Kirchvorplatz in Santarém und Beja, in Faro und Portimao, in Portalegre und Setúbal, in Évora und Montemor, in den Bergen und in den Ebenen, und in Viseu und Guarda, in Bragança und Vila Real, in Miranda, Chaves und Amarante, in Vianas und Póvoas, in welche Orte die Justiz Seiner Majestät auch gelangte, überall sah man die Männer wie Schlachtvieh gefesselt und gerade so locker gehalten, daß sie nicht übereinander stolperten, und sahen die Männer, wie ihre Frauen und Kinder den Richter beschworen und die Häscher mit etlichen Eiern, einem Huhn, mit elenden Gaben zu bestechen versuchten, die nichts fruchteten, denn der König kassiert seine Tribute in Goldtalern, in Smaragden, in Diamanten, in Gewürzen und in Zimt, in Elfenbein und in Tabak, in Zucker und in Sukupiraholz, Tränen zählen auf dem Zollamt nicht. Und falls den Häschern Zeit gegeben war, genossen etliche die Weiber der Gefangenen, die sich so weit herabließen, die Ärmsten, nur um ihre Männer auszulösen, und sahen sie dann dennoch, voller Verzweiflung, davonziehen, dabei von den Nutznießern ausgelacht. Verflucht seist du, bis ins fünfte Glied, die Lepra fresse deinen Leib, als Hure sollst du deine Mutter erleben, als Hure deine Frau, als Hure deine Tochter, pfählen sollen sie dich, durch das Arschloch bis hoch ins Maul, verflucht, verflucht, verflucht. Dort geht der Haufen, Männer aus Arganil, bis vor den Ort begleitet von ihren unglücklichen Angehörigen, die da rufen und schreien, sich die Haare raufend: O mein süßer geliebter Mann, eine andere aufbegehrend: O mein Sohn, einziger, der du mir Trost und Stütze, süßer Schutz in diesem meinem Greisenalter sein solltest. Die Klagen nahmen nicht Ende, die nahen Berge antworteten, fast gerührt vor tiefem Mitleid, dann aber entfernen sich die Ausgehobenen, sie werden hinter der nächsten Wegbiegung verschwinden, die Augen feucht, den fühlsamsten rinnen dicke Tränen, und da erhebt sich eine gewaltige Stimme, ein Bauer so alt schon, daß sie ihn nicht mehr haben wollten, steht auf einem Wall, der Kanzel der Dörfler, er ruft: Glorie, Befehlsgewalt, o nichtige Begierde, o schändlicher König, o Vaterland ohne Rechte. Aber schon haute ein Büttel ihm den Prügel über den Schädel, daß er wie tot da liegenblieb.

Was vermag ein König? Er sitzt auf seinem Thron, oder er erleichtert sich von seiner Notdurft, in den Nachttopf oder in den Bauch der Nonnen, je nachdem, und von hier, von da oder von dort, sooft es die Interessen des Staates erfordern, der er ist, ordnet er an, daß von Penamacor die brauchbaren Männer, und auch weniger brauchbaren, sich zur Arbeit verfügen, zu meinem Kloster in Mafra, das ich dort bauen lasse, weil die Franziskaner es seit 1624 zu haben begehren, und weil die Königin von einer Tochter entbunden wurde, die noch nicht einmal Königin von Portugal sein wird, sondern von Spanien, dynastischer und persönlicher Interessen halber. Und die Männer, die den König nie gesehen, und die der König nie sah, sie kommen, gegen ihren Willen zwischen Soldaten und Häschern daher, ungefesselt, falls zahm oder falls sie sich schon drein ergeben haben, gefesselt aber, wie gesagt, falls rebellisch, gefesselt immerfort, falls sie, bauernschlau, das brave Lamm spielten und dann plötzlich zu fliehen versuchten, und desto schlimmer, falls wirklich einer entwischte. Sie ziehen dahin, von Landstrich zu Landstrich, bisweilen die wenigen Hauptstraßen, manche noch von den Römern gebaut, sonst auf Fahrwegen und immer zu Fuß, das Wetter je nachdem, sengende Sonne, durchnässender Regen, eisige Kälte, Seine Majestät in Lissabon erwartet, daß ein jedermann seine Pflicht tue.

Manchmal treffen Züge aufeinander. Etliche kamen mehr aus dem Norden, andere mehr von Osten, jene aus Penala, diese aus Proença-a-Nova, in Porto de Mós vereinigten sie sich, keiner weiß, was dies für Orte auf der Landkarte sind noch welche Form Portugal hat, ob quadratisch oder rund, oder mit Auswucherungen, ob es eine Brücke zum Drüberlaufen ist oder ein Henkersseil, ob es schreit, wenn man es schlägt oder Zuflucht in den Winkeln sucht. Aus den zwei Aufgeboten ward eines, und da die Henkerskunst schon ihre Feinheiten hat, betrieben die Häscher mystische Verpaarung, banden sie je einen aus Proença mit einem aus Penala zusammen, so wird Subversion erschwert und werden die Portugiesen in die offenkundige Gunst versetzt, ihr Land kennenzulernen. Wie ist denn deine Heimat? Und solange sie hierüber reden, denken sie an nichts anderes. Es sei denn, daß unterwegs einer stirbt. Es kann ein Anfall ihn niederstrekken, der Mann mit Schaum vor dem Mund, oder nicht einmal dies, nur daß er den Vordermann und den Hintermann mit zu Boden reißt, diese sich, in Panik, an einen Toten gefesselt sehen, er kann im freien Gelände erkranken, wird dann auf einer Trage geschleppt, Beine und Arme baumelnd, bis er weiter vorn den Geist aufgibt und am Wegrand verscharrt wird, mit einem Holzkreuz, das sie zu seinem Haupte in die Erde spießen, oder er hat das Glück, in einer Ortschaft die Letzte Ölung zu empfangen, indessen die Verbannten auf der Erde hocken und warten, daß der Fall sich klärt, Hoc est enim corpus meum, dieser von so langen Märschen ermüdete Körper, dieser von den reibenden Stricken aufgescheuerte Körper, dieser ausgezehrte Körper, der noch weniger Essen empfängt als bisher gewohnt. Nachts schlafen sie in Strohschobern, in Klosterportalen, in leeren Speichern, und so Gott will und gutes Wetter herrscht, unter freiem Himmel, in einem dann freie Luft und Menschengefängnis, hier ließe sich des langen und breiten Philosophie reden, wäre nur Zeit gegeben. Frühmorgens, weit vor Sonnenaufgang, zumal es in diesen Stunden immer eisig frisch ist, erheben sich die Arbeiter Seiner Majestät, vor Kälte erstarrt und hungrig, ein Glück nur, daß die Häscher ihnen die Fesseln abnahmen, heute ziehen wir in Mafra ein, es würde einen gar zu schlechten Eindruck machen, käme da ein Zug zerlumpter Gestalten, gefesselt wie Sklaven in Brasilien oder ein Troß Reittiere. Als sie, fern noch, die weißen Mauern der Basilika sichten, rufen sie nicht Jerusalem, Jerusalem, darum ist es eine Lüge, was jener Mönch da predigte, als die Steinplatte von Péro Pinheiro nach Mafra überführt wurde, daß nämlich alle diese Männer Teilnehmer an einem neuerlichen Kreuzzug seien, was wären dies auch für Kreuzfahrer, die sich ihres Kreuzzuges so wenig bewußt sind. Die Häscher lassen anhalten, damit die Männer von dieser Erhebung aus das weite Panorama bewundern können, in dessen Mitte sie leben werden, zur Rechten das Meer, wo unsere Seeflotte fährt, Herrin des nassen Elements, da vorn, nach Süden hin, ist die rühmlichst bekannte Serra de Sintra, der Stolz der Nation, um sie beneiden uns die Ausländer, bestens als Paradies geeignet, für den Fall, daß Gott hierin einen neuerlichen Versuch unternähme, und der Ort dort in der Senke, das ist Mafra, von dem die Gelehrten sagen, daß es das ist, was es wortwörtlich heißt, eines Tages werden die Augen und Sinne Schärfe gewinnen und aus diesem Namen herauslesen, Buchstabe für Buchstabe: Menschenverachtung, Arglist, Feme, Raub, Angst, und nicht ich, meinen Dienst versehender schlichter Büttel, werde diese Lesart wagen, sondern ein Benediktinerabt zu seinen Zeiten, dies der Grund, weshalb sein Orden der Einweihung des Riesendinges fernblieb, doch greifen wir nicht voraus, noch ist viel Arbeit zu leisten, darum kamt ihr aus fernen heimatlichen Gefilden hierher, wo ihr gewohnt gehabt habt, verzeiht mir die schlechte Grammatik, uns hat im Sprechen niemand geschult, wir lernten es samt den Fehlern unserer Eltern, auch sind wir in einer Zeit des Übergangs, und nun ihr also gesehen habt, was euch erwartet, schreitet weiter, denn wir, sobald wir euch abgeliefert haben, werden noch mehr von euresgleichen holen.

Um aus ihrer Richtung her zum Bauplatz zu gelangen, müssen sie die Stadt durchqueren, sie marschieren durch den Schatten des vizegräflichen Palastes, hart am Grundstück der Sieben-Sonnen vorbei, und so wenig wissen sie von den einen wie von den anderen, trotz Genealogien und Geschichtsdarlegungen, Tomás da Silva Teles, Vizegraf von Vila Nova da Cerveira, und Flugzeugbauer Baltasar Mateus, mit den hingehenden Zeiten wird sich ja zeigen, wer diesen Krieg gewinnt. Die Fenster des Palastes tun sich nicht auf beim Vorbeimarsch der Elendsgestalten, nur der Geruch, den diese verströmen, wird wahrgenommen, Frau Vizegräfin. Aber es öffnete sich die Tür im Hause der Sieben-Sonnen, Blimunda spähte heraus, es ist ihr dies nichts Neues, viele Aufgebote kamen schon vorbei, und jedesmal schaut sie, es ist ihre Art, die Ankömmlinge zu empfangen, und kehrt Baltasar dann am Abend heim, sagt sie: Hier kamen heute mehr als hundert vorbei, verzeih die Ungenauigkeit, aber ich habe das Zählen nicht richtig gelernt, viele waren's, wenige waren's, wie wenn man von Jahren spricht, ich bin schon über dreißig. Und Baltasar: Insgesamt, so hörte ich, sind fünfhundert Mann gekommen. So viele? ruft Blimunda erschrocken, und weder er noch sie wissen genau, wieviel fünfhundert sind, zumal die Anzahl von allen Dingen dieser Welt das am wenigsten Genaue ist, man sagt fünfhundert Mauersteine, sagt fünfhundert Menschen, und der Unterschied zwischen Mauerstein und Mensch ist, so meint man, wie der Unterschied zwischen fünfhundert und fünfhundert, wer dies nicht beim erstenmal kapiert, verdient's nicht, daß man es ihm ein zweites Mal erklärt.

Es halten sich die heut eingetroffenen Männer beieinander, sie übernachten da, wo es sich gerade ergibt, morgen werden sie sortiert. Wie die Mauersteine. Die untauglichen, falls eine Ladung Mauersteine, die bleiben auf dem Fleck für weniger anspruchsvolle Arbeiten, irgendwie sind sie alle zu gebrauchen, aber sind's Menschen, dann schickt man uns fort, zu guter oder schlechter Stunde. Du taugst nicht, verschwind nach Hause, und sie ziehen hin, auf Wegen, die sie nicht kennen, sie verlaufen sich, werden Landstreicher, sterben auf der Straße, manchmal rauben sie, manchmal töten sie, manchmal gelangen sie an ihr Ziel.

Man findet aber auch glückliche Familien. Die königliche von Spanien ist eine solche. Die von Portugal ebenso. Es verheiraten sich Kinder dieser mit Kindern jener, von deren Seite kommt Mariana Vitória, von unserer Seite her Maria Bárbara, die Bräutigame sind der José von hier und der Fernando von dort, respektiv, wie man sagt. Das sind nicht Kombinationen Hals über Kopf, die Bindungen stehen fest seit 1725. Noch und noch Unterredung, viel Botschafter, viel Verhandlung, viel Hin und Her von Bevollmächtigten, Gefeilsche über die Klauseln der Ehekontrakte, die Vorrechte, die Mitgift für die Mädchen, und da sich solche Bindungen nicht mit der linken Hand zustande bringen lassen, wie dies gemeinhin, so die platte Redensart, vor der Tür des Fleischerladens geschieht, erfolgt der Austausch der Prinzessinnen fast erst ein Jahrfünft später, eine mir, eine dir.

Maria Bárbara ist volle siebzehn Jahre, ein Mondgesicht, und pockennarbig, aber ein braves Mädchen, musikalisch, soweit es einer Prinzessin möglich. Nicht in einen Sack mit Löchern fielen die Lektionen ihres Lehrers Domenico Scarlatti, der sie später nach Madrid begleitet und nicht zurückkehrt. Ihrer harrt ein Bräutigam, der zwei Jahre jünger ist als sie, besagter Fernando, der sechste in Spaniens Stammtafel, und von einem König wird er wenig mehr haben als den Namen, dies nur ganz nebenbei zur Kenntnis gebracht, damit es nicht scheint, wir mischten uns in die inneren Angelegenheiten des Nachbarlandes ein. Von diesem ist somit prächtig gut Verbindung zur Geschichte unseres Landes geknüpft, und von dort, ich wiederhole mich, wird Mariana Vitória kommen, ein junges Ding von elf Jahren, das trotz seines geringen Alters schon schmerzliche Lebenserfahrung hat, es reicht zu sagen, daß sie Ludwig XV. von Frankreich heiraten sollte, von diesem aber schnöd zurückgewiesen wurde, ein hartes Wort, und nicht diplomatisch, aber wie anders es nennen, wenn ein Kind von zarten vier Jahren an den französischen Hof verbracht wird, damit es dort zur besagten Heirat erzogen werde, zwei Jahre später aber heimgeschickt wird, weil der Versprochene plötzlich in Fieber geriet, oder jene Personen, die seine Interessen lenkten, jetzt begehrte er ganz auf die Schnelle einen Nachfolger für die Krone, eine Anforderung, der die bedauernswerte Kleine physiologisch nicht entsprechen konnte, man hätte noch etwa acht Jahre warten müssen, die Ärmste wurde heimgeschickt, kehrte mager und schmächtig zurück, im Essen ein Sperling, kam mit dem schlecht verhehlten Vorwand, die Eltern zu besuchen, König Philipp, Königin Isabel, und sie blieb in Madrid, wartend, daß man ihr einen neuen und weniger eiligen Bräutigam fände, und da traf es unseren José, er jetzt allernächst fünfzehn. Von Mariana Vitórias Vergnügungen ist nicht viel zu sagen, sie spielt gern mit Puppen, ißt gern Bonbons, kein Wunder in ihrem Alter, aber das Weidwerk beherrscht sie schon äußerst geschickt, und wenn sie erwachsen ist, wird sie die Musik und die Lektüre lieben. Manch einer regiert mehr und weiß weniger.

Die Geschichte der Verheiratungen ist voll von Leuten,

die draußen vor der Tür blieben, darum dir, um Ärgernisse zu vermeiden, die Mahnung: Hin zu Hochzeit und Taufe nur eingeladen laufe. Eingeladen worden war João Elvas freilich nicht, ein Freund von Sieben-Sonnen, als dieser in Lissabon wohnte, noch bevor er Blimunda kannte und sich mit ihr zusammentat, jener Freund, der Baltasar zur Nacht Herberge gab in der neben dem Kloster der Hoffnung befindlichen und mit halben Stadtstreichern geteilten Hütte, wie wir uns alle erinnern. Schon damals war João Elvas kein Jüngling mehr, jetzt ist er ein alter Mann, sechzig Jahre, plötzlich von innerem Drang erfaßt, in die Heimat zurückzukehren, wo er geboren wurde und seinen Namen empfing, Sehnsüchte eines Alten, wenn er andere Sehnsüchte nicht mehr haben kann. Sich einfach auf die Beine machen, da zögerte er etwas, nicht daß er sie für zu schwach hielt, nein, noch waren sie sehr kräftig, sondern wegen der riesigen öden Landstriche im Alentejo, niemand ist da sicher vor böser Begegnung, wir erlebten ja, was Baltasar Sieben-Sonnen im Pinienhain von Pegões widerfuhr, wobei das Unglück allerdings auf seiten des Straßenräubers war, er auf der Strecke blieb, den Raben und den Hunden zum Fraß, falls sein Kamerad ihn nicht begrub. In Wahrheit weiß ein Mensch nie, was seiner harrt, an Gutem und an Bösem. Wer hätte João Elvas einst in seiner Soldatenzeit, und auch in diesen Zeiten friedlichen Umherstreichens, prophezeit, daß er eines Tages den König von Portugal begleiten würde, hin zum Rio Caia, wo es eine Prinzessin abzuliefern und eine andere zu holen gälte, wer hätte ihm das je prophezeit? Niemand sah es voraus, nur das Schicksal wußte es, das weit im voraus die Fäden spann und verknüpfte: diplomatisch und dynastisch die Fäden der zwei Höfe, und aus Heimweh und schmerzender Unbehaustheit die des ehemaligen Soldaten. Sollte es uns je gelingen, diese Maschen zu entflechten, werden wir den Lebensfaden wieder in die Hand bekommen und die höchste Weisheit gewinnen, sofern wir nur fest daran glauben.

Freilich, João Elvas fährt nicht in der Kutsche noch reitet er zu Pferd. Gesagt wurde, daß er kräftige Wanderbeine hat, und ihrer bedient er sich, aber weiter vorn, oder auch weiter zurück, wird Dom João V. ihm immer wieder Gesellschaft leisten, ebenso die Königin und die Infanten, der Prinz und die Prinzessin, und die ganze Weltmacht, die da mitreist. Nie und nimmer wird diese äußerst erlesene Reisegellschaft ahnen, daß sie einem Vagabunden das Geleit gibt, ihm Leben und Gut sichert, beides nah dem Ende. Auf daß nicht vorzeitig am Ende, hauptsächlich das Leben, das sehr wertvolle, mische sich João Elvas möglichst nicht gar zu sehr in den Zug, weiß man ja, daß die Soldaten eine leichte Hand haben, und sobald ihnen die gleichermaßen wertvolle Sicherheit Seiner Majestät bedroht scheint, auch eine fest zupackende, gelobt sei Gott.

Solcherweise vorsichtig, verließ João Elvas Lissabon, wechselte er in den ersten Tagen des Januar anno 1729 nach Aldegalega über, verweilte dort, schaute sich die Ausschiffung der Kutschen und Reitpferde an, die der Reise dienen würden. Um sich Aufhellung zu geben, kam er mit Fragen: was ist dies?, wo kommt es her?, von wem gemacht?, wem soll es dienen?, es scheint unschickliche Neugier, doch diesem Alten, von ehrwürdigem Aussehen, wiewohl nicht sauber, meint jeder Pferdeknecht Antwort schuldig zu sein, und bei wachsendem Vertrauen kann man sogar vom Stallmeister Informationen haben, nur fromm braucht sich João Elvas zu geben, der von Beten wenig weiß, sehr wohl aber, wie man sich verstellt. Und gibt es statt einleuchtender Antwort Scheelblick, Raunzer und Puff, läßt sich daraus erst recht das Vorenthaltene folgern, so reiht sich denn am Ende alles zu einer Kette von Irrtürmern, aus denen die Geschichte besteht. Als Dom João V. dann am 8. Januar den Fluß selbst überquerte, standen in Aldegalega zu seiner großen Reise über zweihundert Fuhrwerke bereit: darunter Zweisitzer, Kaleschen, ländliche Halbkutschen, Reisewagen, Frachtkarren, auch Sänften, etliche von Paris bezogen, andere eigens für diese Reise in Lissabon gefertigt, abgesehen von den königlichen Equipagen, mit frisch aufgemalten Wappenschildern, erneuertem Samt, erneuerten Quasten, Vorhängen. Aus dem königlichen Marstall allein schon an Maultieren fast zweitausend, dazu noch die Pferde des Gardekorps und der Truppe, die den Zug begleitete. Aldegalega, als Ausgangspunkt jeglicher Reise in den Alentejo, hat vieles erlebt, doch solches noch nie, es langt schon ein kurzes Verzeichnis an Bediensteten: zweihundertzweiundzwanzig Köche, zweihundert Hellebardiere, siebzig Angestellte der königlichen Gerätekammer, hundertdrei Geschirrburschen, mehr als tausend Stallburschen und eine unzählbare Menge sonstiger Diener und Sklaven von unterschiedlichem Schwarz. Aldegalega ist ein Menschenmeer, und noch viel größer wäre es, wenn die Adelsleute und sonstigen Herrschaften nicht längst vorausführen, schon unterwegs nach Elvas und nach Caia, zwangsläufig bei solcher Masse, sonst käme der letzte Hochzeitsgast, während die Prinzentrauungen längst im Gange wären, eben erst in Vendas Novas an.

Der König setzte mit seiner Brigantine über, nachdem

er zuvor noch das Bildnis Unserer Lieben Muttergottes aufgesucht, und mit ihm landeten Prinz Dom José und Infant Dom António samt ihren Dienern, und dies waren der Herzog von Cadaval, der Marquês von Marialva, der Marquês von Alegrete, ein Edelmann des Senhor Infante, und weitere Herren, wundern soll es nicht, daß sie Diener genannt werden, denn Diener der Königsfamilie sein, das ist eine Ehre. João Elvas stand mitten unter dem Spalier bildenden Volk, das Dom João V., dem König von Portugal, jubelnd zurief: Hoch, hoch. Anderenfalls es nur jenes Stimmengewirr gewesen wäre, bei dem höchstens am Tonfall erkennbar ist, ob es Applaus oder Ablehnung ausdrückt, Gott verhüte, daß irgendwer einen Schmähruf ausstieße, im übrigen ist es nicht denkbar, daß jemand einem König den ihm gebührenden Respekt versagen könnte, schon gar nicht dem portugiesischen. Dom João V. nahm Unterkunft im Hause des Sekretärs der Kammer, João Elvas hatte schon seine erste Enttäuschung hinter sich, er mußte entdecken, daß es nicht an Bettlern und anderen Landstreichern fehlte, die den Zug begleiten wollten, in Erwartung von Überbleibseln und Almosen. Nur Geduld. Wo diese äßen, da fiele auch für ihn etwas ab, sein Reisegrund war von allen der ehrbarste.

Am Morgen gegen halb sechs, es war noch dunkel, reiste der König nach Vendas Novas ab, doch noch vor ihm war João Elvas losgezogen, denn mit eigenen Augen wollte er die ganze Hochzeitsgesellschaft an sich vorüberziehen sehen, nicht das heillose Durcheinander des Aufbruchs, wenn die Fuhrwerke sich einordneten, zu den Befehlen des Zeremonienmeisters, im Geschrei der Vorreiter und Kutscher, letztere bekanntlich von wenig Gewähltheit. João Elvas wußte nicht, daß der König noch die Messe hören wollte bei Unserer Lieben Frau von Atalaia, der Zug ließ auf sich warten, so verlangsamte João Elvas denn den Schritt, blieb endlich stehen, Teufel noch mal, wo stecken die?, er setzte sich oben auf eine Böschung, dort von Agaven vor der Morgenbrise geschützt. Der Himmel bedeckt, die Wolken hingen tief und versprachen Regen, die Luft eisig. João Elvas wickelte sich fester in seinen Umhang, zog sich die Hutkrempe über die Ohren, wartete. So verging eine Stunde oder mehr, auf der Straße wenig Verkehr, es sieht nicht wie Festtag aus.

Doch dort kommt das Fest. Schon hört man in der Ferne Trompetenschmettern und Paukengedröhn, das Soldatenblut gerät João Elvas in Wallung, alte Gefühle werden wach, als sähe der Mann eine Frau vorüberschreiten, von der er nur noch die Erinnerung hatte, und ihr Lachen und das Flattern ihres Gewandes oder aber ihres Haars ließe ihn hinschmelzen, nimm mich mit dir, tu mit mir, was dir beliebt, es ist, als riefe uns der Krieg. Und da zieht nun der triumphale Zug vorüber. João Elvas sieht nur Pferde, Menschen, Fuhrwerke, er weiß nicht, wer drin fährt, wer draußen mitreist, doch wir, ohne Mühe, vermögen uns vorzustellen, daß sich neben ihn ein barmherziger, wohltätiger Fidalgo setzt, die es ja gibt, und weil dieser Fidalgo deren einer ist, die von Hof und Ämtern alles wissen, wollen wir seinen Worten aufmerksam lauschen. Da schau, João Elvas, nach dem Leutnant und den Trompeten und Pauken, die schon vorüber sind und die du kennst, da du ja von dieser Zunft warst, kommt jetzt der Hofquartiermeister mit seinen Chargen, er nämlich hat für die Unterbringung zu sorgen, die sechs da zu Pferd, das sind Kuriere des Kabinetts, sie tragen und bringen Nachrichten und Befehle, nun fährt die Berline mit den Beichtpriestern des Königs, des Prinzen und des Infanten vorbei, du ahnst ja nicht, welche Last an Sünden da mitfährt, viel weniger wiegen die Bußen, dann kommt die Berline mit den Kleiderburschen, warum dein Erschrecken?, Majestät ist nicht ein so armer Schlucker wie du, der du nur hast, was du auf dem Leib trägst, seltsame Sache, daß einer nur das besitzt, was er auf dem Leibe trägt, und erschrick auch nicht beim Anblick dieser zwei Berlinen, die vollgestopft sind mit Kirchenmännern und mit Patres der Gesellschaft Jesu, nicht immer nur Fisch, nicht immer nur Fleisch, mal Gesellschaft Jesu, mal Gesellschaft des Johannes, beides Könige, doch diese Begleitungen sind nicht weniger erlesen, und da wir nun schon dabei sind, hier hast du die Berline des Vizestallmeisters, die nächsten drei sind die des Hofrichters und der Fidalgos des Königshauses, es folgt der Zweisitzer des Oberstallmeisters, dann die Kutschen der Kammerherren der Infanten, und nun Achtung, jetzt erst wird's richtig interessant, diese Kutschen und Zweisitzer, die leer vorüberziehen, das sind die Ehrenkutschen und Ehrenzweisitzer der Majestäten, und da, zu Pferd, erscheint der Vizestallmeister, und nun endlich ist der Augenblick gekommen, knie nieder auf die Erde, João Elvas, es zieht vorüber der König mit dem Prinzen Dom João und dem Infanten Dom António, dein König ist's, der vorüberzieht, du unschuldsvoll ahnungsloser Mensch, sieh, wie majestätisch, welch unvergleichliche Erscheinung, welch anmutiges und gestrenges Antlitz, so wird Gott im Himmel sein, bezweifle es nicht, du aber, João Elvas, solange du noch wandelst auf Erden, João Elvas, vergiß nie diesen Augenblick vollkommenen Glücks, als du Dom João V. in seiner Kutsche vorbeiziehen sahst, du auf Knien neben diesen Agaven, bewahr dir gut in Erinnerung diese Bilder, du Privilegierter, und nun kannst du dich erheben, sie sind schon vorüber, da ziehen sie, mit ihnen auch sechs Stalljungen zu Pferd, diese vier Zweisitzer hier, sie führen die Kammer Seiner Majestät, dann kommt die Halbkutsche des Chirurgen, wenn da so viele ziehen, die sich um die Seele kümmern, muß wenigstens einer sich auch um den Leib bemühen, ab hier gibt es nicht mehr viel zu sehen, sechs Halbkutschen zur Reserve, sieben Ersatzpferde, die Gardekavallerie mit ihrem Offizier, und weitere fünfundzwanzig Halbkutschen, die des Königsbarbiers, des Mundschenks, der Kammerdiener, der Architekten, der Kaplane, der Ärzte, der Apotheker, der Bürovorsteher, der Schneider, der Wäscherinnen, des Oberkochs, und des Vizeoberkochs, und noch und noch, sodann zwei Frachtkarren mit der Garderobe des Königs und des Prinzen, und, als Abschluß, sechsundzwanzig Reservepferde, hast du je einen solchen Zug gesehen, João Elvas?, und nun schließe dich dieser Herde von Bettlern an, denn unter ihnen ist dein Platz, und danke mir nicht für die milde Wohlgefälligkeit, daß ich dir dies alles erklärte, sind wir doch allesamt Kinder des einen Gottes.

João Elvas schloß sich der Truppe der Vagabundenmeute an, er, der von Königshöfen mehr wußte als alle, sie empfingen ihn nicht sehr freundlich, ein auf ihrer hundert verteiltes Almosen gleicht nicht dem, das hundert und einer sich teilen, doch der Riesenknüppel, den er wie ein Lanze auf der Schulter trägt, und ein gewisses kriegerisches Gehabe in Schritt und Gebärde schüchterten die Bande ein. Nach einer halben Wegstunde waren sie allesamt Brüder. Als sie Pegões erreichten, speiste der

König schon zu Mittag, ein leichtes Mahl, im Stehen, mit Quitte überbackene Häppchen Ente, Knochenmarkpastetchen, eine Kraftbrühe, alles nur für den hohlen Zahn, unterdessen wurden die Pferde gewechselt. Die Rotte der Bettler drängte sich vor den Küchen, stimmte ihren Chor von Vaterunsern und Ave-Marias an, bekam endlich aus dem großen Kessel zu essen. Einige, wenig vorausschauend, nur weil sie an diesem Tag gegessen hatten, blieben im Ort, wollten hier die Almosen erbetteln. Andere, satt zwar, wußten, daß das Brot von heute nicht den Hunger von gestern tilgt, noch weniger den von morgen, sie folgten der Speise, die ihnen dort vorauszog. João Elvas, aus eigenen Gründen, edlen und unedlen, zog mit ihnen.

Gegen vier Uhr nachmittags gelangte der König nach Vendas Novas, gegen fünf Uhr João Elvas. Bald darauf wurde es dunkel, der Himmel voller dicker und so tief hängender Wolken, daß man nur die Hand auszustrecken brauchte, um sie zu greifen, doch dies sagten wir wohl schon, und als zur Stunde des Abendbrots Essen ausgeteilt wurde, versah sich der altgediente Soldat mit herzhafter Speise und verzehrte sie lieber ungestört und allein unter einem Wetterdach oder einem Bauernkarren, möglichst fern dem ihn verdrießenden Bettlergequatsch. Es scheint, nicht der drohende Regen führte João Elvas beiseite, es gibt eben sonderliche Menschen, die ihr ganzes Leben für sich allein leben, die Einsamkeit lieben, und desto mehr, wenn es regnet und die Brotrinde hart ist.

Irgendwann, João Elvas wußte nicht, ob er wach war oder schlief, hörte er das Stroh knacken, da näherte sich jemand mit einem Öllicht in der Hand. An Farbe und Qualität von Strumpf und Hose, am Stoff des Umhangs wie auch an der Schnürung der Schuhe erkannte João

Elvas, daß der Besucher von Adel war, jener Fidalgo war es, der ihn auf der Böschung so trefflich unterwiesen hatte. Die noble Person setzte sich zu ihm und sprach, mit kurzem Atem, klagend: Bis zur Ermüdung habe ich nach dir gesucht, bin durch ganz Vendas Novas gelaufen, wo ist João Elvas?, wo steckt João Elvas?, niemand konnte mir Antwort geben, vielleicht weil die Armen sich einer dem anderen nicht namentlich vorstellen, doch nun hab ich dich gefunden, ich bin gekommen, dir zu erzählen, wie der Palast aussieht, den der König für diese Angelegenheit hat bauen lassen, denk nur, zehn Monate wurde daran gearbeitet, Tag und Nacht, allein während der nächtlichen Arbeiten wurden mehr als zehntausend Pechfackeln verbraucht, und es waren über zweitausend Mann am Werk, Schmiede, Holzschnitzer, Tischler, Diener, Infanteristen, Kavalleristen, und wisse, der Stein zum Mauerbau kam von fern, drei Wegstunden von hier, an Transportwagen vielleicht mehr als fünfhundert, und weitere Wagen von geringerer Tragkraft, sie brachten alles Erforderliche, Kalk, Sparren, Bretterhölzer, Steine, Mauerziegel, Dachziegel, Pflöcke, Eisenbeschläge, an Zugtieren mehr als zweihundert, größer und gewaltiger nur der Klosterbau in Mafra, ich weiß nicht, ob du den kennst, doch er ist die Mühe und die Arbeit wert, auch das Geld, und ich sage dir im Vertrauen, davon du aber keinen Gebrauch machen wirst, dieser Palast und das Haus, das du in Pegões sahst, sie haben eine Million Cruzados verschlungen, eine Million, du, João Elvas, hast freilich keinen Begriff, wieviel eine Million Cruzados sind, João Elvas, sei aber nicht neidisch, du wüßtest nicht, was du mit soviel Geld anstellen solltest, der König hingegen weiß es sehr gut, er hat es von klein auf gelernt, die Armen wissen nicht mit vollen Händen auszugeben, aber die Mächtigen, diese Fülle an Gemälden und prächtigen Tapisserien, mit Bequemlichkeiten für den Kardinal und für den Patriarchen, und da ist ein Zimmer mit Baldachin samt Kabinett und Kammer, alles für den Senhor Dom José, und ein gleiches für die Infantin Dona Maria Bárbara, wenn sie hier vorbeikommt, und die beiden Palastflügel, für die Majestäten, der eine der Königin, der andere dem König, so fühlen sie sich wohl, sie brauchen nicht beengt zu schlafen, ein so breites Bett wie deins erlebt man freilich selten, als hättest du die ganze Erde in deinem Gebrauch, liegst drin und schnarchst wie ein Schwein, unberufen, da auf dem Stroh Arme und Beine von dir gestreckt, der Umhang dir Zudecke, und du verströmst keinen Wohlgeruch, João Elvas, aber laß nur, falls wir uns je wieder begegnen, bringe ich dir ein Fläschchen Ungarwasser mit, und dies sind die Neuigkeiten, die ich dir sagen wollte, vergiß nicht, daß der König frühmorgens um drei nach Montemor abreist, falls du mitziehen willst, so brich ab deinen Schlaf.

João Elvas brach seinen Schlaf ab, es war schon nach fünf Uhr, und der Regen prasselte strömend nieder. An der Helligkeit erkannte er, daß der König, falls pünktlich abgereist, schon weit fort sein mußte. Er hüllte sich in seinen Umhang, Beine angezogen, als befände er sich noch im Mutterleib, und döste in der Wärme des Strohs, das wohlig riecht, wenn vom Menschenkörper aufgewärmt. Es gibt Edelleute, und auch nicht gar so edle Leute, die solche Düfte nicht ertragen und ihre natürlichen eigenen Gerüche möglichst überdecken, braucht nur noch die Zeit zu kommen, da man mit künstlichem Rosenduft künstliche Rosen parfümiert und dann ausruft:

Ah, wie köstlich sie duften. Was der Grund zu diesen seinen Überlegungen war, vermochte João Elvas nicht zu sagen, er im Zweifel, ob er träumte oder halb wach war. Endlich dann schlug er die Augen auf, tauchte er aus dem Schlaf. Der Regen prasselte nieder, senkrecht und laut, arme Majestäten, bei solchem Wetter reisen müssen, nie werden die Kinder den elterlichen Opfern gerechten Dank wissen. Nach Montemor hin fuhr Dom João V., und nur Gott weiß, mit welchem Mut er ankämpft gegen die Widrigkeiten, die Abschäume, die Schlammpfützen, die geschwollenen Bäche, allein schon beim Gedanken an das Entsetzen dieser Herren, der Kämmerer und Beichtpriester, Kleriker und Adelsleute, krampft sich einem das Herz zusammen, ich wette, die Bläser haben ihre Trompeten in den Beutel gesteckt, damit die sich nicht verschlucken, und die Pauken dröhnen auch ohne Schlegel, so heftig geht der Regen nieder. Und die Königin, was mag aus der Königin geworden sein, die zu dieser Stunde Aldegalega bereits verlassen hat, sie kommt mit der Infantin Dona Maria Bárbara und mit dem Infanten Dom Pedro, dies ist ein anderer, nur eben selbigen Namens wie der erstere, zerbrechliche Frauen und ein zerbrechliches Kind, den Wetterunbilden ausgesetzt, und da sagt man nun, der Himmel sei mit den Mächtigen, seht, seht, der Regen ist wirklich für alle gemacht.

João Elvas verbrachte diesen ganzen Tag in der Wärme der Schankstuben, adelte mit einem Humpen Wein die guten Speisen seines Tornisters, mit denen er sich in Seiner Majestät Verpflegungslager reichlich eingedeckt hatte. Die meisten der ja zu Fuß reisenden Bettler waren im Ort geblieben, warteten, daß es aufklarte, damit sie dann dem Zug hinterdreineilen könnten. Doch der Regen ließ nicht nach. Mit dem Abend trafen die ersten Fuhrwerke von Dona Maria Anas Gefolge in Vendas Novas ein, sie glichen eher einer auf der Flucht befindlichen Armee, denn daß sie königlicher Festzug waren. Die erschöpften Tiere konnten die Berlinen und die Kutschen kaum noch ziehen, manch eines fiel glatt um, krepierte auf der Stelle, noch in den Sielen verfangen. Die Diener und die Pferdeknechte schwangen Peitschen, Lärm und wüstes Geschrei, das Durcheinander so riesig, daß es unmöglich schien, alle Begleitpersonen der Königin in die ihnen entsprechenden Unterkünfte zu führen, weshalb viele nach Pegões zurückkehren mußten, wo sie sich, weiß Gott in welch beklagenswertem Zustand, zur Nacht einrichteten. Eine wahrlich schreckliche Nacht. Am folgenden Morgen zählte man, bei näherem Betrachten, Dutzende an verendeten Tieren, nicht gerechnet jene, die mit zerrissener Brust und gebrochenen Beinen auf der Strecke geblieben waren. Die Damen von Schwindel und von Ohnmachtsanfällen erfaßt, während die Herren ihre Aufgeregtheit zu verbergen trachteten, ihre Umhänge in den Sälen geschäftig schwenkten. Und der Regen wollte nicht nachlassen, flutete alles, als hätte der Herrgott aus irgendeinem geheimen Groll wider die Menschheit fälschlich entschieden, dieser mit einer zweiten Sintflut nun aber endgültig den Garaus zu machen.

Die Königin wollte an diesem Morgen nach Évora weiterreisen, doch man führte ihr die Gefährlichkeit solchen Ansinnens vor Augen, denn nicht nur daß dann viele Fuhrwerke weit zurückblieben, was der Würde des Zuges Abbruch täte, sondern: Die Wege, möge Majestät wissen, sind in einem unmöglichen Zustand, schon als der König sie passierte, war's die reine Qual, und wieviel mehr erst bei diesem endlosen Regen, der Tag und Nacht, Nacht und Tag gefallen ist, der Landrat von Montemor hat bereits Befehl erteilt, Männer zum Ausbessern der Wege zusammenzubringen, zum Beseitigen der Moraststellen und Schlaglöcher, Eure Majestät ruht an diesem Elften in Vendas Novas, in diesem prächtigen Palais, das der König bauen ließ, hier finden Sie alle Bequemlichkeiten, zerstreuen sich mit der Prinzessin, nutzen die Gelegenheit, ihr letzte Ratschläge einer Mutter zu geben: Hör, meine Tochter, in der ersten Nacht benehmen sich die Männer wie Rohlinge, auch sonst, aber ganz besonders in dieser Nacht, zwar sagen sie, daß sie sehr behutsam vorgehen werden und es überhaupt nicht weh tun wird, aber dann, bei Gott, ich weiß nicht, welcher Rappel sie dann packt, sie beginnen zu fauchen, zu knurren wie die Doggen, unberufen, und wir Ärmsten müssen ihre Wühlerei dulden, bis sie es geschafft haben, oder es will bei ihnen nicht, was zuweilen vorkommt, da dürfen wir nicht lachen, nichts wäre ihnen schlimmere Beleidigung, am besten wir tun, als merkten wir es nicht, denn wenn nicht in der ersten Nacht, erleiden wir es in der zweiten oder dritten, das nimmt uns niemand ab, und nun werde ich Senhor Scarlatti rufen lassen, damit er uns von den Gräßlichkeiten dieses Lebens etwas ablenkt, die Musik spendet viel Trost, Tochter, und auch das Gebet, ich finde, alles ist Musik, wenn nicht alles Gebet ist.

Während diese Ratschläge gegeben wurden und einer auf dem Cembalo präludierte, geschah es, daß sie João Elvas zur Ausbesserung der Wege vereinnahmten, es sind so Zufälle, denen einer sich nicht immer entziehen kann, der Mensch will dem Regen entrinnen und gerät in die Traufe, denn plötzlich ruft es: Halt! Ein Häscher, gleich erkennbar am Ton, und so unverhofft kam die Aufforderung, daß João Elvas sich nicht mehr verstellen, nicht den Tattergreis mimen konnte, wohl zögerte die Autorität, denn sie gewahrte mehr weiße Haare als vermutet, doch das flinke Davonrennen überzeugte sie: wer noch so wendig ist, kann ebensogut mit Hacke und Schaufel. Als João Elvas, mit anderen Geschnappten, ins offene Gelände gelangte, wo der Weg in Pfützen und Morästen verschwand, war da schon ein Heer an Männern, die von weniger nassen Erhebungen Erde und Steine herbeikarrten, von da geholt und dort hingebreitet, ein andermal Furchen gezogen, damit das Wasser abliefe, jedermann ein Gespenst aus Lehm, ein Schrat, eine Geistererscheinung, binnen kurzem João Elvas ihnen gleich. Wäre er doch in Lissabon geblieben, denn wie sehr ein Mensch sich auch bemüht, er findet nicht zurück in die Kindheit. Den ganzen Tag waren sie hart am Arbeiten, der Regen ließ etwas nach, und dies war noch die beste Hilfe, so gewannen die Aufschüttungen einigermaßen Halt, falls in der Nacht nicht ein weiteres Gewitter alles zerstörte. Dona Maria Ana schlief gut und wohlig unter ihrem hohen Federbett, das sie überallhin mitnimmt, eingelullt vom Gemurmel des fallenden Regens, doch die nämlichen Ursachen haben zuweilen unterschiedliche Wirkungen, es hängt von den Personen, den Umständen und den ins Bett mitgenommenen Sorgen ab, in Prinzessin Dona Maria Bárbaras Schlaf hallten bis tief in die Nacht die Echos des Regens fort, oder es waren die von der Mutter vernommenen ängstigenden Reden. Von den Straßenausbesserern schliefen die einen gut, andere schlecht, je nach ihrer Müdigkeit, über Unterkunft und Verpflegung konnten sie nicht klagen. Majestät hatte, den Arbeitern als Anerkennung, mit Bequemlichkeit und Speise nicht gegeizt.

Früh am Morgen, endlich, verließ das Gefolge der Königin Vendas Novas mit den zurückgebliebenen Wagen, nicht allen, weil manche für immer verloren waren oder ihre Wiederherstellung einige Zeit dauern würde, ein gar trauriger Zug war es, die Leinen durchnäßt, Gold und Farben stumpf geworden, wenn da kein bißchen Sonne durchkommt, wird es die trübeste Hochzeit, die man je erlebte. Es regnet nicht, doch die Kälte peinigt, zwickt das Fleisch, klamme Hände trotz Muff und Reisedecke, wir reden, klar, von den Damen, die so bibbern und so mitgenommen sind, daß sie einem leid tun. Vor dem Zug fährt auf Ochsenkarren die Truppe der Straßenwärter, und ist da eine Pfütze, ein über die Ufer getretener Bach oder eine Auswaschung, dann springen sie ab, bessern aus, während der Zug hält und mitten in der sehr trostlosen Natur wartet. Aus Vendas Novas und weiteren Orten der Umgebung wurden Ochsengespanne herbeordert, nicht eines oder zwei, sondern Dutzende, um die Halbkutschen, die Berlinen, die Frachtwagen und sonstigen Fuhrwerke aus den Schlammlöchern zu ziehen, in denen diese fortlaufend versinken, hiermit nun verbrachte man die Zeit: die Maultiere und die Pferde ausspannen, Ochsen vorspannen, ziehen, die Ochsen ausspannen, die Pferde vorspannen und die Maultiere, alles unter viel Geschrei und Peitschenhieben, und als die Kutsche Ihrer Majestät bis zu den Naben im Morast versank und sechs Ochsenpaare sie herausziehen mußten, sagte ein vom Landrat aus seinem Dorf hierher befohlener Mann wie zu sich selber, dabei der in der Nähe stehende João Elvas es aber hörte: Man könnte meinen, wir ziehen den Stein von Mafra. Da gerade die Ochsen ihren Einsatz hatten und die Männer etwas ruhten, fragte João Elvas: Was war das für ein Stein, Mann? Der andere antwortete: Ein Stein so groß wie ein Haus, der wurde von Péro Pinheiro zum Klosterbauplatz nach Mafra gebracht, ich sah ihn erst, als er dort eintraf, hab aber noch mit Hand angelegt, damals, als ich dort arbeitete. War er wirklich so riesig? Die Mutter von Stein, sagte einer meiner Freunde, der ihn bringen half aus dem Steinbruch, dann aber in seine Heimat zurückkehrte, wie bald auch ich, denn ich hatte es satt. Die Ochsen, bis zum Bauch im Schlamm, zogen ohne merkliche Anstrengung, als wollten sie den Schlamm im guten dahin bringen, die Beute wieder herzugeben. Endlich gewannen die Kutschenräder festen Boden, das große Gefährt wurde dem Schlamm entrissen, unter Beifall, während die Königin lächelte, die Prinzessin nickte und der Infant Dom Pedro, er noch ein Kind, seinen großen Ärger verbarg, daß er nicht im Schlamm schlittern durfte.

So war es auf der ganzen Strecke bis Montemor, weniger als fünf übliche Wegstunden, die sie in ziemlich acht Stunden unentwegter Mühen bewältigten, die Männer und die Tiere erschöpft, jeder von seiner Arbeit. Gern hätte Prinzessin Dona Maria Bárbara ein Nickerchen gemacht, um sich zu erholen von der nächtlichen Peinigung, doch das Rütteln der Kutsche, das Geschrei der Muskelmänner, das Getrappel der hin und her eilenden Kurierpferde, sie brachten ihr das arme Köpfchen ganz durcheinander, versetzten sie in große Angst, mein Gott, welch ein Aufwand, welch ein Durcheinander, und alles nur, um ein Weib zu verheiraten, allerdings eine Prinzessin. Die Königin murmelt Gebete, weniger um die mäßigen Gefahren fernzuhalten, als zum Zeitvertreib, denn da sie schon geraume Jahre in dieser Welt lebt, hat sie sich dran gewöhnt, ab und an nickt sie kurz ein, erwacht, nimmt das Beten wieder auf, von vorn, wie nichts gewesen. Vom Infanten Dom Pedro ist weiter nichts zu vermelden.

Doch die Unterhaltung zwischen João Elvas und dem Mann, der den Stein erwähnt hatte, spann sich fort, der Alte sagte: Vor vielen Jahren hatte ich einen Freund, aus Mafra, hab nie mehr etwas von ihm gehört, er lebte in Lissabon, eines Tages verschwand er aus meinem Blickfeld, Dinge, die so passieren, vielleicht ist er nach Hause zurück. Dann könnte ich ihm wohl begegnet sein, wie hieß er? Baltasar Sieben-Sonnen, ihm fehlte die linke Hand, die hatte er im Krieg verloren. Sieben-Sonnen, Baltasar Sieben-Sonnen, jawohl, den kannte ich, wir waren Arbeitskollegen. Das freut mich aber, wie klein die Welt doch ist, da begegnen zwei sich auf dieser Straße und haben denselben einen zum Freund. Sieben-Sonnen war ein guter Mensch. Ob er noch lebt? Ich weiß nicht, aber gewiß doch, mit einer solchen Frau, Blimunda hieß sie, und Augen hatte sie, von einer Farbe, die man nie so recht herausfand, wer ein solches Weib sein eigen nennt, der klammert sich ans Leben, eisern, auch wenn er dazu nur die rechte Hand hat. Die Frau habe ich nicht gekannt, Sieben-Sonnen kam einem ja manchmal mit sonderbaren Ideen, eines Tages behauptete er, nah an der Sonne gewesen zu sein. Das hatte wohl der Wein bewirkt. Alle waren wir beim Trinken, aber angetrunken war keiner, oder wir waren es, ich weiß nicht mehr, er meinte damit auf seine Art, daß er geflogen sei. Sieben-Sonnen und geflogen?, das hab ich von ihm nie gehört.

Im Gespräch erreichten sie den Canha, der Fluß reißend und schäumend, auf der anderen Seite drängten sich die Einwohner von Montemor, die gekommen waren, die Königin vor den Mauern ihrer Stadt zu empfangen. Dank den Mühen aller und etlichen Fäßchen, die den Wagen Auftrieb gaben, saß man eine Stunde später in der Stadt zu Tisch, die Herrschaften an Orten, die ihrer Vornehmheit gemäß, deren Helfer aufs Geratewohl, die einen aßen schweigend, während andere erzählten, so João Elvas, der in einem Ton sprach, als unterhielte er zwei Gespräche, eines mit dem Gegenüber und eines mit sich selber: Ich entsinne mich, als Sieben-Sonnen noch in Lissabon wohnte, hatte er viel Umgang mit dem «Flieger», und ich war es, der ihm den Mann eines Tages auf dem Schloßplatz zeigte, noch ganz genau erinnere ich mich, als wäre es gestern gewesen. Wer war denn der besagte Flieger? Ein Priester, Pater Bartolomeu Lourenço, der später in Spanien starb, vor jetzt vier Jahren, von dem Fall war viel die Rede, die Inquisition hatte die Nase drin, wer weiß, vielleicht war auch Sieben-Sonnen in die Sache verwickelt. Aber ist der Flieger jemals geflogen? Etliche behaupteten es, andere bestritten es, weiß man's? Jedenfalls aber versicherte Sieben-Sonnen, der Sonne nahe gewesen zu sein, das hab ich selber gehört. Da steckt gewiß ein Geheimnis dahinter. Weiß man's? antwortete João Elvas, fragend. Hierauf schwieg der Mann vom Bauplatz, und beide aßen zu Ende.

Die Wolken hatten sich aufgeschwungen, schwebten reglos hoch oben, der Regen drohte nicht mehr so sehr. Die Männer zwischen Vendas Novas und Montemor her reisten nicht weiter. Sie wurden bezahlt, erhielten doppeltes Entgelt auf Anweisung der gütigen Königin. Die

Mächtigen auf Schultern tragen lohnt stets. João Elvas setzte seine Reise fort, nun vielleicht bequemer, da inzwischen auf vertrautem Fuße mit Vorreitern und Kutschern, vielleicht durfte er auf einem Frachtwagen mitfahren, beinebaumelnd, bei dem Geschaukel durch Schlamm und Dreck. Der Mann, der den Stein erwähnt hatte, stand am Straßenrand, schaute mit seinen blauen Augen zu, wie sich der Alte zwischen zwei großen Truhen zurechtsetzte. Sie werden sich vielleicht nie wiedersehen, die Zukunft kennt selbst Gott nicht, und als der Karren anruckte, rief João Elvas: Solltest du Sieben-Sonnen eines Tages wieder begegnen, sag ihm, daß du João Elvas gesprochen hast, er dürfte mich nicht vergessen haben, grüß ihn von mir. Mach ich, mach ich, vielleicht aber sehe ich ihn nie wieder. Und du, wie heißt du? Julião Mau-Tempo. Dann leb wohl, Julião Mau-Tempo. Leb wohl, João Elvas.

Von Montemor bis Évora wird es nicht an Mühen fehlen. Wieder regnete es, wieder die Schlammpfützen, Achsen brachen, und wie Reisigknüppel zerknackten die Radspeichen. Zeitig kam der Abend, wurde es kalt, Prinzessin Dona Maria Bárbara, die endlich eingeschlafen war, dank auch den ihren Magen beruhigenden, wohlig benommen machenden Bonbons als auch fünfhundert Schritten an heiler Straße, sie schrak mit großem Schauder auf, als hätte ein eisiger Finger ihr Antlitz berührt, und ihre verschlafenen Augen den im Abenddämmer liegenden Feldern zuwendend, sah sie da am Wegrand eine graue Schar Männer stehen, mit Stricken aneinander gefesselt, vielleicht ihrer fünfzehn.

Die Prinzessin schaute genauer, nein, es war kein Traum, kein Wahnbild, der Anblick der Sträflinge verwirrte und betrübte sie, zumal es der Vorabend ihrer Vermählung war, da doch alles hätte Freude und Frohsinn sein sollen, als langten einem nicht schon dieses abscheuliche Wetter, dieser Regen, diese Kälte, sie hätten mich doch lieber im Frühling verheiraten sollen. Neben dem Trittbrett einher ritt ein Offizier, diesen hieß Dona Maria Bárbara erfragen, was denn das für Männer seien und was sie verbrochen hätten, und ob sie zum Limoeiro unterwegs waren oder nach Afrika. Der Offizier eilte in Person hin, vielleicht weil er diese Infantin sehr liebte, die freilich häßliche, freilich pockennarbige, na und?, auch wird sie nach Spanien verbracht, weit fort von ihrer lauteren und verzweiflungsvollen Liebe, wagt da ein Plebejer eine Prinzessin zu lieben, welch ein Irrsinn, er geht und kommt, nicht der Irrsinn, sondern der Offizier, und sagt: Diese Männer, Hoheit, werden zum Arbeiten nach Mafra geführt, zum Bau des königlichen Klosters, sie stammen aus der Umgebung von Évora, Handwerker. Und warum sind sie gefesselt? Weil sie nicht freiwillig gehen, wenn man sie freiläßt, fliehen sie. Ah, so, so. Die Prinzessin lehnte sich in die Kissen zurück, nachdenklich, während der Offizier sich die gewechselten süßen Worte wiederholte, sie sich ins Herz grub, dereinst, betagt und hinfällig, im Ruhestand, würde er sich des zarten Zwiegesprächs erinnern, wie mag es ihr jetzt gehen, nach all den Jahren.

Die Prinzessin denkt schon nicht mehr an die Männer vom Wegrand. Ihr wird bewußt, daß sie nie in Mafra gewesen ist, merkwürdig, da bauen sie ein Kloster, weil Maria Bárbara geboren wurde, da wird ein Gelübde erfüllt, weil Maria Bárbara zur Welt kam, und Maria Bárbara ihres Wissens hat den ersten Stein nicht gesehen, hat ihn nicht berührt mit ihrem dicken kleinen Finger, auch nicht den zweiten, sie hat nicht eigenhändig den Maurern die Suppe ausgeschenkt, hat Sieben-Sonnen nicht mit Balsam die Schmerzen gelindert, die er am Armstumpf spürt, wenn er den Haken abschnallt, hat jener Frau nicht die Tränen abgewischt, deren Mann zerquetscht wurde, und nun begibt sich Maria Bárbara nach Spanien, das Kloster ist für sie gleichsam ein geträumter Traum, ein nicht greifbarer Nebel, sie könnte es sich noch nicht einmal vorstellen, wenn die andere Erinnerung da nicht hülfe. Ach, was hat Maria Bárbara an Schuld und an Übel auf sich geladen allein schon dadurch, daß sie auf diese Welt kam, und man braucht nicht weit zu gehen, es langen schon die fünfzehn Männer, die dort ziehen, währenddessen die Halbkutschen mit den Mönchen vorbeifahren, die Berlinen mit den Fidalgos, die Frachtwagen mit der Garderobe, die Zweisitzer mit den Damen, und von diesen die Kassetten mit den Schmuckstücken, und mit aller sonstigen Ausstattung, den bestickten kleinen Schuhen, den Fläschchen mit Duftwasser, den Goldperlen, den mit Gold und Silber bestickten Schärpen, den Miedern, den Armbändern, den prächtigen Muffen, den Puderquasten, den Hermelinpelzchen, ach, was sind doch die Frauen für liebreizende Sünderinnen, und schöne, selbst pockennarbig und häßlich wie diese Infantin, es reichte die verführerische Melancholie, und das träumerische Antlitz, der Sünde bedarf es da nicht erst. Senhora Mutter und Königin mein, hier fahre ich nach Spanien, von dort ich nicht zurückkehre, und in Mafra, weiß ich, wird ein Kloster gebaut, eines Gelübdes wegen, an dem ich teilhatte, doch niemand von hier hat mich je hingebracht, damit ich es sähe, hieran ist vieles, was ich nicht verstehe. Meine Tochter und künftige Königin, vergeude nicht Zeit, die den Gebeten gehören sollte, mit vergeblichen Überlegungen, denn solches sind diese, der königliche Wille deines Vaters und unseres Herrn wünschte, daß dieses Kloster gebaut würde, und selbiger königliche Wille wünscht, daß du nach Spanien gehst und das Kloster nicht sehen mögest, einzig des Königs Wille gilt, der Rest ist ein Nichts. Dann bin ich Infantin ein Nichts, sind diese Männer, die dort gehen, ein Nichts, und ein Nichts diese Kutsche, die uns trägt, ein Nichts der Offizier, der da im Regen reitet und zu mir herüberschaut, ein Nichts. So ist es, meine Tochter, mit zunehmendem Alter wirst du erkennen, daß die Welt gleichsam ein großer Schatten ist, der durch unser Herz streicht, deshalb wird leer die Welt, und unser Herz hält dem nicht stand. Oh, meine Mutter, was ist geboren werden? Geboren werden ist sterben, Maria Bárbara.

Noch das Beste an so langen Reisen sind diese philosophischen Erörterungen. Der erschöpfte Infant Dom Pedro schläft, den Kopf gegen die Schulter der Mutter gelehnt, ein rührendes Familienbild, und da sieht man, wie sehr dieses Kind doch ein Kind ist, es schläft mit offenem Mund, in vertrauensvoller Hingabe, und ein Faden Geifer rinnt herab auf die Rüschen des bestickten Umlegekragens. Die Prinzessin wischt sich eine Träne aus dem Auge. Über die ganze Länge des Zuges hin werden Fakkeln angezündet, sie sind wie ein Rosenkranz aus Sternen, der den Händen der Jungfrau entglitt, die sich zufällig, wenn nicht in voller Absicht, Portugal als Ruheort wählte. In Évora werden wir zu finsterer Nacht einziehen.

Der König harrt ihrer, mit den Infanten Dom Francisco und Dom António, da ist das Volk von Évora, es ruft Vivat, das Licht der Fackeln ist gleißender Sonnenschein geworden, die Soldaten haben, brauchgemäß, die Salven abgefeuert, und als Königin und Prinzessin in die Kutsche des Gemahls und Vaters überwechseln, wird die Begeisterung zum Delirium, noch nie sah man so viele glückliche Menschen. João Elvas ist schon vom Frachtwagen gesprungen, der ihn hierherbrachte, die Beine schmerzen, er schwört sich, ihnen künftig den Gebrauch zu geben, für den sie gemacht sind, anstatt sich von dem großen Fuhrwerk durchrütteln zu lassen, nichts schöner für einen Mann, als auf eigenen Füßen zu gehen. Während der Nacht war ihm der Fidalgo nicht erschienen, und wenn er käme, wovon würde er berichten?, von Banketten und Altarhimmeln, von Klosterbesuchen und Titelverleihungen, von Almosen und von Handküssen. Von alledem wäre ihm nur ein kleines Almosen zupaß, doch daran wird es schon nicht fehlen. Am folgenden Morgen schwankte João Elvas zunächst, ob er den König oder aber die Königin begleiten sollte, am Ende entschied er sich für Dom João V., und gut tat er, denn Dona Maria Ana fuhr erst einen Tag später ab und geriet in einen solchen Schneeregen, daß sie sich an Österreich erinnert fühlte, dabei nach Vila Viçosa unterwegs, einem zu anderer Jahreszeit ausgewiesen heißen Ort, wie alle diese Gegenden, die wir hier durchquerten. Endlich, am späten Vormittag des Sechzehnten, acht Tage nachdem der König Lissabon verlassen, fuhr der vollständige Zug Elvas entgegen, König, Edelmann, Bauer, Bettelmann, Dieb, dies eine unziemliche Rede von Gassenbuben, die nie so viel Hoheit auf einem Fleck gesehen, man bedenke nur, allein schon hundertsiebzig Wagen aus dem königlichen Hausstand, nun noch begleitet von denen der vielen mitreisenden Adelsleute und der Körperschaften von Évora, und von Privatleuten, die es nicht versäumen wollen, der Geschichte ihrer Familie gute Aufwertung zu geben, dein Ururgroßvater begleitete die Königsfamilie nach Elvas, als damals die Prinzessinnen ausgetauscht wurden, vergiß es nie, hörst du.

An die Straße eilte das kleine Volk dieses Landstrichs, und auf Knien erbat es sich die königliche Gunst, offenbar ahnten diese Ärmsten, daß Dom João V. zwischen seinen Füßen eine Kiste stehen hatte, mit Kupfermünzen, die er mit weiter Geste des Säers und vollen Händen nach der einen und nach der anderen Seite hinauswarf, das löste Riesenbegeisterung und Dankbarkeit aus, die Leute stoben durcheinander, rauften sich um die Geldstücke, da wühlte alt und jung im Morast, wo immer ein Real hinfiel, da tasteten Blinde die lehmige Brühe bis auf den Grund nach einem abgesunkenen Münzchen ab, während die königlichen Personen vorbeizogen, vorbeizogen, gemessen ernst, streng, majestätisch, ohne ein Lächeln, weil auch Gott nicht lächelt, er wird schon wissen, warum, am Ende schämt er sich der Welt, die er erschaffen hat. Da ist auch João Elvas, als er den Hut zog, um den König zu grüßen, wie es einem Untertanen Pflicht ist, fielen ihm etliche Münzen in den Hut, ein Glücksmensch dieser Alte, braucht sich nicht einmal zu bücken, das Glück fällt ihm ins Haus und das Geld in die Hand.

Nach um fünf, auf Abend hin, erreichte der Zug die Stadt. Die Kanonen schossen Salut, und trefflich schienen diese Dinge kombiniert, denn auf der anderen Seite böllerte es ebenfalls, hielten die Könige von Spanien Einzug in Badajoz, ein Uneingeweihter hätte vermuten können, es bahnte sich eine große Schlacht an, daß da gegen die Gewohnheit König und Dieb in den Kampf zögen, und natürlich Soldaten und Hauptmann, die ja immer dabei sind. Doch es sind Friedenssalven, Feuer von anderer Kunst, wie nächstens die Illuminationen und pyrotechnischen Künste, nun entstiegen der König und die Königin der Kutsche, der König wünscht zu Fuß zu gehen, vom Stadttor bis zur Kathedrale, doch es herrscht eine strenge Kälte, sie beißt in die Hände, läßt sie erstarren, sie beißt ins Gesicht und zerknittert es so sehr, daß Dom João V. dieses erste Scharmützel verloren gibt. Er steigt wieder in die Kutsche, vor dem Schlafengehen wird er die Königin vielleicht mit zwei trockenen Worten bedenken, weil sie es war, die, über die eisige Luft klagend, den Rückzieher gemacht, er, der König, hätte den Gang durch Elvas' Straßen liebend gern zu Fuß gemacht, hinter der Abordnung des Domkapitels, die ihn mit erhobenem Kreuz erwartete, dem heiligen Holz, das er zwar küßte, aber nicht begleitete, diese Via Crucis durchmaß Dom João V. nicht zu Fuß.

Bewiesen ist, daß Gott seine Geschöpfe sehr liebt. Nachdem er über so viele Kilometer und so viele Tage hin ihre Geduld und Standhaftigkeit geprüft, mit unerträglichen Kälten und sintflutartigen Regen, wie im einzelnen dargestellt wurde, wollte er ihre Hingabe und ihren Glauben nunmehr belohnen. Und da Gott nichts unmöglich ist, langte es, daß er den atmosphärischen Druck steigen ließ, und ganz allmählich hoben sich auch die Wolken, es erschien die Sonne, und dies alles just, als die Botschafter beschlossen, wie die Könige einander gegenübertreten sollten, eine dornenreiche Verhandlung, drei Tage waren erforderlich, damit man sich einigte, bis ins einzelne festlegte alle Schritte, Gesten, zu sprechenden Worte, Minute für Minute, damit keine der beiden Kronen in Tun und Sagen auch nur um ein Quentchen Zurücksetzung erlitte. Als der König, am Neunzehnten, von Elvas zum nahen Caia zog, mit der Königin und den Prinzen, samt allen Infanten, herrschte ein Wetterchen, wie man es sich schöner nicht wünschen konnte, eitel strahlende, wohlig angenehme Sonne.

Stelle sich, wer nicht dabeigewesen, nur die Pracht des riesig langen Zuges vor, die dicken friesischen Zugpferde mit geflochtenen Mähnen, das Gleißen von Gold und Silber, die schmetternden Fanfaren und die um die Wette dröhnenden Pauken, der viele Samt, die Hellebardiere, die Gardeschwadronen, die Glaubensinsignien, die blitzenden Edelsteine, dies alles hatten wir bereits unter dem Regen gesehen, nun werden wir schwören, daß nichts die Menschen so aufzuheitern vermag und den Zeremonien so viel Glanz beschert wie die Sonne.

Die Leute von Elvas und vieler Wegstunden ringsum nehmen auf offener Straße mit teil, dann rennen sie quer über die Felder, stellen sich, als Zuschauer, längs des Flusses auf, ein Meer von Menschen diesseits und jenseits, Portugiesen hier, Spanier dort, sie rufen Vivat und Viel Glück, unvorstellbar, daß wir uns seit Jahrhunderten gegenseitig umbringen, die Lösung wäre vielleicht: die Drübigen und die Hübigen heirateten einander, da gäbe es, falls überhaupt, nur häuslichen Krieg, der sich ja wohl nicht vermeiden läßt. João Elvas ist seit drei Tagen hier, er hat sich einen guten Platz gesichert, sozusagen einen Tribünenplatz, wenn es diese gäbe. Eine seltsame Laune hielt ihn davon ab, in seine Vaterstadt einzuziehen, eine besondere Art von Sehnsucht. Er wird sich hinbegeben, wenn alle auf und davon sind, er dann allein durch die stillen Gassen wandeln kann, ohne anderen Jubel als den seinen, sofern es dann nicht schmerzvolle Bitternis ist, als Greis die Wege der fernen Jugend abzuschreiten. Dank dieser Entscheidung ergab es sich, daß er zum Abladen von Gegenständen herangezogen wurde und so in das Haus gelangte, in dem die Könige und Prinzen aufeinanderträfen. Dieses Haus, mitten auf die steinerne Brücke gebaut, die den Fluß überquert, hat drei Räume: auf jeder Seite einen, für die Herrscher des betreffenden Landes, und den mittleren Saal für die Übergabe, da, nimm die Bárbara, gib her die Mariana. Von den letzten Feinheiten weiß er nichts, ihm oblag es, die groben Dinge zu schleppen, aber auch jetzt ist der mildtätige Fidalgo diskret zur Stelle, eine glückliche Fügung für João Elvas auf dieser Reise. Wenn du sähest, wie das zum Abschluß gebracht ist, du würdest es nicht wiedererkennen, auf unserer Seite sind es lauter Tapisserien und Verkleidungen aus karminrotem Damast, mit Bordüren aus Goldbrokat, und auch unsere Hälfte vom Mittelsaal, während die kastilische Seite Drapierung in Streifen hat, aus weißem und grünem Brokat, diese zulaufend auf eine breite goldene Mittelbahn, und in der Mitte des Raumes steht ein großer Tisch mit sieben Sesseln auf Portugals Seite und sechs Sesseln auf Spaniens Seite, die unseren alle mit goldenem Polstergewebe, die ihren mit silbernem, nur dies vermag ich dir zu sagen, mehr sah ich nicht, und nun ziehe ich mich zurück, aber beneide mich nicht, dort hinein darf auch ich nicht, wieviel weniger erst du, denke dir notfalls, wir begegneten uns eines Tages wieder und ich erzählte dir, wie es gewesen, sofern ein anderer es vorher mir erzählte, so ist es halt, die Dinge gelangen zur Kenntnis, indem der eine sie dem anderen erzählt.

Eine sehr bewegende Zeremonie war's, die Mütter und die Töchter weinten, die Väter verzogen die Braue, um ihre Ergriffenheit zu verbergen, die Brautleute musterten einander verstohlen, ob sie einander gefielen oder nicht, das wußten nur sie, und sie würden es für sich behalten. Das sich an den Flußufern drängende Volk sah nichts, bediente sich dafür eigener Erfahrungen und Hochzeitserinnerungen, malte sich die Umarmungen der Gevatter aus, die Ergüsse der Gevatterinnen, die Schalksgedanken der Bräutigame, die gespielte Schamröte der Bräute, nun ja, nun ja, ob König oder Koch, es geht ums selbe Loch, mit Verlaub, wir sind ein Volk von Flegeln.

Die Feierlichkeit dauerte ihre Zeit. Irgendwann dann verstummte die Menge wundersam, die Hauptfahnen und sonstigen Standarten an den Masten bewegten sich kaum, die Soldaten blickten alle zur Brücke und zum Haus hin. Und da erklang eine lieblich-zarte Musik, war's ein Klingen von gläsernen und silbernen Glöckchen, ein bisweilen harfenähnliches rauhes Tönen, als zöge sich der Harmonie vor Gerührtheit die Kehle zu. Was ist denn das? fragte eine Frau neben João Elvas, und der Alte sagte: Keine Ahnung, vielleicht einer, der den Majestäten und Hoheiten zur Erheiterung aufspielt, wäre mein Fidalgo hier, ich würde ihn fragen, er weiß alles, er ist einer von ihnen. Die Musik wird verstummen, alle werden dorthin gehen, wo sie hingehören, träge fließt der Rio Caia, von den Fahnen ist kein Fetzchen mehr, von den Pauken kein Dröhnen mehr, und João Elvas wird nie erfahren, daß er Domenico Scarlatti auf seinem Cembalo spielen hörte.

Vornan, weil stattlicherer Körpergröße und freilich auch weil ihnen rechtens Führerschaft gebührt, werden die Heiligen Vinzenz und Sebastian gefahren, beides Märtyrer, wiewohl man vom Martyrium des ersteren kein anderes Zeichen sieht als die symbolische Palme, der Rest sind Diakonzierat und sinnbildliches Geschnörkel, während sich der andere Heilige in der ihm eigenen Nacktheit gibt, an einen Baum gefesselt, mit jenen tiefen schrecklichen Verletzungen, aus denen vorsichtshalber die Speere herausgezogen wurden, damit sie während der Reise nicht abbrächen. Gleich anschließend kommen die Damen, drei entzückende Grazien, die jüngste von allen ist die heilige Elisabeth, Königin aus Ungarn, die im Alter von vierundzwanzig Jahren starb, sodann die heilige Klara und die heilige Teresa, sehr leidenschaftsvolle Frauen, die von innerem Feuer brannten, das jedenfalls schließt man aus ihren Handlungen und Worten, wieviel mehr könnten wir schließen, wenn wir nur wüßten, woraus die Seele der Heiligen gemacht ist. Der heiligen Klara recht sehr gefällt der heilige Franz, der achtet nicht auf Vorzug, sie kennen sich seit Assisi, begegnen einander hier wieder, auf diesem Wege nach Pintéus, wenig würde ihnen die Freundschaft dienen, oder was immer sie vereinte, nähmen sie ihr Gespräch nicht an der damals abgebrochenen Stelle wieder auf. Wenn dies wahrlich der rechte Ort für den heiligen Franz ist, da von allen in dieser Kolonne hinfahrenden Heiligen mit den meisten weiblichen Tugenden, sanften Herzens und frohgemut, so fahren auch der heilige Dominikus und der heilige Ignaz in richtiger Einordnung, beide iberisch und finster, ja dämonisch, sofern dies einem echten Dämon und Teufel nicht Beleidigung ist, oder stimmt es etwa nicht, daß letztendlich nur ein Heiliger imstande sein könnte, die Inquisition zu erfinden, und ein anderer Heiliger die Modelung der Seelen? Für den, der diese Polizisten kennt, ist es augenscheinlich, daß sie den heiligen Franz beargwöhnen.

Aber was die Heiligenfiguren betrifft, da gibt es für alle Geschmäcker. Benötigt man einen, der die Gartenarbeit wie auch das Geschriebene pflegt, greifen wir zum heiligen Benedikt. Brauchen wir einen von gestrengem, weisem und selbstzweiflerischem Leben, trete der heilige Bruno vor. Wünscht man sich einen Verkünder alter Kreuzzüge und Zusammenscharer neuer Kreuzzügler, dann kein Besserer als der heilige Bernhard. Die drei kommen vereint daher, vielleicht weil von Gesicht ähnlich, vielleicht weil die Tugenden der drei, insgesamt, einen ehrbaren Menschen ergäben, vielleicht weil ihr Name mit demselben Buchstaben beginnt, nicht selten tun sich die Menschen nach solchen Äußerlichkeiten zusammen, wer weiß, ob einige, die wir kennen, nicht aus ebendiesem Grunde zueinanderfanden, etwa Blimunda und Baltasar, er übrigens, Baltasar, lenkt ein Ochsengespann, das den heiligen João de Deus zieht, den einzigen heiligen Portugiesen in dieser Bruderschaft, die per Schiff aus Italien kommt, in Santo António do Tojal an Land ging und sich nun, wie fast alles, wovon in dieser Geschichte die Rede, nach Mafra begibt.

Hinter dem heiligen João de Deus, dessen Haus in Montemor Dom João V. vor reichlich anderthalb Jahren besuchte, als er die Prinzessin zur Grenze schaffte, von diesem Besuch wurde an der eigentlichen und richtigen Stelle nicht gesprochen, was beweist, eine wie geringe Bedeutung wir den ruhmvollen Taten unserer Nation einräumen, möge uns der Heilige diese durch Auslassung begangene Beleidigung verzeihen, hinter dem heiligen João de Deus, wie gesagt, folgt ein halbes Dutzend Heiliger von weniger Glanz, dies ohne Geringschätzung für deren viele Stärken und Tugenden, jedoch Tag für Tag lehrt uns die Erfahrung: wer Ruhm nicht auf Erden gewann, gewinnt im Himmel ebensowenig Berühmtheit, eine flammende Ungerechtigkeit, deren Opfer diese Heiligen alle sind, ihrer geringeren Bedeutung halber nur mehr Namen, Juan de Mata, Francisco de Paula, Caetano, Félix de Valois, Pedro Nolasco, Filipe Neri, so aufgezählt, hält man sie für beliebige Leute, und weiß Gott, sie können sich nicht beklagen, jeder fährt einen eignen Wagen, und nicht irgendwie, sondern liegend auch sie, wie jene fünfsternigen, in einem weichen Bett aus Werg, Wolle und Spreu, auf diese Weise knittert keine Falte, knickt kein Ohr um, der Marmor, so kernig hart er anmutet, ist sehr zerbrechlich, zwei Schläge, und Venus hat keine Arme mehr. Und wir verlieren die gute Erinnerung, fügten wir noch soeben Bruno, Benedikt und Bernhard zu Baltasar und Blimunda, und vergaßen gänzlich Bartolomeu, de Gusmão oder Lourenço, wie beliebt, keinesfalls aber geschmäht. Zu Recht heißt es: Weh dem, der stirbt, und zweimal wehe, wenn nicht echte Heiligkeit, oder aber falsche, ihn rettete.

Schon haben wir Pintéus passiert, sind auf dem Wege

nach Fanhões, achtzehn Statuen auf achtzehn Wagen, entsprechend viele Ochsengespanne, Männer an Strikken in schon bekannter Zahl, doch kann dieses Abenteuer sich nicht vergleichen mit dem jenes Steines für das Benedictione, solches erlebt man nur einmal im Leben, und hätte der Geist sich nicht auch Möglichkeiten ausgedacht, das Schwierige einfach zu gestalten, dann hätte er die Welt doch lieber in ihrem rohen, ursprünglichen Zustand belassen sollen. Die Menschen strömen herbei, um den Vorbeizug zu feiern, es befremdet sie lediglich, daß die Heiligen flach liegen, recht haben sie, um wieviel herrlicher wäre das Schauspiel, es reisten die Heiligenfiguren im Stehen, zögen hin wie auf Tragen, da würde man sogar die kleinsten, von noch nicht drei Meter Höhe, von Menschenmaß, fernher schon erspähen, und wie imposant da erst die zwei vorderen, der heilige Vinzenz und der heilige Sebastian, fast fünf Meter hohe athletische Riesen, christliche Herkulesse, Champions des Glaubens, von da oben her würden sie, hinweg über die Hekkenraine und die Kronen der Ölbäume, die weite Welt betrachten, und dann, jawohl, wäre dies eine Religion, die der griechischen und der römischen nichts schuldig bliebe. In Fanhões hielt der Zug an, die Leute vom Ort begehrten Name für Name zu wissen, wer diese Heiligen waren, passiert es ja nicht alle Tage, daß man Besucher von solcher körperlichen und geistigen Größe empfängt, und seien sie auch nur auf der Durchreise, eine Sache ist der tagtägliche Durchzug von Baumaterialien, eine andere, wenige Wochen her, der nicht endende Zug der Glokken, über hundert, die von Mafras Türmen die unsterbliche Erinnerung an diese Ereignisse bimmeln werden, aber eine ganz andere ist dieses geheiligte Pantheon. Der

Ortsgeistliche wurde befragt, wußte aber nicht gut Bescheid, denn nicht alle Statuen trugen den Namen lesbar am Sockel. Nun, bei vielen versagte die Identifizierkunst des Paters, denn eine Sache ist es, den heiligen Sebastian auf Anhieb zu erkennen, und eine andere wäre es, freiweg aus dem Ärmel herzusagen: Geliebte Kinder, jene Statue da, das ist der heilige Felix von Valois, er vom heiligen Bernhard erzogen, der dort vorn fährt, dieser gründete mit dem heiligen Juan de Mata, der dort hinten kommt, den Trinitarierorden, der eingerichtet wurde, die Sklaven aus der Hand der Ungläubigen auszulösen, da seht ihr, was für wunderbare Geschichten unsere heilige Religion birgt. Hahaha, lachen da die Leute von Fanhões, und wann, Herr Prior, kommt der Orden, um die Sklaven aus der Hand der Gläubigen auszulösen?

Eingedenk der Schwierigkeiten wandte sich der in seiner Glaubwürdigkeit erschütterte Pater an den Leiter dieses Transports und erbat sich Einsicht in die aus Italien mitgekommenen Frachtpapiere, eine List, und da konnten die Einwohner von Fanhões ihren nichtswissenden Priester erleben, wie er da von der Mauer am Kirchplatz die heiligen Namen in der Reihenfolge der Wagen hersagte, bis auf den letzten, der zufällig der heilige Caetano war, gefahren von José Pequeno, der den Beifall lächelnd entgegennahm und zugleich über dessen Spender lachte. Nun ja, eine üble Kreatur, dieser José Pequeno, darum der Herrgott ihn strafte, oder der Teufel, mit dem Buckel, den er auf dem Rücken trägt, ganz gewiß strafte Gott ihn, denn es ist nicht bekannt, daß der Teufel solche Gewalt über lebende Körper hätte. Die Durchfahrt ist dann zu Ende, der heilige Zug bewegt sich Cabeço de Monte Achique entgegen, gute Reise.

Eine weniger gute Reise haben die Novizen des nach Algés und Carnaxide hin gelegenen Klosters vom heiligen Joseph zu Ribamar, die in diesen Stunden barfuß den Weg nach Mafra abschreiten, der Hoffart oder übergroßen Gewissenspein ihres Provinzials wegen. Tatsache war, daß der Zeitpunkt der Klostereinweihung näherrückte, in Lissabon begann man, die Kisten zu packen und zurechtzustellen, zwecks Verschickung hierher, mit den Paramenten für den Gotteskult und sonstige Dinge für den Dienst der Gemeinschaft, die das genannte Kloster beherbergen würde. Die Anweisung hierzu kam vom Provinzial, zu gegebener Zeit folgten weitere, so etwa, daß sich die Novizen an ihre neue Stätte zu verfügen hätten, was das Herz des frommen Königs sehr rührte, als er hiervon erfuhr, er jedenfalls wünschte, die Novizen segelten auf einer seiner Feluken bis in den Hafen Santo António do Tojal, ihnen an Reiseanstrengung und Ermüdung somit einiges abgenommen wäre. Doch es bliesen so ungestüme Winde und entfachten so starken Wellengang, daß ein solches Wagnis zu Wasser selbstmörderischer Irrsinn gewesen wäre, hierauf der König vorschlug, die Novizen sollten in seinen Kutschen reisen, worauf der Provinzial, nun aber wirklich in heiligem Skrupel entflammt, erwiderte: Aber ich bitt Sie, Senhor, Erleichterung dem, der sich zu züchtigen hat?, Bequemlichkeiten dem, der Wachposten sein soll?, ein Faulbett dem, der sich auf ein Dornenlager vorbereitet, dies nie und nimmer, Senhor, oder ich bin längst Provinzial gewesen, die gehen mir zu Fuß, als gutes Beispiel und zur Erbauung des Volkes, die sind nichts Besseres als unser Heiland, der ein einziges Mal den Esel ritt.

In Anbetracht so gehaltvoller Argumente zog Dom

João V. sein Kutschenangebot zurück, wie schon mit dem Felukenangebot geschehen, und die Novizen, nur mit ihren Brevieren bewehrt, verließen am Morgen das Kloster vom heiligen Joseph zu Ribamar, dreißig einfältig unerfahrene Jünglinge mit ihrem Lehrer, Bruder Manuel da Cruz, und einem zweiten als Aufseher, Bruder José de Santa Teresa. Arme Burschen, arme Flaumvöglein, langte es nicht schon, daß die Lehrer der Novizen, eine unabwendbare Regel, die fürchterlichsten Tyrannen waren?, mit jenen berserkerischen tagtäglichen Kasteiungen, sechs, sieben, acht, bis daß den Ärmsten das rohe Fleisch hervorlugte, dabei dies und anderes Schlimmeres aber noch nicht genügte, sie auf dem blutig wund geschlagenen Rücken auch noch allerlei Lasten zu schleppen hatten, damit die Wunden nicht heilten. Nun galt es hier, sechs Wegstunden barfuß zu marschieren, über Berge und durch Täler, über Geröll und durch Moräste, so gräßlich schlechte Wege, daß der Esel, der die Jungfrau auf ihrer Flucht nach Ägypten trug, vergleichsweise über eine weiche Wiese schritt, gar nicht erst zu reden vom heiligen Joseph, der ja ein Muster an Sanftmut war.

Schon nach einer halben Stunde Wegs bluteten den zartesten Burschen die Füße, denn sie stolperten über jene Kiesel, die einem den großen Zeh aufschlagen, schnitten sich an mörderischen Steinkanten, scheuerten sich die Sohlen wund am rauhen Bodenwuchs. Eine Spur von frommen roten Blüten hinterließen sie, und es hätte ein anmutiges katholisches Bild abgegeben, allein die Kälte war gar zu groß, vor Frost hatten die Novizen aufgesprungene Lippen, die Augen tränten, viel Anstrengung kostete es, den Himmel zu gewinnen. Aus ihren Brevieren beteten sie, vorgeschriebene Schmerzbetäubung im Falle von Seelenpein, dies aber sind körperliche Martern, ein Paar Sandalen würde das wirksamste aller Gebete dienlich ersetzen, mein Gott, auch wenn du hierauf viel Wert legst, nimm diese Versuchungen von mir, zuvörderst aber entferne diesen Stein mir aus dem Weg, schon da du der Vater der Steine und der Mönche bist, und nicht deren Vater und mir ein Stiefvater. Kein schlimmeres Leben als das des Novizen, ausgenommen vielleicht viele Jahre später das des Lehrlings, und wir nennen den Novizen gar Lehrling des Herrgotts, möge das ein gewisser Bruder João de Nossa Senhora bestätigen, einst Novize ebendieses Franziskanerordens und der jetzt zum Predigen nach Mafra bestellt, für den dritten Tag der Einweihung, der aber nicht zum Sprechen kommen wird, weil nur Ersatzmann, möge es auch Bruder João Kugelrund bestätigen, seiner Leibesfülle wegen so genannt, die er sich als Mönch zulegte, er zog in den Zeiten seines Noviziats und Magerseins durch den Algarve und veranstaltete eine Kollekte an Lämmern für das Kloster, drei Monate in dieser Mission unterwegs, abgerissen, barfüßig, ausgehundert, denk einer, welche Qual, die Tiere einzusammeln, von Dorf zu Dorf mit der Herde und im Namen Gottes weitere Schäfchen erbittend, diese alle auf die Weide geführt, und indessen er so viele religiöse Akte ausübte, den Magen in der Kniekehle spüren, auf Brot und Wasser gesetzt, und als Versuchung das Gulasch vor Augen. Ein gepeinigtes Leben, ob das des Novizen, des Lehrlings oder des Rekruten.

Der Wege gibt es viele, doch bisweilen wiederholen sie sich. Die Novizen, von Sankt Joseph zu Ribamar aufgebrochen, nahmen die Richtung nach Queluz, dann nach Belas und Sabugo, legten in Morelena kurze Rast ein, frischten in der dortigen Krankenstation ihre gemarterten Füße leidlich wieder auf, und dann, am Beginn doppelte Qual leidend, sofern sie sich an das neue Leiden nicht bereits gewöhnt hatten, marschierten sie weiter nach Péro Pinheiro, die allerschlimmste Strecke, da von Marmorsplittern übersät. Weiter vorn, den Hang hinab nach Cheleiros, gewahrten sie ein Holzkreuz am Wegrand, zum Zeichen, daß hier ein Mensch umgekommen war, in der Regel ermordet, so vielleicht auch hier, oder nicht, aber allemal hat man ein Vaterunser für diese Seele bereit, es knieten die Mönche und die Novizen nieder, im Chor sprachen sie das Gebet, die Ärmsten, es ist dies, jawohl, höchste Mildtätigkeit, für einen Unbekannten zu beten, wie sie da so knien, sieht man ihre schmutzigen Fußsohlen, die gezüchtigten, blutenden, schmerzenden, sie, der am meisten rührende Teil des menschlichen Körpers, wenn einer auf Knien liegt und die Sohlen dann himmelwärts schauen, da hinauf sie nie wandern werden. Nach dem Vaterunser zogen sie zu Tal, überquerten die Brücke, wieder ins Brevier vertieft, und so sahen sie nicht jene Frau, die aus der Tür ihres Hauses spähte, und hörten sie diese nicht sagen: Verflucht seien die Mönche.

Es wollte es der Zufall, der gute und schlechte Begegnungen erwirkt, daß die Statuen und die Novizen an der Einmündung der Straße von Cheleiros in die von Alcainça Pequena aufeinandertrafen, dies von der Kongregation sehr bejubelt, da als glückverheißendes Zeichen gedeutet. Die Mönche begaben sich vor, an die Spitze der Wagenkolonne, Wegbahner und Teufelsvertreiber, unter stimmgewaltigen Stoßgebeten, nur daß sie nicht das Kruzifix hißten, weil sie keins mit sich führten, der Ritus es nicht erlaubte. So hielten sie Einzug in Mafra, triumphal empfangen, sie kamen auf gepeinigten Sohlen, ihre irren Blicke lodernde Gläubigkeit strahlend, oder ist es Hunger? Seit Sankt Joseph zu Ribamar haben sie nur hartes Brot genossen, das sie im Wasser einer Quelle aufweichten, doch nun wird ihnen sicherlich bessere Behandlung zuteil, im Hospiz, wo sie für diese Nacht Unterkunft finden, sie können kaum noch gehen, es ist wie Scheiterfeuer, die große Flamme vorbei, nun glühen die Aschen, vorbei die Exaltierung, nun ist es Wehmut. Nicht einmal beim Abladen der Statuen blieben sie. Es kamen die Ingenieure und die Kraftmänner, sie brachten Winden, Rollen, Hebezeuge, Taue und Fender, Keile, Hemmschuhe, unglückselige Instrumente, die einem jäh entschlüpften, darum sagt die Frau aus Cheleiros: Verflucht seien die Mönche. Mit viel Schweiß und Zähneknirschen wurden die Figuren abgeladen, nun aber in voller Größe, in einem Kreis aufgestellt, einander zugewandt, wie zu einer Beratung oder einem Spiel, zwischen dem heiligen Vinzenz und dem heiligen Sebastian stehen die drei weiblichen Heiligen, Elisabeth, Klara und Teresa, sie wirken neben den anderen zierlich klein, doch eine Frau mißt sich nicht in Handspannen, ob Heilige oder nicht.

Baltasar steigt ins Tal hinab, begibt sich nach Hause, der Arbeitstag oben auf dem Bauplatz ist freilich noch nicht zu Ende, da er aber so tapfer von fern herkam, in eintägigem Gewaltmarsch aus Santo António do Tojal, vergessen wir dies nicht, darf er gehen, sobald die Ochsen ausgespannt und gewartet sind. Die Zeit scheint manchmal fast stillzustehen, sie gleicht einer Schwalbe, die ihr Nest unter der Traufe hat, die aus und ein fliegt, hin und her, jedoch immer vor unseren Augen, wir könnten meinen, wir und sie, daß es ewig dabei bliebe, oder eine halbe

Ewigkeit, was auch nicht schlecht wäre. Doch plötzlich, sie war da und ist es nicht mehr, eben noch sah ich sie, wo ist sie hin, und wenn wir einen Spiegel zur Hand nehmen, mein Gott, bin ich alt geworden, gestern noch war ich die Blüte meines Stadtviertels, und heute nicht Stadtviertel noch Blüte mehr. Baltasar hat keine Spiegel, es sei denn unsere Augen, die ihn den schlammigen Weg hinunterkommen sehen, zu dem Marktflecken, und sie sind es, die ihm sagen: Dein Bart ist voller grauer Haare, Baltasar, dein Gesicht voller Runzeln, faltig dein Hals, Baltasar, schon sinken dir die Schultern herab, du scheinst nicht mehr der Mann, Baltasar, doch sicherlich trügen uns die Augen, die wir benutzen, denn hier kommt eine Frau, und wo wir einen alten Mann sahen, sieht sie einen jungen, den sie eines Tages fragte: Wie ist Ihr Name, oder sie sieht noch nicht einmal den, sondern nur diesen Einarmigen da, der schmutzig und grauhaarig herabsteigt, Sieben-Sonnen der Spitzname, falls so viel Ermüdung ihn verdient, er freilich ist für diese Frau eine beständige Sonne, nicht weil sie etwa immer glänzte, sondern weil sie stets vorhanden ist, verborgen hinter Wolken, oder vom Mond überdeckt, aber lebendig, heiliger Gott, und da tun sich Arme auf, wessen?, er empfängt sie mit ausgebreiteten Armen, sie empfängt ihn mit ausgebreiteten Armen, sie sind der Skandal von Mafra, so sinken sie einander in die Arme, auf öffentlichem Platz, beide schon reichlich alt, vielleicht ist dies so, weil sie nie Kinder hatten, vielleicht wähnen sie sich jünger, als sie es sind, arme Blinde, oder sehen sie als einzige Menschen sich so, wie sie wirklich sind?, es ist dies noch am schwierigsten, und nun sie vereint dastehen, erkennen auch unsere Augen, daß sie schön geworden sind.

Beim Abendessen sagt Álvaro Diogo, daß die Statuen da am Fleck bleiben, wo sie abgeladen wurden, keine Zeit mehr, sie in ihre Nischen zu stellen, die Einweihung findet schon am nächsten Sonntag statt, nur noch wenig an Vorsorge und Aufwand, damit die Kirche den Eindruck eines abgeschlossenen Baues macht, die Sakristei steht, doch die Gewölbe noch ohne Putz, da sie ohnehin blank bleiben, wird gipsbestrichenes Segeltuch sie überspannen und, besseren Eindrucks wegen, den Putz vortäuschen, ebenso auch die noch fehlende Kirchenkuppel. Álvaro Diogo weiß viele solche Einzelheiten, er ist vom einfachen Maurer zum Steinmetzen aufgestiegen, dann vom Steinmetzen zum Ziseleur und ist gut angesehen bei den Vorarbeitern und Meistern, ist immer pünktlich, immer freundlich, immer verläßlich, von geübter Hand, bescheiden im Mundwerk, ganz anders als dieses Gesindel von Ochsentreibern und gelegentlichen Raufbolden, die nach Dung und eigenen Ausdünstungen riechen, er hingegen mehlweiß von diesem Marmorstaub, der sich in den Armhaaren und im Bart fängt, sich einem fürs ganze Leben in die Kleidung krallt. So wird es bei Álvaro Diogo sein, das ganze Leben lang, nur eben ein kurzes, denn allernächst wird er von einer Mauer stürzen, die er nicht hätte erklimmen müssen, da nicht sein Amt, er war hinaufgeklettert, um einen Stein nachzubessern, der, allein schon weil aus seinen Händen, nicht mangelhaft behauen sein durfte. Ein tödlicher Sturz aus fast dreißig Meter Höhe, und diese Inês Antónia, jetzt noch so stolz, daß ihr Mann Gunst genießt, sie wird zur traurigen Witwe, in Angst, daß auch der Sohn abstürzt, die Heimsuchungen der armen Leute haben kein Ende. Auch sagte Álvaro Diogo, daß die Novizen vor der Einweihung zwei über der

Küche fertiggestellte Räume beziehen würden, hierauf Baltasar bemerkte, bei dem noch feuchten Putz und dieser Jahreszeit werde es für die Mönche nicht ohne Erkrankungen abgehen. Álvaro Diogo erwiderte, in den fertiggestellten Zellen seien Kohlefeuer angefacht, sie brennten Tag und Nacht, trotzdem aber seien die Wände noch ganz naß. Und die Statuen, Baltasar, hat es große Mühe gemacht, sie herzubringen? Nicht sonderlich, schlimm war das Beladen, der Transport dann, mit Geschick und Kraft und der Geduld der Ochsen, ging gemächlich vonstatten. Das Gespräch erstarb, es erstarb die Flamme im Herd, Álvaro Diogo und Inês Antónia legten sich schlafen, von Gabriel nicht zu reden, der war noch mit dem letzten Bissen im Mund ins Bett gefallen. Baltasar fragte: Wollen wir uns die Statuen anschauen, Blimunda?, der Himmel dürfte wolkenlos sein, und bald leuchtet uns der Mond. Ja, gehen wir, antwortete sie.

Die Nacht war klar und kalt. Als sie den Wachhügel hinaufschritten, tauchte der Mond empor, riesig, rot, hob die Glockentürme heraus, dann die unregelmäßigen Zinnen der höchsten Mauern und, weiter hinten, die Reste jenes Felsbuckels, der so viel Mühe gemacht, so viel Pulver verbraucht hatte. Und Baltasar sagte: Morgen geh ich zum Monte Junto, nach der Maschine schauen, seit dem letzten Mal sind sechs Monate verstrichen, ich will nach dem Rechten sehen. Ich komme mit. Nicht nötig, ich gehe zeitig los, und falls es nicht viel zu flicken gibt, bin ich vor der Nacht zurück, lieber gleich jetzt, vor den Einweihungsfeierlichkeiten, am Ende regnet es gar, und die Wege sind dann in noch schlimmerem Zustand. Paß auf dich auf. Keine Bange, mich überfallen keine Diebe, noch beißen mich Wölfe. Ich meine nicht Wölfe oder

Diebe. Was dann? Von der Maschine rede ich. Jedesmal sagst du, ich soll mich vorsehen, ich gehe und komme, da brauche ich nicht weiter achtzugeben. Er hat auf uns alle ein Auge, vergiß es nicht. Gemach, Weib, mein Tag ist noch nicht gekommen. Nichts gemach, Mann, jeder Tag kann der letzte sein.

Sie waren hinaufgestiegen, standen auf dem großen Platz vor der Kirche, deren Mauern sich von der ebenen Erde wuchtig himmelauf reckten, losgelöst vom Rest des Baues. Was einst der Palast sein würde, war nur erst flaches Gemäuer, nach der einen und nach der anderen Seite, bekrönt mit einigen Holzaufbauten für die hier geplanten Zeremonien. Kaum zu glauben, daß dies unansehnliche bißchen das Ergebnis von so vielen Jahren Arbeit sein sollte, von dreizehn Jahren: eine nicht abgeschlossene Kirche, ein Kloster in zwei Flügeln bis zum zweiten Geschoß hochgezogen, der Rest wenig hinaus über die Portale des ersten Geschosses, insgesamt vierzig Zellen bezugsfertig, statt benötigter dreihundert. Wenig scheint's und ist viel, wenn nicht zuviel. Eine Ameise läuft zur Tenne, schnappt sich eine Granne. Zum Ameisenhaufen sind es zehn Meter, keine zwanzig Menschenschritte. Doch nicht der Mensch, die Ameise muß die Granne tragen und diesen Weg zurücklegen. Nun, das Dumme bei diesem Bau in Mafra ist, daß man Menschen zum Arbeiten eingesetzt hat, nicht Riesen, falls es aber mit diesen und anderen vergangenen als auch künftigen Werken bewiesen sein will, daß der Mensch Riesenarbeit leisten kann, dann billige man ihm so viel Zeit zu, wie einer Ameise erforderlich, denn alle Dinge wollen in der ihr gemäßen Proportion begriffen werden, die Ameisenhaufen und die Klöster, die Steinplatten und die Granne.

Blimunda und Baltasar treten in den Kreis der Statuen. Der Mond scheint den beiden großen Figuren des heiligen Sebastian und des heiligen Vinzenz ins Gesicht, die drei weiblichen Heiligen stehen zwischen ihnen, nach beiden Seiten hin füllen sich die Körper und Antlitze zunehmend mit Schatten, der heilige Dominikus und der heilige Ignaz endlich sind ganz in Schwärze getaucht und sehr zu Unrecht, als wäre er schon abgeurteilt, auch der heilige Franz von Assisi, dem der hellste Lichtplatz gebührte, neben seiner heiligen Klara, doch möge dieses Beharren nicht als Anspielung auf fleischliches Miteinander gelten, falls dies trotzdem gewesen, na und?, deshalb hört ein Mensch nicht auf, Heiliger zu sein, umgekehrt würde ein Heiliger hierdurch Mensch. Blimunda schaut, sie versucht zu erraten, wer hier wer ist, einige errät sie auf Anhieb, andere nach vielem Wägen, bei anderen bleibt sie im Zweifel, wiederum andere sind gleichsam verschlossene Truhen. Sie begreift, daß jene Buchstaben, jene Zeichen da auf dem Sockel des heiligen Vinzenz dem Lesekundigen klar sagen, wie dessen Name lautet. Ihr Finger folgt den Kurven und den Geraden, sie gleicht einer Blinden, die das überhöhte Alphabet noch nicht recht zu lesen weiß. Blimunda kann die Statue nicht fragen: Wer bist du?, sowenig wie der Blinde das Papier fragen kann: Was sagst du? Lediglich Baltasar, damals, konnte antworten: Baltasar Mateus, genannt Sieben-Sonnen, als Blimunda ihn fragte: Wie ist Ihr Name? Alles auf der Welt erteilt Antwort, nur eben dauert die Beantwortung unterschiedlich lange. Eine vereinzelte Wolke kam vom Meer, strich über den klaren Himmel, und für eine lange Minute verdeckte sie den Mond. Die Statuen nun unförmige weiße Schemen, bar der Konturen und des Gesichts, gleichsam rohe Marmorblöcke, bevor der Meißel des Bildhauers sie sucht und findet. Sie waren nicht mehr männliche oder weibliche Heilige, nur noch elementare Gegenwärtigkeiten, ohne Stimme, bar sogar jener, die ihnen die Äderung gibt, so elementar und schemenhaft, wie es dieser Mann und diese Frau in ihrer Mitte sind, die sich im Dunkel auflösten, sie nicht Marmor, sondern schlicht lebendige Materie, und bekanntermaßen vermengt nichts sich mit dem Schatten des Bodens so sehr wie der Menschen Fleisch. Im Dunkel der großen Wolke, die langsam vorüberstrich, sah man desto besser die flackernden Lagerfeuer, mit denen sich die wachenden Soldaten Gesellschaft gaben. Die Holzinsel auf die Entfernung hin ist eine ungefähre Masse, ein hingestreckter Riesendrache, der aus vierzigtausend Lungen bläst, ihrer so viele Menschen schlafen dort, zuzüglich der Jammergestalten auf den Krankenstationen, wo jede Pritsche belegt ist, außer wenn die Pfleger etliche Leichen fortschaffen, dieser barst innerlich, der hatte ein Geschwür, jener spuckte Blut, jenen dort lähmte ein Schlaganfall und, hilfreich, tötete ihn dann auch. Die Wolke zog landein, hin über die Fluren, wohin?, was tut eine Wolke, wenn wir sie aus unserem Blick entlassen oder sie hinter jenen Berg da taucht?, sie könnte sehr wohl in die Erde abgetaucht sein oder auf sie herabgestiegen, sie zu befruchten, wer erahnt, welch seltsame Leben, welch seltene Kräfte? Blimunda, laß uns heimkehren, sagt Baltasar.

Sie traten aus dem Kreis der nun wieder in Helligkeit getauchten Statuen, und als sie ins Tal hinabsteigen wollten, drehte Blimunda sich um. Die Statuen leuchteten glitzernd wie Salz. Wenn man das Ohr spitzte, vernahm man von dort her Gesprächslaute, eine Versammlung mochte es sein, eine Erörterung, eine Ansprache, vielleicht die erste, seit sie Italien verlassen, in Schiffsladeräumen, zwischen Ratten und in Feuchtigkeit, oder gefesselt auf den Decks, vielleicht war dies ihr letztmöglicher gemeinschaftlicher Austausch, da im Mondschein, denn bald wird man sie in die Nischen setzen, etliche werden einander nie wieder in die Augen schauen, andere ihren Nächsten nur noch aus den Augenwinkeln sehen, und andere werden nur immer in den Himmel starren, gleichsam eine Strafe. Blimunda sagt: Unglücklich müssen sie sein, diese Heiligen, wie gemacht, so verblieben, wenn das Heiligkeit ist, was mag da erst die Verdammung sein? Es sind ja nur Statuen. Ich möchte sie von den Steinen da herabsteigen sehen und erleben, daß sie Menschen wären wie wir, mit Statuen kann man ja nicht reden. Aber wissen wir, ob sie nicht miteinander reden, wenn sie unter sich sind? Wissen wir nicht, aber wenn sie nur miteinander reden, nur für sich, wozu sind sie uns dann dienlich, frag ich. Immerhin hör ich sagen, die Heiligen seien nötig zu unserer Errettung. Und konnten sich selber nicht retten. Wer behauptet das? Das fühle ich. Was fühlst du in dir? Daß keiner sich rettet und keiner verlorengeht. Sünde ist's, so zu denken. Sünde gibt's nicht, nur Tod und Leben. Das Leben steht vor dem Tod. Du täuschst dich, Baltasar, der Tod kommt vor dem Leben, es starb das, was wir waren, und geboren wird, was wir sind, darum sterben wir nicht auf einmal. Und wenn wir unter die Erde kommen, wenn der Karren mit dem Stein Francisco Marques zerquetscht, ist das nicht unwiderruflich der Tod? Jedesmal, wenn wir von Francisco Marques sprechen, wird er wiedergeboren. Aber er weiß nichts davon. Wie wir selber nur ungenügend wissen, wer wir sind, und doch leben wir. Blimunda, wo hast du diese Weisheiten her? Im Bauch meiner Mutter hatte ich die Augen geöffnet, von da aus sah ich alles.

Sie traten in den Garten. Der Mond schon milchfarben. Die Schatten, schärfer als von der Sonne gezeichnet, waren schwarz und räumlich tief. Da stand ein alter Schuppen, gedeckt mit jetzt verrottetem Zypergras, darunter in besseren Zeiten eine Eselin vom Lastenschleppen ausruhte. In der Familie wurde er der Eselsschuppen genannt, obwohl das Tier seit unendlichen Zeiten tot war, so lange her, daß selbst Baltasar sich nicht mehr recht erinnerte, bin ich auf ihr geritten?, bin ich nicht auf ihr geritten?, fragte er im Zweifel, oder er sagte: Ich stelle die Harke in den Eselsschuppen. Recht hatte Blimunda, ihm war jetzt, als sähe er das Tier auftauchen, mit seinen Tragekörben oder dem festen Saumsattel, und die Mutter, aus der Küche her, sagte: Geh, hilf deinem Vater den Esel abladen, noch war er eine wenig taugliche Hilfe, so klein noch, doch er gewöhnte sich an die schweren Arbeiten, und da jede Anstrengung ihren Lohn haben muß, setzte der Vater ihn dann dem Tier auf den feuchten Rücken und führte es im Garten umher, also hab ich das Tier doch geritten. Blimunda führte ihn in den Schuppen, nicht zum erstenmal suchten sie ihn nächtens auf, mal war dem einen danach, mal dem anderen, sie taten es, wenn die fleischliche Not sich gewaltiger denn sonst ankündigte, wenn sie ahnten, daß sie das Stöhnen, das Röcheln, vielleicht den Aufschrei nicht unterdrücken könnten, zur Erbosung der sich möglichst lautlos umarmenden Álvaro Diogo und Inês Antónia und zum unhaltbaren Ergötzen des Neffen Gabriel, der zusehen mußte, wie er mit der eigenen Not sündigenderweise ins reine kam. Die lange Futterkrippe, in ihren Dienstzeiten noch an den Stützbalken des Schuppens befestigt, entsprechend hoch, lag jetzt auf dem Erdboden, halb auseinandergebrochen, war aber weich wie eines Königs Bett, mit Stroh und mit zwei alten Decken ausgepolstert. Álvaro Diogo und Inês Antónia wußten um den Zweck dieser Dinge, ließen es sich aber nicht anmerken. Nie kam sie die Lust an, es auf diese neue Weise zu tun, sie sind friedvolle Geister von geringem fleischlichem Ehrgeiz, nur Gabriel wird hier Treffs abhalten, nachdem diese Leben Veränderung erfahren haben, was schon so nahe ist, ohne daß einer es ahnte, oder vielleicht doch jemand, vielleicht Blimunda, aber nicht deshalb zerrte sie Baltasar in den Schuppen, sie von jeher Weibs genug, den ersten Schritt zu tun, das erste Wort zu sagen, die erste Geste zu wagen, vielmehr war es jetzt irgendwie Angst, die ihr die Kehle zuschnürt, heftig umarmt sie Baltasar, leidenschaftsvoll ihr Kuß, arme Münder, verloren ist die Frische, verloren etliche Zähne, gebrochen andere, doch die Liebe steht über allen Dingen.

Wider Gewohnheit schliefen sie im Schuppen. Als der Morgen kam, sagte Baltasar: Ich gehe zum Monte Junto. Und sie erhob sich, trat ins Haus, im Halbdunkel der Küche suchte und fand sie etwas zu essen, noch schliefen da drin Schwäger und Neffe, sie trat wieder hinaus, schloß die Tür, brachte auch Baltasars Ranzen mit, drin das Essen und die Geräte, nicht vergessen der Eisenstachel, gegen böse Begegnungen ist niemand gefeit. Sie gingen hinaus, Blimunda belgeitete Baltasar bis vor die Stadt, in der Ferne hoben sich die Türme der Basilika weiß vor dem bedeckten Himmel ab, ein unverhofftes Bild nach der mondklaren Nacht. Es umarmten sich die beiden unter einem Baum mit tiefhängenden Zweigen, zwischen den goldenen Blättern des Herbstes, während sie andere Blätter traten, die mit der Erde schon eins wurden, diese zu nähren, damit sie neues Grün spendete. Blimunda ist nicht Oriana in höfischem Gewand, die sich von Amadis verabschiedet, und Baltasar nicht Romeo, der den Kuß der sich herabbeugenden Julia empfängt, er ist schlicht Baltasar, der sich zum Monte Junto verfügt, dort von der Zeit begangene Verwüstung zu beheben, nur eben das zu tun, was auch Blimunda vergeblich versucht, die Zeit aufzuhalten. In ihrer dunklen Kleidung sind sie zwei unruhige Schatten, streben auseinander und wieder zueinander, ob sie wohl ahnen, daß da Dinge im Anzug sind?, vielleicht ist alles nur ein Werk der Einbildung, bedingt durch Stunde und Ort, das Gute währt bekanntermaßen nicht lange, wir merkten nicht sein Kommen und nicht sein Hiersein, merken aber sein Fehlen, sobald es uns verläßt. Halt dich dort nicht lange auf, Baltasar. Schlaf du im Schuppen, ich könnte schon heut nacht zurück sein, falls aber viel auszubessern ist, komm ich erst morgen. Ja, ich weiß. Leb wohl, Blimunda. Leb wohl, Baltasar.

Es lohnt nicht, die Reise ein weiteres Mal zu schildern, nachdem es schon einmal geschehen. Wie sehr jener sich verändert hatte, der sie unternahm, wurde genugsam gesagt, und was den Wandel der Örtlichkeiten und Landschaften betrifft, langt es zu wissen, daß Menschen und Jahreszeiten vorbeiziehen, jedesmal ein klein wenig verändert, die Menschen so wie Haus, Wetterdach, Ackerstreifen, Mauer, Palast, Brücke, Kloster, Hecke, Pflaster und Mühle, jäh aber und gänzlich die Jahreszeiten, als wäre es nun für immer Frühling, Sommer oder, wie jetzt eben, Herbst, oder Winter, der nicht auf sich warten lassen wird. Baltasar kennt diese Wege wie die Linien seiner rechten Hand. Er rastete am Ufer des Pedrulhos, wo er es sich eines Tages mit Blimunda gütlich tat, in der Jahreszeit der Blüten, der Tausendschönchen auf den Brachflächen, des Klatschmohns im Getreide, der mattfarbigen Waldstücke. Ihm kommen Leute entgegen, die nach Mafra ziehen, Trupps von Männern und Frauen, Trommeln und Pauken schlagend, auf Flöten spielend, angeführt bisweilen von einem Priester oder einem Mönch, nicht selten auch ein Gelähmter auf einer Trage dabei, vielleicht tut sich der Tag der Einweihung mit einem oder etlichen Wundern besonders hervor, nie weiß man, wann Gott der Sinn danach steht, seine Heilkünste auszuspielen, weshalb die Blinden, die Lahmen und die Gelähmten fortwährend wallfahrten müssen. Heute wird unser Herrgott kommen, vielleicht täuscht mich meine Hoffnung nicht, oder ich gehe nach Mafra, und an diesem Tag ruht er gerade oder die Muttergottes schickte Unsere Liebe Frau vom Kap, wie soll unsereiner sich in dieser Verteilung der Kräfte zurechtfinden?, jedoch der feste Glaube wird uns retten. Wovor retten? würde Blimunda fragen.

Am frühen Nachmittag gelangte Baltasar zu den ersten Erhebungen der Serra do Barregudo. Im Hintergrund ragte der Monte Junto auf, hell angestrahlt von der soeben durch die Wolken gebrochenen Sonne. Über der Serra wogten Schatten, gleichsam als liefen große dunkle Tiere über die Hänge und brächten sie zum Erschauern. Das Licht wärmte die Bäume auf, ließ die Pfützen schillern, der Wind blies gegen die reglosen Arme der Mühlen, brachte die Tongefäße zum Singen, das sind so Dinge, die nur dem auffallen, der ohne tiefere Erwägungen über das Leben seinen Weg zieht, nur dieses Hinziehen und Vorübersein, die Wolke am Himmel, die nun allmählich sich neigende Sonne, der hier aufkommende und dort ersterbende Wind, das geschüttelte oder niederfallende welke Blatt, sofern er zu solchen Betrachtungen Augen hat, der vormalige grausame Soldat, er mit einem Toten auf dem Gewissen, einem Verbrechen, das andere Vorkommnisse in seinem Leben vielleicht tilgen, etwa, daß ihm mit Blut ein Kreuz über das Herz gemalt wurde, daß er sehen und erleben konnte, wie groß die Erde ist und wie klein alles auf ihr, daß er mit seinen Ochsen so sanft und friedvoll geredet, dies scheint wenig, irgend jemand aber wird wissen, ob es nicht dennoch genügt.

Schon hatte Baltasar die Vorhöhen des Monte Junto in Angriff genommen, er sucht den kaum erkennbaren Weg, der ihn durch den Busch zur Flugmaschine bringen wird, bangen Herzens jedesmal nähert er sich dem Ort, vielleicht haben sie den Apparat gefunden, ihn vielleicht zerstört, oder mitgenommen, aber jedesmal ist er überrascht, ihn unversehrt vorzufinden, als wäre er soeben gelandet, noch bebend von dem rasanten Niedergang in diesen Schoß aus Strauchwerk und einzig wunderbaren Kletterpflanzen, einzig wunderbar, jawohl, denn dies ist nicht ihre heimische Gegend. Die Maschine nicht fortgeschafft, auch nicht zerstört, da ist sie, am selben Fleck, mit abgekipptem Flügel, der Vogelhals ins höhere Gezweig gereckt, das dunkle Haupt gleichsam ein hängendes Nest. Baltasar trat heran, legte den Ranzen auf den Boden, setzte sich, um ein bißchen zu verschnaufen, ehe er an die Arbeit ginge. Er aß zwei gebratene Sardinen auf einer Brotschnitte, dabei er Spitze und Schneide seines

Taschenmessers kunstfertig wie ein Elfenbeinschnitzer nutzte, dann wischte er die Klinge an etwas Gras ab und die Hand an der Hose, trat auf die Maschine zu. Die Sonne strahlte kraftvoll, die Luft war warm. Über den Flügel vorsichtig hinweg, damit er das Rutengeflecht nicht eindrückte, stieg Baltasar in den Riesenvogel. Etliche Bodenbretter waren durchgefault. Es gälte, sie zu ersetzen, das erforderliche Material herbeizuschaffen, er müßte sich etliche Tage hier aufhalten oder aber, erst jetzt kam ihm dieser Gedanke, die Maschine auseinandernehmen und sie stückweise nach Mafra transportieren, um sie dort unter einem Strohschober zu verbergen, oder in einem der unterirdischen Verliese des Klosters, sofern er sich nur mit den engsten Freunden ins Benehmen setzte, ihnen die Hälfte des Geheimnisses anvertraute. Seltsam, daß er diese Lösung noch nie erwogen hatte, wieder daheim, würde er darüber mit Blimunda reden. So in Gedanken, achtete er nicht recht darauf, wohin er trat, plötzlich gaben zwei Bretter nach, brachen krachend durch, er griff jählings zu, wollte sich irgendwo festhalten, damit er nicht stürzte, der Haken am Arm verfing sich in dem Ring, der zum Reffen der Segel diente, und mit seinem ganzen Gewicht daran hängend, erlebte Baltasar, wie sich die Segel geräuschvoll zurückzogen, die Sonne flutete die Maschine, die Bernsteine und die Hohlkugeln blitzten auf. Die Maschine ruckte zweimal heftig, löste sich vom Boden, durchbrach das sie umhüllende Geäst, stieg in die Lüfte. Der Himmel strahlend wolkenlos.

Die ganze Nacht tat Blimunda kein Auge zu. Sie hatte Baltasars Eintreffen für den Abend erwartet, wie schon andere Male geschehen, und in diesem Glauben war sie aus dem Ort hinaus und ihm fast eine halbe Wegstunde entgegengegangen, auf der Straße, die ihn brächte. Lange hatte sie auf einer Böschung gesessen und gewartet, bis es gänzlich dunkel wurde, sie sah Pilgersleute nach Mafra ziehen, zur Einweihung, einem Fest, das man nicht versäumen durfte, sicherlich gab es da Almosen und Speisung für alle, zumindest für die besonders Flinken und tüchtig Barmenden. Labung sucht die Seele, der Körper bedarf ihrer ebenso. Es gab da schuftige Kerle, die beim Anblick der dasitzenden Frau meinten, so empfinge Mafra seine von fern angereisten männlichen Besucher, mit leichten Gaben, sie kamen ihr zotig, doch Blimundas steinernes Antlitz brachte sie gleich zum Schweigen. Ein besonders Aufdringlicher wich erschrokken zurück, als sie ihn, mit trüber Stimme, anherrschte: Du hast im Herzen eine Kröte, ich spucke auf sie, auf dich und auf deine ganze Sippschaft. Als es gänzlich dunkel war, versiegte auch der Pilgerstrom, zu dieser Stunde käme Baltasar nicht mehr, oder er kommt so spät, daß ich schon schlafe, oder er kommt erst morgen, vielleicht ist, wie er vermutete, viel zu reparieren. Sie kehrte nach Hause zurück, aß mit den Schwägern und dem Neffen zu

Abend. Baltasar ist also nicht gekommen, sagte einer. Nie im Leben werd ich begreifen, was dies für Ausflüge sind, sagte der andere. Gabriel sagte kein Wort, er noch zu jung, um mitzureden, wenn Erwachsene reden, aber er denkt, die Eltern mögen sich gefälligst nicht in das Leben von Onkel und Tante einmischen, reine Neugier ist es, was die Hälfte der Menschheit am Leben der anderen Hälfte interessiert, dabei jene übrigens in gleicher Münze heimzahlt, sieh an, ein so junger Bursche, und schon so vielwissend. Nach dem Abendbrot wartete Blimunda, bis die anderen sich hingelegt hatten, dann trat sie in den Garten hinaus. Die Nacht friedvoll still, der Himmel wolkenlos, kaum merklich die Kühle der Luft. Vielleicht kam Baltasar jetzt eben den Pedrulhos entlang daher, den Stachel am Armstumpf statt des Hakens, gegen böse Begegnungen und neugierige Fragen ist ja, wie sich schon bewies, niemand gefeit. Der Mond ist aufgegangen, erhellt ihm den Weg, sicherlich hören wir bald seine Schritte, in der lautlosen künderischen Stille der Nacht, dann stößt er das Gartentürchen auf, Blimunda empfängt ihn da auf der Stelle, mehr werden wir nicht sehen, es gilt taktvoll zu sein, begnügen wir uns zu wissen, daß die Frau sehr in Sorge ist.

Die ganze Nacht tat sie kein Auge zu. In der Krippe, eingehüllt in die nach Körperausdünstung und nach Schafsschmant riechenden Decken, starrte sie auf die Spalten der Riedwand, da herein das Mondlicht filterte, dann ging der Mond unter, es war schon fast Morgen, die Nacht ohne Zeit mehr, Dunkelheit anzunehmen. Beim ersten Tagesschimmer erhob sich Blimunda, ging in die Küche, suchte sich etwas zum Essen, was soll diese Unruhe, Weib?, noch sind wir innerhalb dessen, was Baltasar versprach, vielleicht kommt er gegen Mittag, kündigte er doch an, es gäbe viel auszubessern an der Maschine, die ja so alt ist und Regen und Wind schutzlos ausgesetzt. Blimunda hört uns nicht, schon ist sie aus dem Haus getreten, sie geht den bekannten Weg, auf ihm wird Baltasar kommen, sie können sich nicht verfehlen. Ein Verfehlen wird's geben, aber mit dem König, der gerade heute in Mafra einzieht, am Nachmittag, begleitet von Prinz Dom José und dem Senhor Infante Dom António und allen Bediensteten des Königshauses, in prächtigstem Staat, mit geschmückten Kutschen, stolzen Pferden, alles in guter Ordnung, da erscheinen sie eingangs der Straße, rollend, trappelnd, noch nie hat man ein so überwältigendes Bild gesehen. Aber von königlichem Pomp haben wir ja nun genug, die Unterschiede kennen wir, er ist mehr in Brokat gehüllt, oder weniger, er ist mehr Gold, oder weniger in Gold, unsere Aufmerksamkeit hat dieser einen Frau zu gelten, die jeden, der ihr begegnet, anspricht und nach einem Mann mit den und den Merkmalen fragt, er ist der schönste Mann der Welt, aus diesem Trug ersehen wir, daß einer nicht immer das sagen darf, was er fühlt, denn wer würde nach solcher Beschreibung Baltasar wiedererkennen, den dunkelhäutigen, ergrauten Einarmigen. Nein, Frau, haben wir nicht gesehen. Und Blimunda zieht weiter, nun schon auf Nebenwegen, Abkürzungen, wie damals bei der gemeinsamen Reise, dieser Berg, dieser Wald, vier gereihte Steine, sechs Hügel im Rund, der Tag ist schon fortgeschritten, von Baltasar nicht die Spur. Blimunda hat sich zum Essen nicht hingesetzt, im Gehen kaut sie, doch das nächtliche Wachen hat sie ermüdet, die Anspannung zehrt ihre Kräfte auf, die Bissen im Mund klumpen, und der Monte Junto, der sich schon von fern abhob, er scheint zurückzuweichen, was mag dies für ein Wunder sein? Es ist kein Geheimnis, es ist nur, weil sie schleppend geht, so komme ich nie dort an. Da sind Flekke, an die Blimunda sich nicht erinnern kann, andere erkennt sie wieder, eine Brücke, einen Taleinschnitt, einen Wiesengrund. Und sie weiß, daß sie hier schon vorbeigekommen ist, denn in jener Tür sitzt selbige Alte von damals, näht am selben Kleid, alles wie damals, nur Blimunda geht allein.

Hier, so erinnert sie sich, trafen sie den Hirten, der ihnen sagte, daß dies die Serra do Barregudo sei, und das dort drüben der Monte Junto, dieser wie ein beliebiger Berg, doch so hat sie ihn nicht in Erinnerung, vielleicht seiner Wölbung wegen, die eine Kleinausgabe dieser Welthalbkugel dünkt, da gewinnt einer den Eindruck, daß die Erde wahrhaftig rund ist. Kein Hirte hier und keine Herde, nur tiefe Stille, als Blimunda stehenbleibt, tiefe Einsamkeit, sooft sie sich umschaut. Zum Greifen nahe scheinen die Flanken des Monte Junto, gleichsam eine Frau auf Knien, die ihren Arm vorstreckt, die Hüfte ihres Mannes berührt. Nicht möglich, daß Blimunda solch feine Gedanken hat, oder?, wer weiß, wir stecken nicht im anderen Menschen drin, woher sollten wir wissen, was er denkt?, eher streuen wir unsere Gedanken in fremder Leute Köpfe und sagen dann: Blimunda denkt, Baltasar dachte, und vielleicht haben wir ihnen unser eigenes Fühlen angedichtet, zum Beispiel: diese Blimunda mit ihren Hüften, als hätte ihr Mann sie ihr berührt. Sie blieb stehen, um auszuruhen, denn ihr zitterten die Beine, ermüdet vom Weg, weich geworden beim Gedanken an ihr Eintreffen dort, doch dann spürt sie im Herzen die Gewißheit, daß sie Baltasar dort oben findet, er dort arbeitet und schwitzt, vielleicht die letzten Knoten schürzt, vielleicht gerade den Ranzen über die Schulter wirft, vielleicht schon ins Tal herabsteigt, und sie schrie: Baltasar.

Keine Antwort, denn freilich, ein Schrei ist ein Nichts, gelangt bis zu jener Böschung da, hallt zurück, schwach geworden, und wie von einer fremden Stimme. Blimunda hastet hinan, jäh bei Kräften, sie rennt aufwärts, will die Steigung bewältigen, ehe sie wieder schlappmacht, und weiter vorn, zwischen zwei zwerghaften Steineichen, sieht sie den kaum erkennbaren Pfad, den Baltasar bei gelegentlichen Durchschlüpfen bahnte, da hindurch gelangt man zum Riesenvogel. Wieder schreit sie: Baltasar. Nun muß er sie hören, es liegen nicht mehr Berge dazwischen, nur einige Mulden, wenn sie anhalten könnte, würde sie sicherlich seinen Antwortruf hören: Blimunda. Sie ist sich so sicher, ihn vernommen zu haben, daß sie lächelt, mit den Handrücken wischt sie sich den Schweiß ab, oder die Tränen, oder vielleicht streicht sie die Haare aus den Augen, oder sie säubert sich das verschmutzte Gesicht, die Geste kann vieles sein.

Da ist die Stelle, gleichsam das Nest eines großen Vogels, der sich in die Lüfte aufgeschwungen hat. Ein drittes Mal ruft Blimunda, immer noch jenen einen Namen, nicht schrill, es ist nur ein dumpfes Hervorplatzen, als risse eine Riesenhand ihr die Eingeweide aus dem Leib: Baltasar. Und während sie es sagt, weiß sie, daß sie von Beginn an gewärtig war, den Fleck leer vorzufinden. Die Tränen sind plötzlich weggetrocknet, wie fortgeblasen von einem aus der Erde stoßenden heißen Wind. Sie stolperte herbei, sah das aufgerissene Strauchwerk, die von der schweren Maschine hinterlassene Kuhle, und drüben, ein halbes Dutzend Schritte fort, Baltasars Ranzen.

Weitere Zeichen von dem, was hier vorgefallen, fehlten. Blimunda schaute zum Himmel auf, dem jetzt weniger klaren, durch den zur Neige gehenden Tag trieben heiter friedliche Wolken, und erstmalig spürte Blimunda, daß der Weltenraum leer war, gleichsam als dächte sie: Nichts gibt es jenseits. Dies aber wollte sie nicht wahrhaben, irgendwo am Himmel mochte Baltasar fliegen, mochte er mit den Segeln kämpfen, um die Maschine zum Sinken zu bringen. Wieder sah sie den Ranzen, sie ging hin, hob ihn auf, fühlte drin das Gewicht des Stachels, und nun fiel ihr ein, daß die Maschine, sofern am Tage zuvor aufgestiegen, bei schwindender Sonne hätte landen müssen, Baltasar darum nicht am Himmel war, sondern irgendwo auf der Erde, tot vielleicht, vielleicht am Leben, aber verletzt, denn noch erinnerte sie sich ihres rasanten Abstiegs, damals aber mit größerer Last.

Sie hing sich den Ranzen über die Schulter, hier war nichts mehr zu bestellen, sie begann die nähere Umgebung abzusuchen, stieg die waldbestandenen Hänge hinauf und hinunter, strebte die erhöhten Punkte an, nun hätte sie gar gern scharfe Augen gehabt, nicht solche, wie die Morgennüchternheit sie ihr verlieh, sondern Augen, die auf der Oberfläche alles erspähten, wie die eines Falken oder eines Luchses. Mit blutenden Füßen, das Kleid an Dornenbüschen zerrissen, strich sie über die nördliche Flanke des Berges, dann kehrte sie zur Ausgangsstelle zurück, strebte weiter in die Höhe, ihr wurde bewußt, daß weder Baltasar noch sie jemals auf dem Gipfel des Monte Junto gewesen waren, jetzt galt es da hinaufzusteigen, bevor es dunkel wurde, von dort böte sich ihr ein besserer Ausblick, freilich würde sie die Maschine auf die Entfernung hin kaum ausmachen können, manchmal aber hilft der Zufall, vielleicht würde sie von dort oben Baltasar erspähen, der ihr zuwinkte, von einer Quelle her, an der sie beide ihren Durst stillen könnten.

Blimunda begab sich an den Aufstieg, zürnte mit sich selber, daß sie nicht gleich hieran gedacht hatte, sondern erst jetzt, da es Abend werden wollte. Von ungefähr fand sie einen Pfad, der sich hinaufschlängelte, und weiter oben fand sie zu ihrer Überraschung einen breiten Weg für Gespanne, was es wohl da oben auf dem Berg gibt, daß sie eine Straße dorthin angelegt haben?, und mit Spuren von Verkehr, älteren, ob Baltasar sie auch bemerkt hatte? Als sie aus einer Biegung tauchte, blieb sie jäh stehen. Vor ihr ging ein Mönch, dem Habit nach Dominikaner, ein dicker Mensch mit feistem Nacken. Blimunda erregt, sie zögerte, sollte sie ihm hinterdreinhasten und rufen. Der Mönch schien die Anwesenheit eines Menschen zu spüren. Er blieb stehen, schaute nach rechts, nach links, dann nach hinten. Er machte eine segnende Geste, stand wartend da. Blimunda trat heran. Deo gratias, sagte der Dominikaner, was tust du hier? Ich suche meinen Mann, sagte sie und wußte dann nicht weiter. Der Pater würde sie für närrisch halten, wenn sie von einer Flugmaschine erzählte, vom Riesenvogel, und von den geschlossenen Wolken. Sie wich einige Schritte zurück. Wir sind aus Mafra, mein Mann ist hierher zum Monte Junto gekommen, wegen eines großen Vogels, der, wie wir hörten, hier leben soll, meine Befürchtung ist, daß der Vogel mir den Mann fortgetragen hat. Von einem solchen Vogel hab ich noch nie gehört, noch sonstwer meiner Ordensbrüder. Gibt es auf diesem Berg ein Kloster? Ja. Das wußte ich nicht. Der Mönch tat ein paar Schritte den Weg hinab, wie zerstreut. Die Sonne stand schon tief, und da sich die Wolken über dem Meer häuften, wurde der Abend grau. Oder haben Sie hier vielleicht einen Mann gesehen, dem die linke Hand fehlt und der statt ihrer einen Haken benutzt? fragte Blimunda. Ist das dein Mann? Ja. Ich habe niemanden gesehen. Haben Sie vielleicht einen großen Vogel gesehen, der in dieser Richtung da aufflog, gestern oder heute? Nein, ich habe keinen großen Vogel gesehen. Na dann will ich wieder gehen, Ihren Segen, Pater. Bald ist es Nacht, du wirst vom Weg abkommen, und ein Wolf schnappt dich, die gibt es hier. Wenn ich jetzt gleich gehe, erreiche ich das Tal noch bei Tageslicht. Es ist weiter fort, als es von hier aus scheint, hör zu, neben dem Kloster ist eine Ruine, von einem anderen Kloster, das nicht zu Ende gebaut wurde, da kannst du übernachten, und morgen suchst du weiter nach deinem Mann. Ich gehe lieber gleich. Von mir aus, aber beklage dich nachher nicht, du bist gewarnt. Und der Mönch wandte sich ab und schritt den breiten Weg weiter hinan.

Blimunda stand da, zögerte abermals. Noch war es nicht Nacht, doch der Landstrich unten lag schon im Schatten. Die Wolken überzogen nun den ganzen Himmel, ein feuchter Wind fachte auf, vielleicht würde es regnen. Sie fühlte sich erschöpft, so sehr, daß sie glatt da hätte umfallen können. An Baltasar dachte sie kaum noch. Irgendwie glaubte sie, ihn am folgenden Tag zu finden, daß sie also nichts gewänne, wenn sie jetzt weiter suchten. Sie setzte sich auf einen Stein am Wegrand, griff in den Ranzen, fand drin den Rest Wegzehr von Baltasar, eine eingetrocknete Sardine, einen steinharten Kanten Brot. Käme jetzt hier jemand vorbei, ihn würde tödlicher Schrecken packen beim Anblick dieses hier sitzenden

Weibes, das ohne Angst war, sicherlich eine Hexe, die auf einen Wanderer wartet, um ihm das Blut auszusaugen, oder auf ihre Gevatterinnen, mit denen sie sich zum Hexentanz begibt. Doch sie ist lediglich eine beklagenswerte Frau, die ihren Mann verloren hat, der ihr entführt wurde, fort durch die Lüfte und die Winde, sie wäre bereit, alle möglichen Hexereien zu begehen, nur um ihn wiederzugewinnen, doch weiß sie deren keine, und was hat es ihr genutzt, daß sie sieht, was die anderen nicht sehen?, was nutzte es ihr, Willenskräfte gesammelt zu haben, da ausgerechnet diese ihr den Mann entführt haben?

Nacht wurde es. Blimunda erhob sich. Der Wind wurde kälter, schneidender. Gänzlich verlassen kam man sich in diesen Bergen vor, sie begann zu weinen, längst an der Zeit, daß sie sich Erleichterung verschaffte. Das Dunkel füllte sich mit erschreckenden Lauten, da rief ein Käuzchen, da rauschten die Steineichen, und nach jener Seite hin, sofern nicht Sinnestäuschung, hatte ein Wolf aufgeheult. Noch hatte Blimunda Mut, hundert Schritte taleinwärts zu gehen, doch ihr war, als tauchte sie in die Tiefe eines Brunnens, ohne daß sie wüßte, was der Wasserspiegel für Abgründe verbarg. Später käme der Mond, er würde ihr, falls die Wolken sich auftaten, den Weg erhellen, sie aber auch sichtbar machen allen lebenden Wesen, die in diesen Bergen umherstreunten, und während sie die einen erschreckte, würden andere sie vor Angst erstarren lassen. Sie blieb stehen, schaudernd. Ganz in der Nähe hatte sich etwas bewegt. Sie konnte sich nicht mehr bezähmen, rannte den Hang hinauf, wie gejagt von allen Teufeln der Hölle und allen Gespenstern des Erdenrunds, den wirklichen und den eingebildeten. Als sie die letzte Wegbiegung nahm, gewahrte sie das

Kloster, einen niederen, gedrungenen Bau. Aus den Fenstern der Kapelle filterte ein bleiches Licht. Große Stille unter dem gestirnten Himmel, unter dem Säuseln der Wolken, die so tief hingen, als wäre der Monte Junto das höchste Gebirge der Welt. Blimunda trat näher, sie vermeinte das Murmeln von Gebeten zu hören, gewiß die vollständige Litanei, als sie näher kam, wurde die Sprachmelodie lauter, nun tönten die Stimmen voll, beteten zum Himmel, beteten so demutsvoll, daß Blimunda abermals die Tränen kamen, vielleicht brachten diese Patres, ohne es zu wissen, Baltasar aus den Höhen zurück, oder aus der verderblichen Waldwildnis, vielleicht heilten die magischen Lateinworte ihm die Wunden, die er sich sicherlich zugezogen hat, darum stimmte Blimunda in die Gebete ein, sagte sie im Geiste jene auf, die sie beherrschte und die zu allen Zwecken dienlich sind, bei Einbußen, Wechselfieber, Seelenangst, irgendwer dort oben wird das schon alles auseinandersortieren.

Auf der anderen Seite, in einer Senke taleinwärts, befand sich die Ruine. Hohe Mauern, Gewölbe und Winkel, offenbar Zellen, die eine gute Nachtherberge abgaben, vor Kälte und wilden Tieren Schutz boten. Blimunda wagte sich in die schwarze Finsternis der Gewölbe vor, tastend mit Händen und Füßen, in Angst, daß sie in irgendein Loch fiele. Allmählich gewöhnten sich die Augen an das Dunkel, dann markierte die diffuse Helle draußen die Fensterlöcher, ließ so die Wände sichtbar werden. Der Boden, von schütterer Grasnarbe bedeckt, war sauber. Da war auch ein Obergeschoß, dorthinauf man nicht gelangen konnte, zumindest war jetzt kein Aufstieg zu erkennen. Blimunda breitete die Decke in einer Ecke aus, nahm den Ranzen als Kopfkissen, legte sich hin. Wieder kamen ihr die Tränen. Weinend wechselte sie vom Wachen in den Schlaf, weinte im Schlafen weiter, träumte, daß sie weinte. Es währte nicht lange. Der Mond schob die Wolken zur Seite, sein Lichtschein drang wie eine Geistererscheinung in die Ruine ein, Blimunda erwachte. Sie meinte, das Licht hätte sie sanft gerüttelt, hätte ihr das Gesicht berührt oder die auf der Decke liegende Hand, doch das Kratzgeräusch, das sie im Schlaf gehört zu haben meinte, währte fort, war bald näher, bald ferner, als suchte da einer und fände nicht und suchte hartnäckig weiter, vielleicht ein Tier, das hier untergeschlüpft war und den Ausgang nicht mehr fand. Blimunda stützte sich auf, lauschte. Nun war es ein vorsichtiges Treten, kaum hörbar, näher jetzt. Ein Schemen strich an einem der Fensterlöcher vorbei, das Licht warf einen krummen Schatten gegen die rauhe Steinwand. Der Mönch vom Weg, durchfuhr es Blimunda. Er hatte ihr gesagt, wo sie nächtigen könnte, nun wollte er sich vergewissern, ob sie seinem Rat gefolgt war, aber nicht aus christlicher Nächstenliebe. Blimunda legte sich zurück, leise, blieb ganz still, vielleicht fand er sie nicht, vielleicht sah er sie und sagte: Ruh wohl, arme müde Seele. Das wäre ein wahres Wunder, ein sehr erbauliches, aber nein, in Wahrheit kommt der Pater, um dem Fleisch Sättigung zu geben, man darf es ihm noch nicht einmal verübeln, in dieser Wüstenei, auf dem Dach der Welt ist das Leben der Menschen schmerzliche Entbehrung. Die Gestalt verdeckt den ganzen Fensterausschnitt, ein großer, kräftiger Mann, von schwerem Atem. Blimunda zog den Ranzen zur Seite, faßte flink hinein, als der Mann niederkniete, packte den Stachel an der Einfassung, wie einen Dolch. Wir wissen, was geschehen wird, es steht geschrieben, seit der Schmied in Évora den Stachel und den Haken hämmerte, der eine nun hier in Blimundas Hand, der andere wo? Der Mönch griff nach Blimundas Füßen, drückte ihr sanft die Beine auseinander, daß die Frau so stillhält, erregt ihn über alle Maßen, vielleicht ist sie wach, und sie gelüstet es nach Mann, schon hat er ihr das Kleid hochgestreift, hat schon seine Kutte gerafft, die Hand drängt vor, sucht den Weg, die Frau erzitterte, rührt sich sonst aber nicht, jubelnd stößt der Mönch das Glied zur unsichtbaren Spalte vor, jubelnd spürt er, wie die Arme der Frau ihn umschlingen, große Freuden kennt das Leben eines Dominikaners. Von den beiden Händen gestoßen, dringt der Stachel zwischen die Rippen, streift für einen Augenblick das Herz, setzt seinen Weg fort, seit zwanzig Jahren sucht dieses Eisen den zweiten Mord. Der Schrei blieb dem Mönch im Hals stekken, wandelte sich in ein kurzes heiseres Röcheln, Blimunda krümmte und wand sich, entsetzt, nicht weil sie getötet hatte, sondern weil sie dieses Gewicht spürte, dieses zwiefach erdrückende. Mit den Ellenbogen stieß sie ihn gewaltsam von sich, kroch unter ihm hervor. Der Mond erhellte etwas von dem weißen Habit, und den sich ausbreitenden dunklen Fleck. Blimunda stand auf, lauschte. Lautlose Stille in der Ruine, nur ihr Herz schlug. Sie tastete den Boden ab, nahm den Ranzen auf und die Decke, die sie mit aller Gewalt unter dem Mönch hervorzerren mußte, legte beide an einen helleren Fleck, kehrte zu dem Mann zurück, packte den Stachel an der Einfassung, zog einmal und noch einmal. Da sich der Körper gedreht hatte, klemmte der Stachel offenbar zwischen den Rippen. In ihrer Verzweiflung setzte Blimunda dem Mann den Fuß auf den Rücken und zog mit jähem

Ruck das Eisen heraus. Dick brodelte es hervor, der dunkle Fleck breitete sich wie eine Überschwemmung aus. Blimunda wischte den Stachel an der Kutte ab, steckte ihn in den Ranzen zurück, den sie samt Decke schulterte. Im Begriff zu verschwinden, wandte sie sich noch einmal um, sah, daß der Mönch Sandalen trug, sie zog sie ihm aus, ein Toter geht auf nackten Sohlen seiner Bestimmung entgegen, ob Hölle oder Paradies.

Im Schatten der Ruinenmauern verhielt Blimunda und überlegte, welchen Weg sie nehmen sollte. Den Klostervorplatz lieber nicht überqueren, sie könnte gesehen werden, vielleicht von einem weiteren Mönch, der um ihre Anwesenheit wußte und nur darauf wartete, daß der andere zurückkäme, der sich, da er so lange ausblieb, gewiß tüchtig verlustierte. Verfluchtes Mönchspack, murmelte Blimunda. Nun galt es, alle Ängste zu schmähen, den Wolf, sofern der nicht nur ein Fabeltier war, das unsichtbare Kriechgeräusch, das hatte sie sehr wohl gehört, es galt, durch den Wald zu laufen, bis sie weiter vorn ungesehen auf den Weg stieß. Die arg beschädigten Holzschuhe streifte sie ab, zog die Sandalen des Toten an, groß waren sie, ausgelatscht, aber robust, sie schlang die Riemen um die Fußgelenke, dann schritt sie davon, nur immer darauf bedacht, die Ruine zwischen sich und dem Kloster zu haben, sofern nicht ein Busch oder eine Erdunebenheit sie den Blicken verbarg. Ringsum die Geräusche des Waldes, der Mond badete sie in Weiß, dann kamen Wolken, hüllten sie in Dunkel, jäh spürte sie, daß nichts sie ängstigte, sie stiege ins Tal hinab, ohne Herzklopfen, und kämen da Gespenster und Werwölfe, Büßerseelen und Gelichter, mit dem Stachel würde sie diese scheuchen, der eine wirksamere Waffe war als alle Behexungen und abwehrenden Zauber, Mondlicht, das mir voranschreitet, erhelle mir den Weg.

Die ganze Nacht schritt Blimunda dahin. Weit fort vom Monte Junto galt es zu sein, wenn der Morgen käme und die Ordensbrüder sich zum ersten Gebet träfen. Sie würden den einen vermissen, schauten erst in seine Zelle, suchten dann im ganzen Kloster, im Refektorium, Kapitelsaal, in Bibliothek und Garten, der Abt würde Flucht vermuten, nicht endendes Getuschel gäbe es in den Ekken, und falls einer der Brüder von dem Geheimnis wußte, würde er sich wie auf glühenden Kohlen fühlen, den anderen vielleicht um das Glück beneiden, war gewiß ein Prachtweib, daß der die Kutte einfach in die Brennesseln geworfen hat, dann würden sie außerhalb der Mauern suchen, vielleicht fänden sie ihn bei hellichtem Tag tot auf, da schau, wovor ich mich bewahrt habe, denkt der Bruder, schon nicht mehr neidisch, letztlich in der Gunst des Herrn.

Als Blimunda vormittags den Pedrulhos erreichte, entschied sie, von ihrem Querfeldeinmarsch erst einmal auszuruhen. Die Sandalen des Mönchs hatte sie fortgeworfen, damit der Teufel sie damit nicht in eine Falle führte, auch ihre eigenen Schuhe waren unwiederbringlich verloren, sie tauchte die Beine in das kalte Wasser, überlegte dann, daß sie sich ihre Sachen genau anschauen mußte, nicht daß irgendwo Blut klebte, vielleicht dieser Fleck auf dem verschlissenen Kleid, sie riß, was eingerissen, gänzlich ab und warf den Fetzen fort. Beim Anblick des fließenden Wassers fragte sie: Und nun? Den eisernen Stachel hatte sie schon abgewaschen, ihr war, als wüsche sie die verlorene Hand des abwesenden Baltasar, verloren auch er, wo? Sie verließ das Wasser. Und nun? fragte sie abermals. Da kam ihr der Gedanke, wahrlich ein guter Gedanke, daß Baltasar sich inzwischen in Mafra befand, ihrer harrte, er war vom Weg abgekommen, vielleicht war die Flugmaschine allein aufgestiegen und Baltasar gleich umgekehrt, hatte nur eben Ranzen und Decke liegenlassen, oder hatte vor Schreck das Weite gesucht, auch ein Mann darf Angst haben, und nun wüßte er daheim nicht, was tun, warten?, oder sich wieder auf den Weg machen?, dieses Weib ist aber auch wirklich von allen guten Geistern verlassen, ach Blimunda.

Auf diesen Wegen, Mafra schon nahe, kam Blimunda wie eine Irre gelaufen, äußerlich ganz erschöpft, denn zwei Nächte hatte sie nicht geschlafen, leuchtend aber innen, denn zwei Nächte hatte sie gekämpft, sie überholte jene, die sich zur Einweihung begaben, wenn da wirklich so viele zusammenkommen, ist nicht genügend Platz in Mafra. Schon von fern sieht man Banner und Tücher und gescharte Menschen, bis zum Sonntag arbeitet niemand, alles strahlt Festglanz, trägt Festkleidung. Blimunda begab sich nach Hause, da ist der Palast des Vizegrafen, vor dem Portal Soldaten der Königsgarde, Halbkutschen und Equipagen entlang der Straße, hier hat wohl der König Logis genommen. Sie stieß das Gartentürchen auf, rief: Baltasar. Niemand erschien. Da setzte sie sich auf die Steinstufe, mit hängenden Schultern, wollte sich der Verzweiflung ergeben, doch dann fiel ihr ein, daß sie den andern nicht erklären könnte, wieso sie im Besitz des Ranzens und der Decke war, wenn es zu sagen galt, daß sie nach Baltasar gesucht, ihn aber nicht gefunden hatte. Sich mühsam auf den Beinen haltend, trug sie die Dinge in den Schuppen und verbarg sie unter einem Bündel Rohr. Sie hatte schon nicht mehr die Kraft zurückzukehren, legte sich in die Krippe, bald darauf, weil der Leib sich manchmal der Seele erbarmt, war sie eingeschlafen. Nichts merkte sie von der Ankunft des Patriarchen aus Lissabon, der in prachtvoller Kutsche Einzug hielt, gefolgt von weiteren Kutschen mit den Dienern, vornan aber, zu Pferd, der Kruzifixträger, der das Kreuz des Patriarchen gehißt hielt, und der Vogt des geistlichen Gerichts, und da kamen auch die Offiziere der Kammer, die ihm weit entgegengefahren waren, einen so herrlichen Zug vermag man sich gar nicht auszudenken, die Menge in heller Verzückung, Inês Antónia hüpften fast die Augäpfel aus den Höhlen, gemessenen Staunens Álvaro Diogo, wie es einem Steinmetzen ziemt, während Tunichtgut Gabriel umherstreunt. Ebensowenig sah Blimunda, wie da, aus verschiedenen Orten her, aber nicht auf eigenen Füßen, mehr als dreihundert Franziskaner kamen, um dem Akt beizuwohnen, ihm sozusagen Glanz zu verleihen, wäre es der Dominikanerorden gewesen, dann hätte einer gefehlt. Blimunda verpaßte auch den Aufmarsch der triumphalen Miliz, die in Viererreihen anrückte, sich zu vergewissern, ob die Gotteskaserne gut eingerichtet war und der Schießstand, wo man auf die Seelen zielte, und die Waffenkammern für die Hostien, die Pulverkammer der Sakramente und die gestickte Standartenumrahmung. In hoc signo vinces, und falls das Zeichen zum Siegen nicht ausreicht, überzeuge man durch Gewalt. Zu dieser Stunde schläft Blimunda, sie ist ein zu Boden gestürzter Stein, der, falls ihn kein Fuß tritt, dort sein Ruhebett findet, von Gras umwuchert, so geschieht dies bei langem Warten.

Am Spätnachmittag, als die Festlichkeiten dieses Tages zu Ende waren, begaben Álvaro Diogo und Frau sich nach Hause, traten nicht in den Garten, merkten zunächst nichts von Blimundas Anwesenheit, erst als Inês Antónia das umherlaufende Hühnervolk einsperren wollte, fand sie die Schwägerin, die im Schlaf heftig gestikulierte, im Traum vielleicht einen Dominikaner tötete, doch hiervon konnte Inês Antónia nichts ahnen. Sie trat in den Schuppen, rüttelte Blimunda am Arm, stieß sie nicht mit dem Fuß an, denn sie ist kein Stein, dem man solches antun kann, Blimunda schlug die Augen auf, entgeistert, wußte nicht, wo sie sich befand, im Traum hatte es nur Finsternis gegeben, hier war es der beginnende Abend, und statt des Mönchs dieses Weib, wer ist sie?, ah, die Schwester von Baltasar. Wo steckt Baltasar? fragt Inês Antónia, da bitte, wortwörtlich dasselbe fragte sich auch Blimunda, was soll sie antworten?, mühsam erhob sie sich, wie gerädert, hundertmal getötet hatte sie einen Mönch, der hundertmal auferstanden war, Baltasar kann noch nicht kommen, dies zu sagen wäre so gut wie keine Antwort, die Frage ist nicht, ob er kommen kann oder aber noch nicht, sondern: Warum kommt er nicht? Er erwägt, als Ochsenknecht in Turcifal zu bleiben, alle Erklärungen sind gut, sofern glaubhaft, manchmal hilft da die Gleichgültigkeit, wie bei Inês Antónia, die sich wenig um den Bruder schert, denn sie fragt mehr nur aus Neugierde.

Beim Abendessen, nachdem er sich über die lange Abwesenheit gewundert hat, denn seit drei Tagen ist Baltasar aus dem Hause fort, gibt Álvaro Diogo eingehenden Bericht, wer schon da ist und wer noch kommt, die Königin und die Prinzessin Dona Mariana Vitória sind in Belas geblieben, weil in Mafra nicht genügend Unterbringungsmöglichkeit, aus gleichem Grunde ist der Infant

Dom Francisco nach Ericeira, ganz besonders stolz aber ist Álvaro Diogo, daß er sich mit dem König, dem Prinzen Dom José und dem Infanten Dom António am selben Ort befindet, die Herrschaften logieren hier gleich nebenan, im Palast des Vizegrafen, wenn wir zu Abend essen, speisen auch sie gerade, jeder auf seiner Seite der Straße, Nachbarin, reich mir die Petersilie. Auch Kardinal Cunha und Kardinal Mota sind schon eingetroffen, und die Bischöfe von Leiria und von Portalegre, auch die Bischöfe von Pará und von Nanking sind nicht dort, sondern hier, und es kommt der Hof, es kommen Fidalgos ohne Ende. Geb's Gott, daß Baltasar zum Sonntag wieder da ist, damit er das Fest miterlebt, sagte Inês Antónia mit fordernder Stimme. Er wird schon dasein, murmelte Blimunda.

In dieser Nacht schlief sie im Haus. Sie vergaß es, gleich beim Erwachen ihr Brot zu essen, und als sie in die Küche trat, sah sie zwei durchscheinende Gespenster, jäh in Därmegewirr und Bündel weißer Knüppel vewandelt, der gräßlichste Schauder, ihr war nach Brechen zumute, hastig wandte sie sich ab, kaute das Brot, Inês Antónia lachte auf, ohne Arg, rief: Das möchte einer erleben, du nach so vielen Jahren schwanger. Unschuldsvolle Worte, die Blimundas Schmerz verdoppelten. Nun nie mehr schwanger, selbst wenn ich es wollte, durchfuhr es sie, wie ein Schrei. Dies war der Tag, an dem die Kruzifixe, die Bildnisse in den Kapellen, die Paramente und weitere Kultgegenstände geweiht wurden, sodann das Kloster und alle dazugehörigen Bauten. Das Volk blieb außerhalb der Absperrung. Blimunda mochte das Haus nicht verlassen, ihr genügte es, den König in die Kutsche steigen zu sehen, außerdem den Prinzen und den Infanten, sie würden sich mit der Königin und den Hoheiten treffen, am Abend gab Álvaro Diogo einen möglichst eingehenden Bericht.

Endlich aber kam der glorreichste aller Tage von unvergeßlichem Datum, der 22. Oktober im Jahre des Heils 1730, als König Dom João V. seinen einundvierzigsten Geburtstag feiert und die Einweihung des wunderbarsten aller Denkmäler, die je in Portugal errichtet wurden, erlebt. Dieses freilich, am Blick erkennt man den Kurzsichtigen, ist erst noch abzuschließen. So viel an einzigartiger Pracht kann man gar nicht beschreiben, Álvaro Diogo hat nicht alles gesehen, und Inês Antónia verwechselte alles, Blimunda ging mit ihnen, es schickte sich wohl so, doch sie weiß nicht, ob sie träumt oder wacht. Um vier Uhr in der Früh verließen sie das Haus, damit sie noch einen guten Fleck auf dem Platz erwischten, um fünf nahmen die Uniformierten Aufstellung, überall brannten Fackeln, dann kam die Morgendämmerung und ein schöner Tag, jawohl, Senhores, Gott pflegt seine Habe gut, nun sieht man den herrlichen Patriarchenthron, zur Linken des Portikus, die Sessel und der Baldachin, karminroter Samt mit Goldverzierungen, der Fußboden mit Teppichen bedeckt, einzig, und auf einer Kredenz der Weihwasserkessel und der Wedel samt den restlichen Gegenständen, schon hat man sich zur feierlichen Prozession geordnet, zum Rundgang um die Kirche, der König schreitet mit, hinter ihm die Infanten und die Menge der Edelleute, je nach Rang und Vorrang, doch die Hauptperson des Festes ist der Patriarch, er segnet das Salz und das Wasser, besprengt die Wände mit dem geweihten Naß, gewiß war es nicht genügend viel, sonst würde Álvaro Diogo nicht wenige Monate später aus dreißig Meter Höhe abstürzen, und schlägt er mit dem Bischofsstab dreimal an die große Mittelpforte, die verschlossen war, und bei drei, heißahei, tat sich die Pforte auf, und der Zug marschierte hinein, wir unsererseits bedauern, daß nicht auch Álvaro Diogo und Inês Antónia hineinpassen, und auch Blimunda, obschon sie keinerlei Gefallen dran hat, sie erlebten dann die Zeremonien, aus der Nähe erhebend die einen, rührend die anderen, die einen ein körperliches Niederwerfen, die anderen ein jähes seelisches Aufschwingen, zum Beispiel schreibt der Patriarch mit dem Stab in auf die Fliesen des Tempels ausgestreute Asche das griechische und das lateinische Alphabet, das sieht eher nach Hexerei aus, ich schneide dich, zerschneide dich, statt nach kanonischem Ritus, wie es denn auch der Fall dieser gesamten Freimaurerei dort drüben ist, gemahlenes Gold, Weihrauch, wieder Asche, Salz, Weißwein in silberner Karaffe, Kalk und Steinmehl auf einem Tablett, ein silberner Löffel, eine vergoldete Muschel, was denn noch?, es fehlt nicht an Hieroglyphen, Gefuchtel, Schritten und Ausfällen, hierhin und dorthin, Öle, Heilige, Segnungen, Reliquien von den zwölf Aposteln, den zwölfen, und hierüber verging der Vormittag und ein Großteil Nachmittag, fünf Uhr war es, als der Patriarch die Pontifikalmesse begann, die freilich ihre Zeit dauerte, und nicht zu knapp, endlich kam sie an ihr Ende, nun stieg der Patriarch auf die Empore des Benedictione, um von da aus das Volk zu segnen, das draußen harrte, siebzigtausend, achtzigtausend Menschen, die sich in ihrer festtäglichen Aufmachung geräuschvoll auf die Knie warfen, ein unvergeßlicher Augenblick, so lang ich leben werde. Dom Tomás de Almeida da oben psalmodiert seine Segensworte, wer ein gutes Auge hat, sieht, wie er die Lippen bewegt, hören kann man ihn nicht, außer es wäre heutigentags, da würden über den ganzen Erdenkreis, urbi et orbi, elektronische Trompeten schallen, Jehovas wahrhaftige Stimme, Jahrtausende auszuharren genötigt und nun endlich gehört auf Erden, doch es ist immer noch des Menschen größte Weisheit, daß er sich mit dem begnügt, was ihm zu Gebote ist, solange er noch nichts Besseres erfunden hat, darum ist die Glückseligkeit Mafras und aller Anwesenden so groß, sie begnügen sich mit den abgemessenen Gesten der Hand, von oben nach unten, von links nach rechts, mit dem blitzenden Ring, dem Goldzierat und dem vielen leuchtenden Karmin, den weißen Batisten, dem Stippen des Bischofsstabes auf den Stein, der aus Péro Pinheiro kam, erinnert euch, seht, wie er blutet, Wunder, Wunder, Wunder, das war die letzte Geste, den Hemmschuh fortziehen, es zog sich der Hirte mit dem Gefolge zurück, die Lämmer hatten sich bereits erhoben, das Fest wird seinen Fortgang haben, acht Tage soll die Weihefeierlichkeit dauern, und dieser ist der erste.

Ich geh schon, sagte Blimunda zu den Schwägern. Sie schritt den Hang hinunter in die verlassene Stadt. In ihrer Eile hatten manche Tore und Türen offen gelassen. Die Herdfeuer erloschen. Blimunda holte aus dem Schuppen Decke und Ranzen, trat ins Haus, packte möglichst viel an Essen ein, dazu einen hölzernen Teller, einen Löffel, etliches an Kleidung für sich und auch für Baltasar, verstaute alles im Ranzen und ging davon. Es begann zu dunkeln, doch jetzt würde keinerlei Nacht sie ängstigen, denn pechschwarz ist die Nacht, die sie in sich trägt.

Neun Jahre suchte Blimunda ihren Baltasar. Alle Wege lernte sie kennen, die staubigen wie die schlammigen, den weichen Sand, den spitzen Stein, oft den klirrenden mörderischen Frost, aus zwei Schneegestöbern rettete sie sich nur, weil sie noch nicht sterben wollte. Die Sonne verschmorte sie, einem angebrannten Ast glich sie, ehe es die Stunde der Asche wäre, sie verschrumpelte wie eine welke Frucht, sie war Vogelscheuche in den Saaten, Geistererscheinung unter den Bewohnern der Städte, Schrecken der kleinen Orte und verlorenen Weiler. Wo sie hinkam, fragte sie die Leute, ob sie einen Mann mit diesen und diesen Merkmalen gesehen hätten, fehlende linke Hand, Statur eines Gardesoldaten, ergrauter Vollbart, falls er ihn sich nicht abrasiert hat, jedenfalls ein unvergeßliches Gesicht, zumindest habe ich es nicht vergessen, und er kann so gut auf aller Leute Straße gekommen sein wie über Feldwege, oder ist aus den Lüften gefallen, in einem Vogel von Eisen und geflochtenen Weidenruten, mit einem schwarzen Segel, gelben Bernsteinkugeln und zwei Hohlkugeln aus mattglänzendem Metall, die das größte Geheimnis des Universums bergen, obwohl von alldem nur noch Bruchstükke übrig sein werden, vom Mann und vom Vogel, führt mich zu ihnen, ich brauche ihnen nur die Hand aufzulegen und erkenne sie sogleich wieder, brauche gar nicht hinzuschauen. Man hielt sie für verrückt, blieb sie aber länger am Ort, erwies sie sich in allen sonstigen Worten und Handlungen als so vernünftig, daß die Leute ihr vorschnelles Urteil in Zweifel zogen. Am Ende war sie landauf, landab eine bekannte Gestalt, so sehr, daß ihr zuweilen der Name «Fliegerin» vorauseilte, der befremdlichen Geschichte halber, die sie erzählte. Sie setzte sich auf die Türschwellen, sprach mit den Frauen des Ortes, lauschte ihren Klagen, den Achs, bekam seltener die Freuden zu hören, weil es wenige waren und auch weil die Leute diese lieber für sich behielten, lieber allein davon zehrten. Wo sie vorbeikam, hinterließ sie Unruhe, die Männer erkannten ihre Weiber nicht wieder, es musterte die Frau den Mann mit dem Bedauern, daß er nicht verschwunden war und sie ihn dann suchen könnte. Doch ebendiese Männer fragten: Ist sie schon fort? Fragten mit einer unergründbaren Trauer im Herzen. Und antwortete man ihnen: Sie ist noch hier, dann gingen sie hinaus, hofften sie im Wald zu finden, im hohen Getreide, am Bach ihre Füße badend oder sich im Röhricht auskleidend, es blieb sich gleich, an der Gestalt ergötzten sich ja doch nur die Augen, zwischen der Hand und der Frucht ist da ein Eisenstachel, glücklicherweise mußte kein zweiter sterben. Kirchen betrat sie nur, wenn keine Menschen zugegen waren, und auch nur, um auf dem Boden sitzend oder gegen eine Säule gelehnt ein wenig zu ruhen, ich geh ja gleich wieder, dies ist nicht mein Zuhause. Die Priester, sofern sie von ihr hörten, bestellten sie zur Beichte, gar zu gern hätten sie erfahren, was für Geheimnisse sich hinter diesem undurchdringlichen Antlitz verbargen, in diesen starren Augen, deren Lider sich selten bewegten, in diesen Augen, die zuweilen, bei bestimmtem Lichteinfall, Seen glichen, über die hin Wolkenschatten trieben, von den Wolken in ihrem Innern. Sie ließ den Patres ausrichten, beichten werde sie erst, wenn sie sich sündig fühlte, eine skandalöse hoffärtige Antwort, denn alle sind wir Sünder, doch nicht selten geschah es, daß Frauen, mit denen sie sprach, nachdenklich wurden, denn was sind das schon für Fehltritte, die unseren, deine, meine, da wir doch, die Frauen, in Wahrheit das Lamm sind, das die Sünde von dieser Welt nimmt, wenn dies einst begriffen wird, muß dann alles von vorn beginnen. Doch manchmal wurde sie auch anders empfangen: mit Steinen beworfen, verspottet und verhöhnt. In einem Dorf, wo man sie auf solche Weise peinigte, vollführte sie ein Wunder, in einem Maße, daß man sie hernach fast für eine Heilige hielt. Große Wassernot herrschte im Ort, die Quellen versiegt, die Brunnen erschöpft, und Blimunda, nachdem man sie fortgejagt, streifte durch die Umgebung, nutzte dabei die Sehergabe, die sie bei nüchternem Magen hatte, und in der folgenden Nacht, als alle schliefen, kam sie ins Dorf, und mitten auf dem Platz rief sie laut, daß sich an jenem Fleck und in jener Tiefe eine Ader reinen Wassers befinde, ich habe sie gesehen, weshalb man ihr den Namen «Quellauge» gab, weil sie ihre Augen als erste in dem Quell gebadet hatte. Auch Augen, die Wasser zeugten, fand sie, und viele, wenn sie erklärte, daß sie aus Mafra käme, und man sie dann fragte, ob sie dort einem Mann mit diesem Namen und dieser Statur begegnet sei, mein Ehemann ist's, mein Vater, mein Bruder, mein Sohn, mein Verlobter, sie haben ihn gewaltsam fortgeholt zum Klosterbau, auf Befehl des Königs, hab ihn nie mehr gesehen, er ist nicht wiedergekehrt, ist vielleicht dort gestorben, oder unterwegs verlorengegangen, wer weiß, niemand konnte mir je Nachricht von ihm geben, die Familie schutzlos zurückgeblieben, das Feldstück brach, oder der Teufel hat ihn geholt, aber ich habe hier schon einen anderen Mann, an solcher Bestückung fehlt es einer Frau nie, wenn sie nur die Höhle auftut, verstehst du? Sie kam auch durch Mafra, erfuhr von Inês Antónia, daß Álvaro tödlich verunglückt war, von Baltasar keine Spur, vom toten nicht, schon gar nicht vom lebenden.

Neun Jahre irrte Blimundra umher, zunächst mit Augenmerk auf die Jahreszeiten, dann aber verlor sie den Sinn dafür. Anfangs zählte sie die Wegstunden des jeweiligen Tages, vier, fünf, bisweilen sechs waren es, dann gerieten ihr die Zahlen durcheinander, bald hatten Raum und Zeit keinerlei Bedeutung mehr, alles war nur noch Morgen, Nachmittag, Nacht, Regen, Sonnenschein, Hagel, Nebel und Dunkelheit, guter Weg, schlechter Weg, Steigung, Gefälle, Ebene, Gebirge, Meeresstrand, Flußufer und Gesichter, Tausende und aber Tausende Gesichter, unzählbar viele, das Vielfache der damals in Mafra gescharten, und zwischen all denen Gesichter, die der Frauen, zum Befragen, und die der Männer, in denen sie die Antwort suchte, aber weder in denen der sehr jungen noch in denen der sehr alten, sie suchte einen dazumal Fünfundvierzigjährigen, den wir am Monte Junto ließen, der sich in die Lüfte erhob, um sein jetziges Alter zu wissen, brauchen wir nur jeweils ein Jahr hinzuzufügen, auf jeden Monat etliche Falten und jeden Tag etliche graue Haare. Oft schon malte sich Blimunda aus, sie säße Almosen bettelnd auf dem Platz eines Marktfleckens, ein Mann träte heran und statt Geld oder Brot hielte er ihr einen Eisenhaken hin, da würde sie in den Ranzen greifen und einen Stachel von gleicher Machart hervorholen, als Zeichen ihres beständigen Harrens und Suchens. So hab ich dich also gefunden, Blimunda. So hab ich dich also gefunden, Baltasar. Wo bist du in all diesen Jahren umhergeirrt?, was ist dir an Fällen und Unglücken widerfahren? Erzähl erst einmal du, die du so lange verschwunden warst. Ja, ich will dir erzählen. Und sie würden reden, reden, bis zum Ende der Zeiten.

Tausende von Wegstunden wanderte Blimunda, barfuß zumeist. Ihre Fußsohlen ganz dick, schründig wie Baumrinde. Ganz Portugal war unter diesen Schritten, einige Male überquerte sie die Grenze nach Spanien, denn auf dem Erdboden gewahrte sie keine Linie, die das Land hier vom Land dort abtrennte, sie vernahm lediglich eine andere Sprache und kehrte um. In zwei Jahren war sie von den Stränden und Steilküsten am Ozean bis zur Grenze gewandert, dann suchte sie anderweitig, auf neuen Wegen, und indessen sie wanderte und suchte, entdeckte sie, wie klein doch dieses Land ist, in dem sie geboren worden war. Hier bin ich schon gewesen, bin hier schon einmal vorbei, und sie sah Gesichter, die sie kannte. Erinnert ihr euch nicht?, die «Fliegerin» nannten sie mich. Klar erinnere ich mich, hast du den Mann, den du suchtest, gefunden? Meinen Mann? Ja, den. Hab ich nicht gefunden. Du Ärmste. Ob er nicht vielleicht hier aufgetaucht ist? Nein, hab auch hier in der Umgebung nie von ihm reden hören. Dann ziehe ich halt weiter, auf ein andermal. Gute Reise. Wenn ich ihn bloß fände.

Sie fand ihn. Sechsmal war sie in Lissabon gewesen, dies nun das siebte Mal. Sie kam von Süden, von Pegões. Sie schiffte über den Fluß, fast zur Nachtzeit, auf dem letzten Boot, das die Gezeiten nutzen konnte. Seit fast vierundzwanzig Stunden hatte sie nichts gegessen. Im Ranzen verwahrte sie noch einen Happen, doch jedesmal, wenn sie ihn zum Munde führen wollte, war ihr, als legte sich auf ihre Hand eine andere Hand und als sagte eine Stimme: Iß nicht, die Zeit ist gekommen. Tief unter der dunklen Oberfläche des Flusses sah sie Fische ziehen, Schwärme aus Kristall und Silber, lange schuppige oder glatte Rücken. Das Licht in den Häusern sickerte durch die Wände, matt wie Rampenlicht durch den Dunst. Sie bog in die Rua Nova dos Ferros, dann auf der Höhe der Kirche Unserer Lieben Frau vom Ölbaum nach rechts ab, hin zum Rossio, sie wiederholte einen Weg, den sie vor achtundzwanzig Jahren gegangen war. Sie schritt hin zwischen Gesichten, zwischen Nebelgebilden, die Menschen waren. Unter den tausend Ekelgerüchen der Stadt wehte der nächtliche Lufthauch auch den Gestank nach verschmortem Fleisch heran. Auf dem Platz des heiligen Dominikus Fackeln, schwarzer Rauch, Scheiterhaufen. Sie zwängte sich durch die Menge, bis in die vordersten Reihen. Wer sind diese? fragte sie eine Frau, die ein Kind auf dem Arm trug. Bei dreien weiß ich es, die zwei dort, das sind Vater und Tochter, des Judentums beschuldigt, und der an der Spitze, der hat Lustspiele für Handpuppen geschrieben, hieß António José da Silva, von den anderen habe ich nicht reden hören.

Elf Gerichtete sind es. Die Verbrennung ist weit fortgeschritten, die Gesichter sind schon fast unkenntlich. An jenem äußeren Ende brennt ein Mensch, dem die linke Hand fehlt. Vielleicht weil sein Bart schwarz ist, ein kosmetisches Wunder des Rußes, mutete er jünger an, und eine geschlossene Wolke befindet sich inmitten seines Körpers. Da sagt Blimunda: Komm. Es löste sich Baltasar Sieben-Sonnens Willenskraft, doch sie stieg nicht zu den Sternen auf, denn der Erde gehörte sie, und Blimunda.